조선 후기 연희의 실상

만화본 춘향가 · 광한루악부 · 관우희

증상연예 춘향전 · 심청전

조선 후기 연희의 실상

만화본 춘향가·광한루악부·관우희
증상연예 춘향전·심청전

김석배·김영봉·이대형·김남석·유춘동

보고사
BOGOSA

머리말

옛날부터 이 땅에는 서민(庶民)들의 애환을 위로해주고 이들에게 삶의 새로운 활력을 불어넣어준 수없이 많은 '연희(演戲)'가 있었다. 그러나 아쉽게도 그렇게 많았던 과거의 연희와 놀이 문화에 관한 자세한 기록은 거의 남아 있지 않다.

이러한 상황에서 「만화본(晩華本) 춘향가(春香歌)」, 「광한루악부(廣寒樓樂府)」, 「관우희(觀優戲)」, 근대에서부터 일제강점기에 남아 있는 「심청전(沈淸傳)」과 「춘향전(春香傳)」의 공연 자료와 기록은 한국의 연희 문화(演戲文化)를 고찰하고 과거의 놀이 문화를 복원 및 고증하는 데 있어서 대단히 중요한 자료라 할 수 있다.

이처럼 중요한 내용을 담고 있는 이 자료들은 연구자들이나 일반인들 사이에서 널리 알려져 있고, 지금도 계속해서 연구의 기초 자료로 활용되고 있다. 하지만 문제는 이 자료들을 쉽게 찾아보기가 어렵다는 것이다. 각 자료는 한문으로 쓰여 있어 해석의 문제가 있고, 기타 자료들은 소개가 되어 있지 않아 연구 자료로 활용하는 데 여러 난점이 있다. 그리고 무엇보다 이들 자료에 대한 정본(定本), 완역본(完譯本)을 찾아보기 어렵다는 문제가 있다.

이 책의 저자들은 예전부터 이러한 문제점을 인식하여 해당 자료를 소개하고 온전한 번역본을 학계에 제출한 적이 있다. 하지만 이 자료들은 번역 과정에서 매끄럽지 못한 부분, 모호한 전고(典故)를 해결하지 못한 부분이 있었다.

이러한 고민을 저자들이 저마다 갖고 있던 상황에서, 이전의 글을 다듬고 새로운 자료를 소개해서 한 권의 책으로 묶어 내자는 의견이 있었다. 이에 「만화본 춘향가」를 번역했던 김석배, 「광한루악부」, 「관우희」를 번역했던 김영봉, 이대형, 유춘동, 그리고 근·현대 연극/영화 전문가인 김남석이 의견을 주고받고 서로 공감대가 형성되어 각 저자들이 갖고 있던 번역본이나 자료를 정리하여 이처럼 단행본으로 출간하게 되었다.

우리는 이 책을 기반으로 해서, 조선 후기에서 근대시기까지 공연문화 전반에 걸친 자료들을 모아서 틈틈이 단행본으로 간행할 계획을 가지고 있다. 처음으로 시도한 작업이라 미흡한 점이 적지 않을 것이다. 하지만 산재(散在)해 있는 '공연예술 문화자료'의 집대성을 위한 시도라는 점에서 그 미흡함을 만회할 수 있기를 바란다. 이 책의 출간과 편집을 담당한 김흥국 사장님, 이소희 선생님께 고마움을 전한다.

2019년 11월 1일

공저자들이 뜻을 모아 함께 쓰다

해제

이 책에 수록된 자료들은 이미 자세히 소개된 것도 있고 그렇지 않은 것도 있다. 이러한 점을 감안하여 각 자료들을 간략하게 소개하면 다음과 같다.

「만화본 춘향가」는 지금까지 알려진 「춘향전」 중에서 가장 오래된 것이다. 이 이본은 조선 영조(英祖) 때 충청도(忠淸道) 목천에 살던 만화(晩華) 류진한(柳振漢, 1712~1791)이 1753년(영조 29년)에 호남(湖南)의 산천과 문물을 두루 살펴보고 돌아와 그 이듬해인 1754년(영조 30년)에 작성한 200구(句)의 장편 한시(漢詩)이다.

우리는 류진한이 지은 한시를 「만화본 춘향가」로 부르고 있다. 그러나 이 한시의 원 제목은 '가사춘향가이백구(歌詞春香歌二百句)'이다. 한시는 크게 서사, 본사, 결사로 나눌 수 있다. 서사와 본사는 「춘향가」의 핵심 부분인 이 도령과 춘향이 오작교에서 결연하여, 이후 고난 끝에 이 도령이 암행어사가 되어 두 사람이 극적으로 만나는 장면을 다루고 있고, 결사는 류진한이 「춘향가」를 왜 기술하게 되었는지를 밝히고 있다.

「만화본 춘향가」는 한시로 작성된 것이기 때문에 당시 광대들이 부르던 「춘향가」의 진면목을 그대로 보여주지 못한 한계가 있다. 하지만 18세기 중엽 호남 지방에서 판소리 광대들이 부르던 「춘향가」의 모습과 내용이 어떠했는지를 재구해 볼 수 있다는 점에서 매우 중요한 자료라 할 수 있다.

「광한루악부」는 조선 철종(哲宗) 때 윤달선(尹達善, 1822~1890)이 1852년(철종 3년)에 당시 유행하던 「춘향가」를 역시 칠언절구(七言絶句) 형태의 한시로 기록한 것이다. 윤달선은 뒤에 윤원선(尹元善)으로 이름을 고쳤으며, 봉화현감을 지내던 중 임지에서 생을 마쳤다. 「광한루악부」는 전체 108구로 되어 있다. 해당 부분에 '요령(要令)', '전어(轉語)', '이생창(李生唱)', '향랑창(香娘唱)', '총론(總論)', '결구(結局)' 등의 단어를 기재하여 내용, 당시 광대들의 역할이 무엇인지를 구분해 놓았다. 이 한시 역시 내용을 크게 서사, 본사, 결사로 나눌 수 있다. 서사와 본사는 이 도령과 춘향의 만남과 결연, 이 도령과 춘향의 이별과 시련, 이 도령의 과거 급제, 어사가 된 뒤에 출두, 이 도령과 춘향의 재회, 총평(107~108구)으로 구성되어 있다.

「광한루악부」 또한 한시로 작성된 것이기 때문에 당시 광대들이 부르던 「춘향가」의 진면목을 그대로 보여주지 못한 한계가 있다. 하지만 이보다 앞선 시기에 작성된 「만화본 춘향가」와 비교해 보더라도 「춘향가」의 내용을 단순히 전달하는 데 치중하는 것이 아니라, 판소리를 어떻게 향유하고 공연했는지를 기록하려는 모습과 태도가 보인다는 점에서 의의가 있다고 할 수 있다.

「만화본 춘향가」와 「광한루악부」가 「춘향가」에만 집중하여 대상을 기록한 것이라면 「관우희」는 당대 연희 문화 전반을 기술한 것이란 점에서 차이가 있다. 「관우희」는 송만재(宋晩載, 1788~1851)가 지은 절구(絶句)의 형태로 만들어진 50수의 한시(漢詩)이다.

「관우희」는 영산(靈山), 타령(打令), 긍희(絙戲), 장기(場技), 총론(總

論)으로 짜여 있다. 서사는 공연의 시작과 분위기를 기술한 것이고, 영산은 가곡(歌曲), 타령은 판소리, 긍희는 줄타기, 장기는 땅재주, 총론은 송만재가 생각하는 공연, 음악에 대한 입장을 다루고 있다.

「관우희」의 중요성은 이혜구, 윤광봉, 구사회 교수에 의하여 자세히 논의되었다. 「관우희」는 19세기 중반까지 광대들에 의해서 당대 유행했던 각종 놀이, 놀이의 구체적인 실태 등을 한 눈에 볼 수 있는 귀중한 자료로 평가받고 있다. 특히 「관우희」에 기술된 내용을 토대로 판소리 열두 마당, 줄타기와 땅재주, 광대와 나례의 관계, 산대잡극과 나례의 관계, 광대 습속 중 홍패고사와 광대와의 관계, 판소리와 제의의 관계 등을 엿볼 수 있어, 우리나라 연희사(演戲史)에서 대단히 중요한 내용을 제공하고 있다.

이 책에 원문(原文)을 그대로 게재한 「심청전」과 「춘향전」은 실제 공연의 대본이거나 공연을 전제로 만든 자료라는 점에서 주목할 만하다. 먼저 「심청전」은 잡지 『호남평론』에 수록된 것이다. 『호남평론』에 수록된 「심청전」은 1920~40년대 유명했던 극작가 나만성(羅萬成)의 작품으로, 1935년 10월과 11월에 간행된 『호남평론』에 게재된 것이다.

나만성이 쓴 「심청전」은 원작을 각색하여 3막으로 구성한 근대 희곡이다. 이 작품은 공간적 배경을 세부 막(幕)의 제명으로 삼고 있다. 제1막은 '심청의 집', 제2막은 '장승상 댁', 그리고 제3막은 '임당수(臨唐水)'로, 원작 「심청전」의 설정에서 요긴하게 사용되었던 공간적 배경을, 연극 무대와 극 서사의 배경으로 설정했다. 이렇게 세부 3막 중에서 『호남평론』 1935년 10월호에 「심청전」의 제1막을, 다음 호인 11월호에 「심청전」의 제2막과 제3막을 게재해 놓았다.

제3막은 현재로서는 짧은 분량으로만 남아 있어, 극 서사가 완결되지 못한 인상을 주는 것도 사실이다. 하지만 나만성은 최초 분재 시점부터 극적 공간을 세 장소(3막)로 명시함으로써, 전체 구조가 3막의 구성을 따르며 '임당수'가 각색 「심청전」의 최종막이라는 사실을 처음부터 분명하게 밝히고 있다. 근대에서 일제강점기에 고전소설 여러 작품이 연극이나 영화로 만들어졌다. 이 자료는 강창 형식의 판소리가 연행 형식의 연극으로 어떻게 전환(轉換)과 변환(變換)이 이루어지는지를 가늠해 볼 수 있다는 점에서 중요하다.

마지막으로 수록한 『증상연예(增像演藝) 옥중가인(獄中佳人)』은 구활자본 형태로 간행된 「춘향전」 이본의 하나이다. 이 자료는 1914년(대정 3년) 신구서림에서 간행되었는데, 삽화는 관재(貫齋) 이도영(李道榮, 1884~1933), 교감(校勘)은 옥련암(玉蓮菴)이 맡았고, 대본은 고우(古優) 정북평(丁北平) 창본(唱本)이라고 기재해 놓았다. 한편, 이 자료는 이후에 박문서관과 경성서적조합에서 다시 간행되었다.

이 자료는 『옥중화(獄中花)』의 이본으로 알려져 있다. 하지만 시작 부분에 정정렬(丁貞烈)의 창본이라고 분명하게 작자를 밝혔고, 아울러 "此書ᄂᆞᆫ 演劇에도 應用ᄒᆞ게 된 者이니 書中 ▲………▲ 票가 有ᄒᆞᆷ은 聲曲用ᄒᆞᄂᆞᆫ 部分을 示ᄒᆞᆷ이라"라고 하여 공연 대본으로 활용되었던 자료임을 기재해 놓았다. 따라서 현재 알려진 『옥중화』와는 다른 자료이다.

정정렬(丁貞烈, 1876~1938)은 조선 후기 판소리 5명창 중의 한 사람으로, 송만갑, 이동백 등과 함께 조선성악연구회에서 활동했다. 창극에도 능한 그는 창극좌(唱劇座) 시절에 창극 「춘향전」을 비롯하여 한 여러 작품을 연출했다. 이 책에 수록된 자료는 그가 부르고 연출했던 창극의 모습을 가늠해 볼 수 있다는 점에서 중요한 자료라 할 수 있다.

차례

만화본 춘향가

晩華本 春香歌

만화본 춘향가

晩華本 春香歌

春香歌 二百句 押支韻[1]

廣寒樓前烏鵲橋　　광한루[2] 앞에 놓인 다리 오작교[3]이니
吾是牽牛織女爾　　나는 견우요 직녀[4]는 너로구나.

---

1 이백구 압지운(二百句 押支韻): 이백 구 지(支)자 운으로 압운하였다. 내외 구(內外句)를 일 구(一句)로 총 400구, 2800자이다. 『일사본(一簑本)』에는 '二百句'로만 되어 있다. 류진한은 1753년 4월에 속리산과 계룡산을 유람하고, 이어서 호남을 두루 유람한 후 1754년(영조 30, 43세) 봄에 집으로 돌아와 〈춘향가 이백구〉를 지었다. 막내아들 류금(柳琹)이 쓴 「행록(行錄)」에 "선친이 계유년(1753) 봄에 호남을 유람하며 산천 문물을 두루 보시고, 이듬해 봄에 집에 돌아와서 〈춘향가〉를 지으셨다가 당시 선비들의 놀림을 받았다. (先考癸酉春, 南遊湖南, 歷觀其山川文物, 其翌年春還家, 作春香歌一篇, 而卒被時儒之譏.)"라고 했다.

2 광한루(廣寒樓): 남원에 있는 누각. 1419년에 황희(黃喜)가 광통루(廣通樓)를 세웠고, 1444년 전라도관찰사 정인지(鄭麟趾)가 광한루로 명명하였다. "부의 남쪽 2리쯤 되는 곳에 지세가 높고 평평하며 넓게 트여 있는데 거기에 작은 누각이 있으니, 그 이름이 광통루(廣通樓)이다. 세월이 오래되어 퇴락하니 갑인년에 부사 민공(閔恭)이 다시 새 누각을 세웠고, 정사년에 류지례(柳之禮)가 이어 단청을 더하였다. 갑자년에 정승인 하동부원군(河東府院君) 정인지가 광한루로 이름을 고쳤다. (南原府南二里許, 地勢高平敞闊, 有小樓曰廣通. 歲久頹廢, 歲甲寅, 府使閔君恭改起新樓, 丁巳柳君之禮, 繼加丹雘. 甲子河東鄭相國麟趾易名以廣寒.)", 황수신(黃守身)의 「광한루기(廣寒樓記)」. 원래는 월궁(月宮)의 누각이라는 말로, 대궐을 가리킨다.

3 오작교(烏鵲橋): 남원 광한루 앞에 있는 돌다리. 1461년 남원부사 장의국(張義國)이 요천(蓼川)의 물을 끌어다가 광한루 앞에 은하수를 상징하는 커다란 연못을 파고 오작교를 가설하였다.

4 견우직녀(牽牛織女): 견우성과 직녀성. 직녀는 천제(天帝)의 손녀로 길쌈을 잘하고 부지런하므로 천제가 매우 사랑하여 은하수 건너편의 하고(河鼓)라는 목동과 혼인하

人間快事繡衣郎　　인간 세상 멋진 일은 수의 어사[5]와
月老佳緣紅紛妓　　월노[6]가 예쁜 기생[7]과 인연 맺어준 것이네.
龍城客舍東大廳　　남원 객사 용성관[8] 동대청에서

게 했다. 그러나 이들 부부는 신혼의 즐거움에 빠져 매우 게을러졌다. 이에 천제가 크게 노하여 그들을 은하수를 가운데 두고 다시 떨어져 살게 하고, 한 해에 한 번 칠월칠석날만 같이 지내도록 했다. 은하수 때문에 칠월칠석날도 서로 만나지 못하자, 보다 못한 지상의 까막까치들이 하늘로 올라가 머리를 이어 다리를 놓아 주었다. 그 다리를 '오작교'라 하며, 칠석이 지나면 까막까치가 다리를 놓느라고 머리가 모두 벗겨져 돌아온다고 한다. 또한, 이날 오는 비는 '칠석우(七夕雨)'라 하여, 그들이 너무 기뻐서 흘리는 눈물이라고 하며, 그 이튿날 아침에 오는 비는 이별의 눈물이라고 한다. 『형초세시기(荊楚歲時記)』.

5 수의랑(繡衣郎): 암행어사를 영화롭게 이르는 말. 수의사또(繡衣使道). 옛날 지방에 파견하는 어사들에게 수놓은 옷을 입혔던 데에서 유래하였다. "수의사또 듯조시오 칭암절벽 놉푼 바우 바람 분들 문어지며 청송녹죽 푸린 남기 눈이 온들 벤하릿가 그런 분부 마옵시고 어셔 밥비 쥑여 주오", 〈열녀춘향수절가〉(완판 84장본). *한(漢)나라 무제(武帝) 때 처음으로 조정에서 각 지방 정사(政事)의 순시(巡視)·처리(處理)를 전관(專管)할 관원을 두어 그를 직지사자(直指使者), 또는 직지수의사자(直指繡衣使者)라고 했다. 한 무제는 직지사자 포승지(暴勝之) 등에게 수의(繡衣)를 입히고 도끼를 주어 각 지방을 순찰하면서 법을 집행하도록 했는데, 도끼를 가지는 것은 곧 법관의 법 집행에 대한 단안(斷案)을 의미한다. 조선 시대에, 암행어사는 임금의 특명을 받아 지방관의 치적과 비위를 탐문하고 백성의 어려움을 살펴서 개선하는 일을 맡아 하던 임시 벼슬이다.

6 월노(月老): 월하노인(月下老人). 부부의 인연을 맺어 준다는 전설상의 노인. 붉은 끈을 가지고 다니면서 부부의 인연이 닿는 사람들의 발목을 꽁꽁 묶어 놓으면 어떠한 경우에도 부부의 연을 맺게 된다고 한다. 『속현괴록(續玄怪錄)』 권4.

7 홍분기(紅紛妓): 곱게 치장한 기생.

8 용성객사(龍城客舍): 남원부 객사인 용성관(龍城館). '용성'은 대방(帶方)·고룡(古龍)과 함께 남원의 옛 지명의 하나. "군명. 대방, 고룡, 용성. (郡名. 帶方, 古龍, 龍城.)", 『신증동국여지승람(新增東國輿地勝覽)』. 남원부 객사의 이름은 원래 '휼민관(恤民館)'이었는데, 정유재란 때 불탄 후, 부사 정동설(鄭東卨)에 이어 부사 정협(鄭悏)이 다시 세우고 '용성관(龍城館)'이란 편액(扁額)을 걸었다고 한다. 조선 시대에는 객사에 전패(殿牌, 임금을 상징하는 나무패로, '전(殿)'자를 새김)를 안치하고 초하루와 보름에 달을 보면서 향망궐배(向望闕拜, 임금이 계신 대궐을 향해 절을 올림)하는 한편, 사신의 숙소로도 사용하였다.

是日重逢無限喜	이날 다시 만나니 기쁘기 그지없네.
南原冊房李都令	남원 부사 자제인 책방의 이도령이
初見春香絶代美	절세미인 춘향을 처음으로 보았네.
三郎愛物比君誰	당 현종[9]의 양귀비인들[10] 그대에게 비하리오
二仙瑤池淑香是	이선[11]의 요지연[12]의 숙향[13]이 너로구나.
吾年二八爾三五	내 나이는 열여섯 너는 열다섯
桃李芳心媚春晷	도리화 향기로움 봄빛을 희롱하네.
晴莎南陌欲抽綠	남녘 길엔 고운 잔디 파릇파릇 돋아나고
牧丹東籬方綻紫	동편 울엔 모란꽃이 자줏빛 터뜨리네.
繁華物色帶方國	물색도 번화하다 옛 대방국[14] 남원 고을

---

9 삼랑(三郎): 당(唐)나라 현종(玄宗). 현종의 형제가 6인이었는데, 한 사람은 일찍 죽었다. 영왕(寧王)·설왕(薛王)은 현종의 형이고, 신왕(申王)·기왕(岐王)은 현종의 아우였기 때문에 삼랑이라고 한 것이다. 송(宋)나라 마영경(馬永卿), 『나진자(懶眞子)』 권1. "조고가 이세를 속였고, 이임보가 현종을 그르쳤네. (趙高欺二世, 林甫誤三郎.)", 고려 권홍(權興), 「차어은운(次漁隱韻)」, 『동문선(東文選)』 권11.

10 애물(愛物): 사랑하여 소중히 여기는 물건. 여기서는 당나라 현종의 비(妃)인 양귀비(楊貴妃, 719~756)로 이름은 옥환(玉環)이며, 도교에서는 태진(太眞)이라 부른다. 춤과 음악에 뛰어나고 총명하여 현종의 총애를 받아 일족이 부귀영화를 누렸지만 안록산(安祿山)의 난을 만나 마외역(馬嵬驛)에서 죽임을 당했다.

11 이선(二仙): 〈숙향전〉의 남주인공인 이선(李仙). 숙향은 마고할미의 집에 의탁하여 수(繡)를 놓아 팔았는데, 이 수를 본 이선이 마고할미의 집에 찾아가 숙향과 인연을 맺었다.

12 요지(瑤池): 요지연(瑤池淵). 중국의 곤륜산(崑崙山)에 있는, 서왕모(西王母)가 사는 궁전의 왼쪽에 있는 연못. 주(周)나라 목왕(穆王)이 서쪽으로 정벌을 나갔다가 서왕모를 만나 그가 베푼 요지의 잔치에서 놀았다고 한다. 『목천자전(穆天子傳)』 권3, 「고문(古文)」.

13 숙향(淑香): 〈숙향전〉의 여주인공. 송(宋)나라 때 김전(金銓)이라는 사람의 딸 숙향이 난리 중에 아버지를 잃고 고생하다가 아버지를 만나고, 나중에 초왕(楚王)이 되는 이선과 결혼하여 정렬부인이 된다.

14 대방국(帶方國): 남원부의 옛 이름.

是時尋春遊上巳	이때는 봄놀이 하는 삼월 삼짇날.[15]
紅羅繡裳草邊曳	붉은 비단 수치마는 풀잎에 스치고
白紵輕衫花際披	흰모시[16] 얇은 적삼 꽃 사이에 하늘대네.
淸溪夕陽蹴波鷰	맑은 시내 석양에 제비가 물결 차듯
碧桃陰中香步蛙	벽도화 꽃그늘에 개구리가 살금살금 걷듯
姑山處子惹香澤	고여산 선녀[17]가 향내[18]를 풍기는 듯
玉京仙娥鳴佩玘	월궁의 항아[19]가 노리개[20]를 울리는 듯.
蘭膏粉汗洗浴態	향긋한 땀방울 목욕하는 그 자태
萬北寺前春水瀰	만북사[21] 앞 봄 물결 넘실거리네.

15 상사(上巳): 음력 3월 3일. 삼짇날, 원사(元巳), 중삼(重三), 상제(上除), 답청절(踏靑節)이라고도 한다. 이날 여자들은 들판에 나가 진달래꽃으로 화전(花煎)을 만들어 먹고, 남자들은 궁술대회를 연다. 특히 이날 머리를 감으면 머릿결에 윤기가 흐르고 아름다워진다고 하여 부녀자들은 삼삼오오 물가로 가서 머리를 감았다.

16 백저(白苧): 흰모시. 잿물에 담갔다가 솥에 쪄 내어 빛깔이 하얀 모시.

17 고산처자(姑山處子): 마고선녀(麻姑仙女). 한(漢)나라 환제(桓帝) 때 모주(牟州) 동남쪽 고여산(姑餘山)에서 수도하였다는 선녀로, 새 발톱처럼 생긴 긴 손톱으로 가려운 데를 긁어주면 한없이 유쾌하였다고 한다. 또는 막고야산(藐姑射山)의 신인(神人). "막고야산에 한 신인이 살고 있었는데, 살결은 빙설처럼 새하얗고 처녀처럼 보들보들했다. 오곡은 먹지 않고 바람과 이슬을 마셨으며, 구름을 타고 나는 용을 몰면서 사해의 밖에 노닐었다. (藐姑射之山, 有神人居焉, 肌膚若氷雪, 淖約處子. 不食五穀, 吹風飮露, 乘雲氣, 御飛龍, 而遊乎四海之外.)", 『장자(莊子)』「소요유(逍遙遊)」.

18 향택(香澤): 향유.

19 옥경선아(玉京仙娥): 달 속에 산다고 하는 선녀. 일명 항아(嫦娥), 월궁항아(月宮姮娥). 예(羿)의 처로, 예가 서왕모에게서 얻은 불사약을 훔쳐 월궁으로 도망했다고 한다. 『회남자(淮南子)』「남명훈(覽冥訓)」.

20 패기(佩玘): 노리개. 여자들이 몸치장으로 한복 저고리의 고름이나 치마허리 따위에 다는 물건. 금, 은, 보석 따위에 명주실을 늘어뜨린 것으로, 단작노리개와 삼작노리개가 있다.

21 만북사(萬北寺): 만복사(萬福寺). 『일사본』에는 '萬化寺'로 되어 있다. "만복사, 기린산(麒麟山)의 동쪽에 5층의 전당이 있고, 서쪽에 2층의 전당이 있는데, 그 안에 길이

玻瓈小渚顧影笑　유리 같은 맑은 물속 제 그림자 보고 웃고
雪膚花貌淸而頮　흰 살결 고운 얼굴[22] 씻으며 고개 드네.
慇懃腰下怕人見　허리 아래 남 볼세라 은근히 저어해도
水面嬌態蓮花似　물에 비친 온갖 교태 연꽃송이 같아라.
香風一陣綠楊岸　향기로운 바람이 버들 숲에 일렁이고
復上鞦韆誇妙技　그네[23]에 다시 올라 묘한 재주 자랑하네.
青鸞飛動紫羅繡　푸른 난새[24] 날아들어 자주 비단 수놓는 듯
百尺長繩紅纚纚　붉고도 긴 그넷줄 백 척이나 늘어졌네.[25]
江妃踏波一身輕　강비[26]가 물결 차듯 일신이 가벼웁고
月娥乘雲雙足跂　월궁항아[27] 구름 타듯 두 발을 구르네.
尖尖寶襪似苽子　외씨 같은 예쁜 버선[28] 뾰족한 콧날이

53자의 동불(銅佛)이 있으니 이는 고려 문종 때 창건한 것이다. (萬福寺. 在麒麟山, 東有五層殿, 西有二層殿, 殿內有銅佛, 長三十五尺, 高麗文宗時, 所創.)", 『신증동국여지승람』. 『용성지』에는 '萬福寺'로, 『남원읍지(南原邑誌)』와 『호남읍지(湖南邑誌)』에는 '萬北寺'로 되어 있다.

22 설부화모(雪膚花貌): 설부화용(雪膚花容). 눈처럼 흰 살갗과 꽃처럼 고운 얼굴이라는 뜻으로, 미인의 용모를 이르는 말.

23 추천(鞦韆): 그네. 추천(秋千), 반선지희(半仙之戱)라고도 한다. "천보 연간에 궁중에서 한식날이 되어 그네를 매어 궁녀들에게 타고 즐기게 하였는데, 황제가 이를 반선지희라고 불렀다. (天寶宮中, 至寒食節, 競竪秋千, 帝呼爲半仙之戱.)", 『개원천보유사(開元天寶遺事)』 권3.

24 청난(靑鸞): 털빛에 푸른색이 많은 봉황.

25 사사(纚纚): 가늘고 길게 드리운 모양.

26 강비(江妃): 강한(江漢) 가에 노닐었다는 전설상의 신녀(神女). 주(周)나라의 정교보(鄭交甫)가 강한 가에 놀러갔다가 강비 두 여인을 만나 사랑의 표시로 패옥을 달라고 하자, 허리에 찬 패옥을 풀어주고 홀연히 사라졌다고 한다. 『열선전(列仙傳)』 「강비이녀(江妃二女)」.

27 월아(月娥): 월궁항아(月宮姮娥).

28 보말사고자(寶襪似苽子): 오이씨처럼 볼이 조붓하고 갸름하여 맵시가 있는 버선. 외

衝落枝邊高處蘂　가지 끝의 높은 꽃잎 부딪혀서 떨어지네.
桃花團月掩羅裙　복사꽃 꽃무리가 비단치마 뒤덮으니
萬目春城皆仰視　봄날 성안 많은 사람 모두들 쳐다보네.
紅樓十載所未見　홍루[29] 출입 십 년에도 보지 못한 미인이라
男子風情潛惹起　사나이의 풍정이 슬며시 일어나네.
翩翩青鳥乍去來　청조[30]가 펄펄 날아 잠깐 사이 오가더니
整頓衣裳端正跽　옷매무새 여미고서 단정히 꿇어앉네.
櫻桃花下捲簾家　앵두나무 꽃 아래 발 거둔 집 가리키며
女曰無遐男曰唯　계집은 '멀잖다'고 사내는 '알았다'네.
鶯嗔鶯猜路如絲　뭇 새들 지저귀는 오솔길은 꼬불꼬불
步踏溪邊青白芷　시냇가 풀밭을 사뿐사뿐 걸어가네.
窓開紅杏碧梧庭　창을 여니 정원에는 벽오동과 붉은 살구
屛畫青山綠水沚　병풍에 그린 그림 청산과 녹수로다.
青帷紅燭洞房中　푸른 휘장 붉은 촛불 아늑한 신방[31]에는

씨버선. '보말'은 아름다운 버선이고, '고자'는 오이이다.

29 홍루(紅樓): 기생집. 원래는 붉은 칠을 한 높은 누각이라는 뜻으로, 부잣집 여자가 거처하는 곳을 이르는 말이다. "준마 타고 힘차게 낙화를 밟으며 지나다가, 채찍을 늘어뜨려 오운거를 건드려 보았네. 미인이 한바탕 웃으며 주렴을 걷더니, 멀리 붉은 누대를 가리키며 자기네 집이라고 하네. (駿馬驕行踏落花, 垂鞭直拂五雲車. 美人一笑褰珠箔, 遥指紅樓是妾家.)", 당(唐)나라 이백(李白), 「맥상증미인(陌上贈美人)」.

30 청조(青鳥): 파랑새. 반가운 사자(使者)나 편지를 이르는 말. 여기서는 방자를 가리킨다. 한나라 무제(武帝)가 7월 7일 승화전(承華殿)에 있을 때 청조 한 마리가 서쪽에서 날아와 전각 앞에 이르기에 동방삭(東方朔)에게 그 이유를 물었더니 "이것은 서왕모가 오려는 징조입니다."라고 하였다. 한참 만에 과연 서왕모가 오색 반룡(五色斑龍)이 끄는 뿌연 구름 연(輦)을 타고 전각으로 왔다고 한다. 『한무내전(漢武內傳)』. "방자 분부 듯고 츈향 초리 건네갈 졔 맵시 잇난 방ᄌᆞ 열셕 셔황모 요지연의 편지 젼턴 쳥조 갓치 이리져리 건네가셔", 〈열녀춘향수절가〉(완판 84장본).

31 홍촉동방(紅燭洞房): 화촉동방(華燭洞房). 신랑 신부가 첫날밤을 지내는 방.

鏡臺粧奩何櫛比	경대와 화장대[32]는 어찌 그리 즐비[33]한고.
肴陳蔚鯣爛登盤	난등반엔 좋은 안주 울산장어 차려놓고
酒熟壺春新上簁	잘 익은 동이 술을 새로이 걸러놨네.[34]
琉璃畵盞瑚珀臺	아름다운 유리잔[35]을 호박대[36]에 올려놓고
勸勸薑椒香蜜餌	강초 경단[37] 유밀과[38]를 권하고 또 권하네.
花牋書出不忘記	화전지를 펼쳐내어 불망기[39]를 써 주니
好約丁寧娘拜跪	좋은 언약 정녕하다 춘향이 절을 하네.
人間今夕問何夕	인간 세상 오늘 밤은 어떠한 밤이런고[40]
大禹塗山辛壬癸	우임금이 도산[41] 맞던 신임계갑 그날이라.[42]

32 장렴(粧奩): 몸을 치장하는 데 쓰는 갖가지 물건.

33 즐비(櫛比): 빗살처럼 줄지어 빽빽하게 늘어서 있음. 『청절서원본』과 『일사본』에는 '櫛枇'로 되어 있다.

34 사(簁): 『청절서원본』에는 '篵'로 되어 있다.

35 유리화잔(琉璃畵盞): 무늬를 넣어 만든 아름다운 유리잔.

36 호박대(瑚珀臺): 누른빛의 호박으로 만든 물건을 올려놓는 대(그릇).

37 강초(薑椒): 강초이(薑椒餌). 강초로 만든 경단(瓊團). '경단'은 찹쌀가루나 찰수수 따위의 가루를 반죽하여 밤톨만 한 크기로 동글동글하게 빚어 끓는 물에 삶아 낸 후 고물을 묻히거나 꿀이나 엿물을 바른 떡이다.

38 밀이(蜜餌): 유밀과(油蜜菓). 밀가루나 쌀가루 반죽을 적당한 모양으로 빚어 바싹 말린 후에 기름에 튀기어 꿀이나 조청을 바르고 튀밥, 깨 따위를 입힌 과자. 밀과(蜜菓)·유과(油菓).

39 불망기(不忘記): 뒷날에 잊지 않기 위하여 적어 놓은 글. 또는 그런 문서. 일반적으로 대자(對者)를 '○○○前不忘記'라고 밝히고, '右不忘記段'으로 시작하여 '告官卞正事'로 끝을 맺는다.

40 금석문하석(今夕問何夕): 오늘밤이 어떤 밤인가. "칭칭 감아 섶을 묶을 적에, 삼성이 하늘에 떠있도다. 오늘밤은 어떤 밤인고, 이 좋은 사람을 만났도다. 그대여 그대여, 이 좋은 사람을 어찌하리오. (綢繆束薪, 三星在天. 今夕何夕, 見此良人. 子兮子兮, 如此良人何.)", 『시경(詩經)』「주무(綢繆)」.

41 대우도산(大禹塗山): 우임금과 우임금의 비인 도산.

42 신임계(辛壬癸): 신임계갑(辛壬癸甲). 도산사일(塗山四日). 우(禹)는 도산씨(塗山氏)

鴛衿栢枕次第鋪	원앙이불[43] 잣베개[44] 차례로 펼쳐놓고
繡帶花帷雜絲枲	꽃 수놓은 휘장 속에 실타래가 엉키었네.[45]
三更釵股撲灯火	야삼경 한밤중[46]에 비녀 빼고 촛불 끄니
楚臺香雲浮夢裡	양대[47]의 향기 구름 꿈속을 떠다니네.
吾心蝴蝶繞春花	내 마음은 호접인 양 봄꽃을 맴도는 듯[48]

의 딸에게 신일(辛日)에 장가들어 임계(壬癸) 양일에 집에 있다가 갑일(甲日)에 치수 사업 때문에 집을 떠났다. "내가 도산씨에게 장가들고 겨우 신·임·계·갑의 4일 만에 홍수를 다스리기 위해 집을 나갔으며, 아들 계(啓)가 출생하여 고고(呱呱)히 우는데도 나는 그를 자식으로 여기지 못하고 오직 물과 흙을 다스리는 일을 크게 헤아렸다. (娶于塗山, 辛壬癸甲, 啓呱呱而泣, 予弗子, 惟荒度土功.)", 『서경(書經)』「익직(益稷)」.

43 원금(鴛衿): 원앙금(鴛鴦衾). 원앙을 수놓은 이불. '원앙'은 언제나 함께 노닌다는 새로, 다정한 부부를 상징한다. "합혼초도 오히려 때를 알고, 원앙새도 홀로 자지 않거늘. (合昏尙知時, 鴛鴦不獨宿.)", 당나라 두보(杜甫), 「가인(佳人)」.

44 백침(栢枕): 잣베개. 색색의 헝겊 조각을 조그맣게 고깔로 접어 돌려가며 꿰매 붙여 마구리의 무늬가 잣 모양으로 되게 만든 베개.

45 잡사시(雜絲枲): 실타래가 엉킴. '사시'는 명주실과 모시실, 곧 옷감을 짜는 재료인 실이다.

46 삼경(三更): 한밤중. 병야(丙夜). 밤 11시부터 오전 1시까지의 시간.

47 초대(楚臺): 초나라 무산(巫山)의 양대(陽臺)로, 남녀 간의 정사(情事)를 의미한다. 전국 시대 초나라 회왕(懷王)이 운몽택(雲夢澤)에 있는 고당(高唐)에서 낮잠을 자는데, 꿈에 한 여인이 나타나 말하기를 "첩은 무산의 여자로서 고당의 나그네가 되었습니다. 임금께서 고당을 유람하신다는 소문을 듣고 왔사오니 침석을 받들어 모시기를 원합니다. (妾巫山之女也, 爲高唐之客. 聞君遊高唐, 願薦枕席.)"라고 하므로, 그와 하룻밤을 잤다. 이튿날 아침에 그 여인이 떠나면서 말하기를 "첩은 무산의 양지쪽 높은 구릉의 험준한 곳에 사는데, 아침이면 아침 구름이 되고 저녁이면 내리는 비가 되어 아침마다 저녁마다 양대 아래에 있습니다. (妾在巫山之陽, 高丘之岨, 旦爲朝雲, 暮爲行雨, 朝朝暮暮, 陽臺之下.)"고 하였는데, 다음 날 아침에 보니 과연 그 말과 같았으므로 그곳에 사당을 세우고 조운묘(朝雲廟)라고 하였다. 송옥(宋玉), 「고당부(高唐賦)」. 『문선(文選)』 권19.

48 호접요춘화(蝴蝶繞春花): 화간접무(花間蝶舞). 나비가 꽃 사이를 춤추며 날아다님. 속담에 '꽃 본 나비'는 남녀 간에 정이 깊어 떨어지지 못하는 즐거움을 비유적으로 이르는 말, 또는 사랑하는 사람을 만나서 기뻐하는 모습을 비유적으로 이르는 말이다.

爾意鴛鴦逢綠水　네 마음은 원앙이 녹수를 만난 듯.[49]
童年風度濶手段　나이는 어리지만 풍류[50] 속은 활달하여
欲表深情何物以　깊고도 깊은 정을 무엇으로 나타내리.
菱花玉鏡打撥金　금으로 아로새긴[51] 마름무늬 옥거울[52]과
竹節銀釵倭舘市　죽절 모양 은비녀[53]는 왜관장[54]서 산 것이네.

---

49 원앙봉록수(鴛鴦逢綠水): 원앙이 녹수를 만남. 속담에 '녹수 갈 제 원앙 가듯'은 둘의 관계가 밀접하여 서로 떨어지지 않음을 비유적으로 이르는 말이다. 『일사본』에는 '元央綠逢水'로 되어 있다.

50 풍도(風度): 풍채와 태도, 즉 풍류.

51 타발금(打撥金): 금을 주입함. 금속이나 도자기, 목재 따위의 표면에 여러 가지 무늬를 새겨서 그 속에 같은 모양의 금, 은, 보석, 뼈, 자개 따위를 박아 넣는 공예 기법을 상감(象嵌)이라 한다. 한편 『만기요람(萬機要覽)』의 '타발'에 주목하여 '타발금'을 청나라와 무역할 때 건네주는 돈으로 보고, 이 대목을 "중국에서 들여온 마름꽃무늬 장식의 유리거울"로 보는 견해도 있다. 이윤석, 「춘향전 연구자들의 상상력」, 『연민학지』 27, 연민학회, 2017, 171쪽. "영조 갑술(1754)에 비포절목(比包節目)을 정했다. 그 법은 각인의 포에 들어 있는 물건의 종류와 중국에 가서 파는 값(흔히 '타발[打發]'이라고 한다)을 나란히 적는 것이다. (英宗甲戌, 定比包節目. 其法列錄各人包入物種及彼地售賣之價(俗稱打發.)", 『만기요람』.

52 능화옥경(菱花玉鏡): 마름꽃 무늬를 새긴 옥으로 만든 거울.

53 죽절은차(竹節銀釵): 죽절은비녀. 은으로 만든 비녀로, 비녀머리에 대나무 마디 모양을 새긴 것. 비녀는 재료에 따라 금비녀, 은비녀, 백동비녀, 놋비녀, 진주비녀, 영락비녀, 옥비녀, 비취비녀, 산호비녀, 목비녀, 대(竹)비녀, 뿔(角)비녀, 뼈(骨)비녀 등이 있다. 그리고 비녀머리의 수식에 따라 봉잠, 용잠, 원앙잠, 새머리잠, 고기머리잠, 매죽잠, 죽잠, 죽절잠, 목련잠, 모란잠, 석류잠, 가란잠, 국화잠, 화엽잠, 초롱잠, 호두잠, 두잠, 완두잠, 말뚝잠, 조라잠 등이 있다.

54 왜관시(倭舘市): 왜관장. 조선 시대에 왜인들이 묵으며 통상하던 저잣거리. 초기에는 삼포(三浦)와 서울에 각각 두었는데, 임신약조(壬申約條)로 제포(薺浦)에만 두었다. '삼포'는 지금의 부산진(釜山鎭)에 해당하는 동래(東萊) 부산포(釜山浦), 지금의 경남 창원시 진해구에 해당하는 웅천(熊川) 내이포(乃而浦·薺浦), 지금의 울산광역시 동구 방어진(方魚津)과 남구 장생포(長生浦) 사이에 있는 염포(鹽浦)를 말한다. 그 후 임신약조(壬申約條)로 제포에만 두었으며, 중종 36년(1541) 부산포로 옮겼다가 다시 숙종 4년(1678) 초량(草梁)으로 옮겼다.

烏銅鐵柄統營刀	오동철병[55] 은장도는 통영에서 난 것이며[56]
紫紬雲頭平壤履	자줏빛 운두화[57]는 평양에서 산 것이네.
投之贈之少無惜	주고 또 주어도 조금도 아깝잖고
復恨金錢無億梯	많은 돈 없는 것이 다시금 한이로다.
男兒口情娶前妾	사내 아이 입정으로 장가 전에 첩을 얻어
內衙時時誇伯娣	내아[58]에 들 때마다 누이에게 자랑하네.
長長情緖絡兩身	굽이굽이 깊은 정은 두 몸을 얽어두고
笑說喬林縈葛藟	웃음과 말소리는 칡넝쿨[59]이 뒤엉킨 듯.
春瓜苦滿北歸期	사또 임기 다 되어[60] 한양으로 돌아가니

---

55 오동철병(烏銅鐵柄): 검은 빛 나는 적동(赤銅)으로 자루를 만든 칼. 또는 칼자루에 오동을 새겨 넣은 장도. "웃옷에는 손칼[小刀]을 차는데, 코뿔소의 뿔[犀], 바다거북의 등딱지[玳瑁], 침향[沈香], 검은 물소 뿔[黑角], 자단(紫檀)나무의 목재[華梨]로 칼자루와 칼집을 만든다. 자루에 오동[烏銅]을 새겨 넣은 것도 있다. 이것은 왜의 제작법이다. (衣帶小刀, 用犀玳瑁沈香黑角華梨爲柄鞘, 或有烏銅鏤柄, 倭制也.)", 유득공(柳得恭), 『경도잡지(京都雜誌)』「풍속(風俗)」. '오동'은 구리에 2~8%의 금을 배합하거나 다시 1% 정도의 은을 첨가한 검붉은빛의 구리 합금으로, 오금(烏金)과 같은 광택이 있어 장식품으로 많이 쓴다. 적동(赤銅) 또는 자동(紫銅)이라고도 한다. 이와 달리 구리와 주석·니켈을 넣어 녹이면 은빛이 나는 백동(白銅)이 만들어진다. 칼을 꾸미는 재료에 따라 금·은·오동(烏銅)·백옥(白玉)·청강석(靑剛石)·호박·대모(玳瑁)·산호·상아·쇠뼈·후단·먹감(黑柿) 등의 이름을 머리에 붙여서 부르기도 하여 백옥장도·대모장도·먹감장도 등으로 부른다. 뿐만 아니라, 장식의 무늬에 따라 안태극장식장도 또는 오동입사장식장도 등으로도 부른다.

56 통영도(統營刀): 통영에서 만든 은장도(銀粧刀). '은장도'는 은으로 만든 장도. 호신 및 노리개의 용도로 장도를 차는 풍습은 고려가 원나라에 복속된 뒤부터 시작되어 조선 시대에는 널리 일반화되었다.

57 운두(雲頭): 운두화(雲頭靴). 코에 구름무늬를 떠서 붙인 가죽신.

58 내아(內衙): 조선 시대에, 지방 관아에 있던 안채. 내사(內舍).

59 교림영갈류(喬林縈葛藟): 나무에 엉클어진 칡넝쿨. "남쪽에 도목이 있으니, 칡넝쿨이 감겨 있도다. 즐거운 군자여, 복록으로 편안하도다. (南有樛木 葛藟縈之 樂只君子 福履成之)", 『시경』「도목(樛木)」.

此日遽然離別禩　　이날로 갑작스레[61] 이별이 되는구나.[62]
紅樽綠酒不成歡　　붉은 동이 좋은 술[63]도 즐겁지 아니하고
一曲悲歌騰羽徵　　한 곡조 슬픈 노래 솟아오를 뿐이네.[64]
長城忍忘葛姬眼　　장성의 갈희[65] 눈을 차마 어찌 잊으리오
濟州將留裵將齒　　제주에서 배비장이 이빨을 남겼듯이.[66]
郎言別恨割肝腸　　도령은 이별 한에 애끊는다 말을 하고
女道深恩銘骨髓　　춘향은 깊은 은혜 골수에 새긴다네.
離筵相慰復相勉　　이별하는 자리에서 위로하고 권면하니
爾言琅琅吾側耳　　너의 말소리는 내 귓가에 낭랑하네.
今歸洛陽好讀書　　이제는 한양[67] 가서 부지런히 책을 읽어
立身明廷終出仕　　밝은 조정에 입신하여 벼슬길에 오르리라.

---

60 춘과고만(春瓜苦滿): 과만(瓜滿). 과년(瓜年). 관리의 임기를 과기(瓜期)라고 하고 임기가 찬 것을 과만이라 한다. 제(齊)나라 양공(襄公)이 연칭(連稱)과 관지보(管至父)를 규구(葵丘)로 보내어 지키게 하였는데, 외가 익을 때 보내면서 "내년에 외가 익을 때 교대시켜 주겠다."라고 약속한 고사에서 유래하였다. 『춘추좌씨전(春秋左氏傳)』, 장공(莊公) 8년.

61 거연(遽然): 깊이 생각할 겨를도 없이 문득.

62 사(禩): '祀'의 고자(古字). *'禩' 대신 '襈'(서두를 선)으로 보기도 한다. 그러나 이 글자는 위치상 운(韻)이 놓일 자리인데, '襈'은 상성(上聲) '銑' 운이므로 '禩'가 옳은 것으로 판단된다.

63 녹주(綠酒): 초록색이 감도는 좋은 술.

64 우치(羽徵): 오음(五音)인 궁상각치우(宮商角徵羽)의 우와 치. 여기서는 곡조 또는 노래를 뜻한다.

65 갈희(葛姬): 『시화휘성(詩話彙成)』에 나오는 성종 때 장성의 명기(名妓) 노아(蘆兒)를 말하는 것으로 보인다. '蘆'의 고유어 '갈'과 '葛'은 음이 같다.

66 배장치(裵將齒): 배비장의 이빨. 현전하는 〈배비장전〉에는 정비장이 애랑과 이별할 때 앞니를 빼주는 것으로 되어 있다.

67 낙양(洛陽): 중국 하남성(河南省) 북쪽의 도시로 후한(後漢), 서진(西晉), 북위(北魏), 후당(後唐)의 도읍지. 여기서는 한양을 뜻한다.

茲州太守或不能	이 고을의 태수는 못할지 모르지만
此道監司猶可擬	이 도의 감사는 될 수가 있으리라.
分明他日好風吹	분명코 뒷날에 좋은 바람 불어와서
復墾陳田春草薙	묵정밭[68] 다시 갈고 봄풀 벨 날 있으리라.
臨分更有惜別意	헤어지는 마당에 다시 이별의 정 애틋하여
戲談層生南俗俚	희담[69]을 자꾸 하니 남도소리[70] 되는구나.
方壺大海涸生塵	동해[71] 바다 물이 말라 먼지가 풀풀 일고
白頭高山平似砥	백두산 높은 봉이 숫돌처럼 평평하며
屛風畫鷄拍翼鳴	병풍에 그린 닭이 두 나래를 치고 울면
公子歸船門外艤	임 타고 오시는 배 문밖에 닿으려나.[72]
花樓春日上馬遲	화루의 봄날에 느짓이 말에 올라
回首蛟龍山碨礧	머리 돌려 바라보니 교룡산[73] 우뚝하네.[74]

68 진전(陳田): 오래 내버려 두어 거칠어진 밭. 묵정밭. 묵밭.

69 희담(戲談): 웃음거리로 하는 실없는 말.

70 남속리(南俗俚): 남도소리.

71 방호(方壺): 동해. 방장(方丈)이라고도 한다. 『열자(列子)』「탕문(湯問)」에, 동해(東海)에 대여(岱輿), 원교(員嶠), 방호(方壺), 영주(瀛洲), 봉래(蓬萊)의 다섯 신산(神山)이 있다고 했다.

72 방호대해(方壺大海) … 문외의(門外艤): 〈황계사〉의 일절. "도련님 이졔 가시면 언제나 오시랴 ᄒᆞ오 … 금강산 샹샹봉이 물 미러 ᄇᆡ가 둥둥 씌여 평지 되거든 오랴시오 병풍의 그린 황계 두 나ᄅᆡ를 둥덩 치고 ᄉᆞ오경 느즌 후ᄋᆡ 날 ᄉᆡ라고 ᄭᅩᄭᅴ요 울거든 오랴시오", 〈남원고사〉.

73 교룡산(蛟龍山): 전라북도 남원시에 우뚝 솟은 산으로 주봉인 밀덕봉(密德峯, 518m)과 남쪽의 복덕봉(福德峯)이 같은 높이로 맞서 있다. "교룡산. 부의 서쪽 7리에 있는데, 북쪽에는 밀덕봉(密德峯)과 복덕봉(福德峯)이 하늘을 받치고 높이 솟아 있다. (蛟龍山. 在府西七里, 北有密德福德, 兩峯撑天突兀.)", 『신증동국여지승람(東國輿地勝覽)』 권39, 「남원도호부(南原都護府)」.

74 외뢰(碨礧): 바위나 산 등의 험한 모양.

征鞭不促北去路　　한양으로 오르는 길 재촉하지 아니 하고
歎息斜陽踰瑟峙　　석양에 탄식하며 슬치고개[75] 넘어가네.
惘然歸坐洛中宅　　한양 집에 돌아와 넋을 놓고 앉아서
注目南天窓每闖　　남녘 하늘 보느라 번번이 창을 여네.
音容黯黯斗峙雲　　임 목소리와 얼굴은 말치재[76] 구름처럼 아득하고
書信茫茫漢江鯉　　서신은 한강의 잉어[77]처럼 망망하네.[78]
紅閨後約恐或晩　　임과 맺은 약속[79] 혹여나 늦을세라
每日長安開墨壘　　날마다 한양에서 문방사우 벌여놓네.
風騷句裡問宋玉　　풍부 이소[80] 구절은 송옥[81]에게 물어보고

---

75 슬치(瑟峙): 슬치고개. 전라북도 임실군 관촌면 슬치리에 있는 고개. 옛날에 도인이 비파를 뜯으며 고개를 넘어왔다 하여 붙여진 이름이다.

76 두치(斗峙): 말치재. 전라북도 임실군 임실읍 대곡리 한실에 있는 고개. "임실 읍ᄂᆡ가 여긔로다 말치ᄌᆡ를 넘어셔셔 ᄆᆡ쵸ᄅᆡᆨ이을 도라든이 예서붓텀 남원 ᄯᅡᆼ이라", 〈장자백 춘향가〉.

77 리(鯉): 잉어(鯉魚). 여기서는 서신(書信)을 뜻하는데, 쌍리(雙鯉) 혹은 이소(鯉素)라고도 한다. 『고악부(古樂府)』 「음마장성굴행(飮馬長城窟行)」의 "나그네 먼 곳에서 와서, 내게 잉어 한 쌍 주었지. 아이 불러 삶게 했더니, 뱃속에 한 자가 되는 편지가 들어 있었네. (客從遠方來, 遺我雙鯉魚. 呼童烹鯉魚, 中有尺素書.)"에서 유래하였다. 이 작품은 작자 미상으로 알려져 있는데, 『옥대신영(玉臺新詠)』(권1)에는 후한(後漢) 채옹(蔡邕)의 작으로 되어 있다.

78 망연 … 한강리(惘然 … 漢江鯉): "니 도령은 경성으로 올나와셔 은근이 져ᄅᆞᆯ 위ᄒᆞᆫ 졍이 가슴의 못시 되고 오장의 불이 되여 운산을 창망ᄒᆞᄆᆡ 신무우익 한탄ᄒᆞ고 몽혼이 경경ᄒᆞ여 밤마다 관산을 넘나드니 ᄭᅮᆷ의 단니ᄂᆞᆫ 길이 ᄌᆞ최곳 나량이면 님의 ᄀᆡᆨ창 밧기 셕노라도 다를이라", 〈남원고사〉.

79 홍규후약(紅閨後約): 사랑하는 남녀가 이별시에 뒷날 다시 만날 것을 기약한 약속. '홍규'는 여인이 거처하는, 화려하게 꾸민 방이다.

80 풍소(風騷): 송옥(宋玉)의 「풍부(風賦)」와 굴원(屈原)의 「이소(離騷)」. 「풍부」는 송옥이 초나라 양왕(襄王)의 교만과 사치를 풍자할 목적으로, 대왕지풍(大王之風)과 서인지풍(庶人之風)으로 구분해서 지은 시부(詩賦)의 이름인데, 후대에는 보통 제왕에 대한 송가(頌歌)의 뜻으로 쓰였다. 「이소」는 초나라 회왕(懷王) 때 굴원이 삼려대부(三

史記篇中談李悝　　사기[82]의 내용은 이회[83]와 의논하네.
春塘二月謁聖科　　이월에 춘당대[84]서 알성과[85] 보이시니
身作龍門九級鮪　　용문[86]의 아홉 단계[87] 오른 물고기 되었네.

閭大夫) 벼슬을 지내다가 간신들로부터 참소를 받아 유배된 후 자신의 억울한 심정을 읊은 것이다. 『사기(史記)』 권84, 「굴원열전(屈原列傳)」. 송옥이 「구변(九辯)」을 지어 굴원의 뜻을 서술하면서 슬퍼했기 때문에 '송옥에게 물어보고'라고 했다.

81 송옥(宋玉, B.C.290?~B.C.222?): 전국 시대 초(楚)나라의 시인. 굴원의 제자로 문장을 좋아했고, 부(賦)로 명성을 얻었다. 초나라 회왕과 무산신녀의 사랑을 읊은 「고당부(高唐賦)」가 유명하다.

82 사기(史記): 중국 전한(前漢)의 사마천(司馬遷, B.C.145?~B.C.86?)이 상고(上古)의 황제(黃帝)로부터 전한(前漢) 무제(武帝)까지의 역대 왕조의 사적을 엮은 역사책. 중국 이십오사의 하나로, 중국 정사(正史)와 기전체(紀傳體)의 효시이며, 사서(史書)로서 높이 평가될 뿐만 아니라 문학적인 가치도 높다.

83 이회(李悝, B.C.455~B.C.395): 전국 시대 위(魏)나라 사람으로, 이회(里悝)라고도 한다. 문후(文侯)를 섬겨 토지의 생산력을 다하는 방법을 세우고, 또 평조법(平糶法)을 창안하여 나라를 부강하게 하였다. 형명학(刑名學)의 비조(鼻祖)로, 중국 형법전(中國刑法典)의 모법(母法)인 『법경(法經)』 6편을 편찬하였다. 『한서(漢書)』 권24 상(上), 「식화지(食貨志)」.

84 춘당(春塘): 춘당대(春塘臺). 창경궁 안에 있는 대(臺)로, 옛날에 과거를 실시하던 곳이다.

85 알성과(謁聖科): 알성시(謁聖試). 조선 시대에 임금이 봄·가을 두 차례 성균관 문묘(文廟) 석전례(釋奠禮)에 참석한 뒤 명륜당에 친림(親臨)하여 실시하던 문·무과의 특별시험. 태종 14년(1414)에 처음으로 시작되었으며, 단 한 번의 시험으로 합격 여부가 결정되었다.

86 용문(龍門): 과거 시험장의 정문. 황하 상류 용문에 세 계단[三級]으로 된 폭포가 있는데, 대어(大魚)가 이 밑에까지 와서 이 폭포를 뛰어올라야만 용이 된다는 전설에서 유래하여, 과거에 급제하는 것을 '삼급풍뢰(三級風雷)', '풍뢰삼급(風雷三級)'이라고 한다. *'등용문(登龍門)'은 용문에 오른다는 뜻으로, 어려운 관문을 통과하여 크게 출세하게 됨. 또는 그 관문을 이르는 말이다.

87 구급(九級): 제1품에서 제9품에 이르는 관리의 등급. *'구급문(九級門)'은 관로(官路)를 뜻한다. "쌍금처럼 중한 재질도 없이, 구급의 문 올라선 내 모습이 부끄럽소. (媿乏雙金重, 叨登九級門.)", 장유(張維), 「정사의 유한강 시에 차운하다(次正使遊漢江韻)」, 『계곡선생집(谿谷先生集)』 권28. 「은석사에서 지은 연구(銀寺聯句)」의 「또 연구 30구(又聯句 三十句)」 중에 남취흥(南就興)은 "이레 동안 안개비 맞아 표범 가죽 윤기 내고, 아홉 계단 풍뢰 뚫어 용문에 오르리라. (霧雨七日將變豹, 風雷九級會登龍.)"라고

東坡文體右軍筆 소동파[88]의 문체요 왕희지[89]의 필법으로

一天先場呈試紙 제일 먼저 글을 지어 시지를 올렸네.[90]

文臣及第壯元郎 문과에 급제[91]하여 장원[92]에 오르니

읊었다. 류진한, 『만화집』 권2.

88 동파(東坡): 소식(蘇軾, 1036~1101). 북송(北宋)의 문인. 자는 자첨(子瞻), 호는 동파(東坡). 부친 순(洵), 동생 철(轍)과 더불어 삼소(三蘇)라고 불리는 당송팔대가(唐宋八大家)의 한 사람이다. 구법파(舊法派)의 대표자로, 서화에도 능하였으며 「적벽부(赤壁賦)」가 유명하다. 「적벽부」는 필화(筆禍) 사건으로 죄를 얻어 황주(黃州) 호북성(湖北省)에 유배되었던 소식이 1082년(원풍 5) 가을(7월)과 겨울(10월)에 황주성 밖의 적벽에서 놀다가 지은 것으로, 7월에 지은 것을 「전적벽부」, 10월에 지은 것을 「후적벽부」라고 한다.

89 우군(右軍): 왕희지(王羲之, 307~365). 동진(東晉)의 서예가로 자는 일소(逸少). 우군장군(右軍將軍)을 지냈으며 해서(楷書)·행서(行書)·초서(草書)의 3체를 완성하여 예술적 영역으로 끌어올려 서성(書聖)으로 추앙받았다. 서풍(書風)은 전아(典雅)하고 힘차며, 기품이 높다. 작품에 「난정서(蘭亭序)」, 「상란첩(喪亂帖)」, 「황정경(黃庭經)」 등이 있다.

90 일천 선장(一天先場): 과거를 볼 때, 문과 과거장에서 가장 먼저 글장을 바치던 일. 작축(作軸)한 시권(詩卷)을 봉미관(封彌官)에게 넘기면, 봉미관은 시권의 피봉(皮封)과 답안지에 자호를 매기고 두 쪽에 계문처럼 동그라미를 그려 넣는 감합(勘合)을 한다. 천축의 첫째 시권은 '일천(一天), 이천(二天) …'으로 순서를 매기고, 그다음은 '일지(一地), 이지(二地) …' 순으로 계속된다. "방경누흡ᄒᆞ여 알셩과를 뵈시거늘 시지를 엽히 씨고 츈당ᄃᆡ 드러가셔 현제판을 바라보니 강구에 문동요라 두렷시 거렷거늘 금슈간장 창ᄒᆡ문장 히제를 ᄉᆡᆼ각ᄒᆞ고 농미연에 묵을 갈고 슌황모 무심필을 반듕동 흠셕 프러 황희지 필법으로 됴ᄆᆡᆼ보의 쳬를 바다 일필휘지ᄒᆞ니 문불가졈이라 일쳔의 션졍ᄒᆞ니", 〈남원고사〉.

91 급제(及第): 과거에 합격함. 문과에 급제한 자는 붉은 종이에 이름을 쓰고 이것을 홍패(紅牌)라 하였으며, 생원·진사시(生員進士試)에 합격한 자는 흰 종이에 이름을 쓰고 이것을 백패(白牌)라 하였다.

92 장원랑(壯元郎): 과거(科擧)의 갑과(甲科)에 1등으로 급제한 사람. 괴방(魁榜), 괴갑(魁甲), 괴원(槐元)이라고도 한다. 조선 시대에 문·무과(文武科)의 최종시험인 전시(殿試) 합격자를 갑·을·병과로 나누어 갑과에 뽑힌 3인 가운데 1등을 장원이라 하고, 2등을 방안(榜眼), 3등을 탐화(探花)라 하여 우대하였다. 이 중 탐화는 어사화를 임금으로부터 받아 급제자들의 모자에 왕 앞에서 나누어 꽂아주는 일을 맡았던 데서 붙여진 명칭이다.

御酒恩花榮莫比	어사주와 어사화[93] 영화도 그지없네.
香名藉藉翰林召	향명이 자자하여 한림[94]으로 부르시니
教坊群娥歌學士	교방[95]의 기생들이 학사를 칭송하네.
芸臺華職拜正字	교서관[96] 빛난 벼슬[97] 정자[98]에 제수되고
玉署淸班登校理	홍문관[99] 청반 요직[100] 교리[101]에 올랐네.
平生所願輒如意	평생에 원하던 일 뜻대로 이루어져

---

93 어주은화(御酒恩花): 어사주(御賜酒)와 어사화(御賜花). 조선 시대에, 임금이 문·무과에 급제한 사람에게 내리는 술과 종이로 만든 꽃. 어사화는 복두(幞頭)에 꽂는데, 문관은 33송이, 무관은 28송이였다. 문·무과의 방(榜)을 내는 날에는 홍패(紅牌)를 하사하고 어사화와 어사주를 내렸으며, 문·무과 1등 3명에게는 별도로 검은 일산[皁蓋]을 주었으니, 당시에 큰 영광으로 여겼다. 세조 때에 문과는 일산을 주고 무과는 기(旗)를 주어, 유가(遊街)하는 날에는 어린아이와 어리석은 아낙네들도 모두 문과와 무과의 구별을 알게 되니, 무반(武班)들이 자못 기뻐하지 않으므로, 곧 파하고 예전 제도를 회복하였다. 서거정(徐居正), 『필원잡기(筆苑雜記)』 권1.

94 한림(翰林): 예문관(藝文館) 검열(檢閱)을 달리 이르던 말.

95 교방(教坊): 장악원(掌樂院)의 좌방(左坊)과 우방(右坊)을 아울러 이름. 좌방은 아악(雅樂)을 우방은 속악(俗樂)을 맡았다.

96 운대(芸臺): 교서관(校書館)을 달리 이르던 말. 조선 시대에, 경서(經書)의 인쇄나 교정, 향축(香祝), 인전(印篆) 따위를 맡아보던 관아로, 내서(內書)·운각(芸閣)·운관(芸館)이라고도 했다.

97 화직(華職): 화려하고 높은 벼슬. 관직 중에 청직(淸職)과 화직(華職)이 있는데, '청직'은 청관(淸官)의 직을 이르는 말이고 '화직'은 화려하고 높은 벼슬을 뜻한다. 학식이 높은 사람에게 시키던 홍문관·예문관·춘추관·사간원·사헌부 등의 벼슬로, 지위와 봉록은 높지 않으나 뒷날에 높이 될 자리였다.

98 정자(正字): 홍문관·승문원·교서관에 속한 정9품 벼슬. 또는 그 벼슬에 있던 사람.

99 옥서(玉署): 홍문관(弘文館)을 달리 이르던 말. 삼사(三司) 가운데 궁중의 경서, 문서 따위를 관리하고 임금의 자문에 응하는 일을 맡아보던 관아로, 문원(文苑)·영각(瀛閣)·옥당(玉堂)이라고도 했다.

100 청반(淸班): 청관(淸官). 청직(淸職). 문명(文名)과 청망(淸望)이 있는 청백리(淸白吏)라는 의미에서 홍문관의 벼슬아치를 일컫는 말이다.

101 교리(校理): 집현전, 홍문관, 교서관, 승문원 따위에 속하여 문한(文翰)의 일을 맡아보던 문관 벼슬. 정오품 또는 종오품이었다.

特除湖南新御史	호남의 새 어사로 특별히 제수하네.
延英殿下肅拜歸	연영전 아래에서 숙배[102]하고 돌아와
敦化門前啓行李	돈화문[103] 앞에서 행장[104]을 차리네.
征驂躍出罷漏頭	파루[105]를 치자마자 말을 몰아 내다르니[106]
此去南州幾百里	예서부터 남원까지 몇 백 리 길이런가.
陽城稷山短長亭	안성[107]과 직산[108]의 단·장정[109] 두루 거쳐
草浦恩津深淺涘	풋개[110]와 은진[111]의 깊고 얕은 물 건너네.

---

102 숙배(肅拜): 사은숙배(謝恩肅拜). 대소 과거에 합격한 자나 문·무관직에 임명된 자가 방방(放榜)이나 제수(除授) 이튿날 왕·왕비·대비·왕세자 등을 찾아가 절하고 사례하는 의식이다. 동반(東班) 9품과 서반(西班) 4품 이상의 관직에 임명된 자는 그 다음날 대전(大典)·왕비전(王妃殿)·세자궁(世子宮)에 가서 사은숙배하였고, 가계(加階)나 겸직(兼職) 발령을 받은 경우와 출장이나 휴가를 가거나 돌아왔을 때에는 임금에게만 사은숙배하였다.

103 돈화문(敦化門): 창덕궁의 정문.

104 행리(行李): 여행할 때 지니거나 차리는 제구. 행장(行裝).

105 파루(罷漏): 조선 시대에, 서울에서 매일 새벽 5경 3점(五更三點)에 큰 쇠북을 33번 쳐서 도성의 통금(通禁)을 해제하던 일. 또는 그 시각. *인정(人定)은 밤에 통행을 금지하기 위하여 매일 일경 삼점(一更三點)에 큰 쇠북을 28번을 치고 성문(城門)을 닫았다. 인정 때 28번, 파루 때 33번의 종을 울리는 것은 불교의 교리와 관계있다. 인정은 우주의 일월성신 28수(宿)에 고하기 위하여, 파루는 제석천(帝釋天)이 이끄는 하늘의 33천(天)에 고하여 그날의 국태민안을 기원하기 위하여 치는 것이다.

106 정참(征驂): 말을 달림. 말을 재촉함. 옛날의 마차는 네 필의 말이 끄는데, 안쪽의 좌우 말을 복(服)이라고 하고 바깥쪽의 좌우 말을 참(驂)이라고 했다.

107 양성(陽城): 지금의 경기도 안성시 원곡면 내가천리에 있던 가천역(加川驛).

108 직산(稷山): 지금의 충청남도 천안시 직산읍에 있던 직산역(稷山驛).

109 단장정(短長亭): 단정(短亭)과 장정(長亭). 조선 시대에, 5리마다 단정을 설치하고 10리마다 장정을 설치했다.

110 초포(草浦): 풋개다리. 충청남도 논산시 광석면 항월리 초포마을 앞 노성천을 건너는 풋개다리[草浦橋]를 말한다. "공주 금강을 건네 금영의 즁와ᄒᆞ고 놉픈 힝질 소ᄀᆡ문 어미널틔 경천의 숙소ᄒᆞ고 뇌셩 풋ᄀᆡ 사다리 은진 간치당이 황화졍 장ᄋᆡ고ᄀᆡ 여산읍의 숙소 참ᄒᆞ고", 〈열녀춘향수절가〉(완판 84장본). 『일사본』에는 '孝浦'로 되어 있다.

完山客舍一宵枕　　전주감영 객사[112]에서 하룻밤을 묵으니
念外青蛾幾羅綺　　뜻밖에 미인[113]에게 비단옷[114]이 가깝네.
公中得私此行色　　공무 중에 사삿일 보려는 이내 행색
地漸南時人漸邇　　남원 점점 가까우니 임도 점점 가깝구나.
呼船急渡五院溪　　사공 불러 오원천[115]을 서둘러 건너고
喚酒忙過獒樹坻　　한 잔 술로 목축이고 오수역[116] 바삐 지나네.
潛行弊衣等范叔　　헌옷 입고 잠행하니 범수[117]와 한가지라

'효포'는 충청남도 공주시 신기동에서 가장 큰 마을로 효자향덕비가 있다. 향덕이가 살던 고장이라 하여 효포라 하고, 효가리(孝家里), 효계(孝溪), 소개라고도 한다.

111 은진(恩津): 은진의 사다리(沙橋). 충청남도 논산시 은진면 신교리와 부적면 사이로 흐르는 논산천을 건너던 사다리를 말하는데, '닭다리'라고도 한다. "공쥐 금강을 휫근 지나 은진 닭다리 능기울 삼녜 지나", 〈남원고사〉.

112 완산 객사(完山客舍): 전주 객사. 전라도 관찰사가 집무하던 선화당(宣化堂) 동북쪽에 있었던 풍패관(豊沛館)을 말한다. '풍패'는 중국 패현(沛縣)의 풍읍(豐邑)인데, 한나라 고조(高祖) 유방(劉邦)의 고향이었으므로 제왕(帝王)의 고향을 일컫는 말이 되었다. 전주와 함흥에 각각 풍패관이 있었던 것은 태조 이성계가 전주이씨(全州李氏)로 전주가 조선왕조의 발상지이기 때문이고, 함흥은 태조의 선조(先祖)가 살던 곳이기 때문이다.

113 청아(青蛾): 누에나비의 푸른 촉수와 같이 푸르고 아름다운 눈썹이라는 뜻으로, 미인을 비유적으로 이르는 말. "아름다운 미인은 고운 구름에 비치고, 복사꽃 아래 말 등에는 석류 같은 붉은 치마라. (紅粉青蛾暎楚雲, 桃花馬上石榴帬.)", 두심언(杜審言), 「희증조사군미인(戲贈趙使君美人)」.

114 나기(羅綺): 비단옷. 여기서는 암행어사의 수의(繡衣)를 뜻하는 것으로 보인다. 또는 『중문대사전(中文大辭典)』에 명(明)나라 자주(滋州) 사람으로, 선종(宣宗) 때 어사(御史)를 제수 받아 유능하다는 평판이 있었던 나기(羅綺)가 있다.

115 오원계(五院溪): 오원천(烏院川). 지금의 전라북도 임실군 관촌면 덕천리 섬진강 상류에 있는 하천. '오원'은 오원원(烏原院)으로 임실군 관촌면 관촌리에 있었다.

116 오수지(獒樹坻): 오수역. 전라북도 임실군 오수면 오수리에 있었다.

117 범숙(范叔): 범수(范雎). 숙(叔)은 범수의 자(字). 전국 시대에 범수가 일찍이 위(魏)나라 수가(須賈)의 문객으로 있다가 진(秦)나라로 망명해서 이름을 장록(將祿)으로 고치고 재상의 지위에 올랐다. 수가가 진나라에 사신으로 온다는 말을 듣고 범수가

陸路無車山着欙	육로엔 수레 못 타고 산길엔 나막신 신네.
官門消息問來人	오가는 사람에게 관문 소식 물어보니
有一田翁閑負耟	밭을 갈던 늙은 농부 쟁기질을 멈추고서
新官城主太狂妄	새로 오신 사또가 미친 듯이 망령 나서[118]
其也佳人蟄萬死	아리따운 그 아가씨 죽을 지경 되었다오.[119]
貞心守節以爲罪	곧은 마음 수절함을 죄로 여겨서
一月官庭三次箠	한 달 동안 관정에서 세 차례나 매를 쳤소.
緣誰將作獄中鬼	어떤 놈과 인연으로 옥중 귀신 될 판이니
可憎當年總角氏	그때의 총각 녀석 괘씸하고 얄밉다오.
推之一事可知十	하나로 미뤄보면 열 가지를 아는 법
闔境之民同有庳	남원 고을 백성[120]들은 유비[121] 사람 신세라오.
輪囷我膽强自制	속 넓은 나이지만[122] 억지로 참는데[123]

일부러 허름한 행색으로 그를 만나자, 수가가 "범숙이 지금까지도 이렇게 춥게 지낸단 말인가." 하고는 명주 솜옷을 입혀 주었다. 『사기』 권79, 「범수열전(范雎列傳)」. 『청절서원본』과 『일사본』의 '范叔'은 잘못이다.

118 광망(狂妄): 미친 사람처럼 아주 망령됨.

119 만사(萬死): 아무리 하여도 목숨을 구할 수 없음. '만사일생(萬死一生)'은 만 번 죽을 고비에서 한 번 살아난다는 뜻으로, 목숨이 매우 위태로운 처지에 놓여 있음을 이르는 말.

120 합경(闔境): 지경 안의 모두.

121 유비(有庳): 순(舜)임금이 자신을 죽이려 했던 이복동생 상(象)을 봉(封)했던 땅. "상(象)이 지극히 불인(不仁)하였는데도 그를 유비(有庳)에 봉해 주셨으니 유비의 백성들은 무슨 죄입니까? (象至不仁, 封之有庳, 有庳之人, 奚罪焉.)", 『맹자(孟子)』 「만장상(萬章上)」. 만장은 순임금이 마땅히 상을 봉해주지 말았어야 했는데, 저 유비의 백성들이 죄 없이 학정(虐政)을 만나게 한 것은 어진 사람의 마음이 아니라고 생각했다. 여기서는 남원 고을 백성들이 탐관오리를 만나 고통을 받는다는 뜻이다.

122 윤균(輪囷): 높고 큰 모양. 또는 나무에 옹이가 있어 울퉁불퉁 기괴한 형상을 나타낸 말. 여기서는 심사가 뒤틀리는 것을 말한다.

123 아담(我膽): 『청절서원본』에는 '我瞻'으로 되어 있다.

睆視月梅心暗訾	월매[124]는 눈 흘기며 원망 깨나 했겠구나.
花間柳邊路已慣	꽃 사이의 버들 길은 눈에 익은 옛길이고
先訪粧閨舊基址	옛집을 찾아가서 곱던 규방 먼저 찾네.
紗窓粉壁若箇邊	아름답던 방[125]은 어디[126]에 있었던고
喚出阿娘老阿孁	춘향[127]의 늙은 어미[128] 불러내네.
棲遑蹤跡使人侮	정처 없는[129] 이내 행색 수모 당키 십상이니
老婦尖脣如鳥觜	늙은 어미 삐쭉한 입 새부리와 같네.
空然愛女納圜扉	까닭 없이[130] 귀한 내 딸 옥중[131]에 갇혔으니
到此無人共滫瀡	이 지경이 되고 보니 돌봐줄[132] 이 하나 없네.
蕭條數口不自糊	쓸쓸히도[133] 두어 식구 풀칠마저 어려워서
或向隣家掃糠粃	이웃집의 겨 쭉정이[134] 쓸어다 먹었다오.

124 월매(月梅): 『일사본』에는 '官梅'로 되어 있다. '관매'는 관기(官妓) 월매(月梅)의 의미로 보인다.

125 사창분벽(紗窓粉壁): 분벽사창. 하얗게 꾸민 벽과 비단으로 바른 창이란 뜻으로, 여자가 거처하는 아름다운 방.

126 약개(若箇): 어디. 어느 곳.

127 아랑(阿娘): 그 처녀.

128 노아미(老阿孁): 늙은 어미. 『일사본』에는 '老阿彌'로 되어 있다.

129 서황(棲遑): 거처할 곳을 정할 여가가 없음. 몸 붙여 살 곳이 없음.

130 공연(空然): 아무 까닭이나 실속이 없게. 『일사본』과 『청절서원본』에 '公然'으로 되어 있다.

131 환비(圜扉): 감옥의 문짝 즉 감옥을 이름.

132 수수(滫瀡): 고대 요리법의 일종으로, 녹말을 음식물에 섞어 부드럽고 걸쭉하게 하여 만든 음식. 또는 쌀뜨물. 맛있는 음식으로 봉양하는 것을 말한다. "쌀뜨물로 부드럽게 하고 기름기로 기름지게 하여 시부모님이 맛보신 뒤에 물러난다.(滫瀡以滑之, 脂膏以膏之, 父母舅姑, 必嘗之而後退.)", 『예기(禮記)』「내칙(內則)」.

133 소조(蕭條): 쓸쓸한 모양.

134 강비(糠粃): 겨와 쭉정이.

奇祥泣說虺蛇夢	상서롭던[135] 훼사몽[136]을 흐느끼며 말하니
至情難堪牛犢舐	지극한 자식 사랑[137] 감당키 어렵구나.
聞來不覺鼻孔酸	듣다 보니 나도 몰래 콧등이 시큰한데[138]
是誰之愆吾所使	이것이 뉘 허물고 나로 인한 것이로세.
無情有情獄門外	정이 없든 정이 있든 옥문 밖에 왔으니
相面今宵第往矣	오늘 밤에 얼굴 보러 옥으로 가봅시다.
鶉衣鶡冠一乞人	해진 옷[139]에 찢어진 갓[140] 걸인 하나가
局束長腰行骫骳	졸라 맨 긴 허리를 구부정히 숙였네.[141]

---

135 기상(奇祥): 기이하고 상서로움.

136 훼사몽(虺蛇夢): 훼사입몽(虺蛇入夢). 여아를 낳을 태몽. 살무사나 이무기가 등장하는 꿈을 꾸면 여자아이를 낳을 징조라고 하는데, 이무기와 뱀이 모두 음성(陰性)이기 때문이다. "길몽은 무엇인가. 곰과 큰 곰, 큰 뱀과 뱀이로다. 태인이 꿈을 점치니, 곰과 큰 곰 꿈은 남자를 낳을 상서요, 큰 뱀과 뱀 꿈은 여자를 낳을 상서로다. (吉夢維何. 維熊維羆, 維虺維蛇. 大人占之, 維熊維羆, 男子之祥, 維虺維蛇, 女子之祥.)", 『시경』「소아(小雅) 사간(斯干)」.

137 우독지(牛犢舐): 노우지독(老牛舐犢). 늙은 소가 송아지를 핥아주는 것으로, 자식을 몹시 사랑하는 부모의 마음을 뜻한다. 양표(楊彪)의 아들 양수(楊修)가 조조(曹操)에게 죽임을 당했는데, 조조가 양표를 보고 "그대는 왜 그토록 야위었느냐?"고 묻자, "김일제와 같은 선견지명이 없었음은 부끄러우나, 그래도 늙은 소가 송아지를 핥아 주는 애정만은 아직도 지니고 있기 때문입니다. (愧無日磾先見之明, 猶懷老牛舐犢之愛.)", 『후한서(後漢書)』「양표전(楊彪傳)」. *김일제(金日磾)는 한나라 무제(武帝) 때의 명신이다. 무제가 일찍이 김일제의 두 아들을 매우 사랑하여 농아(弄兒)로 삼았던 관계로, 뒤에 농아가 장대해져서도 버릇이 없어 전(殿) 아래에서 궁인과 장난을 했다. 마침 김일제가 그 광경을 보고 그 음란함을 미워하여 마침내 농아를 죽여 버렸다고 한다.

138 비공산(鼻孔酸): 콧등이 시큰하다는 뜻으로, 매우 비통함을 비유한 말. 한심산비(寒心酸鼻).

139 순의(鶉衣): 메추라기의 옷차림이라는 뜻으로, 군데군데 기운 옷. 또는 낡은 옷을 이르는 말.

140 갈관(鶡冠): 갈이라는 새의 깃으로 만든 모자. 산 속에 사는 사람이 썼다 하여 은사(隱士)나 천인(賤人)의 모자를 일컫는다.

141 위피(骫骳): 구부러짐.

徘徊門隙喚春香　　서성이다 문틈으로 춘향을 불러내서
對立黃昏慘玉指　　해거름에 마주 보고 고운 손을 쓰다듬네.
凄凉身世爾何故　　처량한 네 신세 어찌된 까닭이냐
落魄行裝吾亦耻　　초라한[142] 이내 행색 나 또한 부끄럽다.
娉婷弱質只存殼　　아리땁고 연약한[143] 몸 살가죽만 남았고
玉膚花貌如彼毁　　흰 살결 고운 얼굴[144] 이다지도 상했구나.
千悲萬恨臆先塞　　천만 가지 회한으로 가슴 먼저 미어지니
夫復何言時運否　　무슨 말을 다시 하랴 시운이 막힌 것을.
搖搖病體依三木　　비틀비틀[145] 병든 몸을 삼목[146]에 의지하고
泣說中間事終始　　눈물을 흘리면서 자초지종 아뢰네.
郎君去後小妾願　　서방님 떠나신 후 소첩이 바라기는
富貴南還日夜俟　　부귀해져 오시기를 밤낮으로 기다렸소.
紅氈明月宰相門　　재상 집 홍전[147] 속의 명월주[148]같이

---

142 낙백(落魄): 현달하지 못하여 곤궁한 처지에 놓임.

143 빙정(娉婷): 연약하고 아리따운 모양.

144 옥부화모(玉膚花貌): 옥부화용(玉膚花容). 옥과 같이 아름답고 고운 살갗과 꽃처럼 아름다운 여자의 얼굴.

145 요요(搖搖): 의지할 데가 없어서 불안한 모양.

146 삼목(三木): 죄인의 목·손·발에 각각 채우던 세 가지 형구. 칼, 수갑, 차꼬를 이름.

147 홍전(紅氈): 붉은 빛깔의 모직물. 또는 붉은 담요.

148 명월(明月): 명월주(明月珠). 대합에서 나오는 진주 비슷한 구슬로 밤중에도 빛을 발하는 보주(寶珠)라 한다. 『회남자(淮南子)』「설산훈(說山訓)」. 춘추 시대 한수(漢水) 동쪽에 있던 수나라 임금[隨侯]이 출행하다가 큰 뱀이 상처를 입어 중간이 끊어진 것을 보고 사람을 시켜서 약을 발라 싸매 살려주었다. 몇 해 뒤에 그 뱀이 명주를 입에 물고 와서 은혜에 보답하였는데, 그 구슬이 직경 한 치가 넘었으며 밤에도 빛이 나 달이 비치는 것 같았다. 이것을 수후주(隋侯珠) 또는 명월주(明月珠)라고 한다. 『수신기(搜神記)』.

食肉終身吾亦恃　평생토록 부귀할 줄[149] 나 역시 믿었다오.
前生作何至重罪　전생에 지은 죄가 그 얼마나 크기에
百殃纏身無一祉　온갖 재앙 몸을 얽어 복이라곤 하나 없네.
如君才器此世界　이 세상에 낭군 같이 훌륭한 재주꾼이[150]
弊袍南來實不揣　누더기로 오실 줄을 진정으로 내 몰랐소.
華冠麗服倘無分　사모관대 비단옷은 분에 맞지 않으신지
百結鶉衫半泥滓　조각조각 꿰맨 적삼 반 너머 흙투성이네.[151]
誰令無罪致死地　어느 누가 무죄한 날 죽을 지경 되게 했나
卽今官司只貪鄙　지금의 남원부사 욕심 많고 비루하오.
劦民俱被剝膚患　백성들은 모두 다 살가죽이 벗겨지니
廉耻渾忘飾簠簋　염치라곤 전혀 없는 탐관오리[152] 분명하오.
張湯後身木强人　장탕[153]의 후신인지 사정없는 놈들이[154]

---

149 식육(食肉): 고기를 먹음. 곧 부귀를 뜻함. 식육지록(食肉之祿). 받는 녹이 고기를 먹기에 넉넉한 것으로, 여기서는 호의호식하며 부귀영화를 누린다는 뜻이다. 후한(後漢) 때에 어떤 관상쟁이가 반초(班超)의 관상을 보고 "그대의 관상은 제비의 턱에 범의 머리라 날아서 고기를 먹는 상이니, 이는 만리후에 봉해질 상이다.(燕頷虎頭, 飛而食肉, 此萬里侯相也.)"고 하였는데, 과연 반초는 서역(西域)을 평정하는 데 큰 공을 세워 정원후(定遠侯)에 봉해졌다고 하였다. 『후한서(後漢書)』 권47, 「반초열전(班超列傳)」.

150 재기(才器): 사람이 지닌 재주와 기량을 아울러 이르는 말.

151 이재(泥滓): 진흙과 찌꺼기. 더럽고 탁함. 비천한 사람을 비유적으로 이르는 말이다.

152 식보궤(飾簠簋): 보궤불식(簠簋不飾). 보궤불칙(簠簋不飭). 옛날에 관원이 청렴하지 못하여 뇌물을 받는 등 탐오죄(貪汚罪)를 범했을 경우에, 제기를 정결하게 간수하지 못했다는 뜻으로 그 죄를 직설적으로 언급하지 않고 완곡하게 표현한 말이다. 『공자가어(孔子家語)』 「오형(五刑)」. '보궤'는 제사 때 사용하는 제기의 일종으로 기장과 피를 담는 그릇인데, 보(簠)는 외방내원(外方內圓), 궤(簋)는 외원내방(外圓內方)의 용기이다.

153 장탕(張湯): 한나라 무제(武帝) 때의 법관. 태중대부(太中大夫)로 율령(律令)을 만드는 데 참여했고, 어사대부(御史大夫)가 되어서는 법문을 너무 가혹하게 다루어 뒤에

鍛鍊規模等鑪錘	매질하는[155] 모습은 쇠망치와 화로 같소.[156]
人情全沒對獄時	옥사를 처리할 땐 인정이란 전혀 없고
殘忍其心若豺兕	잔인한 그 심보는 승냥이[157]나 들소 같소.
居然生慾有夫女	슬그머니[158] 유부녀에 욕심을 내어서는
白日風稜肆姦宄	대낮에 위력[159]으로 몹쓸 짓[160]을 맘껏 했소.
嚴威莫奪匹婦節	무서운 위세로도 필부 절개 못 꺾으니
憤氣撑膓雙掌抵	분기가 북받쳐서 두 손바닥 땅땅 치고
如霜號令乳虎吼	추상같은 호령소리 어미 범[161]이 울부짖듯

주매신(朱買臣) 등의 무함(誣陷)을 받고 자살하였다. 『한서(漢書)』 권59. 장탕이 어렸을 때 쥐가 고기를 훔쳐 먹는 것을 보고 그것을 들어 쥐를 탄핵하여 심문한 문서를 갖추어 논죄하고, 쥐를 당(堂) 아래에서 찢어 죽였는데, 그 문사(文辭)가 매우 노련하여 옥리와 같았다. 이 일에서 '서옥(鼠獄)'이란 말이 생겼다. 『사기』 권122, 「혹리열전(酷吏列傳) 장탕전(張湯傳)」.

154 목강인(木强人): 억지나 고집이 센 사람. 또는 융통성이 없는 사람.

155 단련(鍛鍊): 쇠붙이를 불에 달군 후 두드려서 단단하게 함. 여기서는 죄인에게 매질하는 것을 말한다.

156 노추(鑪錘): '노'는 화로. 또는 풀무. '추'는 마치로 달군 쇠붙이를 두드려 물건을 만드는 연장.

157 시시(豺兕): 승냥이와 외뿔 난 들소. 승냥이와 들소는 사나운 동물로, 여기서는 흉악하고 사나운 사람을 비유한 말이다.

158 거연(居然): 모르는 사이에 슬그머니.

159 풍릉(風稜): 풍력(風力). 사람의 위력. 위풍이 당당함.

160 간궤(姦宄): 나라 안팎으로 나쁜 도적들이 날뛰어 나라가 혼란함 또는 악독하고 간사함 또는 마음이 틀어진 악한(惡漢). '간귀'로 읽기도 한다. "만이가 중하를 어지럽히며 약탈하고 죽이며 밖을 어지럽히고 안을 어지럽힌다. (蠻夷猾夏, 寇賊姦宄.)", 『서경(書經)』 「순전(舜典)」. "안에서 비롯된 것을 '간'이라 하고 밖에서 일어난 것을 '궤'라 한다. (由內爲姦, 起外爲宄.)", 『주례(周禮)』 주(註).

161 유호(乳虎): 새끼를 가진 범으로, 아주 사나운 범을 말한다. 범은 새끼를 가졌을 때가 가장 사납다고 한다. "차라리 새끼 가진 범을 만날지언정 영성(甯成)의 노여움을 사지 말아야 한다. (寧見乳虎, 無直甯成之怒.)", 『한서(漢書)』 권90, 「혹리전(酷吏傳) 의종(義縱)」. "도척이 크게 노해 양 발을 딱 벌리고, 칼자루에 손을 얹고 눈을 부라리

彷彿盲人足踐屎	장님이 똥 밟은 것과 같았다오.[162]
蜂飛邏卒袒裼來	벌떼 같은 나졸들이[163] 웃통 벗고[164] 달려들어
無數中庭鴈鶩峙	무수히 관정 뜰에 기러기처럼 늘어섰소.
三稜棍朴積如山	삼릉장[165]과 곤장[166]이 산처럼 쌓여 있고
檢杖聲中魂已褫	곤장 세는 소리[167]에 정신 잃고 말았다오.
柔皮軟骨暫時碎	연한 살결 약한 뼈는 잠깐 사이 부서지고
滿脛瘡痕皆黑痏	온 다리에 상처마다 검은 피멍 들었다오.
梅樽日醉五斗酒	매화주 닷 말 술에 날마다 취해서는

면서 새끼 가진 호랑이 같은 목소리로 말하였다. '공자여, 앞으로 오너라. 그대 하는 말이 나의 뜻을 따르는 것이면 살아남을 것이고, 나의 마음을 거스르는 것이면 죽을 것이다.'(盜跖大怒, 兩展其足, 案劍瞋目, 聲如乳虎, 日, 來前. 若所言, 順吾意則生, 逆吾心則死.)", 『장자(莊子)』「도척(盜跖)」.

162 맹인족천시(盲人足踐屎): 맹인이 똥을 밟은 뒤 벌어지는 부산한 행동. "외촌 허봉ᄉᆞ가 … 거드러거려 즛ᄂᆡ다가 물근 ᄯᅩᆼ을 드듸고 밋그러져 안셩장의 풀 송아지쳐로 뒤쳐지며 쳘버덕거려 니러날 졔 두 손으로 ᄯᅩᆼ을 집허 왕심어미 풋나믈 쥐무ᄅᆞ듯 왼통 쥐무ᄅᆞ고 니러셔셔 ᄯᅢ릴 젹의 옥 모통이 돌쐘이의 작근ᄒᆞ고 부듸치니 말이 못된 네로고나 ᄯᅩᆼ 무든 쥴 젼혀 잇고 입에 너허 손을 불 졔 구린ᄂᆡ가 촉비ᄒᆞ니 어픠 구려 어ᄂᆡ 년셕이 ᄯᅩᆼ을 누엇ᄂᆞᆫ고 셰벌 뻐근 ᄯᅩᆼᄂᆡ로다", 〈남원고사〉.

163 나졸(邏卒): 포도청의 하급 병사. 자기가 맡은 구역 안의 순찰과 죄인을 체포하는 일을 맡았다.

164 단석(袒裼): 웃옷의 왼쪽 소매를 벗는 것. 또는 웃옷을 벗어서 맨몸을 드러내는 것으로, 예의가 없음을 뜻함. 유하혜(柳下惠)가 말하기를 "너는 너고 나는 나이니, 비록 내 곁에서 옷을 걷고 몸을 드러낸들 네가 어찌 나를 더럽힐 수 있겠는가. (爾爲爾, 我爲我, 雖袒裼裸裎于我側, 爾焉能浼我哉.)", 『맹자』「공손추 상(公孫丑上)」.

165 삼릉(三稜): 삼릉장(三稜杖). 죄인을 때리는 데 쓰던 세모진 방망이.

166 곤박(棍朴): 곤장(棍杖). 죄인을 때리는 데 사용하던 형구의 하나. 버드나무로 넓적하고 길게 만들어 도둑이나 군율을 어긴 죄인의 볼기를 치는 것으로, 치도곤(治盜棍), 중곤(重棍), 대곤(大棍), 중곤(中棍), 소곤(小棍)의 다섯 가지가 있었다.

167 검장성(檢杖聲): 검장소리. 때리는 수를 세는 소리. 활 같은 것에 나무패를 꿰어 하나하나 세었다.

輒曰加刑不知止	갑자기 매우 쳐라 하고 그칠 줄 몰랐다오.
羅裳染盡杖頭血	곤장 맞아 흘린 피로 비단치마[168] 물들었고
暑月虫蛆生股髀	여름이라 허벅지엔 구더기가 슬었다오.
生於娼妓賤微地	창기로 태어나 미천한 몸이지만
非昧褰裳涉溱洧	치마 걷고 강 건널 만큼[169] 어리석잖소.
方知烈女不更二	열녀의 불경이부[170] 절개를 알고 있어

168 나상(羅裳): 얇고 가벼운 비단으로 만든 치마.

169 건상섭진유(褰裳涉溱洧): 치마를 걷고 진수(溱水)와 유수(洧水)를 건넌다는 것으로 자신의 지조를 버리고 다른 남자를 따른다는 뜻이다. “그대가 사랑하여 나를 그리워한다면, 치마를 걷고 진수를 건넜으리. 그대가 나를 그리워하지 않으면, 어찌 다른 사람이 없으리오. 미친 녀석 정신이 나갔네. 그대가 사랑하여 나를 그리워한다면, 치마 걷고 유수라도 건넜으리. 그대가 나를 그리워하지 않으면, 어찌 다른 사람이 없으리오. 미친 녀석 정신이 나갔네. (子惠思我, 褰裳涉溱. 子不我思, 豈無他士. 狂童之狂也且. 子惠思我, 褰裳涉洧. 子不我思, 豈無他士. 狂童之狂也且.)”, 『시경』「정풍(鄭風) 건상(褰裳)」. *진수와 유수는 영천수(潁川水)를 이루는 지류(支流)로 남녀가 즐겁게 어울리는 장소이다. “진수와 유수가, 바야흐로 출렁이네. 남자와 여자가, 막 난초를 잡고 있도다. 여자가 ‘구경가자’고 하자, 남자가 ‘이미 하였노라’ 하도다. ‘또 가서 구경할진저. 유수 밖은, 진실로 넓고 또 즐겁다’ 하여, 남자와 여자가, 서로 희학을 하면서, 작약을 선물하도다. 진수와 유수가, 깊고 맑도다. 남자와 여자가, 많이 모여 꽉 찼도다. 여자가 ‘구경 가자’고 하자, 남자가 ‘이미 하였노라’고 하도다. ‘또 가서 구경할진저. 유수 밖은, 진실로 넓고 또 즐겁다’ 하여, 남자와 여자가, 서로 희학을 하며, 작약을 선물하도다. (溱與洧, 方渙渙兮. 士與女, 方秉蕑兮. 女曰觀乎, 士曰旣且. 且往觀乎. 洧之外, 洵訏且樂. 維士與女, 伊其相謔, 贈之以勺藥. 溱與洧, 瀏其淸矣. 士與女, 殷其盈矣. 女曰觀乎. 士曰旣且. 且往觀乎, 洧之外, 洵訏且樂. 維士與女, 伊其將謔, 贈之以勺藥.)”, 『시경』「정풍(鄭風) 진유(溱洧)」.

170 열녀불경이(烈女不更二): 열녀불경이부(烈女不更二夫). 열녀는 두 지아비를 섬기지 않는다. 연(燕)나라 장수 악의(樂毅)가 제(齊)나라를 칠 때 화읍(畫邑)의 왕촉(王蠋)이 어질다는 말을 듣고 화읍을 30리 밖에서 포위하고 왕촉에게 사람을 보내 연나라 장수로 삼고 만호(萬戶)의 식읍을 주겠다고 회유하였으나 왕촉은 사양하였다. 악의가 삼군(三軍)을 거느리고서 화읍을 도륙하겠다고 협박하자, 왕촉은 “충신은 두 임금을 섬기지 않고, 열녀는 두 지아비를 섬기지 않는다. (忠臣不事二君, 烈女不更二夫.)”라고 말하고 목을 매어 자결하였다. 『사기(史記)』 권83, 「전단열전(田單列傳)」.

許身當初以死矢	당초에 허신할 때 죽음으로 맹세했소.
投身湯鑊尚且丹	끓는 솥[171]에 던진대도 일편단심 그대로니
本性難回柳與杞	본성을 바꾸기는 버들처럼 어렵다오.[172]
村盲昨訊夜來夢	어젯밤 맹인 불러[173] 해몽을 하는데
天命無常云顧諟	천명이 무상하니 굽어 살펴 달랬다오.
粧臺鏡破豈無聲	경대[174] 거울 깨어지니 어찌 소리 없으며
庭樹花飛應結子	정원수 꽃이 지니 응당 열매 맺으리라.
朝鮮通寶擲錢占	조선통보 훌쩍 던져 돈점[175]을 치는데
伏乞神明昭示俾	신명님께 비옵나니 밝게 알려 주옵소서.[176]
重天乾卦動靑龍	중천건괘[177] 동청룡[178] 점괘 나오니

---

171 탕확(湯鑊): 물이 펄펄 끓는 가마솥.

172 유여기(柳與杞): 유기(柳杞). 고리버들. “고자가 말하기를 ‘성(性)은 고리버들과 같고 의는 나무로 만든 그릇과 같으니, 사람의 본성을 가지고 인의를 행함은 고리버들을 가지고 그릇을 만드는 것과 같다.’(告子曰, 性猶杞柳也, 義猶桮棬也, 以人性爲仁義猶以杞柳爲桮棬.)”, 『맹자(孟子)』「고자 상(告子上)」.

173 신(訊): 『일사본』과 『청절서원본』에는 ‘迅’으로 되어 있다.

174 장대(粧臺): 화장대. 거울이 달리고 서랍이 있어 온갖 화장품을 올려놓거나 넣어 둔다.

175 척전점(擲錢占): 돈점. 돈을 던져 괘를 얻어 점치는 것으로, 산통점(算筒占) 다음으로 널리 행해지던 점법이다. 육효점(六爻占) 또는 중서점(中筮占)이라고도 한다. 표리(表裏)가 있는 엽전 3개를 여섯 번 던져서 그 드러나는 표리에 따라 길흉화복을 판단하는 역점법(易占法)의 일종이다. 첫 번째 나오는 것을 초효(初爻), 두 번째 나온 것을 이효(二爻), 이런 순서로 여섯 번째 나온 것을 상효(上爻)로 해서 한 괘(卦)를 만든다. 村山智順, 정현우 역, 『조선의 점복과 예언』, 동문선, 1991, 363~364쪽.

176 복걸신명소시비(伏乞神明昭示俾): 엎드려 밝은 귀신께 비옵나니 삼가 감추지 말고 밝게 알려주십시오. 점을 칠 때 하는 점복사(占卜辭)의 끝부분. 점복사는 보통 “天下言哉시며 地下言哉시리오마는 告之則應하나니 感而遂通하소서 … 伏乞神明은 勿秘昭示하옵소서”라고 한다.

177 중천건괘(重天乾卦): ䷀. 육십사괘 중 ☰(건괘[乾卦])가 상(上)과 하(下)에 겹쳐 있는 괘로서 건위천(乾爲天)이라고도 한다. 만물의 근본인 하늘과 아버지를 상징하며, 속성은 ‘위대하다. 크게 통하다. 곧고 바르며 이롭다.’이다. 정경연, 『정통풍수지리』,

貴人相逢云可企　　귀인을 상봉할 것이라 하더이다.
浮雲千里遠外郎　　천리 밖 구름같이 멀리 있던 낭군께서
不意今來逢尺咫　　뜻밖에 이제 오셔 지척에서 만나 뵙네.
身今溘死更何恨　　이 몸이야 지금 죽어 무슨 한이 있으리오
如服良劑痊宿痞　　좋은 약[179] 먹은 듯이 묵은 병이 다 나았네.
間關行路得無飢　　험난한[180] 행로에 배는 곯지 않았나요
且留吾家歸莫駛　　우리 집에 머무시고 돌아갈 길 재촉 마오.
輕花寶裙置諸篋　　꽃무늬 비단 치마 상자 속에 들었으며
蘇合香囊藏在匭　　소합향[181] 주머니는 궤 속에 두었다오.
呼吾老母向市賣　　내 노모 부르시어 시장에 내다 팔아
一飯宜炊廚下錡　　한 끼 밥이라도 지어 달라 하옵소서.
明朝本府壽宴開　　내일 아침 본관사또 수연이 벌어지면
醉後狂心應不罷　　술 취한 후 미친 마음 그냥 두지 않겠지요.
如將瘡上復加杖　　상처 위에 다시 한 번 곤장을 내리치면
此身分明塵土委　　이 몸은 분명코 진토에 버려질 터.

평단, 2004, 73쪽; 村山智順, 정현우 역, 『조선의 점복과 예언』, 동문선, 1991, 365~371쪽. "卦名은 重天乾이 初爻는 統天品卦라. 六龍御天하니 膽大包容之像이요 南山虎出하니 夜渡漢江水라. 拜府君鄰者하니 手執生殺權이라", 〈장자백 춘향가〉.

178 동청룡(動靑龍): 건(乾)은 만물의 시초에 해당하며, 자연의 섭리에 따라 변하는데, 봄에는 만물의 삶이 시작되듯 일을 시작하게 되므로 청룡이 움직인다고 한 것이다. 돈점에서 육수(六獸)는 청룡(靑龍), 주작(朱雀), 구진(句陳), 등사(螣蛇), 백호(白虎), 현무(玄武)이다.

179 양제(良劑): 효험 있는 좋은 약재.

180 간관(間關): 길이 험함. 험난한 길.

181 소합향(蘇合香): 조록나무과의 소합향나무의 수지(樹脂)에서 추출하는 향으로, 아주 귀중한 약재(藥材)이다.

須從拿路護我械　끌려가는 길을 좇아 칼머리나 들어주고
一番生前頭角掎　살아생전 한 번이나 머리채 거둬주오.[182]
初終斂襲以郎手　초종장례[183] 염습[184]은 낭군 손수 하여주고
埋骨荒原爲作誄　거친 들에 뼈를 묻고 뇌사[185]나 지어 주오.
剛腸自以丈夫許　스스로 철석간장[186] 장부라고 여겼는데
聽此不覺胸如燬　이 말 듣자 모르는 새 가슴 속에 불이 이네.
心中切齒黑倅罪　속으로 이를 갈며[187] 사또 죄상 헤아리며
封庫來朝可擠彼　내일 아침 봉고파직[188] 다스릴 작정하네.
娘家是夜伴燈宿　이날 밤 춘향 집에 등불 짝해 누웠으니
蕭瑟虫聲壁間蟢　쓸쓸한 벌레소리 벽 사이엔 갈거미네.[189]

---

182 각기(角掎): 뿔을 잡아당기고 다리를 잡아끌어 쓰러뜨림.

183 초종(初終): 초상이 난 뒤부터 졸곡까지 치르는 온갖 일이나 예식.

184 염습(斂襲): 염습(殮襲). 죽은 사람의 몸을 씻긴 다음 수의를 입히고 염포(殮布)로 묶는 일.

185 뇌(誄): 뇌사(誄詞). 죽은 이의 생전의 공덕을 칭송하며 조상(弔喪)하는 말.

186 강장(剛腸): 굳센 창자라는 뜻으로, 굳세고 굽히지 않는 마음을 비유적으로 이르는 말. 철석강장(鐵石強腸), 철석간장(鐵石肝腸).

187 절치(切齒): 절치부심(切齒腐心). 몹시 분하여 이를 갈며 속을 썩임.

188 봉고(封庫): 어사나 감사가 부정이 많은 원을 파면시키고, 관가의 창고를 잠그던 일. 이는 증거 보존을 위한 조처였지만 당사자의 직위 해제, 곧 파직을 상징하여 보통 '봉고파직(封庫罷職)' 혹은 '봉파(封罷)'라고도 하였다. 봉고는 암행어사의 처분 권한 가운데 가장 강력한 것으로 반드시 명백한 물증을 확보한 뒤에 시행하였다.

189 희(蟢): 희자(蟢子). 갈거미. 집 안의 벽에 집을 짓고 살면서 해충을 잡아먹는데, 낮에 이 거미를 보면 기쁜 일이 생길 징조라고 한다. "지금 시골에서 치마가 벗겨지거나 갈거미가 내려오면 기쁜 일이 생긴다고 하는데", 이규경(李圭景), 『오주연문장전산고(五洲衍文長箋散稿)』「풍속(風俗)」. "까치는 울타리 꽃가지에 지저귀고, 갈거미는 침상머리 줄을 치누나. 어여쁜 우리 임 머잖아 오시려나, 이내 맘 오늘따라 그러하구나.(鵲兒籬際噪花枝, 蟢子床頭引網絲. 余美歸來應未遠, 精神早已報人知.)", 이제현(李齊賢), 「거사련(居士戀)」. "어젯밤엔 치마끈이 절로 풀리고, 오늘 아침에 갈거미 내려오네. 분단장을 아니 할 수 없으리, 혹시나 낭군께서 돌아올지 모르니. (昨夜裙帶解,

天明府庭果開宴	날이 밝자[190] 관청 뜰에 과연 잔치 벌어지니
紅紬黃衫萬舞傞	붉은 명주 노란 적삼 온갖 춤 어지럽네.[191]
腥鱗白膾蓼川魚	비린 고기[192] 하얀 회는 요천의 은어요[193]
珍果紅登燕谷柿	진기한 과일은 붉게 익은 연곡의 홍시네.[194]
牋花簇簇八蓮開	종이꽃은 주렁주렁[195] 수파련[196]이 피었고
水卵團團棊子纍	수란[197]은 동글동글 바둑돌[198]을 쌓은 듯.
盃樽餘瀝醉飽心	술잔에 남은 술[199]에 취하고 배불러[200]
逐臭諸人等舐痔	벼슬 좇는 사람[201]들 하나같이 아첨[202]하네.

今朝蟢子飛. 鉛華不可棄, 莫是藁砧歸.)", 당나라 권덕여(權德輿), 「옥대체(玉臺體)」.

190 천명(天明): 날이 밝음.

191 만무차(萬舞傞): 『청절서원본』에는 '萬舞比'로 되어 있다.

192 성린(腥鱗): 비린내 나는 물고기.

193 요천어(蓼川魚): 요천에서 나는 은어. 은어는 임금에게 진상했던 남원의 특산물이다. "벌꿀, 호도, 감, 닥나무, 석류, 은어, 대살. (蜂蜜, 胡桃, 柿, 楮, 石榴, 銀口魚, 竹箭.)", 『남원읍지(南原邑誌)』「물산(物産)」. 요천은 광한루 앞을 흐르는 하천이다.

194 연곡시(燕谷柿): 연곡사(燕谷寺) 일대에서 나는 홍시. 『일사본』과 『청절서원본』에는 '燕谷市'로 되어 있다. 연곡사는 전라남도 구례군 토지면 내동리에 있다.

195 족족(簇簇): 여러 개가 아래로 늘어진 것이 수없이 많음. 주렁주렁함.

196 팔연(八蓮): 수파련(綉八蓮). 잔치 때에 장식으로 쓰이는 종이로 만든 연꽃. 채화(綵花).

197 수란(水卵): 달걀을 깨뜨려 수란짜에 담아 끓는 물에 넣어 흰자만 익힌 음식.

198 기자(棊子): 바둑돌.

199 여력(餘瀝): 마시다 남은 술.

200 취포심(醉飽心): 취하도록 술을 마시고 배부르도록 음식을 먹으려는 마음. 주나라 목왕(穆王)이 천하를 주유하려고 하자, 당시 경사(卿士)였던 제공(祭公) 모보(謀父)가 왕의 출행을 만류하기 위해 사마관(司馬官) 초(招)에게 의탁해서 시를 지어 간하였다. 그 시에 "기초는 온화하여 왕의 덕음을 밝히는지라, 우리 왕의 법도를 생각하여, 민력을 옥과 같이 여기고 금과 같이 여기니, 왕께서 백성의 힘 헤아리어 취하고 배부를 마음 없으시네. (祈招之愔愔, 式昭德音, 思我王度, 式如玉, 式如金, 形民之力, 而無醉飽之心.)"라고 하였다. 목왕이 그 시를 듣고는 출행을 중지하였다. 『춘추좌씨전(春秋左氏傳)』「소공(昭公) 12년」.

欄頭任實縣監憑　　난간 귀퉁이[203]에 임실현감 앉아 있고
楹角淳昌郡守倚　　둥근 기둥 모서리에 순창군수 기대 있네.
安知竈突火暗燃　　어찌 알랴 굴뚝에 불이 타고 있는 줄[204]을
鷰賀中堂歡未已　　중당에선 축하하며[205] 즐거움이 끝이 없네.

---

201 축취(逐臭): 냄새나는 것을 좇음. 여기서는 벼슬을 좇아다니는 것을 뜻한다. 어떤 사람이 몸에서 냄새가 너무 나서 그 가족과 친구들이 모두 함께 살지 못하게 되자 바닷가에서 홀로 살았는데, 바닷가 사람들은 이 냄새나는 사람을 좋아하여 밤낮으로 함께 어울리며 떠나지 않았다고 한다. 『여씨춘추(呂氏春秋)』「효행람(孝行覽) 우합(遇合)」.

202 지치(舐痔): 연옹지치(吮癰舐痔). 등창을 빨고 치질을 핥는다는 말로, 비굴하고 악착같이 윗사람에게 아첨하는 행위를 뜻한다. 연저지치(吮疽舐痔)라고도 한다. "진(秦)나라 왕이 병에 걸려 의원을 불러 모았는데, 종기를 째고 고름을 빼는 자는 수레 한 대를 얻었고, 치질을 핥은 자는 수레 다섯 대를 얻었다. 이와 같이 치료하는 환부가 더러울수록 수레를 얻는 숫자가 많았다. (秦王有病召醫, 破癰潰痤者, 得車一乘, 舐痔者得車五乘. 所治愈下得車愈多, 子豈治其痔耶, 何得車之多也.)", 『장자(莊子)』「열어구(列禦寇)」.

203 난두(欄頭): 난간머리. 난간마루의 한쪽 귀퉁이.

204 조돌화암연(竈突火暗燃): 굴뚝에 불이 타고 있음. "굴뚝이 무너져 불이 기둥으로 올라가도 제비는 안색도 변하지 않는 것은 무엇 때문인가? 화가 자기에게 미칠지 모르기 때문이다. (竈突決則火上焚棟, 燕雀顔色不變, 是何也.)", 『여씨춘추(呂氏春秋)』「유대(諭大)」. 원래는 나라가 잘못되어 가고 있는 것을 모르고 있는 상황을 풍자한 것인데, 여기서는 잔치에 참석한 사람들이 앞으로 닥칠 화를 모르고 있다는 뜻이다. 『삼국지연의』에 "설후가 촉에서 돌아오자 오주 손휴가 '요즈음 촉의 동태가 어떻던가?'라고 물었다. 설후가 '요즈음 중상시 왕호가 권력을 잡고 있어 공경대부들도 아부하고 있었습니다. 조정에 바른말 하는 사람이 없고, 백성들은 굶주린 기색이 완연했습니다. 이른바 제비와 참새가 당상에 득실거리니, 큰 집에 장차 불이 나는 것도 모른다는 격이었습니다.'고 아뢰었다. 손휴가 '제갈무후가 살아 있었다면 어찌 이 지경까지 되었으랴!'고 탄식했다. (珝自蜀中歸, 吳主孫休問, 蜀中近日作何擧動. 珝奏曰: 近日中常侍黃皓用事, 公卿多阿附之. 入其朝, 不聞直言, 經其野, 民有菜色. 所謂燕雀處堂, 不知大廈之將焚者也.)"가 있다. 나관중, 『삼국연의(三國演義)』, 문화도서공사(文化圖書公司), 1984, 704~705쪽.

205 연하(鷰賀): 제비와 참새가 사람의 집을 자기들의 깃들 곳으로 삼아 서로 축하한다는 뜻에서, 흔히 남이 새로 집을 지은 것을 축하하는 말로 쓰이며, 또는 일반적인 축하의 뜻으로도 쓰인다. "목욕할 채비가 갖추어지면 이들이 서로 슬퍼하고, 큰 집

公門以外乞食客　　남원 관아 문 밖에선 빌어먹는 나그네가
襤褸衣巾來自垝　　누더기[206] 차림으로 무너진 담 넘어오네.
綿絲一紽亂結冠　　무명실 한 타래로 어지럽게 갓끈 하고
草履雙綦半掛趾　　짚신 들메끈[207]이 반만 발에 걸쳐 있네.
低面末席故顈頤　　고개 숙여 말석에 턱[208]을 괴고 앉았으나
意中秋鷹將獵雉　　마음속엔 가을 매[209]가 꿩 채갈 작정이네.
平原門下笑躄姬　　절름발이 비웃던 평원군의 애첩을[210]
復見樽門傳酒婢　　술 나르는 여종에게 또다시 보겠구나.[211]
殘盃冷炙草待接　　먹던 술과 식은 고기[212] 푸대접 하는 양은
彷彿村氓浮鬼疺　　촌사람이 차린 뜬것 물리는 상과 같네.[213]

이 이루어지면 제비와 참새들이 서로 축하한다.(湯沐具而蟣蝨相弔, 大厦成而燕雀相賀.)", 『회남자(淮南子)』「설림훈(說林訓)」.

206 남루(襤褸): 헌 누더기. 옷 따위가 때 묻고 해져서 볼썽사납게 더럽고 너절함.

207 기(綦): 들메끈. 신이 벗어지지 않도록 신을 발에다 동여매는 끈이다.

208 이(頤): 턱. 『일사본』에는 '頲'로 되어 있다.

209 추응(秋鷹): 가을 매. 보라매.

210 평원문하소벽희(平原門下笑躄姬): 평원군의 애첩이 이웃집에 사는 절름발이가 절뚝거리며 걷는 것을 보고 웃자, 절름발이가 평원군을 찾아와 애첩의 목을 달라고 했다. 평원군이 그 첩의 목을 베겠다고 약속하고도 지키지 않으니 식객들이 점차 줄어들었다. 이에 평원군이 첩의 목을 베고, 직접 이웃 사람에게 사과하자 식객들이 다시 모여들었다. 『사기』「평원군우경열전(平原君虞卿列傳)」.

211 준문(樽門): 『청절서원본』에는 '樽前'으로 되어 있다.

212 잔배냉자(殘盃冷炙): 먹다 남은 술과 다 식은 고기로, 치욕을 당하는 것을 비유한 말로 쓰인다. "나귀 타고 가난하게 살아온 지 30년, 장안의 봄에 나그네로 얻어먹고 살았다오. 아침이면 부잣집의 문을 두드리고, 저녁이면 귀인의 행차를 따라다녔소. 남은 술과 식은 안주를 먹으며, 이르는 곳마다 슬프고 고통스러웠다오.(騎驢三十載, 旅食京華春. 朝扣富兒門, 暮隨肥馬塵. 殘盃與冷炙, 到處潛悲辛.)", 두보, 「증위좌승(贈韋左丞)」.

213 부귀지(浮鬼疺): '부귀'는 뜬것, 곧 떠돌아다니는 못된 귀신이다. 『청절서원본』에는 '浮鬼疺'로 되어 있다. "(ᄌᆞ진머리) 못 ᄡᅥ러진 ᄀᆡ상판 쓰더 먹ᄯᅳᆫ 백ᄶᅡ구 명틱 ᄃᆡ가리

躬逢勝餞豈不謝	좋은 대접[214] 받았으니 어찌 사례 없으리오
一聯新詩藏奧旨	새로 지은 시 한 수에 깊은 뜻[215]을 갈무렸네.
千人有淚燭燃蠟	떨어지는 촛농은 일천 백성 눈물이요
萬姓無膏樽泛蟻	만백성은 헐벗는데 술동이엔 밥알[216] 뜨네.
雲峰營將獨有眼	운봉영장 홀로 시를 보는 안목 있어
見水能知沙岸圮	물살 보고 모랫둑이 터질 줄을 아는구나.
長風一陣自亍來	한 바탕 거센 바람[217] 잔치판에 일어나니
意外玄門馬牌揷	뜻밖에도 현문에는 마패가 걸렸구나.
靑坡驛卒大叫入	청파[218] 역졸들이 고함치며 들이닥쳐
暗行使道臨於此	암행어사 출도야! 암행어사 출도야!
晴天無乃霹靂動	마른하늘에 날벼락이 진동하니[219]

한 ᄉᆞ발 콩나물 ᄃᆡ가리 한 ᄉᆞ발 멸치 ᄃᆡ가리 한 ᄉᆞ발 텁텁한 막썰니를 한 ᄉᆞ발 갓짜 쥬며 어셔 먹고 쇽거쳘니 사파쉐 (말노) 어ᄉᆞ또 깜작 놀ᄂᆡ며 이놈 ᄂᆡ가 쓴귀냐 물리게 져 상 보고 ᄂᆡ 상 본이 ᄂᆡ 상은 토달고 ᄀᆡ상이로다", 〈장자백 춘향가〉.

214 승전(勝餞): 성대한 잔치. "어린 제가 무엇을 알아서 이 훌륭한 잔치를 만났겠습니까. (童子何知, 躬逢勝餞.)", 당(唐)나라 왕발(王勃), 「등왕각서(滕王閣序)」.

215 오지(奧旨): 매우 깊은 뜻.

216 범의(泛蟻): 술 위에 떠 있는 거품 또는 밥알. 밥알이 뜬다는 것은 술이 익었다는 뜻이다. "탁주를 작은 잔에 부으니, 뜬 밥알이 마치 부평초 같아라. (醪敷徑寸, 浮蟻若蓱.)", 한(漢)나라 장형(張衡), 「남도부(南都賦)」. "봄 막걸리에 뜬 밥알이 생겨나도, 언제 다시 맛볼 수가 있겠는가. (春醪生浮蟻, 何時更能嘗.)", 동진(東晉) 도잠(陶潛), 「의만가사(擬輓歌辭)」.

217 장풍(長風): 멀리까지 불어가는 강한 바람. 씩씩하고 기운 찬 모양을 비유함.

218 청파(靑坡): 지금의 서울시 용산구 청파동에 있던 청파역. 청파역은 노원역(蘆原驛)과 함께 병조(兵曹) 소속으로, 두 역에는 각각 역졸 144명과 역마 80필이 배치되어 있었다. 두 역에서는 매일 15필의 역마가 갈마들었는데 말은 금호문 밖의 마군영(馬軍營)에서 보급하였다. 『만기요람(萬機要覽)』.

219 청천무내벽력동(晴天無乃霹靂動): 청천벽력(靑天霹靂). 맑게 갠 하늘에서 치는 날벼락이라는 뜻으로, 뜻밖에 일어난 큰 변고나 사건을 비유적으로 이르는 말이다.

四座蒼黃風下靡	사방이 바람에 풀 쓸리듯[220] 창황하네.[221]
爭投窓隙倒着冠	문틈을 다투다가 갓은 뒤집히고
或蹴盃樽忙失匕	술상 차서 엎지르고 숟가락을 떨구네.
風威高動執斧虎	위풍도 당당하다 부호[222]를 잡고 서니
主官翻同牢下豕	본관은 우리 속의 돼지 신세 되었네.
群鷄叢裡降仙鶴	닭 무리 가운데에 선학이 내려온 듯[223]
高踞中軒一交椅	동헌마루 교의[224]에 높이 앉아 있네.
三盃藥酒進次第	약주 석 잔을 차례로 올리는데

220 풍하미(風下靡): 풍미(風靡). 바람에 초목이 쓰러짐.

221 창황(蒼黃): 어찌할 겨를이 없이 급함. 창졸(倉卒).

222 부호(斧虎): 어사의 권위를 나타내는 도끼와 호랑이 무늬를 놓은 의장. 〈광한루악부〉의 「옥전산인 서(玉田山人序)」에 "마지막에 낭군이 수의(繡衣)와 도끼 의장을 갖추고 남쪽으로 내려와 낙창공주의 거울처럼 이미 쪼개졌다가 다시 합하게 되었으니 역시 기이한 일이다. (末乃藁砧仗繡斧南來, 樂昌之鏡, 旣分而復合, 亦奇也.)"가 있고, 또 「겸산 서(兼山序)」에 "사또가 나부(羅敷)의 절개를 유혹하자 죽어도 내 마음은 변치 않는다고 맹세하다가, 암행어사가 수부(繡斧)의 위엄을 갖추니 이 낭군님을 보게 되었고, 옥 같은 절개를 지켜 지아비는 영화롭게 되고 지어미는 귀하게 되었다. (使君誘羅敷之節, 則靡他失死, 直指仗繡斧之威, 則見此良人, 蘊保貞玉, 夫榮婦貴.)"가 있다. *'부의(斧依)'는 옛날에 제왕의 조당(朝堂)에서 호(戶)와 유(牖) 사이에 설치한 병풍처럼 생긴 기구를 말한다. 8척 높이에 붉은 비단으로 만들며, 윗부분에 도끼 모양의 문양이 있으므로 부의 혹은 부의(斧扆)라고 하였다. "옛날 주공이 명당의 자리에서 제후를 조회하게 했으니, 천자는 부의를 등지고 남면하여 선다. (昔者, 周公朝諸侯于明堂之位, 天子負斧依南鄉而立.)", 『예기(禮記)』「명당(明堂)」.

223 군계총리강선학(群鷄叢裡降仙鶴): 군계일학(群鷄一鶴). 여러 평범한 사람 가운데서 뛰어난 한 사람. "혜소가 낙양으로 들어가는데 어떤 사람이 왕융에게 말했다. '어제 뭇사람 중에 혜소를 처음 보았는데 늠름한 모습이 학이 닭의 무리에 있는 듯했습니다.' (嵇紹始入洛, 或謂王戎曰, 昨於稠人中始見嵇紹, 昂昂然若野鶴之在雞群)", 『진서(晉書)』「혜소전(嵇紹傳)」.

224 교의(交椅): 의자. 회좌(會座)할 때 당상관이 앉던 의자. 제사지낼 때 신주(神主)나 혼백(魂魄) 상자(箱子) 등을 놓아두는 의자.

八帖銀屛列逶迤　　여덟 폭 좋은 병풍 빙 둘러 놓았네.[225]
綿裘竹纓去無痕　　무명옷 대갓끈은 흔적 없이 사라지고
獜帶烏紗俄忽侈　　기린 띠[226]와 오사모[227] 잠깐 사이 황홀하네.
瀛州十閣坐仙官　　영주산 열 누각[228]에 선관이 앉았는 듯
栢府威儀冠以豸　　암행어사[229] 위엄을 치관[230]이 드러내네.
軍牢使令走如飛　　군뢰[231] 사령들이 나는 듯이 분주하니
卽地風威生倍蓰　　이곳의 위풍이 곱절이나 일어나네.
官員奔竄左右徑　　관원들은 숨으려고[232] 이리저리 달아나고
妓女俯伏東西戺　　동서쪽 섬돌에는 기생들이 엎드렸네.
倉羊邑犬亦戰股　　고을의 양과 개들[233] 다리 떨며 오줌 싸니

---

225 위이(逶迤): 의젓하고 천연스러운 모양. 구불구불 에워 두름.

226 인대(獜帶): 인대(麟帶). 기린의 문채가 있는 허리띠.

227 오사(烏紗): 오사모(烏紗帽). 관복을 입을 때 쓰는, 사(紗)로 만든 검은 빛깔의 벼슬아치 모자. 단령(團領)을 입을 때 쓴다.

228 영주십각(瀛州十閣): 광한루 앞의 영주도(瀛州島)에 있던 누각.

229 백부(栢府): 사헌부. 여기서는 암행어사를 말한다. 사헌부는 삼사(三司)의 하나로, 당시의 정치에 관하여 논하고 모든 관리의 비행을 조사하여 그 책임을 규탄하며 풍기, 풍속을 바로잡고 백성이 억울하게 누명을 쓰는 일이 없는가를 살펴 그것을 풀어주는 등의 일을 맡아보던 관청이다. 한(漢)나라 때 어사부(御史府) 안에는 측백나무가 많아서 항상 까마귀 수천 마리가 측백나무에 깃들었으므로 후세에 어사부를 백대(柏臺), 백부(柏府), 오대(烏臺), 오부(烏府), 어사대(御史臺)라고 했다. 『한서(漢書)』 권83, 「주박전(朱博傳)」.

230 치(豸): 치관(豸冠). 해치관(獬豸冠). 해치라는 신수(神獸)의 모양을 장식한 모자. 해치는 성질이 충직하여 곡직(曲直)을 잘 분변할 뿐만 아니라, 사람들이 서로 싸우는 것을 보면 그중에 사악하고 부정한 자를 뿔로 받아버린다는 전설에 의하여, 예로부터 어사 등 집법관들은 반드시 해치관(獬豸冠)을 썼다. 『회남자(淮南子)』「주술훈(主術訓)」.

231 군뢰(軍牢): 조선 시대에 여러 군영(軍營)과 관아(官衙)에 소속되어 죄인을 다스리는 일을 맡았던 군졸. 이들은 군뢰복(軍牢服)이라고 하는 특유의 복장을 하고 주장(朱杖)이나 곤장(棍杖) 등을 들고서 죄인을 다스렸다.

232 분찬(奔竄): 바삐 달아나 숨음.

疑是昆陽雨下滍	곤양에 큰비 내려 치천이 넘치는 듯.[234]
便宜南邑處置事	남원고을 각종 공사 적절히 처리하고
先屆封章呈玉几	장계[235]를 먼저 지어 임금님[236]께 올리네.
張綱直聲動洛陽	장강[237]의 곧은 명성 낙양을 울리는 듯
伏波神威震交趾	복파장군[238] 위엄이 교지에 진동하듯.
烹阿舊律本官罪	팽아의 옛 법[239]으로 본관 죄를 다스리니

---

233 창양읍견(倉羊邑犬): 우리 속의 양과 고을의 개.

234 곤양우하치(昆陽雨下滍): 곤양대첩(昆陽大捷). "지황(地皇) 4년에 사도(司徒) 왕심(王尋)과 사공(司空) 왕읍(王邑)이 곤양을 지키고 있었다. 광무제가 남양(南陽)에서 군대를 일으켜 곤양에 이르러 공격할 때 크게 바람이 불고 우레가 쳐서 지붕의 기와가 모두 날아가고 비가 동이의 물을 붓듯이 쏟아져 치천(滍川)의 물이 넘쳐흘렀다. 왕심과 왕읍이 죽은 사람을 타고 건너가다가 왕심은 죽고 왕읍은 장안(長安)으로 돌아갔다가 왕망(王莽)이 패배하자 모두 전사하였다.", 『태평어람(太平御覽)』 권876. 치천은 하남성의 노산현에서 발원하여 동북으로 여수(汝水)에 흘러 들어간다. 『일사본』에는 '昆陽兩下滍'로 되어 있다.

235 봉장(封章): 밀봉(密封)한 상소문. 기밀(機密)한 일이 누설되지 않게 하기 위하여 검은 천으로 만든 주머니에 넣고 봉함하여 올렸기 때문에 붙여진 이름이다. 여기서는 왕명을 받고 지방에 나가 있는 신하가 자기 관하의 중요한 일을 왕에게 보고하던 문서, 곧 장계(狀啓)를 말한다.

236 옥궤(玉几): 임금이 몸을 기대는 옥으로 만든 궤(几). 또는 임금을 비유.

237 장강(張綱): 후한(後漢) 때의 사람으로 질제(質齊)를 죽인 양기(梁冀)를 탄핵하였다. 후한(後漢)의 순제(順帝)가 주·군(州郡)의 풍속을 살피고 현량(賢良)을 표창하며, 탐오한 관리를 적발하려고 장강·곽준(郭遵) 등을 지방으로 파견하였다. 이때 장강은 지방으로 가지 않고 낙양(洛陽)의 도정(都亭)에 수레바퀴를 묻고, "시랑(豺狼) 같은 자들이 조정 요로에 가득차 있는데 주·군의 호리(狐狸) 따위를 어찌 묻겠는가?" 하고 당시 권력을 쥐고 있던 양기를 탄핵하였다. 『후한서』 권56, 「장강전(張綱傳)」.

238 복파(伏波): 복파장군(伏波將軍). 후한(後漢)의 명장 마원(馬援). 마원은 교지국(交趾國)을 원정(遠征)한 뒤, 두 개의 구리 기둥(銅柱)을 세워 한나라와 남방 외국의 경계선을 표시하였다. 『후한서(後漢書)』 권24, 「마원열전(馬援列傳)」. *교지국은 지금의 베트남이다.

239 팽아구율(烹阿舊律): 탐장(貪贓)하는 관리를 삶아 죽이는 중한 형벌. 춘추 시대 제(齊)나라 위왕(威王) 때 아대부(阿大夫)는 위왕의 측근 신하에게 아부하여 아(阿) 지

無異秦嬰繫頸軹	진왕 자영[240]지도에서 목줄 맨 것 다름없네.[241]
如何無罪久滯囚	어찌하여 무죄한 이 오랫동안 가두었나[242]
當刻圜墻其禁弛	지금 당장 옥[243]에 갇힌 그녀를 풀어주라.
圜墻玉娘忽官階	옥중의 춘향을 계단 앞에 대령하니
小庭花陰未暇徙	작은 뜰의 꽃그늘로 들어올 엄두 없네.
桁楊接摺使齒決	칼과 차꼬[244]를 이빨로 끊게 하니
衆妓尖脣穿似齧	뭇 기생들 입 내밀어 쥐뿌린 양 물어뜯네.
如痴如夢喜不勝	어리인 듯 꿈속인 듯 기쁨을 못 이기어
未覺中階迎倒屣	저도 몰래 중계에서 신 거꾸로 신고 맞네.[245]

역의 대부가 되었다. 위왕의 측근이 매일 아대부가 훌륭한 지방관이라고 칭찬하자 위왕이 이를 의심하여 몰래 사람을 시켜 살펴보았더니 백성들의 삶이 무척 어려웠다. 그래서 그를 칭찬했던 신하를 삶아 죽였다. 『통감절요(通鑑節要)』 권1. 조선 시대에도 국초에 탐장한 관리를 경복궁 앞 혜정교(惠政橋) 위에서 솥을 걸어 두고 그 위에 죄인을 앉혀, 오가는 사람이 보는 앞에서 삶은 일이 있다.

240 진영(秦嬰): 진왕(秦王) 자영(子嬰). 진시황의 태자였던 부소(扶蘇)의 아들이다.

241 계경지(繫頸軹): "진왕 자영이 목에 끈을 매고 흰말이 끄는 흰 수레를 타고서 천자의 옥새와 부절을 바치고 지도라는 정자(亭子) 곁(子嬰卽係頸以組, 白馬素車, 奉天子璽符, 降軹道旁.)"에서 한왕(漢王) 유방(劉邦)에게 항복했다. 『사기』 권6, 「진시황본기(秦始皇本紀)」. '계경이조(繫頸以組)'는 갓이나 머리에 매는 끈을 목에 맨다는 뜻으로, 항복함을 비유적으로 이르는 말이며, '소거백마(素車白馬)'는 흰 포장을 두른 수레와 백마를 아울러 이르는 말로 적에게 항복할 때나 장례 때에 썼다.

242 체수(滯囚): 죄가 결정되지 아니하여 오래 갇혀 있는 죄수.

243 원장(圜墻): 감옥. 흙을 둥그렇게 둘러 벽을 만든다는 뜻의 원토(圜土)·원실(圜室)도 감옥을 지칭한다.

244 항양(桁楊): 항쇄족쇄(項鎖足鎖). 죄인의 목에 씌우던 칼과 그 발에 채우던 차꼬를 아울러 이르는 말.

245 도사(倒屣): 달려가 맞이하는 데 급급하여 신발을 거꾸로 신는다는 뜻으로, 신발을 바로 신을 겨를도 없이 급히 달려 나가 맞이함을 뜻하는 말로 쓰인다. "당시 채옹(蔡邕)은 재능과 학식이 뛰어나고 조정에서 귀중하여 늘 수레가 길을 메우고 빈객이 자리에 가득하였는데, 왕찬(王粲)이 문에 있다는 말을 듣고 신발을 거꾸로 신고 달려

千般好官別星我　온갖[246] 좋은 벼슬[247] 중 나는 봉명사신[248]
九死餘生佳妓儞　너는 구사일생 살아난 아리따운 기생이라.
雙龍畫帖半月梳　쌍룡 무늬 아로 새긴 반달 모양 빗[249]으로
十二雲鬟催櫛縰　열두 발 고운 머리[250] 빗질을 쇌쇌 하네.
誰知昨暮丐乞行　어느 누가 알았으랴 어제 저녁 걸인[251]이
飛上公堂官爵敉　공당[252]에 높이 앉은 벼슬아치 될 줄이야.
京師去時一丱　한양으로 올라갈 땐 쌍상투[253]의 총각이
白皙踈眉玉色玭　흰 얼굴[254] 성긴 눈썹[255] 옥빛같이 곱구나.

가 맞이하였다. 왕찬이 도착하자 나이가 어린 데다 용모도 작달막하여 온 좌중이 모두 놀라니, 채옹이 '이 사람은 왕공의 자손으로 빼어난 재주가 있으니, 나는 그만 못하다.'고 하였다. (時, 邕才學顯著, 貴重朝廷, 常車騎塡巷, 賓客盈坐. 聞粲在門, 倒屣迎之. 粲至, 年既幼弱, 容狀短小, 一坐盡驚. 邕曰 此王公孫也, 有異才, 吾不如也.)", 『삼국지(三國志)』 권21, 「위서(魏書) 왕찬전(王粲傳)」.

246 천반(千般): 천 가지. 매우 많음. 허다(許多).

247 호관(好官): 미관(美官). 높고 중요한 벼슬자리를 이르는 말.

248 별성(別星): 임금의 명령을 받들고 외국이나 지방으로 나가는 봉명 사신(奉命使臣)을 이름.

249 반월소(半月梳): 반달빗. 얼레빗. 빗살이 굵고 성긴 빗을 말한다. 일반적으로 얼레빗은 반원형[半月形] 또는 각형(角形)의 등마루에서 빗살이 한쪽으로만 성기게 나있다. 이때 반원형의 형태가 반달모양 같다고 해서 '월소(月梳)', '반월소'라고 한다. 전통 얼레빗들은 장식 없이 단순하게 목재로만 만든 것이 대부분이지만 대모나 뿔, 뼈와 같은 값비싼 재료로 만들거나, 칠·화각·대모·뿔·뼈·옥 등으로 빗 표면을 장식한 것도 있다.

250 운환(雲鬟): 구름 같은 쪽머리라는 뜻으로, 미인을 비유하는 말.

251 개걸(丐乞): 빌어먹음. 거지.

252 공당(公堂): 관아(官衙). 예전에, 벼슬아치들이 모여 나랏일을 처리하던 곳.

253 총관(總丱): 쌍상투. 머리를 땋아 묶어서 뿔 모양으로 만들어 두 갈래의 머리가 서로 나란한 것으로, 어린아이를 비유하는 말이다. 옛날의 관례 때에 머리를 갈라 두 개로 틀어 올렸다.

254 백석(白晳): 얼굴빛이 희고 살이 두툼하게 잘 생김.

255 소미(踈眉): 성긴 눈썹. 관상학(觀相學)에서 눈썹 올이 세밀해야 하고, 약간 성글어 너무 빽빽하지 않게 생기며 끝으로 가서 산란(散亂)하지 않고 모아져 긴(緊)하여야

東軒資婢極可嗤	동헌의 계집종[256]들 비웃는다 할지라도
兩班書房其樂只	양반서방 만났으니 즐겁기도 즐겁네.[257]
粧樓光彩一時生	기생집[258]에 광채가 일시에 일어나고
卽日歡聲動南紀	이날의 환호성은 남원 고을 진동하네.
油然笑靨淺深情	은근히[259] 웃는 얼굴[260] 얕고 깊은 정이 있고
請量東溟波濔濔	바라건대 동해 물결 세찼음[261]을 헤아리오.
從今妓籍割汝名	오늘부터 기적에서 네 이름을 없앨 터니
百年吾家歸奉匜	평생토록 내 집에서 시중을 들게나.[262]
禾花寶紬裂爲帶	고운 비단[263] 잘라서 예쁜 띠를 만들고
卽羽輕紗縫作被	깃털 같은 비단으로 이불을 지었네.
珠欄玉簾所居室	주란화각[264] 백옥주렴[265] 좋은 집에 살며
復欲西郊營好畤	또다시 서교에서 호치 밭[266] 갈아보세.

좋은 상이라고 한다. 이정욱, 『실용관상학』, 천리안, 2005, 203~204쪽.

256 자비(資婢): 시중드는 계집종.

257 기락지(其樂只): 즐겁기도 함. "군자님은 기분이 좋아서, 왼손에는 생황을 들고, 오른손으론 나를 방중악으로 부르니, 아 참말로 즐겁도다. (君子陽陽, 左執簧 右招我由房, 其樂只且.)", 『시경』 「왕풍(王風) 군자양양(君子陽陽)」.

258 장루(粧樓): 곱게 단장한 누각으로, 부인의 방을 뜻함.

259 유연(油然): 감정이 저절로 일어나는 모양.

260 소엽(笑靨): 웃을 때 양쪽 뺨에 생기는 보조개.

261 미미(濔濔): 물이 세차게 흐르는 모양.

262 봉이(奉匜): 봉이옥관(奉匜沃盥). 물을 담은 그릇을 받쳐 들고 물을 끼얹어 손을 씻음. '이옥관(匜沃盥)'은 물을 따라서 손을 씻는 그릇이다.

263 화화보주(禾花寶紬): 화화주. 좋은 비단.

264 주란(珠欄): 주란화각(朱欄畵閣). 단청을 곱게 하여 아름답게 꾸민 누각.

265 옥렴(玉簾): 옥으로 장식한 아름다운 발.

266 호치(好畤): 장안 서쪽 교외에 있던 비옥한 땅으로, 은거하면서 농사짓는 것을 말함. 한(漢)나라 효혜제(孝惠帝) 때 여태후(呂太后)가 권력을 전횡하자, 육가(陸賈)는 병을

官廳支廳六時饍　　여섯때[267]를 올리는 관청 지청 음식상
跪進珎羞烹野麂　　노루 고기[268] 삶아서 진수성찬[269] 올리네.
淸醪樽上泛葡萄　　맑은 술 술동이엔 포도 알이 동동 뜨고
甘蜜盃中和薏苡　　꿀물 탄 잔에는 율무가루[270] 넣었네.
絲絲細切鎭安草　　진안초 좋은 담배[271] 가늘고 곱게 썰어
分付官奴其貢底　　관노에게 분부하여 올리게 하는구나.
三門外街沸如羹　　삼문[272] 밖 저잣거리 국 끓듯이 요란하고
六房陰囊撐似枳　　육방관속[273] 음낭은 탱자같이 오그라드네.
如天驛路路文飛　　하늘 같은[274] 역마길에 노문[275]을 날려놓고

핑계로 벼슬을 그만두고 농토가 비옥한 호치(好畤)로 물러나서, 아들 다섯에게는 일찍이 남월(南越)에 사신 가서 얻은 천금을 나누어 각각 200금씩을 주어 분가시키고, 자신은 안거사마(安車駟馬)에 가무고슬(歌舞鼓瑟)하는 시종을 거느리고 자식들의 집을 돌면서 편안한 여생을 보냈다. 『사기』 권97, 「역생육가열전(酈生陸賈列傳)」.

267 육시선(六時饍): 때에 맞추어 여섯 번 음식을 올림. '육시'는 불가(佛家)에서 하루를 여섯으로 나눈 시각으로 신조(晨朝, 아침), 일중(日中, 한낮), 일몰(日沒, 해질 녘), 초야(初夜, 초저녁), 중야(中夜, 한밤중), 후야(後夜, 한밤중에서 아침까지의 동안)를 말한다.

268 야궤(野麂): 야생 노루.

269 진수(珎羞): 진수성찬(珍羞盛饌). 진귀하고 맛있는 음식.

270 의이(薏苡): 율무. 볏과의 한해살이풀.

271 진안초(鎭安草): 전라도 진안에서 생산되는 질 좋은 담배. "각ᄉᆡᆨ초 다 ᄂᆡ여 올 졔 평안도 셩쳔초 강원도 금강초 젼나도 진안초 양덕 삼등초 다 ᄂᆡ여노코 경긔도 삼십칠관 즁 남한산셩초 ᄒᆞᆫ ᄃᆡ 쪽 ᄯᅦ여ᄂᆡ여 ᄭᅮᆯ믈의 훌훌 ᄲᅢᆷ어 왜간쥭 부산ᄃᆡ의 너흘지게 담아들고 단슌호치에 담싹 무러 청동화로 ᄇᆡᆨ탄블의 잠간 ᄃᆡ혀 붓쳐ᄂᆡ여 치마ᄭᅩ리 휘여다가 믈ᄲᅮ리 ᄲᅵ셔 둘너 잡아들고 나즉이 나아와 도련님 잡슈시오", 〈남원고사〉.

272 삼문(三門): 대궐이나 관아 앞에 있는 문. 정문(正門), 동협문(東夾門), 서협문(西夾門)을 이른다.

273 육방(六房): 조선 시대에, 승정원 및 각 지방 관아에 둔 여섯 부서. 이방(吏房), 호방(戶房), 예방(禮房), 병방(兵房), 형방(刑房), 공방(工房)을 이른다.

274 여천(如天): 하늘과 같은. 여기서는 서울 가는 길을 뜻한다. "대궐 문이 하늘처럼 아

有女同車歸並軌　춘향과 수레 타고[276] 나란히 돌아가네.
雙轎靑帳半空擧　쌍교[277]에는 푸른 휘장 반공에 우뚝 솟고
兩耳生風駈綠駬　두 귀에 바람 일게 준마[278] 타고 달려가네.
吹鑼六騎響前後　나[279] 소리에 여섯 말[280]이 앞뒤에 따르고
淸道雙旗影旖旎　청도기 한 쌍[281]이 바람에 펄럭이네.[282]

홉 겹으로 깊은 가운데, 군왕은 하느님처럼 법궁 안에 앉아 계시네. (君門如天深九重, 君王如帝坐法宮.)", 소식, 「여산(驪山)」.

275 노문(路文): 조선 시대에, 공무로 지방에 가는 벼슬아치의 도착 예정일을 미리 그곳 관아에 알리던 공문. 지방에 가는 벼슬아치에게 각 지방의 역에서 말과 침식을 제공받을 수 있도록 마패 대신 발급하였는데, 여기에는 마필의 수, 수행하는 종의 수, 노정 등을 상세히 기록하였다.

276 유녀동거(有女同車): 남녀가 서로 즐거워하는 지극한 정. "여자가 수레를 함께 타니, 얼굴이 무궁화 같도다. 가벼운 걸음걸이에, 패옥 소리 쟁쟁하네. 저 아름다운 맹강이여, 진실로 아름답고 얌전하네. (有女同車, 顔如舜華. 將翶將翔, 佩玉瓊琚. 彼美孟姜, 洵美且都.)", 『시경』「정풍(鄭風) 유녀동거(有女同車)」.

277 쌍교(雙轎): 쌍가마(雙駕馬). 말 두 마리가 각각 앞뒤 채를 메고 가는 가마.

278 녹이(綠駬): 주(周)나라 목왕(穆王)의 여덟 준마 중의 하나로, 좋은 말을 비유한다. "계유년에 천자가 말에 멍에를 명하여 여덟 준마에 올랐는데, 오른쪽은 화류이고 왼쪽은 녹이였다. (癸酉, 天子命駕八駿之乘, 右服華騮而左綠駬.)", 『목천자전(穆天子傳)』 권4.

279 나(鑼): 신호, 음악 연주 등의 용도로 사용하는 타악기. 놋쇠로 둥글넓적하게 배가 나오게 만든 악기인데, 징보다는 작고 대금(大金)보다는 크다. 조선 후기 군영에 소속된 악대였던 취고수(吹鼓手)가 사용한 타악기였다. 군영에서 나(鑼)를 사용한 이유는 단단하고 정교하여 건조함과 습기, 추위와 더위에 따라 음절이 변하지 않고 서리와 이슬, 바람과 비 등 기후와 온도의 변화에 따라 형체가 변하지 않으므로 병사들을 통제하는 데 유용했기 때문이다.

280 육기(六騎): 여섯 필의 말. 육마(六馬). "옛날에 비파의 명인인 호파가 비파를 연주하자 물속의 물고기가 물에서 나와서 들었고, 거문고의 명인인 백아가 거문고를 연주하자 임금의 수레를 끄는 말들이 먹이를 먹다가 고개를 쳐들고 들었다. (昔者, 瓠巴鼓瑟而游魚出聽, 伯牙鼓琴而六馬仰秣.)", 『순자(荀子)』「권학(勸學)」.

281 청도(淸道): 청도기(淸道旗). 조선 시대에, 행군할 때 앞에서 길을 치우는 데에 쓰던 군기(軍旗). 파란색 사각기로 깃발에 '淸道'라는 글자가 쓰여 있으며 붉은색의 화염각이 달려 있다. 깃대 끝은 창인(槍刃)으로 되어 있으며, 영두(纓頭)와 주락(朱駱)이 달려 있다.

監官色吏設供帳　　감관[283]과 색리[284]들은 장막을 높이 치고
座首軍校執鞭弭　　좌수[285]와 군교[286]들은 채찍과 활 들었네.[287]
長羈短轡夾路馳　　긴 굴레 짧은 고삐 좁은 길을 내달리니
使客之行卿相儗　　어사또[288] 행차가 정승[289] 행차 버금가네.
花容之女玉貌郎　　아리따운[290] 아가씨와 잘생긴[291] 사나이
望若神仙同渡泚　　신선이 함께 자수[292] 건너듯 가는구나.
傾城傾國月梅女　　경국지색[293] 어여쁘다 월매 딸 춘향은

282 의니(旖旎): 깃발이 나부끼는 모양.

283 감관(監官): 조선 시대에, 각 관아나 궁방(宮房)에서 금전·곡식의 출납을 맡아보거나 중앙 정부를 대신하여 특정 업무의 진행을 감독하고 관리하던 벼슬아치.

284 색리(色吏): 감영이나 군아에서 곡물을 출납하고 간수하는 일을 맡아보던 구실아치. 『일사본』에는 '邑吏'로 되어 있다.

285 좌수(座首): 조선 시대에, 지방의 자치 기구인 향청(鄕廳)의 우두머리.

286 군교(軍校): 중앙의 액예(掖隸)와 각 군영의 영문(營門) 소속 및 지방의 장교 등 하급 군직(軍職)의 총칭.

287 편이(鞭弭): 채찍과 활.

288 사객(使客): 연도(沿道)에 있는 고을의 수령이 '봉명 사신'을 이르던 말.

289 경상(卿相): 육경(六卿)과 삼상(三相)을 아울러 이르는 말. 『일사본』과 『청절서원본』에는 '鄕相'으로 되어 있다.

290 화용(花容): 꽃처럼 아름다운 여자의 얼굴. 『일사본』과 『청절서원본』에는 '花客'으로 되어 있다.

291 옥모(玉貌): 옥같이 아름답게 생긴 얼굴. 남의 얼굴 모습을 아름답게 이르는 말.

292 자(泚): 자수(泚水). "서북쪽으로 300리에 있는 산을 장사산(長沙山)이라 한다. 자수(泚水)가 여기에서 나와 북쪽으로 유수(泑水)에 흘러드는데, 초목은 자라지 않고 청웅황(青雄黃)이 많이 난다. (西北三百里, 日長沙之山. 泚水出焉, 北流注于泑水, 无草木, 多青雄黃.)", 『산해경(山海經)』.

293 경성경국(傾城傾國): 경성지색(傾城之色). 경국지색(傾國之色). 성도 무너뜨리고 나라도 무너뜨린다는 뜻으로, 한번 보기만 하면 정신을 빼앗겨 성도 망치고 나라도 망치게 할 정도로 뛰어난 미인(美人)을 이르는 말. "효무제의 이부인은 원래 악인으로 입궁하였다. 그전에 이부인의 오빠 이연년은 천성적으로 음률에 밝고 가무에 뛰어나 무제의 총애를 받았다. 이연년이 매번 새로운 곡을 지어 노래하면 듣고서 감동

百譽喧喧無一譏　　온갖 칭찬 자자하되 흠잡을 데 하나 없네.
夫人貞烈好加資　　정열부인[294] 봉하시고 가자[295]를 내리시어
敎旨踏下金泥璽　　교지[296]가 내려오니 황금옥새 찍었도다.
床琴並和室家慶　　부부가 화락하니[297] 집안의 경사로
拜謁廟堂祖考妣　　사당[298]의 조상님께 참배를 하는구나.

하지 않는 사람이 없었다. 이연년이 무제를 모시고 노래했다. '북방에 미인이 있으니, 세상에 견줄 이 없게 홀로 뛰어나, 한번 돌아보면 남의 성을 망치고, 두 번 돌아보면 남의 나라를 망치네. 어찌 성 망치고 나라 망치는 걸 모르랴마는, 미인은 다시 얻기가 어렵다오.' 그러자 무제가 탄식하며 말했다. '참 좋다! 이 세상에 그런 사람이 어디 있겠는가?' 그러자 평양공주가 이연년의 여동생이 있다고 말했고, 무제가 즉시 불러보니 실제로 아름답고 춤을 잘 추었다. (孝武李夫人, 本以倡進. 初, 夫人兄延年性知音, 善歌舞, 武帝愛之. 每爲新聲變曲, 聞者莫感動. 延年侍上起舞, 歌曰, '北方有佳人, 絕世而獨立, 一顧傾人城, 再顧傾人國. 寧不知傾城與傾國, 佳人難再得.' 上歎息曰, '善. 世豈有此人乎. 平陽主因言延年有女弟, 上乃召見之, 實妙麗善舞.')", 『한서(漢書)』 권97 상(上), 「외척전(外戚傳) 이부인(李夫人)」. 달기(妲己), 포사(褒姒), 매희(妺喜), 서시(西施), 양귀비(楊貴妃) 등을 경국지색이라고 한다. *월나라 서시, 한나라 왕소군, 후한 초선, 당나라 양귀비가 뛰어나게 아름답다고 하여, '침어낙안(浸魚落雁), 폐월수화(閉月羞花)'라고 했다. 침어(浸魚)는 춘추시대 월나라의 미인 서시(西施)를 지칭한 것으로, 서시가 호수에 얼굴을 비추니 물고기들이 넋을 잃고 헤엄치는 것을 잊어 그대로 가라앉아 버렸다 하여 붙여졌고, 낙안(落雁)은 한나라의 왕소군(王昭君)을 지칭하며, 기러기가 하늘을 날아가다 왕소군을 보고 날갯짓하는 것을 잊어 추락할 정도라 하여 붙여졌다. 그리고 폐월(閉月)은 『삼국지』에 등장하는 인물인 초선(貂蟬)을 지칭하며, '달이 부끄러워 구름 뒤로 숨는다'는 뜻이고, 수화(羞花)는 당나라 양귀비(楊貴妃)의 별칭으로, '꽃들이 부끄러워 고개를 숙인다'는 뜻이다.

294 부인정열(夫人貞烈): 정렬부인. 조선 시대에, 정조와 지조를 굳게 지킨 부인에게 내리던 칭호.

295 가자(加資): 조선 시대에, 관원들의 임기가 찼거나 근무 성적이 좋은 경우 품계를 올려 주던 일.

296 교지(敎旨): 조선 시대에, 임금이 사품 이상의 벼슬아치에게 주던 사령(辭令).

297 상금병화(床琴並和): 부부가 화합함.

298 묘당(廟堂): 종묘(宗廟). 또는 나라의 정치를 다스리는 조정. 여기서는 한 집안의 사당(祠堂)인 가묘(家廟)를 말한다.

銀臺玉堂貴閥女　　은대[299] 옥당[300] 역임한 명문의 귀한 딸을
同姓同門作妯娌　　동성 동문에서 동서[301]로 맞이하네.
門楣亦高老嫗家　　문미[302] 또한 높을씨고 늙은 할미집
孝誠堪稱同虎蜼　　효성이 지극하니 호유[303] 같다 일컫네.
纖葱玉手坐無事　　섬섬옥수 고운 손 할 일 없이 앉았으니
不使春田勞採芑　　봄밭에서 쓴 나물[304] 뜯을 일이 없다네.
盈盈玉粒共案食　　그득한 쌀밥 지어 한 상에서 같이 먹고
分命家奴田器庤　　하인에게 농기구[305]를 준비하라 분부하네.
金屛內室貯紅玉　　병풍 두른 내실에는 홍옥이 쌓여 있고
門對終南石磈硊　　남산[306]쪽에 문을 내니 기암괴석 볼 만하네.[307]
能文又是等薛濤　　뛰어난 문장[308]은 설도[309]와 나란하고

299 은대(銀臺): 승정원을 달리 이르던 말.

300 옥당(玉堂): 홍문관을 달리 이르던 말.

301 축리(妯娌): 동서(同壻). 형제의 아내끼리 서로 부르던 말. 『훈몽자회(訓蒙字會)』에는 '축리(妯娌)'를 '계집동세'라고 했다.

302 문미(門楣): 창이나 문의 위쪽에 기둥과 기둥 사이를 가로지르는 나무.

303 호유(虎蜼): 원래는 범과 원숭이인데, 여기에서는 효를 뜻한다. "종이의 호유는 그 효도를 취한 것이다. (宗彝虎蜼, 取其孝也.)", 『서경(書經)』「익직(益稷)」. 『일사본』과 『청절서원본』에는 '虎帷'로 되어 있다. *'종이'는 종묘의 제향에 쓰던 술그릇인데, 호이(虎彝)와 유이(蜼彝)는 그릇의 표면에 각각 범과 원숭이 그림이 새겨져 있다.

304 채기(採芑): 쓴 나물을 뜯음. '기(芑)'는 쓴 나물로 청백색이고, 그 잎을 따면 백즙(白汁)이 나오는데 살져서 생식할 수 있고, 삶아서도 먹을 수 있다. "잠깐 쓴 나물 뜯기를, 저 신전에서 하며, 묵정밭에서 하네. (薄言采芑, 于彼新田, 于此菑畝.)", 『시경(詩經)』, 「소아(小雅) 채기(采芑)」.

305 전기(田器): 논밭을 가는 데 쓰는 농기구.

306 종남(終南): 종남산. 주(周)나라 서울 풍호(豐鎬)의 남쪽에 있는 산. 대개 수도(首都)의 남쪽 산을 이르는데, 여기서는 서울의 남산인 목멱산(木覓山)을 뜻한다.

307 외위(磈硊): 돌의 모양. 위태로운 모양.

308 능문(能文): 문장을 짓는 솜씨가 뛰어남.

尤物元非似妹嬉　　아름다운 미인[310]이나 매희[311]와는 다르네.
春花秋月合歡酒　　춘화류 추월야[312]에 합환주[313] 즐기려고
玉壺金瓶釀黑秠　　옥단지와 금병에 검은 기장 술을 빚네.[314]
泉源淇水不盡思　　고향 생각 그리워[315] 잊을 길 전혀 없어

---

309 설도(薛濤): 당(唐)나라 여류시인으로 자는 홍도(洪度)이며, 설도(薛陶)라고도 한다. 사대부가의 딸이었으나 기생이 되어 원진(元稹)·백거이(白居易)·두목(杜牧) 등과 교유하였으며, 특히 원진과 친하여 그가 촉 땅으로 좌천된 뒤로는 촉 땅인 성도(成都)의 완화계(浣花溪)에 가서 여생을 보냈다. 설도가 원진에게 만들어준 담황색의 종이인 송화전(松花牋)이 유명한데, 송화지(松花紙)·설도전(薛陶牋)·설도전(薛濤牋)이라고도 한다. 『사해(辭海)』.

310 우물(尤物): 진기(珍奇)한 물건, 또는 미인(美人). "여자의 모습이 요염한 것을 우물이라고 한다. (女貌嬌嬈, 謂之尤物.)", 『고사성어고(故事成語考)』.

311 매희(妹嬉): 매희(妹姬). 하(夏)나라 걸왕(桀王)의 총희(寵姬)로, 말희(妺喜)라고도 한다. 걸왕이 유시씨(有施氏)를 정벌하려 하자 유시씨가 자신의 딸인 매희를 바쳤는데, 미색이 매우 뛰어났다. 걸왕이 매희를 총애하여 그가 원하는 것은 모두 들어주어 경궁(瓊宮)과 요대(瑤臺)를 만들고, 고기로 산을 만들고 고기 포로 숲을 만들었으며, 술로 큰 연못을 만들어 매희와 즐겼다. 탕왕(湯王)이 걸왕을 역산(歷山)에서 무찌르자 걸왕은 매희와 함께 남소(南巢)의 산에서 죽었다. 『사략(史略)』 권1 「하후씨(夏后氏) 은성탕(殷成湯)」. 『한서(漢書)』, 「외척전(外戚傳)」.

312 춘화추월(春花秋月): 봄의 꽃과 가을의 달. 곧 좋은 계절. 사계의 아름다움을 대표하는 것은 '봄철의 꽃과 버들(春花柳), 여름철의 맑은 바람(夏淸風), 가을철의 밝은 달(秋明月), 겨울철의 설경(冬雪景)'이다. "노릐갓치 죠쿄 죠흔 줄을 벗님네 아돗든가 / 春花柳 夏淸風과 秋明月 冬雪景에 弼雲 昭格 蕩春臺와 漢北 絕勝處에 酒肴 爛漫혼듸 죠흔 벗 가즌 稽笛 아름다온 아모가희 第一 名唱들이 次例로 벌어 안즈 엇결에 불을 썩에", 김수장, 『해동가요』.

313 합환주(合歡酒): 전통혼례 때에 신랑 신부가 서로 바꾸어 마시는 술.

314 양흑비(釀黑秠): 검은 기장으로 술을 빚음. 고대에는 검은 기장에 울금향(鬱金香)을 섞어서 빚은 술을 제사 때 쓰거나 공이 있는 제후에게 내려주었다.

315 천원기수(泉源淇水): 고향을 그리워함. "천원은 왼쪽에 있고, 기수는 오른쪽에 있네. 여자가 시집가니, 부모형제 멀리 있네. (泉源在左, 淇水在右. 女子有行, 遠父母兄弟.)", 『시경』 「위풍(衛風) 죽간(竹竿)」. 「죽간」은 위나라 여자가 타국으로 시집가서 고국으로 돌아가고 싶지만 돌아가지 못하고 고향의 풍속을 생각하며 그리워하는 모습을 노래한 것이다.

時望南湖頻陟圯　　때때로 호남 보려 언덕에 오르네.[316]
嬌姿爾有笑中香　　아름다운 그대 자태 웃음 속에 향기 일고
貴格吾誇眉上痏　　눈썹 속의 검은 점[317]은 내 귀격[318]을 자랑하네.
蛾眉好砂誥軸峰　　왕비 나는 아미사[319]요 정승 나올 고축사[320]니
人賀先山山峛崺　　선산 형국 좋다[321]고들 사람마다 경하하네.
宜春進士女僧歌　　의령 남씨 진사[322]가 여승가[323]를 지었는데

---

316 척이(陟圯): 언덕에 오름. "저 민둥산에 올라가서, 어머님 계신 곳을 바라본다. (陟彼屺兮, 瞻望母兮.)", 『시경』 「위풍(魏風) 척호(陟岵)」.

317 미상유(眉上痏): 관상학(觀相學)에서, 눈썹 속에 검은 점이나 사마귀가 있으면 총명하고 귀하게 된다고 한다. 김광일, 『관상학의 길잡이』, 책만드는집, 2009, 112쪽.

318 귀격(貴格): 귀(貴)하게 될 모습 또는 체격(體格). 귀골.

319 아미호사(蛾眉好砂): 아미사(蛾眉砂). 풍수지리에서, 혈장에서 보이는 산봉우리가 여자의 눈썹 또는 초승달의 형상으로, 후손에서 미인이 나고 자녀가 흥한다고 한다. 특히 여자가 왕비가 되거나 크게 귀하게 되기 때문에 왕비사(王妃砂)라고도 한다. 정경연, 『정통풍수지리』, 평단, 2004, 473~474쪽.

320 고축봉(誥軸峰): 고축사(誥軸砂). 풍수지리에서, 일자문성(一字文星)의 양끝에 화성체인 첨각(尖角)이 붙어있는 것으로 길고 넓은 것을 전고사(展誥砂)라 하며, 작고 좁은 것을 고축사(誥軸砂)라 한다. 또 정승이 나온다 하여 정승사(政丞砂)라고도 한다. 정경연, 『정통풍수지리』, 평단, 2004, 472쪽.

321 이이(峛崺): 산이 낮고 길게 이어짐.

322 의춘진사(宜春進士): 의춘은 지금의 경상남도 의령군(宜寧郡)의 옛 이름. 여기서는 본관이 의령인 남휘(南徽, 1671~1732)로 자는 덕조(德操), 의금부도사를 지냈다. 그는 숙종 34년(1708) 식년시(式年試)에서 진사시(進士試) 2등으로, 동시에 치러진 생원시(生員試)에 54등으로 양시(兩試)에 합격했고, 뒤에 사마시(司馬試)에 2등으로 합격했다. 남휘는 길에서 우연히 만난 여승에 반해 그녀를 유혹하는 〈승가(僧歌)〉를 지어 보내 마침내 소실로 삼았으며, 한때 〈승가〉가 인구에 회자되었다. "남도사 휘는 용맹과 지략이 있고, 의기(意氣)를 좋아했다. 젊었을 때에는 마음껏 놀며 구속받지 않았다. 일찍이 여승을 만났는데 몹시 아름다웠다. 〈승가〉를 지어 유혹하여 마침내 집에 데리고 와 첩을 삼았다. 지금 세상에 전해지는 〈승가〉가 이것이다. (南都事徽有勇智, 好意氣. 少時喜遊蕩不檢. 嘗遇女僧甚美. 作僧歌挑之, 遂畜于家. 今世所傳僧歌是也.)", 임천상(任天常, 1754~1822), 『시필(試筆)』.

323 여승가(女僧歌): 이용기 편, 『악부(樂府)』(고대본)에 〈승가타령(僧歌打令)〉, 〈송여승

佳約何年逢杜渼　어느 해[324]에 두미[325]에서 가약을 맺었던가.
狂心好色世或譏　호색한의 미친 마음 세상사람 비웃으니
度外讒言同伯嚭　뜻밖에 참소함은 백비[326]와 한가지네.
當來好爵領議政　틀림없이[327] 좋은 벼슬 영의정에 오르리니
不羨區區楚司烜　구차한[328] 초사훼[329]가 부럽지 않네.
星山玉春總無色　성산[330]과 옥춘[331]도 무색하기 짝이 없지

가(送女僧歌)〉, 〈승답사(僧答辭)〉, 〈재송여승가(再送女僧歌)〉, 〈여승재답사(女僧再答辭)〉가 수록되어 있다.

324 하년(何年): 어느 해. 고대본 『악부』의 〈승가타령〉에 "나흔 몟치나 되었소. 이팔올시다. ᄂᆡ 나흔도 십팔이언이와"와 여승의 노래인 〈승답가〉에서 비구니가 "光陰을 혜작이면 三七이 前年일쇠"라는 대목 등으로 미루어 볼 때 1671년생인 남휘가 18세인 1689년에서 30세 때인 1700년 사이에 있었던 일로 보인다. 안대회, 「연작가사 〈승가〉의 작자와 작품 성격」, 『한국시가연구』 26, 한국시가학회, 2009, 324쪽.

325 두미(杜渼): 지금의 팔당대교 부근의 두미골 월계. "우연이 斗尾 月溪 좁은 길의 남남업시 맛나니", 〈승가타령〉. 〈용비어천가〉(권3, 제14장)의 주석에 '渡迷두미', 『신증동국여지승람』(제6권, 경기(京畿) 광주목(廣州牧)』에 '斗迷津', 조수삼(趙秀三, 1762~1849)의 『추재집(秋齋集)』 권7 「기이(紀異)」의 '삼첩승가(三疊僧歌)'에 '斗彌'로 나온다.

326 백비(伯嚭): 오(吳)나라의 간신. 태재(太宰) 백비가 오월(吳越) 싸움에서 월왕 구천(句踐)에게 매수되어 강화를 도왔고, 오자서와 사이가 나빠 그를 참소해 죽여 오나라가 끝내 망하였다.

327 당래(當來): 틀림없이 닥쳐옴.

328 구구(區區): 떳떳하지 못하고 졸렬함.

329 초사훼(楚司烜): 초나라의 관직명. "사훼씨(司烜氏)는 부수(夫遂)를 가지고 해에서 명화(明火)를 취하여 이로써 제사에 밝은 촉을 지공(支供)하는 일을 관장한다. (司烜氏掌以夫遂, 取明火於日, 共祭祀之明燭.)", 『주례(周禮)』 「추관(秋官)」.

330 성산(星山): 성산월(星山月). 16세기에 경상도 성주 출신 기생으로 장안에 뽑혀와 제일가는 명기가 되었다. 하루는 진신(縉紳) 명류들과 더불어 한강에서 뱃놀이를 하다가 취한 틈을 타 주연을 피해 돌아오던 중에 큰비를 만났다. 숭례문에 이르니 이미 문이 잠겨 있어 길가의 작은 집을 찾아 하룻밤을 지낼 수 있기를 부탁했다. 그러나 그 집 주인인 문과 급제자인 첨정(僉正) 김예종(金禮宗)은 요귀가 정신을 미혹케 하려는 술수라며 들어주지 않았다. 날이 밝자 성산월은 평상시 같았으면 너가 나를 만나려 해도 만나주겠느냐며 힐난했다고 한다. 『어우야담(於于野談)』. *김예종은

嘗得櫻脣甘似酏　　고운 입술[332] 입 맞추니 달기가 단술 같네.
淸霄東閣樂鍾鼓　　맑은 밤엔 동각에서 종고지락 즐기고[333]
遲日南園採芣苢　　해 긴 날엔 앞뜰에서 질경이[334]를 캐네.
朝雲可愛還相隨　　조운[335]같이 사랑하여 서로서로 따르고
孟光甘心共耘耔　　맹광[336]처럼 기꺼이[337] 함께 밭을 매네.[338]

1552년에 진사시와 1564년에 대과에 합격했다.

331 옥춘(玉春): 이름난 명기로 보인다.

332 앵순(櫻脣): 앵두처럼 고운 입술.

333 낙종고(樂鍾鼓): 종고지락(鐘鼓之樂). 종과 북을 치며 즐긴다는 뜻으로, 부부의 금슬이 좋음을 비유한 말이다. "들쭉날쭉한 마름 나물을, 좌우로 취하여 가리도다. 요조한 숙녀를, 거문고와 비파로 친애하도다. 들쭉날쭉한 마름 나물을, 좌우로 삶아 올리도다. 요조한 숙녀를, 종과 북으로 즐겁게 하도다. (參差荇菜, 左右采之. 窈窕淑女, 琴瑟友之. 參差荇菜, 左右芼之. 窈窕淑女, 鍾鼓樂之.)", 『시경』「주남(周南) 관저(關雎)」.

334 부이(芣苢): 질경이. "뜯세 뜯세 질경이, 잠깐 뜯어 보세. 뜯세 뜯세 질경이, 잠깐 소유하노라. (采采芣苢, 薄言采之. 采采芣苢, 薄言有之.)", 『시경』「주남(周南) 부이(芣苢)」. 천하가 화평하여 부인들이 질경이를 캐며 자식을 둔 것을 즐거워하는 내용이다. 『청절서원본』에는 '芣莒'로 되어 있다.

335 조운(朝雲): 소식(蘇軾)의 애첩인 조운(1062~1096). 전당 출신으로 성은 왕(王)이고, 자는 자하(子霞)이다. 집안이 가난하여 어려서부터 가무(歌舞)하는 사람들 틈에서 지냈는데, 우아한 용모를 지녀 사람들의 이목을 받았다. 소식이 1071년에 왕안석(王安石)의 신법(新法)을 반대하다 항주(杭州) 통판으로 좌천당했을 때 인연을 맺었다. 처음에 시녀로 있다가 황주에서 첩이 되었다. 소식은 혜주(惠州)로 쫓겨갈 때도 함께 데리고 갔는데, 3년 뒤에 조운이 전염병으로 죽자, 「도조운(悼朝雲)」을 지어 "때가 맞지 않았도다, 나를 알아주는 이는 오직 조운뿐인데. 홀로 옛 곡조를 뜯고 있으니, 저녁 비 올 때마다 곱절이나 그대가 생각나네. (不合時宜, 唯有朝雲能識我. 獨彈古調, 每逢暮雨倍思卿.)"라고 애도했다. 또 1096년 「서강월(西江月)」을 지어 "옥 같은 몸이 어찌 장기를 걱정하리? 얼음 같은 자태에 원래 신선의 풍채가 깃들었는데. 바다의 신선이 때대로 꽃을 찾게 하는지라, 깃털 푸른 작은 봉황이 거꾸로 매달렸네. 맨얼굴을 한 채 도리어 분을 더럽히길 싫어하나, 화장을 씻어도 발그레한 빛이 바래지 않네. 고아한 정은 벌써 새벽 구름을 따라가고, 배꽃과는 함께 꿈을 꾸려 하지 않네. (玉骨那愁瘴霧, 冰姿自有仙風. 海仙時遣探芳叢, 倒掛綠毛幺鳳. 素面常嫌粉涴, 洗妝不褪脣紅. 高情已逐曉雲空, 不與梨花同夢.)"라고 읊었다. 소동파 지음, 류종목 역해, 『소동파사』, 서울대학교출판문화원, 2010, 744~745쪽.

醫娥棉婢愧欲死　약시비와 계집종은 부끄러워 죽을 지경
檀屑氷床輕步躧　얼음 깔린 상 위 걷듯 걸음도 조심조심.
先稱絳桃花不發　강도화[339] 아직 안 피웠다고 칭찬하니
更詠周詩江有汜　주나라 시 강유사[340]를 다시 읊는구나.
奇談秖可詠於歌　기이한 이야기는 시로 읊을 만하고
異蹟堪將繡之梓　색다른 행적은 책으로 지을 만하네.
騷翁爲作打鈴辭　시인[341]이 타령조로 이 시를 지었으니
好事相傳後千祀　좋은 일 서로 전해 천년토록[342] 이어지리.

---

336 맹광(孟光): 후한(後漢)의 현사(賢士)인 양홍(梁鴻)의 아내. 흔히 어진 아내를 비유할 때 쓰는 말이다. 맹광은 밥상을 들고 올 때에도 양홍을 감히 마주 보지 못하고 이마 위에까지 들어 올렸다는 '거안제미(擧案齊眉)'의 고사가 있다. 『후한서(後漢書)』 권83 「일민열전(逸民列傳) 양홍(梁鴻)」.

337 감심(甘心): 괴로움이나 책망 따위를 기꺼이 받아들임. 또는 그런 마음.

338 운자(耘耔): 김을 메고 북을 돋움.

339 강도(絳桃): 당나라 때 한유(韓愈)의 애첩. 한유의 애첩 강도와 유지(柳枝)는 가무를 잘했는데, 유지가 담장을 넘어서 도망갔다가 가인(家人)에게 다시 붙들려온 일이 있다. 한유는 「진주초귀(鎭州初歸)」에서 "이별한 이후로 길거리의 양류는, 춘풍에 하늘거리며 날려고만 했는데. 작은 정원의 도리는 그대로 남아 있어, 낭군 오길 기다리며 꽃을 안 피우고 있었네. (別來楊柳街頭樹, 擺弄春風只欲飛. 還有小園桃李在, 留花不發待郎歸.)"라 하고, 그 후부터는 강도만 오로지 총애했다고 한다. 『당어림(唐語林)』.

340 강유사(江有汜): "강에 갈라진 물줄기 있거늘, 그녀는 시집을 가네. 나를 데리고 가지 않았네, 나를 데리고 가지 않았으나, 그 뒤에는 뉘우쳤지. (江有汜, 之子歸. 不我以, 不我以, 其後也悔.)", 『시경』 「소남(召南) 강유사(江有汜)」. '江水'는 적처이고, '汜水'는 잉첩을 비유한 것인데, 시집가면서 잉첩(媵妾)을 데리고 가지 않았던 적처(嫡妻)가 잉첩의 교화를 입어 자신의 과오를 뉘우치고 화목하게 지낸다는 내용이다.

341 소옹(騷翁): 시인(詩人)이나 문사(文士). 소객(騷客).

342 천사(千祀): 길고 많은 세월.

광한루악부

廣寒樓樂府

광한루악부 해제*

廣寒樓樂府 解題

천태산인(天台山人) 김태준(金台俊)

廣寒樓라면 누구든지 먼저 저 春香傳을 생각할것입니다마는 春香과 夢龍이가 비로소 만나든것이 全羅道 南原서도 有名한 廣寒樓였읍니다. 그러나 廣寒樓는 春香傳으로 해서 더한층 名聲을 傳揚하고 있는것은 틀림 없읍니다. 그래서 農村의 街頭에 이야기책으로 歌劇으로 春香傳이 有名해지자 아무리 化石같이 굳어진 沒感情한 漢學儒生이라도 여기 關心을 안할수가 없었든것이오, 그속에 또 이처럼 新興文學의 싹이 돋는데 對해서 正面으로 이를 繼承하려한 이도 있었읍니다. 廣寒樓樂府는 그러한 선비의 손에 된것입니다. 廣寒樓樂府는 哲宗 三年壬子(1852)에 尹元善이란분의 손에 春香傳歌劇을 漢詩一百八首로 읊은것입니다.

著者「尹元善」은 初名「達善」으로 純祖壬午(1822) 海平尹氏의 門에 나서 憲宗 十五年 그가 卄八歲 蓮榜 卽「進士」試驗에 合格하였으나, 그 後에 生活은 才子의 普通걷는길-不遇落魄의 길을 밟어 五十六歲

* 『학등(學燈)』(1935)에 실린 김태준의 해제를 당시의 표기대로 전재한다. 본 번역의 대본은 여러 이본 중 규장각 소장본(가람古/811.05/Y97g)을 기준으로 하고, 오자 등 문제점이 있을 때는 연세대본 및 다른 이본을 참조하여 교감하였다. 서문은 이본별로 실린 편수가 각기 다른데 여기에 모두 모아 실어서 연구에 도움이 되고자 한다.

가 되도록 一粒의 官祿을 받지 못하였읍니다. 兩班이 벼슬 못하면 貧窮할것은 定한 理致라 하루는 昌陵參奉으로 있는 그의 親友 尹瑗을 찾어가서 놀다가 偶然히 詩를 읊었는데

「我年二八에 居蓮榜, 蓮榜이 居然二八年
五十六歲에 窮不死하니 西陵滯直도 望如仙」

이라 하였읍니다. 尹瑗은 이를 矜惻히 여겨 四方에 周旋하야 尹元善으로 하여금 五十六歲의 첫벼슬 「南部都事」라는 小任을 시켰읍니다. 그 尹瑗 號 玉田山人은(1818~1892) 慶州人 兼山李啓五(1822~?)와 함께 이 樂府에 序文을 지은 親友올시다. 尹元善은 最後에 奉化縣監 尹瑗은 德山縣監까지 歷任하였읍니다.

그런데 이 廣寒樓樂府는 그의 小序에도 말한바와 같이 尹元善氏가 紫霞申緯의 觀劇詩 數十首를 보고 느끼는바 있어 哲宗壬子에 그가 五十九歲때에 지금의 洗劍亭뒤에 있는 僧伽寺의 北禪院에 避暑겸 몸을 靜養하려 나갔다가 심심푸리로 지어본것이라 하였읍니다. 最後에 壺山居士라고 한것은 그의 號일것이오 未定草라고 한것은 아마 더 修正推敲를하려 하였거나 또는 科白을 完備시키렸든 計劃이었든지 알수 없읍니다. 何如間 距今 八十二年前에 이러한 漢譯이 있었다는 것은 貴重하다 할것입니다. (甲戌十二月)

『學燈』13(漢城圖書株式會社, 1935. 1. 1.)

序[1]

我國倡優之戲，一人立一人坐，而立者唱，坐者以鼓節之．凡雜歌十二腔，〈香娘歌〉卽其一也．聽〈香娘歌〉者，當知有三件奇事．始與李郎君爲劉阮之遇，一奇也．中間閱歷風霜，鎖鸚打鴨，無所不至，而終守栢舟之節，一奇也．末乃槖砧仗繡斧南來，樂昌之鏡，旣分而復合，亦一奇也．此雖出於一時稗官俚語，而其庶乎國風之好色而不淫，與桑濮之音有間矣．惜乎！自香娘去沒，上下幾百年，錦繡才子亦何限[2]，無一人播詠於聲律之間，而徒付之淨丑劇戲之場也．吾友壺山子好古博覽人也．慨其事之無傳，於是依其歌而作小曲百八疊以記之，名之曰'廣寒樓樂府'．噫！其間一肥一容，一笑一語，一涕一沱，無非爲香娘傳神，而其喜也，如春雨乍晴，百鳥哈呀而自得，其悲也，如聞隴水嗚咽，峽猿啼號，不覺悽然而淚下，其快也，如公孫娘舞劍，但見逗虹閃日，天地爲之低昻，此文章之妙境也．若使香娘見之，豈有不嫣然而笑，背面而羞者乎？香娘則已矣，子試於櫻桃花下，飛一盞酒，酹其神，便復引觴痛飮，以此詩借朱脣歌之，則一生胸中磈磊不平之氣，亦可以盡澆也．

壬子臨月，玉田山人書于眠琹軒中．

우리나라 소리꾼들의 연희는 한 사람은 서서 하고 한 사람은 앉아서 하는데, 선 사람은 노래를 부르고 앉은 사람은 북으로 장단을 맞춘다. 무릇 잡가(雜歌)는 열두 곡인데, 〈향랑가(香娘歌:춘향가)〉는 그 중

1 본 번역의 주 대본인 규장각 소장본에는 실려 있지 않다.

2 限: 대부분 필사본에 '恨'으로 되어 있는데 오자이므로 바로잡는다.

의 하나이다.

〈향랑가〉를 듣는 사람은 의당 세 가지의 기이한 일이 있음을 알게 된다. 처음에 이(李) 낭군과 더불어서 유신(劉晨)·완조(阮肇)와 같은 만남[3]을 이룬 것이 첫 번째 기이한 일이다. 중간에 풍상(風霜)을 두루 겪으며 앵무새를 가두고[4] 오리를 매질하는 것[5]처럼 온갖 어려운 처지에 이르지 않음이 없다가 끝내는 백주(栢舟)의 절개[6]를 지켜낸 것이 또 하나의 기이한 일이다. 마지막에 낭군이 어사가 되어 수의(繡衣)와 도끼[7]를 갖추고 남쪽으로 내려와 낙창공주(樂昌公主)[8]의 거울처럼 이미

---

3 유신(劉晨)·완조(阮肇)와 같은 만남: 기이한 만남을 의미한다. 후한(後漢) 명제(明帝) 때 유신과 완조 두 사람이 천태산(天台山)에 들어가 약초를 캐다가 길을 잃고 헤매던 중 시냇가에서 아리따운 두 여자를 만나 그녀들을 따라가서 반 년 동안을 즐겁게 지내고 그곳을 떠나 고향에 돌아와 보니 아는 사람들은 모두 죽어 아무도 없고 이미 7대(代)가 지났음을 알게 되었다. 다시 여인들이 있는 곳으로 돌아가려고 했으나 다시는 돌아갈 길을 찾지 못했다고 한다. 《太平廣記 卷61》

4 앵무새를 가두고: 여자를 억류한다는 뜻이다. 『전등신화(剪燈新話)』의 〈금봉차기(金鳳釵記)〉에 "새장을 닫아 앵무새를 가두고, 오리를 때려 원앙새를 놀라게 하다.[閉籠而鎖鸚鵡, 打鴨而驚鴛鴦]"라고 하였다.

5 오리를 매질하는 것: 송나라 때 선주(宣州) 자사를 지냈던 여사륭(呂士隆)의 고사에서 유래한 것으로, 기녀가 매를 맞는다는 의미이다. 여사륭이 여화(麗華)라고 하는 기녀를 사랑하였는데 하루는 그 기녀가 작은 허물을 지어 매질하려고 하자 기녀는 울면서 "제가 감히 매질을 피하지는 못하지만 새로 온 기녀 아무개가 이 때문에 불안할까 걱정입니다." 하니 여사륭이 웃으면서 매질을 그만 두었다. 후에 매성유(梅聖俞)가 이 일을 〈막타압(莫打鴨)〉이라는 시로 읊어 "오리를 때리지 마오, 오리를 때리면 원앙을 놀라게 한다오.[莫打鴨, 打鴨驚鴛鴦]"라고 하였는데, 이는 여화가 키가 작고 통통하여 장난스럽게 오리에 비유한 것이다. 《侯鯖錄 卷8》

6 백주(柏舟)의 절개: 『시경(詩經)』의 〈백주(栢舟)〉편에서 노래한 여자의 절개를 말한다.

7 수의(繡衣)와 도끼: 한(漢)나라 때 황제가 지방에 파견한 집법관(執法官)이 비단옷을 입고 권위를 상징하는 도끼를 가지고 다녔으므로, 후에 암행어사의 의장(儀仗)을 뜻하는 표현으로 쓰인다.

8 낙창공주(樂昌公主): 남북조 시대 진(陳)나라 관리인 서덕언(徐德言)의 아내이다. 수(隋)나라 대군의 침입으로 서로 헤어질 것을 예견하고 거울을 쪼개어 나누어 가졌다

나누어졌다가 다시 합하게 된 것이 또 하나의 기이한 일이다. 이것은 비록 한때에 패관소설(稗官小說)의 속된 이야기에서 나왔으나, 『시경』 국풍(國風)에서의 '색을 좋아하되 음란하지는 않는다'[9]는 것과 비슷하고 '상간(桑間)·복상(濮上)의 노래'[10]와는 차이가 있다.

애석하도다! 향랑이 죽은 후에 전후로 몇 백 년이 되었고 뛰어난 문장 솜씨를 가진 재자(才子)들 또한 어찌 한정이 있었겠는가마는, 한 사람도 정식 노랫가락에 가사를 실어 전파하여 읊은 사람이 없고 다만 연희(演戲)하는 무대에 내맡겨두기만 하고 말았다. 내 친구 호산자(壺山子)[11]는 옛 것을 좋아하고 널리 공부한 사람인데, 그 일이 전해지지 않는 것을 개탄하여 이에 그 노래[향랑가]에 의거하여 짧은 시가(詩歌) 108수를 지어 기록하고, 이름 붙이기를 '광한루악부(廣寒樓樂府)'라고 하였다.

아! 그 내용 안에는 한 번 몸짓하고 한 번 표정을 짓고, 한 번 웃고 한 번 말하고, 한 번 눈물 흘리고 한 번 콧물 흘리는 것들이 향랑의 정신을 전하지 않는 것이 없다. 그 기쁜 장면은 봄비가 잠깐 개어 온갖 새들이 재잘거리면서 흡족해 하는 것과 같고, 그 슬픈 장면은 농수(隴水)[12]가 오열하고 협곡(峽谷)의 원숭이들이 울어대는 것을 듣고서

가 나중에 이를 징표로 하여 다시 만나 행복하게 살았다.

9 색을……않는다: 공자(孔子)가 『시경(詩經)』 국풍(國風)의 〈관저(關雎)〉 편에 대해 '樂而不淫, 哀而不傷(즐거워하되 지나치게 탐닉하지는 않고 슬퍼하되 마음을 손상시키지는 않는다)'이라고 평한 말에서 따온 표현이다.

10 상간(桑間·복상(濮上)의 노래: 상간은 뽕나무 사이라는 뜻에서 취한 지명으로 하남성(河南省)의 복수(濮水) 가에 있었는데, 복수는 옛 위(衛)나라의 땅에 해당한다. 이곳은 남녀가 밀회하는 장소로 많이 이용되면서 애정을 주제로 한 노래가 많이 불렸으므로 음란한 음악의 대명사가 되었다. 《禮記 樂記》

11 호산자(壺山子): 〈광한루악부〉의 저자인 윤달선(尹達善)의 호이다.

저도 모르게 슬퍼하면서 눈물 흘리는 것과 같고, 그 통쾌한 장면은 공손대랑(公孫大娘)[13]이 칼춤을 추면서 다만 하늘에 비껴있는 무지개와 빛나는 해를 보자 하늘과 땅이 낮아졌다 높아졌다[14] 하는 것과 같으니, 이것은 문장의 오묘한 경지이다. 만약 향랑으로 하여금 이것을 보게 한다면 어찌 예쁘게 웃음을 웃다가 얼굴을 돌리고서 부끄러워하지 않겠는가?

향랑은 이미 죽고 없으나 그대가 시험 삼아 앵두꽃 아래에서 한 잔의 술을 주고받으면서 그 영혼에게 강신주(降神酒)를 따르고, 곧 다시 술잔을 끌어다가 실컷 마시고 이 시를 가지고서 붉은 입술을 빌려서[15] 노래를 부르게 하면 일생의 가슴 속에 가득 차 있는 불평한 기운을 또한 모두 씻어낼 수 있을 것이다.

임자년(1852) 12월[臨月] 옥전산인(玉田山人)[16]이 면금헌(眠琴軒)에서 쓰다.

---

12 농수(隴水): 중국의 농산(隴山)에서 발원하여 장안으로 흘러가는 황하의 지류인데 그 물소리가 슬프게 우는 듯하다고 한다. 이백(李白)의 〈추포가(秋浦歌)〉에 " 秋浦猿夜愁, 黃山堪白頭, 淸溪非隴水, 翻作斷腸流(추포에 원숭이는 밤마다 시름 젖고, 황산은 눈 내려 흰머리가 다 되었네. 청계는 농수가 아니지마는, 도리어 애끊는 소리 내며 흐르네.)"라고 하였다.

13 공손대랑(公孫大娘): 당나라 초에 교방(敎坊)의 기녀(妓女)로서 검무(劍舞)를 잘 추었던 여자이다.

14 하늘과 땅이 낮아졌다 높아졌다: 춤추는 사람의 역동적인 동작에 따라 하늘과 땅이 낮게 보였다 높게 보였다 하는 현상을 말한다. 두보(杜甫)의 〈관공손대랑제자무검기행(公孫大娘諸子舞劍器行)〉에 "구경하는 사람들 산처럼 모였는데 모두 넋을 잃어버리고, 하늘과 땅이 높았다 낮았다 요동쳤네.[觀者如山色沮喪, 天地爲之久低昂]"라고 하였다.

15 붉은 입술을 빌려서: 젊고 예쁜 여자에게 시킨다는 뜻이다.

16 옥전산인(玉田山人): 이 서문을 쓴 윤원(尹瑗)의 호이다.

序[17]

閭巷風謠, 發於咨嗟咏歎之餘者. 採其自然之音響節族, 播之於歌, 叶之於詩, 然後淸濁·高低·長短·緩促, 莫不畢備, 不待鼓金·擊石·彈絲·品竹, 曲暢通和, 眩幻耳目, 使傍聽傍觀, 曉然知其所以然者, 而淨丑劇戲之場, 得其所謂香娘者歌, 顧其說則不過稗官俚諺而止, 其人情物態, 咄咄逼眞, 這叫做'才子佳人'·'風流情種', 無一毫差錯, 雖古之優孟衣冠抵掌談笑, 謂叔敖復生, 亦蔑以加此.

然而歌不盡言, 言不盡意, 神凝妙入之境, 往往有罅漏未備者, 故壺山詩人, 酒於霜晨雨夜, 刻苦精妙, 收拾其全部歌曲, 而口中爐鞴, 點化裡語, 寓之歌而載之於詩, 演成廣寒樓樂府. 蓋其橋畔邂逅, 有若牛女跂睕, 枕上蕩漾, 有若鴛鴦戢翼, 有會必散而雜珮以贈, 難忘易思而首疾甘心. 使君誘羅敷之節, 則靡他矢死, 直指仗繡斧之威, 則見此良人, 蘊保貞玉, 夫榮婦貴. 才子佳人悲歡離合之情, 歌場優戲勸懲善惡之態, 委曲宛轉, 於百八唾珠一編之中, 描寫其千態萬狀者, 皆合音節, 能形歌喉所不能形容者, 吾必謂爲此詩者, 知其歌而可以備風謠之未備者云.

壬子臘月, 兼山題.

여항의 민요는 어떤 일에 탄식하거나 영탄한 결과에서 발생한 것이다.[18] 그 자연스러운 소리와 가락을 채록하여 노래에다 전파하고 시에

---

17 이 서문은 규장각 소장본을 비롯하여 다른 이본에는 거의 실려 있지 않다. 한국학중앙연구원 소장본(D6B/25/1, 古第002243호)을 대본으로 하고, 김태준의 『원본 춘향전』(김태준본)에 수록된 텍스트로 교감(校勘)하였다.

18 여항의 민요는……발생한 것이다: 이는 주자(朱子)가 〈시경집전서문(詩經集傳序文)〉

다 맞추어, 그런 다음에 맑고 탁함, 높고 낮음, 길고 짧음, 느리고 급함 등이 모두 갖추어졌다. 그리하여 징을 치거나 경쇠를 두드리거나 현악기를 타거나 관악기를 불지 않더라도 곡진하게 두루 널리 통하고 이목을 끌어서, 곁에서 듣고 보는 사람들로 하여금 그 노래가 불려지는 까닭을 환히 알 수 있게 한다. 그런데 배우가 연희하는 마당에서 부르는 이른바 향랑가(香娘歌: 춘향가)라는 것은 그 사설을 살펴보면 패관소설의 속된 말로 된 것에 지나지 않는데, 거기서 표현한 인정물태(人情物態)는 기막히게 핍진하여 이른바 '재자가인(才子佳人)'이라든가 '풍류를 아는 다정다감한 사람'이라고 일컬어지는 사람들의 이야기와 털끝만큼도 차이가 없으니, 비록 옛날에 우맹(優孟)이 의관을 차리고서 손뼉치고 웃으면서 '손숙오가 다시 살아왔다'고 말했던 것[19]도 이보다 더 핍진하지는 못할 것이다.

그러나 노래는 말을 다 표현하지 못하고 말은 뜻을 다 표현하지 못하는 법이니, 신묘한 상황이 모이고 전개되는 장면에서는 가끔씩 표현이 부족하고 미비한 점이 있었다. 그리하여 호산(壺山)[20] 시인이 서리 내리는 아침이나 비오는 저녁에도 각고의 노력으로 정묘함을 다하

에서 시의 발생론을 말한 것을 빌려온 표현이다.

19 우맹(優孟)이……말했던 것: 우맹의관(優孟衣冠)이라는 고사와 관련된 이야기이다. 이 고사는 우맹이란 배우가 손숙오(孫叔敖)의 의관을 차린다는 뜻으로, 원래는 배우가 등장하여 어떤 일을 풍자함을 일컫는 말인데 후에는 주로 사이비(似而非)한 것을 비유적으로 이른다. 그러나 여기서는 묘사의 핍진한 정도를 나타나기 위해 사용되었다. 초(楚)나라의 어진 재상 손숙오가 죽은 후 그 아들은 땔나무를 해 연명할 정도로 곤궁해졌는데도 장왕(莊王)은 돌보아 줄 생각을 하지 않았다. 그러자 우맹은 손숙오와 똑같은 의관을 하고 변장을 한 채 장왕에게 나타나서 그의 잘못을 일깨워 주고 손숙오의 아들에게 봉지(封地)를 주어 손숙오의 제사를 받들게 하였다.

20 호산(壺山): 〈광한루악부〉의 저자인 윤달선(尹達善)의 호이다.

여 그 노래 전부를 모으고 입안의 화로와 풀무[21]로 우리말을 변주(變奏)하여 〈광한루악부〉를 이루었다.

대개 이생(李生)과 향랑(香娘)이 오작교 가에서 서로 만나는 것은 견우·직녀가 발돋움하고 바라보는 것과 비슷하고, 침상 위에서 농탕질하는 것은 원앙이 깃을 가지런히 모으고 다정한 것과 비슷하다. 만나면 반드시 헤어지므로 패물을 신표로 주었고, 잊기는 어렵고 그리워하기는 쉬우므로 머리 아픔도 달게 여겼다[22]. 사또가 나부(羅敷)[23]의 절개를 유혹하자 죽음을 맹세코 남에게 마음을 주지 않다가, 암행어사가 수의(繡衣)와 도끼의 위엄을 갖추니[24] 이 그리운 임을 보게 되었고, 옥 같은 절개를 보존하여 지아비는 영화롭게 되고 지어미는 귀하게 되었다.

재자가인이 슬퍼하고 탄식하며 헤어지고 만나는 정과, 연희(演戲) 마당의 소리꾼들이 선을 권하고 악을 징벌하는 모습이 곡진하고도 완곡하니, 백팔 수의 주옥같은 일련의 작품 중에서 그 천태만상을 묘사한 것이 모두 음절에 맞고, 소리꾼이 형용하지 못한 것을 능히 형용하였다. 그러니 이 시를 지은 사람은 노래를 잘 아는 동시에 민요의 미

---

21 입안의 화로와 풀무: 화로와 풀무는 도가니를 고열로 달구어 쇠를 녹여 주물을 만드는 도구이다. 따라서 입안의 화로와 풀무는 입으로 시가(詩歌)를 자유자재로 변주(變奏)하는 수단, 능력을 뜻한다.

22 머리 아픔도 달게 여겼다: 원문의 '수질감심(首疾甘心)'은 『시경(詩經)』〈위풍(衛風)·백혜(伯兮)〉편의 '감심수질(甘心首疾)'을 응용한 표현으로, 임이 돌아오기를 기다리는 마음이 너무 괴로워 차라리 머리 아픈 것쯤은 달게 여긴다는 말이다.

23 나부(羅敷): 한단(邯鄲) 사람 진씨(秦氏)의 딸인데 조왕(趙王)이 보고 반하여 유혹하였으나 〈맥상가(陌桑歌)〉를 부르며 거절하고 절개를 지켰다. 일설에는 아름답고 절조가 있는 여자의 통칭이라고 한다.

24 수의(繡衣)와 도끼의 위엄을 갖추니: 암행어사가 출도했다는 표현이다.

비한 점 또한 잘 보완하였다고 나는 꼭 말하겠다.

임자년(1852) 섣달(12월) 겸산(兼山)[25]이 짓다.

自序[26]

紫霞申侍郎作觀劇詩數十首, 其風流韻響, 卽近世絶唱. 然詩甚些略, 良可惜也. 歲甲寅初秋, 飮暑患痁, 調病於僧伽寺之北禪院, 淸閑無寐之時, 收拾精神, 依香娘歌一篇, 作小曲百八疊, 名之曰'廣寒樓樂府'. 余不敢與霞詩竝驅騷壇, 然其趣味則一也. 至於閭巷風謠之辭, 悲歡離合之情, 不得其描寫萬一, 亦戛戛乎其難於措手矣. 藏之巾笥, 花下樽前, 聊以自懷.

白鶴山人題.

자하(紫霞) 신시랑(申侍郎)[27]이 관극시(觀劇詩) 수십 수를 지었는데, 그 풍류스러운 가락이 바로 근세의 절창(絶唱)이었다. 그러나 시가 매우 소략한 것이 참으로 애석하다.

갑인년(1854)[28] 초가을에 더위를 먹고 병이 들어 승가사(僧伽寺) 북쪽

25 겸산(兼山): 이계오(李啓五, 1822~?)의 호. 이계오는 작자인 윤달선의 동갑 친구이다.

26 본 번역의 주 대본인 규장각 소장본에는 〈廣寒樓樂府一百八疊〉으로 되어 있다.

27 신시랑(申侍郎): 신위(申緯, 1769~1847?)를 가리킨다. 본관은 평산(平山), 자는 한수(漢成), 호 자하(紫霞)·경수당(警修堂)이다. 시(詩)·서(書)·화(畵)의 삼절(三絶)이라 불렸으며, 후세의 시인들도 그의 작시법(作詩法)을 본받았다. 저서에는 『경수당전고(警修堂全藁)』, 『분여록(焚餘錄)』, 『신자하시집(申紫霞詩集)』 등이 있고, 판소리 공연을 직접 보고 지은 〈관극절구십이수(觀劇絶句十二首)〉(1826)가 유명하다.

선원(禪院)에서 요양하고 있었는데, 날씨가 맑고 한가하여 잠이 오지 않을 때에 정신을 수습하여 향랑가(香娘歌: 춘향가)에 의거하여 짧은 노래 108수를 지어서 이름 붙이기를 '광한루악부(廣寒樓樂府)'라고 하였다. 내가 감히 자하(紫霞)의 시와 더불어서 문단에서 어깨를 나란히 하려는 것은 아니지만 그 취향은 매한가지이다.

그런데 여항(閭巷)의 풍속을 담은 말과 헤어지고 만남에 슬퍼하고 기뻐하는 정에 이르러서는 만에 하나도 묘사할 수 없었고, 또 마음먹은 바와 어긋나 착수에 어려움이 있었다. 그러니 보자기나 상자에 간직했다가 꽃 아래 술동이 앞에서 그저 나 혼자서 감상하리라.

백학산인(白鶴山人)[29]이 쓰다.

---

28 갑인년: 다른 대부분의 이본에는 임자년(1852)으로 되어 있다.

29 백학산인(白鶴山人): 호산자(壺山子) 윤달선(尹達善)의 또다른 호(號)로 보인다.

第一疊 要令

湖南山水正娟嬋　호남의 산수는 정녕 고운데다
聖代昇平萬萬年　태평성대가 만만 년 이어지는데
五十三官歌舞地　53개 관서가 있는 춤추고 노래하는 지방[30]에
帶方風物至今傳　대방의 풍물이 지금까지 전하도다.

帶方南原舊號(대방은 남원의 옛 호칭이다)

第二疊 要令

鵲橋東畔廣寒樓　오작교의 동편 가에 광한루에는
翠竹深林暎素秋　푸른 대밭과 깊은 숲이 가을날에 어우러졌는데
牛女佳緣誰更續　견우·직녀 아름다운 인연을 누가 다시 이을 건가
淡河孤月滿空洲　맑은 물과 외로운 달빛만 빈 모래섬에 가득하네.

第三疊 轉語

本官子弟最風流　본관 사또 자제는 더없이 풍류스러워
二八芳姿第一州　16살 꽃다운 자태가 고을에서 제일인데
爲看名區佳麗景　명승지의 아름다운 경치를 보기 위해서
讀書暇日卜清遊　독서하던 여가에 맑은 놀이를 기약했네.

30 53개……지방: 53개 고을로 이루어진 전라도를 가리킨다.

第四疊 李生唱

綠帶紗巾靑道服　초록 허리띠 명주 두건에 푸른 도복 차림으로
西山驢子灑金鞍　서산의 나귀[31]에 금빛 안장 씻고서
落花踏盡遊何處　꽃 지는 곳 두루 다 밟고 어느 곳에 노니는가
約伴官僮到廣寒　관가 종과 짝하여서 광한루에 이르렀네.

第五疊 李生唱

瀛洲高閣接天涯　드높은 영주각은 하늘 끝에 닿아 있고
島上三山雲半斜　섬 위의 삼신산은 구름 속 반쯤 비껴 있는데
紅蓼川邊脩竹裡　홍료천 옆에 있는 키 큰 대나무 숲 속에
朱欄翠瓦是誰家　붉은 난간에 푸른 기와는 누구의 집이런가.

瀛洲閣·三神山·蓼花川, 卽廣寒樓前名勝處
(영주각·삼신산·요화천은 바로 광한루 앞의 명승지이다)

---

31 서산의 나귀: 남송(南宋)의 학자인 서산(西山) 채원정(蔡元定)이 도보로 유배길에 올라 임천(臨川)으로 가는데 증경건(曾景建: 曾極)이 나귀를 빌려준 고사를 활용한 표현이다. 채원정이 간신인 한탁주(韓侂胄) 등의 모함을 받아 도주(道州)로 귀양 가게 되었는데, 도보로 3천여 리를 가서 다리에서 피가 흘렀다고 한다. 주희(朱熹)가 채원정에게 보낸 편지에 의하면 증극이 있던 임천을 지나갈 때 어떤 사람이 나귀를 빌려주어 도보로 가는 수고를 면하였다고 하는데, 후대에는 증극이 직접 빌려준 것으로 인식한다. 《貞菴集 卷5》

第六疊 李生唱

徒倚高樓第一層 높은 누각 제 일 층에 한갓되이 기댄 채로
驀然見處眼波凝 아득히 바라보는 곳에 시선이 머무는데
是何兒女春心蕩 이 어떤 소녀가 춘심을 뒤흔드나
綠柳枝頭弄綵繩 푸른 버들가지 끝에 매단 고운 그넷줄을 놀리네.

第七疊 李生唱

銀環落地嬌無力 은가락지 떨어지자 나른한 듯 교태부린 채
羅襪凌空暗蕩魂 비단버선 차고 올라 몰래 마음 뒤흔들며
依樣宮娥半仙戲 월궁 항아[32] 닮은 모습 그네 뛰는 놀이하니[33]
弱腰纖手任風飜 가는 허리 고운 손이 바람결에 나부끼네.

第八疊 李生唱

或持石子投溪上 돌을 집어 냇가에다 던져도 보고
旋折花枝揷鬢邊 꽃을 꺾어 머리에다 꽂아도 보니
這裡可憎何物似 요렇게 얄미운 것 무엇을 닮았는지
非金非玉又非仙 금도 아니요 옥도 아니요 선녀도 아니로다.

---

32 월궁 항아(月宮姮娥): 달 속에 있다고 하는 선녀. 예(羿)의 아내로, 남편이 서왕모(西王母)에게서 얻은 불사약(不死藥)을 훔쳐 먹고 달나라로 달아났다는 전설이 전한다.

33 그네 뛰는 놀이하니: 원문의 '반선(半仙)'은 그네 뛰는 사람을 뜻하는 관용적 표현이다. 당현종(唐玄宗)이 한식절(寒食節)에 궁중에서 그네를 뛰게 하여 비빈(妃嬪)들로 하여금 즐기게 하고 이를 '반선의 놀이[半仙之戲]'라고 했는데, 그네 뛰는 사람이 공중을 오르락내리락하는 것이 '반신선'과 같다는 말이다. 《開元天寶遺事 卷3》

第九疊 李生唱

鎖盡丈夫一寸腸　장부의 일촌간장 다 녹여버려
官僮隔水喚春娘　방자 시켜 시내 건너 춘향낭자 부르니
却被遊郎遙覷見　놀러 온 사내가 멀리서 엿봄을 문득 깨닫고
海棠深處忽迷藏　해당화 깊은 곳에 홀연 몸을 감춰버리네.

第十疊 官僮唱

蝶隨花了雁隨波　'나비는 꽃 따르고 기러기는 물을 따른다'는
六字翻成一曲歌　이 여섯 글자로 한 곡의 노래를 지으니
滿紙書香君試看　종이 가득한 글 향기를 그대는 한번 보게
芳心到此較誰多　꽃다운 마음 여기 있으니 그 누가 더하리오.

第十一疊 李生唱

纔出園中過水湄　정원 안을 막 나와서 물가를 지나
踟躕蓮步上樓遲　주춤주춤 연꽃걸음[34]으로 천천히 누각에 올라
向人不語還羞澁　나를 대해 말 못하고 도리어 수줍어하니
無限嬌情在翠眉　무한히 아리따운 정이 검은 눈썹에 어려 있네.

---

34 연꽃걸음: 미인의 걸음을 말한다. 제(齊) 나라 폐제(廢帝) 동혼후(東昏侯)가 금으로 연꽃을 만들어 땅에다 깔아 놓고 애첩인 반비(潘妃)로 하여금 그 위를 걸어가게 한 후 사뿐대는 걸음걸이를 보고 걸음마다 연꽃이 피어난다고 한 고사에서 유래한 표현이다. 《南史 齊紀下 廢帝東昏侯》

第十二疊 李生唱

丰茸綽約澹粧成	아름답고 고운 화장 엷게 단장하였나니
正值敎坊未屬名	정녕 아직 교방(敎坊)[35]에는 소속되지 않았는데
佛國傳燈何日是	불국(佛國)에서 등불 전하는 날 어느 날인가
弧辰隔夜又同庚	생일이 하룻밤 차이로 나이는 동갑이라네.[36]

第十三疊 李生唱

春酒香濃澹澹然	춘주(春酒)[37]는 향기 짙고 무척 맑은데
無巡小酌散花筵	꽃잎 날리는 자리에서 작은 술잔 마구 마시고
挽衫試卜黃昏約	장삼자락 당기며 황혼에 만나자고 약속하니
驀地風流五百年	뜻밖의 풍류가 오백 년일세.[38]

35 교방(敎坊): 원래는 장악원(掌樂院)에 딸린, 아악(雅樂)을 맡은 좌방(左坊)과 속악(俗樂)을 맡은 우방(右坊)을 함께 이르는 말인데, 여기서는 기적(妓籍)을 의미한다.

36 불국(佛國)에서……동갑이라네: 불국에서 등불 전하는 날이란 4월 초파일을 말하는데, 이본(異本)에 의하면 춘향이와 이몽룡은 4월 초파일날 한 시각을 격하여 태어났다.

37 춘주(春酒): 겨울에 빚어 봄에 익은 술을 가리킨다.

38 풍류가 오백 년일세: 풍류가 오래 지속되리라는 말이다. 원래 장한(張翰)의 시에 "노란 국화가 마치 금을 흩어 놓은 것 같다.[皇華如散金]"는 명구(名句)가 있는데 이백(李白)이 〈금릉에서 장 십일이 동오로 놀러가는 것을 전송하며[金陵送張十一再遊東吳]〉라는 시에서 "장한이 지은 노란 국화 시 구절, 그 풍류가 오백 년 이어졌도다.[張翰皇華句, 風流五百年]"라고 하였다.

第十四疊 李生唱

丁寧海誓與山盟　정녕 바다처럼 산처럼 변치 말자 맹세하며
含笑相看岐路橫　웃으면서 서로 바라보니 갈래 길이 뻗어 있어
五步回顧三步立　다섯 걸음에 되돌아보고 세 걸음에 멈춰 서니
影中人是望中情　그림자 속 저 사람은 그리움 속 정인이로다.

第十五疊 李生唱

一自神仙歸洞天　선녀가 한번 동천(洞天)[39]으로 돌아간 뒤
柳梢烟鎖鳥空喧　버들 끝에 안개 끼고 새들만 부질없이 재잘대니
可憐依舊書齋裡　가련케도 예전 그대로인 글방 안에서
獨對無心小案前　무심한 작은 책상 앞에 홀로 마주하였네.

第十六疊 李生唱

芳草綠楊春正暮　녹양방초의 봄은 정녕 저무는데
如何白日下遲遲　어찌하여 저 해는 느릿느릿 지는지
那將瓦上塗油術　어떡하면 기와 위에 기름 바르는 방법으로
沒了西天一片曦　서쪽하늘 한 조각 해를 빨리 지게 할까나.

---

39 동천(洞天): 산천으로 둘러싸인 경치 좋은 곳으로, 원래는 도가(道家)에서 말하는 신선이 산다는 곳에서 유래한 말이다. 여기서는 향랑의 집을 말한다.

第十七疊 官僮唱

讀書半是戀娘聲　글 읽는 절반은 아가씨 그리워하는 소리거늘
晝寢東軒夢忽驚　낮잠 자던 사또께서 꿈을 홀연 깨었는데
姑捨使君譽兒癖　사또의 자식 자랑하는 병은 그만 두고라도
人間可笑李郎廳　인간이 우스워라 이낭청이여.[40]

第十八疊 李生唱

銀燈影落閉門鍾　은빛 등불 꺼지고 성문 닫는 종이 울려
衙退庭空澹月濃　원님 퇴청한 뜰 고요하고 맑은 달빛 짙은데
喚起眠僮乘夜出　자던 방자 불러 깨워 밤을 틈타 외출하니
就中還媿少年儂　그 중에 도리어 부끄러워하는 소년이라네.

第十九疊 李生唱

直從玩月樓門去　곧바로 완월루[41]의 문을 통해 나아가니
細路縈紆復短長　오솔길은 구불구불 길었다 짧았다 한데
怪底官僮魔好事　얄궂게도 방자 놈은 좋은 일에 훼방 놓아
打探人意匿廻廊　남의 속을 떠보려고 담벼락에 숨었다네.

---

40 인간이……이낭청이여: 이낭청(李郎廳)은 대부분의 〈춘향전〉 이본에 목낭청(睦郎廳)으로 나오는 인물이다. 이도령의 부친인 사또에게 무조건 긍정으로 대답하는 줏대 없는 인물형이다.

41 완월루(玩月樓): 남원성의 남문 문루(門樓) 이름이다.

第二十疊 李生唱

千呼不應亦堪憎　천 번을 불러도 대답 없어 또한 못내 얄미운데
面面疑山盡武陵　사면의 산들은 온통 무릉도원인 듯하여
迷月墻頭空佇立　흐린 달빛 담장 가에 우두커니 서 있자니
滿衫凉露碧澄澄　옷깃 가득 찬 이슬만 맑게 맺혔네.

第二十一疊 李生唱

須臾拍手花間出　이윽고 손뼉 치며 꽃 사이로 나와서
携我同歸小院東　날 데리고 작은 뜰의 동쪽으로 함께 가자
從此娘居知不遠　여기에서 아가씨 거처 멀지 않음 알겠어라
春迷繡幕聞香風　봄 가득한 비단 휘장에서 향 내음이 풍겨 오니.

第二十二疊 李生唱

淺紅欲雨桃花醉　연분홍빛 비가 올 듯 복사꽃은 취해 있고
嫩綠如烟柳絮眠　연초록빛 안개처럼 버들 솜은 졸고 있는데
紋石池塘春水暖　무늬 박힌 돌 쌓은 연못에 봄물은 따뜻하고
金魚跳躍浪痕圓　금붕어가 뛰어오르니 둥근 파문이 일어나네.

第二十三疊 李生唱

松逕深深眠白鶴 소나무 길 깊숙한 곳 백학은 잠을 자고
竹扉寂寂臥青尨 대사립 문 고요한 곳 청삽사리 누웠는데
更無人處簾垂地 아무도 없는 곳에 주렴만 땅에 드리운 채
如豆紅燈暎繡窓 콩알 만한 붉은 등이 비단 창문 비추도다.

第二十四疊 月姥唱

疾聲連罵誰家子 사납게 욕해대길, "누구네 집 자식인데,
跡頗殊常此夜中 이 밤중에 발걸음이 몹시 수상한가?" 하고
取燭當門仔細看 촛불 들고 문에 나와 자세히 바라보며
無端遷怒及官僮 공연스레 도리어 방자에게 화를 내네.

第二十五疊 香娘唱

一聲猛聽角門叩 한 차례 쪽문을 두드리는 소리 홀연히 들려
簾額風生鸚鵡愁 주렴 위에 바람이 이니 앵무새처럼 근심하다가
認是緱山簫史子 구산(緱山)[42]의 소사(簫史)[43]란 걸 알아차리고
月中跨鶴下秦樓 달 속에서 학을 타고 진루(秦樓)[44]를 내려온다오.

---

42 구산(緱山): 전설속의 신선인 왕자교(王子喬)가 백학(白鶴)을 타고 내려 온 산인데, 도를 닦아 신선이 되는 장소라는 뜻으로 일반화되어 쓰인다.

43 소사(簫史): 전설 속에 나오는 춘추시대의 인물로, 피리를 무척 잘 불어 능히 봉황의 울음소리를 내었다고 한다. 진목공(秦穆公)이 딸 농옥(弄玉)을 아내로 삼게 하고 누각을 지어주었는데 농옥에게 피리 부는 법을 가르쳐 주었고 부부가 함께 신선이 되어 날아갔다고 한다.

第二十六疊 李生唱

七寶欄干白玉堂	칠보 장식 난간을 한 백옥 같은 집에
紋牕珠戶共相當	무늬 창문과 구슬 방문이 서로 마주하였고
翠繡芙蓉紅錦褥	비취빛 연꽃 수놓은 붉은 비단 요에다
盡鋪山麝水沈香	산사향(山麝香) 수침향(水沈香)[45]을 온통 깔았네.

第二十七疊 李生唱

歷歷圖書取次看	죽 늘어선 그림과 책들을 차례로 보니
徐黃描寫上毫端	서(徐)·황(黃)[46]이 붓끝에 올려 묘사한 것이로다.
瑤花半掩商山局	기이한 꽃은 상산사호[47]의 바둑판을 반쯤 가리고
釣月空藏渭水竿	낚시터 달은 부질없이 위수(渭水)[48]의 낚싯대를 감추었도다.

44 진루(秦樓): 진목공이 농옥과 소사를 위해서 지어준 누각으로 봉루(鳳樓)라고도 한다.

45 山麝香(산사향) 수침향(水沈香): 산사향은 사향(麝香)을 달리 부르는 말이고 수침향은 침향(沈香)을 달리 부르는 말로, 모두 고급 향의 일종이다.

46 서(徐)·황(黃): 유명한 화가인 명나라의 서위(徐渭)와 원나라 말기의 황공망(黃公望)을 말한다. 서위는 시(詩)·문(文)·서(書)·화(畫)에 모두 천부적인 자질을 타고나 각각 일가를 이루고 후대에 많은 영향을 미친 인물이며, 황공망은 부춘산(富春山)에 숨어서 산수를 그렸으며 동원(董源)·거연(巨然)을 스승으로 삼아 만년에 일가를 이루어 왕몽(王蒙)·예찬(倪瓚)·오진(吳鎭)과 더불어 원말(元末) 사대가(四大家)로 불린다.

47 상산사호(商山四皓): 진시황제가 죽고 세상이 어지러워지자 난세를 피해 상산에 숨어들어 바둑으로 소일한 네 명의 은자이다. 이 구절은 상산사호가 바둑 두는 그림을 표현한 것이다.

48 위수(渭水): 강태공이 낚시하던 강 이름이다. 이 구절은 강태공이 위수에서 낚시질하는 그림을 표현한 것이다.

第二十八疊 李生唱

玲瓏玳瑁八稜盤　영롱한 대모(玳瑁)[49]로 장식한 팔각 소반에
紅露輕珠點點團　붉은 이슬 같은 가벼운 구슬이 점점이 둘렀는데
釜山烟竹三登草　부산 산(産) 담뱃대로 삼등(三登)[50] 산 담배를
吸進淸香繞舌端　빨아들이니 맑은 향이 혀끝에 감돈다네.

第二十九疊 月姥唱

樽前癡坐半紅酣　술잔 앞에 바보처럼 앉아 반쯤 얼굴 붉으니
老去風情雜笑譚　늙은 몸이 풍정(風情)[51]으로 웃음 섞어 말하며
此夜赤繩爲君結　이 밤에 붉은 끈을 그대 위해 맺어주노니[52]
百年偕老又多男　백년해로하고 또 아들도 많이 낳게나.

第三十疊 李生唱[53]

天堦如水碧潾潾　하늘은 물과 같이 푸르고도 맑은데
喔喔鷄籌唱曉頻　꼬끼오 닭 울음소리 자주 새벽을 재촉하니
酒臼茶鐺慵不整　술그릇과 찻잔일랑 흩어진 채 그냥 두고

---

49 대모(玳瑁): 바다거북 종류의 파충류로, 등딱지는 가공하여 여러 가지 공예품을 만드는 데 사용한다.

50 삼등(三登): 평안도에 있는 지명으로 담배가 유명하다.

51 풍정(風情): 풍류스러운 마음.

52 월하노인이 두 남녀의 사이를 보이지 않는 붉은 끈으로 묶어주면 혼인이 이루어진다는 설화를 차용하여, 월매가 이생과 향랑의 인연을 허락한다는 말이다.

53 이본에 따라서는 36첩과 30첩의 위치가 바뀌어 있다.

挑燈更對意中人　등잔 심지 돋우며 다시 마음 속 임을 대하네.

第三十一疊 香娘唱

明眸凝處絳脣開　밝은 눈동자 응시하는 곳에 붉은 입술 열고서
淺唱燈前酒一廻　등불 앞에 나직이 노래하며 술을 한차례 돌리고
檀板輕敲第三疊　단판[54]을 가벼이 두드리며 제 삼첩[55]을 부르니
滿腔春色浥香盃　가슴 가득 봄빛이 향기로운 술잔을 적신다오.

第三十二疊 香娘唱

勸君仙掌露華流　낭군께 선장(仙掌)의 노화류(露華流)[56]를 권하오니
摠是人生未百愁　이 모든 인생살이 백년도 못되어 근심인데
一片東臺藥山上　한 조각 약산의 동대[57] 위에서
折花無數落春籌　무수히 꽃을 꺾어 술잔을 헤아린다오.

---

54 단판: 박자를 맞추는 타악기의 이름이다.

55 삼첩: 원래는 '양관삼첩(陽關三疊)'으로 왕유(王維)의 시 〈송원이사안서(送元二使安西)〉를 가리킨다. 여기서는 내용상 뒤에 나오는 32·33·34첩을 가리키는 듯하다.

56 선장(仙掌)의 노화류(露華流): 선장(仙掌)은 선인장(仙人掌)의 준말로 신선 동상의 손바닥이고 노화류(露華流)는 승로반(承露盤)에 고인 이슬로서 이를 감로(甘露)라고 하여 마시면 장수한다고 믿었다. 한 무제가 궁궐 안에 거대한 신선의 동상을 만들어 승로반을 받들게 하고 거기에 고인 이슬을 받아 마셨다.

57 약산의 동대: 약산은 평안북도 영변(寧邊)에 있는 산이다. 약산이란 명칭은 약초가 많고 좋은 약수가 있다고 해서 붙여진 이름이다. 철옹성의 진산(鎭山)으로 주위의 다른 산에 비하여 가장 험준하며 경관이 뛰어난 승지(勝地)인데, 약산 제일봉을 중심으로 동쪽에 기암괴석이 층층이 쌓여 있는 가운데 약 5m 가량 높은 곳에 주위가 20여m 정도의 반석이 마치 대(臺)와 같이 되어 약산동대(藥山東臺)라 이름 한다. 관서팔경(關西八景)의 하나이다.

第三十三疊 香娘唱

青山綠水共悠悠　청산과 녹수는 모두 함께 유유하고
山水中間意自悠　산수 속에 이 마음도 저절로 유유한데
此身本是悠悠者　이 몸은 본래부터 유유한 사람이니
生亦悠悠死亦悠　살아서도 유유하고 죽어서도 유유하다오.

第三十四疊 香娘唱

月欲上時舟已行　달이 뜨려 할 즈음에 배는 이미 떠나가니
問君何日更回程　어느 때나 돌아올지 낭군에게 묻건마는
滄波萬頃飛來似　푸른 물결 만 이랑에 나는 듯이 떠나가니
夜半棹歌腸斷聲　한밤중에 뱃노래는 애끊는 소리일세.

第三十五疊 李生唱

酒闌歌罷靜華堂　술 다하고 노래 그쳐 고요하고 고운 집에
雲母屛深燭影長　운모 병풍 깊숙하고 촛불 그림자는 긴데
三尺枯桐橫膝上　삼척짜리 오동 거문고를 무릎 위에 비껴 놓고
聲聲彈出鳳求凰　소리 소리 봉구황(鳳求凰)[58]을 연주한다네.

---

58 봉구황(鳳求凰): 거문고의 곡조명으로, 사마상여(司馬相如)가 탁문군(卓文君)을 유혹하면서 연주한 노래인데 그 가사에 "鳳兮鳳兮歸故鄕, 遨遊四海求其凰(봉이여 봉이여 고향에 돌아왔으니, 사해를 노닐면서 그 짝을 찾았도다.)"라는 구절이 있다.

第三十六疊 李生唱

深於滄海重於山　푸른 바다보다 깊고 산보다도 무거우니
一種塵愁萬種閑　만 가지 한가로움 속 한 가지 세속 근심이라
但願三生長若此　다만 삼생 동안 길이 이와 같기를 원하노니
翩翩戲蝶繞花間　훨훨 나는 나비 되어 꽃 사이를 누비리라.

第三十七疊 李生唱

却抱纖腰弄不停　가는 허리 끌어안고 희롱을 안 그치니
宜嗔宜嘻復婷婷　화내건 기뻐하건 보기 좋고[59] 다시금 예쁜데
一年一渡銀河水　저들은 일 년에 한 번만 은하수를 건너니
笑看牽牛織女星　웃으며 견우 직녀성을 바라보노라.

第三十八疊 李生唱

春睡昏昏花氣醺　봄잠은 노곤하고 꽃기운은 훈훈한데
千金一刻曙光分　일각이 천금 같거늘 새벽빛이 밝아와
强推曲繡雙鴦枕　쌍 원앙 수놓은 베개를 억지로 밀쳐놓고
勸解纖羅對鳳裙　가는 비단 치마 풀고 봉황 치마 대하기를 권하네.[60]

59 화내건……좋고: 원문의 '宜嗔宜嘻'는 성을 내거나 즐거워할 때나 모두 아름다운 모습을 말하는 것으로, 원(元)나라의 대본인『서상기(西廂記)』에서 유래한 표현이다.

60 가는……권하네: 가는 비단 치마는 향랑의 치마를, 봉황 치마는 이도령의 치마를 의미한다.

第三十九疊 李生唱

芳緣新結會眞家　고운 인연 새로 맺어 진가[61]에서 만나니
錦帳春深夜合花　비단 휘장에 봄은 깊고 야합화[62]가 피었는데
軟玉溫香懷裏滿　부드러운 옥에 따뜻한 향기가 품속에 가득하니
千般旖旎萬般斜　천 가지 고운 자태 만 가지로 기대었도다.

弄(희롱하는 것이다)

第四十疊 李生唱

碧沼淸漣魚共樂　푸른 연못 맑은 물결에 물고기도 함께 즐기고
畫簾深邃燕雙棲　고운 주렴 깊은 곳에 제비도 쌍으로 깃들이는데
春風暗洩堂前樹　봄바람이 그윽하게 집 앞 나무에서 새어나오니
連理枝頭暮雨迷　연리지 가지 끝에 저녁 비가 어지럽네.[63]

弄(희롱하는 것이다)

第四十一疊 官僮唱

人間共作鳳鸞儔　이 세상에서 함께 봉새·난새[64] 짝이 되어

---

61 진가(眞家): 미상.

62 야합화(夜合花): 자귀나무의 별칭으로, 잎이 밤이면 서로 마주하여 붙고 낮이면 펴진다고 해서 부르는 이름이다. 합환화(合歡花)라고도 한다.

63 저녁 비가 어지럽네: 무산신녀(巫山神女)의 고사에 나오는 남녀간의 운우지락(雲雨之樂)을 상징하는 표현이다.

64 봉새·난새: 둘 다 봉황 종류의 신령한 새인데, 아름다운 짝의 비유로 쓰인다.

只解歡情不解愁　기쁜 정만 알았지 근심일랑 몰랐는데
萬事終違心上計　만사가 끝내 마음속 계획과는 어긋나서
使君五馬背南州　사또께서 타신 말이[65] 남쪽 고을 떠난다네.

第四十二疊　香娘唱

金波脉脉忽相看　금빛 물결 말없이 홀연 바라보자니
紅暈無端上玉顔　홍조가 공연히 고운 얼굴에 떠오르는데
東君不管人憔悴　봄의 신은 사람이 초췌한 것도 아랑곳 않아
帳外輕風一陣寒　휘장 밖에 가벼운 바람만 한 차례 싸늘하네.

第四十三疊　香娘唱

悄然獨倚闌干角　서글프게 난간 귀퉁이에 홀로 기대어
六幅羅裙散不收　여섯 폭 비단 치마 흩어져도 여미지 않네.
借問何人題別字　묻노니 그 누가 이별 별(別)자를 만들어서
與吾眞結百年讐　나와는 참으로 백년 원수를 맺었는가.

別意(이별하는 마음)

---

65 사또께서 타신 말이: 옛날에 태수는 다섯 마리 말이 끄는 수레를 탔으므로 오마(五馬)는 지방관이 타는 말. 또는 지방관의 상징어로 쓰인다.

第四十四疊 香娘唱

斷絃急管莫相催　끊기는 거문고 급박한 피리[66]여 재촉을 마오
薄酒非無上馬盃　박주일망정 말 위에 올릴 술이 없지 않으니.
唱到陽關還懊惱　양관곡[67]을 부르게 되자 다시금 번뇌 일어
軟腸九曲半成灰　여린 창자 아홉 구비가 절반은 재가 되었네.

別意(이별하는 마음)

第四十五疊 香娘唱

長堤草綠日西時　긴 제방에 풀은 푸르고 해는 서쪽에 질 때에
難係離情是柳絲　버들로도 이별의 정을 매어두기 어려운데
可使郎心堅似鐵　가령 낭군의 마음이 쇠와 같이 굳다면
忍能捨我獨安之　차마 나를 버리고 어디로 가시리오.

別曲(이별의 노래)

第四十六疊 香娘唱

羊溟獨返蘇郎節　양 치는 북해(北海)에서 다만 소무(蘇武)의 부절 돌아오고[68]

66 끊기는……피리여: 원문의 '斷絃急管'은 원래 '繁絃急管'으로 쓰이는 말로, 요란한 현악기 소리와 촉급한 피리 소리를 말한다.

67 양관곡(陽關曲): 이별의 노래. 원래는 왕유(王維)의 유명한 송별시 〈송원이사안서(送元二使安西)〉를 달리 부르는 말. 陽關三疊.

68 양 치는……돌아오고: 소무(蘇武)는 한무제의 명을 받고 흉노 지역에 사신으로 갔는

雁塞空留蔡琰情	기러기 나는 변방에 한갓 채염(蔡琰)의 정만 남았으니[69]
南北東西多小別	동서남북 이 세상에 수많은 이별 중에
孰如今日送君行	어느 것이 오늘 낭군을 보내는 것과 같으리오.

別曲(이별의 노래)

第四十七疊 香娘唱

縱道山崩水猶絶	산이 무너지고 물길 끊어진다고 말할지라도
綿綿此恨有誰知	끝이 없는 이 한을 그 누가 알아주랴.
黃昏白馬靑樓上	황혼녘에 백마 타고 기생집에 들어갈 때
向我那能半點思	나를 어찌 조금이나 생각해 줄까.

別曲(이별의 노래)

데, 흉노가 소무를 북해(北海)에 유폐하고 숫양을 기르게 하면서 '이 양이 새끼를 낳게 되면 돌려보내 주겠다'고 하였다. 앞서 흉노에게 항복한 지난날의 동료 이릉(李陵)이 설득하였으나 굴복하지 않고 절개를 지키다가 19년 만에 귀국하였다.

69 채염(蔡琰)은 자가 문희(文姬)로, 후한의 학자이자 시인으로 이름을 떨친 채옹(蔡邕)의 딸이다. 어려서부터 박학다식하여 언변에 능하고 음악적 재능을 갖춘 재원이었다. 동탁의 난으로 말미암아 그녀는 흉노족에게 인질이 되어 남흉노 좌현왕에게 시집을 가서 그와의 사이에 두 아들을 두었다. 조조는 채옹과 절친한 사이였는데 채옹의 후손이 끊기는 것을 애석하게 여겨 좌현왕에게 천금을 주고 문희를 데려와 동사(董祀)에게 출가시켰다. 잡혀간 지 무려 12년만의 귀국이었다. 그녀의 애절한 인생을 노래한 〈호가십팔박(胡歌十八拍)〉이 전해 오고 있다.

第四十八疊 香娘唱

不願雙轎與獨轎　쌍교건 독교건 원하지도 않으니
半邊負擔駄纖腰　짐바리 한 편에다 가는 허리 이 몸을 싣고
緩驅躑躅飛花去[70]　천천히 몰아 머뭇머뭇 꽃을 흩날리며 떠나가
共上靑雲洛水橋　푸른 구름 어린 낙수[71] 다리를 함께 건너요.

別曲(이별의 노래)

第四十九疊 李生唱

好在江南惜春伴　잘 있거라 남원아, 애석해라 봄 벗[72]이여,
此生亦有更逢期　이생에서 또한 다시 만날 기약 있으리라.
丈夫眼裏非無淚　사나이의 눈 속에 눈물이 없지 않으나
爲汝寬懷未忍垂　너를 위해 마음 눅이고 차마 흘리지 못하겠네.

第五十疊 香娘唱後李生唱

無可奈何郎去矣　어찌할 도리 없이 낭군은 떠나시는데
靑山斷處馬蕭蕭　푸른 산 끊긴 곳에 말만 쓸쓸히 우는구나.

---

70 去: 규장각 소장본을 비롯하여 馬로 된 이본이 많으나 문맥에 의거하여 去로 된 이본을 따른다.

71 낙수(洛水): 한강을 가리킨다. 이 구절은 한강을 건너 서울로 가고 싶다는 말이다.

72 봄 벗: 봄날을 벗에 비유한 의인법으로, 두보(杜甫)의 〈문관군수하남하북(聞官軍收河南河北)〉에 "백발로 노래하며 모름지기 술에 취하고, 푸른 봄날 벗을 삼아 기쁘게 고향에 돌아가리.[白髮放歌須縱酒, 靑春作伴好還鄕.]"라고 한 표현이 있다.

回首悵望南浦口　머리 돌려 서글프게 남포[73] 어귀 바라보니
綠波碧草黯魂銷　푸른 물결 푸른 풀밭에 아득히 혼이 녹네.

別(이별)

第五十一疊 香娘唱

昨夜狂風雨張溪　어젯밤 광풍 불고 비 내려 시냇물 불어나니
落花流水共悽悽　떨어진 꽃과 흐르는 물이 함께 처량한데
自從驛柳春歸後　역참의 버드나무에 봄이 지나간 뒤로
伯勞東飛燕子西　때까치며 제비들만 이리저리 날아다니네.

第五十二疊 香娘唱

一場渾是夢遊春　한바탕 모두가 꿈속에 노닌 봄이었으니
却悔當年輕許身　당시에 가볍게 몸 허락한 것이 문득 후회스러워
獨向深閨人不識　홀로 깊은 규방에 숨어 남들은 모르는데
自然難抑淚沾巾　눈물이 손수건 적시는 것 절로 참기 어렵네.

73 남포(南浦): 이별의 장소로서의 관습적 상징으로 쓰이는 말이다. 『초사(楚辭)』 〈구가(九歌)〉에 "그대 악수하고 동으로 떠나가니, 남포에서 미인을 보내도다.[子交手兮東行, 送美人兮南浦.]" 하였는데, 후에 강엄(江淹)의 〈별부(別賦)〉에서 "봄풀은 푸른빛이요 봄물은 파란 물결 출렁이는데, 남포에서 그대를 보내려니 이 아픈 마음을 어찌할거나.[春草碧色, 春水綠波, 送君南浦, 傷如之何.]"라고 하여 관습화되었다.

第五十三疊 香娘唱

最是難堪生離別　무엇보다 견디기 어려운 건 생이별인데
如何曲子又相思　어찌하여 노래는 또 서로 그립게 하는가.
別來漸覺相思苦　헤어진 뒤 갈수록 상사의 괴로움을 느끼니
一日之中十二時　하루 중 열두 시간[74] 그치지 않는다네.

思(그리움)

第五十四疊 香娘唱

晝寂紗窓掩繡幃[75]　고요한 낮 사창(紗窓)에 수놓은 휘장 가리고
閑愁無語減腰圍　공연한 시름에 말없는 채 허리만 야위는데
儘是人心不如我　온통 다른 사람의 마음은 나와 같지 않아서
雁聲多處尺書稀　기러기 소리 많이 들려도 편지는 오지 않네.

思(그리움)

第五十五疊 香娘唱

一刀割斷郎情薄　한 칼로 절단한 듯 낭군의 정 박절하니
百計思量妾恨長　백 가지로 생각해도 저의 한만 길어서
通宵轉輾仍無寐　밤새도록 뒤척여도 이내 잠이 오지 않아
撥盡金爐睡鴨香　금향로에 수압향(睡鴨香)[76]만 온통 헤친답니다.

思(그리움)

---

74 열두 시간: 옛날의 12시는 지금의 24시간으로, 즉 하루 종일이라는 말이다.

75 幃: 규장각 소장본에 緯로 되어 있으나 문맥에 의거하여 幃로 된 이본을 따른다.

76 수압향(睡鴨香): 수압(睡鴨)은 원래 오리 모양의 향로를 가리키는데, 여기서는 향 이름처럼 쓰였다.

第五十六疊 香娘唱

風打絳臺燈影亂　붉은 누대에 바람 치고 등불은 어지러운데
凉生珠箔露華濃[77]　구슬발에 한기 일고 이슬 흠뻑 내려서
曳履出門長嘆息　신발 끌며 문을 나서 길게 탄식 하는 차에
半輪疎月轉梧桐　희미한 반달이 오동나무 위로 떠오르네.

思(그리움)

第五十七疊 香娘唱

春深四澤夏雲多　봄엔 사방 연못 깊고 여름엔 구름 많아
水滿峯高路遠何　물 가득하고 산은 높고 길도 머니 어찌하랴.[78]
畫鷄欲唱金屛曉　그림 속 닭 울어대서 금병풍에 새벽 된들[79]
郎不來兮自歎歌　낭군께선 안 오시니 자탄가만 부른다오.

思(그리움)

---

77 濃: 규장각 소장본에 籠으로 되어 있으나 문맥에 의거하여 濃으로 된 이본을 따른다. 李白의 〈淸平調〉에 "雲想衣裳花想容, 春風拂檻露華濃"이라는 구절이 있다.

78 봄엔……어찌하랴: 도연명(陶淵明)의 〈사시(四時)〉 중 "春水滿四澤(봄물은 사방 연못에 가득하고), 夏雲多奇峯(여름 구름은 기이한 봉우리 모양이 많다)"이라고 하였는데, 십이가사(十二歌詞) 중 〈황계사(黃鷄詞)〉에 "춘수만사택(春水滿四澤)하니 물이 깊어 못 오던가. 하운다기봉(夏雲多奇峯)하니 산이 높아 못 오던가."라고 활용되어 나오는 표현을 다시 응용한 것이다.

79 그림 속……새벽 된들: 〈황계사(黃鷄詞)〉에 "병풍에 그린 황계(黃鷄) 두 날개를 둥덩 치며 사오경 일점(一點)에 날 새라고 꼬끼오 울거든 오려는가."라고 한 구절을 응용한 표현이다.

第五十八疊 香娘唱

那邊一片漁郞石　저 편에는 한 덩이 어부 바위[80] 서 있고
獨艤虛舟傍釣磯　빈 배만이 낚싯돌 곁에 홀로 놓여 있는데
惟有斜陽閑白鷺　오로지 석양녘에 한가로운 백로만이
自來自去爲誰飛　제 스스로 왔다 갔다 누굴 위해 날아가나.

思(그리움)

第五十九疊 香娘唱

歲月堂堂愁裏去　세월은 거침없이 근심 속에 흘러가고
鉛華無復宿粧痕　곱던 얼굴엔 화장 흔적 더 이상 없는데
舊官纔送新官到　구관 사또 막 보내자 신관 사또 부임하니
添却空閨恨一番　고요한 규방에 한차례 한만 더하는구나.

第六十疊 香娘唱

三日梅堂坐起初　삼일 만에 청사(廳舍)에서 업무를 시작하여
六房公事摠生疎　육방(六房)의 공무가 온통 생소하거늘
下車先問香娘信　수레에서 내리자 향랑 소식 먼저 물으니
白首癡心尙不除　늙어서도 미혹된 마음 여전히 못 없앴다네.

80 어부 바위: 원문의 '漁郞石'은 전고 미상이다. 어부 모양의 바위를 가리키는 듯하다.

第六十一疊 香娘唱

彈琴愛月喚將終　탄금이 애월이 호명하기 끝나려 할 때
金鳳銀鵞名一叢　금봉이 은아 이름들을 한 무리씩 불러대어
點出敎坊三百妓　교방의 삼백 명 기녀 모두 점고해 내니
滿庭紅艶立春風　뜰 가득 붉고 고운 모습 봄바람에 서 있다네.

第六十二疊 香娘唱

銀鈴忽動畫堂高　은방울 소리[81] 홀연 화려한 집에 높이 울리니
聽令軍牢半醉醪　명령 받은 군뢰(軍牢)[82]가 반쯤 술에 취한 채로
倒着頭邊金勇字　머리 옆에 금색 '용(勇)'자를 거꾸로 붙이고서
向儂門外喚聲豪　나를 향해 문 밖에서 소리 높이 불러 대네.

第六十三疊 香娘唱

不去亦難去亦難　안 가기도 어렵지만 가기도 어려워서
了無一計此身安　이 몸이 안전할 계책은 하나도 없는데
元是春多風雨惡　원래가 봄에는 사나운 비바람이 많아
名花一朶不勝寒　아름다운 꽃 한 떨기가 추위를 못 이기네.

81 은방울 소리: 관령(官令)의 수행을 알리는 소리이다.

82 군뢰(軍牢): 군대에서 죄인을 다루는 일을 맡아보던 병졸이다. 여기서는 관아에 속한 사내종인 군노(軍奴)의 뜻으로 쓰였다.

第六十四疊 香娘唱

山肩高聳笑顔擡 어깨 높이 추키며 웃는 얼굴 내밀어도
分付聲聲上直催 분부하는 소리마다 수청 들기 재촉하니
萬死終[83]當心不易 만 번 죽어도 끝내 의당 마음 변치 않겠으나
好緣空斷惡緣回 좋은 인연 헛되이 끊기고 악연이 돌아왔네.

第六十五疊 香娘唱

檀口堅緘香淚零 붉은 입술 굳게 닫고 고운 눈물 흘리지만
官威未掣下空圄 관가 위엄 어쩔 수 없어 빈 감옥에 갇혀버려
命薄青年多浩劫 운명 박한 젊은 사람이 큰 재앙이 많으니
令嚴白日轉訇霆 명령 엄해 밝은 낮에 큰 우레가 울리는 듯.

第六十六疊 檀郎[84]唱

射亭歸路競相尋 활터에서 오는 길에 다투어 (향랑을) 방문하여
或碎清丸片片金 어떤 이는 금빛 청심환을 잘게 쪼개 먹이니
苟有一分情種者 진실로 조금이라도 정이 있는 사람이라면
孰無嗟惜小娘心 그 누가 젊은 낭자 애석해하는 맘 없으리오.

---

83 終: 규장각 소장본에 從으로 되어 있으나 문맥에 의거하여 終으로 된 이본을 따른다.

84 檀郎: 妻妾이 남편을, 노비가 주인을 부르는 높임말, 또는 여자가 잘 아는 남자를 이르는 말로, 여기서는 춘향전의 내용상 왈짜 무리를 지칭하는 듯하다.

第六十七疊 香娘唱

紙窓風裂亂蛩催　종이창은 바람에 찢기고 귀뚜라미 마구 울어
半枕生寒隻影頹　베개 절반 한기 일고 외로운 몸 쓰러져 있으니
自是香魂何處住　이로부터 고운 넋은 어느 곳에 머물 건가
非雲非雨過陽臺　구름도 못 되고 비도 못 된 채 양대[85]를 지나가네.

夢(꿈)

第六十八疊 香娘唱

玉牕花落烏啼屋　고운 창에 꽃이 지고 까마귀는 지붕에서 울어
一夢翻成總幻緣　한바탕 꿈에 온통 헛된 인연을 이루었는데
傍人解道逢郎卦　옆 사람이 임 만날 괘라고 풀이해 말해주니
笑贈金釵當卜錢　웃으면서 금비녀를 복채 대신 주었다오.

夢(꿈)

第六十九疊 香娘唱

空房夜夜喚愁生　빈방에서 밤마다 근심을 불러일으키며
厭聽官樓畫角聲　관가 망루의 뿔 나팔[86] 소리 실컷 듣나니
何日更於紅燭畔　언제나 다시금 붉은 촛불 곁에서
暖斟綠酒笑相迎　맛있는 술 따뜻하게 마시며 웃으며 맞이할까.

---

85 양대(陽臺): 무산(巫山)의 신녀(神女)가 초(楚)나라의 회왕(懷王)과 만나 사랑을 나눈 장소로서 남녀 간 사랑을 나누는 장소를 비유하는 말이다. 흔히 양왕(襄王)의 고사로 알려져 있으나 회왕의 고사가 와전된 것이다.

86 뿔 나팔: 시각을 알리기 위해 부는 나팔이다.

第七十疊 李生唱

春去秋來度幾年　봄이 가고 가을 오고 몇 년이나 지났나만
中間消息兩茫然　그 사이의 소식일랑 양쪽 모두 아득한데
書樓一罷前宵夢　글방에서 한 차례 지난밤의 꿈을 깨니
千里江南一枕邊　천리 먼 강남땅이 베개 맡에 있었구나.

第七十一疊 李生唱

探花天氣正氤氳　꽃구경하기에 날씨 정녕 화창하니
聖主臨軒試士辰　임금께서 누각에 거둥해 선비를 시험할 때라
春塘臺上璇題下　춘당대 위에서 어제(御題)를 내리시니
筆陣詞鋒聳萬人　필체며 문장의 기세가 만인을 압도하네.

第七十二疊 李生唱

金榜花枝耀九閶　합격 방과 어사화 가지는 궁궐 안에 빛나는데
淸臚高唱五雲傍　임금님 곁에서 급제자를 낭랑하게 호명하니[87]
春風得意馬蹄疾　봄바람에 득의양양 말발굽은 빠른데
擁盖鳴珂滿路香　수레 몰고 말방울 울리니 길 가득 향기로다.[88]

---

87 임금님……호명하니: 원문의 '오운(五雲)'은 임금이 있는 곳을 뜻하며 '려(臚)'는 '전려(傳臚)'라고 하여 전상(殿上)에서 진사 합격자를 호명하여 들어오게 하는 것이다.

88 봄바람에……향기로다: 과거 급제자가 삼일유가(三日遊街)하는 장면이다.

第七十三疊 李生唱

咫尺天堦拜玉音　지척의 대궐 계단에서 임금 말씀에 숙배하고
封書擎出感宸心　봉한 글을 받들어 보니 임금 마음 느꺼워라.
湖南左右憂民瘼　호남 지방 이곳저곳 백성 고통 근심된다 하니
御史恩啣特地深　어사가 입은 은혜 유난히도 깊을시고.

第七十四疊 李生唱

朝辭絳闕彩雲城　붉은 궁궐 오색구름 속 도성을 아침에 떠나[89]
暮臥青坡萬念生　저녁에 청파동에 누워 온갖 생각 해보자니
會事天公奇便借　때마침 하늘이 기묘하게 일 풀리게 해
令人今日有南行　이 사람에게 오늘 남쪽으로 가게 한 것일세.

第七十五疊 李生唱

破笠破衣破網巾　떨어진 갓 떨어진 옷 떨어진 망건에다
馬牌鍮尺暗藏身　마패와 유척[90]을 몰래 몸에 감추었으니
檢裝自顧還成笑　행장 차림 스스로 돌아봐도 되레 웃음이 나
正是南州乞飯人　정녕 바로 남도 고을의 비렁뱅이 꼴이로다.

---

89 붉은 궁궐……아침에 떠나: 이백(李白)의 〈조발백제성(早發白帝城)〉에 "아침에 오색구름 속 백제성을 떠나서, 천 리 길 강릉을 하루 만에 돌아왔네.[朝辭白帝彩雲間, 千里江陵一日還]"라고 한 구절을 응용한 표현이다.

90 유척(鍮尺): 놋쇠로 만든 표준 자로, 보통 한 자보다 한 치 더 긴 것을 단위로 하며 지방 수령이나 암행어사 등이 검시(檢屍)할 때 주로 썼다.

第七十六疊 李生唱

長程初發富林前　부림(富林)[91]에서 긴 여정을 막 출발하여
秣[92]馬華城上柳川　화성의 상류천에서 말을 먹이고
投宿金溪車嶺店　금계의 차령 주막에서 투숙을 한 뒤
平明將渡錦江船　다음날 아침 배를 타고 금강을 건넜네.

第七十七疊 李生唱

鏡天驛馬走江景[93]　경천[94]의 역마를 타고 강경으로 내달려서
旋過皇華路轉平　금방 황화[95]를 지나니 길은 점점 평탄한데
此去完營凡幾里　예서부터 완영[96]까지 몇 리나 되는가만
鬱葱佳氣望中縈　울창하고 아름다운 기운이 시야에 가득하네.

---

91 부림(富林): 경기도 과천(果川)의 별칭이다.《世宗實錄 地理志 果川縣》
92 秣: 규장각 소장본에는 抹로 되어 있으나 오자이므로 바로잡는다.
93 景: 규장각 소장본을 비롯하여 대부분의 이본에 京으로 되어 있으나 오자이므로 바로잡는다.
94 경천(鏡天): 미상. 문맥상 지명으로 쓰였는데 어디인지 확인되지 않는다.
95 황화(皇華): 충청남도 논산에 있는 황화산(皇華山)을 가리키는 듯하다.
96 완영(完營): 전주 감영을 가리킨다.

第七十八疊 李生唱

行行漸近南原府 가고 또 가서 점점 남원부에 가까워져
却向前遊有所思 문득 전에 놀던 곳 향하자 상념이 이는데
千里懲奸留虎跡 천리 먼 곳 간악함 징계로 엄한 자취 남길 적에
一春驚艶老蛾眉 이 한봄 너무나 고운데 미인은 늙어간다네.

第七十九疊 李生唱

棗葉桐花四月天 대추 잎 나고 오동 꽃 피는 사월을 맞아
馬疲人困日如年 말도 사람도 피곤하여 하루가 일 년 같은데
停鞭暫聽農家語 말 멈추고 농부들 하는 말 잠시 들어보니
競道秧針出水田 모 싹이 논물 위로 자랐다고 너도나도 말하네.

第八十疊 農夫唱[97]

跣跣[98]赤脚踏輕波 맨다리로 가벼운 물결을 밟고 다닐 참에
黃犢聲聲野色多 누렁 송아지 울어대고 들판 빛은 짙은데
上下平田鳴土鼓 위아래의 너른 논에서는 질장구를 울려대며
夕陽互唱勸農歌 석양녘에 서로서로 권농가를 부른다네.

---

97 農夫唱: 연세대본 및 다른 이본에는 '上同', 즉 이생창(李生唱)으로 된 곳도 있다.

98 跣跣: 규장각 소장본을 비롯하여 여러 이본에 朓朓으로 되어 있는데 오자이므로 바로잡는다.

第八十一疊 農夫唱

伊昔神農始敎耕　그 옛날에 신농씨가 처음 농사 가르쳐서
堯衢擊壤和昇平　요임금 땐 격양가로 태평시대 화답했고
曁于后稷公劉業　후직[99]과 공류[100]의 업적에 이르러서
七月豳堂進兕觥　〈칠월〉 편에 빈당(豳堂)에서 뿔 술잔을 올렸다네.[101]

第八十二疊 農夫唱

紅腐相因漢倉溢　한나라의 창고에는 묵은 쌀이 넘쳐났고[102]
靑苗新罷宋徭輕　청묘법[103]이 없어지자 송나라 요역 가벼웠으니
大明餘化流東土　대명국의 남은 교화가 동국으로 흘러와서

---

99 후직(后稷): 요 임금의 신하인 기(棄)로, 주(周) 왕실의 시조이다. 후직은 원래 농사 담당 직책의 이름인데 기의 별칭이 되었다.

100 공류(公劉): 주 나라 시조인 후직의 증손으로, 공(公)은 작위(爵位)이고 유(劉)가 이름이다. 후직의 아들 불줄(不窋)이 관직을 잃고 오랑캐 땅으로 달아났다가 공류에 이르러 다시 후직의 업을 이어받고 빈(豳) 땅에 옮겼는데, 주 왕실의 흥성이 이로부터 시작되었다.

101 칠월 편에……올렸다네: 『시경(詩經)』 〈빈풍(豳風)·칠월(七月)〉편에서 10월에 할 일로 "日殺羔羊, 躋彼公堂, 稱彼兕觥, 萬壽無疆(염소를 잡아 저 공당으로 올라가서, 저 뿔잔을 드니 만수무강하리로다)"라고 하였다. 빈(豳)은 공류(公劉)가 세운 나라 이름으로, 빈당(豳堂)은 빈국의 공당(公堂)이다.

102 한나라의……넘쳐났고: 한(漢)나라 건국자 고조(高祖)는 백성들을 보호하는 정책을 실시하였는데 뒤를 이은 문제(文帝), 경제(景帝)도 기존 정책을 받들어 문경지치(文景之治)라고 하는 태평시대를 열었다. 사마천은 『사기(史記)』에서 이 시기의 상황을 "태창(太倉)의 곡식은 차고 넘쳐나 노천에까지 쌓아 두었다가, 썩어서 먹지 못할 지경에 이르렀다."라고 하였다.

103 청묘법(靑苗法): 송나라 왕안석(王安石)이 신법(新法)의 일환으로 실시한 저리(低利) 금융정책으로, 대지주의 고리대로부터 빈농을 구제하기 위한 사회정책적인 저리금융정책을 표방하며 실시되었으나 대부의 강제할당, 이자의 수취, 연좌책임제 등으로 인한 문제점의 발생으로 부작용이 많아 실패하였다.

春首絲綸下八紘　초봄이면 임금님의 윤음이 온 나라에 내린다네.

第八十三疊 農夫唱

數間茅屋兩三畝　몇 칸짜리 초가집에 몇 뙈기의 논밭에서
白首閑蹤聖世氓　흰머리로 한가한 삶 태평성대 백성들이
布穀一聲山雨歇　뻐꾸기 한 번 울고 산 속 비가 그치니
田家處處勸春耕　농가마다 곳곳에서 봄 농사를 권하도다.

第八十四疊 農夫唱

西風吹送野雲黃　갈바람이 저 들판에 황금 구름 불어오니
百穀初成共滌場　온갖 곡식 막 익어서 타작마당 잘 다지고
飽喫瓠羹新稻飯　호박국과 햅쌀밥을 배불리 먹고 난 뒤
白茅薦裹笑琅琅　흰 띠풀에 싸서 바치니[104] 웃음소리 낭낭하네.

第八十五疊 農夫唱

最憐此地春娘節　더없이 가련한 건 이곳 춘랑의 절개이니
獨守孤貞了一生　홀로 외로운 정절 지켜 일생을 마쳤는데
李道令曾何許者　이도령은 도대체 어떻게 된 자이기에
頓忘女子望夫情　여자가 지아비 그리는 정을 온통 잊었나.

---

104 흰 띠풀에 싸서 바치니: 천신(薦新)하는 예를 표현한 것이다. 천신은 철따라 새로 난 과실이나 농산물을 먼저 신위(神位)에 올리는 일인데, 고대에는 원래 흰 띠풀에 싸서 제수(祭需)를 올렸다.

第八十六疊 李生唱

一曲耘歌半是非　한 곡조 농부가에 절반은 시비조라
分明野俗露天機　분명히 시골 민요에 천기가 드러났으니
居人更指阿娘墓　지역 주민이 다시금 '아랑'의 묘를 가리키자
宿草荒山慟哭歸　묵은 풀 황량한 산에서 통곡하고 돌아가노라.

第八十七疊 李生唱

何來靑鳥弄斜暉　어디서 온 파랑새가 석양빛을 놀리자
忽漫風前尺素飛　홀연히 바람 앞에 편지 쪽이 날리는데
香墨未乾花淚濕　향긋한 먹 덜 말랐고 꽃 같은 눈물 젖어
箇中眞贗[105]兩依依　진짜인지 가짜인지 양쪽 다 어렴풋하네.

第八十八疊 李生唱

轉向南川舊釣臺　남천교(南川橋)[106] 옛 낚시터로 차츰 향하여
泛槎亭畔一徘徊　범사정 곁에서 한 바탕 배회하노니
劉郞莫恨蓬山遠　유랑이여 봉래산이 멀다고 한하지 마오[107]

---

105 贗: 규장각 소장본에 鴈(雁과 鳥가 상하로 배열)으로 되어 있으나 오자이므로 바로잡는다.

106 남천교(南川橋): 원문의 '南川'은 이본에 따라 '西川', '南州', '雲溪' 등 다양하게 나타나나 가장 빈도수가 높은 것을 따른다. 또 본 번역본의 주 대본인 규장각 소장본의 경우 본문은 '西川'으로 되어 있으나 주석은 '南川橋'라고 하여 '南川'이 더 신빙성이 높다.

107 유랑(劉郞)이여……한하지 마오: 유랑(劉郞)은 후한(後漢) 때의 유신(劉晨)으로, 완조(阮肇)와 함께 천태산(天台山)에서 약초를 캐다가 길을 잃었는데 거기서 선녀 두 명을

前度遊蹤今又來　지난번에 놀던 자취에 지금 다시 왔다오.[108]

南川橋·泛槎亭, 在於廣寒樓之近地
(남천교와 범사정은 광한루의 가까운 곳에 있다)

第八十九疊 李生唱

蛟龍山色濃花貌　교룡산의 빛깔은 꽃모습인 듯 짙고
烏鵲橋流幻玉肥　오작교 밑 흐르는 물은 옥빛으로 몽롱한데
滿地鞦韆人不見　땅에 가득 그네 뛰던 사람들은 안 보이니
畫樓西畔獨吟詩　고운 누각 서쪽 곁에서 홀로 시만 읊노라.

蛟龍山, 卽邑鎭也(교룡산은 바로 읍의 진산이다)

第九十疊 李生唱

草閣依然壓水濱　초가 누각은 예전대로 물가에 우뚝 서 있고
花如解笑柳如嚬　꽃은 웃는 듯 버들잎은 찡그린 듯한데
識面惟餘梅姥在　아는 사람 오로지 월매만이 남아 있어
牽衫却語舊情新　옷자락 잡고 얘기 나누자니 옛 정이 새롭구려.

만났다는 설화가 전한다. 앞의 주 3번 참조. 이 구절은 송(宋)나라 이상은(李商隱)의 〈무제(無題)〉에 "劉郎已恨蓬山遠, 更隔蓬山一萬重.(유랑은 이미 봉래산 먼 것을 한스러워 하였는데, 다시금 봉래산이 일만 겹이나 떨어져 있네.)"라고 한 표현을 응용한 것이다.

108 지난번에……다시 왔다오: 당(唐)나라 유우석(劉禹錫)의 〈재유현도관(再遊玄道都)〉에 "種桃道士歸何處, 前度劉郎今又來.(복숭아 심은 도사는 어디로 갔는가, 지난번의 유랑은 지금 다시 왔는데.)"라고 한 표현을 응용한 것이다.

第九十一疊 李生唱

看我儀容舊樣非　내 차림새 볼작시면 옛 모습이 아닌지라
人情無怪或憐譏　연민하건 기롱하건 인정이 괴이할 것 없어
眼前不道心中事　눈앞에서 마음속 일을 말해주지 않으니
詎識天香隔繡衣　천향(天香)[109]이 수의에 가려있음을 어찌 알리오.

第九十二疊 李生唱

云從何處度今夜　어느 곳에서 오늘 밤을 지낼 거냐 묻기에
我亦無家向北隣　나는 집이 없으니 북쪽 마을로 가겠다 하네.
借榻同眠須莫惜　침상 내줘 함께 자는 것 부디 아까워 말게
丈夫豈有一生貧　장부가 어찌 일평생 가난하기만 하겠는가.

第九十三疊 李生唱

或後或先敲夜扃　앞서거니 뒤서거니 밤중에 옥문을 두드리니
一燈不滅碧熒熒　등불 하나 꺼지지 않고 푸르게 빛나는데
歲寒然後知松栢　한해가 추워진 뒤에야 송백을 아는 법이니[110]
雪裏貞姿獨也靑　눈 속에 곧은 자태 홀로이 푸르도다.

---

109 천향(天香): 대궐의 향기로, 이도령이 대궐에서 임금의 명을 받들고 왔음을 뜻한다.

110 한해가……아는 법이니: 『논어』의 “歲寒然後知松栢之後彫(한 해가 다 끝나고 추운 겨울이 된 다음에야 소나무, 잣나무가 시들지 않음을 안다)”고 한 구절에서 따온 말로, 끝까지 변치 않는 절개를 비유한 표현이다.

第九十四疊 香娘唱

沈沈月色夜三更　어둠침침한 달빛에 밤은 깊어 삼경인데
誰是殷勤訪我聲　그 누가 은근하게 나를 찾는 소리인가?
病枕乍推擡首聽　병석 배게 잠깐 밀치고 머리 들어 듣자하니
李郎來自漢陽城　이도령이 한양성에서 내려오셨도다.

第九十五疊 香娘唱

人間今夕是何夕　이 세상에 오늘 저녁이 어떤 저녁인가
樂莫樂兮悲莫悲　이보다 즐거울 수 없고 이보다 슬플 수 없어
直欲出門摻子手　곧장 나가 그대의 손을 잡고 싶어도
只緣在此未能爲　다만 이 안에 갇혔으니 어찌할 수 없구려.

第九十六疊 香娘唱

忍說空閨多少事　빈 방 지키던 그 많은 사연 어찌 차마 말하랴
寸心欲碎淚先斑　작은 심장 터질 듯해 눈물 먼저 아롱지는데
明朝消息倘聞否　내일 아침 소식을 혹시라도 들었는지
惟在夫君掌握間　오직 낭군이 손 쓰기에 달려 있다오.

第九十七疊 李生唱

本府生辰今適丁　본관 사또 생일을 지금 마침 당하여서
凌寒高閣鬪丹青　드높은 능한각에 단청 새로 하여 놓고

雄州太守隣相速　큰 고을의 태수들을 이웃에서 불렀으니
勸馬聲交五里亭　권마성[111]이 오리정[112]에 다투어 울리도다.

凌寒閣卽東軒扁名(능한각은 동헌의 편액 이름이다)

第九十八疊 李生唱

玉堂書吏靑坡卒　옥당의 서리들과 청파역의 역졸들을
約束申申隄防嚴　신신당부 약속하여 입단속을 엄히 하고
排入官門參一席　관아 문을 밀고 들어가 한 자리에 참석하니
舞筵歌榭捲珠簾　춤추고 노래하는 자리에 주렴이 걷혀 있네.

第九十九疊 李生唱

扇頭頻激雲峯脅　부채 끝으로 운봉현감 옆구리를 콕콕 찌르니
草草盃盤不稱心　초라한 술상이 마음에 들지 않아서라
須臾題罷驚人句　잠깐 사이 깜짝 놀랄 시구를 지어내니
滿座瞠然各整襟　좌중 모두 눈 휘둥그레 각자 옷깃 여미도다.

---

111 권마성(勸馬聲): 임금이나 고관이 행차할 때 마부나 가마꾼들이 외치는 호령으로, 가마가 기울어지지 않도록 주의시키거나 길에 박힌 숨은 돌을 조심하라거나 굽은 길을 조심하라고 마부나 가마꾼에게 주의를 주는 내용과, 마부나 가마꾼이 이를 알았다는 뜻으로 다시 외치는 내용 등으로 되어 있다.

112 오리정(五里亭): 5리 되는 곳에 세운 간이 정자이다. 옛날 길에 5리와 10리마다 각각 간이 정자를 두어 행인들이 쉴 수 있도록 하였는데, 5리마다 있는 것을 단정(短亭)이라 하고, 10리마다 있는 것을 장정(長亭)이라 하였다.

第一百疊 李生唱[113]

雙馬牌翻日月輝 쌍마패가 번뜩이며 해 달처럼 빛나고
叩門驛卒動聲威 문 두드리는 역졸들이 위엄 있게 소리치니
本官使道慴魂坐 본관 사또 두려워서 넋을 잃고 주저앉고
昌玉淳潭次第歸 창평 옥과 순창 담양 원님들 차례로 돌아가네.

第一百一疊 李生唱

客館深嚴鴈鷺陳 객관 몹시 엄숙하고 관리들이 늘어서니
廣庭軍物變精神 넓은 뜰에 군노 사령들 정신이 확 변하는데
簿書一一蘇民瘼 하나하나 장부 살펴 백성 고통 구제하고
訟斷如流政令新 소송 판단 물 흐르듯 해 정령이 새롭다네.

第一百二疊 李生唱

分付庭前紅粉隊 뜰 앞의 기생 무리에게 분부를 내리자
萬花頃刻護香來 온갖 미녀들 순식간에 향랑을 부축해 나오는데
承風撞破圜扉鎖 둘러친 감옥 자물쇠를 명 받들어 깨치고서
各自呈功鬧一廻 너도나도 공치사로 한 바탕 소란하네.

113 李生唱: 규장각 소장본에는 여기에 창자 표시가 빠졌는데 다른 이본을 참조하여 보충하였다.

第一百三疊 李生唱

故將威令試娘情　짐짓 엄한 명령으로 향랑 마음 시험하니
垂首無言但恨聲　머리 숙이고 말없는 채 한스러운 소리만 해
一隻玉環能記否　이 외짝 옥가락지를 기억하느냐 물으니
別時留證甚分明　이별할 때 증표로 남긴 것이 너무 분명하도다.

第一百四疊 香娘唱

直上鈴堂錦繡傍　동헌 마루 어사 곁에 곧바로 올라가서
舞衫依舊弄春光　춤추는 옷자락 예전처럼 봄빛을 희롱하니
前宵囹外徊徨客　지난밤에 감옥 밖에서 서성이던 나그네가
誰識今朝御史郎　오늘 아침 어사 낭군일 줄 누가 알았나.

第一百五疊 月姥唱

白髮星星戴水筩　백발이 성성한 채 물통을 이고 가다
短裳顚倒百花叢　짧은 치마 입은 채로 꽃떨기에 넘어졌네.
當筵冷接知應怪　자리에서 냉대한 것 고약하게 여길 테지만
恐洩天機故啞聾　천기누설 두려워서 일부러 모른 척한 거라네.

第一百六疊 月姥唱

人願生男不願女　사람들 아들 낳기 원하고 딸은 원치 않으나
我惟重女重於男　나는 오직 아들보다 딸을 중히 여겼으니

老來福力今如許　늘그막의 행복이 이제 와서 어떠한가
萬柳官途燕賀喃　버들 늘어선 큰 길에서 제비들도 축하하네.

第一百七疊 總論

倡家貞節鮮終始　기녀 집안 정절이 한결같기 드물지만
能始能終有是娘　시종일관 지킨 이로 이 낭자가 있었으니
寄語湖南歌舞伴　호남 지방 가무하는 친구들에게 말하건대
留看樂府兩三章　이 악부의 두세 장을 유념하여 살펴보게.

第一百八疊 結局

淨丑場中十二腔　연희 놀이 마당 중에 열두 곡이 있지마는
人間快活更無雙　이 세상에 통쾌하기 견줄 짝이 더 없으니
流來高宋廉牟唱　고·송·염·모[114] 명창들의 노래로 흘러 전해
共和春風畫鼓撞　공화의 봄바람에 고운 북을 친다네.

---

114 고·송·염·모: 판소리의 전기 팔명창 중에 고수관(高壽寬)·송흥록(宋興祿)·염계달(廉季達)·모흥갑(牟興甲)을 가리킨다.

관우희

觀優戲

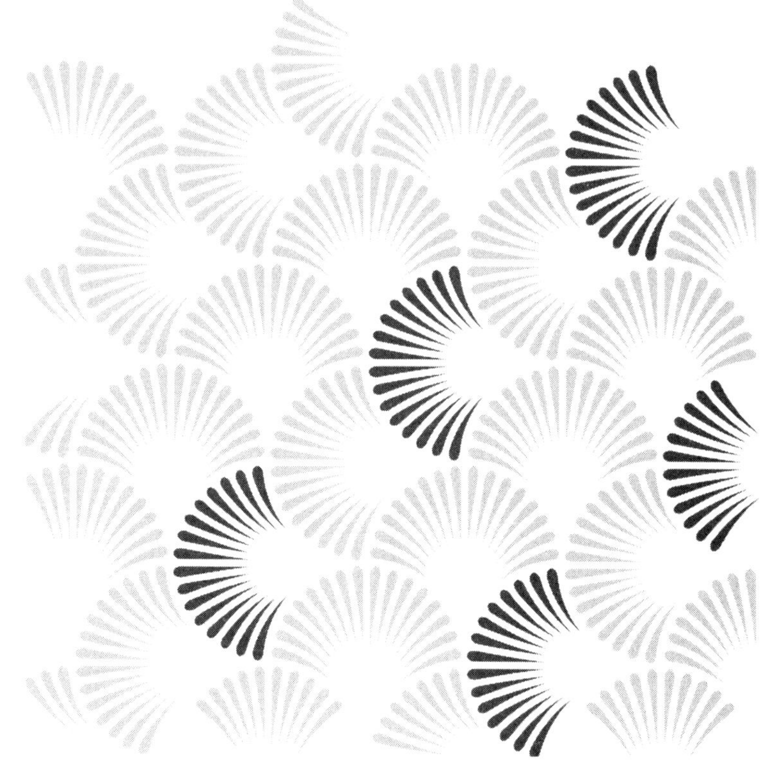

관우희

1.

呈技供歡淨丑場　　재주 놀아 즐겁게 하는 정축[1] 마당
曼聲演本近花郎　　긴 소리 대본[2]은 화랭이[3]와 비슷하네
郭倡鮑老千般巧　　곽창[4]과 포로[5]의 온갖 재주를
爲寫俳諧一兩章　　익살스런 한두 장에 적어보리라

2.

凉榭高燒蠟炬紅　　정자에서 높다랗게 초를 밝히고
優人對立鼓人東　　소리꾼은 고수 동편에 마주 섰네
不宜堂上宜堂下　　마루 위 아니라 마루 아래가 좋으니
歡樂無妨與衆同　　거리낌 없이 뭇사람들과 함께 즐기네

---

1 정축(淨丑): 경극(京劇)에서 배역을 가리키는 말. 호방한 남자 배역을 정(淨)이라 하고 해학적 인물배역을 축(丑)이라 한다.

2 대본[演本]: 희본(戲本). 연희의 대본.

3 화랭이: 화랑(花郎)의 우리말로, 장구를 연주하는 악사나 광대를 뜻한다.

4 곽창(郭倡): 젊은 기생 역할의 배역

5 포로(鮑老): 늙은 중의 배역인 듯하다. 송나라 시인 양대년(楊大年)의 시 〈괴뢰(傀儡)〉에 "포로가 잔치마당에서 곽랑을 비웃다 [鮑老當筵笑郭郎]"라고 하여 포로와 곽랑(郭郎)이 꼭두각시놀음에 같이 등장하였음을 알 수 있다.

3.

花下空庭飜似海	꽃이 빈 뜰에 흩날려 바다 같은데
一聲腰鼓立春風	장구 한 가락에 봄바람 이네
調喉弄起靈山相	목청을 가다듬어 뽑는 영산회상[6]
鎭國名山萬丈峰	'진국명산 만장봉'[7]이라 하네

4.

聖主昇平萬萬歲	국태민안 우리 성군 만만세라
康衢烟月畵虞唐	태평시절 요순시절 그려 보네
圖書之出鳳凰集	하도낙서[8] 나오고 봉황 모임은
應在南山漢水陽	남산의 한강 북쪽에 있으리라

---

6 영산회상(靈山會相): 연례악의 곡명으로 현악기가 중심을 이루는 연주이다. 부처님께서 영축산 정상에서 제자들과 가르침의 회합을 가졌던 것을 뜻하는 말이다. 거문고가 주도적인 역할을 하면 거문고 회상, 중광지곡(重光之曲), 현악 영산회상이라고 한다. 그리고 현악기가 주도되는 악곡을 줄풍류(風流), 관악기가 주도되는 음악을 대풍류라고 하니, 영산회상은 줄풍류에 속한다.

7 진국명산 만장봉: 나라를 진호(鎭護)하는 명산의 만 길 높이 솟은 봉우리란 뜻으로, 판소리 단가(短歌) 중의 하나이다. 서울 지방의 산세와 태평성대, 풍년을 기원하는 내용을 담고 있다. 명창 송만갑과 장판개가 이 노래를 잘 불렀다고 전한다.

8 하도낙서(河圖洛書): 하도(河圖)는 복희씨(伏羲氏) 때에 황하(黃河)에 나타난 용마(龍馬)의 등에 있었다는 그림을 말하고, 낙서(洛書)는 우(禹)가 홍수를 다스릴 때 낙수(洛水)에 나타난 신귀(神龜) 등에 있었던 글이라고 한다. 흔히 성인이 태어날 징조를 표현하는 말로 쓰인다.

5.

山祖崑崙水祖黃	산의 으뜸은 곤륜산, 강은 황하라[9]
初聲引出最深長	첫소리 뽑아내니 매우 유장하고
謳腔亦解文章法	고음을 구사하며 문장법도 알아
起處先鋪一兩行	시작할 때 먼저 한두 행을 펼치네

6.

關東八景好排鋪	관동팔경[10]을 펼침이 좋으니
逐境聲聲一畵圖	경치 따른 가락마다 한 폭의 그림이라
牙舌津津籠萬物	목청은 구성지게 만물을 담아내니
博通端不讓酸儒	박식함이 전혀 샌님에게 뒤지지 않네

7.

穩流飜起千層浪	잔잔한 물결 번드쳐 천 겹 물결 되고
平地飛來萬丈峰	평평한 땅 날아올라 만 길 봉우리 되네
燕語鶯啼百般巧	제비소리 앵무새소리 같은 온갖 재주
柳風花雨一春濃	버들바람과 꽃비로 온 봄이 짙어가네

9 『추구(推句)』에 "山祖崑崙山, 水宗黃河水"라는 구절이 있다.

10 관동팔경(關東八景): 관동팔경은 강원도 울진의 월송정과 망양정, 삼척의 죽서루, 강릉의 경포대, 양양의 낙산사, 간성의 청간정, 고성의 삼일포, 통천의 총석정을 말한다. 조선시대 사대부들은 이 팔경에 대한 예찬이나 느낌 등을 기록으로 남겼다.

8.

會相收時息鼓檛　영산회상 끝나자 장구채 놓으니
樓頭樓底靜無譁　누각 위 아래 고요히 말이 없는데
簷花細滴春雲淡　첨화[11] 가늘게 지고 봄구름 맑도다
側耳將聽本事歌　귀 기울여 본사가[12]를 들으리라

右靈山. 이상은 영산회상.

9.

錦瑟華年憶會眞　금슬의 꽃다운 시절 회진기[13] 생각하게 해
廣寒樓到繡衣人　광한루에 수의사또 당도하니
情郎不負名娃節　정인은 미인의 절개를 저버리지 않아
鎖裏幽香暗返春　옥에 갇힌 춘향에게 어느덧 봄이 돌아왔네

---

11 첨화(簷花): 『추구(推句)』에 "산새는 뜰에 앉고, 처마 꽃은 술에 떨어진다 [山鳥下廳舍, 簷花落酒中]"는 구절이 있고, 두보(杜甫)의 시 〈취시가(醉時歌)〉에 "등불 앞 가랑비에 처마 밑 꽃이 지네 [燈前細雨簷花落]"라는 구절이 있다.

12 본사가(本事歌): 단가(短歌) 이후에 부르는 본디 노래 즉 판소리.

13 회진기(會眞記): 당(唐)나라 때 원진(元稹)이 지은 전기(傳奇) 「앵앵전(鶯鶯傳)」의 다른 명칭이다.

10.

秋雨華容走阿瞞　가을비 속 화용도[14]로 도망친 아만[15]
髥公一馬把刀看　말 탄 염공[16]이 칼 쥐고 쳐다보니
軍前搖尾眞狐媚　군졸 앞에서 꼬리 흔들며 아첨하네
可笑奸雄骨欲寒　우습구나 간웅이여, 모골이 오싹했겠지

11.

燕子銜瓠報怨恩　제비가 박씨로 은원을 보답하니
分明賢季與愚昆　어진 아우와 못난 형 분명하구나
瓢中色色形形怪　박 속에서 형형색색 보배와 괴물
鋸一番生鬧一番　톱질 한 번에 소동 한 번 생기는구나

12.

一別梅花尙淚痕　매화와 이별한 후 여전히 눈물 흘러
歸來蘇小只孤墳　돌아와 보니 소소[17]는 무덤만 남겼네
癡情轉墮迷人圈　어리석은 정 때문에 점차 속임수에 빠져
錯認黃昏返倩魂　황혼녘에 혼이 돌아왔나 착각하였네

---

14 화용도(華容道): 적벽대전(赤壁大戰)에서 대패하여 도망치던 조조가 제갈공명의 명령으로 매복했던 관우와 맞닥뜨렸던 곳.

15 아만(阿瞞): 조조(曹操)의 어린 시절 이름.

16 염공(髥公): 관우는 수염이 길고 아름다워서 미염공(美髥公)이라는 칭호를 받았다.

17 소소(蘇小): 제나라 전당(錢塘) 지역에서 살았던 유명한 기녀.

13.

官道松堠析作薪　　관도[18] 이정표를 패서 땔감 삼으니
頑皮噋服夢中嗔　　완피[19]가 호통치며 꿈에서 성내네
紅顔無奈靑山哭　　고운 얼굴 속절없이 산에서 우니
瓜圃痴黏有幾人　　오이밭에서 어리석게 붙은 사람 몇이런가

14.

遊俠長安號曰者　　장안의 한량으로 왈짜패들은
茜衣艸笠羽林兒　　붉은 옷 초립 쓴 우림아[20]
當歌對酒東園裏　　동원에서 술 마시며 노래 부르니
誰把宜娘視獲驪　　뉘라서 의낭[21] 잡아 여주[22]에 비할까

15.

娥孝爺貧愿捨身　　효녀가 가난한 아버지 위해 몸 버리고자
去隨商舶妻波神　　상선 따라 가서 물의 신 아내 되려 하니
花房天護椒房貴　　연꽃[23]으로 하늘이 보호하고 왕비 되어

---

18 관도(官道): 나라에서 관리하는 길.

19 완피(頑皮): 성격이 괴팍하고 고분고분하지 않는 사람. 여기서는 장승의 투박한 얼굴을 나타낸다.

20 우림아(羽林兒): 궁궐의 호위를 맡은 친위부대 중의 하나인 우림위(羽林衛) 소속의 군인들.

21 의낭(宜娘): 판소리 무숙이타령에 해당하는 「게우사」에 등장하는 기생 '의양'.

22 여주[驪]: 여주(驪珠)는 검은 용의 턱 밑에 있는 구슬인데, 귀한 물건을 가리킨다. 『장자(莊子)』.

宴罷明眸始認親　잔치 끝에 밝은 눈으로 부친 알아보았네

16.

慾浪沉淪不顧身　욕망의 늪에 빠져 체면도 상관 않고
肯辭剃髻復揷齦　기꺼이 상투 자르고 또 이빨 뽑아서
中筵負妓裴裨將　술자리에서 기생 업은 배비장은
自是倥侗可笑人　스스로 가소롭게 멍청이 되었네

17.

雍生員鬪一芻偶　옹생원이 꼭두각시와 싸운
孟浪談傳孟浪村　맹랑한 이야기가 맹랑촌에 전하네
丹籙若非金佛力　부처님의 붉은 부적이 아니었다면
疑眞疑假竟誰分　진짜와 가짜를 누가 분간하리오

18.

光風癡骨願成仙　어리석은 놈 광풍이 신선 되고자
路入金剛問老禪　금강산에 들어가 노승에게 물었네
千歲海桃千日酒　천년 된 바다복숭아와 천일주[24]라고
見欺何物假喬佺　누구에게 속았던가, 가짜 신선[25]들이었지

---

23 연꽃: 연꽃은 꽃으로 만든 방과 같다 하여 화방(花房)이라고도 한다.
24 천일주(千日酒): 한 번 먹으면 천 일을 자게 된다는 술.

19.

東海波臣玄介使　　동해의 신하[26] 자라가 사신 되어
一心爲主訪靈丹　　오직 임금 위하여 영약 찾아나섰는데
生憎缺口偏饒舌　　얄밉게도 언청이가[27] 말재간을 부려
愚弄龍王出納肝　　간을 넣다 뺐다 한다고 용왕 우롱했네

20.

靑鞦繡臆鷩雄雌　　푸른 꼬리[28] 수놓은 가슴의 장끼와 까투리
菑畝蓬科赤豆疑　　묵정밭 무덤가 팥을 의심하면서도
一啄中機紛迸落　　한 번 쪼다 덫에 걸려 죽어가니[29]
寒山枯樹雪殘時　　추운 산 마른 가지에 잔설만 녹네

右打令. 이상은 타령.

---

25 신선: 원문 '喬佺'은 신선 왕교(王喬)와 악전(偓佺). 왕교는 왕자교(王子喬)라고도 하는데, 춘추시대 주(周)나라 영왕(靈王)의 태자로서 도사 부구공(浮丘公)을 따라 숭고산(嵩高山)으로 가서 신선이 되었다. 악전은 괴산(槐山)에서 약초를 캐며 지내던 신선이라 한다. 『열선전(列仙傳)』.

26 동해의 신하: 『장자』「외물편(外物篇)」에 나오는 표현이다. '波臣'에 대해 '파도의 신하', 또는 '수관(水官)' 등으로 해석한다.

27 언청이가: 원문 '缺口'. 토끼 입을 가리킴.

28 푸른 꼬리: 원문 '靑鞦'는 서진(西晉) 시대 반악(潘岳)의 「사치부(射雉賦)」에서 꿩을 묘사한 표현이다.

29 덫에 걸려 죽어가는데: 원문은 활에 맞아 떨어지는 꿩을 묘사한 것으로, 「사치부(射雉賦)」 "꿩이 활에 맞아 떨어지는데 활소리가 그치지도 않았다[倒禽紛以迸落, 機聲振而未已]"라는 구절을 활용하였다.

21.

胸中打令若干篇　가슴에서 타령 몇 편이

劇戲場開湧似泉　놀이판 열리자 샘처럼 솟아

高唱多時聲不嗄　고음으로 오래 불러도 목이 안 쉬니

江南魂返李龜年[善歌人] 강남 이구년[30][노래 잘한 이]의 혼이 돌아왔나

22.

百奇千巧隱眉端　온갖 가지 교태를 눈가에 감추고

揎袖當筵意氣閒　소매 걷고 자리에 앉아 여유롭게

嘔盡平生喉舌業　평생 갈고 닦은 노래 쏟아내는 것은

祗要先達笑顏看　그저 선달님 웃는 얼굴 보려 함이지

23.

鄕談俚語雜諧詼　사투리 상말에 익살을 섞으며

節節生神認妙才　마디마디 신나는 묘한 재주라

一唱一酬相戲要　노래와 수작으로 희롱하며

無中惹出別腔來　무심중에 특별한 가락 지어내네

---

30 이구년(李龜年): 당(唐)나라 현종(玄宗) 때 최고의 가객. 두보(杜甫)의 시 〈강남에서 이구년을 만나다 [江南逢李龜年]〉가 있다.

24.

擧袖徘徊一打扇	소매 들어 돌며 부채 한 번 치고
商沉宮仄笑談閒	높고 낮은 장단에 우스갯소리 하니
誰家墮髻慵粧女	어느 집 부스스한 머리의[31] 아가씨런가
紅杏墻頭露半顔	살구꽃 담장머리로 살짝 얼굴 내미네

25.

宜笑含睇善窈窕	웃고 울며 여인의 맵시 잘 표현하니
人情曲折在低昻	인정 곡절이 높고 낮은 곡조에 있네
不知何與村娥事	모르겠네, 마을 아가씨와 무슨 관계길래
悲欲汍瀾喜欲狂	슬피 눈물 흘리다가 기뻐 날뛰는지

26.

拍處扇開五十疊	탁 칠 때 오십 첩 부채 펴지고
騰時袖拂一雙衫	올라갈 때 한 쌍 적삼 흩날리며
劃然響入春空裡	휙 하고 봄 하늘을 가르더니
片片桃花落半巖	점점이 복사꽃이 바위에 지듯

31 부스스한 머리의: '墮髻'는 '墮馬髻'의 생략형으로 이마 앞으로 머리를 늘어뜨리는 모양이다. '慵妝'은 어수선한 옷차림을 뜻한다. 북송(北宋)의 사인(詞人) 장선(張先)의 〈국화신(菊花新)〉에 "墮髻慵妝來日暮, 家在畫橋堤下住"라는 구절이 있다.

27.

披袂當風步不齊	소맷자락 펄럭이고 걸음은 비틀
一肩乍聳一肩低	한쪽 어깨 올리면 한쪽은 내려가고
鼕鼕促鼓如星語	둥둥둥 빠른 북은 예언 하는 듯
記得村巫始降乩	촌무당이 신내림 받을[32] 때 기억나네

28.

夜闌酒盡哄堂餘	밤새 술 비우며 마루엔 웃음 가득
一曲將終乍斂裾	노래 한 곡 끝나자 옷을 여미고
得意當階翻一拜	자신있게 계단에서 선뜻 절하고
爲之四顧爲躕躇	사방을 둘러보며 서성거리네

右要令. 이상은 요령.

29.

一條繩上便爲家	한 가닥 밧줄 위가 자기 집인양
坐立輕猥不少差	날래게 앉았다 서기 어긋남 없어
絲管嘲轟催舞節	풍악소리 요란하게 춤을 재촉하니
競將百技向人誇	온갖 재간 다 부리며 과시하네

32 원문 '降乩'는 '부계(扶乩)'라고도 하며, 신령이 감응하여 강림해서 신령의 뜻을 보여 줌을 말한다.

30.

竿緪裊裊步安安　매인 줄 흔들려도 걸음걸이 편안하고
活版翻然指顧間　살판[33] 재주로 몸 뒤채기 순식간이라
倒似蜻蜓懸似蟢　물구나무서면 잠자리요 매달리면 거미 같아
令人酸搐不堪看　구경꾼들 아찔해서 차마 못 보네

31.

一字繩橫八字步　일자로 가로 맨 줄에 팔자걸음으로
衲衣飛錫忽來僧　장삼에 지팡이 잡은 중이 등장하니
蕩魂瓊蕊眞寃業　방탕한 넋 고운 꽃은 실로 업보라
亂舞狂歌興不勝　어지러운 춤 미친 노래 흥에 겹네[34]

32.

傾腰宛轉逐張絃　거문고 연주 따라 허리 굽혀 구르며
雨去風還高半天　비 그쳐 바람 불 듯 중천에 솟으니
恰似輕盈堤上女　흡사 둑방 위에 가녀린 여인이
綠楊影裏送秋千　푸른 버들 그림자 속에 그네 뛰는 듯

---

33 살판: '살판뜀'과 같은 말로, 본래는 몸을 날려 넘는 땅재주이다.

34 이 절구는 파계승이 여인을 꾀어 함께 놀아나는 장면을 묘사한 듯하다. 그렇게 본다면 셋째 구(句)의 '방탕한 넋'은 파계승을, '고운 꽃'은 여인을 말하는 것이다.

33.

劍器爣如渾脫舞　검기무[35] 번쩍임이 혼탈무[36] 같고
竿頭倒作都盧橦　장대 위에서 거꾸로 장대타기[37] 하면서
欲墮旋登翹一足　떨어질 듯 되올라서 한 발로 우뚝 서니
聯拳宿鷺立孤矼　징검다리에 서서[38] 잠든 해오라기 같네

34.

屧步折旋西復東　뒤뚱대며 돌아서 서에서 동으로
游絲歷亂燕橫空　아지랑이 어지러운데 제비 나는 듯
傞傞舞處搖搖影　비틀비틀 춤사위에 흔들리는 그림자
不怕樓頭弱絮風　누대의 약한 바람은 두렵지 않아

---

35 검기무(劍器舞): 칼을 휘두르며 추는 춤. 『동경잡기(東京雜記)』.

36 혼탈무(渾脫舞): 춤의 일종. 당(唐)나라 개원(開元) 연간에 교방(敎坊)의 기녀인 공손대낭(公孫大娘)은 검무(劍舞)를 매우 잘 추었는데, 그가 혼탈무를 출 때에 승려 회소(懷素)는 그 춤을 보고서 초서(草書)의 묘(妙)를 터득했고, 서예가인 장욱(張旭) 역시 그 춤을 보고서 초서에 커다란 진보를 가져왔다고 한다.

37 장대타기: 원문의 '橦'은 곧 '尋橦'으로 장대타기를 뜻한다. 한 사람이 긴 장대를 손으로 잡고 있거나 머리 위에 세우고 있으면 다른 두어 사람이 그 장대를 타고 올라가서 연희를 펼치는 것을 가리킨다. 도로(都盧)는 고대 서역(西域) 국가의 이름인데, 이 나라 사람들이 몸이 가벼워 높은 곳에 오르기를 잘하므로 장대타기의 명칭으로 쓴 것이다.

38 서서: 원문 '聯拳'은 두보(杜甫)의 칠언절구 〈생각나는 대로 시를 완성하다[漫成]〉에 "모래톱의 잠든 백로 나란히 서서 조용하네 [沙頭宿鷺聯拳靜]"라는 구절에서 유래한다. 조선시대 양경우(梁慶遇)의 문집 『제호집(霽湖集)』에서는 '聯拳'에 대해 '해오라기들이 늘어선 모양이지 주먹을 나란히 함이 아니다. [群鷺離立之貌, 非謂聯其拳也]'라고 했다. 그러나 본문에서는 한 발로 서 있는 모양을 가리키는 듯하다.

35.

賈勇超騰不是武　　용맹하게[39] 뛰어오르나 무사 아니고
步虛搖曳亦非仙　　흔들흔들 허공 걷되 신선도 아닐세
劃然而嘯翻然倒　　휘파람 획 불며 훌쩍 몸을 뒤집어
尻益高時足蹋天　　꽁무니 높아지니 발이 하늘을 밟네

右絙戲. 이상은 줄타기.

36.

輕塵微步若凌波　　물위 걷듯 가볍게 사뿐한 걸음으로
欲走旋停瑣語多　　뛰려다 멈춰 서서 수다를 떨다가
騰地一團無定影　　갑자기 한 무리 그림자 없어지더니
却隨簾外倒飛花　　발 밖에 거꾸로 꽃잎처럼 흩날리네

37.

擦掌齊趺奮一投　　손 비비며 뒤꿈치 모았다가 획 솟구치니
青山倒影水橫流　　청산 그림자 거꾸러지고 물은 가로 흐르네
盤旋風撇空中舞　　회오리 바람 일으키며[40] 공중에서 춤추니
林木樓臺散不收　　나무들과 누대 흩어진 것을 거두지 않네

39 용맹하게: 원문 '賈勇'은 『좌전(左傳)』 성공(成公) 2년 조(條) "용기를 내려는 자는 나의 남은 용기를 사라 [欲勇者, 買余餘勇]"는 구절에서 유래했다.

40 빙그르르 바람 일으키며: 원문 '盤旋風撇'은 당나라 고황(顧況)의 시 〈험간가(險竿歌)〉 "회오리 바람이 나는 새 치고 [盤旋風, 撇飛鳥]"에서 가져온 듯하다. 『고금사문유취(古今事文類聚)』 참조.

38.

彎腰節節一橫縱　허리 젖혀 마디마디 종횡으로 움직이는데
伎不驚人懊殺儂　그 재주 남을 놀래키진 않고 나만 애타게 하네
滿地芳陰看似海　온통 가득한 꽃그늘이 바다처럼 보이고
跳空魚變轉身龍　공중에 솟구친 물고기 변하여 용이 되듯[41]

39.

雙手倒泥行郭索　두 손으로 진흙에서 물구나무서서 게걸음
輕身跳水濯玄衣　가벼운 몸으로 물을 튕겨 검은 옷 빠니[42]
宛陵荊玉徒爲爾　완릉의 형옥[43]도 그저 그럴 뿐
東國伎伶天下稀　조선의 재주꾼이 천하에 드물구나[44]

---

41 고기 변하여 용이 되듯: 잡희 '어룡만연(魚龍曼衍)'을 가리킴. 〈관우희(觀優戲)〉 서문 참조.

42 이 구절은 재주 부리는 모습을, 검은 제비가 물을 차는 날렵한 모양에 비유한 듯하다.

43 형옥(荊玉): 형산(荊山)의 옥. 곧 화씨벽(和氏璧)을 이른다. 전국시대 조(趙)나라에는 '화씨의 구슬(和氏璧)'이라는 귀한 보물이 있었다. 이 소식을 들은 진(秦)나라 소양왕(昭襄王)이 조나라에 사신을 보내 15개의 성(城)과 화씨의 구슬을 바꾸자고 제안했다. 구슬만 받고 성은 내주지 않을 심산이었다. 조나라 조정에서는 고민 끝에 인상여(藺相如)를 사신으로 보내기로 했다. 그는 떠나기 전 구슬을 흠집 하나 없이 즉 완벽한 상태[完璧]로 가지고 오겠다고 다짐했다. 과연 그는 화씨의 구슬을 완전한 상태로 가지고 조나라에 돌아왔다.

44 조선 땅 재주꾼이 천하에 드물구나: 『성호사설(星湖僿說)』「만물문(萬物門)」〈답색연동(踏索緣橦)〉에 '천하에 없는 재주들'이라고 중국 사신들이 칭찬한 대목이 있다.

40.

頻報看官看仔細	관중에게 자주 알리길, 자세히 보라고
技非容易我能爲	"재주가 쉽지 않으나 나는 잘 하오
揷地霜鋩寧怕險	서슬 퍼런 칼 땅에 꽂았으나 어찌 겁내리"
倒風雲帆是呈奇	역풍에 돛을 단 배처럼 재주 부리네

41.

凌風超越髻尖笠	바람 타고 뾰족한 갓을 뛰어넘는데
捧手平安掌上盃	손을 받드니 손바닥의 잔이 편안하네
叚是靜思難到處	곰곰 생각해도 가장 이해하기 어려운 건
頂爐曲踊不揚灰	화로 이고 재주넘어도 재가 안 날림이라

42.

曲膝跑犍春艸陂	봄풀 자란 언덕에서 무릎 굽혀 소 발길질하고
攢蹄趯兎秋山葉	가을 산의 낙엽에서 발굽 모아 토끼처럼 뛰네
能事平生完一場	평생에 능한 일로 한 마당 이루니
海棠花下看飛蝶	해당화 아래 나는 나비 보는 듯하네

右場技. 이상은 땅재주.

43.

鷄林之世有黃昌	계림의 시대에 황창[45]이 있어
丸劒煙飛舞一場	칼[46]로 연기 날리며 한 바탕 춤추었지
餘二千年遺俗在	이천 년 넘도록 남은 풍속이 있어
妙才高選屬名倡	묘한 재주 발탁하여 광대 계보 잇네

44.

劇伎湖南產最多	광대에 호남 출신이 가장 많고
自云吾輩亦觀科	스스로 말하길 우리도 과거 보러 간다 하네
前科司馬後龍虎	먼저는 사마시[47]요 나중은 용호방[48]이라
大比到頭休錯過	대비과[49] 닥쳐오니 자칫 놓치지 마시라

---

45 황창(黃昌): 신라 소년의 이름인데, 백제로 가서 칼춤을 잘 추어 유명해졌다고 한다. 『동경잡기(東京雜記)』「풍속조(風俗條)」에 다음과 같은 내용이 있다. "황창랑은 신라인이다. 전하는 이야기에, 일곱 살에 백제로 건너가 칼춤을 추니 구경하는 이가 담을 이루었다고 한다. 백제왕이 소문을 듣고 불러서 구경하였다. 당상에 올라 칼춤을 추게 하자 그 기회에 황창랑이 왕을 살해했다. 신라인이 이를 슬퍼해 그 모양을 본떠 가면을 만들고 칼춤 추는 형상을 지어 내니, 이것이 지금까지 전한다 [黃昌郎, 新羅人也. 諺傳年七歲, 入百濟中舞劒, 觀者如堵, 濟王聞之召觀, 命升堂舞劒, 倡郎因殺之. 羅人哀之, 像其容爲假面, 作舞劒之狀, 至今傳之]."

46 칼: 원문 '丸劒'은 칼 끝부분에 구멍을 뚫어 방울을 매단 검으로, 칼을 움직이면 소리가 나게 되는데 잡희(雜戲)의 이름이기도 하다.

47 사마시(司馬試): 소과(小科)로 생원과 진사를 뽑던 과거(科擧)이다.

48 용호방(龍虎榜): 문과(文科)와 무과(武科)에 합격한 사람의 이름을 게시하던 나무판이나 종이.

49 대비과(大比科): 조선 선조(宣祖) 36년(1603) 이후 3년마다 실시된 과거. 『속대전(續大典)』부터 식년시(式年試)로 이름이 바뀌었다.

45.

金榜少年選絶伎　급제한[50] 젊은이가 재주꾼 뽑으려 하니
呈身競似聞齋僧　각자 나서며[51] 다투니 재 들은 중[52] 같네
分曺逐隊登場地　무리 나누고 대열 따라 무대에 올라서
別別調爭試一能　각각 어울리거나 겨루며 재주를 펼치네

46.

放榜迎牌獻德談　방 붙고 패[53] 받으매 덕담 올리길
青雲步步可圖南　청운의 걸음걸음 장대하시라[54]
歷敭翰注至卿相　한림과[55] 주서[56] 거쳐 재상[57] 오르고

---

50 급제한: 원문 '金榜'은 과거에 급제한 사람의 이름을 쓴 방으로, '榜'은 '牓'으로도 쓴다.

51 각자 나서며: 원문 '呈身'은 스스로 추천하는 것을 뜻한다. 연세대 소장본에는 '呈才'로 되어 있다.

52 재 들은 중: 원문의 '聞齋僧'은 재(齋)를 들은 승려라는 뜻으로, 자기가 좋아하는 일을 하게 되어 신이 나는 사람을 비유하는 말.

53 패(牌): 백패(白牌) 혹은 홍패(紅牌)를 이른다. 백패는 소과(小科)에 합격한 생원(生員)과 진사(進士)에게 내어 주던 증서로, 흰 종이에 관명(官名)·과별(科別)·이름·성적(成績) 등을 써 주었다. 홍패는 문과(文科)의 회시(會試)에 급제한 사람에게 내어 주던 증서로, 붉은 바탕의 종이에 성적과 등급을 써 주었다.

54 장대하시라: 원문 '圖南'은 남쪽으로 가려한다는 뜻으로, 영걸(英傑)의 웅대한 포부를 의미한다. 『장자(莊子)』「소요유(逍遙遊)」에서 나온 말이다. "붕새가 남쪽 바다로 옮겨 갈 때에는 물결을 치는 것이 삼천 리이고, 회오리바람을 타고 구만 리를 올라가 여섯 달을 가서야 쉰다. [鵬之徙於南冥也, 水擊三千里, 摶扶搖而上者九萬里, 去以六月息者也.]"

55 한림(翰林): 예문관(藝文館) 검열(檢閱)의 별칭.

56 주서(注書): 승정원(承政院)에 속한 정칠품(正七品) 벼슬로 승정원의 기록, 특히 『승정원일기(承政院日記)』의 기록을 맡아보았다.

57 재상(宰相): 원문의 '卿相'은 재상(宰相)과 같은 말로, 육경(六卿)과 삼상(三相)을 아울

一蹴槐柯夢境酣　　헛된 꿈[58]의 달콤함일랑 물리치시라

47.

翠羽瑚纓㤓蠻錦　　푸른 깃과 산호 갓끈의 화려한 깁옷
千金緣餙競華奢　　천금으로 꾸미어 화려함 다투네
一聲長笛一聲嘯　　긴 피리 불고 휘파람 불어대고
紫陌春風幾處過　　도성길 봄바람에 몇 군데나 지났나

48.

昌容姣態少年情　　고운 얼굴의 교태는 청춘의 정감이니
乍顧能令四座傾　　살짝 돌아보면 좌중이 마음 빼앗기네
歌榭舞臺當一局　　가무가 무대에서 한 판 벌어지니
弄中鼓笛若平生　　연주하는 북과 피리 영원할 듯 하여라

러 이른다.

58 헛된 꿈: 원문 '槐柯夢'은 곧 '남가일몽(南柯一夢)'의 고사로, 당나라 이공좌(李公佐, 770~850)가 지은 「남가태수전(南柯太守傳)」의 내용이다. 주인공 순우분(淳于棼)이 술에 취해 자기 집 남쪽의 나무 밑에서 잠이 들었다. 그때 두 사나이가 나타나 괴안국(槐安國) 임금의 명령으로 분을 모시러 왔다고 했다. 순우분이 괴안국으로 가서 남가군의 태수로 부임하고 20년 간 복락을 누렸다. 그러나 이웃 단라국(檀羅國)으로부터 침략을 당해 아내를 잃은 뒤 분은 태수를 그만두고 서울로 돌아갔다. 이때 순우분이 깨어나 보니 모두가 꿈이었다. 베었던 나무 밑동에는 큰 구멍이 있었고 거기에 개미들이 가득 모여 있었다. 이튿날 아침에 가 보니, 구멍은 밤에 내린 비로 허물어지고 개미들도 없어졌다.

49.

長安盛說禹春大 장안에 이름이 났던 우춘대[59]
當世誰能善繼聲 지금은 누가 그 소리를 잘 이었나
一曲樽前千段錦 한 곡 뽑으면 술잔 앞에 천 필 비단
權三牟甲少年名 권삼득[60]과 모흥갑[61]이 젊은 명창이지

50.

上世才難近愈微 윗대에도 재주꾼 귀했지만 근자엔 더욱 드물어
百家工藝已全非 온갖 재주가 이미 전부 어긋났네
至于末技倡優拙 말단의 재주에 이르기까지 광대가 서투니
慮遠吾東國庶幾 장차 우리나라에 재주꾼이 몇이나 되려나

右總評. 이상은 총평.

59 우춘대(禹春大): 생몰년 미상. 김동욱의 『판소리연구』에서는 『이관잡지(二官雜志)』의 기록을 소개해 놓았는데 여기에 우춘대(虞春大)라는 인물이 나온다. 우춘대(虞春大)는 권삼득(權三得), 모흥갑(牟興甲)보다 약간 앞선 시대의 인물이라고 한다. "명창으로 단연 이름이 난 사람은 권삼득·모흥갑·송흥록인데, 이보다 조금 앞선 사람이 우춘대이니, 여전히 이름이 전한다. [以名唱擅名著, 權三得·牟興甲·宋興祿, 而稍前, 則虞春大, 尙傳名字也.]" (이혜구, 「송만재의 관우희」, 『30주년기념논문집』, 중앙대학교, 1955, 21면, 재인용).

60 권삼득(權三得): 1771~1841. 본명은 사인(士仁)이다. 조선 정조~순조 때 활약했던 판소리 8명창 중의 한 사람이다. 전라북도 완주군에서 태어났다. 양반 집안에서 태어났으나 어려서부터 글 배우기를 싫어하고 판소리만 배우다가 집안에서 쫓겨났다고 한다.

61 모흥갑(牟興甲): 생몰년 미상. 판소리 8명창 중의 한 사람이다. 출생지는 확실하지 않고 만년에 전주에서 살았다. 송흥록(宋興祿)의 후배이며, 고종으로부터 동지(同知)의 직을 제수 받았다. 그가 평양감사의 초청으로 평양 연광정(練光亭)에서 소리를 할 때 10리 밖까지 그 소리가 들렸다 한다.

序

述夫, 俳優之畜, 滑稽之名, 偉于秦楯, 拙於楚鐵. 淳于之絶纓大笑, 曼倩之不根持論, 溢於諧謔之風, 流爲戲褻之玩. 頑童之比, 恒舞酣歌, 寵男之興, 昌容姣服. 執籥秉翟, 悲伶人之簡兮, 會鼓傳芭, 姱女倡之容與. 誇麗鬪靡, 則魚龍曼衍之戲, 分曺選遊, 則鷄狗蹋踘之場. 朱門張造山之棚, 紅袖競拔河之索, 犂軒眩人之吐火, 波府仙女之抛毬, 西凉假面之詞, 胡兒之弄獅子, 東國處容之舞, 仙人之遊鶴汀, 或以開府官招譏, 或以儒者戲見斥, 隨俗異尙, 殊塗同歸. 是知倡寓倡和之名, 優有優游之義, 彈絲品竹, 秉燭夜遊, 凉榭高臺, 落花風裏, 神與鼓動, 聲以貌爲, 謔浪起於笑敖, 言泉流於唇齒. 靈山會相, 第一套調腔, 打令雜歌, 千百般別體, 或坐或跽, 或立或語, 或歌或咢, 或笑或泣, 一長一短, 一淸一濁, 一抗一墜, 一疾一舒. 學得酸黃秀才, 尋章摘句, 頗似堅白辯士, 合異爲同. 于是佳人之郎君相思, 巫姑之帝釋初降, 千里消息, 屛間之畵鷄無聲, 萬壽神靈, 山頭之靑松生色. 且停女流之俚曲, 試聽妓院之香名, 玉環別離, 淚洒樂昌之分鏡, 繡衣歌舞, 春回城南之笑花. 餘皆徑庭, 而不近情, 無非嘔啞之難爲聽.

至若逞巧於戲子之本, 演劇於淨丑之場, 張袖當筵, 琅璫可笑. 反腰帖地, 玉簪誰銜. 足騰尻高, 瞥樓臺而倒影. 身飜手快, 閃丸劒而飛煙, 雙手並行, 艸泥郭索之步, 一足獨立, 蘆根舂鉏之拳, 始兎趯而牛跑, 終魚跳而龍變.

活版才罷, 舞緪旋登, 跌蛛絲而擘竿, 宛姬播鼓, 銜燕濯[62]而走索,

62 濯: '躍'의 오자(誤字).

都盧尋橦. 窈窕兮, 女娘之送秋千, 蕩漾乎, 狂僧之舞錫杖. 乍進乍退, 風去雨還, 若危若安, 星流電斷, 劃然一嘯, 爲之四睇, 騰踏盤旋, 不武而勇, 嬉笑怒罵, 能文其聲. 傀儡之鼓笛浮生, 技止此耳, 窟磊之木絲奇幻, 反復勝耶. 忽步虛而横空, 衆佚魂而游目, 貌無停趣, 賞有亟稱. 張絃戞雲, 心與神而俱往, 空庭如海, 觀者憺而忘歸. 令人傷遲, 愁雲四起, 驀地變調, 春風一時. 操末技猶必然, 變化故而相詭. 如孫劒之渾脫, 其妙入神, 若庖刃之恢遊, 至理所寓, 能事畢矣, 玆遊樂乎.

嗟夫, 奇技淫聲, 駭神奪志, 感物而動性情, 或失於中和, 因聲以宣悲喜, 相代於前後. 花奴催鼓, 三郎聞而解顔, 雍門弄琴, 公子泫然承臉, 故放淫之訓有以, 好樂之士無荒. 輕命重金, 柳子作竿兒之戒, 發笑當席, 荊公忘庭優之嬉, 渝舞巴謳, 吳弄楚姣, 奸聲亂色, 君子不留聰明, 舞施戱侏[63], 匹夫當誅熒惑, 則桑門[64]濮上, 何憂乎鄭衛繁音. 壤歌衢謠, 同底于唐虞大道.

말하노니, 광대의 무리와 골계의 명성은 진나라 폐순(陛楯)[65]보다 훌륭하지만 초(楚)나라의 철검(鐵劒)만은 못했다.[66] 순우곤(淳于髡)[67]의

---

63 君子不留聰明, 舞施戱侏: 연세대본에는 '子不留聰明, 舞施戱侏君'.

64 門: '間'의 오자(誤字).

65 폐순(陛楯): 궁전의 뜰에 서서 호위하는 직책. 진시황이 연회를 베풀 때 비가 오자 폐순랑(陛楯郎)들은 비를 맞아가며 떨고 있었다. 그것을 본 난장이 배우 우전(優旃)이 기지를 발휘하여 진시황으로 하여금 폐순랑들을 교대로 쉬게 해주었다. 『사기(史記)』 「골계전(滑稽傳)」.

66 초(楚)나라의 철검(鐵劒)만은 못했다: 『사기(史記)』 「범저열전(范雎列傳)」에 "초나라의 철검은 예리하나 배우는 졸렬하다(楚之鐵劍利而倡優拙)"는 말이 나온다.

67 순우곤(淳于髡): BC.385~BC.305. 익살과 다변(多辯)으로 유명했던 전국시대 제(齊)

갓끈이 끊어지는 지경의 큰 웃음[68]과 만청(曼倩)[69]의 터무니없는 지론은 해학의 맛이 넘쳐흘러 놀잇거리가 되었다. 완동(頑童)을 가까이하여 항상 춤추며 노래하고,[70] 총남(寵男)[71]은 흥에 겨워 고운 얼굴과 어여쁜 복색을 한다. 피리를 잡고 꿩 깃을 든[72] 악공의 씩씩함이 구슬프고, 북 울리며 파초를 건네는 아름다운 여인들의 가무가 우아하도다.[73] 아름다움을 다투니 어룡만연(魚龍曼衍)[74]의 놀이요, 편을 갈라 노

나라의 학자. 초(楚)나라가 제나라로 쳐들어 왔을 때 조나라의 병사를 이끌고 이를 구했다고도 한다.

68 갓끈이 끊어지는 지경의 큰 웃음: 제(齊)가 초(楚)의 침략을 받자 제나라 왕이 순우곤(淳于髡)을 불러 조(趙)에 도움을 청하라 하며 금 백 근과 거마 열 채를 주었다. 그러자 순우곤이 크게 웃어 갓끈이 떨어졌다. 왕이 이유를 묻자 순우곤이 적은 것을 가지고 많은 것을 얻으려 든다는 것을 비유를 들어 이야기했다. 이에 왕이 황금 천일(鎰)을 더해 주었다.

69 만청(曼倩): 동방삭(東方朔)의 자(字). 한(漢)나라의 금마문시중(金馬門侍中)을 지냈다. 해학(諧謔)과 변설(辯舌)로 이름났고, 오래 살아 '삼천갑자동방삭(三千甲子東方朔)'이라 일컫는다.

70 완동(頑童)을 가까이 하여 항상 춤추며 노래하고: 완동은 고집이 세고 어리석은 아이를 말한다. 『서경(書經)』「이훈(伊訓)」에 '삼풍십건(三風十愆)' 중의 하나로 '완동을 가까이 함[比頑童]'이 나온다. 삼풍십건은 세 가지의 나쁜 풍습인 무풍(巫風)·음풍(淫風)·난풍(亂風)과 이것을 이루는 열 가지의 허물인 항상 춤을 춤[恒舞]·술 마시고 노래함[酣歌]·재물[貨]·색[色]·유희[遊]·사냥[畋]·성인 말씀을 모욕함[侮聖言]·충직을 거스름[逆忠直]·나이 많은 연장자를 멀리함[遠耆德]·완동을 가까이 함[比頑童]을 이른다.

71 총남(寵男): 꽃미남이나 남색(男色)을 이르는 말이다.

72 피리 ~ 깃을 든: 『시경』「패풍(邶風)」〈간혜(簡兮)〉에 "왼손에 피리 잡고 오른손에 꿩깃 들었네 [左手執籥, 右手秉翟]"라는 구절이 있다.

73 북 ~ 우아하도다: 이 구절은 굴원(屈原)의 『초사(楚辭)』「구가(九歌)」 중의 〈예혼(禮魂)〉에서 가져 온 것이다. 「구가」는 본래 예로부터 전해져 온 민간의 제례 음악을 굴원이 채록하고 개작한 것이다. 〈예혼〉은 다음과 같다. "예를 갖추고 북을 울리며, 파초를 건네며 번갈아 춤을 추는, 아름다운 여인의 가무가 우아하도다. 봄에는 난초 가을에는 국화를 바치니, 길이길이 끊임없이 영원하여라 [成禮兮會鼓, 傳芭兮代舞, 姱女倡兮容與, 春蘭兮秋菊, 長無絕兮終古]."

니 닭과 개가 공을 차는[75] 마당이다. 붉은 대문에 산처럼 높이 솟은 무대를 설치하고 붉은 소매로 줄다리기[76]를 다투며, 이간(犁軒)[77]의 현인(眩人)[78]들은 불을 토하고, 파부(波府)[79]의 선녀는 포구락(抛毬樂)[80]을 하네. 서량(西凉)[81]의 가면극을 하니 오랑캐 아이가 사자를 희롱하고,[82] 동국(東國)의 처용무(處容舞)를 하니 신선이 학정(鶴汀)[83]에서 노닌다.

---

74 어룡만연(魚龍曼衍): 연희(演戲)의 일종. 『한서(漢書)』「서역전찬(西域傳贊)」에 "주지육림을 차려 사방의 이민족 손님을 대접하며 '파유도로'와 '해중탕극'·'만연어룡'·'각저지희'를 하여 보게 했다. [設酒池肉林, 以饗四夷之客, 巴俞都盧, 海中碭極, 漫衍魚龍, 角抵之戲以觀視之.]"는 기록이 있다.

75 닭과 개가 공을 차는: 원문 '鷄狗蹋踘'과 관련하여, 송(宋)나라 오도손(敖陶孫)의 오언시 〈저산각시(杼山閣詩)〉에 '개와 닭이 따라서 공을 차네[雞狗隨蹋鞠]'라는 구절이 있다.

76 줄다리기: 원문 '拔河'는 강을 사이에 두고 줄다리기를 한 데서 연유한다. 삭전(索戰)·조리지희(照里之戲)·갈전(葛戰)이라고도 한다.

77 이간(犂軒): 서역(西域)의 대진국(大秦國). 로마제국을 말한다.

78 현인(眩人): 아찔하게 만든다는 뜻으로 곡예사를 말한다. 『전한서(前漢書)』「서역전(西域傳)」을 보면, 이간(犂軒)의 현인(眩人)·환인(幻人) 같은 곡예인(曲藝人)을 한(漢)나라 조정에 바쳤다고 했다.

79 파부(波府): 파사(波斯) 즉 페르시아를 가리키는 듯함.

80 포구락(抛毬樂): 포구악은 정재(呈才) 때에 추는 춤의 한 가지. 고려(高麗) 때에 초영(楚英)이 지은 것으로서, 당악(唐樂)과 남녀악(男女樂)이 다 있으나 창사(唱詞)가 외연(外宴)에 맞지 아니하므로 남악(男樂)은 흔히 하지 않는다. 교방여기(教坊女妓)가 춤을 추면서 포구문(抛毬門)에 채구(彩毬)를 던져 넣는 놀이형태이다.

81 서량(西凉): 오호십육국(五胡十六国)의 하나. 400년에 한인(漢人) 이고(李暠)가 북량(北凉)으로부터 독립하여 세운 나라로, 감숙성(甘肅省)의 서북부 돈황(敦煌)에 도읍하였으나, 421년에 북량의 몽손(蒙孫)에게 패망하였다.

82 서량(西凉)에서 ~ 희롱하고: 당나라 백거이(白居易)의 시 〈서량기(西凉伎)〉에 "서량의 기예여, 서량의 기예여. 가면을 쓴 호인과 사자라. 나무 깎아 머리 만들고, 실로 꼬리 만들고, 금으로 눈 만들고, 은으로 이 만들고, 털가죽을 펄럭거리며 두 귀를 젖히니, 만 리 밖 사막으로부터 온 듯하구나. [西凉伎, 西凉伎, 假面胡人假獅子, 刻木爲頭絲作尾, 金鍍眼睛銀帖齒, 奮迅毛衣擺雙耳, 如從流沙來萬里.]"라고 하였다.

83 학정(鶴汀): 학성(鶴城, 울산)의 물가. 처용이 신라 헌강왕에게 나타난 곳인 개운포(開雲浦)가 학성 서남쪽에 있다.

높은 관리[84] 놀음[마당]으로 비난을 받기도 하고 선비놀음으로 배척 받기도 하니, 풍속을 따르지만 숭상하는 것은 다르고 길은 다르지만 귀결되는 바는 같다.[85] 이로부터 알겠으니 '창(倡)'에는 '창화(倡和)'[86]의 뜻이 있고, '우(優)'에는 '우유(優游, 한가롭다)'의 뜻이 있도다.

거문고 타고 피리 불며 촛불 밝히고 밤새 노니,[87] 서늘한 정자와 높은 다락의 꽃 떨어지는 바람 속에서 북과 함께 신명 나고 모양 따라 목소리 꾸미네. 웃고 즐기는 중에 해학이 일어나고,[88] 입안에서 샘솟는 말이 흘러나온다. 영산회상(靈山會相)은 제일의 조강(調腔)[89]이요, 타령(打令)과 잡가(雜歌)는 천백 가지 다른 형식이 있네. 앉았다가 꿇었다가, 섰다가 말했다가, 노래했다가 소리 질렀다가, 웃었다가 울었다가, 한 번은 길게 한 번은 짧게, 한 번은 맑게 한 번은 탁하게, 한 번은 올리고 한 번은 떨구고, 한 번은 빠르게 한 번은 느리게 하는구나. 누렇게 뜬 수재(秀才, 생원)를 본떠 문장을 찾고 구절을 뽑으며, 자못 견백(堅白)의 논객인양 다른 것을 같다고 하네.[90] 그리하여 가인(佳

---

84 높은 관리: 원문 '開府官'에서 '개부(開府)'는 정승 집에 관부(官府)를 여는 일로, 한(漢)나라 때부터 삼공(三公)의 집에 개부했다고 한다.

85 길은 ~ 같다: 원문 '殊塗同歸'는 『역경(易經)』「계사전(繫辭傳)」에 나오는 말이다.

86 창화(倡和): 한 사람이 먼저 노래하고 다음 사람이 화답하는 것.

87 촛불 ~ 노니: 원문 '秉燭夜遊'는 이백(李白)의 〈춘야연도리원서(春夜宴桃李園序)〉에 나오는 구절이다.

88 웃고 ~ 일어나고: 『시경(詩經)』「패풍(邶風)」〈종풍(終風)〉 중의 '함부로 농담하고 웃어대니(謔浪笑敖)'에서 가져온 구절이다.

89 조강(調腔): 조후(調喉). 목을 푸는 소리.

90 자못 ~ 같다고 하네: 전국(戰國)시대 조(趙)나라 공손룡(公孫龍)이 만들어 낸 궤변이다. 눈으로 돌을 볼 때에는 빛이 흰 것은 아나 굳은 것은 모른다. 손으로 돌을 만질 때에는 그 굳은 것은 알지만 흰 것은 모른다. 따라서 견백석(堅白石)의 존재는 동시에 성립할 수 없다는 논리이다. 시(是)를 비(非)라, 비(非)를 시(是)라, 동(同)을 이(異)라,

人)이 낭군을 그리워하고,[91] 무당[巫姑]의 제석(帝釋)이 처음 내려오며, 천리의 소식은 병풍에 그린 닭처럼 소리가 없고,[92] 만수산의 신령은 산머리의 푸른 소나무처럼 빛을 발한다.

이제 여인들의 민요 가락을 멈추고 기생집[妓院]의 춘향 이름을 들어보자. 옥가락지로 이별하니 악창(樂昌)[93]이 거울 나누며 눈물 뿌리고, 수의사또 노래하고 춤추니 성 남쪽에 봄이 돌아와 꽃이 웃음 짓는다. 나머지는 현실과 매우 동떨어져 인정에 가깝지 않고[94] 박자가 맞지 않아 듣기 어려운 것들뿐이다.[95]

광대[戲子]의 바탕[本]에서 기교를 다하고 정축(淨丑)[96] 마당에서 놀이를 펼치는 데 이르면, 소매를 펼쳐 자리에 등장하니 패옥 소리 가소롭다. 허리를 젖혀 땅에 늘어뜨리고서 옥비녀를 누가 무는가. 발로 뛰어올라 거꾸로 돌며 언뜻 누대를 보니 거꾸로 비친다. 몸을 뒤치고 손이 재빠르니 번쩍이는 칼[丸劒]에서 연기 나는 듯하고,[97] 두 손이 나

이(異)를 동(同)이라고 우기는 변론이다. 여기에서 견백동이(堅白同異), 견백동이변(堅白同異辯)의 고사(故事)가 나왔다. 『순자(荀子)』「수신편(修身篇)」.

91 가인(佳人)이 ~ 그리워하고: 조선시대 12가사 가운데 〈상사별곡(相思別曲)〉을 가리킨다.

92 천리의 ~ 없고: 조선시대 12가사 가운데 〈황계가(黃鷄歌)〉를 가리킨다.

93 악창(樂昌)이 거울 나누며 눈물 뿌리고: 남조(南朝) 진(陳)나라의 서덕언(徐德言)과 그의 처 악창(樂昌)공주가 헤어질 때 거울을 나누어 절반씩 갖고 훗날 다시 만날 때 징표로 삼았다. 이로부터 거울을 나누는 것은 이별을 비유한 말이 되었다. 당(唐)나라 맹계(孟棨)의 『본사시(本事詩)』 〈정감(情感)〉.

94 현실과 매우 동떨어져 인정에 가깝지 않고: 원문 '餘皆徑庭, 而不近情'은 『장자(莊子)』「소요유(逍遙遊)」 "大有逕庭, 不近人情焉."에서 나온 것이다.

95 박자가 ~ 것들뿐이다: 원문 '無非嘔啞之難爲聽'은 당(唐)나라 백거이(白居易)의 〈비파행(琵琶行)〉 "嘔啞嘲哳難爲聽"을 참조한 듯하다.

96 정축(淨丑): 경극(京劇)에서 배역을 가리키는 말. 호방한 남자 배역을 정(淨)이라 하고 해학적 인물배역을 축(丑)이라 한다.

란히 가니 풀 진흙밭에서 게가 걷는 듯하고,[98] 한 발로 서니 해오라기가 갈대 뿌리를 움켜쥔 듯하다.[99] 처음에 토끼가 뛰고 소가 발로 땅을 차더니[100] 나중에는 물고기가 뛰고 용으로 변한다.[101]

살판[活版, 땅재주]이 끝나자 출렁거리는 줄에 선뜻 오른다. 거꾸로 거미가 줄을 타듯 장대를 나누니[102] 완희(宛姬)가 북소리를 울리고,[103] 제비가 물 차듯 줄 위를 달리니[104] 도로(都盧)는 장대를 찾는다.[105] 아리땁구나, 그네 뛰는 여인.[106] 덩실대는구나, 석장 짚고 춤추는 방탕한 승려.[107] 나아갔다 물러났다 하니 바람이 지나 비가 돌아오는 듯하고,[108] 위태롭기도 하고 편안하기도 하니 별이 흐르고 번개가 끊어진 듯하다. 휙 휘파람 한 번 불고[109] 사방을 두리번두리번 본다. (줄에) 올라 빙빙 도니 무인도 아닌데 용맹하고,[110] 즐거이 웃다가 성내며 꾸짖

97 몸을 ~ 듯하고: 관우희 제43수와 관련된다.

98 두 손이 ~ 듯하고: 관우희 제39수와 관련된다.

99 한 발로 ~ 듯하다: 관우희 제33수와 관련된다.

100 토끼가 ~ 차더니: 관우희 제42수와 관련된다.

101 물고기가 ~ 변한다: 관우희 제38수와 관련된다.

102 거꾸로 ~ 나누니: 당나라 고황(顧況)의 〈험간가(險竿歌)〉에 "완릉의 여자가 날리듯 손을 나누어 긴 장대를 가로로 해서 위 아래로 달리누나[宛陵女兒擘飛手, 長竿橫空上下走]", "머리 위에서 울리는 북을 듣지 못할 때, 손을 놓치고 발이 미끄러져도 거미줄이라 [頭上打鼓不聞時, 手蹉脚跌蜘蛛絲]라는 대목이 참고된다.

103 완희(宛姬)가 북소리를 울리고: 『시경』「진풍(陳風)」〈완구(宛丘)〉에 "둥둥 북을 침이여, 완구의 아래에서 하도다.[坎其擊鼓, 宛丘之下]"라고 한 것과 관련되는 듯하다.

104 부딪친 ~ 달리니: 관우희 제34수와 관련된다.

105 도로(都盧)는 ~ 찾는다: 관우희 제33수와 관련된다.

106 아리땁구나 ~ 여인: 관우희 제32수와 관련된다.

107 덩실대는구나 ~ 승려: 관우희 제31수와 관련된다.

108 나아갔다 ~ 듯하고: 관우희 제32수와 관련된다.

109 휙 ~ 불고: 관우희 제35수와 관련된다.

110 (줄에) ~ 용맹하고: 관우희 제35, 37수와 관련된다.

으니 능히 그 소리를 문식(文飾)하는구나. 꼭두각시[傀儡]가 북과 피리로 덧없는 인생을 연주하니 재주는 이에 멈출 따름이다. 꼭두각시[窟磊][111]의 무명실이 기묘하게 변해도 도리어 다시 뛰어나랴?

문득 허공을 걸으며 공중을 가로지르니[112] 뭇사람들이 넋을 잃고 어리둥절한데 주저하거나 서두르는 모습이 없어 칭찬이 대단하다. 거문고 연주가 하늘에 울리니[113] 마음이 정신과 함께 따라가고, 빈 뜰은 바다 같은데 구경꾼들은 조용히 돌아갈 것을 잊었다. 사람들이 더딤을 안타까이 여기도록 만들자 시름에 겨운 구름이 사방에서 일어나더니 갑자기 곡조가 바뀌어 봄바람이 부는구나. 변변찮은 재주를 부림은 오히려 반드시 그러하거니와 고의로 변화를 주어 현혹시키네. 공손대랑(公孫大郎)의 혼탈무(渾脫舞)처럼[114] 그 기묘함은 신통한 경지에 들어섰고, 포정(庖丁)의 여유로운 칼솜씨처럼[115] 지극한 이치가 깃들어 있어, 능한 것을 다 펼치니 이 놀이가 즐겁도다.

아, 기이한 재주와 음탕한 소리가 정신을 놀라게 하고 뜻을 빼앗으니, 그것에 감응하여 성정(性情)을 움직임에 혹 중화(中和, 중용)를 잃기도 하며, 소리로 슬픔과 기쁨을 펼침에 앞뒤로 번갈아든다. 화노(花

111 꼭두각시[窟磊]: 꼭두각시에 해당하는 말이 외루(隈壘)에서 괴뢰(傀儡), 괴뢰(魁磊), 굴뢰(窟磊, 窟礧)로 변하였다고 한다.

112 갑자기 ~ 가로지르니: 관우희 제34, 35수와 관련된다.

113 팽팽한 ~ 두드리니: 관우희 제32수와 관련된다.

114 공손대랑(公孫大郎)의 혼탈무(渾脫舞)처럼: 관우희 제33수와 관련된다.

115 포정(庖丁)의 여유로운 칼솜씨처럼: 『장자(莊子)』「양생주(養生主)」에 나오는 이야기. 포정(庖丁)이 문혜군(文惠君)을 위해 소를 잡는데, 소 잡는 솜씨가 매우 뛰어나 문혜군을 감탄하게 하였다. 포정이 소 잡는 도(道)를 말하면서 "두께가 없는 칼을 두께가 있는 틈새에 넣으니, 널찍하여 칼날을 움직이는 데 반드시 여유가 있습니다[以無厚入有間, 恢恢乎其於遊刃, 必有餘地矣]"라고 하였다.

奴)[116]가 북을 빨리 치니 삼랑(三郎)[117]이 듣고서 얼굴에 웃음을 띠고, 옹문주(雍門周)가 비파를 연주하니 공자(公子)가 주루룩 뺨에 눈물을 흘렸다.[118] 그러므로 음탕함을 내치는 가르침이 쓸모 있으며, 음악을 좋아하는 선비는 황잡함이 없는 것이다. 목숨을 가벼이 여기고 황금을 중히 여기니 유증(柳曾)이 장대 타는 이를 훈계하는 글을 지었고,[119] 웃어대며 자리에 있으니 형공(荊公)[120]이 마당놀이의 즐거움을 잊었다. 투(渝)의 춤과 파(巴)의 노래,[121] 오(吳)의 놀이[弄]와 초(楚)의 미녀[姣] 같은 간사한 소리와 음란한 색을 군자는 귀와 눈에 머물러 두지 말고[122] 무희[舞施]와 놀이광대[戱侏]에 필부는 현혹되지 말아야 한다. 그

---

116 화노(花奴): 당(唐) 현종(玄宗) 때 여남왕(汝南王) 이진(李璡)의 어릴 적 이름. 이진은 갈고(羯鼓)를 잘 쳤다고 한다. 북송(北宋) 악사(樂史, 930~1007)의 「양비외전(楊妃外傳)」.

117 삼랑(三郎): 당(唐) 현종(玄宗)의 소자(小字).

118 옹문주(雍門周)가 ~ 흘렸다: 옹문주(雍門周)는 비파를 잘 타서 슬픈 곡조로 사람들을 울렸는데, 제(齊)나라의 재상인 맹상군(孟嘗君)이 그를 불러 '나도 울게 할 수 있겠느냐?' 하니, 옹문주가 비파를 들고 슬픈 곡조를 타 맹상군이 눈물을 줄줄 흘렸다고 한다. 그 곡은 "맹상군의 천추 만세 후에 나무 하고 소 먹이는 아이들이 무덤에 올라가 발을 구르며 '무릇 맹상군의 존귀함도 이 무덤 같구나.' 라고 노래할 것이다."라는 내용이었다. 『설원(說苑)』.

119 유증(柳曾)이 ~ 지었고: 당나라 유증(柳曾)이 시 〈험간행(險竿行)〉을 지어 장대타기 하는 이에게 그 위험함을 훈계하면서 나아가 권력을 추구하는 이들이 더 위험한 지경에 있음을 풍유하였다.

120 형공(荊公): 왕안석(王安石)을 지칭하는 듯하다.

121 투(渝)의 춤과 파(巴)의 노래: 투무(渝舞)는 사천성(四川省) 투수(渝水) 일대에서 추었던 춤이다. 『문선(文選)』에 실린, 좌사(左思)의 〈촉도부(蜀都賦)〉에서 "奮之則賨旅, 翫之則渝舞."라고 하였고 이 부분에 대해 이선(李善)은 『풍속통(風俗通)』을 인용하여 "낭중(閬中)에 투수(渝水)가 있다"고 하였다. 파가(巴歌)는 촉(巴) 지역의 노래로 비속한 작품이나 부르기 쉬운 노래를 가리킨다.

122 간사한 ~ 말고: 『예기(禮記)』「악기(樂記)」에 "군자는 간사한 소리와 음란한 자색이 눈과 귀에 머물러 있지 않게 하며, 비속한 음악과 어긋난 예법이 마음속에 관계하지

러면 상간(桑間)과 복상(濮上)[123]일지라도 어찌 정(鄭)·위(衛)의 번다한 소리[124]라고 걱정하겠는가? 격양가(擊壤歌)와 강구요(康衢謠)[125]는 요순(堯舜)의 큰 도를 이룬다.

跋

凡觀樂必觀其韻, 韻者非謂其聲音之末也. 情之所觸, 聲以宣之, 動盪乎天地自然之韻. 此好色之國風, 娛神之楚歌, 所以因情而發氣, 因氣而成聲, 因聲而得韻. 聯翩絡屬, 頡頏纍貫, 近而不拘, 疏而不櫬, 則韻豈腐濫纖嗇之所可得者哉.

今夫倡優劇戲也, 放歌佚舞, 不能無褻荒之雜, 而苟得其韻, 則韻士亦有取焉. 試觀其拍扇高唱, 嘯傲酣適者, 達士之韻也, 下里前溪, 跌宕嬉笑者, 蕩子之韻也, 攬帶傷離, 昵昵絮叨者, 怨女之韻也, 跳丸舞劒, 反腰帖地者, 勇夫之韻也. 學仙之韻, 而手拂翺翔, 借僧之韻, 而卓錫梵唄, 念經而得瞽師之韻, 降乩而有巫姑之韻, 以至鷄之喔, 燕之喃, 雉之粥粥, 兎之爰爰, 行則郭索, 拳則舂鉏, 一手之觸, 一口之給, 而盡天下人物之情狀, 無不得其自然之韻, 而無腐濫纖嗇之醜.

않게 한다. [君子, 姦聲亂色, 不留聰明, 淫樂慝禮, 不接心術]"라고 했다.

123 상간(桑間)과 복상(濮上): 춘추전국시대 위(衛)나라 지역. 이 지방에 음란한 풍속이 성행하여 이곳의 음악은 음란한 음악, 망국적 음악을 가리키는 말로 쓰인다.

124 정(鄭)·위(衛)의 번다한 소리 : 춘추전국시대 정(鄭)나라와 위(衛)나라에서 즐기던 음악은 음란하여 난세의 음악 또는 망국적인 음악으로 일컬어졌다.

125 격양가(擊壤歌)와 강구요(康衢謠): 농부가 땅을 두드리며 노래하고 아이들이 거리에서 노래하는 것으로, 요임금 때 태평성대를 즐기던 노래라고 한다.

故曰韻者, 大解脫之場也.

國俗登科必畜倡, 一聲一技. 家兒今春聞喜, 顧甚貧不能具一場之戲, 而聞九街鼓笛之風, 於此興復不淺, 倣其聲態, 聊倡數韻, 屬同社友和之, 凡若干章. 每燈前月下, 自彈自詠, 以抒其思, 人或謂景綸之童子, 歌詩勝於品彈, 而我則以爲仲容之長竿掛褌, 未能免俗也. 因序其韻, 以補樂苑之遺韻云.

무릇 음악을 살피려면 반드시 운(韻)을 살펴야 하니, 운이라는 것은 지엽적인 성음(聲音)을 이르는 것이 아니다. 정(情)이 촉발된 것을 소리로 펼쳐 천지자연의 운을 뒤흔든다. 이는 색을 좋아하는 국풍(國風)[126]이요, 신(神)을 즐겁게 하는 초(楚)나라의 노래이니, 정을 말미암아 기(氣)를 펴고, 기를 말미암아 소리를 이루고, 소리를 말미암아 운(韻)을 얻는 것이다. 서로 연결되고 이어지며 서로 맞서고 얽혀, 가까우면서도 얽매이지 않으며 성글면서도 펑퍼짐하지 않으니 어찌 완고한 이들이나 인색한 이들이 운을 얻을 수 있겠는가.

이제 무릇 배우[倡優]가 놀이판을 벌임에 멋대로 노래하고 질탕하게 춤추어 외설적이고 거친 조잡함이 없을 수 없으나 진실로 그 운(韻)을 얻으면 운사(韻士, 시인) 역시 거기서 취할 게 있을 정도다. 부채를 두드리며 높이 노래 부르고 휘파람 불며 흥겹게 즐기는 것을 보자면 통달한 선비의 운(韻)이요, 아랫마을 앞 시내에서 질탕하게 웃는 것은 방탕한 사내의 운이요, 띠를 부여잡고서 이별을 슬퍼하며 끊임없이 주절거리는 것은 원망하는 여인의 운이요, 도환(跳丸)놀이[127]를 하거나

126 국풍(國風): 『시경』의 편명. 여러 나라의 민요를 수록하였다.

검무를 추며 허리를 젖혀 땅에 닿게 하는 것은 용맹한 이의 운이다. 신선을 배운 이의 운은 손을 떨쳐 날아가는 모양이고, 승려를 가탁한 이의 운은 석장을 세우고 범패를 부르는 모양이다. 경전을 외우니 고사(瞽師)[128]의 운을 얻고, 신내림에 무당의 운이 있다. 닭의 꼬끼오, 제비의 지지배배, 나약한 꿩, 느릿한[129] 토끼, 게 걸음, 해오라기의 오그린 발까지 한 번의 손짓과 한 번의 말재주로 천하 인물들의 상태를 묘사하여 그 자연스러운 운을 얻지 못함이 없으니 완고한 이들이나 인색한 이들의 추함이 없다. 따라서 운(韻)이라는 것은 큰 해탈의 마당이라 하겠다.

나라 풍속에 과거에 급제하면 반드시 광대놀이를 베풀어 소리와 재주를 펼치게 한다. 내 아이가 올봄 기쁜 소식(급제)을 들었으나 돌아보건대 매우 가난하여 한바탕 놀이를 갖출 수 없었다. 그러다가 도성 거리에서 북과 피리를 즐기는 풍속에 대해 들었는데 이에 흥이 또한 얕지 않았다. 그래서 그 소리와 모양을 본떠 몇 개 운(韻)을 불러 마을[同社]의 벗들에게 화답하게 하니 어느 정도 분량이 되었다. 매번 등불 앞이나 달 아래에서 스스로 거문고를 퉁기고 스스로 읊조리며 마음을 풀어내니, 사람들이 혹 경륜(景綸)의 동자[130]라 이르기도 하며 노래와 시가 품탄(品彈)[131]보다 낫다고 했으나 나로서는 중용(仲容)[132]이 긴 장

---

127 도환(跳丸)놀이: 구슬을 공중으로 던졌다가 받는 놀이. '농환(弄丸)'이라고도 한다.

128 고사(瞽師): 시각장애인 악사(樂師).

129 느릿한: 원문 '爰爰'은 『시경』 「왕풍(王風)」 〈토원(兔爰)〉에 나온다.

130 경륜(景綸)의 동자: 경륜은 남송(南宋) 때 문인 나대경(羅大經)의 자(字). 그가 지은 『학림옥로(鶴林玉露)』는 손님들과 학림(鶴林) 아래서 주고받은 말들을 기록한 것으로, 마음에 들거나 회한이 일 때 동자를 시켜 쓰게 했다고 한다.

131 품탄(品彈): 품죽탄사(品竹彈辭)의 줄임말. 피리를 불고 거문고를 탄다는 말.

대에 잠방이를 내건 것[133]처럼 풍속을 피할 수 없었던 것이다. 그래서 운(韻)을 서술하여 『악원(樂苑)』에 빠진 운(韻)을 보태려 한다.

---

132 중용(仲容): 완함(阮咸)의 자(字). 삼국시대 죽림칠현 중의 한 명인 위(魏)나라 완적(阮籍)의 조카.

133 긴 장대에 잠방이를 내건 것[長竿掛褌]: 완씨 일가가 길의 남·북쪽에 나뉘어 살았는데 북쪽의 완씨는 부유했고 남쪽의 완씨들은 가난했다. 음력 7월 7일에 책이나 옷 등을 햇볕에 말리는 풍습이 있었는데, 이날 북쪽의 완씨들은 화려한 비단옷을 걸었고 남쪽에 살던 중용(仲容)은 거친 베로 만든 짧은 바지를 장대에 걸어놓았다. 사람들이 그것을 이상하게 여기자 중용이, 풍습을 따르지 않을 수 없어 이렇게나마 하는 것이라고 답하였다. 『세설신어(世說新語)』「임탄(任誕)」.

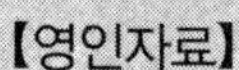

【영인자료】

만화본 춘향가
광한루악부
관우희
증상연예 춘향전
심청전

만화본 춘향가

일사본

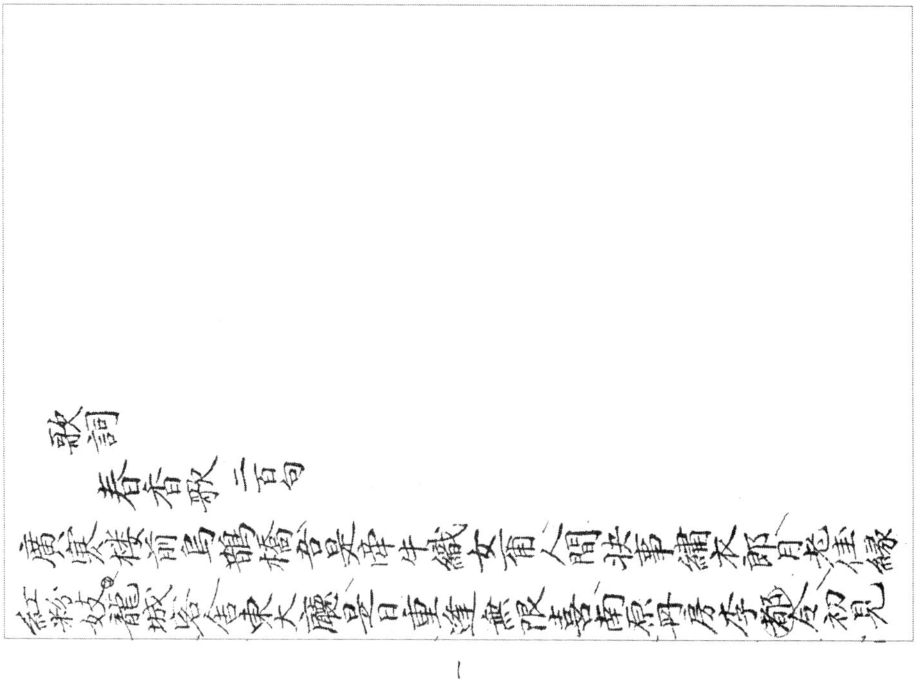

歌詞

春香歌 二百句

廣寒樓前烏鵲橋 吾是牽牛織女有 人間非事繡衣郎 月老佳緣

紅粉妓 龍城客舍東大廳 旦日重逢無限喜 南原府內房李都令 初見

一

二

李芳心媚春晷晴。淡南陌欲抽綠、牧丹東籬方綻、紫繁華物色帶方
國是時尋春遊上巳。紅羅繡裳草追曳、白紵輕衫花際披、清溪々陽蹤
滄鸞碧桃陰中香步跬蹁。姑山處子意、香澤玉京仙娥鳴佩玭蘭膏粉
汗洗浴態、萬化寺前春水、玻瓈小渚顧影笑、雪膚花貌清而頰、腮勲腰下
怕人見於面嬌態、蓮花似。香風一陣綠楊尾、復上鞦韆誇妙技、青鸞飛動鬃
羅繡百尺長繩紅纜々江妃蹈波一身輕、月娥乘雲雙足跂、尖々寶襪似
苽子衛落枝邊高處葉、桃。花園月掩羅裙、萬目春城皆仰視、紅樓十載所
未見男子風情潛意起、翩々青鳥乍去來、盤頓衣裳端正琵、櫻桃花下捲簾
家、女曰無遐男曰唯。鶯唄精蹤如絲、步蹈溪邊青白芷、窓開紅杏碧梧
庭、屏西青山綠水沚。青帷紅燭洞房中、鏡臺粧奩何櫛桃、有陳蔚鷦爛登

忘記、好約丁寧娘拜辭。人間今夕問何夕、大禹塗山辛壬癸、元鳥衿柏槐次
茶鋪繡帶花帷雜絲索。三更釵股撲灯火、楚臺香雲浮夢裡、吾心蝴蝶繞
春花甬意元央綠、逢水。童年風度闊手段、欲表深情何物以、菱花玉
鏡打、撥金竹節銀釵、倭錦市。鳥銅鐵柄繞、鶯刀、紫紬雲頭平壤緩扱
之贈之、少無惜、復恨金錢無億。梯男兒口情要前、妾內衙皆々誇伯婦、
長々情緒絡兩身笑說喬林縈葛藟。春瓜瓞滿地、啟明此日盡、然雖別
裸、紅樽綠酒不改歡一曲悲歌騰翊徽。長城忍忘、葛姬眼濟州將留衷
將䕃、郎言別恨割肝腸女道深恩銘骨髓。難筵相慰復相勉、甫言娘々
吾側耳令啟洛陽好讀書立身明廷終出仕。茲州太守或不能此道監司
猶可擬、分明他日好風吹復鑾陳田春草羅。臨分更有惜別意戲謔曾

三

四

門外驕花楼春日上馬遅回首蛟龍山碨礌征鞭不促此去路歎息斜陽蹰
琴詩惆悵故壁洛中宅汪自南天窓每闔音容黯々斗峙雲書信茫々
漢江鯉紅閨後約忍或晩每日長安開墨思風騷句裡閒宋玉史記篇中
讀李悝春塘二月謁聖科身作龍門九級鮪東坡文体右軍筆一天光
塲呈試紙文臣及第壯元郎御酒恩花榮莫比香名籍々翰林召敎坊
群娥歌學士芸臺華職拜正字玉署清班登校理平生所願輒如意特
除湘南新御史延英殿下肅拜辭敦化門前啓行李征驂躍出罷漏頭此
去南州幾百里陽城稷山短長亭孝浦恩津深淺溪完山客舍一宵桃念外
青蛾羅綺公中得私此行色地漸南時人漸通呼般急鞭五院溪喚酒
忙過勢樹坻潛行變衣等范叔陸路無車山着欙官門消息問来人有一

五

官庭三次筆緣誰將作獄中鬼可憎當年總角氏椎之一事可知十閫境之
民同有庳輪困我瞻強自制睨視官梅心暗此花間柳邊路已慣先訪粧
閨旧基址紗窓粉壁若箇追嗚出阿娘老阿彌樓遑蹤跡使人悔老婦
尖唇如鳥觜公然愛女納圖扉到此無人供𩜺澌第條数口不自糊或向
隣家掃糠粃奇祥怎說虺蛇夢至情難堪牛犢舐聞来不覺鼻孔酸是
誰之怨吾所使無情有情獄門外相逢今宵荊往矣鶉衣鶡冠一乞人忽
東長腰行骯髒徘徊門隙喚春香對立黄昏摻玉指凄凉身世甫何
故落魄行裝吾亦耻娉婷弱質只存殼玉膚花貌如彼毁千悲萬恨臆
先塞夫復何言時運否搖々病體依三木泣說中間事終始郎君去後小
妾願富貴南還日夜俟紅聰明月穿相門食肉終身吾亦恃前生作何至

六

無分百結鶉衫半泥滓誰令無罪致死地即令官司只貪鄙刕民俱被剝
膚患廉耻渾忘餙簠簋張湯後身木強人鍛鍊規模等鑪錘人情全沒
對獄時殘忍其心若豺兕居然生懲有夫女白日風裱肆姦究嚴威莫奪
匹婦節憤氣撐膓𦟛掌抵如霜歸令氣虎吼彷彿盲人足踐犀蜂飛邏
卒袒裼來無數中庭鴈鶩時三稜棍朴積如山檢杖拜中䰟已褫柔皮
軟骨暫時碎滿脛瘡痕皆黑疻梅樽日醉五斗酒輒曰加刑不知止羅裳染
盡杖頭血暑月蚖蛆生股髀生於娼妓賤微地非昧褻裳淺滲滴方知烈
女不更二許身當初以死矢投身湯鑊當自毋本性難回柳與杞村盲昨迅夜
來夢天命無常云顧諟粧臺鏡破豈無拜庭樹花飛應結子朝鮮通寶
擲錢占伏乞神明昭示俾重天乾卦動青龍貴人相逢云可企浮雲千里

無飢。且留吾家畝莫騃。輕花寶裙置諸篋。蘇合香囊藏在甑。呼吾老母
向市賣一飯宜炊廚下。錡明朝本府壽宴開。醉後狂心應不罷。如將瘡上復加
杖。此身分明壓土委。須從拿路護我械。一番生前頭角摘。初終斂襲以郎手
埋。骨花原爲作誅。剛膓自以丈夫許。聽此不覺胷如燬。心中切齒黑倅罪封
庫來朝可擠彼。娘家是夜伴燈宿。蕭瑟蟲聲壁間蟢。天明府庭果開宴
紅紬黃衫萬舞仳。腥鱗白膾蓼川魚。琺果紅登燕谷市。殘花簇簇八蓮開。
氷郎團團棊子纍。盃樽餘瀝醉飽心。遂與諸人等詆痔。欄頭任賣縣監憑
檻角淳昌郡守倚。安知竈突火暗燃。鷺鷥賀中堂歡未已。公門以外乞食客。
繼縷衣中來自地。綿絲一統亂結冠。草屨殘綦半掛趾。低面末席故顏漸意
中秋鷹將獵雉。平原門下笑躄姬。復見樽門傳酒婢。殘盃冷炙草待接彷

七

八

姓無膏樽泛蟻雲峰營將獨有眼見水能知沙岸圯長風一陣旬飣來意
外玄門馬脾搖青坡驛卒大吋入暗行使道臨於此晴天無乃霹靂動四座
蒼黃風下靡爭投窓隙倒着冠或褫盃樽忙失匕風威高動執斧虎主
官翻同牢下豕群鷄叢裡豗仙鶴高踞中軒一交椅三盃藥酒進次第
八帖銀屛列逶迤綿裘竹纓去無痕鞴帶烏紗俄忽移瀛州十閣坐仙
官栢府威儀冠以多軍牢使令走如飛即地風威生倍蓰官貟奔竄左
右徑妓女俯伏東西危倉革邑犬亦戰股疑是昆陽雨下淦便宜南邑廚
置事先屆封章呈玉几張綱直拜動洛陽伏波神威震交趾烹阿𦤂
律本官罪無異綦嬰繫頸軹如何無罪久滯囚當刻圜墻其禁弛圜
墻玉娘怨官嗜小庭花陰未暇徙㭎楊接摺使齒決衆妓尖唇窈似

九

佳妓俑雙龍西帖半自流十二雲鬟催櫛縱誰知昨暮丐乞行飛上公堂
官爵救京師去時一總丱白皙蹂眉玉色玭東軒資婢極可噬兩班書
房其樂只凝樓光彩一時生即日歡拜動南紀油然笑靨淺深情諸量
東溟波瀾々從今妓籍剬汝名百年吾家敢奉迺禾花寶紬裂為帶郎
娴輕紋縫作被珠欄玉簾所居室復欲西郊營好時官廳支廳六時
饍豌進琢羞烹野麗清醪樽上泛葡萄甘蜜盃中和薏苡絲々細切
鎮安草分付官奴其貢底三門外街沸如麦六房陰囊撐似枳如天驛
路々叉飛有女同車敢並軌雙轎青帳半空擧兩耳生風駈綠騎吹四羅六
騎響前後清道雙箭影旖旎監官邑吏設供帳座首軍校執鞭弭長
覊短轡夾路馳使客之行鄉相儗花容之女玉貌郎望若神仙同渡洮

一〇

床琴並和室家慶拜謁廟堂祖考妣銀臺玉堂貴閥女同姓同門作妯
娌門楣亦高老嫗家孝誠堪稱同虎帷纖蔥玉手坐無事不使春田勞
採芑盈盈玉粒共業食分兪家奴田器庤金屏內室貯紅玉門對終南石
磈硊能文又是等薛濤尤物元非似妹嬉春花秋月合歡酒玉壺金缾
釀黑秬泉源淇水不盡思時望南湖頻陟屺嬌姿留有笑中香貴格
吾誇眉上痛蛾眉好砂語軸峰人賀先山山崩菴宜春進士女僧歌佳
約何年逢杜渼狂心好色世或譏度外談言同伯話當來好爵頌議政
不羨區區埜司烜星山玉春總無色當得櫻唇甘似酏清宵東閣樂鍾
鼓遲日南園採芣苢朝雲可愛遠相隨孟光甘心共耘耔醫娥棉婢
愧欲死檀胥氷床輕步躚先稱絺桃花不發更詠周詩江有汜奇談

만화본 춘향가

청절서원본

歌詞

春香歌 二百句押支韻

廣寒樓前烏鵲橋吾是牵牛織女兩人間快事繡衣郎月老佳緣紅
粉妓龍城客舍東大廳是日重逢無限喜南原冊房李都令初見春
香絶代美三郎愛物比君誰二仙瑤池淑香是吾年二八兩三五桃
李芳心媚春晷晴莎南陌欲抽綠牧丹東籬方綻紫繁華物色帶方
國是時尋春遊上巳紅羅繡裳草邊曳白紵輕衫花際披清溪夕陽
蹴波鷰碧桃陰中香步蛙姑山處子惹香澤玉京仙娥鳴佩玔蘭膏
粉汗洗浴態萬北寺前春水瀰玻瓈小渚顧影笑雪膚花貌清而頍
慇懃腰下怕人見水面嬌態蓮花似香風一陣綠楊岸復上鞦韆誇
妙技青鸞飛動紫羅繡百尺長繩紅纚纚江妃踏波一身輕月娥秉
雲雙足跂尖尖寶襪似菰子銜落枝邊高處藥桃花團月掩羅裙萬

目春城皆仰視紅樓十載所未見男子風情潛惹起翩翩青鳥乍去
來整頓衣裳端正跽櫻桃花下捲簾家女曰無遐男曰唯鶯嗔鶯猜
路如絲步踏溪邊青白芷窓開紅杏碧梧庭屛畫青山綠水沚青帷
紅燭洞房中鏡臺粧奩何櫛枇有陳蔚鷊爛登盤酒熟壺春新上筵
琉璃畫盞琥珀臺勸勸薑椒香蜜餌花牋書出不忘記好約丁寧娘
拜跪人間今夕問何夕大禹塗山辛壬癸舊衿栢枕次第鋪繡帶花
帷雜絲枲三更釵股撲灯火楚臺香雲浮夢裡吾心蝴蝶繞春花甪
意鴛鴦逢綠水童年風度濶手段欲表深情何物以菱花玉鏡打撥
金竹節銀釵倭館市舃銅鐵柄統營刀紫紬雲頭平壤履投之贈之
少無惜復恨金錢無億梯男兒口情娶前妾內衙時時誇伯娣長長
情緒絡兩身笑說喬林縈葛藟春瓜苦滿北歸期此日遽然離別裸
紅樽綠酒不成歡一曲悲歌騰羽徵長城忍忘葛姫眼濟州將留裹

將齒郎言別恨割肝腸女道深恩銘骨髓離筵相慰復相勉甪言琅
琅吾側耳今歸洛陽好讀書立身明廷終出仕玆州太守或不能此
道監司猶可擬分明他日好風吹復墍陳田春草薙臨分更有惜別
意戲談醟生南俗俚方壺大海酒生塵白頭高山平似砥屛風畫鷄
拍翼鳴公子歸船門外艤花樓春日上馬遲回首蛟龍山碨礧征鞭
不促北去路歎息斜陽踰瑟峙惆然歸坐洛中宅注目南天窓每闔
音容黯黯斗峙雲書信茫茫漢江鯉紅閨後約恐或晚每日長安開
壘壘風騷句裡問宋玉史記篇中談李悝春塘二月謁聖科身作龍
門九級鮪東坡文體右軍筆一天先塲呈試紙文臣及第壯元郞御
酒恩花榮莫比香名藉藉翰林召教坊群娥歌學士芸臺華職拜正
字玉署清班登校理平生所願輒如意特除湖南新御史延英殿下
肅拜歸敦化門前啓行李征驂躍出罷漏頭此去南州幾百里陽城

稷山短長亭草浦思津深淺溪完山客舍一宵枕念外青蛾幾羅綺
公中得私此行色地漸南時人漸逦呼船急渡五院溪喚酒忙過婺
樹抵潛行弊衣笠苞叔陸路無車山着欃官門消息問來人有一田
翁閙員粔新官城主太狂妄其也佳人蟄萬死貞心守節以爲罪一
月官庭三次箠緣誰將作獄中鬼可憎當年總角氏推之一事可知
十闔境之民同有庫輪囷我瞻强自制睨視月梅心暗嘗花間柳邊
路己慣先訪粧閣舊基址紗窓粉壁若箇邊喚出阿娘老阿孃棲遑
蹤跡使人侮老婦尖脣如鳥嗇公然變女納圜扉到此無人供瀡瀡
簫條數口不自糊或向隣家掃糠粃奇祥泣說虺蛇夢至情難堪牛
犢舐聞來不覺鼻孔酸是誰之愆吾所使無情有情獄門外相面今
宵第往矣鷸衣鶡冠一乞人局東長腰行觳觫徊門隙喚春香對
立黃昏摻玉指凄凉身世甭何故落魄行裝吾亦耻娉婷弱質只存

殼玉膚花貌如彼毁千悲萬恨臆先塞夫復何言時運否搖搖病體
依三木泣說中間事終始郎君去後小妾願富貴南還日夜俟紅氈
明月宰相門食肉終身吾亦恃前生作何至重罪百殃纏身無一祉
如君才器此世界弊袍南來實不揣華冠麗服倘無分百結鶉衫半
泥滓誰令無罪致死地卽今官司只貪鄙刕民俱被剥膚患廉耻渾
忘飾簠簋張湯後身木强人鍛鍊規模箒鑪錘人情全沒對獄時殘
忍其心若豺兕居然生慾有夫女白日風稜肆姦宄嚴威莫奪匹婦
節憤氣撐膓雙掌抵如霜號令乳虎吼彷彿盲人足踐朵蜂飛邏卒
袒裼來無數中庭鴈鶩峙三稜棍朴積如山檢杖聲中魂已褫柔皮
軟骨暫時碎滿脛瘡痕皆黑痕梅樽日醉五斗酒輒曰加刑不知止
羅裳染盡杖頭血暑月虫蛆生股髀生於娼妓賤微地非昧褰裳涉
溱洧方知烈女不更二許身當初以死矢投身湯鑊尚且丹本性難

回柳與杞村盲昨迅夜來夢天命無常云顧諟粧臺鏡破豈無聲庭
樹花飛應結子朝鮮通寶擲錢占伏乞神明昭示俾重天乾卦動青
龍貴人相逢云可企浮雲千里遠外郎不意今來逢尺咫身今溘死
更何恨如服良劑痊宿痞閒關行路得無飢且留吾家歸莫駛輕花
寶裙置諸篋蘇合香囊藏在甎呼吾老母向市賣一飯宜炊厨下錡
明朝本府壽宴開醉後狂心應不罷如將瘡上復加杖此身分明塵
土委須從拿路護我械一番生前頭角掎初終斂襲以郎手埋骨荒
原爲作誄剛膓自以丈夫許聽此不覺胷如燬心中切齒黑倅罪封
庫來朝可擠彼娘家是夜伴燈宿蕭瑟虫聲壁間蟢天明府庭果開
宴紅紬黃衫萬舞比腥鱗白膾蓼川魚珎果紅登燕谷市殘花簇簇
八蓮開水卵團團基子纍盃樽餘瀝醉飽心逐臭諸人等舐痔欄頭
任實縣監憑楹角淳昌郡守倚安知竈突火暗燃鷰賀中堂歡未已

公門以外乞食客襤褸衣巾來自垝綿絲一紽亂結冠草履雙綦半
掛趾低面末席故頷頭意中秋鷹將獵雉平原門下笑躄姬復見樽
前傳酒婢殘盃冷炙草待接彷彿村氓浮鬼皮躬逢勝餞豈不謝一
聯新詩藏奧旨千人有淚燭燃蠟萬姓無膏樽泛蟻雲峰營將獨有
眼見水能知沙岸圮長風一陣自訂來意外玄門馬牌捶青坡驛卒
大吽入暗行使道臨於此晴天無乃霹靂動四座蒼黃風下靡爭投
窓隙倒着冠或蹴盃樽忙失匕風威高動執斧虎主官翻同牢下豕
群鷄叢裡降仙鶴高踞中軒一交椅三盃藥酒進次第八帖銀屛列
透迤綿袠竹纓去無痕猪帶烏紗俄忽侈瀛洲十閣坐仙官栢府威
儀冠以豸軍牢使令走如飛卽地風威生倍蓰官員奔竄左右徑妓
女俯伏東西危倉羊邑犬亦戰股疑是昆陽雨下漁便宜南邑處置
事先囤封章呈玉几張綱直聲動洛陽伏波神威震交趾臬阿舊律

本官罪無異秦嬰繫頸軹如何無罪久滯囚當刻圜墻其禁弛圜墻
王娘忽官階小庭花陰未暇徙桁楊接摺使齒决衆妓尖脣穿似纂
如痴如夢喜不勝未覺中階迎倒屣千般好官别星我九死餘生佳
妓儞雙龍畫帖半月梳十二雲鬟催櫛縱誰知昨暮丐乞行飛上公
堂官爵救京師去時一總丱白晳踈眉玉色玭東軒資婢極可唵兩
班書房其樂只粧樓光彩一時生即日歡聲動南紀油然笑靨淺深
情請量東溟波㳽㳽從今妓籍割汝名百年吾家歸奉祀禾花寶紬
裂為帶即羽輕紗縫作被珠欄玉簾所居室復欲西郊營好時官廳
支廳六時饍跪進珍着亰野麃清醪樽上泛葡萄甘蜜盃中和薏苡
絲絲細切鎖安草分付官奴其貢底三門外街沸如羨六房陰囊撐
似枳如天驛路路文飛有女同車歸並軌雙轎青帳半空舉兩耳生
風駈綠騈吹鑼六騎響前後清道雙旂影猗旎監官色吏設供帳座

首軍校執鞭弭長韆短彎夾路馳使客之行鄉相擬花客之女王貌
郎望若神仙同渡洮傾城傾國月梅女百譽喧喧無一蹤夫人貞烈
好加資敎旨踏下金泥璽床琹並和室家慶拜謁廟堂祖考妣銀臺
玉堂貴閥女同姓同門作妯娌門楣亦高老嫗家孝誠堪稱同虎帷
纖葱玉手坐無事不使春田勞採芑盈盈玉粒共案食分命家奴田
器庤金屏内室貯紅玉門對終南石磈硊能文又是等薛濤尤物元
非似妹嬉春花秋月合歡酒玉壺金瓶釀黑秠泉源淇水不盡思時
望南湖頻陟圮嬌姿爾有笑中香貴格吾誇眉上痏蛾眉好砂誥軸
峰人賀先山山岃菀宜春進士女僧歌佳約何年逢杜漢狂心好色
世或譏度外譏言同伯嚭當來好爵領議政不羨區區楚司烜星山
玉春總無色嘗得櫻脣甘似酏清霄東閣樂鍾鼓遲日南園採芣苢
朝雲可愛還相隨孟光甘心共耘耔醫娥棉婢愧欲死檀脣氷床輕

一〇

步驪先錦絡桃花不發更詠周詩江有汜奇談総可詠於歌異蹟堪

將縛之梓騷翁寫作打鈴辞好事相傳後千祀

광한루악부

서울대 소장본

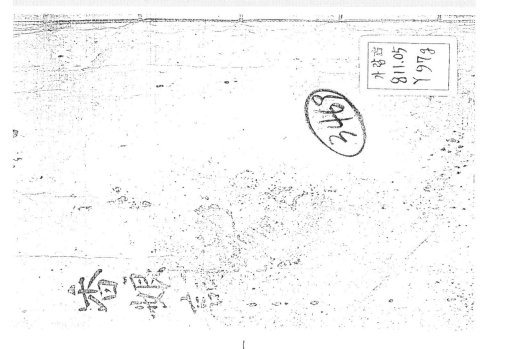

二

廣寒樓樂府一百八疊
紫霞申侍郎作觀劇詩數十首其風流韵響
卽近世絶唱然詩甚些畧良可惜也歲甲寅
初秋飮暑患痁調病於僧伽寺之北禪院淸閑
無寐之時收拾精神依香娘歌一篇作小曲百八
疊名之曰廣寒樓樂府余不敢與霞詩並
駈騷垻然其趣味則一也至於閭巷風謠之
辭悲歡離合之情不澤其楢鴈萬一亦戛
戛乎其難於措手矣歲之中筍花下樽
前聊以自懷　白鶴山人題

第一疊　要令
湖南山水正娟嬋　聖代昇平萬匕年五十三
官歌舞地帶方風物屬今詩　帶方南原旧號
第二疊　要令
鵲橋東畔廣寒樓翠竹深林暎素秋牛女佳
緣誰更續淡河孤月滿空洲
第三疊　轉語
本官子弟最風流二八芳姿第一州爲着名
區佳麗景讀書暇日卜淸遊
第四疊　李生唱

三

綠帶紗巾青道服西山驢子灑金鞍落花
踏盡遊何處約伴官僮到廣寒

第五疊　李生唱

瀛洲高閣接天涯島上三山雲半斜紅蓼川
邊脩竹裡朱欄翠尾是誰家 瀛洲閣三神山蓼花川 即廣寒樓前名勝処

第六疊　李生唱

徒倚高棧第一層驚眸見處眼波凝是何兒
女春心蕩綠柳枝頭弄彩繩

第七疊　李生唱

銀環落地嬌無力羅襪凌空暗蕩䙰依樣宮

娥半仙戲弱腰纖手任風飄

第八疊　李生唱

或持石子投溪上旋折飛枝揷髮邊這裡可
憎何物似非金非玉又非仙

第九疊　李生唱

銷盡丈夫一寸腸官僮備水喚春娘却被遊
郎遙覷見海棠深處忽迷藏

第十疊　官僮唱

蝶隨花了鴈隨波六字翻成一曲歌滿紙書
香君試看芳心到此較誰多

第十一疊　李生唱
緫出園中過水湄跏蹰蓮步上棧遲向人不語
還羞澁無限嬌情在翠眉
第十二疊　李生唱
半茸綽約澹粧成正値敎坊未屬名佛國
傳燈何日是弥辰偶夜又同庚
第十三疊　李生唱
春酒香濃澹〻愁無翅小酌散花遊挽衫試卜
黃昏約舊地風流五音希
第十四疊　李生唱

丁寧海誓與山盟含笑相看岐路橫五步回
顧三步立影中人是夢中情
第十五疊　李生唱
一自神仙啟洞天柳梢烟鎖鳥空喧可憐依旧
書窓裡獨對無心小案前
第十六疊　李生唱
芳草綠楊春正暮如何白日下遲〻那將尾上
塗油術沒了西天一卮曦
第十七疊　官僮唱
讀書半是戀娘辭晝寢東軒兮忽驚姑捨

使君警兒癖人間可笑李郎聽

第十八疊 李生唱

銀燈影落閑門鍾衙退庭空潞月濃嗅起眠
僮乘夜出就中還媿少年儇

第十九疊 李生唱

直從玩月棧門去細路縈紆復長短帷底官
僮魔好事打探人意態迴廊

第二十疊 李生唱

千呼不應亦堪憎面〻疑出畫武陵迷月牆頭
空佇立滿衫凉露碧苔澄

第二十一疊 李生唱

須臾拍手花間出攜〻我同歸小院東從此娘
居知不遠春迷繡幕闌酒亂

第二十二疊 李生唱

淺紅欲雨桃花醉嫩綠如烟柳絮眠紋石池塘
春水暖金魚跳躍浪痕圓

第二十三疊 李生唱

松逕深〻眠白鶴竹扉寂〻卧青尨更無人
處簾垂地如豆紅燈映繡窓

第二十四疊 月姚唱

一〇

疾彗連罵誰家子跡頻殊常此夜中取姉當
門仔細看無端還怒及官僮
第二十五疊 香娘唱
一彗猛聽角門叩簾額風生鶻鵲愁認是猴
山簫史子月中跨鶴下秦樓
第二十六疊 李生唱
七寶欄干白玉堂紋窓珠戶共相當翠鏽芙
蓉紅錦褥畫鋪山[illegible]水沉香
第二十七疊 李生唱
歷々圖書取次看徐黃描寫上毫端瑤花半

掩商山局釣月空藏渭水竿
第二十八疊 李生唱
玲瓏琥瑁八稜盤紅[illegible]點々圍釜山烟
竹三登草吸進清香[illegible]端
第二十九疊 月娥唱
樽前痴坐半紅酣老去風情雜笑譚此夜赤
繩為君結百年偕老又多男
第三十疊 李生唱
天增如水碧潾々喔々鷄籌唱曉頻酒臼茶
鐺慵不整挑燈更對意中人

一一

第三十一疊　香娘唱
明眸凝處絳唇開淺唱燈前酒一迴相板輕
敲第三疊滿腔春色裏香盃
第三十二疊　香娘唱
勸君仙掌露華流摠是人生未百愁一卮東
坮藥山上折花無數落春籌
第三十三疊　香娘唱
青山綠水共悠々山水中間意自悠此身本
是悠々者生亦悠々死亦悠
第三十四疊　香娘唱

月欲上時舟已行問君何日更回程滄波万
頃飛來似夜半棹歌腸斷[illegible]
第三十五疊　李生唱
酒闌歌罷靜華堂雲母屛深燭影長三尺枯
桐橫膝上拜々彈出鳳求凰
第三十六疊　李生唱
深於滄海重於山一種塵愁萬種閑但願三
生長若此翩々戲蝶繞花間
第三十七疊　李生唱
却把纖腰夭不停宜嗔宜喜復停々一年一度

銀河水笑看牵牛織女星

第三十八疊　李生唱

春睡昏ㄷ花氣醲千金一刻曙光分強推曲

繡衣鴦枕勸解織羅對鳳裙

第三十九疊　李生唱

芳緣新結會眞家錦帳春深夜合花軟玉溫

香懷裡滿千般旖旎百般斜ㅣ　矣

第四十疊　李生唱

碧沼清漣魚共樂画簾深邃燕双捿春風暗

淺堂前樹連理枝頭暮雨迷　矣

第四十一疊　官僮唱

人間共你鳳鸞倚只解歡情不解愁萬事

終違心上許使君五馬此歸南州

第四十二疊　香娘唱

金波脉ㄷ忽相看紅暈無端上玉顔東君不

管人憔悴帳外輕風一陣寒

第四十三疊　香娘唱

悄然猶倚欄干角六幅羅裙敢不收借問何

人題別字其吾眞結百年盟　別意

第四十四疊　香娘唱

断絃急管莫相催薄酒非無上馬盃唱到陽
関還懊惱軟腸九曲半成灰　別意

第四十五疊　香娘唱

長提草緑日西時難繫離情是柳絲可使郎
心堅似鉄忍能捨我欲安之　別曲

第四十六疊　香娘唱

羊溟獨逐蘇郎節鴈塞空留蔡琰情南北東
西身少別孰如今日送為情　別曲

第四十七疊　香娘唱

縱道山崩水猶絶綿〻此恨有誰知黃昏白

馬青樓上向我那能半點思　別曲

第四十八疊　香娘唱

不顧奴轎與獨轎半邊覆褡馱纖腰緩驅躑
躅飛花馬共上青雲洛水橋　別曲

第四十九疊　李生唱

好在江南惜春伴此生亦有更逢期丈夫眼
裡非無淚為汝寬怀未忍垂

第五十疊　香娘唱後李生唱

無可奈何郎去矣青山斷處馬蕭〻回首悵望
南浦口緑波碧艸黯䰟銷　別

一八

第五十一疊　香娘唱

昨夜狂風雨漲溪落花流水共悽悽自從驛
柳春啟後伯勞東飛燕子西

第五十二疊　香娘唱

一場渾是夢遊春却悔當年輕許身獨向深閨
人不識自然難抑淚沾巾

第五十三疊　香娘唱

最是難堪生別離如何曲乎又相思別來漸
覺相思苦一日之中十二時　思

第五十四疊　香娘唱

晝寂紗窓掩繡綃閑愁無語減腰圍儘是人
心不如我鴈群多處尺書稀　思

第五十五疊　香娘唱

一刀割斷即情薄百計思量妄恨長通宵
輾轉仍無寐撥盡金炉睡鴨香　思

第五十六疊　香娘唱

風打綵燈影乱凉生珠箔露華籠曳履出
門長嘆息半輪殘月轉梧桐　思

第五十七疊　香娘唱

春深四澤夏雲多水滿峯高路遠何画鷄欲

一九

唱金屛曉郞不來兮自歎歔 思

第五十八疊 香娘唱

艀邊一尨漁郞石㭬蟻虛舟傍釣磯惟有斜
陽閑白鷗自來自去爲誰飛 思

第五十九疊 香娘唱

歲月堂ㄷ愁裡去鉛華無復宿粧痕旧官纔
送新官到添却空閨恨一番

第六十疊 香娘唱

三日梅堂座起初大房公事摠生疎下車先
問香娘信白首痴心尚不除

第六十一疊 香娘唱

彈琴夋月嗅將終金鳳銀攙名一冣點出教
坊三百妓滿庭紅艷立春風

第六十二疊 香娘唱

銀鈴忽動西堂高聽令軍牢半醉醪倒着頭
邉金勇字向儂門外嗅詳家

第六十三疊 香娘唱

不去亦難去亦難了無一計此身安元是春
多風雨惡名花一朶不勝寒

第六十四疊 香娘唱

山肩高聳笑顔撻分付辦〻上直催淌死從
當心不易好緣空斷惡緣回
　第六十五疊　香娘唱
柵口堅紙香淚零官威未掣下空囹命薄
青年多浩劫令嚴白月轉匐霆
　第六十六疊　柵郎唱
射亭蚑路競相尋或碎清尤危〻金尚有一分
情種者孰無嗟惜小娘心
　第六十七疊　香娘唱
紙窓風裂衣乱翠帷半枕生寒隻影頻自是香

二二

魂何處住非雲非雨過陽坮　夢
　第六十八疊　香娘唱
玉腮花落烏啼屋一夢難成總約緣傍人觧
道逢卽卦笑贈金釵當卜錢　夢
　第六十九疊　香娘唱
空房夜〻嗅愁生厭聽官棧西角辦何日更
於紅姉畔腰斟綠酒笑相迎
　第七十疊　李生唱
春去秋來度幾年中間消息兩茫然書棧一
罷前宵夢千里江南一枕邊

二三

二四

第七十一疊 李生唱

探花天氣正氤氳 聖主臨軒試士辰春塘臺
上璇題下筆陣詞鋒聳萬人

第七十二疊 李生唱

金榜花枝耀九閶淸臚高唱五雲傍春風得
意馬蹄疾擁盖鳴珂滿路香

第七十三疊 李生唱

咫尺天堦拜 玉音封書擧出感 宸心湖南
左右憂民瘼御史恩啣持地深

第七十四疊 李生唱

朝辭綵闕彩雲城暮臥青坡萬念生會事天
公奇使借令人今日有南行

第七十五疊 李生唱

破笠破衣破網巾馬牌鍮尺暗藏身檢裝自
顧還成笑正是南州乞飯人

第七十六疊 李生唱

長程初發富林前抹馬華城上柳川投宿金溪
車岺店平明將渡錦江船

第七十七疊 李生唱

鏡天驛馬走江京旋過皇華路轉平此去完營

二五

凡幾里欝葱佳氣望中縈
第七十八疊 李生唱
竹〻漸近南原府却向前遊有所思千里懲
好留扁跡一春鶯艶老蛾眉
第七十九疊 李生唱
棗葉桐花四月天馬疲人困日如年停鞭暫聽
農家語競道秧針出水田
第八十疊 農夫唱
肮〻赤脚踏輕波黃犢犇〻野色多上下平田
鳴鼓夕陽互唱勸農歌

二六

第八十一疊 農夫唱
伊昔神農始教畊堯衢侍壤和昇平暨于后
稷公劉業七月豳堂進兕觥
第八十二疊 農夫唱
紅腐相因漢倉溢青苗新罷宋徭輕大明餘化
流東土春首綵綸下八紘
第八十三疊 農夫唱
數間茅屋兩三畝白首閑蹤聖世氓布穀一聲
山雨歇田家處〻勸春畊
第八十四疊 農夫唱

二七

二八

西風吹送野雲黄百穀初成共滌場飽喫瓠羹新稻飯白茅薦裡笑琅々

第八十五疊　農夫唱

最憐此地春娘節獨守孤貞了一生李道令曾何許者頓忘女子望夫情

第八十六疊　李生唱

一曲耘歌半是非分明野俗露天机居人更指阿娘墓宿草荒山慟哭歸

第八十七疊　李生唱

何來青鳥矢斜暉忽漫風前又素飛香墨

二九

未乾花淚湿箇中真鴈兩依々

第八十八疊　李生唱

轉向西川旧釣坮泛槎亭畔一徘徊劉郎莫恨逢山遠前度遊蹤今又來　南川橋泛槎亭在於廣寒樓之近地

第八十九疊　李生唱

蛟龍山色濃花良烏鵲橋流幻玉肥满地鞦韆人不見西樓西畔獨吟詩　蛟龍山即邑鎮也

第九十疊　李生唱

草閣依然壓水濱花如鮮笑柳如嚬識面惟餘梅姥在牽衫却話旧情新

三〇

第九十一疊 李生唱

看我儀容旧樣非人情無恠或憐識眼前不道心中事詎識天香隔繡衣

第九十二疊 李生唱

云從何處度今夜我亦無家向北隣借榻同眠須莫惜丈夫豈有一生貧

第九十三疊 李生唱

我後我先敲夜局一燈不滅碧熒〻歲寒然後知松栢雪裡貞姿獨也青

第九十四疊 香娘唱

沉〻月色夜三更誰是殷勤訪我葬病桃花推擒首聽李郎來自漢陽城

第九十五疊 香娘唱

人間今夕是何夕樂莫樂兮悲莫悲直欲出門摻子手只緣在此未能為

第九十六疊 香娘唱

忍說空閨多少事寸心欲碎淚先斑明朝消息倘聞否惟在夫君掌握間

第九十七疊 李生唱

本府生辰今適丁凌寒高閣開丹青雄州太

三一

三二

守隣相逺勸馬驛交五里亭　凌寒閣即東軒扁名

第九十八疊　李生唱

玉堂書吏青坡卒約束中ㄷ隄防嚴排入官
門簽一席舞筵歌樹捲珠簾

第九十九疊　李生唱

扇頭頻激雲峯脊草ㄷ盃盤不稱心須臾題
罷驚人句滿座瞠然各整襟

第一百疊

雙馬牌騑日月輝叩門驛卒動驛威本官使
道慢魂坐昌玉淳潭次第歸

三三

第一百一疊　李生唱

客館深嚴鴈鶩陳廣庭軍物變精神簿書
一ㄷ蘇民瘼訟斷如流政令新

第一百二疊　李生唱

分付庭前紅粉隊萬花須刻護香求承風撞
破圖扉鎖各自呈切鬧一廻

第一百三疊　李生唱

故將威令試娘情垂首無言但恨拜一隻玉環
能記否別時留證甚分明

第一百四疊　香娘唱

直上鈴堂錦繡傍舞衫依旧美春光前宵圖
外徊徨容誰識今朝御史郎

第一百五疊　月娥唱

白髮星星戴氷箭短裳顚倒百花叢當筵冷
接知應惟恐淺天机故啞聾

第一百六疊　月娥唱

人願生男不願女我惟重女重於男老來福
力今如許萬柳官途燕賀喃

第一百七疊　總論

倡家貞節鮮終始能始能終有是娘寄語湖

南歌舞伴留看樂府兩三章

第一百八疊　結局

淨丑場中十二腔人間快活更無雙流來高
宋廉年唱共和春風西鼓撞

광한루악부

연세대 소장본

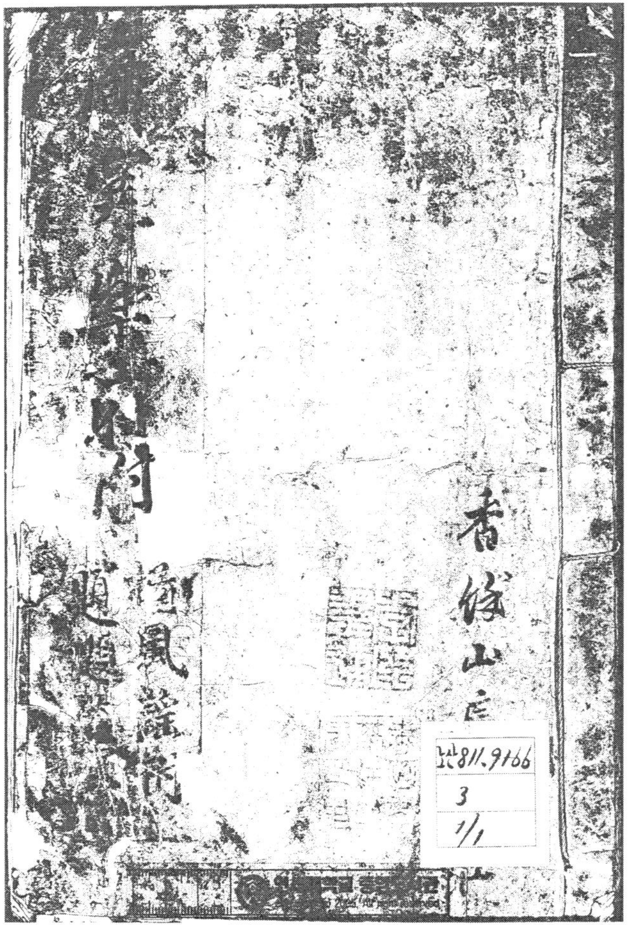

二

廣寒樓樂府百八疊

舊譜　　海平世人桐山居士尹達善 撰

水正嬋姸聖代昇平萬々年五十三官歌舞地

帶方風物至今傳　要令第一章　帶方南原旧號

鵲橋東畔廣寒樓翠竹深林暎素秋牛女佳緣誰更續

瀋河孤月滿空洲　要令第二章　烏鵲橋即樓前勝處

本官子弟最風流二八芳姿第一州爲看名區佳麗景

讀書暇日卜淸遊　轉話第三章

綠帶紗巾青道服西山驄子灑金鞍落花踏盡遊何處

約伴官僮到廣寒　李生唱第四章　寫妙眞出去貞樣

428634

二

瀛洲高閣接天涯島上三山雲半斜紅蓼川邊脩竹裡

朱欄翠尾是誰家　李生唱第五章　瀛洲閣三神山紅蓼川樓前勝處

徙倚高樓第一層驀然見處眼波凝是何兒女春心蕩

綵柳枝頭美絲繩　李生唱第六章　妙態觀見香娘之嬌態

銀環落地嬌無力羅襪凌空暗蕩魂依樣宮娥半仙戲

弱腰纖手任風飄　李生唱第七章　善形容

䠶持石子投溪上旋折花枝插鬢邊這裡可憎何物似

非金非玉又非仙　李生唱第八章　陽臺雲雨変幻非金非玉非仙其疑太甚

消盡丈夫一寸腸官僮隔水喚春娘却被遊郎遙覰見

海棠深處忽迷藏　李生唱第九章

三

蝶隨花了雁隨波六字翻成一曲歌滿紙書香君試看
芳心到此較誰多 官僮唱第十章
纔出園中過水湄踟躕蓮步上樓遲向人不語還羞澁
無限嬌情在翠眉 李生唱第十一章
手葺綽約淡粧成正值教坊未屬名佛國傳燈何日是
弧辰隣夜又同庚 李生唱第十二章 三生佳緣
春酒香濃淡〻然無巡小酌散花筵挽衫始卜黃昏約
驀地風流五百年 李生唱第十三章
丁寧海誓與山盟含笑相看岐路橫五步回顧三步立
影中人是望中情 李生唱第十四章

四

一自神仙歸洞天柳梢烟鎖鳥空喧可憐依舊書齋裡
獨帶無心小案前 李生唱第十五章
芳草綠楊春正暝如何白日下遲〻那將瓦上塗泥術
沒了西天一片曦 李生唱第十六章
讀書半是戀娘聲晝寢東軒夢忽驚姑舍使君誇兒癖
人間可笑李郎廳 官僮唱第十七章
銀燈影落閉門鍾衙退庭空淡月濃喚起眠童來夜出
就中還愧少年儂 李生唱第十八章
直從玩月樓門去細踏縈紆復短長惟底官僮歷好事
打探人意遍回廊 李生唱第十九章

五

千呼不應亦堪憎面〻疑山捻武陵迷月墻頭空佇立
翁衫凉露碧澄〻 李生唱 第二十章
須臾拍手花間出携我同歸小院東從此娘居知不遠
春迷繡幕聞香風 李生唱
淺紅欲雨桃花醉軟綠如烟柳絮眠紋石池塘春水暖
金魚跳躍浪痕圓 李生唱
花逕深〻眠白鶴竹扉寂〻臥青猊更無人處簾垂地
如豆紅燈映繡窓 李生唱
疾聲連罵誰家子跡頗殊常此夜中取燭當門仔細看
無端還怒及官僮 月姥唱

六

一穀碒聽再門叩簾額風生鸚鵡愁認是緱山簫史子
月中跨鶴下秦樓 香娘唱
七寶欄干白玉堂紋窓珠戶共相當翡繡芙蓉紅錦褥
畫鋪山麝水沉香 李生唱
歷〻圖書取次看徐黃描寫上毫端瑤花半掩商山局
釣月空藏渭水竿 李生唱
玲瓏玳瑁八稜盤紅露輕珠點〻團釜山烟竹三登草
吸盡清香繞舌端 李生唱
樽前痴坐半紅酣老去風情雜笑談從此赤繩爲君結
百年偕老又多男 月姥唱 老婆本色

七

天階如水碧濤〻喔〻鷄籌唱曉頻酒臼茶鐺慵不整
挑燈更對意中人 李生唱

明眸凝處絳唇開淺唱燈前酒一廻檀板輕敲第三疊
滿腔春色濃香盃 香娘唱

勸君仙掌露華流揔是人生未百愁一片東臺藥山上
折花無數落春籌 香娘唱

青山緑水共悠〻山水中間意自悠此身本是悠〻者
生亦悠〻老亦悠 香娘唱

月欲上時舟已行問君何日更迴程滄波萬頃飛來似
夜半棹歌斷腸聲 香娘唱

八

酒欄歌罷靜華堂雲母屏深燭影長三尺枯桐橫膝上
聲〻彈出鳳求凰 李生唱

深於滄海重於山一種塵愁萬種閑但願三生長若此
翩〻戲蝶繞花間 李生唱方與對坐相樂焉知塵愁也

却抱纖腰弄不停宜嗔宜喜復亭〻一年一渡銀河水
笑看牽牛織女星 上仝

春睡昏〻花氣醺千金一刻漏稀聞強推曲欄雙鴛枕
勸鮮纖羅對鳳群 上同

芳縁新結會真家錦帳春深夜合花軟玉温香懷裡滿
千般旖旎萬般斜 上仝

九

碧沼清漣魚共樂畫簾深邃雙燕棲春光暗洩堂前樹
連理枝頭暮雨迷 上仝
人間共作鳳鸞儔只解歡情不解愁萬事終違心上計
使君五馬背南州 宦僮唱逍遥裡若論滋味別一宵高價直千金
金波脉〻忽相看紅暈無端上玉顏東君不管人憔悴
帳外輕風一陣寒 香娘唱
悄然獨倚闌干角六幅羅裙散不收借問何人題別字
與吾真結百年讐 上仝別意絶倒
斷絃急管莫相催薄酒非無上馬盃唱到陽關還懊惱
軟腸九曲半成灰 上仝牢別意

長堤草綠日西時難保離情是柳絲可使郎心堅似鐵
忍能捨我欲安之 上仝別意
羊演獨返蘇郎節雁塞空留蔡琰情南北東西多小別
孰如今日送君行 上仝別意
縱道山崩水猶絶綿〻此恨有誰知黃昏白馬青樓上
向我那能半點思 上仝別曲
不願雙轎與獨轎半邊負擔駄纖腰緩驅躑躅飛花去
共上青雲洛水橋 上仝
好在江南惜春伴此生亦有更逢期丈夫眼裏非無淚
爲汝寬懷未忍再 李生唱慰曲

一〇

無可奈何郎去矣靑山斷處馬蕭〻回首悵望南浦口
綠波碧草暗消魂 香娘唱離別曲

昨夜狂風雨漲溪落花流水共悽〻自從驛柳春歸後
白鷺東飛燕子西 上仝 論別意

一場渾是夢遊春却悔當年輕許身獨向深閨人不識
自然難抑淚沾巾 上仝

最是難堪生別離如何由子又相思別來漸覺相思苦
一日之中十二時 上仝

晝寂紗窓掩繡幃閑愁無語試腰圍儘是人心不如我
雁歸多處尺書稀 上仝

一刀割斷郎情薄百計思量妾恨長通宵輾轉仍無寐
撥盡金爐睡鴨香 上仝

風打絳臺燈影亂涼生珠箔露華濃畏履出門長嘆息
半輪殘月轉梧桐 上仝

春深四澤夏雲多水滿峯高路遠何孤松明月金屛掩
謾唱黃鷄西東謌 上仝 又西鷄欲唱金屛曉郎不來兮自歎歌

舺邊一片漁郎石獨艤虛舟傍釣磯惟有斜陽雙掠鷺
自來自去爲誰飛 上仝

歲月堂〻愁裏去鉛華無復宿粧痕旧官總送新官到
添却空閨恨一番 上仝

三日梅堂坐起初六房公事捴生踈下車先问香娘信
白首痴心尚不除 香娘唱
彈琴愛月嘆將終金鳳銀鵝却一叢點出教坊三百妓
滿庭紅艷立春風 香娘唱
銀鈴忽動畫堂高聽令軍卒半醉醒倒着頸邊金勇字
向儂門外嘆殼豪 香娘唱
不去亦難去亦難了無一計此身安元是春多風雨惡
名花一朶不勝寒 香娘唱
山肩高聳笑顏擡分付聲〻上直催萬死終當心不易
好緣空斷惡緣回 香娘唱

一三

檀口堅緘香淚零官威未掣下空囹命薄青年多浩刼
令嚴白日轉雷霆 香娘唱
射亭歸路竟相尋或碎清丸片〻金葯有一分情種着
孰無嗟惜少娘心 檀郎唱
紙窓風破亂蛩催半枕生寒隻影獨自是香魂何處住
非雲非雨過陽臺 香娘唱
鳥啼花落門神動午睡翻驚揔幻緣傍人莫道逢郎卦
笑贈金釵當卜錢 香娘唱
空房夜〻嗅愁生厭聽官樓畫角聲何日更於紅燭畔
煖斟綠酒笑相迎 香娘唱

一四

一五

春去秋来度幾年中間消息兩茫然書樓忽罷前宵夢
千里江南一枕邊 李生唱
探花天氣正亂亂聖主臨軒試士晨春塘臺上旋題下
筆陣詞鋒聳萬人 李生唱
金榜花枝耀九閽清臚高唱五雲傍春風得意馬蹄疾
擁蓋鳴珂滿路香 李生唱
咫尺天階拜玉音封書擎出感宸心湖南左右憂民瘼
御史恩啣特地深 上同
朝辭絳闕綵雲城暮臥青坡萬念生會事天公奇便借
令人今日有南行 上同

一六

破笠破衣破網巾馬牌鍮尺暗藏身檢裝自頋還自笑
正是南州乞飯人 上仝
長程初發富林前秣馬華城上柳川投宿金溪車嶺店
平明將渡錦江船 上仝 富林卯果川驛官舘扁名
鏡天驛馬走江亰旋過皇華踏轉平此去完營凡幾里
鬱蒼佳氣望中縈 上仝
行 漸近南亰府却向前遊有所思千里懲奸留府跡
一春驚艷老蛾眉 上同
棗花桐葉四月天馬疲人困日如年停鞭暫聽農家語
競道秧針出水田 上同

胱〻赤脚踏軽波黃犢聲〻野色多上下平田鳴土鼓
夕陽互唱勸農歌 上同
伊昔神農始教耕堯衢擊壤和昇平暨于后稷公劉業
七月夘堂進兕觥 農夫唱
紅腐相因漢倉溢青苗新罷宋綠輕大明餘化流東土
春首綵綸下八紘 農夫唱
數間茅屋兩三畝白首閑踐聖世氓布穀一聲山雨歇
田官處〻勸春耕 農夫唱
西風吹送野雲黃百穀初成共滌場飽喫匏羹新稻飯
白茅蘆東笑娘〻 農夫唱

最憐此地春娘節獨守孤貞了一生李道令曾何許者
頓忌女子望夫情 農夫唱
一曲耘歌半是非分明野俗露天機居人更指何郎墓
宿草荒山痛哭歸 李生唱
何來青鳥弄斜暉忽護風前尺素飛香墨未乾花淚濕
箇中真贗兩依〻 李生唱
轉向南州舊釣臺泛槎亭上一徘徊劉郎莫恨蓬山遠
前到遊踪今又來 李生唱 南州泛槎橋即樓之近也
蛟龍山色濃花鳥鵲橋流幻玉肥滿地秋千人不見
西樓西畔獨吟詩 李生唱 蛟龍山城即邑鎮也
宋人詩話有木九山暨卽玉肥花貝之語

草閣依然壓水濵花如鮮笑柳如嚬識面惟餘梅姥在
牽衫却語舊情郎 李生唱
看我儀容舊様非人情無恠忒憐誐眼前不道中心事
誰識天香隔繡衣 李生唱
郎從何處度今夜我亦無家向北隣借榻同眠須莫情
丈夫豈有一生負 李生唱
忒後忒先叩夜扃一燈不滅碧熒〻歲寒然後知松栢
雪裡貞姿獨也青 李生唱
況〻月色夜三更誰是殷勤訪我敲病枕乍推嬌首聽
李郎来自漢陽城 香娘唱

人间今夕是何夕樂莫樂兮悲莫悲直欲出門搴子手
只緣在此未能為 香娘唱
忍說空閨多少事寸心欲辟淚先斑明朝消息倘聞否
惟在夫君掌握中 香娘唱 知否不知否訛出偶然
本府生辰今適丁凌寒高閣闌丹青雄州郡守潾相速
勸君聲交五里亭 李生唱
玉堂書吏青坡卒約束申〻堤防嚴排入官门㕘一席
舞筵歌榭捲珠簾 李生唱
扇頭微〻雲峰肋草〻盃盤不称心須臾題罷驚人句
滿筵瞠然忽正襟 李生唱

二一

雙馬牌翻日月輝叩門驛卒動蔽威本官使道儺魂坐
昌王淳潭次第歸 李生唱 第二吠事
客館深嚴雁鶩陣廣庭軍物変精神簿書一一蘇民瘼
訟斷如流政令新 李生唱
分付庭前紅粉隊百花頃刻護香来承風撞破圍扉鎖
各自呈功鬧一回 李生唱
故將威令試娘情垂首無言但恨殺一隻玉環能記否
別時留證是分明。李生唱
直上鈴堂錦繡傍舞衫依旧美春光前宵囹外徘徊客
誰識今朝御史郎 香娘唱

二二

白髮星星戴水筒短裳傾倒百花叢當筵冷接知應怪
恐泄天機故啞聾 月娥唱
人願生男不願女我惟重女重於男老来福力今如許
萬柳宮途燕賀喃 月娥唱
倡家貞節鮮終始能始能終有是娘寄語湖南歌舞伴
留看樂府兩三章 總論
淨丑場中十二腔人間快活更無双流来高宋廣弁唱
共和春風花鼓撞 總論第百八章
紫霞申侍郎緯作觀劇詩數百首其風流韵響即近
世絶唱然此詩甚些畧良可惜也壬子初秋飲暑愚

二三

痁調病於僧伽寺之北禪院當其清凉無寀之時收拾
神思依香娘歌一遍作小曲百八疊名之曰廣寒樓樂
府余不敢与鸞霞詩並駆騷壇其趣味則一般也至於
悲歡難合之情閭巷風謡之辞不能模寫其萬一眞憂
〻乎其難於措手矣蕆之巾笥花下尊前聊以自懷云
耳

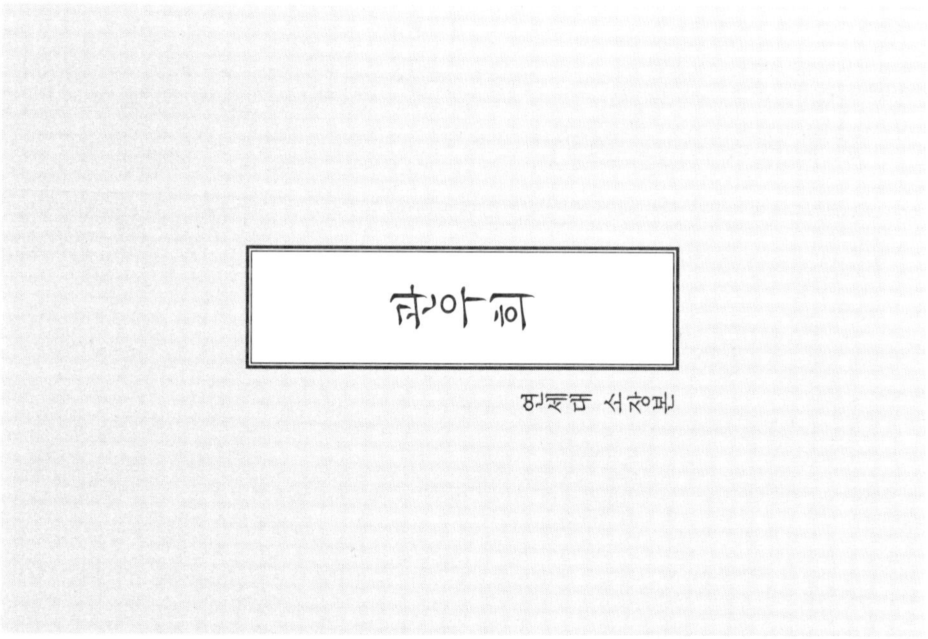

연세대 소장본

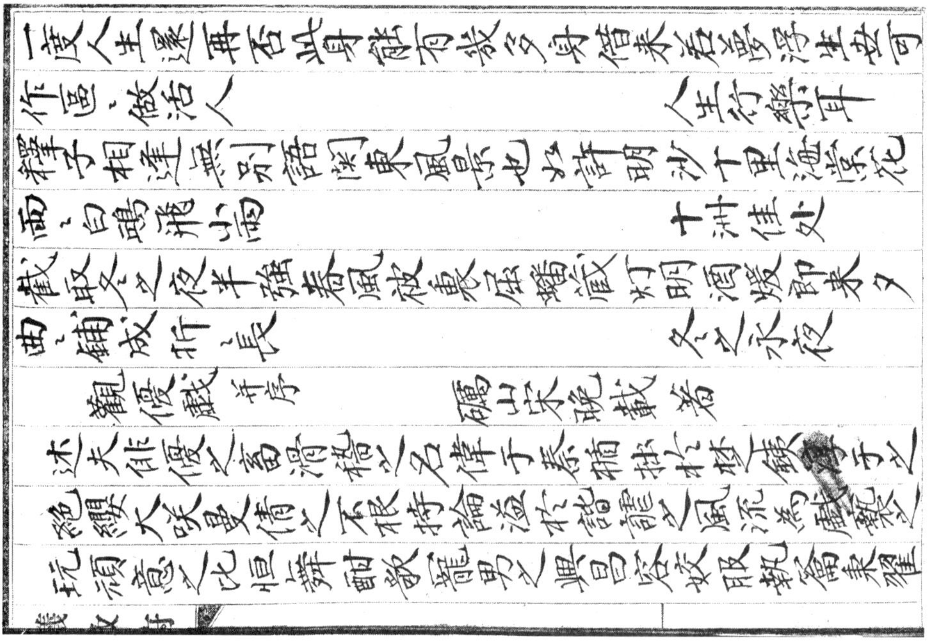

一度人生豈再否 此身能有幾多時 借來若夢浮生甚可
作匽匽 做活人 人生行樂耳
釋子相逢無別語 閑東風是也 於謂明沙十里海棠花
雨雨 白鷗飛小雨 十洲佳處
截取冬之夜半強 春風被裏屈蟠處 灯明酒煖郎來夕
曲曲鋪成折折長 冬之永夜

觀優戱 并序　礪山宋晩載 著

述夫俳優之爲戲 昉自滑稽之名 傳于春秋 排於[illegible]
絕纏大𥘉是[illegible]之不根 持論溢於[illegible]之風流 爲[illegible]
玩須意之比 恒[illegible]

二

悲伶人之簡兮會鼓傳芭姱女倡之容貝誇罷闘靡則魚
龍曼衍之戲分曹選遊則鷄狗蹋踘之場朱門張造山
之棚紅袖競拔河之索穆王軒眩人之吐火波府仙女之
抛毬西凉假面之詞胡兒之弄獅子東國處容之舞
仙人之遊鶴汀或以閒府官招誐或以儒者戲見卞隨
俗異尚殊塗同帰是知倡寓倡和之名優有優遊之
義殫絲品竹秉燭夜遊凉榭高臺落花風裏神映
皷動䑜以貌為詎浪起於咲傲言泉流於唇齒靈山會
相苐一套調腔打令雜歌千百般别體或坐或跽或立或
語或歌或咢或笑或泣一長一短一清一濁一抗一墜一疾

三

一舒學渴酸黄秀才尋章摘句頗似竪白辯士合異
為同于是佳人之郎君相思巫姑之帝釋初降千里消
息屛間之畫鷄一無䑜萬壽仙灵山頭之青松生色且停女
流之俚曲試聽妓院之香名玉環之难涙洒樂昌之分
鏡繡衣歌舞春回城南之咲花餘皆経遊而不近情無
非嘔啞之難為聽至若逞巧於戲子之未演劉於淨
丑之場張袖當遊琅璫可咲及腰帖地玉簪濉衛足
騰尻高瞥樓臺而倒影身翻手快閃釰凡而飛烟雙
手并行草泥郭索之步一足獨立蘆根眷鉏之拳始
危躍而牛跪終魚跳而龍变活版才罷舞絙旋登跌

四

蛛絲而擘竿宛姫播鼓衝燕躍而走京都盧尋撞
窈窕兮女娘之秋千蕩漾平狂僧之舞錫杖乍進乍退
風去而還若危若安星流電逝劃然一嘯爲之四睇騰踏
盤旋不武而勇嬉笑怒罵能文其辯傀儡之鼓笛浮
生技止此耳窟石之木絲奇幻反復勝耶忽步虛而橫
空衆佚覡而游目貌無停趣賞有亟稱張絃戞雲心眞
神而俱注空筵如海觀者澹而忘歸令人傷遲愁雲四起
驀地變調春風一時採末技猶必然變化故而相詭如
孫釖之渾脫其妙入神如危刃之恢遊至理所寓能事
畢矣絃遊樂乎嗟夫奇技淫辯駭神集志感物而動

五

性情或失於中和因辯以宣悲喜相代於前後花奴催
鼓三郎聞而解顔雍門奏琴公子泫然承瞼故放淫
之訓有以好樂之士無荒輕命重金柳子作竿兒之
戒發笑當席荊公忘筵優之戲渝舞巴謳吳奏楚
姣奸辯亂色子不留聰明君舞施戲侏匹夫當誅熒
惑則桑間濮上何憂乎鄭衛繁音壤歌衢謠同底
于唐吳大道

呈技共歡淨丑塲曼辯演本近花郎郭公鮑老千般巧
爲寫俳偕一兩章

涼榭高燒蠟炬紅優人對立鼓人東不宜堂上宜堂下

歡樂無妨與衆同
花下空庭翻似海一聲腰鼓立春風謌喉更起灵山相鎭
國名山萬丈峯
聖主昇平萬々歲康衢烟月盡吳唐圖之出鳳凰集應
在南山漢水陽
山祖崑崙水祖黃初聲引出最深長謳腔亦解文章法
起處先鋪一兩行
關東八景好排鋪逐境聲々一畫圖牙舌津々籠萬物慱
通端不讓酸儒
穩流翻起千層浪平地飛來萬丈峰燕語鶯啼千般

巧柳風花雨一春濃
會相收時息鼓掲樓頭樓底靜無聲簷花細滴春雲澹
側耳將聽本事歌
石靈山
錦瑟繁華憶會真廣寒樓到繡衣人情郎不負名娃節
銷裏幽香暗返春
秋雨華容走阿瞞髯公一馬把刀看軍前搖尾真狐媚可咲
奸雄骨欲寒
燕子啣匏報惡恩分明賢季與愚兄瓢中色々形々恠鉅
一番時鬧一番
一别梅花尚淚痕帰來纔小只孤墳癡情轉墮迷人圈

八

錯認黃冠還倩魂
官道松堠斫作薪 頑皮哼眼夢中嗔 紅顔無奈青山哭 瓜
圃癡黏有幾人
遊俠長安號曰者 笛衣艸笠羽林兒 當歌對酒東園裏 誰
把宜娘視護驪
娍孝爺貧恩捨身 去隨商舶妻波神 花房天護椒房貴
宴罷明眸始認親
慾浪沈淪不顧身 肯辭剝髻復挑齦 中途負妓襄娌將
自是空侗可笑人
雍生員鬪一鳥偶 孟浪談傳孟浪村 丹錄若非金佛力 疑

九

真疑假竟誰分
光風癡骨顚成仙 路入金剛問老禪 千歲海桃千日酒 見
欺何物假喬佺
東海波臣玄介使 一心爲主訪靈丹 生憎缺口偏饒舌 愚
弄龍王出納肝
青鞦緇臆鷲雄雌 笛畝蓬科赤豆疑 一喙中機紛逆落
寒山枯樹雪殘時
右打令
胸中打令若干篇 劇戲場開湧似泉 高唱多時辯不嗄 江
南魂返李亀年
百奇千巧隱眉端 揎袖當筵意氣閒 嘔盡平生喉舌業

一〇

紙要先達咲顏看

鄉談俚語雜諧訴郎〻生神認妙才一唱一酬相戲要無

中慈出別腔来

㨾袖徘徊一打扇商沘宮仄笑談閑誰家墮髻慵粧女

紅杏墻頭露半顏

宜笑含睇善窈窕人情曲折在仰昂不知何與村娥事悲

欲汎瀾喜欲狂

拍處肩閑五十疊騰時袖拂一效衫劃然響入春空裏片

〻桃花落半岩

披袂當風步不齊一肩乍聳一肩低鼕〻促鼓如星語記

一一

淂村巫始降乩

夜闌酒盡哄堂餘一曲將終乍歛裾淂意當場翻一拜為

之四顧為躕躇

一條繩上便為家坐立輕儇不少差絲管嘲轟催舞競

將百技向人誇

竿絙裊〻步安〻活版翻然捎顧間倒似蜻蜓懸似蟢令

人酸搐不堪看

一字繩橫八字步衲衣飛錫忽來僧蕩魂瓊苡真寃業乱

舞狂歌興不勝

傾腰宛轉逐張絃雨去風還高半天恰似輕盈堤上女綠

〔二〕

楊影裏送秋千
鈎罡燿如渾脫舞竿頭倒作都盧撞欲墮旋登翹一足
聳拳宿鷺立孤矼
展步折旋西復東游縧歷亂燕橫空傞傞舞處搖搖影不
怕樓頭弱絮風
賈勇超騰不是武步虛搖曳亦非仙劃然而嘯翻然倒尻
益高時足蹋天　石絙戲
微塵輕步若凌波欲走旋停瑣語多騰地一團無定影
却随簾外倒飛花
搽掌齊趺奮一投青山倒影水橫流盤旋風撤空中舞林

〔三〕

木樓臺散不收
彎腰節節一縱橫伎不驚人懊殺儂滿地芳陰看似海跳
空魚變轉身龍
双手倒泥行郭索輕身跳水濯玄衣宛陵荆玉徒爲重
國伎伶天下稀
頻報看官仔佃看技非容易我能爲抑地霜鋩亏怕險倒
風雲帆是星奇
凌風超越髻尖笠捧手平安掌上盃最是靜思難到处
頂爐曲踊不揚灰
曲膝跪撻春艸蹟攢蹄趯免秋山茱能事平生完塲海

棠花下看飛蝶

石場技

鷄林之世有黃昌九劒烟飛舞一場餘千年遺俗在妙
才高選屬名倡
劇技湖南産最多自云吾輩亦覡科前科司馬後龍虎
大比到頭休錯過
金榜少年選絶技呈才競似聞齋僧分曺逐隊登場地
别々調争試一能
放榜迎牌敵德談青雲步々可圖南歷敭翰注至卿相
一蹴槐柯夢境甘
翠羽珊纓袨蠻綿千金緣飾競華奢一聲長笛一聲

嘯紫陌春風幾處花
昌容姣態少年情乍顧能令四座驚歌榭舞台當一
局丟中鼓笛若平生
長安盛說禹春大當世誰能善續聲一曲樽前千段
錦權三年甲少年名
上世才難近愈微百家工藝已全非至于末技倡優拙處
遠吾東國庶幾

石總論

凡觀樂必觀韻々者非謂其聲音之末也情之所觸聲
以宣之動蕩乎天地自然之韻此好色之國風娛神之
楚歌所以因情而發氣因氣而成聲因聲而得韻聯

翩絡屬頡頏累貫近而不拘蹂而不擲則韵豈腐濫
纖嗇之所可得者哉今夫倡優劇戲也放歌佚舞不
能無褻荒之雜而苟得其韵則韵士亦有取焉試覩其
拍肩高唱嘯傲酣適者達士之韵也下里前溪跌宕嬉
笑者蕩子之韵也攬帶傷摧眠々絮叨者怨女之韵
也跳丸舞釼反腰帖地者勇夫之韵也學仙之韵而手
拂翺翔借僧之韵而卓錫梵唄念徑而得瞽師之
韵降乩而有巫姑之韵以至鷄之喔燕之喃雉之粥々
兔之爰々行則郭索拳則舂鉏一手之觸一口之給而
盡天下人物之情狀無不得其自然之韵而無腐濫纖

嗇之醜故曰韵者大解脫之場也國俗登科必畜倡一
群一技家兒今春聞喜頗甚貧不能具一場之戲而
聞九街鼓笛之風於此興復不淺傚其群態聊倡數韵
屬同社友和之凡若干章每登前月下自彈自詠以抒
其思人或謂景綸之童子歌詩勝於品彈而我則以
為仲容之長竿掛褌未能免俗也因序其韵以補
樂苑之遺韵云

증상연예 춘향전

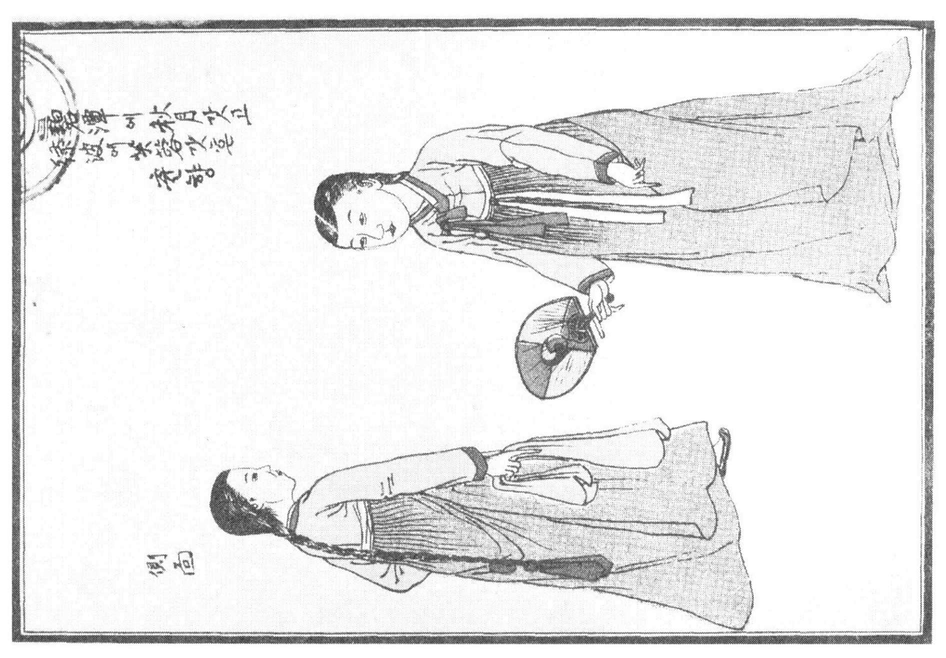

二

花爛春城ᄒᆞ고萬和方暢
ᄒᆞ디月姥繩되ᄂᆞᆫ
방ᄌᆞ
在公教子ᄒᆞ든
리부사

三

多樂多恨ᄒᆞ고
能笑能泣ᄒᆞᄂᆞᆫ
츈향모
爲主爲郞ᄒᆞ고
同苦同甘ᄒᆞᄂᆞᆫ
상단

四

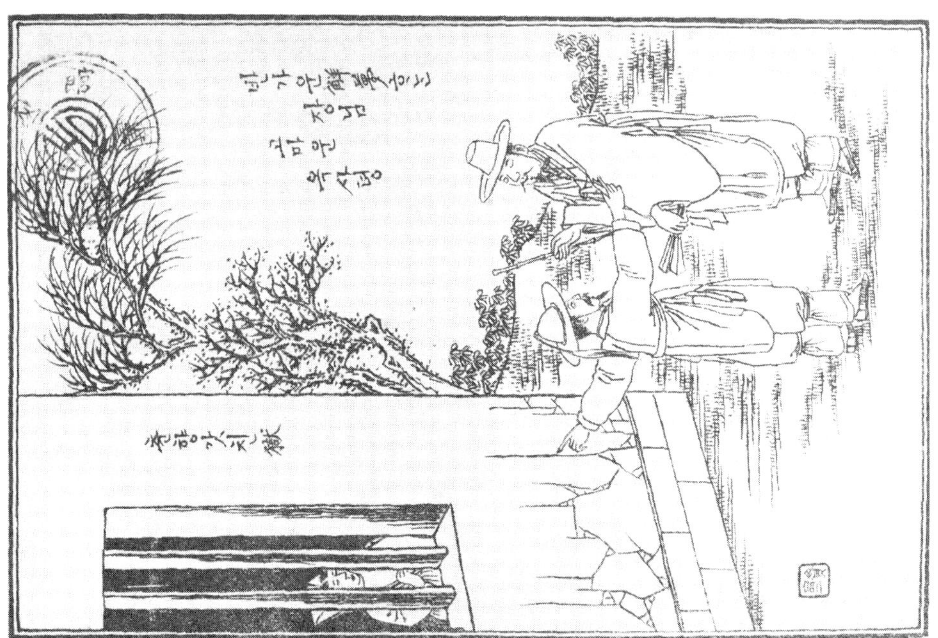

五

六

七

八

九

○目次

(注意) 此書ᄂᆞᆫ演劇에도應用ᄒᆞ게된者이니書中△……△票가有ᄒᆞᆷ은聲曲을用ᄒᆞᄂᆞᆫ部分을示ᄒᆞᆷ이라

서 문

츈향뎐이、셰상에뎐ᄒᆞᆫ지、오리라。그사연은、일ᄀᆡ가인과지ᄌᆞ의일을、빌엇스되、그글은、능히、텬하사람의、연々ᄒᆞᆫ사랑과、불갓ᄒᆞᆫ욕심과、씃々ᄒᆞᆫ졀개와、억울ᄒᆞᆫ한탄과、챵혹ᄒᆞᆫ정상과、상쾌ᄒᆞᆫ신명과、뎡티ᄒᆞᆫ톄모와、긔절묘졀ᄒᆞᆫ싱각을、모왓스며、또、그사연과、글밧게뜻으로、은근히、셰상인정에대ᄒᆞ여、큰교훈을、씌쳣바ㅣ잇스니、이는참、죠션문예의、조ᄒᆞᆫ산물이라。

그러나、불힝히、문인의붓긋을、쳔쳐못ᄒᆞ고、챵우의구두에만、흘너뎐ᄒᆞᆫ고로、세상사람이、만히、그참갑을녀기지아니ᄒᆞ니、이또ᄒᆞᆫ한되는일이로다。이제、이챵본(唱本)이、출판되랴ᄒᆞᆷ에、너、붓티를드러、밉길며、곳치는수고를、잇기지아니ᄒᆞ노니、이글을닑고、참갑을알아쥬는이、잇스면、그곳、나의뜻을、안다ᄒᆞ리로다

「옥련옹」

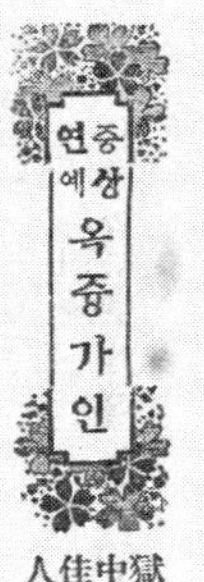

獄中佳人

玉蓮菴 監校
古優、丁北平 唱本

옥중가인

第一幕 鞦韆(그네뛰는티)

(設備)烏鵲橋、廣寒樓、柳林、鞦韆、具鞍驢、酒肴床、
(出場)春香、小婢上丹、李道令、房子羅用釗、

△이때는어늬때뇨춘삼월호시절이라 티평건곤에풍광이 느젓스니 록슈번음잉셰계요 락화류슈금강변이라 호남이예로브터 춘풍물식이 일셰에웃듬이라 남원부강션동、젹막훈초가집에덧업시그 져가는 봄빗을 앗기는 사람은 춘향이라 그 어미는 그교을퇴기월미라 셔부사등닉 떼에 슈쳥을들어 춘향을처음뵐제 쑴 가온뒤 엇던션녀ㅣ 도화훈가지를갓다쥬고「이꼿을고이갓귀리화접을붓쳣스면장릭에 크게 번화호라라」 혼닐이잇스니 그럼으로뚤을나은후에 도화는봄향긔라 일홈을춘향이라 호엿는뒤 자질이령리호야어릴젹에글을빅화 시셔한묵에익슉

一二

옥중가인

호고 침션녀공이며 관현사쥭에 무불능통이라 한젹훈규중에서 금옥갓치 길너닉여 써가 임의이팔쳥춘이되 그러훈식골구셔에서는 젹당훈배필을구호기어려우니 꼿다운향긔가 호을로 봄소식느진회포를위로호기어렵더라。춘향모ㅣ상단을불너 오날날오작교번버들숩에한가훈틈을타셔춘향을다리고그네를뛰러가게호엿더라

△쳐녀춘향이나온다 졀디가인이나온다더ㅣ 춘향거동보와라 길상사겹조고리 한산셰모시분홍초마 궁초당기드리오고 아청코초록당혜경풍에 붓치는듯 삽푼삽작거니 논뒤 화음에잠든나뷔 옛혼쑴을셔 일셰라 버들가지 쐬쇠리 노릭소릭놀닐셰라 △상단이압을서고 춘향이뒤를따라 광한루지느 오작교건너버들가지느린그네줄아릭드려셔며

(춘향)△됴타々々규중에홀로잇셔춘소식막연터니잔홍만뎜이 요양류천사로구나

一三

옥즁가인

△이익상단아아주종용히좃타ㅣ어서너벗텀훈번뛰여라보쟈
(상단)아기씨면첨오르시오닉가미러드릴터이니아이구오늘은참사방에아무도업
고종용히좃솝니다
(츈)그럼우리추리로훈번식뛰쟈닉오르거든그네는좀미러쥬고저건너뉘가낫션사
람이는업는보와라
앗참날말근향긔남원부즁에가득훈데슬々동풍부는바람오락가락는는쏫을이리져
리부러다가척방안으로들드리니홀노안자글닑다가츈흥을못니겨훈는도령님은그
고을부사자제리몽룡이라가군이작지에로출명구라철리타향에풍광이느져가니츈
흥을니길슈업는터이라명승디구경가자방자불너분부훈니△방자가분부듯고셔산
나귀솔질훈여가진안장지어다가션거름에디령훔에리도령이수々훈게차리고셔는
귀등에올는안자관문밧으로는온다。

一四

옥즁가인

(도령)이익방자야너의골승디강산이광한루가데일이란말이나
(방자)녜듯샤오이다승디로말숨훈면북문밧나가셔는조종산셩이좃삽고셔문밧는
가셔는관황묘둣사오되남문밧는가오면광한누둣소온즁그압에오작교영쥬각은
삼남데일승지올시다
(도)오ㅣ광한루로가자△일싱고명광한루월즁황아노든데로구나。
△방자놈거동보와라산호쳑쪽번쩍드러이라둑쳐밧비모라거드러거려나가는데압
길에가벼운띄설쳑쪽바람에헛터지고도화뎜々붉은쏫은보々향풍떠러저자취마다
향긔로다△
어언간에광한루당도훈여더라리도령이말께는려광한루을나가셔사위산천
경치를바라보니●젹셩의아참날에느진안키띄여잇고록슈의점은봄은화류동
풍들닛는데광한루경치도됴커니와오작교분명훈다'화작々범나뷔쌍々류청々

一五

옥즁가인

세셕리쌍々(雙)바위우에다람쥐쌍々(雙)시ᄂᆡ가에가지쌍々(雙)날즘싱길버러지모두다쌍々(雙)이로다▼

도령님(道令任)이츈흥(春興)을더욱이긔지못ᄒᆞ여▲오작교(烏鵲橋)분명(分明)ᄒᆞ면견우직녀(牽牛織女)업슬소냐견우셩(牽牛星)은내려니와직녀셩(織女星)은뉘가될고오날이곳화림즁(花林中)에삼ᄉᆡᆼ연분(三生緣分)만낫스면▼

(도)이ᄋᆡ방ᄌᆞ야술을올녀라우리ᄒᆞᆫ잔먹자

(방)예ㅣ쥬안상(酒肴床)등ᄃᆡ(等待)ᄒᆞ엿슴니다

(도)이ᄋᆡ느도먹고너도먹자이리올ᄂᆞ오ᄂᆞ라

(방)황송(惶悚)ᄒᆞ오이다

(도)이ᄋᆡ잡말々고어셔올나안저라파탈(罷脫)ᄒᆞ고노ᄂᆞᆫ터에상하(上下)ᄎᆞ릴것업다

광한루(廣寒樓)마루우에술상을드러놋코방ᄌᆞ(房子)도먹고도령님(道令任)도잡슈시고그렁져렁여러순비(巡盃)먹엇더라

一六

옥즁가인

도령님(道令任)이취흥(醉興)을못이긔여안젓다이러나셔두로々々건닐면셔남방(南方)을바라보니쥬렴취각(珠簾翠閣)을벽공(碧空)에어리여수호문창(繡戶紋窓)놉히소사압흐로영쥬(瀛洲)뒤으로무릉도원(武陵桃源)흰빅자(白字)붉을홍자(紅字)송이송이ᄭᅩᆺ치퓌고붉을단(丹)푸를청(靑)고물々々단청(丹靑)이라류막(柳幕)에잉제셩(啼聲)은나의취흥(醉興)도두ᄂᆞᆫ듯화간(花間)빅졉(白蝶)쌍々비(雙々飛)ᄂᆞᆫ향(香)긔찻ᄂᆞᆫ거동이라빅々홍々(白々紅々)난만(爛漫)즁(中)에션녀(仙女)의그네쥴이란만(爛漫)도화(桃花)놉흔가지소々럿쳐툭々차너송이송이밋친ᄭᅩᆺ이느러져ᄯᅥ러져셔오락가락ᄒᆞᄂᆞᆫ모양버들가지에가리워셔보일듯말듯ᄒᆞᄂᆞᆫ지라▼

도령(道令)이란간(欄干)을의지(倚支)ᄒᆞ여한참바라보더니별안간(瞥眼間)에몸이웃슬ᄒᆞ고뎡신(精神)이아득ᄒᆞ여지면셔

(도)이ᄋᆡ방ᄌᆞ(房子)야져건너오락가락언듯번듯ᄒᆞᄂᆞᆫ져것이무엇이야

(방)예ㅣ어듸무엇이요쇼인(小人)의눈에ᄂᆞᆫ아무것도아니뵈여요

(도)이붓치(扇子)끗으로바로가라치ᄂᆞᆫ듸로보아라

一七

티 졔 그 방ᄌ(房子)놈은 눈치 ᄲᆞ르 고식 큰둥훈놈 이라 도령(道令)이가라치기젼(前)에발셔보고져
는다알앗건마는혼잔먹은김에일부러어거목을쓴다

옥중가인

(방)붓쳐말고미륵(彌勒)님거구루보아도아니뵈여요
(도)이놈아눈도상목(常目)반목(班目)이달으단말이냐사람인듯도ᄒᆞ고ᄭᅩᆺ인듯도ᄒᆞ니도화(桃花)나ᄒᆡ(海)
당화(棠花)나
(방)▲무릉명사(武陵明沙)아니어든도화ᄒᆡ당화(桃花海棠花)가어ᄃᆡ잇셔요▼
(도)그러면금(金)이나옥이나
(방)▲금싱려슈(金生麗水)라ᄒᆞ니금(金)은옛날초한(楚漢)시(時)에륙츌긔계(六出奇計)진평(陳平)이 가 범아부(范亞夫)를잡으랴
고황금사만(黃金四萬)근(斤)을초군(楚軍)즁(中)에헛쳣스니금(金)이 엇지 여 긔 오 며 옥츌곤강(玉出崑岡)이라ᄒᆞ니옥(玉)
은옛날곤산(崑山) 에불이나 셔옥셕(玉石)이구분(俱焚)ᄒᆞᆯ졔옥(玉)과돌(石)이다탓스니 옥(玉)이엇지예오릿
가▼

一八

옥중가인

(도)그러면옥(玉)도금(金)도아니고무엇이란말이냐아마귀신(鬼神)인가보다
(방)▲이곳이북망산쳔(北邙山川)아니어든ᄇᆡᆨ쥬청명(白晝淸明)ᄒᆞᆫ날에귀신(鬼神)이엇지잇스릿가
(도)아니다졍영(丁寧)사람은사람이니아마션녀(仙女)가하강(下降)ᄒᆞ엿나보다▼
(방)▲무산십이봉(巫山十二峯)이아니어든션녀(仙女)가엇지잇스릿가▼
(도)이익그러면그도져도아니고무어란말이냐
방ᄌ(房子)놈이도령님(道令任)의간조ᄒᆞ게셔드는것을보고그졔야싯침이를ᄯᅦᆫ다
(방)오ㅡ져것말숨이오져건너그네ᄯᅱ는쳐녀(處女)말숨이지요나는무어라구이졔자셰보
닛ᄶᅡ 본읍(本邑)기싱(妓生)월미(月梅)ᄯᆞᆯ츈향(春香)이로구면도령님(道令任)쟝가도아니드신냥반(兩班)이그런것만눈에
먼첨보이시오
리도령(李道令)이 그말을듯고다시 건 너 편 그 네 쥴 을 향(向)ᄒᆞ야 보 니 의마심원(意馬心猿)이 오작교(烏鵲橋)
를건너가고몸은광한루(廣寒樓)느 진빗 에빗겻 는듸 깁분(喜)싱각(思) 에우숨을참지 못ᄒᆞ 다가방(房)

一九

ᄌᆞ를부른다

(도)이이니가저럿케어엿분것은쳐음보깃구나네잣말말고어서건너가셔곳좀불너오느라

춘향이가원리기싱갓흘지경이면칙실분부가게신바에야입떠러지기가무섭게곳티령을식키련마는방ᄌᆞ도춘향이가그러치안은줄아는터이라도령님의분부를듯고조곰난처ᄒᆞ야춘향의리력이약이를ᄒᆞᆫ다

(방)춘향은남방에일홈잇는미인이나기싱이아니오라춘향모퇴기로셔서판서등니ᄯᅥᆨ슈청들어춘향을나아ᄉᆞᆸᄂᆞᆫ티외인ᄉᆞᆼ통아니ᄒᆞ고금옥갓치자라날제감ᄉᆞ병ᄉᆞ목부ᄉᆞ군슈현감들이무슈히보랴ᄒᆞ되록쥬의식과셜도의문장과목란의례절을흉즁에품엇스니만고녀즁군ᄌᆞ옵고어미는기싱이로티근본이잇는고로임의로불으지못ᄒᆞᆸ니다

(도)허々네말이무식ᄒᆞ다형산빅옥과려슈황금이물각유쥬라임자가각々잇나니라잣말々고불너오느라

방ᄌᆞ할일업셔춘향을불으러건너간다▲광풍에나뷔날듯충々거려건너가며언덕아리숩풀시이로보이지아니케감안〳〵옷둑썩드려셔소리를크게질너ㅣ▼

(방)춘향아

춘향은잇ᄯᅢ상단을다리고한참자미잇게그네를ᄯᅱ다가깜작놀나그네아리나려셔승단이엽에몸을피ᄒᆞ셔면셔

(춘)아이고그게뉘구야뉘가나를불너아이고조곰ᄒᆞ더면락샹ᄒᆞᆯ번ᄒᆞᆺ지

방ᄌᆞ는붓침슈작과말솜시가가진놈이라ᄒᆞᆫ번우스며

(방)허々셰상이엇지되야열다여섯살먹은쳐녀가락티란말이왼말이냐

(상단)밋친녀셔이로구나우리아기씨가언제락티ᄒᆞᆫ다나락샹ᄒᆞᆯ쌘ᄒᆞᆺ다ᄒᆞ엿지요

녀셕너방ᄌᆞ녀셕이남의그네터에왜왓써

(방)그ᄂᆞᆫ우숨에말이다마ᄂᆞᆫ츈향이ᄂᆞᆫ소위조신ᄒᆞᄂᆞᆫ계집아희가삼남디로변에츄쳔
이당ᄒᆞ며오ᄂᆞᆫᄉᆞ람가ᄂᆞᆫᄉᆞ람져만보고졍신업시가지안코안져보니제힝실이온젼
ᄒᆞ나사도자제도령님이광한루구경왓다가츈향이를보고부르라니이숨차엿쥬어
도죵시듯지아니시고불너오라ᄒᆞ시기로할슈업셔건너왓스니어셔밧비갓치가쟈

옥중가인

(츈)못가겟다

(방)엇지ᄒᆞ야못가겟ᄂᆞ냐량반이부르시ᄂᆞᆫ디텬연이못잔다희

(상)이녀셕도령님만양반이오우리아기씨ᄂᆞᆫ양반이아니냐

(방)츈향도양반이다마ᄂᆞᆫ져ᄂᆞᆫ졀눔바리량반(父貴母賤)이라쓸디업ᄂᆞᆫ말이니어셔
밧비건너가야ᄒᆞᆯ깃다

(츈)못가겟다

옥중가인

(방)왜못가겟나냐못갈리력을말ᄒᆞ라

(츈)못갈리력을드러보와라양반댁도령님이글공부아니ᄒᆞ고유산ᄒᆞ기긴치안코유
산은할지라도남의집녀ᄌᆞ보고젼갈ᄒᆞ기당치안코젼갈은할지라도녀ᄌᆞ도리로남
ᄌᆞ의젼갈듯고ᄶᅡ라가기괴이ᄒᆞ다
희당화그늘속으로본데안코도라셔니방ᄌᆞ가허ᄒᆞ웃고다시말을붓친다

(방)사도자제도령님은얼골이일식이오풍치ᄂᆞᆫ두목지오문장은리티빅필법은왕희
지라셰티츙효디가로셔가셰가쟝안에갑부디벌은연안이오외가ᄂᆞᆫ청풍이라남편
을엇을양이면이러ᄒᆞᆫ남편을엇지시골무지렁이를엇ᄂᆞᆫ단말이냐너갓흔지조로밉
시잇게셰를부려쵸쳔어름을만든후에가진ᄌᆞ미를다알니면어이아니묘리가업겟
ᄂᆞ냐남원것이모두다네것이오운량고가아람치라네덕에나도소년관청노ᄌᆞ나엇
어ᄒᆞ여거드러거려호광죰히보잣구나ᄶᅡ라가고만보면너도좃커니와너의어머니

二四

옥중가인

도아니조와할병신업스리라

(츈)이자식남편도셔울남편시골남편다르단말이나

방ᄌᆞᄂᆞᆫ첫번에ᄂᆞᆫ드른쳬아니ᄒᆞ든츈향이가다시대말ᄃᆡ쌱ᄒᆞᄂᆞᆫ눈치를보더니신명이

나서연히도련님을츄워올니며츈향을떠럿ᄐᆞ리ᄂᆞᆫ슈작을ᄒᆞᆫ다

(방)▲그럿치산세로두고이를진ᄃᆡ셔울산셰다르고시골산셰가다르니경상도ᄂᆞᆫ순

이쥰ᄒᆞᆷ에ᄉᆞ람이나면뚝々ᄒᆞ고젼나도ᄂᆞᆫ산이순ᄒᆞᆷ에ᄉᆞ람이나면간ᄒᆞ고츙쳥도ᄂᆞᆫ

순이축ᄒᆞᆷ에ᄉᆞ람이나면지조잇고경긔도로치다라슈락산써려저도봉이싱겨잇고

도봉이써려저종남산이싱겨잇고왕십리쳥룡이오만리지빅호라한강이조슈되고동

작이슈구막혀쳔부금탕되엿스니만호장안이아니냐ᄉᆞ람이나면션ᄒᆞᆫ자ᄂᆞᆫ션ᄒᆞ고

악ᄒᆞᆫᄌᆞᄂᆞᆫ무셔워라부원군외삼촌이요리조판셔동셩조부오남원부사당신어르신

네니만일아니가면리일아참조사후에너의모친잡아다가칙방단장안에마쥬거리

二五

옥중가인

ᄒᆞ게되면너인들마음에엇더ᄒᆞ며나인들마음에죠홀소냐가라거든가고말라거든

말렴으나나ᄂᆞᆫ잔다▼

약ᄒᆞ고어리셕은것은녀자ㅣ라츈향이방ᄌᆞ놈의얼넝〱ᄒᆞᄂᆞᆫ말에잠간어리셕어셔

ᄒᆞᄂᆞᆫ말이

(츈)글세방ᄌᆞ야드러보아라꼿々마다안져노ᄂᆞᆫ나뷔를꼿이어이싸라가랴존즁ᄒᆞ신

도련님이비루ᄒᆞᆫ승놈몸을오라시니감격ᄒᆞ나념치에못가겟다「폐일언ᄒᆞ고도라가

셔「안슈히,졉슈화,히슈혈」이라고도련님계엿쥬어라

츈향의이말은은근ᄒᆞᆫ뜻지잇셔유식ᄒᆞᆫ문ᄌᆞ로ᄃᆡ답ᄒᆞᆫ말이언마은아무리영리ᄒᆞᆫ방ᄌᆞ

라도무식ᄒᆞᆫᄃᆡᄂᆞᆫ할슈업ᄂᆞᆫ터이라무슨말인지몰나다시ᄂᆞᆫ두말못ᄒᆞ고오든길로도라

오고츈향은승단을압세우고집으로도라가ᄂᆞᆫᄃᆡ광ᄒᆞᆫ루우에셔뒷잠을길머지고두로

건일며츈향오기만바라든도련님은바라든눈이뚜러질듯지쳑이쳘리갓고울화가졀

노난다방ᄌᆞ도라오니

(도)이놈아춘향(春香)불너오랏지춘향(春香)ᄶᅩᆺ고오라더나

(방)소인(小人)은욕(辱)만잔득어더먹고왓슴이다

(도)욕(辱)은무어이라ᄒᆞ더냐

(방)안슈히접슈화히슈혈이라ᄒᆞ엿스니그런욕(辱)이잇스릿가

도령님그말을듯고잠(潛)々ᄒᆞ고안자셔무슨싱각을ᄒᆞ더니별안간(瞥眼間)에희석(喜色)이만안(滿顔)ᄒᆞ여무릅을탁치고

(도)▲오ㅡ근타올타그러면그러치네몰낫다니넓을더이니드러보와라안슈히라(雁隨海)ᄒᆞ는것은가력이안(雁字)짜를슈(隨字)짜바다히짜분명(分明)ᄒᆞ고졉슈화(蝶隨花)라ᄒᆞ는것은나뷔졉(蝶字)짜를슈(隨字)짜ᄭᅩᆺ화(花字)짜분명(分明)ᄒᆞ고히슈혈(蟹隨穴)이라ᄒᆞ는것은게ㅣ히(蟹字)짜를수(隨字)짜구멍혈(穴字)짜분명ᄒᆞ니오날밤숨경시(三更時)에날노ᄒᆞ여곰제집으로오라는ᄯᅳᆺ지라격졍이무엇이나허락(許諾)이졍녕(丁寧)

ᄒᆞ다자고(自古)로지자(才子)가가인(佳人)을ᄯᅡ라차자가는법(法)이니라

방자(房子)를지촉ᄒᆞ여나귀를취질ᄒᆞ여드러가니라

第二幕　冊房讀書(칙방에글닑는ᄃᆡ)

(設備)冊房、燈燭、書冊、冊床
(出場)李道令、房子、通引

리도령(李道令)이광한루(廣寒樓)에셔드러오니만ᄉᆞ(萬事)의ᄯᅳᆺ이업고상사일념(相思一念)이춘향(春香)ᄲᅮᆫ이라동헌(東軒)에가도춘향이오니아(內衙)에가도춘향이오눈압에뵈이는것이모다춘향아러라저녁밥을먹은후(後)에칙실공방(冊室空房)에쓸々ᄒᆞ게안졋스니마음에잇는ᄉᆞ람싱각이간졀ᄒᆞ여무심(無心)코나오는소리로

「보고지고보고지고춘향(春香)얼골보고지고가고지고가고지고가고지고춘향(春香)의집가고지고가고지고보고지고

소리를자연(自然)크게질넛더니그ᄯᅢ남원부ᄉᆞ(南原府使)는공ᄉᆞ(公事)에뇌곤(惱困)ᄒᆞ여상방(上房)에셔취침(就寢)ᄒᆞ다가그소

리에놀나통인(通引)을불너ᄉᆞ실(査實)히올니라ᄒᆞ엿더라

통인(通引)이칙방(冊房)에급히나온다

(통)쉬ㅣ도련님(道令任)은무ᄉᆞᆫ소리를질너계신지ᄉᆞ도(使道)계셔놀나시고ᄉᆞ실(査實)ᄒᆞ올니라ᄒᆞ오

(도)압다그녀셕소리가무ᄉᆞᆫ소리냐삼문(三門)밧게슐쥬정군의소리들듯고날다려뭇ᄂᆞ냐

(통)여보시오보고지고가다무어시오사도(使道)계셔칙실(冊室)에셔나는쇼리를다드르시고무르시는듸

(도)응ㅣ그러나그러면아바지계셔잠을놀나셧다니하졍(下情)에황송(惶悚)ᄒᆞ다다름아니라쇼(少)년(年)금방괘명시(金榜掛名時)라니미구(未久)에과거(科擧)되면장원급졔출신(壯元及第出身)ᄒᆞ여어ᄉᆞ화(御賜花)쏫고억만장안(億萬長安)돌닐젹에쌍일산(雙日傘)떠여보고지고ᄂᆡ쇼원(素願)이이러키로보고지고ᄒᆞᆺ스니네ㅣ올나가조토록엿쥬어라

통인(通引)이드러가그ᄃᆡ로거리를ᄒᆞ니사도(使道)가못ᄂᆡᄉᆞ랑으로참말노듯고승방쵹(上房燭)을ᄂᆡ여쥬

며통인(通引)에게무ᄉᆞᆫ분부(分付)를ᄒᆞ엿는ᄃᆡ통인(通引)이다시칙방(冊房)에나와셔

「ᄉᆞ도분부(使道分付)에오날밤에이초(燭)두자루다달토록글소리동헌(東軒)에들니게닑고자라ᄒᆞ시오」

도련님(道令任)이초(燭)밧아ᄂᆡ여던지고심술(心術)을잔득ᄂᆡ다가다시싱각ᄒᆞ고

「방ᄌᆞ(房子)야온갓칙(冊)을드려라」

ᄉᆞ셔삼경(四書三經)온갓칙(冊)을ᄂᆡ여놋코소리만크게질너노루글노함부루뛰여가며닑는다

▲(사략(史略)을듸려라)틱고(太古)라텬황씨(天皇氏)는……」

▲(통감(通鑑)을듸려라)이십삼년(二十三年)이라초명진ᄃᆡ부(初命晉大夫)……」

▲(밍ᄌᆞ(孟子)를듸려라)밍자ㅣ견양혜왕(孟子見梁惠王)ᄒᆞ신ᄃᆡ왕왈쉬(王曰叟)ㅣ불원쳔리이릭(不遠千里而來)ᄒᆞ시니……」

▲(ᄃᆡ학(大學)을듸려라)ᄃᆡ학지도(大學之道)ᄂᆞᆫ지명々덕(在明々德)ᄒᆞ며지신민(在新民)ᄒᆞ며지지어지션(在止於至善)이니라……」

▲(시젼(詩傳)을듸려라)관々져구(關々雎鳩)ㅣ지하지쥬(在河之洲)로다요조숙녀(窈窕淑女)는군ᄌᆞ호구(君子好逑)ㅣ로다……」

옥 중 가 인

▲(고문(古文)을듸려라)남창(南昌)은고군(古郡)이오홍도(洪都)는신부(新府)로다셩분익진(星分翼軫)ᄒᆞ고지접형려(地接荊廬)로다」

▲아셔라이글다자미(滋味)업다▼쥬역(周易)을듸려라코(周易吐)를부르다가는듸업는코(鼻)가다

나온다

「건(乾)운원(元)코•형(亨)코•리(利)코•졍(貞)코•」츈향(春香)이코(鼻)•너코(吾鼻)한듸듸고 그리고져리고ᄒᆞ면시코(新鼻)

나면됴코됴코어불ᄉᆞ객코(客鼻)가드러왓고」

방ᄌᆞ(房子)놈이겻(傍)히셔듯(聽)다가

(방)도련님(道令任)엇진크가그리만쇼너코(吾鼻)좀너(入)으시오

(도)이놈네코(汝鼻)는ᄉᆞᆼ놈코(常漢鼻)라못넛켓다

쳔ᄌᆞ(千字)를듸려라「하(天)ᄂᆞᆯ련•ᄯᅡ(地)지」ᄒᆞ니방자(房子)가다시칭견(容喙)을ᄒᆞᆫ다

(방)여보도련님(道令任)세(三歲)살자신어린으기오쳔자(千字)는왜닑고안져계시오

(도)이놈네가쳔자(千字)속을알깃ᄂᆞ냐ᄯᅳᆺ(義)슬삿ᄉᆞ치석여닑으면ᄯᅩᆼ을곳싸리라

옥 중 가 인

(방)그러면쳔자(千字)뒤푸리(龍解)말이오

(도)쳔ᄌᆞ(千字)뒤푸리(龍解)를네가엇지아느냐

(방)쇼인(小人)이할터이니드르시오▲옥황(玉皇)님계(居)셔하(天)늘천인간(人間)차(差)지(知)ᄯᅡ지(地)휘ᄉᆞ친ᄉᆞ감을현(玄)

ᄭᅡ놀넛다누루황초(黃草)가(家)숨간(三間)집우(宇)………

(도)이놈아그러케닑거못쓴다너닑글께드러보아라

●자(子)시(時)에싱텬(生天)ᄒᆞ니호ᄉᆞ탕ᄉᆞ(浩浩蕩蕩)하늘텬(天)○츅시(丑時)에싱디(生地)ᄒᆞ야만물쟝싱(萬物長生)ᄯᅡ디(地)○

츈풍세우(春風細雨)호시절(好時節)에현됴(玄鳥)남ᄉᆞ(喃喃)감을현(玄)○금목슈화토(金木水火土)오힝즁(五行中)에즁앙토식(中央土色)누루황(黃)○

샹하ᄉᆞ방(上下四方)몃만리(萬里)냐고듸광활(高大廣濶)집우(宇)○년듸(年代)국조(國朝)흥망셩쇠(興亡盛衰)왕고릭금(往古來今)집쥬(宙)○

구년지슈(九年之水)어이(奈何)ᄒᆞ리하우(夏禹)쳔디(天地)넓을홍(洪)○셰상만ᄉᆞ(世上萬事)밋(信)지마(勿)라황당(荒唐)ᄒᆞ다것출황(荒)○

요순셩덕(堯舜聖德)장(壯)ᄒᆞ시고취지여일(就之如日)날일(日)○억조창싱(億兆蒼生)격양가(擊壤歌)강구연월(康衢烟月)달월(月)○

오거시셔(五車詩書)빅가어(百家語)젹안령샹(積案盈箱)찰령(盈)○방자(房子)야히(日)엇지되얏느냐일즁즉(日中則)칙기울칙(昃)○

옥 중 가 인

이십팔슈(二十八宿)ᄒᆞ도락셔(河圖洛書)즁셩공지(衆星拱之)별진(辰)●가련금야슉(可憐今夜宿)창가원앙금침(娼家鴛鴦錦枕)잘슉(宿)。
졀ᄃᆡ가인(絶代佳人)죠흔풍뉴(風流)만반진슈(滿盤珍羞)벌열(列)●사창월ᄉᆡᆨ삼경야(紗窓月色三更夜)경々졍회(耿耿情懷)베풀장(張)。
부귀공명(富貴公名)ᄭᅮᆷ밧기라포의한ᄉᆞ(布衣寒士)찰한(寒)●인싱(人生)이류슈(流水)갓타여세월(歲月)이장차(將次)올릭(來)。
남풍지훈혜(南風之薰兮)여츈거하릭(春去夏來)더울셔(暑)●졍(情)든님이언제올고긔약(期約)두고갈왕(往)。
금풍(金風)이쇼슬(蕭瑟)ᄒᆞ니엽낙오동(葉落梧桐)가을츄(秋)●빅발(白髮)이지쵹ᄒᆞ면쇼년풍도(少年風度)것올슈(收)。
락목한텬(落木寒天)찬바람빅셜강산(白雪江山)겨울동(冬)●오미불망(寤寐不忘)우리ᄉᆞ랑규즁심쳐(閨中深處)감출장(藏)。
부용작약(芙蓉芍藥)셰우즁(細雨中)허졍셕긔(虛庭石氣)부를윤(潤)●이러ᄒᆞᆫ텬하미ᄉᆡᆨ(天下美色)일싱(一生)보아도남을여(餘)。
이몸(此身)이훨々날아가셔(飛去)쳔ᄉᆞ만ᄉᆞ(千事萬事)이룰셩(成)●우리가이리져리노닐다가부지셰월(不知歲月)히셰(歲)。
안ᄒᆡ(妻)박ᄃᆡ(薄待)못ᄒᆞ나니라ᄃᆡ뎐통편(大典通編)법즁율(律)●츈향입(春香口)닉입(吾口)ᄒᆞᆫᄃᆡᄃᆡ(接)니법즁려자(呂字)이아니냐。

(방)아ㅣ참도련님용ᄒᆞ시오쳔ᄌᆞ(千字)푸리(解)를초종장(初終章)ᄒᆞ듯ᄒᆞ니사도(使道)가귀(貴)히ᄒᆞ시깃쇼그려ᄂᆞᆫ강셩(講聲)이나좀낫초시오츈향입(春香口)닉입(吾口)찻다가사도입(使道口)에셔조치안은분부(分付)나리다

三二

옥 중 가 인

(도)이놈잔말마라동헌(東軒)에잠드시기를기다리ᄌᆞ니ᄉᆞ람이술깃ᄂᆞ나이어서동헌(東軒)에좀가보아라

(방)아죡퇴등(退燈)멀엇쇼

(도)또좀보아라

(방)조곰만참으시오니가셔보고오리다

이옥고퇴등(退燈)ᄒᆞᆫ청령(聽令)쇼리길게나니도령(道令)님조와라고

▲방ᄌᆞ(房子)야불발켜라청사쵸롱(青紗燭籠)에불발켜라츈향(春香)의집차자가자▼도령님(道令任)방ᄌᆞ(房子)다리고ᄂᆞᆫ가니라

第三幕 百年結約 (빅년결약ᄒᆞᄂᆞᆫᄃᆡ)

(設備)春香家、文房具、酒宴床
(出場)春香 同母、上丹、李道令、房子

츈향(春香)이그네를뛰다가도라옴에리도령(李道令)의일을싱각ᄒᆞ니가심이무군거려마음둘ᄃᆡ업

三三

옥즁가인

논지라저녁밥먹은후(後)에춘향모(春香母)춘향(春香)의방(房)으로드러가셔춘회(春懷)를위로(慰勞)코ᄌᆞ등촉(燈燭)을밝켜
놋코왼갓니야기를ᄒᆞᆫ다

(춘향모)이ᄋᆡ얼마나뇌곤(惱困)ᄒᆞ냐에미도너를니여보니고엇잔지춘곤(春困)이자심(滋甚)키로안셕(案席)
에의지(倚支)ᄒᆞ여쇼셜(小說)책(冊)을보다가홀연(忽然)잠이오더니비몽사몽간(非夢似夢間)에너뒤ᄂᆞᆫ그네쥴우에셔
ᄎᆡ운(彩雲)이니러나며청룡(靑龍)이너를물고하날노오르기로나도그룡(龍)의허리를안고이리궁
굴져리궁굴다가소쇼릇쳐잠을셔니한츌쳠ᄇᆡ(汗出沾背)되고가슴이두군두군마음이경산(驚散)ᄒᆞ
니경ᄉᆞ(慶事)가잇기로말ᄒᆞ면ᄭᅮᆷ인즉ᄃᆡ몽(大夢)이라네가아달갓흐면ᄃᆡ과(大科)ᄒᆞᆯᄭᅮᆷ이다마ᄂᆞᆫ험(險)ᄒᆞᆫ
기로말ᄒᆞ면사ᄅᆞᆷ의일을알슈잇ᄂᆞ냐……이ᄋᆡ상단(上丹)아아기씨다리고그네죵용(從容)
히잘ᄯᅱ고놀앗느냐

(상단)예ㅣ오날은아무도아니오고죵용(從容)ᄒᆞ게잘놀앗셔요그런ᄃᆡ마조막에방자(房子)라
용쇠(用釗)밧게ᄂᆞᆫ아니왓셔요

三四

옥즁가인

(모)응ㅣ그아ᄒᆡ년셕이왜왓드란말이냐

(상)앗참에척방도령(冊房道令)님이광한루(廣寒樓)에구경을왓ᄂᆞᆫᄃᆡ싸라왓다히요그런ᄃᆡ고녀셕이와
셔우리아기씨더러어ᄃᆡ로가쟈고히요

(모)응ㅣ그게무슨말이냐오날ᄂᆡᄭᅮᆷᄯᅴ임을회나보다그리엇진말이나그런ᄒᆡ심(駭甚)ᄒᆞᆫ놈
이잇ᄂᆞᆫ

춘향(春香)과상단(上丹)이ᄂᆞᆫ아무말업시두눈만마조ᄯᅡ무락ᄒᆞ고안젓ᄂᆞᆫᄃᆡ춘향모(春香母)ᄂᆞᆫ더욱슈상(殊常)ᄒᆞ
여칫쳐뭇ᄂᆞᆫ다

(모)아가말좀ᄒᆞ라엇지된일이냐

(춘)……………

(모)허々이게웬일고너를문밧(門外)으로놀너니보넌니가그르지ᄒᆞ도늦도록아니드러오
기에마음에죠심이되더니무슨일이낫구ᄂᆞᆫ요년상단(上丹)아요년ᄯᅩᆨ바로말ᄒᆞ야지아니

三五

옥중가인

ᄒᆞ다가는요년ᄲᅡᆨ………

(상)아이고아무일도업셔셔요방(房子)ᄌᆞ고녀셕이와셔아가씨를졀놈바리냥반(兩班)이라고욕(辱)을ᄒᆞ더니곳가자고히셔아기씨가그만무어라고말을닐너보니고그네도마자못뛰고곳드러왓셔요

(모)가기는어티로가며엇지히셔가쟈드란말이냐니고녀셕라용쇠(羅用釗)어미(母)를보고야(惹)단(端)을좀히야

(상)아니야요졔가가쟈는것이아니라ᄉᆞ도자제도령님(使道子弟道令任)이광한루(廣寒樓)에구경왓다가아기씨를보고좀오시라고청(請)히셔광한루(廣寒樓)로가자고부르러온것이야요

(모)이의아가부터몸조심을히야지너의어미는이러할망뎡근본(根本)잇는아히가무지ᄒᆞᆫ시골구셕에셔쳐신(處身)이어렵구는도령님(道令任)이부르드라니과(過)히망신(亡身)은아니다마는조심히라너힝신범절(行身凡節)에다시부탁(付托)이왜잇스랴오날을젹젹(寂寂)ᄒᆞᆫ티률(律)이나하는ᄒᆞ고일직자

옥중가인

거거라

춘향모(春香母)는상단(上丹)을다리고안방으로건너가고춘향(春香)은젹젹공방(寂寂空房)에호올노안잣스니등명(燈明)창외(窓外)ᄒᆞᆫ고월영(月影)이상난간(上欄干)이라양금(楊琴)을다사려셔령산회상(靈山會像)을치는티곡조(曲調)가맛치지못ᄒᆞᆫ여ᄯᅢ(時)는정(正)히삼경(三更)이라

▲리도령(李道令)이는온다청사쵸롱(靑紗燭籠)불발켜방ᄌᆞ(房子)들여압세우고춘향(春香)의집ᄎᆞᄌᆞ간다공북문(拱北門)(官衙後門名)늬다라종로(鍾路)를지나남문(南門)밧석나셔니월츌경산조시명춘간(月出驚山鳥時鳴春間)더소리는나의흥(興)을도(助)음는듯협로진간(挾路塵間)가는(細)구름운간(雲間)월식(月色)취롱ᄒᆞ고화간(花間)에표른버들몃번이나썩겻스며티도상(大道上)발ᄌᆞ취는몃번이나침음(浸淹)ᄒᆞ나투계쇼년(鬪鷄少年)아히들은야입청루(夜入靑樓)ᄒᆞ얏스니지톄(遲滯)를어이ᄒᆞ리▼

(도)이의방ᄌᆞ야쌜니거러라

▲춘향(春香)에집(家)당두ᄒᆞ니월식(月色)은방농(方濃)ᄒᆞ고송죽(松竹)은은은(隱隱)ᄒᆞᆫ티취병(翠屛)갓튼난간(欄干)안(內)에빅학(白鶴)두루

옥중가인

미당거위(唐鵝)오거울갓튼련못속에딕접(大接)갓튼금부어(金鮒魚)와들쥭측빅(側柏)잣나무요포도(葡萄)다린어름(柰)
덩쿨휘々친々얼크러져쳥풍(清風)이불뗴마다흔들々々츔을츈다한거름두거름화계상(花堦上)을
나보니동빅(冬栢)츈빅(春栢)영산홍(暎山紅)목단(牧丹)쟉약(芍藥)월계화(月桂花)란초(蘭草)지초(芝草)파초(芭草)치ᄌ(梔子)동미(冬梅)츈미(春梅)홍국(紅菊)빅국(白菊)유ᄌ(榴子)
감ᄌ(柑子)능금(林檎)복숑아(桃子)사과(沓果)황실(黃實)쳥실(靑實)잉도(櫻桃)온갓화초(花草)가진과목(果木)층(層)々히심엇는ᄃᆡ셕탑(石榻)에잠든
ᄀᆡ(犬)는사람ᄌ취놀나셔여컹々짓고닉닷는다▼리도령(李道令)홍(興)이거워방ᄌ(房子)를불너ᄒᆞ는말이
(도)이를엇지ᄒᆞ야올으나
(방)엇지홀슈잇쇼도련님(道令任)와락뛰여드러가셔츈향이를쎡붓잡고실컨마음ᄃᆡ로지조
ᄃᆡ로히보시오구려
(도)아모리상놈인들말ᄒᆞᆯ차무식(無識)ᄒᆞ나지녀(知女)는막여(莫如)모(母)라니츈향모(春香母)를보와야흥셩(興成)이될
듯ᄒᆞ구나
이ᄯᅢ안방에누엇든츈향모(春香母)는ᄀᆡ짓는소리에너러나셔부산(釜山)빅동(白銅)ᄃᆡ(竹)에셔초(西草)를피여물고

옥중가인

사창(紗窓)을드르륵열고보니빈마루에달빗이라▲「더ᄀᆡ야짓지마라공산(空山)에잠긴(沈)달(月)을네
가보고웨짓는냐속담(俗談)에이르기를달보고짓는ᄀᆡ라더니너를두고ᄒᆞᆫ말이로구나」▼
ᄒᆞ면셔아장아장나오더니화계상(花堦上)에셔인젹(人跡)이두런두런ᄒᆞᆷ에츈향모놀나셔감안이숨
여보니엇더ᄒᆞᆫ총각(總角)이은근(慇懃)히안젓거놀츈향모ᄒᆞ는말이
(모)션동(仙童)이냐인동(人童)이냐봉리(蓬萊)텬ᄃᆡ(天台)치약동(採藥童)인가엇더ᄒᆞᆫ아히(兒孩)이안인밤즁(夜中)에남의집을드
러와셔은근(慇懃)히안졋스니필연(必然)도적(盜賊)놈이로구나
방ᄌ(房子)가이쇼리를듯고민망(憫憫)ᄒᆞ여마당에써드러셔면셔
(방)쉬ㅣ사도(使道)ᄌ졔(子弟)도련님(道令任)이오
쇼리를지르니츈향모(春香母)깜작놀나는쳬ᄒᆞ며
(모)이ᄌ식너방ᄌ(房子)라용(羅用)쇠(釗)아니냐그러면진지(趁卽)말을ᄒᆞ야지ᄃᆡ단(大段)죄송(罪悚)ᄒᆞ구나
그졔야츈향모(春香母)가화계상(花堦上)에올나가도련님의손을잡고

(모)도련님이늙근것시눈이어두어ᄌᆞ셰보지못ᄒᆞ고ᄒᆞᆷ부루말ᄒᆞᆫ바를로(怒)혀마옵시오

칙상물님도련님이외입(外入)속에셔두려셔쳐음에ᄂᆞᆫ쥬저쥬저(躕躇躕躇)ᄒᆞ더니쥬인로파(主人老婆)의슈작(酬酌)뭇치ᄂᆞᆫ바람에별안간(瞥眼間)말문이터져셔왼갓말을다ᄒᆞᆫ다

(도)이런ᄯᅢᄂᆞᆫ그런말이조흐니념녀(念慮)마쇼

(모)아이고져리슈히푸러질줄알앗더면욕(辱)을조곰더ᄒᆞᆯ걸

(도)허々々

(모)도련님이ᄂᆡ집에오시기쳔만의외(千萬意外)올시다ᄂᆡ방으로드러가놀으시다가옵소셔

(도)아ㅣ니날갓흔쥬인(主人)이나잇스면놀다갈셔로혀ᄒᆞᆯ터이나늙근이ᄂᆞᆫ싹실여

눈치ᄲᅡ른춘향모가발셔알아치고우스면셔ᄒᆞᄂᆞᆫ말이

(모)늙그면죽어야지그러면츈향(春香)의방(房)도실여요

(도)허々ᄂᆡ가그말듯잔말이로세

츈향모가압흘셔々도련님을인도(引導)ᄒᆞᄂᆞᆫ듸왼손(左手)을느짓들어사창(紗窓)을반(半)만열고「아가츈(春)향(香)아사도ᄌᆞ제도련님이너의문장(文章)이란말을듯고너보라고와계시니밧게나오나라

츈향이문에나셔니▲슈연(粹然)ᄒᆞᆫ고ᄐᆡ도(態度)조양(朝陽)에핀히당화(海棠花)요이슬밧은부용(芙蓉)이라도련님을영졉(迎接)ᄒᆞ야제방안에좌졍후(座定後)에▼츈향모드러오며ᄒᆞᄂᆞᆫ말이「아가츈향아도련님이오시기ᄂᆞᆫ너보랴고오셧스니인ᄉᆞ(人事)를엿쥬어라」

츈향이안앗든양금(楊琴)ᄂᆞᆯ흔엽에물니치고져의모친(母親)말을드듸여▲리도령게뵈이ᄂᆞᆫ거동(擧動)화용월ᄉᆡᆨ(花容月色)이함교함ᄐᆡ반함슈(含嬌含態半含羞)ㅣ라셔왕모요지연(西王母瑤池宴)에쥬목왕(周穆王)게뵈옵ᄂᆞᆫ듯양귀비장싱전(楊貴妃長生殿)에당명왕(唐明皇)게뵈옵ᄂᆞᆫ듯츈산(春山)이ᄲᅡ긋츄파(秋波)를흘녀ᄯᅳ고단슌(丹脣)을잠기(暫開)ᄒᆞᆫ다▼

(츈)도련님안령(安寧)ᄒᆞ십시오

(도)예ㅣ안령(安寧)ᄒᆞ시오이사름은갑인사월초오일싱리몽룡(甲寅四月初五日生李夢龍)이라ᄒᆞ오쥬인(主人)은뉘라ᄂᆞᆫ지

(츈)츈향이라ᄒᆞᆸ니다

옥중가인

(도) 그일홈부르기좃타 무슨춘짜(字) 무슨향짜(字)인고

춘향이 슈ᄉᆡᆨ(羞色)이 만면(滿面)ᄒᆞ여 웃는듯ᄯᅳᆼ기는듯 고ᄀᆡ를 도리키면셔

(춘) 봄춘(春)짜 향긔향(香)짜야요

리도령이 엽흐로 도라안즌 ᄐᆡ도(態度)를 보더니 조흔 ᄉᆡᆼ각(生覺)이 더욱 가득ᄒᆞ여 호긔(豪氣)를 부려 문ᄌᆞ(文字)를 쓴다

(도) 됴타 봄춘짜 룡안일ᄒᆡ(龍顔一解) 사ᄒᆡ춘(四海春)은 동왕졍월(東王正月) 입춘(立春)이요 쥬사도명(酒肆逃名) 삼십춘(三十春)은 리청련(李靑蓮)의 호흥(豪興)이요 어쥬츅슈(漁舟逐水) ᄋᆡ산춘(愛山春)은 도원ᄒᆡᆼ(桃源行)에 유흥(幽興)이요 양ᄌᆞ강두(楊子江頭) 양류춘(楊柳春)은 문양귀ᄀᆡᆨ(汶陽歸客) 슯어ᄒᆞ고 동원도리(東園桃李) 편시춘(片時春)은 창가소부(娼家少婦) 다늙엇고 류슈무졍(流水無情) 쵸자춘(草自春)은 금곡음(金谷吟)에 탄식(嘆息)이라 도즁속모춘(途中屬暮春)은 마상ᄀᆡᆨ(馬上客)이 슯어ᄒᆞ고 락일만가춘(落日萬家春)은 어(暗)둠침々(沈)경(景)이 업고 송군겸송춘(送君兼送春)은 야작(野酌)이 벗이 업고 춘ᄅᆡ불ᄉᆞ춘(春來不似春)은 왕소군(王昭君)이 늣겻스니 그 춘짜(春字) 다바리고 텬하ᄐᆡ평춘(天下太平春)이란 춘짜(春字)인가。 향긔향짜 더욱됴타 옥완셩ᄅᆡ(玉碗盛來) 호박광(琥珀光)은 란능미쥬(蘭陵美酒) 울금향(鬱金香) 룡무신궁연(龍舞神宮宴)

四二

옥중가인

십쥬(十洲)ᄒᆞ니 부용별뎐(芙蓉別殿) 만분향(晩焚香) 뢰셩홀송(雷聲忽送) 쳔봉우(千峯雨)ᄒᆞ니 화긔혼여(和氣渾如) ᄇᆡᆨ화향(百花香)이고 소ᄃᆡ상연(姑蘇抬上宴) 오왕(吳王)에 풍동하화(風動荷花) 슈뎐향(水殿香) 강릉친우(江陵親友) 입형양(入衡陽)ᄒᆞ니 취별강루(醉別江樓) 쥰쥬향(樽酒香) 부용(芙蓉)이 불급미인장(不及美人粧)이라 슈뎐풍ᄅᆡ(水殿風來) 쥬취향(朱翠香) 룡귀효동(龍歸曉洞) 운유습(雲猶濕)이요 사과춘산(麝過春山) 초ᄌᆞ향(草自香) 작야승은(昨夜承恩) 슉미앙(宿未央)에 라의유ᄃᆡ(羅衣猶帶) 어로향(御爐香) 부용장하(芙蓉帳下) 운병암(雲屛暗)에 양류풍다(楊柳風多) 슈뎐향(水殿香) 류ᄉᆡᆨ황금눈(柳色黃金嫩)이요 리화ᄇᆡᆨ셜향(梨花白雪香) 그향짜 다바리고 월즁단계향(月中丹桂香)이란 향짜(香字)로구나 ▲ 나이 몃살이며 ᄉᆡᆼ일(生日)은 언제인고

(춘) ……

(춘모) 아가ᄃᆡ답히라 그ᄋᆡ가 인제 열여섯살 ᄉᆡᆼ일(生日)이 사월쵸팔일(四月初八日)이랍니다

(도) 허々 참 신통(神通)ᄒᆞ다 ᄂᆡ가 사흘만 늣게 낫드면 아쥬 사쥬동갑(四柱同甲)이 될번힛군

춘향은 다시 아모말 업시 안젓는ᄃᆡ 춘향모(春香母) 담ᄇᆡ를 붓쳐 도련님게 올니니 외입(外入)속에서 두르고 슈좁은 도련님의 일이라 가삼이 벙々ᄒᆞ여 아모말도 아니나오고 다만 담ᄇᆡ를 밧아들고 좌우(左右)로 방(房)안만 살펴보더라

四三

▲빅치(排置)흔것도라보니빅면지(白麵紙)로도빅ᄒᆞ고장유지(壯油紙)로굽도리쳥릉화(靑菱花)띄두루고동서남북(東西南北)
계견사호(鷄犬獅虎)문우헤눈집장송(十長松)지계문에남극션(南極仙)이요○벽화(壁畫)를붓쳐스되상산사호(商山四皓)네노인(四老人)
이바독판을압헤노코한로인은빅기(白棋)들고또한로인흑긔(黑棋)들고요마만콤ᄒᆞ여잇고또
한로인구절죽장(九節竹杖)을에후러쳐둘너집고또한로인훈슈ᄒᆞ다가무안보고암상(岩上)에셔조으
눈모양한가ᄒᆞ게그려잇고륙관ᄃᆡᄉᆞ(六觀大師)셩진(性眞)이가봄바람셕교상(石橋上)에팔션녀(八仙女)를맛나보고집
헛던륙환장(六環杖)을빅운(白雲間)간에홋터집고합장(合掌)ᄒᆞ여비눈형상력々히그려잇고진쳐ᄉᆞ도연명(晋處士陶淵明)
이핑틱영(彭澤令)마다ᄒᆞ고빅한(白鷴)을먼져놋코오두미(五斗米)를후리치고츄강(秋江上)상에비를띄여싀상(柴桑)으로
가눈경을동벽(東壁上)상에그려잇고부츈산엄ᄌᆞ릉(富春山嚴子陵)이간의ᄃᆡ부(諫議大夫)마다ᄒᆞ고빅구(白鷗)로벗을삼고원(鴛)
앙(鴦)으로너옷ᄒᆞ여동강칠리탄(桐江七里灘)에낙시ᄃᆡ를던진거동서벽(西壁上)상에그려잇고삼국풍진(三國風塵)요란(擾亂)
훌제한종실류황숙(漢宗室劉皇叔)이와룡션ᄉᆡᆼ(臥龍先生)차지려고거름조흔뎍로마(的盧馬)를치을져여밧비모라남양(南陽)
융중풍셜(隆中風雪)중에지셩(至誠)으로가눈모양을완연(宛然)이그려잇고시중텬ᄌᆞ리쳥련(詩中天子李靑蓮)이포도쥬(葡萄酒)를ᄃᆡ(大)

취(醉)ᄒᆞ고취흥(醉興)을못이긔여어션(漁船)에빗겨안져물밋헤빗친달을사랑ᄒᆞ여잡으랴고손을물
에너흔거동션명(鮮明)케그려잇고또ᄒᆞᆫ편을살펴보니위슈변(渭水邊)에강틱공(姜太公)이션팔십궁곤(先八十窮困)ᄒᆞ여
달삿(月笠)갓숙여쓰고숨십륙조(三十六釣)고든낙시차례로드리오고낙ᄃᆡ를거두칠제잠든빅구(白鷗)놀나
눈경조ᄃᆡ(釣臺上)상에안졋다가쥬문왕(周文王)을반기맛나안거사마(安車駟馬)로가눈경도한가ᄒᆞ게그려잇고
영쳔슈(潁川水)흐르눈물에소부(巢父)눈귀를씻고허유(許由)눈어인일노귀씨슨물소(牛)먹이랴쇠(牛)곱비를거
스르고긔산(箕山)으로가눈경도쳥아(淸雅)ᄒᆞ게그려잇고류상곡슈(流觴曲水)귀거릭사(歸去來辭)쥭림칠현(竹林七賢)어초문답(漁樵問答)
만경창파(萬頃滄波)ᄃᆡ강상(大江上)에어변셩룡(魚變成龍)그려잇고임슐지츄칠월긔망야(壬戌之秋七月旣望夜)에소ᄌᆞ쳠(蘇子瞻)이젹벽강(赤壁江)에범(泛)
쥬(舟)ᄒᆞ여노눈경도신긔로히그려잇고○부벽셔(付壁書)를볼작시면왕ᄌᆞ안(王子安)의등왕각셔(滕王閣序)도연명(陶淵明)
의귀거릭사(歸去來辭)리ᄐᆡ빅(李太白)의쥭지ᄉᆞ(竹枝詞)소동파(蘇東坡)의젹벽부(赤壁賦)여긔뎌긔붓쳐두고○방(房)치레를볼작시면
비단바른소란반ᄌᆞ(小欄班子)룡장봉장(龍欌鳳欌)칙상(冊床)우에가진시셔(詩書)각게슈리ᄌᆞ기함롱(紫介函籠)반다지면경(面鏡)톄경(體鏡)왜(倭)
경ᄃᆡ(鏡臺)쇄금(鎖金)들미숨층장(三層欌)계ᄌᆞ다리(桂紫股)옷거리(衣掛)룡두(龍頭)머리장목비쌍룡그린빗졉고비벽(壁上)상에거

四六

옥 중 가 인

러두고강진향(降眞香)벼로집칙상(冊床)벼로집화류셔안(華柳書案)교ᄌᆞ샹(交子床)룡충항(龍沖缸)칠박이함박두리박긔박학(鶴)
슬반(膝盤)에ᄌᆞ기반(紫介盤)층〃이언져두고광단요(光緞褥)ᄃᆡ단(大緞)니불원앙슈(鴛鴦繡)벼기천장ᄭᅡ지ᄊᆞ아놋코은침(銀針)
갓흔가진열쇠(開金)쥬황당ᄉᆞ실(朱黃唐絲)을다라본젼(本錢)석거쎄여달고청동화로(靑銅火爐)젼ᄃᆡ야ᄇᆡᆨ동유경(白銅油檠)놋초(燭)
ᄃᆡ(臺)싯별갓흔썅요강(雙溺江)타구(唾口)지판(灰板)노와잇고인물슈병(人物繡屛)금ᄌᆞ병풍(金子屛風)둘너치고양금(楊琴)현금(玄琴)히금(稽琴)가
야금(耶琴)싱황(笙篁)여ᄀᆡ더ᄀᆡ노와두고쌍륙(雙六)골픽(骨牌)바둑장긔(將棋)무소불비(無所不備)갓츄워노왓더라
리도령이비록문장명필(文章名筆)이요호걸남ᄌᆞ(豪傑男子)로ᄃᆡ이러헌좌석은처음당ᄒᆞᆫ지라ᄒᆞᆯ말이만컨
마는쥬져쥬져(躕躇躕躇)ᄒᆞ여입이쩌러지〃아니ᄒᆞ고츈향도교ᄐᆡ(嬌態)를이기지못ᄒᆞ여고ᄀᆡ를숙이
고손가락에가락지만가지고돌니면셔아모말업시안졋ᄂᆞᆫᄃᆡ그즁간(中間)에스〃럼업시슈
작붓치ᄂᆞᆫ스름은츈향모(春香母)뿐이라
(모)귀(貴)ᄒᆞᆫ신도련님이ᄂᆡ집에오실비ㅣ업거날이처럼루지(陋地)에왕림(枉臨)ᄒᆞ시니ᄃᆡ단불안(大段不安)ᄒᆞ
오이다

四七

옥 중 가 인

도련님이츈향모(春香母)의말을듯더니그제야말문이열엿더라
(도)무슴그럴리(理)가잇ᄂᆞ오날밤에온ᄯᅳᆺ은(今夜來意)월ᄉᆡᆨ(月色)도됴커니와ᄌᆞ네ᄯᅡᆯ츈향을보러왓ᄂᆞᆫᄃᆡ
ᄂᆡ늙으니의게ᄒᆞᆯ말이잇스나드를는지다름아니라「ᄌᆞ네ᄯᅡᆯ과나와ᄇᆡᆨ년긔약(百年期約)을졍
ᄒᆞᆷ이엇더ᄒᆞᆫ가」
츈향모가그말을듯더니안ᄉᆡᆨ(顏色)을불변(不變)ᄒᆞ고얼고히녹ᄂᆞᆫ솜시로쳔연이ᄒᆞᄂᆞᆫ말이
(모)우리ᄯᅡᆯ츈향(春香)이가상ᄉᆞ룸(常人)이아니라회동(會洞)셔참판(徐叅判)영감(令監)이보외(補外)로남원(南原)에좌졍(坐定)ᄒᆞ야일(一)
ᄉᆡᆨ명기(色名妓)다바리고늙은나를슈쳥(守廳)케ᄒᆞ시니뫼신지슈삭(數朔)만에니됴참판(吏曹叅判)승차(陞差)ᄒᆞ야ᄂᆡ직(內職)
으로드러갈제나를가ᄌᆞᄒᆞ옵시ᄂᆞᆫ로부(老父)가계신고(故)로ᄯᅡ라가지못ᄒᆞ옵고리별(離別)ᄒᆞᆫ그달
부터져것빈즁짐작ᄒᆞ고련유(緣由)로고목(告目)(편지)ᄒᆞ니졋줄(乳道)셸만ᄒᆞ게되면다려간다ᄒᆞ시
더니근ᄅᆡ(近來)운수불길(運數不吉)ᄒᆞ야령감(令監)이별셰(別世)ᄒᆞ니츈향을못보니고져만치길너닐제칠셰(七歲)에
소학(小學)닑혀슈신졔가(修身齊家)ᄒᆞᄂᆞᆫ법(法)을낫〃치가랏치니근본(根本)이잇ᄂᆞᆫ고(故)로만ᄉᆞ(萬事)가달통(達通)이라삼(三)

강힝실인의례지(綱行實仁義禮智)뉘가니ᄯᆞᆯ이라ᄒᆞ오릿가니디벌부족(地閥不足)ᄒᆞ니지ᄉᆞᆼ가부당(宰相家不當)ᄒᆞ고상쳔비(常賤輩)
논부족(不足)ᄒᆞ야상ᄒᆞ불급혼인(上下不及婚姻)이느저쥬야(晝夜)로걱졍이ᄂᆞ도련님은량반(兩班)으로춘절(春節)나뷔ᄀᆞᆺ
본듯시아죡사랑취(取)커니와미구(未久)에바리시면독슉공방(獨宿空房)소년뎡절(少年貞節)속절업시늘(老)글진ᄃᆡ
저인들아니불상ᄒᆞ오젼후ᄉᆞ(前後事)를ᄉᆡᆼ각ᄒᆞ여안기만못ᄒᆞ오니그런말ᄉᆞᆷ말으시고놈으
시다가도라가시오

도련님이이말을드름의긔가막켜엇지ᄒᆞᆯ줄모르다가다시진졍(眞情)의말노ᄉᆞ졍(事情)ᄒᆞ다가ᄆᆡᆼ
세(盟誓)짓기를ᄒᆞᆫ다

(도)여보게춘향도미혼젼(未婚前)이오나도미쟝가젼(未長家前)이라밋친듯경심(傾心)되야ᄌᆞ네집을나왓는
듸진퇴유곡(進退維谷)이라쟝황(張皇)이조롱(嘲弄)말고ᄒᆞᆫ말을결단(決斷)ᄒᆞ면륙례(六禮)논못니루나다졍ᄒᆡ로(多情諧老)ᄒᆞᆯ양
이면이도ᄯᅩᄒᆞᆫ연분(緣分)이라량반(兩班)의ᄌᆞ식(子息)으로일구양언(一口兩言)엇지ᄒᆞ며량인(兩人)의평ᄉᆡᆼᄉᆞ(平生事)를ᄆᆡᆼ셰(盟誓)
아니ᄒᆞᆯ수잇나불츙불효(不忠不孝)ᄒᆞ기젼(前)에저를엇지이ᄌᆞ리오니가이ᄌᆞ면쇠아들이지잔말

말고허락(許諾)ᄒᆞ여쥬시오

춘향모ㅣ쳣번에리도령의고상(高尙)ᄒᆞᆫ풍치(風彩)와헌앙(軒昂)ᄒᆞᆫ긔상(氣像)을보고ᄂᆡ심(內心)에탄복(嘆服)ᄒᆞᆯᄲᅮᆫ아니라
몽ᄉᆞ(夢事)를ᄉᆡᆼ각(生覺)ᄒᆞ니도련님일홈이ᄭᅮᆷ몽자(夢字)룡々ᄌᆞ(龍字)라마음에더욱가득ᄒᆞ야은근(慇懃)히희ᄉᆡᆨ(喜色)으
로허락(許諾)올ᄒᆞᄂᆞᆫᄃᆡ

(모)도련님마음그럴진ᄃᆡ황송감ᄉᆞ(惶悚感謝)ᄒᆞ오이다그러나륙례(六禮)ᄂᆞᆫ못이루나혼셔례장사쥬(婚書禮狀四柱)
단ᄌᆞ겸(單子兼)ᄒᆞ여필젹(筆蹟)을ᄒᆞ여쥬오

(도)그것슨그리ᄒᆞ소

▲도련님이연상(硯床)을다가놋코산호연젹(珊瑚硯滴)물을ᄯᅡ라슈양명월(首陽明月)진케갈아쳥황모무심필(靑黃毛無心筆)을
반즁(半中)둥흠셕푸러빅릉운화간지(白綾雲花簡紙)우에두어줄써춘향모를쥬니그글에▼
「텬장디구(天長地久)에히고셕란(海枯石爛)이라텬디신명(天地神明)이공증차밍(公證此盟)」
이라ᄒᆞ엿더라이날밤초경(初更)에삼인(三人)이병좌(幷坐)ᄒᆞ여조흔언약을이루우니그즁쳣재깃부어

ᄒᆞ난ᄉᆞ람은츈향모라츈향모ᄂᆞᆫ그필젹(筆蹟)을바다가지고졔방으로나온후에그방즁(房中)에ᄂᆞᆫ두사람이마조안졋스니가득ᄒᆞᆫ졍(情)이넘칠듯기울듯잠쟈동안사면(四面)이젹々(寂寂)ᄒᆞᆫᄃᆡ달그림쟈ᄂᆞᆫ셔편단쟝(西便短墻)우에기우러지고창문(窓門)밧ᄭᅥᆺ가지에잠든ᄉᆡᄂᆞᆫ봄ᄭᅮᆷ을놀나지아니ᄒᆞ엿더라

이옥고츈향모가쥬효상(酒肴床)을들고드러와서

(모)도련님안쥬가업ᄉᆞ오나이ᄂᆞᆫ쟝모(丈母)의허물이니용셔(容恕)ᄒᆞ시고술이나만히잡슈시오

아가츈향아붓그러이알지말고술부어라

츈향이술을부어고ᄀᆡ를기우리고잔(盞)을드러도련님게드리ᄂᆞᆫᄃᆡ도련님이잔(盞)을밧으며츈향을다시다시ᄌᆞ셰보니은근(慇懃)ᄒᆞᆫᄐᆡ도(態度)가취ᄒᆞᆫ듯조으ᄂᆞᆫ듯무졍(無情)ᄒᆞᆫ듯유졍(有情)ᄒᆞᆫ듯말근향(香)긔(氣)가득ᄒᆞᆫ바람에깃ᄲᅳᆷ을이긔지못ᄒᆞ여술도취ᄒᆞ기젼(前)에취ᄒᆞ기붓텀ᄒᆞ엿던지진졍(眞情)으로롱담(弄談)을ᄒᆞᆫ다

(도)여보쟝모(丈母)니가대과급졔(大科及第)를ᄒᆞᆫ들즐겁기오날갓흘가이술이웬술이나이술먹기뉘덕(德)이나쳣재잔(盞)은아바지덕(德)둘재잔은어머니덕(德)두덕을합(合)ᄒᆞ야덕ᄌᆞ(德字)로운(韻)을달ᄌᆞ텬황(天皇)씨ᄂᆞᆫ목덕(木德)이오디황(地皇)씨ᄂᆞᆫ화덕(火德)이오인황(人皇)씨ᄂᆞᆫ슈덕(水德)이오교인화식(敎人火食)슈인씨(燧人氏)덕상빅초(嘗百草)신롱씨(神農氏)덕시획팔괘(始畫八卦)복희씨덕(伏羲氏德)우순풍조(雨順風調)하나님덕(天主德)국ᄐᆡ민안(國泰民安)인군의덕(人君德)우리량인(兩人)셔로맛나빅년(百年)을긔약(期約)ᄒᆞ니쟝모(丈母)의은덕(恩德)이라ᄂᆡ덕네덕합(德合)ᄒᆞ야쟝모젼(丈母前)에권(勸)ᄒᆞ여라▲

셰상(世上)일이깃붐이만은곳에ᄂᆞᆫ슬품이잇ᄂᆞᆫ법(法)이라츈향이술을부어져의모친께올니니

츈향모ㅣ술을바드며한숨을후유ㅣᄒᆞ고두눈에눈물이돌며목메인쇼리로

(모)즐겁고조흔날이오날우에더업스나아비업시셜히ᄌᆞ라하나님이감동(感動)ᄒᆞ사명문(名門)대가(大家)도련님과빅년(百年)을긔약(期約)ᄒᆞ니측량(測量)업ᄂᆞᆫ경ᄉᆞ(慶事)로되영감(令監)ᄉᆡᆼ각이간졀(懇切)ᄒᆞ야텬디(天地)가아득ᄒᆞ구나후유ㅣ

츈향도슈ᄉᆡᆨ(愁色)을ᄯᅴ여두눈에눈물이어리니목단화(牧丹花)아참이슬을먹음은듯ᄒᆞ더라

도련님(道令任)도 따라셔 싸닥업는 눈물을 지우더니 츈향모(春香母)를 위로(慰勞)ᄒᆞ여 ᄒᆞᄂᆞᆫ 말이

(도)오날갓치 조흔날에 왕사(往事)는 물론(勿論)ᄒᆞ고 술이나 잡슈시오

깃분정(情)은 술잔을 짜라 순ᄇᆡ(巡盃)가 깁퍼지고 두사람의 자진정(情)은 술잔우흐로 오락가락ᄒᆞᆫ다

술상(床)물녀 방ᄌᆞ(房子) 쥬니 방ᄌᆞ(房子) 방문(房門)밧게셔 잔득먹고

(방)도련님(道令任) ᄃᆡ사(大事)나 평안(平安)이 지ᄂᆡ시오

(도)오ㅣ 너는 드러가셔 안목(眼目)이나 단々이 살혀보와라

방ᄌᆞ(房子) 잔뒤에 츈향모(春香母)가 이러나셔 금침(衾枕)나려 짜라쥬고

(모)도련님(道令任) 밤이 ᄆᆡ우 깁헛스니 일즉 좀으시오

하직(下直)ᄒᆞ고 제방(房)으로 건너가고 츈향(春香)과 리도령(李道令)이 단둘이 안졋스니 인간만ᄉᆞ(人間萬事)가 이우에 ᄃᆡ

조흔일이 업는판이라

도련님(道令任)이 ᄯᅴ(帶)를 글으니 츈향(春香)이 이러나 도포(道袍)를 밧아 의장(衣欌)에 걸제 벽상(壁上)에 걸닌 검은고(琴)가 도(道)

포(袍)ᄌᆞ락에 싯치며 「스르렁」ᄒᆞ는 소리 도련님(道令任) 조화라고 츈향(春香)의 손을 잡고

(도)▲됴타 둇타 황학루(黃鶴樓) 취적성(吹笛聲)이 이에셔 더ᄒᆞ며 한산사(寒山寺) 야반종성(夜半鐘聲)이 이에셔 더ᄒᆞᆯ숀냐

▲네가 먼져 버셔라

(츈)도련님(道令任) 먼져 버스시오

(도)네가 먼져 버셔라

(츈)도련님(道令任) 먼져 버스시오

(도)미사(每事)는 관쥬인(管主人)이라니 네가 먼져 버셔라

(츈)미사(每事)는 관쥬인(管主人)이라니 쥬인(主人)이 식히는ᄃᆡ로ᄒᆞ오

(도)네가 먼져 버셔라

(츈)도련님(道令任) 먼져 버스시오

어러ᄎᆡ셔 로칭탁ᄒᆞ다가 도련님(道令任)이 달녀드러 츈향(春香)의 가는허리 물후리쳐 안고 ᄎᆞᄎᆞ(次次) 고히 벗

옥중가인

거금침속에잡아넉코도련님도활신벗고화월삼경깁흔밤에ᄌᆞ미잇게잘노는ᄃᆡ두ᄉᆞ
룸의깁흔ᄌᆞ미춘향은하ᄂᆞᆯ노올나가구십고리도령은ᄯᅡ으로나려가구십게되엿더라
춘향이나리도령이나어린연골에첫사랑서정이라그즁에도리도령은춘향의가진ᄌᆞ
미에더욱침착ᄒᆞ야낫이면동헌과ᄂᆡ아에잠간단녀밤이면춘향의집으로도라가니낫
은져르고밤은천만년이나길구십흔지라사랑은날노깁허가고ᄉᆞᄉᆞ렴붓그럼은다간
곳이업게되엿더라

하루는명월이낫갓흔ᄃᆡ춘향이리도령오기를기다려셔ᄯᅳᆯ아ᄅᆡ너려영졉ᄒᆞ니리도령
이두손을드러춘향의허리를집고춘향방으로드러간다춘향이목을낫쳐노ᄅᆡᄒᆞ되

(춘)▲ᄃᆡ인란ᄉᆞᄉᆞᄉᆞᄒᆞ니계삼호ᄒᆞ고야오경이라츌문망ᄉᆞᄉᆞᄉᆞᄒᆞ니청산은만즁이
오록슈는천회로다이욱고지짓는소ᄅᆡ에우리도련님이넌즈시도라들제반가온마
음이무궁탐탐ᄒᆞ여오날밤셔로즐거움이어ᄂᆡ것치잇스리▼

옥중가인

방안으로드러가며춘향의교ᄐᆡ에사랑을못이겨셔리도령이춘향의노리에귀가기우
러지면셔방에드러안져옷목에세워둔거문고를보고

(리)됴타ᄉᆞᄉᆞ그러나져긔웃둑이셧는것이무어야ᄊᆞ기질군이나

(춘)사람이아니라거문고요

(리)거문고라니옷출ᄒᆞᆫ게냐먹칠ᄒᆞᆫ게냐

(춘)거문것시아니라즐타는것시오

(리)줄을타면하로얼마나가니

(춘)가는것시아니라뜻는것시오

(리)죵일뜻으면몃죠각이나뜻나냐

(춘)아이고참그래도못아라드르시네그러케뜻는것시아니라손으로줄을희롱ᄒᆞ면
풍유쇼리가는다오

옥 중 가 인

(리)뎡영(丁寧)그러할양이면한번드를만ᄒᆞ고나
▲춘향(春香)의거동보아라칠현금(七絃琴)나라와슬상(膝上)에놋코슬ᄃᆡ를새혀률(律)를고르고섬섬옥수(纖纖玉手)로
ᄃᆡ현(大絃)을타니청학(靑鶴)의우름이라련(連)ᄒᆡ타며노리를부른다▼
(춘)▲님은창송(蒼松)이되고나ᄂᆞᆫ록쥭(綠竹)이되야락목한쳔(落木寒天)에도우리두리ᄂᆞᆫ푸르러잇셔그남(其餘)
은입진초목(葉落草木)들이못ᄂᆡ불워ᄒᆞ더라▼
거문고소리가끗치지아니ᄒᆞ여리도령(李道令)이사랑을못익겨셔원갓롱담(弄談)재담(才談)을다ᄒᆞᆫ다
(리)이익네인물(人物)도묘(妙)ᄒᆞ거니와가진지됴더욱절묘(絶妙)ᄒᆞ다폐일언(蔽一言)ᄒᆞ고너ᄯᆞᆯ노뎡ᄒᆞ자
춘향(春香)이거문고를밀치고
(춘)삼강(三綱)에부위부강(夫爲婦綱)이오오륜(五倫)에부부유별(夫婦有別)이니이거사웬말이오
(리)▲예라이익물넛거라세상(世上)사ᄅᆞᆷ되고삼강오륜(三綱五倫)모를쇼냐셔울(京城)한강(漢江)평양(平壤)ᄃᆡ동강(大東江)공(公)
쥬금강(州錦江)이셰강(三江)이니삼강(三江)이라일너잇고셔울벼살에한셩판윤(漢城判尹)좌윤(左尹)우윤(右尹)경상도경쥬(慶尙道慶州)

옥 중 가 인

부윤(府尹)평안도의쥬부윤(平安道義州府尹)이거시오륜이니너엇지모를소냐▼너ᄯᆞᆯ되기졍원통(正寃痛)ᄒᆞ거
든너가네아달되잣구나그ᄂᆞᆫ그러ᄒᆞ거니와어셔거문고나듯자너가ᄯᆞ흔신긔(新奇)ᄒᆞᆫ쇼
리를ᄒᆞ리니귀졀마다거문고를곱게맛초아쥬면ᄒᆞ고아니맛초아쥬면ᄒᆞ다가도그
만두깃다
(춘)그것무삼쇼리오어셔ᄒᆞ시오좀드릅시다
(리)만고영웅호걸충신결사일ᄉᆡᆨ(萬古英雄豪傑忠臣節士一色)들을모하보리라
(춘)참으로듯지못ᄒᆞ든별(別)쇼리요어셔ᄒᆞ오타오리다
(리)▲황셩(荒城)에허죠벽산월(虛照碧山月)이오고목(古木)은진입창오운(盡入蒼梧雲)이라ᄒᆞ든리ᄐᆡᄇᆡᆨ(李太白)으로한짝치고。
삼년뎍리관산월(三年笛裏關山月)이오만국병젼초목풍(萬國兵前草木風)이라ᄒᆞ든두자미(杜子美)로흔짝치고。락하(落霞)ᄂᆞᆫ여(與)
고목제비(孤鶩齊飛)ᄒᆞ고츄슈(秋水)ᄂᆞᆫ공장텬일ᄉᆡᆨ(共長天一色)이라ᄒᆞ든왕자안(王子安)으로웃짐치고。ᄇᆡᆨ로(白露)ᄂᆞᆫ횡강(橫江)ᄒᆞ
고슈광(水光)은졉텬(接天)이라ᄒᆞ든쇼동파(蘇東坡)로말몰녀라거문고「둥덩징둥덩지두덩덩징덩」좌(坐)

옥중가인

무슈(茂樹)이죵일(而終日)ᄒᆞ고탁청텬(濯淸川)이자결(自潔)이라ᄒᆞ든한퇴지(韓退之)로한ᄶᅡᆨ치고삼입악양인불식(三入岳陽人不識)ᄒᆞ니
낭음비과동졍호(朗吟飛過洞庭湖)라ᄒᆞ든려동빈(呂東賓)으로한ᄶᅡᆨ치고。르상곡슈(流觴曲水)에혜풍화창(惠風和暢)이라ᄒᆞ든왕(王)
희지(羲之)로웃짐치고。부광(浮光)은약금(躍金)이오졍영(靜影)은침벽(沈璧)이라ᄒᆞ든범즁음(范仲淹)으로말몰녀라。
어양비고동디릭(漁陽鼙鼓動地來)ᄒᆞ니경파예상우의곡(驚罷霓裳羽衣曲)이라ᄒᆞ든빅락텬(白樂天)으로한ᄶᅡᆨ치고。부슈탈상(分手脫相)
증(贈)ᄒᆞ니평싱일편심(平生一片心)이라ᄒᆞ든밍호연(孟浩然)으로한ᄶᅡᆨ치고。청산슈텹(靑山數疊)에벽계일곡(碧溪一曲)이라ᄒᆞ
든도연명(陶淵明)으로웃짐치고。통만고지영웅(通萬古之英雄)ᄒᆞ고감뎨왕지흥망(鑑帝王之興亡)이라ᄒᆞ든사마쳔(司馬遷)으로
말몰녀라。위쳔(渭川)에어부(漁父)로셔쥬쳔하팔빅년긔업(周天下八百年基業)을창ᄀᆡ(刱開)ᄒᆞ든강틱공(姜太公)으로한ᄶᅡᆨ치고。
운쥬유악지즁(運籌帷幄之中)ᄒᆞ여결승쳔리(決勝千里)ᄒᆞ든장자방(張子房)으로한ᄶᅡᆨ치고。디몽(大夢)을슈션각(誰先覺)고평(平)
싱(生)을아자지(我自知)라ᄒᆞ든졔갈공명(諸葛孔明)으로웃짐치고。뇌양일죠빅일공ᄉᆞ(耒陽一朝百日公事)려환묘계(連環妙計)져벽취(赤壁取)
공(功)ᄒᆞ든방사원(龐士元)으로말몰녀라。룡셩오치망긔(龍城五彩望氣)ᄒᆞ고옥결(玉玦)을자로들든범아부(范亞父)로한
ᄶᅡᆨ치고。빅등히위(白登解圍)ᄒᆞ고륙출긔계(六出奇計)ᄒᆞ든진평(陳平)으로한ᄶᅡᆨ치고。팔십일주슈륙군디도(八十一州水陸軍大都)

五八

옥중가인

독(督)으로젹벽오병(赤壁鏖兵)ᄒᆞ든쥬공근(周公瑾)으로웃짐치고。강남(江南)에ᄀᆡ가(凱歌)불너금릉(金陵)으로도라가든
조빈(曹彬)으로말몰녀라。빅슈변뎡(百首邊庭)에탕쇼요진(蕩掃妖塵)ᄒᆞ든마원(馬援)으로한ᄶᅡᆨ치고。광초구군(誑楚救君)ᄒᆞ
여보국망신(報國亡身)ᄒᆞ든긔신(紀信)으로한ᄶᅡᆨ치고。미보국은(未報國恩)ᄒᆞ여공ᄉᆞ절의(空死節義)ᄒᆞ든장슌(張巡)으로웃짐
치고。신ᄉᆞ슈절(身死守節)ᄒᆞ여츙관빅일(忠貫白日)ᄒᆞ든허원(許遠)으로말몰녀라。영빅만지ᄉᆞ(領百萬之師)ᄒᆞ여젼필승(戰必勝)
공필취(攻必取)ᄒᆞ든한신(韓信)으로한ᄶᅡᆨ치고。두발이상지(頭髮上指)ᄒᆞ고목자진열(目眦盡裂)ᄒᆞ든번쾌(樊噲)로한ᄶᅡᆨ치고。
남궁운틱즁흥공신이십팔장위슈(南宮雲台中興功臣二十八將爲首)ᄒᆞ든등우(鄧禹)로웃짐치고。츙의졍셩(忠義精誠)으로직조당가(再造唐家)
ᄒᆞ든곽자의(郭子儀)로말몰녀라。역발산긔ᄀᆡ세(力拔山氣蓋世)는초픽왕(楚霸王)의버금이오추상졀렬일츙(秋霜節烈日忠)은오ᄌᆞ(伍子)
셔(胥)의우희로다。봉금괘인(封金掛印)ᄒᆞ고독힝쳔리(獨行千里)ᄒᆞ든관운장(關雲長)으로ᄒᆞᆫᄶᅡᆨ치고。츙관일월(忠貫日月)ᄒᆞ고
셩투금셕(誠透金石)ᄒᆞ야셔복송실(誓復宋室)ᄒᆞ든악붕거(岳鵬擧)로ᄒᆞᆫᄶᅡᆨ치고。장탄파구(長坂坡救)아두(阿斗)에일신(一身)이도시담(都是膽)
이라ᄒᆞ든됴자룡(趙子龍)으로웃짐치고。셔량명장(西凉名將)으로보젼륙장(步戰六將)ᄒᆞ든마밍긔(馬孟起)로말몰녀라。
오호편쥬(五湖扁舟)흘너져어범쇼빅(范小白)ᄯᅡ라가든셔시(西施)로ᄒᆞᆫᄶᅡᆨ치고。회두일쇼빅미싱(回頭一笑百媚生)에륙궁분(六宮粉)

五九

六〇

옥중가인

ᄃᆡ무안ᄉᆡᆨ(黛無顔色)ᄒᆞ든 양옥진(楊玉眞)으로ᄒᆞᆫ짝치고。ᄒᆡ하영옥장하(垓下營玉帳下)에 츄파(秋波)의 눈물지든 우미인(虞美人)으
로웃짐치고。영웅(英雄)의 쳔근지(千斤志)를 일됴(一朝)에 리간(離間)ᄒᆞ든 초션(貂蟬)으로 말몰녀라。사마상여(司馬相如) 봉(鳳)
황곡(凰曲)에 셔다라드러가든 뎡경픽(鄭瓊貝)로ᄒᆞᆫ짝치고。츈심궁(春深宮)의 ᄇᆡᆨ화(百花)번(繁)ᄒᆞᆫᄃᆡ 연작비ᄅᆡ(燕雀飛來)보희(報喜)
언(言)이라ᄒᆞ든 리쇼화(李簫和)로ᄒᆞᆫ짝치고。안쇼부대(安巢不待) 남비거(南飛去)ᄒᆞ니 삼오셩희(三五星稀) 졍지동(正在東)이라ᄒᆞ든
진ᄎᆡ봉(陳彩鳳)으로웃짐치고。위쥬충심(爲主忠心)은 보ᄉᆞ상슈(步々相隨) 부잠리(不暫離) 위션위귀(爲仙爲鬼)ᄒᆞ든 가츈운(賈春雲)으로 말
몰녀라。월즁단계(月中丹桂)를 슈션졀(誰先折)이나 금ᄃᆡ문장(今代文章)이 자유친(自有眞)이라ᄒᆞ든 계셤월(桂蟾月)노ᄒᆞᆫ짝치고。
하북(河北)의 명창(名唱)으로 삼졀ᄉᆡᆨ(三絶色) 천명(擅名)이라ᄒᆞ든 젹경홍(狄驚鴻)으로한짜치고。복파영즁(伏坡營中)에 월영(月影)
이 졍류(正流)ᄒᆞ고 옥문관외(玉門關外)에 츈ᄉᆡᆨ(春色)이 의희(依稀)라ᄒᆞ든 심뇨연(沈嫋烟)으로웃짐치고。청슈담(淸水潭)에 슈졀(守節)
ᄒᆞ여 음곡(陰谷)이 ᄉᆡᆼ츈(生春)이라ᄒᆞ든 ᄇᆡᆨ릉파(白凌坡)로 말몰녀라(거문고)「두등지르등」벽담(碧潭)에 츄월(秋月)갓
고 록파(綠波)에 부용(芙蓉)갓튼 츈향(春香)으로ᄒᆞᆫ짝치고。락양과ᄀᆡᆨ(洛陽過客) 풍류호사(風流豪士) 리도령(李道令)으로ᄒᆞᆫ짝치고。
종긔(鍾期)를 긔우(旣遇)ᄒᆞ니 쥬류슈(奏流水)이ᄒᆞ참(而何慚)이라ᄒᆞ든 거문고로웃짐치고。화란츈셩(花爛春城)에 만화방(萬花方)

옥중가인

창(暢)ᄒᆞᆫ 월노승(月老繩) 되든 방ᄌᆞ(房子)로 말몰녀라(거문고)「둥실르르」
(츈)도련님(道令任) 슈고ᄒᆞ셧쇼 짝을다맛츄엇쇼
ᄒᆞ며 리도령(道令)압흐로 밧삭드러안즈니 리도령(李道令)이 무릅우에안쳐놋코 이리보고져리보고
곳쳐보고다시보니 아모리ᄒᆡ도 너사랑이라
(도)▲사랑ᄉᆞᄉᆞ 너사랑아▼우리사랑가ᄂᆞᆫᄒᆞᆫ자구나
(츈)▲만쳡쳥산(萬疊靑山) 늙은범이 살진암ᄏᆡ를 무러다놋코 이는 셰져먹지못ᄒᆞ고 으르렁거
려놀니는듯○북ᄒᆡ흑룡(北海黑龍)이 여의쥬(如意珠)를 물고 ᄎᆡ운간(彩雲間)에 넘노는듯○단산봉황(丹山鳳凰)이 쥭실(竹實)을
물고 오동(梧桐)우에 넘노는듯○츈풍황ᆡᆼ(春風黃鶯)이 벗슬부르며 셰류즁(細柳中)에 넘노는듯○▼
(도)▲동졍츄월야(洞庭秋月夜)에 무산(巫山)갓치 놉흔사랑△목낙무변(木落無邊) 슈여쳔(水如天) 창ᄒᆡ(滄海)갓치 깁흔사랑○삼(三)
오신졍(五新正) 달밝은ᄃᆡ 무산쳔봉(霧散千峯) 완월(玩月)ᄉᆞ랑○증경학무(曾經學舞)ᄒᆞ올젹에 차문취쇼(借問吹簫)ᄒᆞ던사랑○쥬(珠)
루락일(樓落日) 권렴간(捲簾看)에 도리화(桃李花)ᄀᆡ(開) 웃던사랑○사랑ᄉᆞᄉᆞ 너사랑이리보아도 너사랑져리보

六一

옥즁가인

아도니사랑▼

리도령(李道令)이ᄉᆞ랑에못이겨이러셔츈향(春香)을업고

(도)▲둥々니ᄉᆞ랑이리보아도니사랑저리보아도니사랑장리부인(將來夫人)을ᄃᆡᄒᆞᆫ듯정졀부인(貞節夫人)을ᄃᆡᄒᆞᆫ듯숙부인(淑夫人)을ᄃᆡᄒᆞᆫ듯월서시(越西施)를ᄃᆡᄒᆞᆫ듯양티진(楊太眞)을ᄃᆡᄒᆞᆫ듯숙랑자(淑娘子)를ᄃᆡᄒᆞᆫ듯▼

나도좀업어쥬렴으나

츈향(春香)이도련님(道令任)을느지막ᄒᆞ게업고

(도)▲장리진ᄉᆞ(將來進士)를뫼신듯장리급제(將來及第)를뫼신듯교리슈찬(校理修撰)을뫼신듯참의참판(參議參判)을뫼신듯륙됴판셔(六曹判書)를뫼신듯삼졍승(三政丞)을뫼신듯기사당상(耆社堂上)을뫼신듯▼

(츈)▲노ㅡ자노ㅡ자

녕쳑(寧戚)은소를타고밍호연(孟浩然)은나귀를타고○리티빅(李太白)은고리타고젹송자(赤松子)는학(鶴)을타고○일ᄃᆡ장강(一帶長江)어부(漁夫)됴고마ᄒᆞᆫ일엽션(一葉船)을타고○ᄶᅡᆨ걱々々저어갈제리도령(李道令)은탈것업셔▼

옥즁가인

(도)▲둥々니사랑어허둥々니사랑아너죽어도나못살고나죽어도네못살니라▼

리도령(李道令)이다시뒤쳐셰여안고슈고를식켜놋코뎡든터에몸익겨쥬는싱각(生覺)이나셔

(도)▲네무엇을먹으랴나냐네무엇을쓰고십으냐쓰기죠흔상평통보(常平通寶)네가만히쓰랴나냐▼

(츈)▲아니그것니가실쇼▼

(도)▲그러면네무엇먹으랴나냐둥굴々々슈박웃ᄭᅩᆨ지ᄯᅮᆨ떼고강능빅청(江陵白淸)쥬루々부어은ᄉᆞ시(銀匙)로ᄯᅮᆨ々ᄶᅵᆨ어씰랑바리고붉은점ᄒᆞᆫ첨을먹으랴나냐▼

(츈)▲아니그것도니실쇼▼

(도)▲그러면네무엇먹으랴나냐시금털々기살구아기셔는디먹으랴나냐금젼(金錢)을쥬랴은젼(銀錢)을쥬랴둥々니사랑▼

◉어허둥々니사랑아우리두리사랑타가ᄒᆞᆫ번앗차죽게되면후싱긔약(後生期約)서로ᄒᆞ쟈너는

옥중가인

쥭어무엇되며나는쥭어무엇되리▼

▲너는쥭어물이되〻텬상(天上)에은하슈(銀河水)디상(地上)에장강ᄃᆡᄒᆡ(長江大海)다바리고칠년ᄃᆡ한(七年大旱)마르지안는음양슈(陰陽水)라는물(水)이되고나는쥭어서가되〻청조(靑鳥)황조(黃鳥)잉무(鸚鵡)공작(孔雀)다바리고원앙조(鴛鴦鳥)라는서가되여연파록슈(烟波綠水)간(間)에빅노횡강(白露橫江)격(格)으로쥬야(晝夜)사랑놀게되면나인쥴을네알아라둥〻닉사랑이야▼

▲너는쥭어ᄭᅩᆺ치되〻어쥬츅슈(漁舟逐水)ᄋᆡ산춘(愛山春)양안(兩岸)도화(桃花)복숭아위성됴우(渭城朝雨)읍경진(浥輕塵)ᄀᆡᆨ사청〻(客舍靑靑)버들ᄭᅩᆺ련화(蓮花)작약(芍藥)영산홍(暎山紅)황국(黃菊)빅국(白菊)다바리고목단화(牧丹花)가되고나는쥭어나뷔되여이숨(二三)월(月)츈풍(春風)시(時)에네ᄭᅩᆺ송이니가안자바람부러ᄭᅩᆺ송이노는ᄃᆡ로나리를ᄶᅧᆨ버리고너울〻〻놀게되면나인쥴알념으나어허둥〻닉사랑이지▼

리도령(李道令)은이런지미(滋味)에더욱침착(沈着)ᄒᆞ야츈향(春香)을세여안고원갓사랑가를쥬고밧고가즌지(才)롱(弄)을다부리는ᄃᆡ사정(私情)업는봄밤이쉬ᄉᆡ리갓치ᄶᅥ른지라한참이리노닐젹에창(窓)밧게황(黃)계(鷄)숫ᄃᆞᆰ두나리를툭〻치며ᄭᅩ귀여우는쇼리에ᄒᆡ가발서동령(東嶺)에돗앗더라

도련님이부모명(父母命)을ᄉᆡᆼ각(生覺)ᄒᆞ야관가(官家)로들어갈제츈향(春香)이ᄒᆞ는말이미불유초(靡不有初)나선극유죵(鮮克有終)이라우리둘의빅년가약(百年佳約)즁도기로(中途改路)마옵소서도련님(道令任)그말듯고사랑이가득ᄒᆞ여리별(離別)마자밍셰(盟誓)ᄒᆞ엿더라

옥중가인

第五幕　離別（리별）

第一場　南原府東軒

(設備)東軒上房
(出場)李府使　李道令

흥진비ᄅᆡ(興盡悲來)는자고(自古)상리(常理)오호사다마(好事多魔)는인소난면(人所難免)이라류슈광음(流水光陰)에번화(繁華)ᄒᆞᆫ봄세월(歲月)을이갓치자미(滋味)잇게지ᄂᆡ더니됴물(造物)이시긔(猜忌)홈이런가인간(人間)에가장무졍(無情)ᄒᆞ고임의(任意)로못홀것은리(離)별이ᄌᆞ(別二字)라이두사람의가득정(情)과깁흔밍셰(盟誓)를필경(必竟)도라보지아니ᄒᆞ도다그ᄯᅢ남원부사(南原府使)는도임(到任)ᄒᆞᆫ지일년(一年)에정통인화(政通人和)ᄒᆞ여거리(巨里)〻〻선정비(善政碑)라맛착젼쥬감영(全州監營)에셔긔별(奇別)이왓스니남원포제(南原褒題)가상등(上等)마자사도(使道)가승차(陞差)되야동부승지당상(同副承旨堂上)되야ᄂᆡ직(內職)으로드러가게되엿

더라사도(使道)가각사(客舍)에하례(賀禮)ᄒᆞ고을나가실치힝(治行)을ᄒᆞ시ᄂᆞᆫᄃᆡ마두(馬頭)병방(兵房)불너말단속(團束)ᄒᆞ고공(工)
고자(庫子)불너쌍가마ᄭᅮ미고도ᄉᆞ령(都使令)불너장(長)(압질군)을졍(定)ᄒᆞ고륙방두목(六房頭目)불너공유(公由)(공관
직이)를졍(定)ᄒᆞ고리방(吏房)불너문셔하긔(文書下記)를다근후(後)에통인(通引)불너도련님(道令任)을엿쥬엇ᄂᆞᆫᄃᆡ도련(道令)
님(任)이드러오니ᄉᆞ도(使道)보시고

옥 중 가 인

(사)이자식(子息)너어듸갓더니
(도)광한루(廣寒樓)에갓다왓셔요
(사)광한루(廣寒樓)에ᄂᆞᆫ왜갓던고
(도)용한문필(文筆)이붓릿다기에구경ᄒᆞ엿셔요
(사)ᄂᆡ드르니밧게괴이(怪異)ᄒᆞᆫ말이간(間)ᄉᆞ잇스니량반(兩班)의자식(子息)이나이이셥이불원(不遠)ᄒᆞ얏ᄂᆞᆫᄃᆡ
집안에경사(慶事)가잇스되모르고그모양(貌樣)으로다니단말이냐
(도)경사(慶事)가무슴경사(慶事)여요

六六

옥 중 가 인

(사)오ㅡ나ᄂᆞᆫ동부승지(同副承旨)ᄒᆞ야ᄂᆡ직(內職)으로드려잔다나ᄂᆞᆫ즁긔(重記)(공견문부)닥고올나갈터
이니너ᄂᆞᆫ너의어머니비힝(陪行)ᄒᆞ야명일(明日)ᄉᆞ직써나게ᄒᆞ여라
도련님(道令任)이그말을드름애졍신(精神)이아득ᄒᆞ고두눈에눈물이어리여눈만ᄭᅡᆷ작ᄒᆞ면눈물이
비오듯ᄒᆞ겟스니눈을먼동ᄐᆞᄂᆞᆫ듯시ᄯᅳ고
(도)아바님몬져힝ᄎᆞ(行次)ᄒᆞ시면쇼자(小子)가즁긔(重記)를닥고가오리다
(사)무엇이엇더ᄒᆞ여썩나가고지고
▲도련님(道令任)이할일업시비마진룡대긔격(龍大旗格)으로후쥬군ᄒᆞ게나오면셔츈향(春香)의집을향(向)ᄒᆞ니텬(天)
디(地)ᄂᆞᆫ명낭(明朗)ᄒᆞᆫᄃᆡ안광(眼光)은불명(不明)ᄒᆞ야싱각(生覺)ᄉᆞ록모칙(謀策)이업셔속이쓰리게탄식(嘆息)ᄒᆞ며나오ᄂᆞᆫᄃᆡ
(도)▲두고갈가다려갈가다려가도못할터오두고가도못할테라가삼답ᄉᆞ의가타니
우셔불가우려불가져를다려가자ᄒᆞᆫ부모명(父母命)이엄슉(嚴肅)ᄒᆞ니다려갈수가망(可望)업고져를
두고가자ᄒᆞ나그마음그힝실(行實)에응당(應當)자결(自決)할터이니이사셰(事勢)를엇지ᄒᆞ나

六七

옥중가인

第二場　春香家

(設備)春香房
(出場)李道令、春香

초여름(初夏)더운바람은전여긔운과갓치헛트리지고달은임의즁텬(中天)에놉핫눈ᄃᆡ리도령(李道令)은마음에근심과탄식(嘆息)을가지고거름이휘둥지둥ᄒᆞ며춘향의집당도(春香家當到)ᄒᆞ니이ᄯᆡ에춘향(春香)이는영창문(暎窓門)을열어놋코도련님(道令任)오기를기다리다가도련님(道令任)이드러오나방끗웃고이러서며

(춘)오날은웨느졋소오날이몃칠인가하로보름아니온ᄃᆡ사도(使道)계옵서직사힝ᄎᆞ(客舍行次)웨ᄒᆞ셧소척방(冊房)에손님왓쇼미간(眉間)에수석(愁色)이오면상(面上)의눈물흔젹(痕跡)몸이압하이리시오ᄉᆞ즁을드르셧쇼말숨ᄒᆞ오웬일이오도련님(道令任)이ᄂᆡ집에다니신다고사도(使道)계야단(惹端)을드르셧쇼

(도)ᄉᆞ즁은말고곤장(棍杖)을마졋기로이다지셜워우랴

(춘)셜운일이무슨일이오본ᄃᆡᆨ서간(本宅書簡)이왓다더니언의일가양반(一家兩班)이도라갓다고부고(訃告)가왓쇼

(도)그ᄶᆞ지일가량반만명(兩班萬名)죽어도ᄂᆡ눈이나깜작ᄒᆞ랴

옥중가인

(춘)그러면웬일이오갑갑(沓沓)ᄒᆞ오말솜ᄒᆞ시오

(도)사도(使道)가ᄯᅥ러졋단다

춘향(春香)이섬작놀나

(춘)사도(使道)계옵셔상방(上房)에셔건닐다가락상(落傷)ᄒᆞ셧쇼

(도)이ᄋᆡ는말을이러케뒤집어듯더라차라리너머저셔어듸를즁상(重傷)ᄒᆞ셧스면약(藥)을쓰면고만이지만은동부승지당상(同副承旨堂上)ᄒᆞ야ᄂᆡ직(內職)으로드러가신단다엇지잔말이나리(來)일은올나간단다

춘향(春香)이그말듯더니남의속타는줄은모로고도련님(道令任)것히밧삭드러안지며

(춘)ᄂᆡ평싱원(平常願)일너니이제한양(漢陽)가겟구나참말이오진경(眞情)이오나를속히지아니ᄒᆞ지도련님(道令任)정말이오

도련님(道令任)이긔(氣)가막혀고ᄀᆡ를외우지고눈쌀을찡그리고울듯ᄒᆞᆫ쇼리로

옥중가인

(도)듯기실타나죽겟다

츈향(春香)이이모양(貌樣)을보고무슨서달인지몰나다시놀나고다시의심(疑心)ᄒᆞ며

(츈)응ㅣ우시기가웬일이오말ᄉᆞᆷ좀ᄒᆞ시오사도(使道)ᄭᅦ서승차(陞差)ᄒᆞ시니경사(慶事)되야너무죠와

우심닛가도련님(道令任)을나가면나안갈가이리ᄒᆞ오녀필종부(女必從夫)라니쳔리(千里)라도ᄯᅡ라갈터인

듸우시납속모로겟쇼

도련님(道令任)은더욱긔(氣)가막켜말도못ᄒᆞ고눈물찬두눈만ᄭᅳᆷ젹々々ᄒᆞ다가곰々ᄉᆡᆼ각(生覺)ᄒᆞ니말

아니할슈도업는일이라마지못ᄒᆞ여사정(私情)을ᄒᆞᆫ다

(도)글쎄이ᄋᆡ츈향(春香)아드러보와라ᄂᆡ가너를다려갈터이면나도됴코너도됴코량인(兩人)이

됴흐련마는사도(使道)분부ᄂᆡ(分付內)에량반(兩班)의자식(子息)이미취가젼(未娶嫁前)에외방(外方)에쳔쳡(賤妾)ᄒᆞ엿단말이나면

족보(族譜)에ᄯᅦ고사당(祠堂)졔사(祭祀)참례(參例)를못ᄒᆞᆫ다ᄒᆞ니그아니난쳐(難處)ᄒᆞ냐

츈향(春香)이그말을듯고어엽분얼골이붉으락푸르락두눈섭이ᄭᅳᆺ々ᄒᆞ더니안졋다이러셔

七〇

옥중가인

는듸발셀에밟힌초마자락이ᄶᅡ악ᄶᅵ저지며면경(面鏡)톄경(體鏡)둘너치고문방사우(文房四友)를와르륵직

쏸와직뚱탕셰드리며

(츈)셔방(書房)업슨츈향(春香)이가세잔ᄒᆞ야무엇ᄒᆞ며단장(丹粧)ᄒᆞ야쓸ᄃᆡ잇나

ᄒᆞ면셔몸을발々ᄯᅥᆯ고도련님(道令任)압헤빗삭나안자

(츈)무엇이엇지ᄒᆞ여요무엇이릿쇼말좀ᄒᆞ오엇지ᄒᆞ여쳔쳡(賤妾)부엇쳔쳡々々(賤妾賤妾)이싸위말

이몃가지나되시오도련님(道令任)은여긔안고츈향(春香)이는져긔안져나다려ᄒᆞ신말ᄉᆞᆷ무엇이

라ᄒᆞ셧쇼벽히(碧海)가상젼(桑田)되고상젼(桑田)이벽히(碧海)되여도리별(離別)마ᄌᆞᄒᆞ신말ᄉᆞᆷ밍셰(盟誓)아니ᄒᆞ셧쇼

아이고여보도련님(道令任)은올나가면귀가문(貴家門)에장가드러ᄭᅩᆺ갓흔안히엇고초당(草堂)에공부(工夫)ᄒᆞ

야ᄃᆡ쇼과(大少科)ᄒᆞ신후(後)에명기명창(名妓名娼)풍류(風流)속에쥬야(晝夜)랑유(浪遊)ᄒᆞᆯ적에날갓흔사람이야ᄭᅮᆷ에나

ᄉᆡᆼ각(生覺)ᄒᆞ리죽어도갓치죽고살아도갓치살지가망(可望)업고무가ᄂᆡ하(無可奈何)지나를아니다려가

고도련님(道令任)가실진ᄃᆡ오날밤오경시(五更時)에살아잇지아닐테니죽일테면죽여쥬고살닐테

七一

옥중가인

먼다려가오나도가지々々々々도련님(道令任)과나도가지

처음은독살이나다가나즁은셜음이사못쳐셔눈물이옷깃을젹시고도련님(道令任)이더욱가슴이답々(沓々)ᄒᆞ여마죠울며

(도)울지마라々々々々닉가々면아조가며아조잔들니줄쇼냐쇠못갓치모진ᄆᆞᄋᆞᆷ홍노(烘爐)라도녹지말고다시보기기다려라

그ᄯᅢ에츈향모(春香母)ᄂᆞᆫ졀고양이모양(貌樣)으로ᄶᅦ듯ᄒᆞᆫ아리목에착졉치고누엇다가건넌방(房)에셔무엇이화당탕와르루ᄒᆞ며우름쇼릭가은々(隱々)히나ᄂᆞᆫ것을듯고가마니이러나우스며혼ᄌᆞ말노「더것들사랑ᄊᆞ홈ᄒᆞᄂᆞᆫ고」ᄒᆞ고쵸마도벗고고장이도벗고속것만입은채로우름쇼릭엿드르러영창(映窓)을가마니열고도독괴거름것듯가만々々나오더니츈향방창(春香房窓)밧으로귀를기우리고은근(慇懃)이드러보니무에라々々ᄒᆞᄂᆞᆫ쇼릭우름반(半)말쇼릭반(半)이라ᄌᆞ셰(仔細)히알슈업스나무슨조치못ᄒᆞᆫ모양(貌樣)이라도로방(房)으로드러와셔버슨옷슬다시입고

七二

옥중가인

영창(映窓)을후닥々열며기침을크게ᄒᆞ고츈향방(春香房)에썩드러셔면서

(모)허々이게웬우름이나닉가잠을못잘진ᄃᆡ동리(洞里)ᄉᆞ람잠자겟나나웨우나나이밤즁(夜中)에지금시속(至今時俗)아히열다셧살만먹으며ᄂᆞᆫ셔방(西房)인지남방(南房)인지이고지고사랑ᄊᆞ홈눈이시어불슈업다부모(父母)가잠을ᄌᆞ면조심(操心)셩이바이업고남다자ᄂᆞᆫ깁흔밤에요망(妖妄)ᄒᆞ게이리우니맛쳣나나사(邪)가들엇나나아비ᄂᆞᆫ업거니와어미ᄒᆞ나잇ᄂᆞᆫ것을어셔어셔쥭어지라이게요년방졍이냐사오셰(四五歲)로비운것이사셔(四書)삼경(三經)셩훈(聖訓)인ᄃᆡ이게무슴힝실(行實)이며우ᄂᆞᆫ일이웬일이나말ᄒᆞ여라갑々(沓々)ᄒᆞ다

ᄒᆞ고얼골을붉켜츈향(春香)을모라세우니츈향(春香)이ᄂᆞᆫ말못ᄒᆞ고쵸마ᄭᅳᆫ만무러ᄯᅳ드며두눈에눈물만흐르더라츈향모(春香母)더욱갑々(沓々)히셔

(모)말ᄒᆞ여라이의웬일이나

츈향(春香)이마자못ᄒᆞ여목이멘소리로

七三

(춘)도련님이가신다오

(모)도련님이어듸로가셔

(춘)사도계셔동부승지당상ᄒᆞ야ᄂᆡ직으로드러가신다오

춘향모ᄂᆞᆫ뎐연스럽고능청만은사ᄅᆞᆷ이라이말을듯더니허々우스며

(모)이익듸에경ᄉᆞ낫구나도련님이경ᄉᆞ시면ᄂᆡ집도영화어든우ᄂᆞᆫ곡졀웬일이나 도련님이속히가면나ᄂᆞᆫ갓치못갈망졍너ᄂᆞᆫ갓치치향ᄒᆞ야도련님과갓치가되향차 압히가지말고오리만큼ᄯᅡ름々々밤되거든만나보고낫이면그렷ᄯᅡ가밤이며ᄂᆞᆫ다 시맛나볼터인듸욕심이만흔도젹년이낫에못보ᄂᆞᆫ익가타셔남다자ᄂᆞᆫ이밤중에익 고지고듸고우니도련님을ᄉᆡᆨ미여셔녀고름에ᄎᆡ워쥬랴나ᄂᆞᆫ한창소년시에하로밤 에셔방리별쉬도ᄒᆞ고빅도ᄒᆞ되능진능슈잇ᄂᆞᆫ고로ᄀᆡᄀᆡ히다밋쳐셔돈옹쥬다건달 되면신쥬ᄭᅡ지갓다쥬니각집신쥬모와노은게아마열섬턱은되지그리져리지닛스

되울기ᄂᆞᆫ웨우나나나ᄂᆞᆫ세잔방민ᄒᆞ고쳔々이갈터이니너ᄂᆞᆫ갓치치향ᄒᆞ야도련님 과갓치ᄯᅡ라가지

(춘)도련님이못다려잔다오

(모)웨못다려가도련님뎡영그리힛소

ᄒᆞ면셔도련님을쳐다보니도련님이숨이차셔

(도)그럿타네

(모)도련님그게웬소리오못다려가다니

(도)글세장모듯소량반의자식이편발아히로외방작쳡이쳥문에괴악ᄒᆞ고사당제참 예를아니식힌다니쥭금은셥々ᄒᆞ나후긔약을졍ᄒᆞᆯ밧게업네

춘향모가그말을듯고검은얼골이붉으락푸루락ᄒᆞ며두쥬먹을불근쥐고벌々ᄯᅥᆯ더니 춘향을보고두눈을부릅ᄯᅳ며

옥중가인

(모)이년죽어라々々々々々어늬놈이살인(殺人)을당(當)ᄒᆞᆯ터이니썩죽어라도련님(道令任)올나가면
집구석에혼자살며뉘자장(肝腸)을녹히랴나냐요년썩죽어라
ᄒᆞ더니도련님(道令任)압ᄒᆡ빗식드러안즈며죽기를쓰고홍부루ᄒᆡ거(駭擧)를ᄒᆞᆫ다
(모)네이놈의자식(子息)나ᄒᆡ고말좀ᄒᆡ보쟈닉ᄯᆞᆯ츈향(春香)이가ᄒᆡᆼ실(行實)이그르더냐인물(人物)이밉더냐
언어(言語)가불슌(不順)ᄒᆞ더냐잡(雜)시럽고루(陋)ᄒᆞ더냐어늬무엇그르더냐군자숙녀(君子淑女)바리ᄂᆞᆫ법칠거(法七去)
지악(之惡)업스면은바리ᄂᆞᆫ법(法)업ᄂᆞᆫ쥴은넨들엇지모르나냐닉ᄯᆞᆯ츈향(春香)사랑ᄒᆞ야시々(時々)로차
자와셔츈종츈유(春從春遊)야젼야쥬(夜轉夜晝)야々유(夜々遊)노닐다가말경(末境)에ᄂᆞᆫᄯᅮᆨ쎄여버리라니양류쳔만사(楊柳千萬絲)
가々ᄂᆞᆫ츈풍(春風)잡아미며락화락엽(落花落葉)되면언의나뷔도라보리닉ᄯᆞᆯ의고흔화용일ᄉᆡᆼ부득(花容一生不得)
장츈졀(長春節)노늙어홍안(紅顔)이ᄇᆡᆨ발(白髮)되면시호시호부지ᄅᆡ(時乎時乎不再來)라다시점지못ᄒᆞᄂᆞᆫ쥴너ᄂᆞᆫ어이모
르ᄂᆞ냐
ᄒᆞ면셔아이나ᄂᆞᆫ김에와락ᄯᅱ여달녀드니도련님(道令任)이혼이나셔츈향모(春香母)를이리켜안치며

옥중가인

(도)여보장모(丈母)두말마소다려감셰죠흔슈가잇네ᄂᆡ힝(內行)압ᄒᆡ신쥬(神主)요여(興)가올나갈터이니
신쥬(神主)ᄂᆞᆫ뫼셔ᄂᆡ여ᄂᆡ소민속에뫼셔넛코츈향(春香)을요여(興)속에안쳐가게되면남들이보기
에도신쥬(神主)든쥴짐작ᄒᆞ지츈향(春香)인쥴알슈잇깃나그밧게ᄂᆞᆫ도리(道理)가업네
츈향(春香)이ᄂᆞᆫ유식(有識)ᄒᆞ게자라ᄂᆞᆫ지라함부루놀든츈향모(春香母)와ᄃᆞᆯ나사리(事理)도알ᄲᅮᆫ아니라사위사
랑장모(丈母)라ᄒᆞ나그동안뎡(情)이깁허도련님(道令任)의사경(私情)ᄉᆡᆼ각(生覺)ᄒᆞ기ᄂᆞᆫ님의사랑츈향(春香)밧게업ᄂᆞᆫ터
이라츈향(春香)이가이말을듯고ᄶᅡᆨᄒᆞ고가이업셔초마자락으로눈물을훔치고져의모(母)를바
라보며
(츈)어머니건너가오량반(兩班)의톄면(體面)되야오작답々(沓々)ᄒᆞ고오작민망(憫惘)ᄒᆞ야더런말ᄉᆞᆷ을ᄒᆞ겟
소건너가오건너가오
츈향모(春香母)ᄒᆞᆯ일업셔ᄒᆞᆫ숨만지동갓치쉬고건ᄂᆞᆫ방(房)으로나왓더라츈향(春香)이져의모친(母親)을보ᄂᆡᆫ
후(後)에쳐량(悽凉)ᄒᆞᆫ모양(貌樣)으로도련님(道令任)만쳐다보니텬디광막(天地廣漠)ᄒᆞ나연약(姸弱)ᄒᆞᆫ몸을용납(容納)ᄒᆞᆯ곳이업ᄂᆞᆫ

지라길이단식ᄒᆞᆫ다

▲쳔리원졍님바리고호올노가ᄂᆞᆫ싱각그간장은엇더ᄒᆞ리셰우분々화락시에마상에
피곤ᄒᆞ야병나실가념녀오니나의싱각ᄒᆞ지말고안영이가십시오도련님은올나가
면힝화츈풍집々마다졀듸가인됴흔풍류락이망반ᄒᆞ실ᄉᆞ젹에나갓ᄒᆞᆫ츈향이야싱
각인들잇스릿가이도ᄯᅩᄒᆞᆫ니팔ᄌᆞ라엇지ᄒᆞ리엇지ᄒᆞ리ᄂᆡ신셰를엇지ᄒᆞ리죽어볼
가살아볼가이고답々ᄂᆡ팔ᄌᆞ야▼

ᄒᆞ면셔목을놋코셜니우니도련님이긔가막혀마됴보고탄식ᄒᆞᆫ다

(도)▲우지마라우지마라ᄂᆡ가잔들아됴가며아됴잔들이질소냐녯일을모로ᄂᆞ냐부
슈소관쳡지오라소관의슈긱들과오나라졍부라도각분동셔님그리워규즁심쳐늙
어잇고졍각관손로긔즁에관산졍긱멀니두고녹슈부용ᄎᆡ련녀ᄂᆞᆫ츄월강산젹막ᄒᆞᆫ
데련을키며상ᄉᆞᄒᆞ니나올나잔후라도벽사창외달밝을제쳔리상ᄉᆞ부듸마라타향

쳔리먼々길에님을두고ᄂᆡ가간후한양셩즁너른곳에옥녀가인만컷마ᄂᆞᆫ너하나를
잇게되면일일평명십이시에ᄂᆡ가엇지편ᄒᆞᆯ소냐우지마라々々々々ᄂᆡ사랑아우지
마라▼

도련님이어엽부고가련ᄒᆞᆫ싱각이사못쳐셔와락달녀드러허리를훔쳐안으니츈향이
엽흐로나안지며

(츈)나를노으시고더만콤안지시오갑々ᄒᆞ오노으시오

도련님이할일업셔츈향의허리를슬며시놋코츈향은여긔안고도련님은더만치안졋
ᄉᆞ니네눈에다만눈물ᄲᅮᆫ이라

▲함루안잔함누안이오단쟝인송단쟝인을무졍픽상쳔사류로미계낭군칠쳑신을숨
월이졍당삼십일ᄒᆞ니풍광이나를리별터니님도나를리별ᄒᆞ네리별이야이별이야젼
송츈에락화리별강슈원함졍ᄒᆞ니만리에차군리별연화숨월하양쥬ᄒᆞ니황학루승고

옥중가인

인리별(人離別) 초가ᄉᆞ면(楚歌四面) 만영월(滿營月)에 초패왕(楚霸王)의 우희리별(虞姬離別) 우々풍々(雨々風風) 바외역(馬嵬驛)에 당명황(唐明皇)의 귀비리별(貴妃離別) 엄루사단(掩淚辭丹) 봉왕소군(鳳王昭君)의 한궁리별(漢宮離別) 한사단장ᄃᆡ귀객(漢使斷腸對歸客)ᄒᆞ니 최문희(蔡文姬)의 고국리별(故國離別) 일장풍운(一場風雲) 홋터지니 남북(南北)에 군신리별(君臣離別) 삼춘(三春)에 안북비(雁北飛)ᄒᆞ니 역로(驛路)의 형제리별(兄弟離別) 모도다 셟다ᄒᆞ되 님리별(任離別)이 더욱셜다 죡ᄌᆞᄒᆞ니 청춘(靑春)이오 살ᄌᆞᄒᆞ니 님(任) 그리워 엇지ᄒᆞ나 이 신세(身勢)를 ▼

도련님(道令任)이 손슈건(手巾)으로 춘향(春香)의 눈을 씨서쥬며 왼갓말로 춘향(春香)을 위로(慰勞)ᄒᆞᆫ다

(도)우지마라々々々々 네가 지금(只今)을 나가면 금방(金榜)에 급뎨(及第)ᄒᆞ고 너를 다려갈터이니 셜워말고 잘잇거라

춘향(春香)이 우름을 멈치고 도련님(道令任) 압히 드러안지며

「급뎨(及第)는 ᄒᆞ든말든 부듸 나를 잇지말고 속々(速々)히 다려가오」

도령(道令)이 금낭(錦囊)을 어루만져 거울을 닉여쥬며

「장부(丈夫)의 밝은 마음 거울과 갓틀진듸 천만년(千萬年)이 지나가며 ᄐᆡ산(太山)이 평지(平地)된들 변(變)ᄒᆞᆯ 리(理)가 잇겟느냐」

옥중가인

춘향(春香)이 거울을 밧고 손에 셋던 지환(指環)을 버서쥬며 ᄒᆞ는 말이

「옥환(玉環)ᄀᆞᆺ튼 춘향(春香)이 어릴ᄯᅥ 붓터 가지든 것이니 부듸 도련님(道令任) 몸에 다 차시고 옥(玉)갓치 정결(淨潔)ᄒᆞᆫ 사한번먹은 마음 시죵(始終)이 여일(如一)ᄒᆞ여 고리갓치 풀리지마옵소셔」

(도)오나 오나 셜워말고 병(病)이나지 안케 안보(安保)ᄒᆞ면 명년(明年)봄에 다려가마

치행(治行)독촉(督促)ᄌᆞ심(滋甚)ᄒᆞ니 도령(李道令)은 눈물소ᄆᆡ를 ᄲᅮ리고 ᄂᆡ아(內衙)로 드러가고 춘향(春香)은 홀노 눈물ᄉᆞ비 속에 안젓더라

第三場　五里亭

(設備)離亭、酒肴床、具鞍驢
(出場)春香、春香母、上丹、房子

이ᄯᅢ에 춘향모(春香母)는 텬디(天地)가 아득ᄒᆞ여 정신(精神)업시 누엇더니 아무리 ᄉᆡᆼ각(生覺)ᄒᆞ되 리별(離別)이 ᄉᆡᆨ되는 터이라 하릴업시 한숨을 멈처고 익일(翌日) 아참에 도련님(道令任) ᄯᅥ나는듸 나가보랴고 상단(上丹)으로 술상 들여 춘향(春香)을 잇글고 북문(北門)밧 나가 오리졍(五里亭)으로 향(向)ᄒᆞ니 ▲ 무졍(無情)ᄒᆞᆫ 버들가지 가늘기실갓

ᄒᆞ나엇지타우리님(任)의가ᄂᆞᆫ허리를못보드러미난고▼춘향(春香)이버들나무아릐안져리도(李道)령(令)나오기를기다리더라

리도령(李道令)이방ᄌᆞ(房子)불너나귀안장(鞍粧)지어타고ᄂᆡ아(內衙)힝차(行次)뒤를ᄯᅡ라오리졍(五里亭)에나와륙방관속(六房官屬)에게하직(下直)을밧은후(後)에더건너슈림즁(樹林中)에쳐량(凄凉)ᄒᆞᆫ우름소ᄅᆡ춘향(春香)이온줄알고ᄂᆡ힝(內行)뒤를ᄯᅥ러져쳔방지방슈림(樹林)속으로향(向)ᄒᆞ여드러가며

(도)▲우지마라ᄭᆞᆨᄭᆞᆨᄭᆞᆨᄭᆞᆨ춘향(春香)아우지를마라우지를마라ᄂᆡ사랑아▼

춘향(春香)이눈물을씻고술을부어리도령(李道令)을쥬며

(춘)▲사랑인들님(任)마다며리별(離別)인들다셔르랴평생(平生)의처음이오다시못볼님(任)이로다일(日)후(後)에다시맛나면연분(緣分)이지마는▼도련님(道令任)마조막술이나ᄒᆞᆫ잔(盞)잡으시오

(모)도련님(道令任)은이길로가시면곳곳에로류장화(路柳墻花)더구나한양(漢陽)물식번화(物色繁華)ᄒᆞᆫ데잘노실터이지마ᄂᆞᆫ이모녀(母女)ᄂᆞᆫ창졸에이런ᄒᆞᆺ리별(離別)을당(當)ᄒᆞ니셥셥ᄒᆞ고셜운졍(情)을이루다못ᄒᆞ깃소

도련님(道令任)몸편(便)이ᄯᅥ나ᄂᆞᆫ것이나보고져나왓스니술이나ᄒᆞᆫ잔(盞)잡으시오후유ㅣ▲리별(離別)이불(火)이되야릐우나니간장(肝腸)이오눈물이비가되면붓ᄂᆞᆫ불을ᄭᅳ련마ᄂᆞᆫᄒᆞᆫ숨이바람되야점점(漸漸)붓네▼

리도령(李道令)이술잔을밧아먹으며

(도)여보장모(丈母)ᄂᆡ속이ᄂᆞᆫ졔속이ᄂᆞᆫ간장(肝腸)이야다를숀가인비목셕(人非木石)이라셜마져를이즈리오념녀(念慮)말고수삼년(數三年)만기다리쇼

춘향모(春香母)ㅣ그말을듯더니죠흔낫으로리도령(李道令)을향(向)ᄒᆞ여

(모)▲여보시오도련님(道令任)ᄂᆡ나히오십(五十)이라늣게야져거슬나어금옥(金玉)갓치길너날제하ᄂᆞᆫ님게츅수(祝壽)ᄒᆞ고칠셩(七星)님게긔도(祈禱)ᄒᆞ고라한(羅漢)불공(佛供)삼신(三神)불공(佛供)미륵(彌勒)불공(佛供)룡왕제(龍王祭)산신제(山神祭)를오날ᄭᅡ지셩심(誠心)ᄒᆞᆷ은인물(人物)도져와갓고지벌(地閥)도져와갓흔봉황(鳳凰)의ᄶᅡᆨ을어더금실우지(琴瑟友之)노ᄂᆞᆫ것을ᄂᆡ눈압헤보랴더니ᄭᅮᆷ밧게도련님(道令任)이ᄂᆡ집을차자와셔셔상(西廂)가약(佳約)간쳥(懇請)ᄒᆞ니마음

옥중가인

이환장(換腸)되고두눈이뒤집혀셔션々히허락(許諾)ᄒᆞ여금옥(金玉)갓흔ᄂᆡᄌᆞ식(子息)을이변(變)을당(當)케ᄒᆞ니
눈을ᄲᆡ고혜를ᄲᆡ여거를쥬어합당(合當)ᄒᆞᆫ지업지러진물(水)이되고쏫아노은ᄊᆞᆯ(米)이되니롱분(弄忿)
ᄒᆞᆫ들ᄊᆞᆯ데업고한탄(限嘆)ᄒᆞ면별사(別事)일잇나텬하잡년(天下雜)지하잡년(地下雜)더럽게늙근잡년(雜)싱리별(生離別)몃천(千)
번(番)에아니쥭고살아나셔사위좃차리별(離別)ᄒᆞ니더런년의팔ᄌᆞ(八字)로다ᄃᆡ하장강(大河長江)흐르ᄂᆞᆫ물
을뉘라셔막아니며우산(牛山)의지ᄂᆞᆫ히를게뉘라금(禁)홀손가두고가ᄂᆞᆫ그간장(肝腸)과후긔(後期)두ᄂᆞᆫ
그마음이생젼키어려올손한양쳔리(漢陽千里)면々길에병(病)이날가념녀(念慮)오니우리모녀(母女)싱각(生覺)말
고안령(安寧)이올나가오▼그러나도련님(道令任)ᄭᅦ당부(當付)홀말잇쇼「ᄂᆡ나히반ᄇᆡᆨ(半百)이라다쎠고남
은간장(肝腸)오날이나명일(明日)이나싱사(生死)를미판(未判)이니츈향(春香)을잇지말고ᄇᆡᆨ년긔약(百年期約)싱각(生覺)ᄒᆞ면쥭
어황쳔(黃泉)도라가셔결초보은(結草報恩)ᄒᆞ오리다」
ᄒᆞ면셔스름업ᄂᆞᆫ눈물이퍼부어셜니우니도련님(道令任)이츈향모(春香母)를위로(慰勞)홀제상단(上丹)이가술잔(盞)
을드리오니한잔먹고츈향모ᄂᆞᆫᄃᆡ범(大凡)ᄒᆞᆫ거동(擧動)을뵈이노라고억제(抑制)로우름을참ᄂᆞᆫᄃᆡ셩닌

八四

옥중가인

쥽겁이숨쉬듯이비만불누々々ᄒᆞ고도련님(道令任)은남의우름위로(慰勞)ᄒᆞ기에골몰(汨沒)타가술잔(盞)을
밧아놋코당나귀우름울듯우름보가터지ᄂᆞᆫᄃᆡ열두마듸를뚝ᄭᅥᆨ거울고츈향(春香)은모친(母親)이
안젓스니우름을크게울지못ᄒᆞ고눈물만비오듯ᄒᆞ야옷깃을젹시며상단(上丹)이ᄂᆞᆫ도라셔
々초마ᄌᆞ락으로얼골을가리오고통곡(痛哭)을ᄒᆞᆫ다
히ᄂᆞᆫ셔텬(西天)에기우러지고오리졍(五里亭)가ᄂᆞᆫ길에ᄯᅥ셜은사람의ᄌᆞ취를가리웟ᄂᆞᆫᄃᆡ류림(柳林)밧게
나귀먹고도련님(道令任)을기다리든방ᄌᆞ(房子)가숨이헐ᄯᅥ거리며달녀드러
(방)여보시오도련님(道令任)야단(惹端)낫쇼야단(惹端)나요무숨리별(離別)을이리ᄯᅵᆫ질게ᄒᆞ시오잘가거라잘
잇거라부지일쇼(付之一笑)할일이지무삼리별(離別)을쌔가녹도록혼단말이오압셔가신ᄃᆡ부인(大夫人)힝(行)
차(次)ᄂᆞᆫ발셔오수역(鰲樹)에가셧겟소
도련님(道令任)이섭々놀나츈향모(春香母)를붓쳐잡고
(도)여보장모(丈母)나ᄂᆞᆫ가니셜워말고잘지ᄂᆡ오▲츈향(春香)아나ᄂᆞᆫ간다울지말고뫼시고잘잇

八五

거라○상단(上丹)이도잘잇기라

도련님(道令任)한일업셔마상(馬上)에올나안지며

츈향(春香)아ㅣ잘잇거라

츈향(春香)이흔손으로말곱비를휘여잡고또흔손으로도련님(道令任)손을잡으며

(츈)▲울며불며잡은쇼믜썰떠리고가들마오그듸는듸장부(大丈夫)라도라가면잇것만은쇼(小)

첩(妾)은아녀즈(兒女子)라못이져슬허ᄒᆞ오▼

「하고(多)한날(多)멀고(遠)먼길(遠路)에부듸천금(千金)갓흔몸을돌보쇼셔」

(도)오ㅣ냐오냐잘잇거라

방자(房子)가밧싹달여들어말을가조치질ᄒᆞ니▲비호(飛虎)갓치가는나귀구뷔々々청산(青山)길ㅅ에

한모롱두모롱감돌고풀도라아득히머러지니청강(青江)의놀든원앙(鴛鴦)짝을일은거동(擧動)이오우(雨)

후청강(後淸江)져빅구(白鷗)가연파외(烟波外)에떠나간듯산(山)아릐빗긴길에활ᄀᆡ한번둑치는듸남원부중(南原府中)은

등뒤에점々(漸々)머러지고한양셩(漢陽城)은압길에차々(次々)갓가와온다신졍(新情)이미흡(未洽)ᄒᆞ여옥인(玉人)을리별(離別)

ᄒᆞ니눈을떠도츈향(春香)이오감아도츈향(春香)이라힝인(行人)이다츈향(春香)인듯꼿갓흔고흔얼골눈압헤

암々(暗々)ᄒᆞ고랑々(琅琅)흔말쇼릐는이변(耳邊)에정々(錚々)ᄒᆞ니니마음이쇠나돌이아니어든이리ᄒᆞ고어

이ᄒᆞ리니심사(心思)이러커놀형용(形容)좃차묘연(渺然)ᄒᆞ니익고답々가슴이야욕망(欲忘)이난망(而難忘)이오불사(不思)

이즈사로(而自思)다보고지고々々々々우리츈향(春香)보고지고어린양즈(樣子)고은틔도(態度)잠간(暫間)만나보고

지고류리잔(琉璃盞)에술부어들고잡수시오권(勸)ᄒᆞ든양즉금(樣即今)맛나보고지고천리장졍(千里長程)머나먼길

에너를일코엇지가리속졀업는츈향(春香)이가사람을늙게ᄒᆞᄂᆞ다▼

슬프다세상사(世上事)는사랑이무엇이며리별(離別)이무엇인고젼일광한루(廣寒樓)놀너갈떠는사람도그

사람이오나귀도그나귀언마는그떠는남원셩남문(南原城南門)밧그로도라왓더니지금은북문(北門)밧

그로도라오는구나그떠는츈향(春香)을맛낫더니지금(只今)은츈향(春香)을리별(離別)혼길이라그떠는사름

은쌜니가구십고나귀는흥청거려갓거니와지금(只今)은사람은천々이가고십고나귀는사(私)

시도샐니다라나ᄂᆞᆫ구나

이ᄯᅢ춘향(春香)이양류(楊柳)에의지(依支)ᄒᆞ여리도령(李道令)가ᄂᆞᆫ길을정신(精神)업시바라보다가긔(氣)운업ᄂᆞᆫ쇼릐로

(츈)상단(上丹)아

(상)예ㅣ

(츈)도련님(道令任)어듸만큼가셧나보아라

(상)나귀그림ᄌᆞᄂᆞᆫ힛빗에너머가고사면(四面)에보이나니산(山)ᄲᅮᆫ이올시다

춘향(春香)이정신(精神)이아득ᄒᆞ여그ᄌᆞ리에털셕쥬저안지니서슴시러이셔름이다시나셔한숨(限息)과탄식(嘆息)이절노논다

(츈)▲이제ᄂᆞᆫ홀일업시영리별(永離別)ᄒᆞᆫ단말가나와둘이울던님(任)이어듸가고안보이나잘잇거라ᄒᆞ던쇼릐귀에정々(錚々)아니뵈네이팔(二八)시절(時節)々문몸이랑군(郞君)그려엇지사나▼

춘향모(春香母)가긔(氣)가막혀목을놋코우니춘향(春香)이마지못ᄒᆞ여모친(母親)을위로(慰勞)ᄒᆞ야집으로도라가니라

第六幕 相思獨愁心(슈심으로상사ᄒᆞᄂᆞᆫ딕)

(設備)春香房、封書
(出場)春香母、春香、行首妓

세월(歲月)이여류(如流)ᄒᆞ여구관(舊官)은올나가고신관(新官)은오락가락천리(千里)에님(任)을두고쇼식(消息)이망연(茫然)ᄒᆞ니

춘향(春香)은님(任)그리워우ᄂᆞᆫ눈물슈심(愁心)이병(病)이되여문(門)을닷고홀노누어가련(可憐)ᄒᆞᆫ상ᄉᆞ곡(相思曲)으로여러봄을헛되이보닉더라

하로ᄂᆞᆫ봄바람느진빗에옥창(玉窓)을여러놋고방문(房門)밧글닉드보며

(츈)▲옥(玉)갓흔님(任)의얼골달(月)갓흔님(任)의틱도(態度)천리(千里)상ᄉᆞ(相思)보고지고○동풍(東風)이온화(溫和)ᄒᆞ니님(任)의회포(懷抱)부러온듯반갑다춘광(春光)이여○춘풍(春風)에피ᄂᆞᆫ쏫은웃ᄂᆞᆫ듯님(任)의얼골더쏫갓치보고지고

ᄒᆞ더니바라ᄂᆞᆫ님(任)은아니오고난데업ᄂᆞᆫ힝슈(行首)기생(妓生)이드러온다

옥즁가인

(힝슈(行首)기싱(妓生))형님(兄任)계시오동싱(同生)란쥬(蘭舟)요
츈향모(春香母)뒤겻에잇다가나와영졉(迎接)ᄒᆞ여츈향방(春香房)으로드러가며
(모)아이고오리감만일셰그동안웨그러케ᄒᆞᆫ번도아니오나
(힝(行)슈)그런알뜰ᄒᆞᆫ도련님(道令任)이잇스니날갓ᄒᆞᆫ년이쇼용(所用)잇셔야지그러나리도령(李道令)이고김(金)
도령(道令)이고셔울ᄌᆞ식(子息)올나만가면그만이지그ᄭᅡ짓것다쓸ᄃᆡ업셔
(모)휴유ㅣ
(힝)형님(兄任)이나ᄂᆡ나다격거보왓거니와그런것바라고청츈(青春)을속졀업시늙긴단말이오
우리네자식(子息)기싱(妓生)에나속(速)히ᄂᆡ어쥬지인물(人物)두어ᄊᆡᆨ키깃쇼
(모)ᄂᆡ가々숨이답々(畓々)ᄒᆞ여아무졍신(精神)이업셔이익아가이힝슈(行首)아쥬머니보고인ᄉᆞ(人事)나엿
쥬어라네신셰(身勢)가엇지될지모도어미가오지시(誤指示)ᄒᆞᆫ셔달이지아이고말은조ᄒᆞᆫ말인ᄃᆡ
엇지ᄒᆞᆯ고

九〇

옥즁가인

(츈)아쥬머니안령(安寧)ᄒᆞ시오
(힝수)아가너무슬허ᄒᆞ지말아그ᄭᅥ지것리별(離別)ᄒᆞᆯᄯᅢ뿐이지이져바리면그만이지
츈향(春香)이그말을듯더니님(任)의ᄉᆡᆼ각(生覺)이더욱셔로와지며머리를도로켜눈물을지우고
(츈)▲부모(父母)갓치즁(重)ᄒᆞᆫ몸이텬지간(天地間)의업건마는○낭군(郎君)업시사는셔름참아잇지못ᄒᆞᆯ네
라
오ᄆᆡ(寤寐)즁(中)두눈물이밤낫업시흐르는ᄃᆡ○일촌(一寸)간장(肝腸)좁은곳에만곡슈(萬斛愁)를너어두고
우리님(任)을다시보면이셔름이가련마는○어느ᄯᅢ나다시맛나악슈(握手)논졍(論情)ᄒᆞᆯᄭᅥ보나
그리워못보는님(任)업셔무방(無妨)ᄒᆞ건마는○든졍(情)이병(病)이되야녹이나니창ᄌᆞ로다
아모조록죽지말고명(命)ᄃᆡ로보존(保存)ᄒᆞ라가○어ᄂᆡ히(年)어ᄂᆡᄯᅢ(時)낭군(郎君)을맛나거든세々(細々)원졍(原情)ᄒᆞ
오리라ᄒᆞ며
단식(歎息)ᄒᆞ고도라온ᄌᆞ힝수기싱(行首妓生)의말은ᄃᆡ척도아니ᄒᆞ니힝수기싱(行首妓生)이ᄃᆞ시츈향모(春香母)를보며

九一

(힝)아이고형님(兄)아기ᄂᆞᆫ아쥬슈심(愁心)에겨워곳늙겟구라ᄯᅢᄒᆞ게도셰월(歲月)을보니지말고ᄌᆞ
·됴다리고놀녀ᄂᆞ오시고호쟝(戶長)ᄃᆡ말이ᄂᆞᄒᆞ야안(案)에ᄂᆞ올니게ᄒᆞ시구라·

(츈)고마운말슴이ᄂᆞ니ᄯᅳᆺ에업ᄂᆞᆫ일이ᄂᆡ그런말슴다시마르시오

츈향이안ᄉᆡᆨ(顏色)을졍ᄃᆡ(正大)히ᄒᆞ여말ᄃᆡ답이이러ᄒᆞ니힝수기ᄉᆡᆼ(行首妓生)이그만말못ᄒᆞ고도라셔갈닐
이언마ᄂᆞᆫ이왕(已往)말이ᄂᆞᆫ지라다시ᄯᅩ말을ᄒᆞᆫ다

(힝)그ᄯᅳᆺ을ᄂᆡ야알수업거니와인ᄉᆡᆼ백년(人生百年)이잠간(暫間)이라인ᄉᆡᆼ(人生)이녀ᄌᆞ(女子)몸(身)되야금슬화락(琴瑟和樂)히
로백년(老百年)을못ᄒᆞᆯ진ᄃᆡᄐᆡ임ᄐᆡᄉᆞ(太妊太似)와월셔시(越西施)우미인(虞美人)이죽어지면일반(一般)이라누를바라고그
리ᄒᆞᄂᆞᆫ당초언약(當初言約)이야아무라도쳘셕(鐵石)갓지마ᄂᆞᆫ셔울사ᄂᆞᆫ희치고그런약속시힝(約條施行)ᄒᆞᄂᆞᆫ
사람고금(古今)에업ᄂᆞᆫ닐이라싀골녀ᄌᆞ(女子)되야그런약조만밋ᄂᆞᆫ것도헛된닐이아닌가아기
도ᄂᆞ이어리지마ᄂᆞᆫ셰졍(世情)을모를니잇ᄂᆞ이셰상(世上)일이라ᄂᆞᆫ것은ᄂᆡᄒᆞᆫ셕영락(榮樂)ᄒᆞ고ᄂᆞᆯ근
부모(父母)ᄒᆞᆫ몸편케ᄒᆞᄂᆞᆫ것이뎨일(第一)이지형님(兄)살구ᄂᆞ뭇집초월(初月)이를보시오ᄂᆞᄒᆞᆫ아기보다

ᄒᆞᆫ살아랜가지조가아기만못ᄒᆞᆫ건마ᄂᆞᆫ오쟉알들ᄒᆞ오

(모)후유ㅣ

(츈)봉파닥(鳳鷄)은한무리(同群)로비(比)ᄒᆞᆯ슈업고사람도ᄯᅳᆺ파지체여러가지라ᄂᆞᆫᄂᆞᆫ이왕불ᄒᆡᆼ(已往不幸)ᄒᆞᆫ몸
이되여ᄂᆡ부모(父母)를남갓치편ᄒᆞ게못ᄒᆞᄂᆞᆫ녀ᄌᆞ(女子)의도리(道理)에먹은마음을변개(變改)ᄒᆞ여ᄒᆞᆫ셕의
ᄌᆞ미(滋味)로영구(永久)ᄒᆞᆫ허물을사기나ᄂᆞᆫ실소궁(窮)히도ᄂᆡ팔ᄌᆞ(八字)요달(達)히도ᄂᆡ팔ᄌᆞ라그런말삼마
시고노르시다도라가오

힝수기ᄉᆡᆼ(行首妓生)다시ᄂᆞᆫ할말업셔비웃ᄂᆞᆫ말로

(힝)부럽고점잔ᄒᆞ오부터졍졀부인(貞節夫人)명졍(銘旌)을ᄯᅴ우게ᄒᆞ소

ᄒᆞ고도라가니라츈향이안셕(案席)에홀노의지(依支)ᄒᆞ여젼후사(前後事)를ᄉᆡᆼ각ᄒᆞ니이러ᄒᆞᆫ말을들을젹
마다님ᄉᆡᆼ각이더욱간졀ᄒᆞ다맛참이ᄯᅢ셔울셔하인(下人)이와셔편지(片紙)를젼ᄒᆞ거ᄂᆞᆯ츈향이반
겨ᄯᅥ여보니ᄒᆞ엿스되

쳔리상별(千里相別)에 쥬야상사(晝夜相思)라 로친시하(老親侍下)에 잘잇ᄂᆞ냐 이몸은 무사득달(無事得達)ᄒᆞ야 당상문안(堂上問安) 안々령(安寧)ᄒᆞ옵시니 하졍(下情)에 깃부도다 우리량인(兩人) ᄇᆡᆨ년언약(百年言約) ᄂᆡ마음 네가알고 네마음 ᄂᆡ가아니 별(別)말이 웨잇스리 팔익(八翼)이 업섯스니 날아가지 못ᄒᆞ고 일각(一刻)이 난감(難堪)ᄒᆞᄂᆞ 사셰(事勢)를 엇지ᄒᆞ리 네마음(汝心)에가 젼것은 뎡녀(貞女)의 ᄆᆡ울렬ᄌᆞ(烈字) 우리둘의 깁흔언약 직힐슈ᄌᆞ(守字)ᄲᅮᆫ이로다 엇지ᄒᆞ야 쳔ᄒᆡᆼ(天幸)으로 맛날날이 잇슬듯 안심(安心)ᄒᆞ고 기ᄃᆡ려라 만々셜화(萬々說話)를 셔즁(書中)에 못다ᄒᆞ고 눈압헤보ᄂᆞᆫ듯 답々(沓々)ᄒᆞ야 ᄃᆡ강(大綱) 그리노라

년월일(年月日) 삼쳥동(三淸洞)

상단(上丹)이 도잘잇ᄂᆞ냐

ᄒᆞ엿더라 츈향이 펼쳐보고 울고보고 탄식(歎息)ᄒᆞ되

▲편지(片紙)ᄂᆞᆫ 오건마ᄂᆞᆫ 님(任)은 어이 아니오고 ᄂᆞᄂᆞᆫ 어이 못가ᄂᆞᆫ고

이렇듯 한탄(恨歎)으로 셰월(歲月)을 보ᄂᆡ며 상사일념(相思一念)이 다만 졍(情)든 님(任)만 ᄂᆞ기만 긔다리더라

第七幕 新官到任 (신관도님ᄒᆞᄂᆞᆫᄃᆡ)

(設備) 新官本宅舍廊房、雙轎、鞍馬、吹打諸具

(出場) 新官、新延下人

리부사(李府使)가 갈녀간후(後)로 츈향은 일구월심(日久月深)에 기ᄃᆡ리ᄂᆞᆫ 것은 삼쳥동(三淸洞) 리승지(李承旨)가 남원(南原)에 ᄌᆡ임(再任)ᄒᆞ거ᄂᆞ 리도령이 과거(科擧)ᄒᆞ여 남원(南原)으로 ᄂᆡ려오ᄂᆞᆫ가 ᄒᆞᄂᆞᆫ ᄉᆡᆼ각이라 그동안 여러번 남원부사가 갈녀올나가고 ᄉᆡ로 ᄂᆡ려오고 셰월(歲月)이 임의 오ᄅᆡ스되 아죽도 ᄉᆡᆼ각ᄒᆞᄂᆞᆫ 님은 소식(消息)이 망연(茫然)ᄒᆞ고 이번에도 ᄯᅩ 다른 양반(兩班)이 남원부사(南原府使)가 낫더라

그ᄉᆡ로 나려오ᄂᆞᆫ 신관(新官)은 셔울 작골(紫霞洞) 막바지사ᄂᆞᆫ 변학도(卞學道)란 양반(兩班)인ᄃᆡ 인물(人物)과 풍ᄎᆡ(風彩)ᄂᆞᆫ 일대(一代) 호걸(豪傑)이오 다ᄒᆡᆼ이 ᄐᆡ평셩셰(泰平聖世)에 양반(兩班)의 몸이 되야 풍류(風流)와 쥬ᄉᆡᆨ(酒色)을 한업시 조와ᄒᆞᄂᆞᆫ터이라 셔울셔도 약방(藥房) 상의원(尙衣院) 아리ᄃᆡ 우ᄃᆡ 기ᄉᆡᆼ(妓生)잇ᄂᆞᆫᄃᆡ로 외입(外入)을 실도록ᄒᆞ고 오히려 신명이 부족(不足)ᄒᆞ여 시골슈령(守令)을 가도 기ᄉᆡᆼ(妓生) 만흔ᄃᆡ로 가랴고 양쥬목사(楊州牧使) 광쥬부윤(廣州府尹) 다 바리고 젼라도남원부사(全羅道南原府使)를 주션(周旋)ᄒᆞ엿더라

이ᄯᆡ에 남원골(南原) 신연일ᄒᆡᆼ(新延一行)이 셔울 작골 본ᄃᆡᆨ(本宅)에 올나와서 신관ᄉᆞ도(新官使道)긔 각기차례(各其次例)로 현신(見身)을

옥중가인

ᄒᆞᆫ다

▲신연(新延)니방(吏房)현신(見身)알외오ㅣ。신연(新延)통인(通引)현신(見身)알외오ㅣ。신연(新延)슈비(首陪)현신(見身)이오ㅣ。신연급(新延級)
창(唱) 도사령(都使令) 도군로(都軍牢) 도방자(都房子) 현신(見身)이오ㅣ▼

신관사도(新官使道)분부(分付)ᄒᆞ되

(ᄉᆞ(使))오ㅣ너의무사(無事)이들올나왓스며네고을에무삼별일이나업ᄂᆞ냐

(니(吏))예ㅣ이

(사)공사(公事)는차々무르려니와너의고을이ᄉᆡᆨ향(色鄕)이란말이올흐냐아ㅣ무ᄉᆞᆫ양이가데일(第一)유명(有名)ᄒᆞ다지

신연니방(新延吏房)이막지기고(莫知其故)ᄒᆞ여겁결(刧)에ᄃᆡ답(對答)ᄒᆞ되

(니)양이라ᄒᆞ옵시니창고(倉庫)에군량(軍糧)이오육고(肉庫)에우양(牛羊)공고(工庫)에잘양이오마구(馬廐)에외양(喂養)이오감사(監司)뎡빅(定配)귀양이오기ᄉᆡᆼ(妓生)관비(官婢)속냥(贖良)이오려염(閭閻)집괴양이오불가(佛家)에공양(供養)이오청빅(淸白)ᄒᆞᆫ놈

옥중가인

사양(辭讓)이오슈좁은놈겸양(謙讓)이오사내가에슈양(垂楊)이오교리결은평냥(平凉笠)이오사뎡(射亭)에한량(閑良)이오흉ᄒᆞᆫ놈불량(不良)이오히다저서셕양(夕陽)이오남녀간(男女間)음양(陰陽)이오엄동설한(嚴冬雪寒)취양이오허다ᄒᆞᆫ양이무수(無數)ᄒᆞ오되그즁(中)에유명ᄒᆞ다는것은대강이러ᄒᆞ외다

(사)응그도아니다너의고을에일ᄉᆡᆨ기ᄉᆡᆼ(一色妓生)에무ᄉᆞᆫ양인지향인지ᄒᆞ는것을모른단말이냐

(니)예ㅣ의일ᄉᆡᆨ기ᄉᆡᆼ(一色妓生)이만々ᄒᆞᆫ듸향이라고계향(桂香)이월향(月香)이화향(花香)이츈향(春香)이가잇숨니다

니방이ᄉᆡᆼ각ᄒᆞ고

(사)오ㅣ츈향이ㅣ그가일ᄉᆡᆨ(一色)이냐

(니)예ㅣ이만고일ᄉᆡᆨ(萬古一色)이올시다

신관(新官)이일ᄉᆡᆨ(一色)이란말을듯더니두억ㅅ기가ᄒᆞᆫ번웃숙ᄒᆞ여지며

(사)츈향(春香)이평안(平安)이계시냐

옥중가인

(니)예ㅣ이안령(安寧)히계심니다

(사)남원(南原)이에셔멋리(幾里)ᄂᆞ되ᄂᆞ나

(니)예ㅣ이육빅십리(六百十里)올시다

(사)됴흔말탓스면한나졀에갈쌔

(니)예ㅣ이오륙일(五六日)을ᄂᆡ려가도님(到任)ᄒᆞ시고라도하로라ᄒᆞ시면하로옵고열흘만에ᄂᆡ려가도임(到任)ᄒᆞ시고라도하로라ᄒᆞ옵시면하로올시다

(사)니방(吏房)의말을드르니속이식원ᄒᆞ구나장ᄅᆡ(將來)니방(吏房)노릇잘ᄒᆞ여먹겟다

▲잇흔날평명후(平明後)에신관사도발ᄒᆡᆼ(新官使道發行)ᄒᆞᆯ제사은슉ᄇᆡ(謝恩肅拜)ᄒᆞᆫ신후(後)에장안셔경(長安署經)잠잔돌고고사당(告祠堂)참ᄇᆡ(叅拜)ᄒᆞ고젼라도(全羅道)로나려간다▼

▲구름갓흔쌍교별련(雙轎別輦)목단(牧丹)석임완자창(窓)네활ᄌᆡ써버리고일등마부(一等馬夫)유랑달마(有囊達馬)덩그럿케시러놋코ᄏᆡ큰사령(使令)청(靑)옷에뒤처잡이험을쓰며별련(別輦)뒤싸랏ᄂᆞᆫᄃᆡ남ᄃᆡ문(南大門)밧써ᄂᆡ다라화(花)

옥중가인

란츈셩(爛春城)만화방창(萬花方暢)버들닙(柳葉)푸룻〻〻(靑靑)빅사동작(白沙銅雀)얼ᄂᆞᆫ건너남ᄐᆡ령(南泰嶺)을넘어구나슈ᄇᆡ(首陪)한쌍통(雙通)인(引)한쌍(雙)니방(吏房)형방(刑房)공방(工房)이며지장(支掌)ᄉᆡᆨ(色)취고슈(吹鼓手)슌령슈(巡令手)도방자(都房子)급창(級唱)이좌우(左右)로옹위(擁衛)ᄒᆞ야권마(勸馬)셩(聲)이진동(振動)ᄒᆞᆫ다좌우(左右)로뫼신라졸(邏卒)일산(日傘)구종(驅從)젼후(前後)비(陪)각차(各差)비마(備馬)를타고십리(十里)에연(連)ᄒᆞ엿다▼

(급창)▲마부(馬夫)야네말됴타말고일시(一時)마음놋치말고두팔에힘을올녀량(兩)엽이기울지안케마상(馬上)을우러〻〻고로져어라굴근돌이야이ㅣ발보와라지방이야▼

이럿케흐늘거려갈제▲신연(新延)니방(吏房)치레보소고양(高陽)나져 고리 바 지 에 반쥬(斑紬)동옷모시직령(直領)조츨ᄒᆞ게잘ᄎᆞ리고가진부담(負擔)을나안져별련(別輦)뒤싸라잇고▼

▲신련(新延)통인(通引)치 레 보 소 남방슈쥬(南方壽紬)루비바지삼팔(三八)동옷갑사(甲紗)쾌자발향(拔香)한충(漢沖)학슬(鶴膝)안경(眼鏡)알뜻모를뜻넌짓차고부담(負擔)에착젼립(着戰笠)ᄒᆞ니마상ᄐᆡ(馬上態)도밉시논다▼

▲신연급창(新延吸唱)의치레봐라ᄏᆡ크고길잘것고어엽부고말잘ᄒᆞᆫ고령리(伶俐)ᄒᆞᆫ더급창(吸唱)이외올망(網)건(巾)ᄃᆡ모관자(玳瑁貫子)진사(眞絲)당즐달아쓰고언월(偃月)상투산호(珊瑚)동곳호박(琥珀)풍잠(風簪)광ᄎᆡ(光彩)ᄂᆞᆫ다이빅(二百)쥴평포립(平布笠)

一〇〇

옥중가인

을일자지게반듯쓰고빅슈쥬누비바지한산모시방픠쳔리자락을각기졉어흑져사슈
건을뒤로젓쳐잡아미고숙수반비고단비자은장도를비슷차고쳥쳔모쵸허리띄를좌
견갓치널게졉어무릅아리떠러띄리고도류불수금낭에다대구팔사쎄여차고협낭쌈
지술향쇤오식으로얼는々々사날집신엽총싸셔락고지로들메신고결빅한장유지로
초롱단님잡아미고쳥장쥴검쳐잡고활기를훨々치며▼
(급창)▲디마구종아니갈데보지말고말갈데보아라쥬먹갓흔ᄂᆡ민돌이셔실이퍼렁
코나팔뒤에힘을너고로게거러라예ㅣ숩은돌이야▼
▲신연군로치레보소산수털벙거지남일광단안을밧쳐날널용자색붓치고궁쵸군
복홍광디비자토수은장도오식수건남견디금낭을여럿달아뒤로숙여둘너미고불량
혼눈방울을이리저리궁굴이며「예라〱나지마라」▼
▲신연ᄉᆞ령치레보소통영갓큰깃쏫고픠영한삼달앗는디홍쳔릭길게입고류목곤

一〇一

옥중가인

장방울달아일산압혜갈나셔々「예라이놈게드러서라어덜번쩍」▼
젼쥬부즁드리다라슌상세연명ᄒᆞ고로구바위임실지나오슈역에숙소ᄒᆞ고박셕틔넘
어드너륙방라졸다나왓다▲인물차지호장이며물품차지공방이며좌슈별감통인들
이기럭이쌍々으로좌우로느러셧다힝수집ᄉᆞ치레보아라통영ᄉᆞ립금패갓끈보기죠
흔쳥철릭마상에올나안져등채를어석집고쌍々이젼비ᄒᆞ고즁군쳔총파총군관슌금
갑옷쳔리마에두려시안진모양지삼국지밍장인듯집ᄉᆞ지휘ᄉᆞ단련ᄉᆞ교련관착젼립
금안쥰마션젼관의틔도로다▼
▲긔픽관이호령ᄒᆞ야청도두로드려갈시이십팔슈각식긔치힝오차자버려셔고호미
금고한쌍호총한쌍라한쌍적한쌍라팔한쌍발라한쌍세악두쌍고두쌍슌시한쌍령긔
두쌍션녀갓흔기생들은착젼립안장마좌우에갈나셧다▼
최지랭이는「킹々동쳐르르」라팔은「또ㅣ」고동은「뚜ㅣ」

옥중가인

가진취타힝낙셩은연풍을자랑ᄒᆞ고권마셩젼도ᄒᆞᆯ제물식과위엄이일읍에가득ᄒᆞ니
상하남녀로쇼인민이좌우에구경ᄒᆞᄂᆞᆫ자ㅣ인산인히가되얏더라
이ᄯᆡ ᄉᆞ도람여우에올나안져흥에겨워고개를함부루흔들다가좌우를살펴보더니
(ᄉᆞ)수로부르라
(수)예ㅣ이
(ᄉᆞ)더러구경ᄒᆞᄂᆞᆫ것이모다기싱이냐
수로긔가막혀
(수)예ㅣ이모도기싱이올시다
ᄉᆞ도ᄃᆡ희ᄒᆞ야남여우에셔혼자우스면셔「인제야ᄂᆡ가기싱버락을맛ᄂᆞᆫ구나」
긱ᄉᆞ에하례ᄒᆞ고동헌에좌졍ᄒᆞ야차담상을잡으시니깃분싱각이ᄉᆞ못쳐셔기싱을모
다불너보고십흔싱각이불연듯ᄒᆞᄂᆞᆫ톄면을보와뎨삼일을기ᄃᆞ리더라

一〇二

옥중가인

第八幕 妓生點考場 (기싱뎜고ᄒᆞᄂᆞᆫ틔)

(設備)南原官廷、案冊
(出場)卞府使、戶長、吸唱、通引、使令、妓生等

이ᄯᆡ신관이도임ᄒᆞ여뎨삼일을당ᄒᆞᆫ지라륙방관속의뎜고를잠잔밧은후에기싱불싱
각이급ᄒᆞ여곳호장을불너기싱뎜고를식힌다
호장이령을듯고기싱을뎜고ᄒᆞᄂᆞᆫᄃᆡ안칙을드러놋코차례로호명을ᄒᆞᆫ다
▲남포월깁흔밤에돗ᄃᆡ치ᄂᆞᆫ뎌ᄉᆞ공아뭇노라너탄ᄇᆡ계도금범란쥬ㅣ▼
힝수기싱란쥬가드러오ᄂᆞᆫᄃᆡ▲홍상을거듬々々한편으로것어안고요만ᄒᆞ고안ᄂᆞᆫ거
동츄쳔명월분명ᄒᆞ다(급창)「나ㅣ오」▼
▲일대문장소동파젹벽강에비를ᄯᅴ고거쥬속긱ᄒᆞ올젹에소언동산월츌이ㅣ▼
월츌이가드러오ᄂᆞᆫᄃᆡ▲홍상을거더안고함교함틔것ᄂᆞᆫ거름쳔반이ᄂᆞ요라ᄒᆞ고만반
이ᄂᆞ괴리ᄒᆞ야ᄉᆞ수류직만풍젼이로다(급창)「나ㅣ오」▼

一〇三

ᄉᆞ도분부(使道分付)ᄒᆞ되기ᄉᆡᆼ점고를그러케느리게ᄒᆞ면몃날갈쥴모로겟구나갑々ᄒᆞ야둣깃ᄂᆞ
나밧비々々불너라
호장이청령(聽令)ᄒᆞ고그눈치를아(知)는고(故)로넉자화두(四字話頭)로쌜리쌜리불른다

옥중가인

※위셩조우읍경진ᄀᆡᆨᄉᆞ청々류ᄉᆡᆨ(渭城朝雨浥輕塵客舍青々柳色)이 (급)예—등ᄃᆡ(等待)ᄒᆞ엿소※
※ᄉᆞ창(紗窓)에비취엿다셤々영자초월(纖々影子初月)이 (급)예—등ᄃᆡᄒᆞ엿소※
※남남지상(喃々枝上)봄바람에힐지항지비연(頡之頏之飛鷰)이(급)예—등ᄃᆡᄒᆞ엿소※
※쳔리강능(千里江陵)느저간다조ᄉᆞᄇᆡᆨ졔ᄎᆡ운(朝辭白帝彩雲)이 (급)예—등ᄃᆡᄒᆞ엿소※
※ᄐᆡ화봉두옥졍련(太華峯頭玉井蓮)화즁군자옥련(花中君子玉蓮)이 (급)예—등ᄃᆡᄒᆞ엿소※
※면々만々유졍(綿々蠻々有情)ᄒᆞ니록수심쳐잉々(綠樹深處鶯鶯)이 (급)예—등ᄃᆡᄒᆞ엿소※
※삼월동풍란만(三月東風爛漫)ᄒᆞᆫᄃᆡ만강우후금낭(滿江雨後錦浪)이 (급)예—등ᄃᆡᄒᆞ엿소※
※아양곡(峨洋曲)을그뉘알니벽ᄒᆡ쳥산금션(碧海青山琴仙)이 (급)예—등ᄃᆡᄒᆞ엿소※

옥중가인

※징강〳〵맑은소ᄅᆡ형산ᄇᆡᆨ옥보ᄑᆡ(荊山白玉寶貝)— (급예—등ᄃᆡᄒᆞ엿소※
※마고소식(麻姑消息)드럿느냐동리션인벽옥(洞裡仙人碧玉)이 (급)예—등ᄃᆡᄒᆞ엿소※
※동파학ᄉᆞ(東坡學士)깁흔ᄉᆞ랑젼당명기계향(錢塘名妓桂香)이 (급)예—등ᄃᆡᄒᆞ엿소※
※리화도화만발(李花桃花滿發)ᄒᆞᆫᄃᆡᄇᆡᆨ화총즁향염(百花叢中香艶)이 (급)예—등ᄃᆡᄒᆞ엿소※
※화향월ᄉᆡᆨ(花香月色)죠흘시고범々록수련엽(泛々綠水蓮葉)이 (급)예—등ᄃᆡᄒᆞ엿소※
※무릉션원(武陵仙源)차저가니만졈춘ᄉᆡᆨ홍도(萬點春色紅桃)— (급)예—등ᄃᆡᄒᆞ엿소※
※연면무산십이봉(連綿巫山十二峰)에조운모우양ᄃᆡ션(朝雲暮雨陽臺仙)이(급)예—등ᄃᆡᄒᆞ엿소※
※공ᄌᆞ왕손방수하(公子王孫芳樹下)에화즁지왕목단(花中之王牧丹)이 (급)예—등ᄃᆡᄒᆞ엿소※
※인한계화(人閑桂花落)ᄯᅥ러진ᄃᆡ야졍춘산월ᄉᆡᆨ(夜靜春山月色)이 (급)예—등ᄃᆡᄒᆞ엿소※
※대안도(戴安道)차저가니산음야반셜월(山陰夜半雪月)이 (급)예—등ᄃᆡᄒᆞ엿소※
※만경창파(萬頃蒼波)깁흔물에파도흉용릉파(波濤洶湧凌波)— (급)예—등ᄃᆡᄒᆞ엿소※

一〇六

옥중가인

즁츄팔월십오야에 광명됴라 츄월이 (仲秋八月十五夜 光明 秋月) (급)예ㅣ등티ᄒᆞ엿소

분벽ᄉᆞ창요젹훈듸 한가ᄒᆞ다 향심이 (粉壁紗窓寥寂 香心) (급)예ㅣ등티ᄒᆞ엿소

오동복판거문고를 타고노니 탄금이 (梧桐腹板 彈琴) (급)예ㅣ등티ᄒᆞ엿소

록양이월삼월츈ᄒᆞ니 만화방창츈단이 (綠楊二月三月春 萬化方暢春丹) (급)예ㅣ등티ᄒᆞ엿소

도화유슈묘연거ᄒᆞ니 별유천지션월이 (桃花流水杳然去 別有天地仙月) (급)예ㅣ등티ᄒᆞ엿소

셔졍강상월에 동각설즁미ㅣ (西亭江上月 東閣雪中梅) (급)예ㅣ등티ᄒᆞ엿소

은하슈변오작교에 칠월칠셕강션이 (銀河水邊烏鵲橋 七月七夕降仙) (급)예ㅣ등티ᄒᆞ엿소

요하에차인환도빠혀니니 룡천검이 (腰下 環刀 龍泉劍) (급)예ㅣ등티ᄒᆞ엿소

반야암향미인리라 합리츈광미화ㅣ (半夜暗香美人來 閤裡春光梅花) (급)예ㅣ등티ᄒᆞ엿소

차화기진깅무화라 능상오한국향이 (此花開盡更無花 凌霜傲寒菊香) (급)예ㅣ등티ᄒᆞ엿소

의의취쥭굿은절ᄀᆡ 설리쳥쳥쥭엽이 (猗猗翠竹 雪裡青々竹葉) (급)예ㅣ등티ᄒᆞ엿소

一〇七

옥중가인

령산회상긴장단에 츔잘츄는릉션이 (靈山會像 陵仙) (급)예ㅣ등티ᄒᆞ엿소

졍ᄀᆡᆨ관산로긔즁고 남포상봉홍련이 (征客關山路幾重 南浦相逢紅蓮) (급)예ㅣ등티ᄒᆞ엿소

션인십오이취싱에 학득곤구치봉이 (仙人十五愛吹笙 學得崑丘彩鳳) (급)예ㅣ등티ᄒᆞ엿소

양금난초거문고에 쳥가묘무혜란이 (洋琴蘭草玄琴 清歌妙舞慧蘭) (급)예ㅣ등티ᄒᆞ엿소

화용월틔고은양ᄌᆞ 옥호일편빙심이 (花容月態 樣子 玉壺一片氷心) (급)예ㅣ등티ᄒᆞ엿소

나는쏫츨제기차니 화당츈풍연연이 (畵堂春風 鸞々) (급)예ㅣ등티ᄒᆞ엿소

도원심쳐차져가니 무릉츈석담도ㅣ (桃源深處 武陵春色淡桃) (급)예ㅣ등티ᄒᆞ엿소

동방사창비친달을 억조창싱사랑ᄒᆞ니 익월이 (洞房紗窓 億兆蒼生 愛月) (급)예ㅣ등티ᄒᆞ엿소

강남치련금이모라 슈중옥녀부용이 (江南採蓮今已暮 水中玉女芙蓉) (급)예ㅣ등티ᄒᆞ엿소

원앙금리에 츈몽란ᄒᆞ니 네가일졍영이 (鴛鴦衾裡 春夢爛 一情永愛) (급)예ㅣ등티ᄒᆞ엿소

옥토도환항아궁에 빗겨섯는계월이 (玉兎搗丸姮娥宮 桂月) (급)예ㅣ등티ᄒᆞ엿소

옥중가인

❀천향국식너를보니셜부화용롱옥이 (급)예—등티ᄒᆞ엿소❀

❀영명사ᄎᆞ자가니명사십리히당츈이 (급)예—등티ᄒᆞ엿소❀

❀리틱빅긔경후에뉘것이나명월이 (급)예—등티ᄒᆞ엿소❀

❀셔덕언의거울인가명철ᄒᆞᆫ사월파ㅣ (급)예—등티ᄒᆞ엿소❀

❀상엽이홍어이월화에금슈강산츈외츈이(급)예—등티ᄒᆞ엿소❀

❀탁락장송군ᄌᆞ절에사시장청송절이 (급)예—등티ᄒᆞ엿소❀

❀송하에문동ᄌᆞᄒᆞ니치약부지운심이 (급)예—등티ᄒᆞ엿소❀

❀월명임하미인리은근ᄒᆞᆫ다미션이왓ᄂᆞ냐 (급)예—등티ᄒᆞ엿소❀

❀차문쥬가하쳐지목동이요지힝화가왓ᄂᆞ냐(급)예—등티ᄒᆞ엿소❀

❀옥로금풍만산홍일엽청광옥엽이왓ᄂᆞ냐 (급)예—등티ᄒᆞ엿소❀

❀쥬홍당사벌미듭차고나니금낭이왓ᄂᆞ냐 (급)예—등티ᄒᆞ엿소❀

옥중가인

❀진쥬명쥬ᄌᆞ랑마라뎨일보패산호쥬왓ᄂᆞ냐(급)예—등티ᄒᆞ엿소❀

❀광한루상명월야군션이여옥션이왓ᄂᆞ냐(급)예—등티ᄒᆞ엿소❀

❀단상오동그늘속에쌍거쌍리비봉이왓ᄂᆞ냐(급)예—등티ᄒᆞ엿소❀

❀월즁천향단계ᄌᆞ향문십리계화왓ᄂᆞ냐 (급)예—등티ᄒᆞ엿소❀

▲사군불견반월이、독좌유황단금이、소지로화월션이、즁양츈식국화ㅣ、사시장청쥭엽이、취향이、란향이、월향이……▼

사도가향자만들르면궁둥이가싸에못붓게들먹티며

(사)호방듯ᄂᆞ냐

(호)예ㅣ이

(ᄉᆞ)너의고을에츈향이잇다더니졈고시에업스니웬일이냐

호방이안칙을쳑덥고고키를밧삭숙여사연을엿쥬오티

(호)춘향(春香)은기싱(妓生)이아니오라퇴기(退妓)월미(月梅)의ᄯᆞᆯ이온ᄃᆡ기안(妓案)에착명(着名)ᄒᆞᆫ닐이업ᄉᆞᆸ고여염싱(閭閻生)
장(長)ᄒᆞ옵더니젼々(前々)등닉(等內)구관(舊官)ᄎᆡᆨ방(冊房)도령(道令)님(任)이머리를언쳣나이다

(사)구관(舊官)ᄎᆡᆨ방(冊房)도령(道令)님(任)이머리를언쳣스면춘향을다려갓ᄂᆞ냐

(호)다려가지는아니ᄒᆞ고제집에잇ᄂᆞ이다

(사)ᄂᆡ드르니춘향(春香)은원기(原妓)의ᄌᆞ식이오ᄯᅩᄒᆞᆫ인물(人物)이일ᄉᆡᆨ(一色)이라ᄒᆞ니기안(妓案)에착명(着名)ᄒᆞ고밧
비현신(見身)식키여라ㅣ

호장(戶長)이령(令)을듯고게셔업쳐쳥령(聽令)ᄒᆞ여곳차ᄉᆞ(差使)를노와춘향을불을일이로ᄃᆡ춘향의범졀(凡節)
을아는지라다시알외오되

(호)춘향(春香)은기싱(妓生)이안닐ᄲᅮᆫ더러자하(自下)로듯ᄌᆞ오니재가낭군(郎君)을리별(離別)ᄒᆞᆫ후(後)에호을노슈졀(守節)
ᄒᆞ노라고외인(外人)을아니본다ᄒᆞ오니사도쳐분(使道處分)이엇더ᄒᆞ실는지

사도(使道)가그말을듯더니화중을ᄂᆡ여영창문(影窓門)을와르루여러졋치면서

「니가부르는ᄃᆡ쳣말에ᄃᆡ령(待令)치안코슈졀(守節)이다무엇이냐지금밧비춘향(春香)불너현신(見身)시켜라」
통인(通引)이쳥령(聽令)ᄒᆞ더니

방울이「뎔넝」ᄉᆞ령(使令)이「예ㅣ의」

(급창)춘향밧비ᄃᆡ령(待令)ᄒᆞ라。(ᄉᆞ령)예ㅣ의

▲군로(軍牢)ᄉᆞ령(使令)이나간다ᄉᆞ령(使令)군로(軍牢)가나간다▼

(ᄉᆞ령)▲김번슈(金番首)야、웨야。박번슈(朴番首)야、웨부르나냐▼

▲걸니엿다걸니여거누가걸니엿누셔춘향(徐春香)이가걸니엿다올타그난장(亂杖)맛고담양(潭陽)갈년
양반(兩班)셔방ᄒᆞ엿다고교만(驕慢)이너무만코ᄐᆡ(態)ㅣ가락이만트니라그물(網罟)코삼천(三千)이면걸닐날
이잇ᄂᆞ니라▼

춘향(春香)에게ᄉᆞ정(私情)두는놈너도ᄭᅵ아들이오나도ᄭᅵ아들이라그ㅣ안이ᄉᆞᆸ고쥬제넘은년
잘되얏다잘걸녓다

옥중가인

▲산슈(山獸)털벙거지남일(藍日)광단(光緞)안을밧쳐날닐용자(勇字)ᄯᅡᆨ붓치고궁초(宮綃)군복(軍服)홍광(紅廣)ᄃᆡ(帶)걸음을좃차
펄넝〳〵광풍(光風)에나뷔날듯슈림간(樹林間)밍호(猛虎)처럼충〳〵거러나가더라▼

第九幕 春香捉來 (춘향잡혀오는ᄃᆡ)

第一場 香春家

(設備)春香家、酒肴床、葉錢
(出場)使令、春香母女、上丹

이ᄯᅵ에춘향이는천리상사(千里相思)임(任)을그려도령님ᄭᅴ온편지(片紙)를차례(次例)로닉여놋코보고울고울
고보면
▲편지(片紙)는오것만은임(任)은어이아니오고나는엇지못가는고▼탄식(歎息)ᄒᆞ고안졋더니싀문(柴門)
에문견폐(聞犬吠)가컹〳〵짓는소ᄅᆡ문(門)을열고닉다보니ᄉᆞ령군노(使令軍牢)가느러셧다▲아차아차이
젓구나오날이뎨삼일점고(第三日點考)라더니무슨야단이낫나▼춘향(春香)이문(門)을열고아장〳〵나오
면서
「김번슈(金番首)오셧나박번슈(朴番首)와계신가금번(今番)에상경(上京)ᄒᆞ야로독(路毒)이나아니낫나닉집을ᄎᆞᄌᆞ

옥중가인

오기ᄭᅮᆷ밧게일이로세」
손을잡고잇글면셔「어ㅣ셔오쇼어ㅣ셔오쇼」
ᄉᆞ령(使令)들이싱전(生前)춘향에게그런ᄃᆡ접(待接)못바다보다가손을잡고말을ᄒᆞ니황송감ᄉᆞ(惶悚感謝)ᄒᆞ야
(ᄉᆞ령)여보소동싱(同生)웨나왓나병중(病中)에촉상(觸傷)ᄒᆞ리어셔드러가세
방(房)으로드러안지니춘향모(春香母)건너오며
(모)이ᄌᆞ식(子息)오날닉집에오기발병이나아니낫느냐늘근어미를한번도와셔아니보
아상단(上丹)아안쥬는업스나술이나만니가져오너라
술상을드려놋코술을권(勸)ᄒᆞ니ᄉᆞ령(使令)들이술맛을보더니무삼큰죄인(罪人)이나잡으러온드시
ᄉᆞ졍(私情)을두지마ᄌᆞ고밍셰(盟誓)지거리를더럭〳〵ᄒᆞ며함부루ᄒᆞ든닙에셔말이너무졍답게
나온다
(ᄉᆞ령)말이야바로ᄒᆞ지사도(使道)가자네를수청(守廳)거힝(擧行)을식인다고지촉이ᄃᆡ단ᄒᆞ나우리가

옥중가인

들엇스면즈네ᄒᆞ나씩여너지못ᄒᆞᆯ리가잇나

(츈)글셰철즁(鐵中)에도징々(錚々)이라고ᄉᆞ람이만흐되오라버니두분을밋소

(ᄉᆞ령)그말이야두번이를말인가

지촉사령이연(連)헤나오는듸「오나나ㅡ」「가만히잇거라」。

「오나나ㅡ」「이놈아요란(擾亂)ᄒᆞ다우리가아는장단일다이리와술이나먹자」

셰놈이드러와안져술을엇지먹엇던지하날이돈짝만ᄒᆞ고셰상이노랏케되얏더라

츈향이돈셕냥(錢三兩)을닉여놋코

(츈)이것이약소(略少)ᄒᆞ나드러가다가약쥬(藥酒)나ᄒᆞᆫ잔(盞)먹고가소

(ᄉᆞ령)이게될말인가쇠가쇠를먹고살이살을먹는다고자네게이것밧을슈잇나

ᄉᆞ령(使令)놈들은입으로는그리면셔도돈은ᄭᅳᆼ문니에차며「입슈(葉數)나다올흔가몰나자ㅡ우리드러가네」

옥중가인

츈향을작별(作別)ᄒᆞ고문밧게나오더니셰놈이손길을마조잡고

▲자ㅡ우리한잔먹은김에노리ᄒᆞ나ᄒᆞ여보세▼

▲그말이쪄됴코나

▲빅구(白鷗)야펑펑날지마라너잡으러너안잔다셩상(聖上)이바리시니너를좃차여긔왓다옥루(玉樓)사창(紗窓)화류(花柳)즁(中)에빅마(白馬)금편(金鞭)소년(少年)들아벽오동(碧梧桐)칠현(七絃)금(琴)을알고져리질기나냐모르고져리질기나냐지음(知音)을못ᄒᆞᆯ진ᄃᆡ음률(音律)을어이알니궁상각치우(宮商角徵羽)오음륙률(五音六律)을나다려뭇게되면궁텬지리(窮天之理)를듸강만이르리라▼

그럭져럭관문(官門)에당(當)ᄒᆞ야츈향은잡아오지안코온놈들이관졍(官庭)에드러가기어려워셔

(사령들)너먼져드러가쟈너먼져드러가잣고나이이우리그리말고셋이셔로잡고거드러거려드러가쟈그것참됴흔말이다

하창이럿케거들거리더니이ᄯᅵ신관(新官)이츈향잡으러나간ᄉᆞ령이더듸게온다고화증을

닉여야단이낫는지라져촉ᄉᆞ령이춘향집에급(急)히나가문젼(門前)에드러스며「여보셔울되할일업니드러가세거힝(擧行)잘못ᄒᆞᆫ다고힝수(行首)집사(執事)엄곤(嚴棍)치고도ᄉᆞ령(都使令)도군로(都軍牢)는결박(結縛)ᄒᆞ야달앗스니ᄉᆞ세(事勢)엇지ᄒᆞᆯ수잇니드러가세드러가세」

춘향이할일업셔관가(官家)에드러가는듸▼헛흐러진머리털은귀밋헤느러지고살니는초마폭(幅)을거듬〻〻안고비마진제비갓치아장〻〻것는ᄐᆡ도(態度)왕소군(王昭君)의밉시로다▼

第二場　官庭

(設備)上房、官庭、刑杖諸具
(出場)府使、春香、使令、官隷一同

춘향이사령을ᄯᅡ라관졍(官庭)에드러가사계화초(四季花草)놉흔담안양류청〻(楊柳青青)그늘속에가만니안즈니청령급창(廳令吸唱)이듸뜰우에나셔면셔「춘향현신(見身)이오」

사도고ᄀᆡ를길게쎄여보시고「어ㅣ참만고일식(萬古顏色)이로구나어셔오르리라」

춘향이사양(辭讓)타못ᄒᆞ야상방(上房)에올나가고양(猫)이니마신(烟吸)듯시옷독안저발〻ᄯᅥ니눈섭우에는찬긔운(氷氣)이돌고귀밋헤는가는소룸이돗쳣더라

사도한거드ᄯᅥ보더니마음에는ᄉᆡᆨ근밤쳐럼싱키고십흔욕심(慾心)이잇지만은사도는외입(外入)속이통달(通達)ᄒᆞᆫ양반(兩班)이라슈군슈군슈작을붓치는듸춘향을쳐다보면셔연히츄어셔말을ᄒᆞᆫ다

(사)어ㅣ어엽부다어ㅣ어엽부다〻〻〻〻〻〻참어엽부게싱겻구나침어락안(沈魚落雁)이란말을과(過)히츈가ᄒᆞ엿더니폐월슈화(閉月羞花)ᄒᆞ는ᄐᆡ도(態度)보던중처음이오짝이업는일식(一色)일다셜도(薛濤)문군(文君)보랴ᄒᆞ고익쥬자사(益州刺使)자원(自願)ᄒᆞ야삼도몽(三刀夢)을꾸엇다더니네소문(所聞)이하장(壯)ᄒᆞ야경향(京鄉)에유명(有名)키로밀양(密陽)셔흥(瑞興)다마다고잔신이셔둘너셔남원부사(南原府使)ᄒᆞ엿더니오히려늣덤병여션착편(先着鞭)이되얏스나록엽셩음자만지(綠葉成陰子滿枝)가아즉아니되얏스니불힝중다힝(不幸中多幸)일다구관(舊官)칙방도령(冊房道令)님이네머리를언첫다니도령님가신후에독숙공방(獨宿空房)ᄒᆞᆯ슈잇니응당이부(愛夫)잇슬테니관속(官屬)이나건달(乾達)이나어려히알지말고바른듸로말ᄒᆞ여라

츈향이이말을듯더니느러진초마자락을휩싸거듯치며낫빗을쳔연스럽게ᄒᆞ고

(츈)창녀(唱女)의자식(子息)이나기안(妓案)에착명(着名)안코려렴(閭閻)싱장(生長)ᄒᆞ얏더니구관(舊官)덕(宅)도령(道令)님이년소(年少)ᄒᆞ신풍졍(風情)으로소녀(少女)집을차자와셔셔강(西廂)가약(佳約)간쳥(懇請)ᄒᆞ니로모(老母)가허락(許諾)ᄒᆞ고리씨(李氏)딕(宅)에허신(許身)ᄒᆞ야빅년(百年)긔약(期約)을밧들기로단々(斷々)밍셰(盟誓)ᄒᆞ엿더니호사(好事)가다마(多魔)ᄒᆞ야도령님을리별(離別)ᄒᆞ고독(獨)숙공방(宿空房)쥬야(晝夜)상사(相思)차질날만기다리니관속(官屬)건달(乾達)이부(愛夫)말숨쇼녀(少女)게는당(當)치안소

사도가그말듯더니크게웃고연히칭찬(稱讚)ᄒᆞ면셔롱낙(弄絡)을ᄒᆞᆫ다

(사)얼골보고말드르니안밧으로일석일다옥안(玉顏)종고(從古)다신루(多身累)가구양공(歐陽公)의글짝이라인물(人物)죠흔여인(女人)들이졀힝(節行)이업건마는더얼골됴커니와옥갓흔그마음이어엽부고아름답다네마음은그러ᄒᆞ나리도령어린아히장가들고급졔(及第)ᄒᆞ면쳔리(千里)타향(他鄕)잠시(暫時)작란(作亂)네싱각(生覺)ᄒᆞᆯ수잇나가련(可憐)ᄒᆞᆫ네신셰(身勢)가꼿가지에셔리요약(弱)ᄒᆞᆫ풀에씌슬이라황혼약(黃昏約)이잔듸업고빅두음(白頭吟)을푸면은그아니불상(不祥)ᄒᆞ냐네가유식(有識)ᄒᆞ다ᄒᆞ니ᄉᆞ긔(史記)로이르리라엣날

예양(豫讓)이는지초부(再醮婦)의슈졀(守節)이라네가날을위(爲)히슈졀(守節)ᄒᆞ면예양(豫讓)과일반(一般)이아니겟느냐나도비록나히삼십(三十)이넘엇스나졀문싱각(生覺)은ᄉᆡ신랑(新郎)일반(一般)일다이익길이사양(辭讓)말고의복(衣服)단장(丹粧)곱게ᄒᆞ고오날붓허슈청(守廳)ᄒᆞ라

(츈)츈향은먹은마음사도님과달으외다올나가신도령님이무신(無信)ᄒᆞ야안차지면반쳡(班婕)여(好)본을밧아옥창(玉窓)형영(螢影)직히다가이몸이죽ᄉᆞ오면황릉묘(黃陵廟)를차자가셔이비(二妃)혼령(魂靈)뫼시옵고반쥭지(班竹枝)졈은비에놀아불가ᄒᆞ옵ᄂᆞᆫ듸지쵸슈졀(再醮守節)ᄒᆞ란말숨소녀(少女)게는당(當)치안소

ᄒᆞ면셔츈향은불쾌(不快)ᄒᆞᆫ긔식(氣色)을가지고사도의롱낙수단(弄絡手段)은쓸듸업는지경이라그러나도(到)임초(任初)에츈향의뜻이그런줄모르고한번불너보기는용혹무괴(容或無怪)어니와츈향의말이이갓ᄒᆞ니도로혀뜻을가상(嘉尙)히여겨칭찬(稱讚)ᄒᆞ고만보닛스면관무ᄉᆞ(官無事)촌틱평(村太平)ᄒᆞᆯ닐이로듸츈향의아름다온틔도(態度)는사람으로ᄒᆞ여곰욕심(慾心)을참지못ᄒᆞ게된지라사도ᄒᆞ다못ᄒᆞ야한번을너보면될줄알고붓최자루로칙상(冊床)을탁치며목소릐를놉힌다

옥 중 가 인

(사)허々이런시졀(時節)보아라기ᄉᆡᆼ수졀(妓生守節)ᄒᆞᆫ단말을뉘가아니요졀(腰絕)ᄒᆞᆯ가분부거졀(分付拒絕)키ᄂᆞᆫ간부(間夫)ᄉᆞ졍간졀(事情懇切)ᄒᆞ야별층졀(別層節)을다말ᄒᆞ니네죄(汝罪)가졀々가통(切々可痛)ᄒᆞ다형장(刑杖)아ᄅᆡ긔졀(氣絕)ᄒᆞ면네쳥츈(汝靑春)이속졀(屬節)업지

사도의쳔동(天動)갓치으로ᄂᆞᆫ소리를듯고츈향은고ᄀᆡ를도ᄅᆞ키고건ᄂᆞᆫ방(房)으로나안지며아조ᄂᆡᆼ々(冷冷)ᄒᆞ게거졀(拒絕)을ᄒᆞᆫ다

(츈)긔졀(氣絕)이아니라이당장(當場)에셔물고(勿故)를올닌ᄃᆡ도사도슈쳥(使道守廳)들츈향은아니오사도ᄂᆞᆫ양(兩)반(班)이라례졀(禮節)을아시려든수졀(守節)부녀(婦女)억탈(抑奪)ᄒᆞ면위민부모(爲民父母)도리졀ᄎᆞ(道理節次)졀당(切當)ᄒᆞ다ᄒᆞ오릿가훼졀(毁節)ᄒᆞᄂᆞᆫ부졍남녀(不正男女)졀치부심(切齒腐心)ᄒᆞ옵ᄂᆡ다

ᄉᆞ도가그말을듯더니분(憤)ᄒᆞᆫᄉᆡᆼ각(生覺)이다시이러나셔두눈이감々코궁기ᄊᆡᆨ々목이콱쉬며망건(網巾)편자(片子)가툭々ᄭᅳ어지고상토ᄭᅩᆺ고가발々님고턱을덜々썰면셔

(ᄉᆞ)이리오너라

옥 중 가 인

(통)예ㅣ이

(ᄉᆞ)이년잡아ᄂᆡ라

(통)예ㅣ의급창ㅣ

(급)예ㅣ의

(통)츈향잡아ᄂᆡ라

(급)예ㅣ의ᄉᆞ령ㅣ츈향잡아ᄂᆡ라

(ᄉᆞ령)예ㅣ의

ᄉᆞ령이우루々달녀드러츈향의머리ᄎᆡ를휘々친々감쳐쥐고동당이를쳐셔「잡아드렷소ㅣ」

큰아큰형틀(刑架)우에다덩그럿케올녀ᄆᆡ고

(사)형니(刑吏)거긔잇ᄂᆞ냐

옥 중 가 인

(형)예ㅣ의 형니(刑吏)디령(待令)ᄒᆞ엿쇼ㅣ

(사)네(汝)ㅣ 더년을ᄯᅥ려죽일터이니 다짐(侍音)써라

(형)예ㅣ의

형니(刑吏)다짐(侍音)써 분부(分付)ᄒᆞ되

「너(汝)의몸(矣身)이 창가소부(娼家少婦)로 부종관장(不從官長)지 엄령(嚴令)ᄒᆞ고 발악거역(發惡拒逆)ᄒᆞ니 신위쳔기(身爲賤妓)로 ᄌᆞ칭졍절(自稱貞節)이 죄당만ᄉᆞ(罪當萬死)라 즉위타살(卽爲打殺)ᄒᆞ야 이일증빅(以一懲百)ᄒᆞ리니 쥭기를셜워말나」

남원부ᄉᆞ(南原府使) 도님초(到任初)에 션칠졍(先七政)ᄒᆞ라면은 허다(許多)ᄒᆞᆫ 공ᄉᆞ(公事)만컨만은 신관(新官)의 안젼(眼前)에는 춘향의일갓치 더큰공ᄉᆞ(公事)가 업든것이엿다 연히 형니(刑吏)를 지촉ᄒᆞ니 형니가 다짐장(侍音狀)을 들고 내려가 춘향더러 다짐을 두라ᄒᆞ니 춘향이 다짐ᄒᆞ되 조곰도 굴(屈)치안코 철장(鐵杖)갓치 다짐둔다 한일ᄌᆞ(一字) 드르그은후에 마음심ᄌᆞ(心字) 그아리 쓰고 붓티를 니던지며 요만ᄒᆞ고 안젓더라

집장ᄉᆞ령(執杖使令)이 거힝(擧行)을ᄒᆞ는디 ▲팔쳑장신(八尺長身) 키큰ᄉᆞ령 젼통(箭筩)갓흔 큰팔ᄲᅦ여 억기에 둘너메고

옥 중 가 인

형장(刑杖)을 안아다가 춘향압헤 절컥노ᄒᆞ니 철셕(鐵石)간장(肝腸) 다ᄯᅥ러진다 형장을 좌르르펼쳐놋코 이놈도 골나 늉청々々 저놈도 잡아 늉청々々 기중에 좀먹고 도힘업는놈 골나쥐고 이만ᄒᆞ고 셔잇ᄉᆞ니

사도분부ᄒᆞ되「너이년을 첫미에 두다리(兩脚)가 룩부러지게 치되 만일(萬一) 헐장(歇杖)ᄒᆞ면 집장ᄉᆞ령(執杖使令)놈이 쥭으리라」

집장ᄉᆞ령이 업듸리면셔「더만ᄒᆞᆫ년을 일호ᄉᆞ졍(一毫私情)두오릿가 부러지게 치오리다」

미우쳐라ㅣ 소리에 두어발을 물너셧다 달녀드러 한끼를 ᄯᅡᆨ부치니 부러진 형장(刑杖)가지 공(空)즁(中)에 푸루루 ᄯᅥ나가고 오륙월(五六月) 급(急)ᄒᆞᆫ비에 별악치는 소리가는다

고초(苦草)갓치 독(毒)ᄒᆞᆫ 춘향 사지(四肢)륙체(六體)를 바르르ᄯᅥᆯ며 약(弱)ᄒᆞ고 어린다리에 형장을 붓칠ᄯᅥᆨ마다 분(憤)ᄒᆞ고 원억(冤抑)ᄒᆞᆫ 싱각가삼에 사못쳐 셔졀졀(節節)이 알외는말 자々(字字)귀々(句句)이 노릭가 되엿더라

▲일자(一字)낫을 ᄯᅡᆨ부치니

일(一)자(字)로 알외리다 일편(一鞭)서거(西去) 우리 군자(君子) 일각삼추(一刻三秋) 보고지고 일부종사(一夫從事) 굿은 마음 일시형(一時刑)

익가소(厄可笑)롭다 일만번(一萬番) 죽사온들 일호변기(一毫變改)ᄒᆞ오릿가

▲이(二)자(字) 낫을 ᄯᅡᆨ 붓치니

이(二)자(字)로 알외리다 이월(二月) 요도(夭桃) 민진 가약(佳約) 이셩지합(二姓之合) 분명(分明)ᄒᆞ니 이쳔리(二千里) 류찬(流竄)ᄒᆞᆫ들 이심(二心)을 두오릿가 이팔쳥츈(二八靑春) 츈향 졍곡(情曲) 이쳔(二天)(관쟝(官長)은 민(民)의 이쳔(二天)이라) 명쵹(明燭)ᄒᆞ옵소셔

▲삼(三)자(字) 낫을 ᄯᅡᆨ 붓치니

삼(三)자(字)로 알외리다 삼싱구사(三生九死)ᄒᆞ드리도 삼강(三綱)을 이즈릿가 삼광(三光)ᄀᆞᆺ치 빗ᄂᆞᆫ 마음 삼죵지의(三從之義) 품엇스니 삼싱가약(三生佳約) 즁(重)ᄒᆞᆫ 몸을 삼월화류(三月花柳) 알지 마오

▲사(四)자(字) 낫을 ᄯᅡᆨ 붓치니

사(四)자(字)로 알외리다 ᄉᆞ오세(四五歲)로 익힌 것이 ᄉᆞ셔삼경(四書三經) 셩훈(聖訓)이라 ᄉᆞ유(四維) ᄉᆞ단(四端) 어진 졍ᄉᆞ(政事) ᄉᆞ경안도(四境安堵) 바랏더니 사시장츈(四時長春) 곳은 졀힝(節行) 사흉치죄(四凶治罪) 웬일이오

▲오(五)자(字) 낫을 ᄯᅡᆨ 붓치니

오(五)자(字)로 알외리다 오마(五馬)로 오신 사도(使道) 오륜(五倫)을 밝히시오 오품불슌(五品不順)ᄒᆞᄂᆞᆫ 관쟝(官長) 오형(五刑) 엇지 모르릿가 오십삼쥬(五十三州) 우리 도ᄂᆡ(道內) 오교불힝(五敎不行) 한심(寒心)ᄒᆞ오

사도 ᄉᆡᆼ각에 ᄂᆞᆫ 형쟝이 한오도(限五度)나 가면 곳 항복(降服)이나 올가 ᄒᆞ얏더니 츈향의 ᄒᆞᄂᆞᆫ 말이 비록 녀ᄌᆞ(女子)의 말이라도 유식(有識)ᄒᆞ고 강개(慷慨)ᄒᆞᆫ지라 사도ᄭᅴ가 막혀 그 유식(有識)ᄒᆞᆫ 어긔(語氣)를 ᄶᅥᆨ그라고 국법(國法)을 빙ᄌᆞ(憑藉)ᄒᆞᆫ다

(사)네ㅣ 그 년이 ᄃᆡ뎐통편(大典通編)을 모르ᄂᆞᆫ고나

사도 형리를 불너

「네ㅣ ᄃᆡ뎐통편(大典通編) ᄂᆡ여 놋코 츈향의 게 죄샹(罪狀)을 일너라」

ᄃᆡ뎐통편(大典通編)은 죠션셩군(朝鮮聖君)이 나라를 다ᄉᆞ리고 ᄇᆡᆨ셩(百姓)의 챵션징악(彰善懲惡)을 ᄒᆞ랴고 마련(磨鍊)ᄒᆞᆫ 죠흔 법(法)이언만은 자리로(自來) 죠션(朝鮮) 법(法)은 법사(法司)나 알고 ᄇᆡᆨ셩(百姓)은 알지 못ᄒᆞ게 된 고(故)로 ᄇᆡᆨ셩(百姓)들은 법(法)이라ᄒᆞ

一二六

옥중가인

면곳죽을줄만알고법사(法司)ᄂᆞᆫ법(法)을록피(鹿皮)에갈오왈(曰)ᄌᆞ(字)로만둘너ᄃᆡ이ᄂᆞᆫ닐이만흔ᄯᅢ라형니(刑吏)

다시업듸려서

「춘향아드르라ᄃᆡ뎐통편(大典通編)에ᄒᆞ엿스되모반(謀叛)대역(大逆)ᄒᆞᄂᆞᆫ죄(罪)ᄂᆞᆫ릉지처참(凌遲處斬)ᄒᆞ라ᄒᆞ고거역(拒逆)

관쟝(官長)ᄒᆞᄂᆞᆫ죄(罪)ᄂᆞᆫ엄치뎡빈(嚴治定配)의당(宜當)이니너죽ᄂᆞᆫ다셜워마라」

춘향이엿ᄌᆞ오ᄃᆡ

「ᄃᆡ뎐통편(大典通編)의법(法)이그러ᄒᆞᆯ진ᄃᆡ유부녀강간(有夫女强姦)ᄒᆞᄂᆞᆫ죄(罪)ᄂᆞᆫ엇지ᄒᆞ라ᄒᆞ얏ᄂᆞᆫ뇨」

사도가한번뛰더니

「이놈저련요망(妖妄)ᄒᆞᆫ년을못죽인단말이냐어서ᄯᅦ려라」

하ᄂᆞᆫ소리에관졍(官庭)이뒤눕ᄂᆞᆫ듯ᄒᆞ고집쟝사령이연히거힝(擧行)을ᄒᆞ니모질스런형장질벼락

치듯ᄒᆞ나춘향의독(毒)ᄒᆞᆫ마음갈스록더ᄒᆞ더라

▲륙(六)ᄌᆞ(字)낫을ᄯᅡᆨ붓치니

一二七

옥중가인

륙(六)ᄌᆞ(字)로알외리다륙국유셰(六國遊說)소진(蘇秦)이ᄂᆞᆫ륙왕(六王)을달늬것만류월비상(六月飛霜)춘향원졍(寃情)륙부오장(六腑五臟)

가득ᄒᆞ니륙방관속(六房官屬)다보ᄂᆞᆫᄃᆡ륙신(六身)을ᄶᅥ져쥬오

▲칠(七)ᄌᆞ(字)낫을ᄯᅡᆨ붓치니

칠(七)ᄌᆞ(字)로알외리다칠셕(七夕)은하견우직녀(銀河牽牛織女)년년상봉(年年相逢)ᄒᆞᆫ것만은칠빅리(七百里)가신가쟝(家長)어이이리

못보ᄂᆞᆫ고칠빅도(七百度)를ᄯᅦ린ᄃᆡ도칠쳑도부(七尺刀斧)겁안나오칠보홍쟝속졀(七寶紅粧屬節)업시칠분귀(七分鬼)되엿세

라

▲팔(八)ᄌᆞ(字)낫을ᄯᅡᆨ붓치니

팔(八)ᄌᆞ(字)로알외리다팔십셔리ᄐᆡ공(八十西來太公)맛나팔빅졔후귀순(八百諸侯歸順)ᄒᆞᆫ들팔ᄌᆞ쌍미춘향졍곡(八字雙眉春香情曲)팔분(八分)이

나굽히릿가팔불츌(八不出)(여덜가지못ᄂᆞᆫ짓)졍톄(政體)즁(中)에ᄉᆞ도졍톄(使道政體)졔일(第一)이오

ᄉᆞ도가이를부두둑갈고력을덜ᄯᅥᆯ며

「압다그년ᄶᅥ져죽일년어서ᄯᅦ려라」

▲구ᄌᆞ낫을ᄡᅥ붓치니
구ᄌᆞ로알외리다구고에학이되야구만장공놉히나라구곡(창ᄌᆞ속)에밋친한을구중심처(인군계신곳)알외고져구월상풍요락ᄒᆞ든구츄황화시들닛가

▲열ᄌᆞ를ᄡᅥ붓치고급창이「열이오」거리ᄒᆞᆫ다
십ᄌᆞ로알외리다십싱구사이니마음십이시로한숨인ᄃᆡ십ᄀᆡ쳔다훼절ᄒᆞ리십팔셰츈향졍셰십오야밝은달이구름속에드럿도다

그럭저럭열다섯을넘겨이십이되니ᄉᆞ도도참쥭일작졍이오츈향도쥭기를겁니지안을지경이라연히알왼다

이십도를알외리다이십문장ᄌᆞ장ᄀᆞᆺ치도령님도남류ᄒᆞ야이십오현황영(아황여영)고됴츈향원한푸러쥬오

삼십도를밍장ᄒᆞ니빅셜ᄀᆞᆺ흔두다리에살한졈이업셔지고ᄲᅧ슈어진ᄲᅮᆫ이라

ᄉᆞ도ᄂᆞᆫ분이노이지아니ᄒᆞ여 엇지ᄒᆞᆯ쥴몰나「에ㅣ그년모질기로 일을진ᄃᆡ독ᄉᆞ이상이오독ᄒᆞ기로일으면곳쵸초이상이로고어린년이장리에크게일져즈르겟고」

ᄉᆞ령더러분부ᄒᆞ되「네ㅣ그년큰칼씨워항쇄족쇄로하옥ᄒᆞ여라」

ᄉᆞ령이「예ㅣ의이」ᄒᆞ더니츈향을슬너동틀아리ᄂᆡ려노으니호흡을불통ᄒᆞ여거의쥭을지경이라좌우에셔듯고보ᄂᆞᆫᄉᆞ람들은「츈향이가무죄ᄒᆞᆫᄉᆞ람이라」「제졀ᄀᆡ를직히라다이ᄆᆡ히쥭ᄂᆞᆫ구나」「그졍경이참앗갑고불상ᄒᆞ다」ᄒᆞ면셔수군거리ᄂᆞᆫ소리ᄂᆞᆫᄉᆞ람마다잇ᄂᆞᆫ측은지심에셔나오ᄂᆞᆫ말이라그러나그즁에측은ᄒᆞᆫ마음이조곰도업ᄂᆞᆫᄉᆞ람은ᄉᆞ도하나ᄲᅮᆫ이라마음에무ᄉᆡᆨᄒᆞᆫ싱각이낫든지얼골이붉거지며두불이축쳐지도록심술을잔ᄯᅳᆨᄂᆡ여「ᄲᅡᆯ니하옥ᄒᆞ라」

ᄉᆞ령들이청령ᄒᆞ고달녀들어큰칼씨워인봉ᄒᆞ고얼둥구려고히 드러삼문밧으로ᄂᆡ치니라

〔一三〇〕

옥 중 가 인

第十幕　春香獄四　（츈향이옥에갓치이ᄂᆞᆫ데）

(設備)獄　(出場)使令等、獄司丁、春香母女、寡婦等、上丹

츈향이형장을맛고칼을쓰고ᄉᆞ령들에게엇ᄭᅳᆯ녀관문(官門)밧게나오니이ᄯᅴ에츈향모(春香母)가문밧게셔가삼이동々ᄒᆞ여기다리다가우루々달녀들어츈향을훔쳐안고

「이고내ᄯᆞᆯ죽엇구나」

목을안고ᄃᆡᆼ굴〳〵

「명찰(明察)ᄒᆞ신하나님내ᄯᆞᆯ츈향이죽슴ᄂᆡ다살녀쥬오살녀쥬오 이고졍영(丁寧)죽겟구 나님들살아무엇ᄒᆞ리」

ᄒᆞ면셔죽기로ᄀᆡ를쓰고ᄃᆡᆼ굴며목졉이질을ᄒᆞ다 가할슈업시사도의원망(怨望)이 나 온다

「여보사도내ᄯᆞᆯ엇지셔죽엿쇼렬녀(烈女)츈향(春香)몰나보고위력겁탈(威力刼奪)ᄒᆞ라ᄒᆞᆫ들언 으발겨ᄶᅵ질년이이미무서굴복(屈服)ᄒᆞ며죽기셜워훼졀(毁節)ᄒᆞᆯ가하나님도무심(無心)ᄒᆞ고부쳐미륵(佛彌勒)영험(靈驗)업네」

상단(上丹)이를불너관약방(官藥房)에급(急)히가서청심환(淸心丸)을ᄉᆞ다가더운물에ᄀᆡ여서츈향입에드러부으니츈향이잠시(暫時間)사잔세여나ᄂᆞᆫ지라

츈향모통곡(春香母痛哭)ᄒᆞ고상단(上丹)이도통곡을ᄒᆞ니잇ᄯᆡ에아젼통인관로ᄉᆞ령남원부즁로소남녀(衙前通引官奴使令南原府中老少男女)가소문(所聞)을듯고드러와셔혀를「쯧々」차며발을구르고울며불며ᄒᆞᄂᆞᆫ모양(貌樣)뉘가보고아니셜워ᄒᆞ리오이날관문(官門)밧게ᄂᆞᆫ눈물을ᄲᅮ려비가되고원셩(冤聲)이창천(漲天)ᄒᆞ여츈향이불상ᄒᆞ단말은입가진ᄉᆞ람은다한마듸식을ᄒᆞᄂᆞᆫ판이라

츈향모(春香母)셜니울며칼머리를들고상단(上丹)이ᄂᆞᆫ츈향을업고나오ᄂᆞᆫᄃᆡ남원부즁노인과부(南原府中老人寡婦)들이울며불며달녀드러

「아이고이게ㅣ웬닐인고신관도ᄉᆞ람이지슈졀(守節)츈향몰나보고이지경(至境)을ᄒᆞᆫ 단말가 츈향아음젼ᄒᆞ다긔특(奇特)ᄒᆞ다」

〔一三一〕

옥 중 가 인

칭찬(稱讚)ᄒᆞ며눈물을흘니고혀도차며 춘향을밧드러옥(獄)으로너려갈제옥ᄉᆞ정(獄司丁)이압흘서고감옥형니(監獄刑吏)뒤를싸라옥문젼당(獄門前當)도ᄒᆞ니장셩(長城)갓치장긴문(門)을와당탕졀거열고춘향녀코문(門)치우니춘향모ㅣ긔졀(氣絕)ᄒᆞ고상단이는「이고아씨엇지ᄒᆞ리이고아씨엇지ᄒᆞ리」쌍울치며운다

춘향이옥즁(獄中)에서칼머리에목을걸고잠시간졍신(暫時間精神)을진졍(鎭定)ᄒᆞ여옥문(獄門)구멍으로어미를부른다

(춘)어머니셜워말고긔체안보(氣體安保)ᄒᆞ옵시면죄(罪)업는춘향몸이셜마ᄒᆞᆫ들죽ᄉᆞ오릿가슈화(水火)금창즁(劍槍中)이라도아니죽고살터이니걱졍말르시고집으로가옵소서만일(萬一)에아니가시고져리울고계시오면불효(不孝)의말슴이나지금(至今)으로죽을테니나가소셔나가소셔우름소리긔가막혀경각(頃刻)에죽겟구려

춘향모ㅣ할일업셔옥즁(獄中)에ᄯᆞᆯ을두고텬지(天地)가아득ᄒᆞ야업더질듯잡바질듯집으로향(向)ᄒᆞ

옥 중 가 인

니라춘향이모친(母親)도라가는모양을보고한숨을후유ㅣᄒᆞ더니기리탄식(歎息)을ᄒᆞᆫ다

(춘)▲불상(不祥)ᄒᆞ신우리모친(母親)아비업시나를길너공(功)도들고힘도들이고이고이길너니여됴흔일은못보시고눈압헤모진일만졀ᄭᅥ(切切)이당(當)ᄒᆞ시니불효막대(不孝莫大)이년몸이죽ᄌᆞ히도아니되고ᄉᆞᄌᆞᄒᆞ니부모근심죽도살도못ᄒᆞ겟네가련(可憐)ᄒᆞᆫ니팔ᄌᆞ(八字)야▲상단(上丹)이계잇ᄂᆞ냐

(상)예ㅣ

(춘)니걱졍은아예말고집으로건너가셔이웃집부인(婦人)네게신ᄉᆞ(申申)히간청(懇請)ᄒᆞ야어머니우시거든위로(慰勞)ᄒᆞ야달나ᄒᆞ고미음원미(米飮原米)ᄌᆞ로ᄡᅮ어시ᄉᆞ(時時)로권(勸)케ᄒᆞ고비취칙상문갑(翡翠冊床文匣)안에인삼열근(人蔘十斤)드럿스니조셕(朝夕)으로진케다려어마니게드려쥬고나업다셜워말고어마니게간권(懇勸)ᄒᆞ면아니죽고살아나셔네은혜(恩惠)를갑흐리라네마음을니가아니별당부(別當付)잇겟느냐청승스런우름쇼리니간장이다녹으니울지말고나가거라

상단(上丹)을돌녀보니고춘향이홀노안져눈물을금(禁)치못ᄒᆞ여▼「니죄(罪)가무삼죄(罪)나국곡투(國穀偸)

옥중가인

식(食)ᄒᆞ엿ᄂᆞ냐살인범죄(殺人犯罪)ᄒᆞ엿ᄂᆞᆫ가엄형즁치(嚴刑重治)항쇄족쇄(項鎖足鎖)옥즁엄수(獄中嚴囚)웬닐이냐어화셰상(世上)가(可)
소(笑)롭다이지경(至境)이되얏스니한탄(恨歎)ᄒᆞ면무엇ᄒᆞ며익통(哀痛)ᄒᆞᆫ들무엇ᄒᆞ리」▼
이럿탓탄식(歎息)ᄒᆞ고셰월(歲月)을보니니▲옥즁형상(獄中形狀)가이업다압문(前門)은살이업고뒤벽(後壁)은외만남
아시졀(時節)이납월(臘月)이라삭풍(朔風)은ᄲᅧ를불고ᄉᆞ맥(四脈)이홋날니니골졀(骨節)이저려온다북풍한셜(北風寒雪)찬바
람이살쏘다시드러오니머리ᄭᅳᆺ헤셔리치고수족(手足)이어름이라겨울가고봄지나고하류(夏六)
월(月)을다々르니완연(宛然)히구수(久囚)가되얏구나헌ᄌᆞ리에베룩빈ᄃᆡ여왼등을파종(破腫)ᄒᆞ고풀쎠엽
ᄂᆞᆫᄊᆞᆯ닥모긔빈ᄃᆡᄉᆞ가가죽을침(針)질ᄒᆞᆯ제천음우습(天陰雨濕)구진날에귀곡셩(鬼哭聲)이더욱셜다이팔청츈(二八靑春)졀(絶)
ᄃᆡ미인(代美人)가련(可憐)이도되엿구나향긔(香氣)로온상산란초(常山蘭草)잡풀속에뭇쳣ᄂᆞᆫ듯말잘ᄒᆞᄂᆞᆫ잉무(鸚鵡)새가
롱(籠)가온ᄃᆡ갓쳣ᄂᆞᆫ듯청계수(淸溪水)에노든고기어망(漁網)속에드럿ᄂᆞᆫ듯문치(文彩)조흔형산ᄇᆡᆨ옥(荊山白玉)진토즁(塵土中)
에무쳣ᄂᆞᆫ듯벽오동(碧梧桐)에노든봉황(鳳凰)형극즁(荊棘中)에드럿ᄂᆞᆫ듯십오야(十五夜)밝은달이ᄯᅦ구름에ᄊᆞ혓ᄂᆞᆫ
듯쵸창젹막(怊悵寂寞)ᄒᆞᆫᄌᆞ안저쥬야장탄(晝夜長歎)우ᄂᆞᆫ말이▼

一三四

옥중가인

▲하로이틀한달두달이를엇지ᄒᆞᆫ잔말고무죄구수(無罪久囚)나의몸이하시졀에노혀보리
청천(靑天)에ᄯᅥᆺᄂᆞᆫ구름놉기도놉흘시고뎌구름에올나셔면임(任)계신ᄃᆡ보련마ᄂᆞᆫ
만경창파(万頃蒼波)져물결은쥬야장천(晝夜長川)흘너가니뎌물갓치가량이면임(任)계신ᄃᆡ가련마ᄂᆞᆫ
일거월져(日去月諸)오리잔들은々(隱々)일념(一念)이즐소나옥즁츄야(獄中秋夜)긴긴밤에독의셔창(獨倚西窓)빗겨안져
산운ᄒᆡ월(山雲海月)바라보니속절업시ᄯᅳᆺᄂᆞᆫ간장(肝臟)울고가ᄂᆞᆫ기러기를참아듯지못ᄒᆞ리라
밤에깁히못든잠을낫버ᄀᆡ에잠잔(暫間)드니몽리(夢裡)ᄒᆡ후(邂逅)셔로만나피ᄎᆞ상ᄉᆞ(彼此相思)이를젹에
경박(輕薄)ᄒᆞᆫ손일쌍호졉(一雙蝴蝶)두견셩(杜鵑聲)에홋터지니여견불견(如見不見)황홀(恍惚)ᄒᆞ다ᄉᆞ몽비몽(似夢非夢)분변(分辨)ᄒᆞᆯ제
홋트러진십이운발(十二雲髮)빈혀ᄭᅩᆺ기이젓도다츄월츈풍(秋月春風)ᄉᆞ시졀(四時節)이뵈오리에북(梭)지나듯
젹々무인(寂寂無人)홀노안져ᄉᆡᆼ각(生覺)나니임(任)ᄲᅮᆫ이라소々락엽(蕭蕭落葉)부ᄂᆞᆫ바람나붓기ᄂᆞᆫ의상(衣裳)이라
향혼옥골(香魂玉骨)살아질제쥬루만면(珠淚滿面)ᄒᆞᄂᆞᆫ고나보고지고우리낭군(郎君)엇지그리못오ᄂᆞᆫ고
오날이나편지(片紙)올가ᄂᆡ일이나소식(消息)알가응당(應當)임(任)이오련마ᄂᆞᆫ이러할리(理)만무(萬無)ᄒᆞ다

一三五

一三六

옥중가인

바라보니 아득ᄒᆞ고 싱각ᄒᆞ니 목이 멘다 공방미인(空房美人) 독상사(獨相思)ᄂᆞᆫ 나를 닐은 말이로다
동원도리(東園桃李) 편시춘(片時春)에 삼월모춘(三月暮春) 수심(愁心)이오 공산낙목(空山落木) 우소소(雨蕭々)ᄒᆞ니 풍우셩(風雨聲)이 수심(愁心)이라
오동야우(梧桐夜雨) 잠ᄭᆡᆫ 후에 실솔셩(蟋蟀聲)이 수심(愁心)이오 거울 가고 봄이 오니 송구영신(送舊迎新) 슈심(愁心)이리
비취금(翡翠衾) 원앙침(鴛鴦枕) 공작병(孔雀屛) 합환션(合歡扇)은 임위(任爲)ᄒᆞ야 두엇더니 그 ᄌᆞ미(滋味) 간 곳 업고 쳘창신셰(鐵窓身世) 웬일인
고▼
▲츈풍도리화ᄀᆡ졀(春風桃李花開節)에 울며 잡고 리별(離別)ᄒᆞᆫ 임(任)져 근듯 가믹(假寐)ᄒᆞ야 ᄭᅮᆷ에 나 보ᄌᆞᄒᆞ나
수심(愁心) 겨워 작못 닐제 타기황잉(打起黃鶯) 저 ᄯᅢ ᄉᆡ리 막교지상(莫敎枝上) 우지 마라 네 우름에 잠을 ᄭᆡ니 임(任)의 곳
에 못갈노라 신무우익(身無羽翼)ᄒᆞ니 날아 본들 어이ᄒᆞ리
셰류츈풍(細柳春風) 져문 날과 오동츄월(梧桐秋月) 야삼경(夜三更)에 이리 고셔 엇지 살리
달은 밝고 바람 찬ᄃᆡ 밤은 길고 잠업셰라 고사(古事)를 싱각(生覺)ᄒᆞ니 엇지 아니 셜울소냐
덕급금수(德及禽獸) 은왕셩탕(殷王成湯) 하ᄃᆡ옥(夏臺獄)에 갓쳣다가 노혀 가셔 셩쥬(聖主) 되고

一三七

옥중가인

만고셩인(萬古聖人) 공부ᄌᆞ(孔夫子)도 광(匡)ᄯᅡ에셔 욕(辱)보시고 도로혀 셩인(聖人) 되고 졍츙ᄃᆡ졀(精忠大節) 소즁낭(蘇中郞)도 북히상(北海上)에
갓쳣다가 고국(故國)으로 도라오니
이런 일노 보와셔ᄂᆞᆫ 나의 몸도 힝혀 노혀 옥(獄)에 나셔 셰상(世上) 구경 다시 할가
익이 답답(畓々) 셜은지고 쥬야장쳔(晝夜長川) 우름인들 속졀 츈광 젼혀 업다
오날이나 방송(放送)홀가 ᄂᆡ일이나 ᄃᆡ사(大赦)홀가 쥬々야々(晝々夜々) 기다리나 용셔(容恕)홀 듯 젼혀 업고
취즁(醉中)에 쥬ᄉᆞ(酒邪) 나면 ᄯᅥᆨ 올녀 즁장(重杖)ᄒᆞ며 심심소일(消日) 삼어셔 허무히 수죄(數罪)ᄒᆞᆫ들
송빅(松栢)갓치 구든 졀ᄀᆡ(節槪) 북풍한셜(北風寒雪) 두려ᄒᆞ랴 익고 이를 엇지ᄒᆞ리 쥭을 밧게 할 일 업다
빅병(百病)이 침싱(浸生)ᄒᆞ니 속졀업시 나 쥭것네 어머니 나 쥭겟소
익고 나의 도령님 한번만 보고 보면 고ᄃᆡ 쥭어도 한이 업고 쥭시 쥭어 도원이 업고 고ᄌᆞ리
에 쥭어도 ᄒᆞᆺ이 업네
이 몸이 쥭기 젼에 아모조록 보고지고 앎흐기도 그지 업고 치웁기도 가이 업다

옥중가인

마듸々々 셕은 간장(肝腸) 드는 칼노 점여 ᄂᆡ여 산호상(珊瑚床) 벽옥함(碧玉函)에 점々(點々)이 담아다가
님의 눈에 뵈고지고 보신 후에 셕어진들 ᄂᆡ가 무삼 관계ᄒᆞ랴
마이산(馬耳山) 놉흔 봉(峯)에 자고 가는 져구아름 츈향의 슯흔 눈물 비 삼아 품어다가
님 계신 옥창(玉窓) 밧게 ᄲᅮ려나 주렴으나
요렇듯 얇흔 몸이 님을 보면 나흐리라
ᄂᆡ 몸이 녀ᄌᆞ(女子) 되야 군ᄌᆞ(君子)를 ᄉᆞ모(思慕)ᄒᆞ나 ᄇᆡᆨ일(白日)이 무졍(無情)ᄒᆞ야 셰월(歲月)이 깁헛스니 전젼반측(輾轉反側) 오ᄆᆡ불(寤寐不)
망(忘) 나의 청츈(青春) 가셕(可惜)이라
몽외(夢外)에 풍류(風流) 남ᄌᆞ(男子) 우연(偶然)히 만나 보고 호치(皓齒) 단순(丹脣) 드러ᄂᆡ여 ᄇᆡᆨ년(百年) 긔약(期約) 허락(許諾)ᄒᆞᆫ 후
장부(丈夫) 일언(一言)이 쳔년(千年) 불ᄀᆡ(不改)라 오ᄉᆡᆨ운(五色雲) 깁흔 곳에 태을(太乙) 션군(仙君) 나리신 듯
심신(心神)이 황홀(恍惚)ᄒᆞ야 만ᄉᆞ(萬事)를 이젓더니 인간(人間)에 일이 만코 만물(萬物)조차 시긔(猜忌)ᄒᆞ야
일야(一夜) 광풍(狂風)에 호졉(蝴蝶)이 분비(紛飛)ᄒᆞ니 골슈(骨髓)에 깁히 든 병(病) 편작(扁鵲)인들 어이ᄒᆞ리

一三八

옥중가인

문전(門前) 류창(柳窓) 외ᄆᆡ(外梅)는 가지(柯枝)마다 츈ᄉᆡᆨ(春色)이니 금ᄌᆞ(金字)로 삭엿스며 ᄇᆡᆨ옥(白玉)으로 다듬엇[illegible]다
인ᄉᆡᆼ(人生) 부득(不得) ᄀᆡᆼ소년(更少年)은 나도 잠간 알것만는 동원(東園) 도리(桃李) 편시츈(片時春)은 님(任)은 어이 몰으는고
무인(無人) 셩월(聲月) 황혼(黃昏)에 한숨을 일삼으나 창천(蒼天)이 무심(無心)ᄒᆞ야 야ᄉᆡᆨ(夜色)이 쳐량(凄凉)ᄒᆞᆯ 제
상ᄉᆞ(相思)를 못의의여 철창(鐵窓)을 의지ᄒᆞ니 셔벽 셔리 찬 바람에 슯히 우는 뎌 홍안(鴻雁)아 료량(嘹亮)ᄒᆞᆫ 찬소
리에 남의 잔장 다 셕는다 나의 회포(懷抱)를 그려ᄂᆡ여 임(任) 계신 ᄃᆡ 보ᄂᆡ고져 ᄉᆞ람이 쳘셕(鐵石)이 안니
여던 감동(感動)치 아니ᄒᆞ랴
어화 ᄂᆡ 일이야 삼츈ᄉᆡᆨ(三春色)이 느져진다 약슈(弱水) 삼쳔리(三千里)에 청조(青鳥)를 바라거날
동풍(東風) 작야우(昨夜雨)에 몽혼(夢魂)이 날녓구나 청ᄉᆞ(青絲) ᄇᆡᆨ마(白馬) 야유원(冶遊園)에 길을 그릇 인도(引導)ᄒᆞ야
님의 곳에 아니 가고 거뮈줄에 걸녓스니 가셕(可惜)ᄒᆞ다 나의 신셰(身勢) 홍안(紅顔)이 박명(薄命)일다
차ᄉᆡᆼ(此生)에 품은 한(恨)을 후ᄉᆡᆼ(後生)에 ᄂᆞ즐기려나 일월셩진(日月星辰) 후토(后土) 신령(神靈)어 엿비 나여 기쇼셔
ᄂᆡ가 만일(萬一) 죽거덜낭 사루(砂樓) 옥쳔(玉泉) 미인(美人) 믹(脈)에 령풍(靈風) 과협(過峽) 귀락(歸落) 박(剝) ᄂᆡ외(內外) 명당(明堂)

一三九

옥중가인

룡호안표(龍虎案標)건마사각(健馬砂閣)룡고호와(龍高虎塲)이런산지구(山地求)치말고륙진장포(六鎭長布)로즐근동혀
한양셩닉(漢陽城內)올너다가딕로변(大路邊)에뭇엇스면도련님왕닉시(往來時)에음셩(音聲)이나드러보셰▼
▲침침ᄒᆞᆫ옥가온딕이갓치탄식타가기동에의지ᄒᆞ야마음을안정(安定)ᄒᆞ니근심의근심이
이여나고싱각의싱각이이여나셔이런날져런날싱각ᄒᆞ니잠간잠을이루워슈심이삽
이되야바람갓치구름갓치손을넘고물을건너임계신곳가랴ᄒᆞ고장셩(長城)갓ᄒᆞᆫ옥(獄)을넘어
일보이보(一步二步)나올젹에동방(洞房)에실솔셩(蟋蟀聲)이스르르니러나며일쌍호졉(一雙蝴蝶)이펄ᄉᆞ날거날깜짝놀
나셔다르니남가일몽(南柯一夢)이라원촌(遠村)에ᄃᆞᆰ이울고종각(鍾閣)에파루(破漏)ᄂᆞᆫ뎅ㅣ뎅ㅣ▲
류한(流汗)이쳠빅(沾背)ᄒᆞ며정신(精神)이쇄락(灑落)커날옥문(獄門)밧을닉다보니잇ᄯᅢᄂᆞᆫ오경텬긔(五更天氣)라일편서경월(一片西傾月)
이오슈힝남비안(數行南飛雁)이로다청천(淸天)에ᄯᅳᆫ기럭이옹ᄉᆞ(嗈々)ᄒᆞᆫ진(陣)소릭로짝을불너울고가니
(춘)▲오나나기럭이야소즁낭(蘇中郎)북히상(北海上)에편지젼(片紙傳)ᄒᆞᆫ기럭이야슈벽사명양안틱(水碧沙明兩岸苔)청원(淸怨)을
못이긔여울고가ᄂᆞᆫ기럭이냐닉한말을드러다가우리임씌젼(任傳)ᄒᆞ여라▼

一四〇

옥중가인

그럿틋탄식ᄒᆞ야말을맛고바라보니기럭이간딕업고창망(蒼茫)ᄒᆞᆫ구름속에별과달이밝갓
ᄉᆞ니무료(無聊)ᄒᆞ기가이업서소릭를나쟉ᄒᆞ야통곡(痛哭)ᄒᆞ야셜니우ᄂᆞᆫ데닫그림ᄌᆞᄂᆞᆫ서산(西山)에너
머가고히ᄂᆞᆫ동령(東嶺)에ᄯᅥ올나왓더라
문간사령(門間使令)이나오더니옥사정(獄司丁)이를부른다
(ᄉᆞ령)ᄉᆞ뎡이
(ᄉᆞ뎡)웨야
(ᄉᆞ령)릭일(來日)아참됴ᄉᆞ후(朝査後)에츈향(春香)을녀죽이랴고형장(刑杖)을만히ᄶᅡᆨ가올니라ᄒᆞ옵시니앗갑
고불상(不祥)ᄒᆞ다츈향이ᄂᆞᆫ죽ᄂᆞ니여보소양반(兩班)의일은모르니혹시(或時)무ᄉᆞᆫ슈가잇셔도츈향
보고서울편지(片紙)나한장(一張)ᄒᆞ라ᄒᆞ소
ᄉᆞ령이드러간후에ᄉᆞ뎡(司丁)이츈향을보고
(ᄉᆞ뎡)여보서울딕서울편지나한장ᄒᆞ오서울서알고보면그져잇슬리가잇소

一四一

옥 중 가 인

(츈)그말도당연(當然)ᄒᆞ오고마온말숨이오그러나편지ᄂᆞᆫ쓰려니와젼(傳)ᄒᆞᆯ사람이업ᄉᆞ니사
람ᄒᆞ나엇어쥬소

ᄉᆞ뎡(司丁)이지필묵(紙筆墨)을가져다가옥문(獄門)안에드려쥬고츈향이편지쓸동안에문밧게나아가서
젼인(傳人)갈삭군을구(求)ᄒᆞ야오니그ᄌᆞ(其者)ᄂᆞᆫ남원짱에서발이지고서울길잘단니기로유명(有名)ᄒᆞᆫ라(羅)
용쇠(用釗)인ᄃᆡ구관(舊官)등(等)ᄂᆡ(內)에척실(冊室)에서방ᄌᆞ(房子)로거ᄒᆡᆼ(擧行)ᄒᆞ야리도령(李道令)을뫼시고지ᄂᆡ든총각(總角)이라
츈향이방ᄌᆞ(房子)를보니일변(一便)은반갑고일변(一便)은구일사(舊日事)가싱각(生覺)나서눈물이가득ᄒᆞ야잠시동
안을아모말도못ᄒᆞ고방ᄌᆞ도두눈에눈물뿐이오겻히셔보ᄂᆞᆫ옥ᄉᆞ뎡이도ᄊᆡ닥업시눈
물을흘니더라

츈향이방ᄌᆞ를ᄃᆡ(對)ᄒᆞ야

(츈)오날ᄉᆞ이럿케만나기더욱반갑소돈열냥(十兩錢)을지금(至今)줄터이니편지가지고서울가단
녀오면동의(冬衣)한벌(一襲)ᄯᅩ지어줌세

옥 중 가 인

(방)염여(念慮)말고편지이리주오쥬야(晝夜)비도(倍道)다녀옴셰

방ᄌᆞ가떠나ᄂᆞᆫᄃᆡ빅번(百番)부탁(付托)ᄒᆞᄂᆞᆫ말이「밧부고ᄯᅩ밧버도도령님답장(答狀)쓸ᄃᆡ지촉을부ᄃᆡ
말고수이밧비단녀오소」

편지를붓쳐보닌후에옥ᄉᆞ뎡은저갈데로가고옥문(獄門)은다시철벽(鐵壁)갓치잠겻ᄂᆞᆫᄃᆡ호을노
안졋ᄉᆞ니구한(舊恨)신수(新愁)가연면(連綿)울결(鬱結)ᄒᆞ야나오ᄂᆞ니탄식(歎息)뿐이라

▲편지ᄂᆞᆫ잔다마ᄂᆞᆫ나ᄂᆞᆫ어이못가ᄂᆞᆫ고셔울이어ᄃᆡ메뇨산(山)은몃산을너머가고물은몃
번이나건너가나니리듯천학(鶴)이되야떠ᄉᆞ루루날나가셔임(任)의얼골반겨보고세세(細々)원(寃)
정(情)ᄒᆞ여볼가그리도못ᄒᆞᆯ진ᄃᆡ이몸이죽어저서공산(空山)의두견(杜鵑)되야리화월빅(李花月白)져막(寂寞)ᄒᆞᆫᄃᆡ
귀촉도(歸蜀道)슬피울어님(任)의귀에들녓스면나인줄을알으실가▼

第十一幕　李道令科擧場　(리도령과거보ᄂᆞᆫᄃᆡ)

(設 備)隆文培、應試諸具、御賜花、鞍馬
(出 場)君上、侍衛諸官、李道令

一四四

옥중가인

츈향이편지를써서울로부친후에쥬야로호소식을기다리더니고진감ᄂᆡ라과연호사가ᄉᆡᆼ기ᄂᆞ라고바라고기다리는리도령이그ᄯᆡ맛참알셩과거에장원급제를ᄒᆞᄂᆞᆫ판이러라그ᄯᆡᄂᆞᆫ조가에셔과거로인지를ᄐᆡᆨ용ᄒᆞ니그럼으로아무리영웅호걸이라도대과급제를못ᄒᆞ면츌세할슈업고과거한장이면곳경쳔동지ᄒᆞᄂᆞᆫ셰력이ᄉᆡᆼ기ᄂᆞᆫ셰상이라리도령이츈향을리별ᄒᆞ고상경ᄒᆞᆫ후로공부에힘을써셔과거를기다리더니이ᄯᆡ셩상이셩균관에거동ᄒᆞ시고환궁ᄒᆞ신후에알셩과령이ᄂᆞ렷ᄂᆞᆫᄃᆡ과거ᄂᆞᆫ원ᄅᆡ삼년만큼한번이로ᄃᆡ이알셩과거ᄂᆞᆫ림시로별안간에나린령이러라장인々션비들이각자이위득ᄃᆡ장으로모도쥬쳑거려ᄂᆞ온다

▲리도령이령을듯고ᄒᆡᆼ장을차려릉문ᄃᆡ너른장즁으로드러가ᄂᆞᆫᄃᆡ동인사초강목옥편장막포장등ᄯᅥ우산포진말장목을갓초목거구죵지워압셰우고장즁으로드러가현제판하등ᄯᅥᆺ고장젼을ᄇᆞ라보니ᄇᆡᆨ셜갓흔ᄇᆡᆨ목차일보계우에놉히치고셰ᄇᆡᆨ목셜

一四五

옥중가인

포장구름갓치둘넛ᄂᆞᆫᄃᆡ어젼을바라보니위의가엄숙ᄒᆞ다양산일산청홍흑긔기번보독봉미선과룡긔봉긔호미창자긔창삼지창언월도항오를정제ᄒᆞ고시위를도라보니병조판셔본병이오도총관의별운검승사각신ᄂᆞ러셧다금관죠복제제ᄒᆞ고셔ᄃᆡ옥ᄃᆡ총총ᄒᆞᆫᄃᆡᄉᆞ모품ᄃᆡ쌍학흉비호슈립식청쳘릭에착군복픽동기ᄂᆞᆫ션젼관이분명ᄒᆞ다션상에훈련ᄃᆡ장즁앙에금군별장후상에어영ᄃᆡ장총융사별군직과좌우포장ᄂᆞ러셧다위ᄂᆡ금군칠ᄇᆡᆨ명젼명사알별감이며무예ᄎᆞ지통장이라가젼가후별ᄃᆡ마병좌우에령원사령팔십명라장이며근장군ᄉᆞᄃᆡ답ᄒᆞ고어젼뢰ᄌᆞ버려셧다시위를정제후에사알이고셩ᄒᆞ야「시관젼진젼진」시관이고복ᄒᆞᆫ후ᄃᆡ독관이바다들고현제판에거러노으니글제에ᄒᆞ엿ᄉᆞ되「츈당츈ᄉᆡᆨ고금동」이라두렷이거럿것날슈만다사션비들이글제가ᄂᆡ건쳐셔명의를미졍ᄒᆞ야상고ᄆᆡᆨ々안젓ᄂᆞᆫᄃᆡ차시리도령은룡연에먹을가라호황모무심필노일필휘지둘너ᄂᆡ니문불가졈이라일쳔에션장을밧치니상시관이

一四六

옥중가인

글을보미필법도히정ᄒᆞ고문체도로련더라샹시관이쥬필을놉히들고글장을쏜으ᄂᆞᆫ
ᄃᆡᄌᆞᄌᆞ이비졈이요구구이관쥬로다특히상지상등을ᄆᆡᆨ여「희장」이라써셔ᄂᆡ쓰리니
슈만장즁에감히당할글이업더라상젼탁봉ᄒᆞᆫ연후에봉ᄂᆡ을ᄃᆡ독ᄒᆞ니「유학신리몽
룡년이십본년안거경부통졍ᄃᆡ부승졍원동부승지참찬관슈찬관리쥰상」이러라
사알이붓을드러리몽룡삼ᄌᆞ를젹어ᄂᆡ쓰리니
▲졍원ᄉᆞ령이나온다졍원ᄉᆞ령이나온다청철익압헤차고자셰치긴소ᄆᆡ를보기죠케
활ᄀᆡ치며장원봉연못가에두렷이나서면서▼▲「리쥰상ᄌᆞ뎨리몽룡리몽룡」▼이숨
호불으ᄂᆞᆫ소리장즁이뒤집히며츈당ᄃᆡ가ᄯᅥ나간다
션풍도골리몽룡은셰슈를다시ᄒᆞ고도포를곳쳐입고션그럿케썩나서니졍원ᄉᆞ령이
부익ᄒᆞ야실ᄂᆡ진퇴ᄒᆞᆫ연후에어젼에드러가니상이특히사악ᄒᆞ시고부슈찬을졔슈ᄒᆞ
시니라

一四七

옥중가인

▲홍화문밧나올적에머리에어ᄉᆞ화오몸에ᄂᆞᆫ청삼이라은안쳥ᄀᆡᄂᆞᆫ젼도ᄒᆞ고금의화
동은쌍々이느러셔셔옥젹를희롱ᄒᆞ고가진풍악길념불여민락에억기츔이졀노ᄂᆞᆫ다
슈만명선비들이서로보기를닷토와엽더지고잡바지며뉘아니층찬ᄒᆞ며뉘아니부러
ᄒᆞ리▼리도령이싱각ᄒᆞ되ᄂᆡ가년젼에남원부즁깁흔밤에츈향과ᄇᆡᆨ연가약을ᄆᆡ즐ᄯᅢ
ᄂᆞᆫ츈향모를부르며장모ᄂᆡ가장원급제ᄒᆞᆫ들이럿케조흘쌔ᄒᆞ엿더니지금다시싱각ᄒᆞ
ᄂᆡᄂᆡ가그리든츈향을다사만ᄂᆞᆫ들이럿케조흘쌔ᄒᆞᄂᆞᆫ마음이논다그러나그ᄂᆞᆫᄉᆞ々욕
심에조흔것이오오날날장원급제ᄂᆞᆫ헌신국가ᄒᆞ야공사를얼우ᄂᆞᆫ판이라됴코도소즁
ᄒᆞᆫ심각이ᄒᆞᆫ층더ᄒᆞ다
이ᄯᅢ사알이입시뎐명커널리한림이인견숙ᄇᆡ드러가서계하에복지ᄒᆞ니셩상이하교
ᄒᆞ사ᄃᆡ「너를불차로쓰려ᄒᆞ니ᄂᆡ외직에무슴벼살이네소원인다」
리슈찬이고두사은ᄒᆞ고쥬왈

소신이년소미지로천은이망극ᄒᆞ와소년급졔를쥬시니알월바올몰으오나구즁궁
궐운심ᄒᆞ고ᄉᆞ히팔방에왕화가불급ᄒᆞ와원방의탐관오리슈재곡법이호남이
우심ᄒᆞ되환과고독민간질고를아올길이업ᄉᆞ오며사직지분싱민대지는보국
디신과암힝어사오니어사를제슈ᄒᆞ옵시면민간의각석간난과각읍의탐관오리력
ᄯᅳᆨ히ᄉᆞ실ᄒᆞ와탑하에알외오리다

셩상이들으시고

인지로다긔특ᄒᆞ다놉흔벼살다바리고암힝어사구ᄒᆞ는ᄯᅳᆺ보국충신네로구나호
남어사를특차ᄒᆞ시며갈아사ᄃᆡ빅셩을사랑ᄒᆞ고슈령목빅의치불치와효ᄌᆞ졀부누
구ᄂᆞ류루업시장계후에조심ᄒᆞ여단여오라

ᄒᆞ사고마픽유척을하사거날한림이황공ᄒᆞ여고두사은엿ᄌᆞ오되

나히어리옵고지조업ᄉᆞ온ᄃᆡ범방의람비증청셜령못ᄒᆞ와도왕쥰의충심을본밧고

저하암나니척별장부ᄒᆞ옵기를단셩도보ᄒᆞ오리다

리어사ㅣ하직숙비ᄒᆞ고물너나오니라

第十二幕　李御史南原下來　(리어사남원ᄂᆞ려오ᄂᆞᆫᄃᆡ)

第一場

(設備)湖南驛路、驛馬、草殯、酒幕
(出場)李御史、驛卒、胥吏等、行人、姜座首及其下人

이ᄯᅢ춘향이는방ᄌᆞ에게편지를붓치고남원옥중에셔방ᄌᆞ가하마어ᄃᆡ사지간우싱각
ᄒᆞ난판인ᄃᆡ리도령은발셔호남어사가되야군명을봉승ᄒᆞ고급ᄉᆞ히ᄯᅧ나남원으로나
려오는길이라▲남대문밧써나서셔쳥파역마잡아타고칠픽팔픽비다리지나애오기
넘엇구나동작강얼풋건너남ᄐᆡ령을넘어과천드러즁화ᄒᆞ고밧막역마가라타고닝쳔
고ᄀᆡ인덕원갈미슐막군포장자근ᄂᆡ지지ᄃᆡ넘어미륵당이괴구졍지ᄂᆡ여영화역마가
라타고슈원북문드리다라남문밧게숙소ᄒᆞ고상하유쳔시슐막과ᄃᆡ황교빗겨놋코ᄯᅥᆨ
점거리지ᄂᆡ여신ᄀᆡ울넘어오믜진을지ᄂᆡ여진위드러즁화ᄒᆞ고회ᄃᆡ원넘어칠원지나

옥 중 가 인

가양역마(可養驛馬)가라타고소사(素沙)숄막숙소(宿所)ᄒᆞ고평원광야(平原廣野)너른들을순식간(瞬息間)에얼는지나셩환역(成歡驛)마(馬)가라타고천안(天安)드러즁화(中火)ᄒᆞ고숨거리(三巨里)를지ᄂᆡ여굴모롱(屈隴)다ᄉᆞ라티평(大坪)을지나여핑나무(枳木)졍(亭)에즁화(中火)ᄒᆞ고인지원(仁智院)잠간넘어광졍역마(廣政驛馬)가라타고노셩읍ᄂᆡ(魯城邑內)얼픗지ᄂᆡ평챵역마(平昌驛馬)가라타고은진읍(恩津邑)을지ᄂᆡ여황학졍숙소(黃鶴亭宿所)ᄒᆞ고잇흔날평명후(平明后)에타신역마제폐(驛馬除弊)ᄒᆞ고람루(襤褸)히번복(變服)ᄒᆞ고력니력졸(驛吏驛卒)모다불너은밀(隱密)이단속(團束)ᄒᆞ야각기분발(各其分發)을식힌다▼

(어사(御史))너ᄂᆞᆫ예셔ᄂᆡ다라서려산(礪山)익산(益山)금구(金溝)태인(泰仁)졍읍(井邑)고부(古阜)흥덕(興德)고창(高敞)무장(茂長)장셩(長城)광쥬(光州)남평(南平)릉쥬(綾州)화슌(和順)동복(同福)창평(昌平)옥과(玉果)로도라금월십오일오시(今月十五日午時)에남원광한루(南原廣寒樓)로ᄃᆡ령(待令)ᄒᆞ라

(역리(驛吏))예이의

(어)너ᄂᆞᆫ예셔ᄂᆡ다라림피(臨坡)옥구(沃溝)김제(金堤)만경(萬項)함열(咸悅)부안(扶安)령광(靈光)함평(咸平)무안(務安)라쥬(羅州)령암(靈岩)히남(海南)장흥(長興)보셩(寶城)흥양(興陽)락안(樂安)슌천(順天)광양(光陽)좌슈영(左水營)구례(求禮)들너곡셩(谷城)단여금월십오일오시(今月十五日午時)에남원광한루(南原廣寒樓)로ᄃᆡ령(待令)ᄒᆞ라

옥 중 가 인

(역(驛))예이의

(어(御))나ᄂᆞᆫ예셔젼쥬(全州)임실(任實)무쥬(茂朱)룡담(龍潭)금산(錦山)진안(鎭安)장슈(長水)슌창(淳昌)담양(潭陽)들너운봉(雲峰)단여남원ᄉᆞ십팔면(南原四十八面)을소소(昭昭)이염탐(廉探)ᄒᆞ고부즁(府中)안에머물것이니너의들은급급(急急)히단여오되십문이불여일견(十聞不如一見)이니남의말을밋지말고탐관학민불법지사(貪官虐民不法之事)와불츙불효(不忠不孝)ᄒᆞᄂᆞᆫ놈남을음히(陰害)ᄒᆞᄂᆞᆫ놈술먹고우악(愚惡)ᄒᆞ야노인존장(老人尊長)모로ᄂᆞᆫ놈살인(殺人)ᄒᆞ고엄치(掩置)ᄒᆞᆫ놈국곡투식(國穀偸食)ᄒᆞᄂᆞᆫ놈유부녀통간(有夫女通奸)ᄒᆞᆫ놈남의분묘사굴(墳墓私掘)ᄒᆞᆫ놈어진안히모함(謀陷)ᄒᆞᆫ놈가장(家長)두고서방ᄒᆞᆫ년제거두고비러먹ᄂᆞᆫ놈쥬식잡기(酒色雜技)로판나ᄂᆞᆫ놈남의집츙화(衝火)ᄒᆞᆫ의낫낫치젹어쥐고금월십오일오시(今月十五日午時)에광한루(廣寒樓)로일々등ᄃᆡ(一々等待)ᄒᆞ라

(역(驛))예이의

이러케분부(分付)ᄒᆞ야각쳐(各處)로보ᄂᆡᆫ후(後)에려산초읍당도(礪山初邑當到)ᄒᆞ야가々호々면々촌々동리(家家戶戶面面村村洞里)마다렴탐(廉探)ᄒᆞ고제렬읍각관슈령(列邑各官守令)들이어사(御史)낫단말을듯고환상(還上)에달이날새졔미(稅米)에츅(縮)이날새곰사(公事)

에실수할싸선처ᄒᆞ기힘을쓴다어사ᄂᆞᆫ력마력졸셔리즁방각쳐로다보니고폐의파립
죽장망혜로왼갓렴탐을ᄒᆞ며나려오ᄂᆞᆫ뒤ᄒᆞᆫ쥬막에다々라다리를쉬더니ᄒᆞᆫ힝인이담
비를붓치거날어사말을무르되

(어사)여보이냥반어듸사시오

(힝인)나ᄂᆞᆫ남원사오

(어사)어듸가ᄂᆞᆫ길이오

(힝인)젼쥬감영의송가오

(어사)의송은엇지가오남원부사ᄂᆞᆫ송사쳐결을잘못ᄒᆞᆫ단말이오

그힝인이무슨억울ᄒᆞᆫ닐이잇셔남원부사를대단히미워ᄒᆞ든차이엿다

(힝인)남원부사말을마오탐지호색밧게능사가업고빅셩이소를일코도젹잡아고과
ᄒᆞ니량쳑을불너드려원쳑에게분부ᄒᆞ되너ᄂᆞᆫ소가몃필이나화우ᄒᆞᆫ필암소ᄒᆞᆫ필다

만두엇더니황우ᄒᆞᆫ짝을일헛나니다더소도젹놈은소가몃필이니소인은젹빈ᄒᆞ와
소ᄒᆞᆫ필도업나이다소임자놈들어보라너ᄂᆞᆫ무슴복으로두필이나두고ᄯᅩ더놈은무
슴죄로소ᄒᆞᆫ필도업단말가어ᄎᆞ어피에ᄒᆞᆫ필식난왓스면ᄉᆞ면이무탈ᄒᆞ고송리가공
평이라고소임ᄌᆞ의소를ᄲᅢ셔도젹놈을쥬엇스니이런공사ᄯᅩ잇스며빅옥갓흔츈향
이를억지로겁탈ᄒᆞ려다가도로혀욕을보고엄형즁치하옥ᄒᆞ야병이든지히포만에
거월초싱신사ᄒᆞ여이산념어져뫼압헤초빙ᄒᆞ여뭇더스니긴들아니젹악이오
어사이말을드르니츈향이죽은줄게셔야분명ᄒᆞᆫ지라정신이아득ᄒᆞ여셜운마음복밧
쳐서눈물이그렁〳〵ᄒᆞᄂᆞᆫ지라억지로우름을참고다시말을무르니그힝인이말말긋
헤츈향이일을너모과히부풀녀거진말을ᄒᆞ여놋코인히눌너참말을만드느라고너모
뎡녕스럽게뒤답을ᄒᆞᆫ다

(어사)허々그공사참우숩소그러ᄂᆞᆫ츈향이ᄂᆞᆫ엇지죽엇스며뭇기ᄂᆞᆫ어듸다뭇엇단말

이오

(힝인[行人])쥭은츈향[春香]이도불상ᄒᆞ거니와츈향[春香]어미가더불상ᄒᆞ지등장[等狀]든다고츅출경외[逐出境外]식

키니쥭은ᄯᆞᆯ을남원ᄯᅡᆼ[南原地]에도뭇지못ᄒᆞ고이리도망[逃亡]와셔이등넘어노송[老松]나무밋[下]헤다가

초빙[草殯]ᄒᆞ여두고갓다지

어사[御史]쳔만몽미[千萬夢寐]밧게츈향[春香]의쥭은말을듯고갈길을젼혀잇고츈향[春香]의초빙[草殯]ᄒᆞᆫ데차자가니

모골[毛骨]이송연[悚然]ᄒᆞ고졍신[精神]이황망[慌忙]ᄒᆞ여통곡[痛哭]ᄒᆞᆫ다

▲익고츈향[春香]아너이거시웬일이냐우리두리ᄇᆡᆨ년긔약[百年期約]이제는모도허사[虛事]로다발셥[跋涉]쳔리[千里]

나오기는너만보려ᄒᆞ엿더니쥭단말이웬말이냐공산야월[空山夜月]젹막[寂寞]ᄒᆞᆫᄃᆡ홀노네가누엇

는냐너가여긔왓것만은모로는듯누엇고나안홀고이춍쳥[岸忽高而塚青]ᄒᆞ니신월감이장ᄃᆡ[新月減而粧臺]로다

산초야화[山草野花]년년[年年]기[開]나옥골향혼[玉骨香魂]귀불귀[歸不歸]라익고셜워익고셜워(두주먹쥐여다가무덤

을쾅々두다리며)츈향[春香]아〳〵[春香]아얼골이나잠간[暫間]보자음셩[音聲]이나드러보자너를어ᄃᆡ

가다시보리보고십허엇지ᄒᆞ느냐참아셜워못살겟다지금이라도날다려가거라▼

이럿케슬너우니▲슈운[愁雲]이참담[慘憺]ᄒᆞ여일월[日月]이무광[無光]이라초목[草木]이설워ᄒᆞ고금슈[禽獸]가우름운

다▼그러나그무덤은츈향[春香]의무덤이아니오젼쥬동면[全州東面]사는강좌슈[姜座首]ᄯᆞᆯ의무덤이라한참

이리슬허ᄒᆞᆯ제건너마을강좌슈[姜座首]가우는형상[形狀]을바라보고집안ᄉᆞ롬다려말ᄒᆞ되

(강[姜])이일이미우고히[怪異]ᄒᆞ다여보마누라우리아기살아슬제시집못간쳐녀[處女]어든져엇던

걸ᄀᆡᆨ[乞客]놈이ᄇᆡᆨ년긔약[百年期約]허사[虛事]라고두다리고우름우니이런요변[妖變]ᄯᅩ잇는가남드르면망상[罔狀]

ᄒᆞ다이놈여보아라쾨도쇠야몽치차고건너가셔아기씨[阿只氏]무덤에우는놈을란장[亂杖]을쳐

ᄶᅩᆺ고오나라

고도쇠불문곡직[不門曲直]ᄒᆞ고몽치를들고달녀드니어사[御史]긔가막혀다라ᄂᆞ니라

第二場　房子偶逢　(방자를맛ᄂᆞᆫᄃᆡ)

(設備) 南原驛路、片紙

(出場) 李御史、房子羅用釗

어사[御史]츈향[春香]에묘[墓]에서울다가다라나온후[後]마음이더욱둘ᄯᅦ업셔셕심이풀여갈길을일코

어이할줄모르더니다시싱각ᄒᆞ니몸이어사(御史)가되엿스니이길은다만천리상사(千里相思)ᄒᆞ는춘(春)향(香)을맛나랴는것이아니라어명(御命)을밧드러셩군(聖君)의젹ᄌᆞ(赤子)를위로(慰勞)ᄒᆞ러가는길이오일개남(一介南)원부사(原府使)의사원(私怨)을갑흐려는것이아니라오십여쥬(五十餘州)에능리(能吏)와탐관(貪官)을츌쳑(黜陟)ᄒᆞ러가는길이라다시길을ᄎᆞ자나려오는듸ᄒᆞᆫ곳에당도(當到)ᄒᆞ니저건너산빗탈좁은길에ᄒᆞᆫ총각아ᄒᆡ(總角兒孩)초(草)록(綠)단님감발ᄒᆞ고눅승마포(六升麻布)왼골견듸(肩帶)허리둘너잘근ᄆᆡ고셜넝々々올나오며ᄒᆡ는셔텬(西天)에기우러졋는듸구슬프게노ᄅᆡ를부른다

▲어이가리너어이가리한양천리(漢陽千里)어이가랴도로(道路)는멀고먼듸한양셩(漢陽城)이어듸메나▼

▲엇던ᄉᆞ람팔ᄌᆞ(八字)조화일ᄃᆡ영화(一代榮華)부귀(富貴)ᄒᆞ고이놈팔자(八字)어이ᄒᆞ야이디지궁곤(窮困)ᄒᆞ야길품팔너나셧는나ᄂᆡ신세(身勢)는팔ᄌᆞ(八字)이나춘향(春香)신세(身勢)가이업다모지도다독(毒)ᄒᆞ도다신관(新官)ᄉᆞ도(使道)모지도다열녀(烈女)춘향(春香)몰나보고위력겁탈(威力刼奪)ᄒᆞ려ᄒᆞᆫ들송쥭(松竹)갓치굿은졀ᄒᆡᆼ(節行)그뉘라셔굽히리오어이가리너어이가리너▼

어사(御史)가그소리를드름에간장(肝腸)이녹는듯졍신(精神)이아득ᄒᆞ여송하(松下)에쉬다가지나가는그아ᄒᆡ를부른다

(어사(御史))이ᄋᆡ々々야

(아(兒))웨부르오보아ᄒᆞ니새파란졀문양반(兩班)이날갓흔총각(總角)어룬을보고이ᄋᆡ

(어(御))이ᄋᆡᄂᆡ가잠간(暫間)실슈(失手)ᄒᆞ엿스니로(怒)ᄒᆞ지마라그러나너어듸사느냐

(아(兒))어듸살아우리골살지

(어(御))아니이ᄋᆡᄂᆡ가실슈(失手)ᄒᆞ얏다면고만이지왜네가그리느냐어듸살아

(아(兒))남원읍(南原邑)에사오

(어(御))그러면어듸가느냐

(아(兒))셔울구관(舊官)ᄃᆡᆨ(宅)에편지(片紙)가지고가오

(어(御))이ᄋᆡ그편지(片紙)조금보자

(아)(兒)여보남의규중편지(閨中片紙)사연이엇지된줄알고임의(任意)로보잔말이오
(어)(御)네말은올타마는무식(無識)ᄒᆞᆫ말이다녜글에ᄒᆞ엿스되힝인림발우기봉(行人臨發又開封)이라ᄒᆞ엿스니
힝인(行人)이좀ᄯᅦ여보면관계(關係)잇느냐
그아희놈이무식(無識)ᄒᆞ여무슨뜻인줄은모르나말이그럴듯ᄒᆞᆫ지라허々웃고
(아)차소위(此所謂)베주머니의송(布囊議送)드렷다ᄒᆞ더니쓸불견(不見)이로고여보그리ᄒᆞ오
ᄒᆞ고견ᄃᆡ(肩帒)를쓸너편지(片紙)를니여쥬거날어사도편지(御使道片紙)바다피봉(皮封)을보니츈향(春香)의글시분명(分明)ᄒᆞ
다급히ᄯᅦ여보니그사연(辭緣)에ᄒᆞ엿스되
류슈광음(流水光陰)이일별삼진(一別三載)라척서(尺書)가단절(斷絶)ᄒᆞ니약슈삼천리(弱水三千里)에쳥죠(靑鳥)가ᄭᅳᆫ어지고북히만리(北海萬里)
에홍안(鴻雁)이무신(無信)로다남천(南天)을바라보니망안(望眼)이욕천(欲穿)이요운산(雲山)이원격(遠隔)ᄒᆞ니심장(心腸)이구열(俱裂)
이라이화두견(梨花杜鵑)이울고오동(梧桐)에밤비(夜雨)올제적막(寂寞)히홀노안져상사일념(相思一念)이디황천로(地荒天老)라도
ᄎᆞ한(此恨)은난설(難說)이라무심(無心)ᄒᆞᆫ호졉몽(蝴蝶夢)은천리(千里)에오락가락정불자억(情不自抑)이요비불자승(悲不自勝)이라호(呼)

읍장탄(泣長歎)으로화조월셕(花朝月夕)을보니더니신관ᄉᆞ도(新官使道)도임(到任)후(後)에슈쳥(守廳)을나ᄒᆞ옵가에져사모피(抵死謀避)
ᄒᆞ옵다가참혹(慘酷)ᄒᆞᆫ악형(惡刑)을당(當)ᄒᆞ야모진목숨이ᄭᅳᆫ치든아니ᄒᆞ엿스니장하지혼(杖下之魂)이미구(未久)
에될터이오니구々(區區)ᄒᆞᆫ일편심(一片心)이낭군(郎君)을싱각ᄒᆞ고ᄉᆞ추불피(死且不避)죽는것은당연(當然)ᄒᆞᆫ도리(道理)
라불경이부(不更二夫)결심(決心)이니여한(餘恨)이업거니와그리고사모(思慕)ᄒᆞ든낭군(郎君)의옥안(玉顔)을ᄎᆞ셰(此世)에는또
못보고죽어후싱(後生)을긔약(期約)ᄒᆞ니바라건ᄃᆡ셔방임(書房任)은나죽엇다셔러말고금옥(金玉)갓치귀(貴)ᄒᆞᆫ
몸을천만보즁(千万保重)ᄒᆞ옵시고일장츈몽(一場春夢)이세상(世上)에만죵녹(萬鍾祿)을누리다가후싱(後生)에다시맛나리(離)
별(別)업시살아볼가ᄒᆞᄂᆞ니다이몸이죽기젼(前)에다시보지못홀망졍죽는줄이나알니려
고혈누(血淚)로쓴글시를두어줄붓치오니천만감찰(千萬鑑察)ᄒᆞ옵소셔
편지장(片紙張)에평사락안(平沙落雁)처럼피흔젹(血痕跡)이뚝々々찍혓더라어사도(御史道)그편지일ᄌᆞ(片紙日字)를상고(詳考)ᄒᆞ니츈(春)
향(香)이아직죽지안코살아잇는것이졍녕ᄒᆞᆫ지라
어사도편지(御史道片紙)들고슬프고반가와셔ᄯᅡ에업더지며「죽은줄알앗더니산글시를보왓구

옥중가인

나어이〳〵ᄒᆞ며별안간(瞥眼間)에두눈에눈물이뚝〻떠러지니그아ᄒᆡ놈(兒孩)이긔(氣)가막켜

(아)(兒)여보이양반(兩班)눈물에편지(片紙)젓소츈향(春香)편지(片紙)보고숨대(三大)샹지닐떼는만일(萬一)츈향(春香)부고(訃告)보앗

드면머리풀겟소구려그러나츈향(春香)이와엇지되오

(도)(道)이익엇지되여서그리함이아니라편지(片紙)보니사연(辭緣)도불샹ᄒᆞ고혈서(血書)를ᄒᆞ엿스니목(木)

석(石)인들눈물이아니나깃느냐

아ᄒᆡ놈(兒孩)은남원(南原)칙방(冊房)방ᄌᆞ(房子)로서츈향(春香)의게청조(青鳥)되야오리(久)리도령(李道令)뫼시고거힝(擧行)ᄒᆞ든ᄌᆞ(者)이지

마는여러ᄒᆡ젼(年前)일(事)이요어사(御史)는숙셩(夙成)이ᄌᆞ란량반(兩班)이라그량반(兩班)은첫번보아셔는의희(依俙)ᄒᆞ여

뉘가뉜지몰낫거니와그량반(兩班)의편지(片紙)보는동안에엽헤셔ᄌᆞ셰(仔細)본즉셸은걸긱(乞客)이되엿스

되용모(容貌)는어릴떠뫼시든리도령(李道令)이분명(分明)ᄒᆞᆫ지라그러나져는리도령(李道令)인줄알것마는리도(李道)

령(令)이져를아라보는지몰나짐짓고ᄒᆞᆫ번어긘목을쓰더니다시그ᄃᆡ답(對答)ᄒᆞ는눈치를보고

슬며시이러나그양반(兩班)압헤졀을ᄒᆞᆫ번썩버ᄒᆞ고서

一六〇

옥중가인

소인(小人)방ᄌᆞ(房子)라용쇠(羅用釗)문안(問安)드림니다도련님(道令任)아니ᄎᆞᆷ셔방님(書房任)오리자만의뵈와반갑습고황(惶)

송(悚)ᄒᆞ오이다그러나도련님(道令任)츈향(春香)이는지금죽을지경이올시다

ᄒᆞ더니아무말업시고ᄀᆡ를쑥도리켜오지랍으로눈물만씻고셧다

어사(御史)이모양(貌樣)을보고한동안눈물을먹음더니이를갈며말솜을ᄒᆞ되방ᄌᆞ(房子)듯는ᄃᆡ싱각지

아니ᄒᆞ고함부로ᄒᆞᆫ다

이놈을단박(單拍)에삼문출도(三門出道)를ᄒᆞ야봉고파직(封庫罷職)을식히리라

그아ᄒᆡ놈(兒孩)이슈십년(數十年)관(官)물을먹어눈치가비샹(非常)ᄒᆞᆫ놈이라발셔셥젹아라치고마음에조흔

김에져도함부로말을ᄒᆞᆫ다

(방)(房)소인(小人)이ᄉᆞ도(使道)슈종(隨從)역졸(驛卒)이되오면남원출도(南原出道)시(時)에방망이로신관(新官)ᄃᆡ강이를씨드리지

오

(어)(御)이놈아ᄂᆡ가어사(御史)만ᄒᆞ엿스면그리ᄒᆞᆯ것다마는그럴슈가잇느냐

一六一

방ᄌᆞ(房子)가빙긋웃고

(방(房))아이구왜이리ᄒᆞ심닛가이런ᄃᆡ도아옵고져런ᄃᆡ도아옵ᄂᆡ다소인(小人)을속히시지맙시오

(어(御))사(史)가분(忿)결에말을마구ᄒᆞ여방ᄌᆞ(房子)가어사도(御史道)인줄발셔알게되엿스니방ᄌᆞ(房子)ᄂᆞᆫ경망(輕妄)ᄒᆞᆫ놈이라만일(萬一)에비밀(秘密)을루셜(漏泄)ᄒᆞ여사분(私忿)으로공ᄉᆞ(公事)를그릇칠가염려(念慮)되니공ᄉᆞ(公事)를압세우ᄂᆞᆫᄃᆡᄂᆞᆫ사정(私情)을돌불슈업ᄂᆞᆫ터이라ᄒᆞᆫ계교(計巧)를싱각ᄒᆞ고방ᄌᆞ(房子)를다리고만슈동쥬막(萬樹洞酒幕)에드러가셔간(書簡)ᄒᆞᆫ장(一張)을써셔방ᄌᆞ(房子)를불너쥬며

(어(御))ᄂᆡ예셔머물것이니이셔간(書簡)을운봉(雲峯)관가(官家)에드리고쥬시ᄂᆞᆫ것이잇슬테니잘가지고명일오젼(明日午前)으로ᄃᆡ령(待令)ᄒᆞ라

어사(御史)ᄂᆞᆫ숙소(宿所)로드러가고방ᄌᆞ(房子)라용쇠(羅用釗)ᄂᆞᆫ셔간(書簡)을가지고운봉(雲峰)을급(急)히가관가(官家)에올니니운(雲)봉(峰)이셔간(書簡)보고라졸(羅卒)을불너이놈갓다옥(獄)에단々히가두고먹이기ᄂᆞᆫ잘먹이고다시령(令)을

기ᄃᆡ(企待)리라ᄒᆞ니방ᄌᆞ(房子)ᄂᆞᆫ쐼작못ᄒᆞ고운봉옥중(雲峰獄中)에드러갓더라

第三場 御史聽農夫歌 (어사농부가듯ᄂᆞᆫᄃᆡ)

(設備)秧田
(出場)御史、農夫等

리(李)어사(御史)ᄂᆞᆫ방ᄌᆞ(房子)를운봉(雲峯)으로보ᄂᆡ두고익일(翌日)에일직ᄯᅥ나방々곡々(坊坊曲曲)이관풍찰속(觀風察俗)ᄒᆞ시면셔압길을재촉ᄒᆞ야살갓치ᄂᆡ려오니ᄯᅡᆼ(地)은남원부초입(南原府初入)이오ᄯᆡ(時)ᄂᆞᆫ오월(五月)망종시(芒種時)라이앙(移秧)머리에비가ᄯᅮᆨ々ᄯᅥ러지며싀골농가(農家)에셔ᄂᆞᆫ눈코ᄯᅳᆯ시업시밧분터이라밀보리타작(打作)다못ᄒᆞ고모심으기시작(始作)이되엿ᄂᆞᆫᄃᆡ보리곱살미ᄐᆡ되밥을먹은후(後)에보리탁쥬(濁酒)를취(醉)ᄒᆞᆫ농부(農夫)들이북통갓ᄒᆞᆫ비를ᄡᅮ을고기역ᄌᆞ(字)로ᄭᅡᆨ부리고서셔왼손(左手)에모(苗)춤을들고오른손(右手)으로모(苗)포긔를ᄶᅵ여슴으면셔뒤거름을슬々ᄒᆞ여가ᄂᆞᆫᄃᆡ힘들고괴로운쥴은죠금도모르고흥(興)이나셔소리를ᄒᆞᆫ다

그소리ᄂᆞᆫ남원(南原)ᄯᅡᆼ(地)늘(老)근농부(農夫)가논에드러서셔당장지여셔ᄒᆞᄂᆞᆫ소리인ᄃᆡ져ᄂᆞᆫ예슈리ᄒᆞᄂᆞᆫ소리로되취중(醉中)에진정발(眞情發)이라절々(節節)이민정풍속(民情風俗)을드러ᄂᆡᄂᆞᆫ말이만ᄒᆞᆫ지라어사도(御史道)가

옥즁가인

든길을머무르고일삼아귀를기우리고드르니원악입담죠흔농부(農夫)라셔슴지안코소리를머이ᄂᆞᆫ데썩듯기됴케잘ᄒᆞᄂᆞᆫ소리러라

一(혼농부(農夫))▲얼널널상사듸야어여루상사뒤요。이야우리농부(農夫)들아한일(一字)ᄌᆞ로느러셔서입구(口字)ᄌᆞ로심어갈제이내말을드러보소▼

(뭇농부(衆農夫))▲여허여허어여라상사듸야▼

一(한)▲불빗출등에지고진흙물에드러서셔이농사(農事)를이리지어누구ᄒᆞ고먹ᄌᆞᄒᆞ노▼

(뭇(衆))▲여허여허어여라상사듸야▼

一(한)▲늘근부모봉양(父母奉養)ᄒᆞ고젊은안해비쳐우고어린자식길너내셔사람노릇ᄒᆞᄌᆞᄉᆞ나▼

(뭇)▲여허여허어여라상사듸야▼

一(한)▲천싱만민(天生萬民)ᄒᆞ올적에필슈지직(必授之職)ᄒᆞ엿스니우리ᄂᆞᆫ이농사(農事)가우리직분(職分)이아닌가▼

옥즁가인

(뭇)▲여허여허어여라상사듸야▼

一(한)▲상서학교(庠序學校)베푸르고셩훈(聖訓)을비호기ᄂᆞᆫ도덕군자(道德君子)할닐이라▼

(뭇)▲여허여허어여루상사듸야▼

一(한)▲쥬문도리(朱門桃李)놉흔집에부귀(富貴)를누리기ᄂᆞᆫ경대부(卿大夫)가할닐이라▼

(뭇)▲여허여허어여루상시듸야▼

一(한)▲화간맥상(花間陌上)느진봄에쥬마두계(走馬鬪鷄)논일기ᄂᆞᆫ호화소년(豪華少年)할일이라▼

(뭇)▲여허여허어여루상사듸야▼

一(한)▲대장부세상(大丈夫世上)에나사업(事業)이만권마ᄂᆞᆫ우리농부(農夫)들은일만ᄒᆞ고밥만먹고술만먹고잠만자ᄂᆞ냐▼

(뭇)▲여허여허어여루상사듸야▼

一(한)▲농부(農夫)야말드러라룡문(龍門)에놉히올나월계화(月桂花)썩거쥐고만악(萬惡)을소제(掃除)ᄒᆞᆫ후가련(可憐)ᄒᆞᆫ창(蒼)

인 가 즁 육

싱(生)들을일일(一一)이구졔(救濟)ᄒᆞ야장부(丈夫)의놉흔일홈유방빅셰(遺芳百世)ᄒᆞ여보세▼

(뭇)▲에여허여루상ᄉᆞ뒤오▼

혼창이리ᄒᆞ다가한농부(一農夫)쩌나셔며가진롱부가(農夫歌)를먹이는ᄃᆡ장부ᄉᆞ업가(丈夫事業歌)로압소리를쥰

다

(뭇농부(衆農夫))▲여어로상사듸야▼

(한농부(一農夫))▲ᄃᆡ장부(大丈夫)세상(世上)에나쥬식(酒色)에루(累)를벗고고상(高尙)ᄒᆞᆫ뜻을가져ᄃᆡ인졉물(對人接物)ᄒᆞ올적에일(一)

호사곡(毫私曲)업슴으로평싱(平生)의소위ᄉᆞ(所爲事)를남을ᄃᆡ히다말홈이ᄃᆡ장부(大丈夫)닐이로다▼

(뭇)▲얼널널상사뒤▼

(한(一))▲쳔리쥰총쵀(千里駿驄鞭)을쳐셔쳔하명승(天下名勝)구경ᄒᆞ고흉히(胸海)가휠신널너만고문장(萬古文章)된연후(然後)에도(到)

쳐(處)마다웅사건필경동일세(雄詞健筆驚動一世)ᄒᆞ는것도ᄃᆡ장부(大丈夫)의닐이로다▼

(뭇)▲얼널널상사뒤▼

(한(一))▲셩현(聖賢)의도통(道通)니여(繼)의리(義理)을붓들려셔인심(人心)을인도(引導)ᄒᆞ야교화(敎化)를이룬후(後)에혈식쳔츄(血食千秋)

ᄒᆞ는것도ᄃᆡ장부의일이로다▼

(뭇)▲얼널널상사뒤▼

(뭇)▲얼널널상사뒤우휘유우휘유우▼

(한(一))▲텬하명창고금명가(天下名唱古今名歌)오음육눌능통(五音六律能通)ᄒᆞ여우쥬(宇宙)를락관(樂觀)ᄒᆞ고싱의(生涯)가쾌활(快濶)홈도ᄃᆡ장(大丈)

부(夫)닐이로다▼

(뭇)▲얼널널상사뒤▼

(한(一))▲쳔하ᄉᆞ(天下事)를경영(經營)할제지진두(地盡頭)가될지라도퇴보(退步)말고젼진(前進)ᄒᆞ면사필경셩(事必竟成)할터이니

림란인닉(臨難忍耐)ᄒᆞ는것도ᄃᆡ장부(大丈夫)의닐이로다▼

(뭇)▲얼널널상사뒤▼

(한(一))▲장부가(丈夫歌)로노리ᄒᆞ니뜻이깁고의가타셔가심답답(沓沓)목마르다▼

옥 중 가 인

(뭇)▲얼널널상사뒤▼

(한)▲빙혈닝천(氷穴冷泉)기러다가시원ᄒᆞ게마신후(後)에천하대본(天下大本)힘을쓰자▼

(뭇)▲얼널널상사뒤▼

(한)▲경전이식(耕田而食)착정이음(鑿井而飮)데력하유(帝力何有)라말을마라성조우로(聖朝雨露)자진곳에텬은(天恩)이깁흐니
라▼

(뭇)▲얼널널상사뒤우휘유우휘유▼

뭇농부흥(農夫興)이나셔한참이러케소리를ᄒᆞ다가져녁결두리술ᄒᆞᆫ츰또먹ᄂᆞᆫ듸술동위압헤
도라안즈양(量)듸로막퍼먹고또모심으기를다시시작(始作)ᄒᆞᆫ다

그ᄯᅢ선소리군이즈진가락으로소리를먹이ᄂᆞᆫ듸셕양(夕陽)판에얼근히취(醉)ᄒᆞᆫ김에흥(興)이한층(層)
더나셔되고말고ᄒᆞᆫ소리를훔부루쥬어ᄂᆞᆫ듸파장(罷場)판에ᄂᆞᆫ츈향(春香)의노릐섄이라

(一농부(農夫))▲일락셔산(日落西山)히ᄯᅥ러진다모(苗)츔을드러라모(苗)포기를ᄶᅵ져라얼ᄂᆞᆫ쥐여쳐셔져논

옥 중 가 인

(뭇)▲얼널々상사뒤▼

한ᄲᆞᆷ(一夜)미(味)더심어보즈▼

(한)▲이논님즈비호장(裵戶長)이인심(人心)은조흔이라읍니(邑內)셔츈향(徐春香)이잡혀갈ᄯᅢ본관(本官)의게그리말
나여러번을품(稟)힛다듸본관(本官)의욕심(慾心)에ᄂᆞᆫ반귀의도아니차셔▼

(뭇)▲얼널々상사뒤▼

(한)▲듸장(笞杖)치고곤장(棍杖)치고착가(着枷)엄슈(嚴囚)ᄒᆞ여두고나날이으른다네쑷々ᄒᆞᆫ츈향(春香)이가즁도(中途)
기졀(改節)할리잇나▼

(뭇)▲얼널々상사뒤▼

(한)▲셔울냥반(兩班)잔느위셕기도라서면그섄일네구관(舊官)사도(使道)자제(子弟)리도령(李道令)인지츈향(春香)이가
져지경히도돌보지도안나보데불상한졀문목숨죽나니츈향(春香)일네▼

(뭇)▲얼널々상사뒤▼

(한)▲독(毒)ᄒᆞ더라독(毒)ᄒᆞ더라신관(新官)사도(使道)독(毒)ᄒᆞ더라연약(姸弱)ᄒᆞᆫ츈향(春香)이를 그 닥지 몹시 치니어
미쳐죽인원수(怨讐)라도그럿케는못할네라▼

옥 즁 가 인

(뭇)▲얼널〃상사뒤▼
(한)▲죄(罪)업논서츈향(徐春香)이청츈(青春)이속절업서옥즁고혼(獄中孤魂)되고말가앗갑고불상ᄒᆞ다인물(人物)인
들오작ᄒᆞ며지조(才操)는범연호가우리남원만고가인(南原萬古佳人)억울(抑鬱)한그목숨을니일모릭(來日又明)는쇡죽
인다네▼
(뭇)▲얼널〃상ᄉᆞ뒤▼
(한)▲입합죽이츈향(春香)어미팔ᄌᆞ(八字)도긔박히라쏫갓흔ᄯᆞᆯᄒᆞ나를죽는모양엇지볼고날마
다옥문젼(獄門前)에울고불고다니면셔ᄒᆞ는님날살리라니측은(惻隱)히못드를네▼
(뭇)▲얼널〃상ᄉᆞ뒤▼
(한)▲근리(近來)에관장(官長)들은제욕심(慾心)만치우랴고싱띄갓흔유부녀(有夫女)를한ᄉᆞ(限死)겁탈(刦奪)ᄒᆞ러들고다

죽어가는이빅셩(百姓)을함부루복가치니요서 논엇젠날노남터문(南大門)이귀가먹어마픽(馬牌)소리
도아니나는데▼

옥 즁 가 인

(뭇)▲얼널〃상ᄉᆞ뒤야▼
이럿틋소릭를ᄒᆞ며모(秧)를한참심으고밧긔나와숲을먹을제어사(御史)가한편을바라보니▲
엇더ᄒᆞᆫ농부(農夫)호뮈(担)메고삿갓(簑笠)쓰고도롱(簑衣)이엽헤씨고질화로(陶火爐)겻불폐여압헤놋코개가죽솜
지에가로담비륙〃터러왼손바닥에움켜쥐고가리침탁빗타엄지장가락힘을올여부
비져부비져ᄒᆞ여상토에질은곱돌대를쌔여너여가루담비담북담어겻불을뒤집어담
비티를칵쳐박고풀무담비로쏙〃싼다▼어ᄉᆞ도(御史道)겻헤셔보고
(어)어(御)ㅡ그농부(農夫)입심됴코
농부(農夫)담비티입에문처삿갓을뒤로졋붓치고물그름이처어다보며
(농)(農)흥어ᄉᆞ(御史)낫다ᄒᆞ면뎌런것들보기실투구

옥중가인

어사도(御史道)짐짓말을붓치노라고

(어)ᄌ네이골원님(員任)공사(公事)가엇더ᄒ가

(농)허々참졔가어사(御史)인듯시공ᄉ(公事)못ᄒ고콩ᄉ(太事)못ᄒ고공ᄉ(公事)엇지ᄒ야밥잘먹고술잘먹고호미질잘ᄒ고가리질잘ᄒ고심지어(甚至於)소시랑질ᄭ지잘ᄒ니그우에명관(明官)업고열여(烈女)츈향(春香)이을명일(明日)잔치(宴)후(後)ᄯ려죽인다던가이녀석츈향(春香)을죽이기만ᄒ여라집등우리ᄒ나이면호강들리라

말을두서(頭緒)업시ᄃ답(對答)ᄒ더니말을막굿치자그졋히안진농부(農夫)가눈을ᄒ번썸젹ᄒ더니은근(慇勤)ᄒ슈작으로

(농부)이ᄉ람셩옥(成玉)이

(셩옥)어ㅣ

(농부)ᄌ네ᄉ발통문(沙鉢通文)보왓나

옥중가인

(셩)보왓네ᄉ십팔면(四十八面)머슴만히두여려천명(千名)일네

(농)쉬ㅣ막셜(莫說)ᄒ소

어ᄉ도(御史道)그말은모로ᄂ체ᄒ고

(어)여보츈향(春香)이가다른(他)서방(書房)ᄒ노라고본관(本官)말을아니듯ᄂ다지

그농부(農夫)ᄒ긔(氣)가막혀두눈을부릅ᄯ고두쥬먹을불ᄭ쥐고밍호(猛虎)갓치달녀드러어ᄉ도(御史道)ᄯ귀를한번ᄯ셕붓치며분긔(忿氣)에욕(辱)을막우ᄒ다

(농)이경칠년셕졍녈(貞烈)ᄒᆫ츈향(春香)이게싱무함(生誣陷)잡아니여불측(不測)ᄒᆫ욕(辱)을ᄒ니보왓나나드럿ᄂ나보왓시면눈을세고드럿스면귀를세자바른ᄃ로말ᄒ여라

ᄯᄒᆫ쌤을후다닥갈기더니

(농)총각(總角)ᄃ방(大房)게잇ᄂ나가리이리가져오너라여긔파고이놈뭇ᄌᄒ면셔멱살을들려ᄒ는ᄃ어사도(御史道)ㅣ위급(危急)ᄒ야

(어(御))여보소살여쥬오한번실슈(失手)는번가상쇼(便可相笑)라고모로고쥭을말을ᄒᆞ엿스니살녀쥬오

ᄉᆞ졍(事情)을ᄒᆞ니그즁(其中)의늘근농부(農夫)나오면셔

(농(農))여보소고만두소어린ᄉᆞ람말이철모르고ᄒᆞᆫ말이니ᄂᆡ쳥(請)으로고만노아보ᄂᆡ소

좌우농부(左右農夫)허허우스며

(농(農))그런말ᄯᅩᄒᆞ다는목숨살기어려우니다시는그리말고어셔가소

ᄒᆞ며슬며시노와보ᄂᆡ거날어ᄉᆞ도일변(御史道一邊)으로긔(氣)가막히고ᄯᅩ우수워셔

(어(御))예!농부(農夫)여러분안녕(安寧)이들계시요

ᄒᆞ고도라나오니농부(農夫)들도각기(各其)도라가니라

第十三幕 獄中解夢 (옥즁에셔히몽ᄒᆞ는ᄃᆡ)

(設 備) 南原府獄

(出 場) 春香、盲人、司丁

이ᄯᅢ남원부ᄉᆞ(南原府使)는명일(明日)잔치ᄯᅢ에츈향(春香)을너엄형물고(嚴刑勿故)ᄒᆞᆫ다고부즁(府中)이물ᄭᅳᆯ듯ᄒᆞ는ᄃᆡ방ᄌᆞ(房子)

ᄯᅥ난후(後)여러날이되엿스되셔울은아모소식(消息)이업스니님(任)의싱각이더욱간졀(懇切)ᄒᆞ여몸은

남원옥즁(南原獄中)갈머리에미엿스나마음은어느ᄯᅢ한양(漢陽)을향(向)ᄒᆞ여가지안는ᄯᅢ가업더라라용(羅用)

쇠(釗)가발셔남ᄃᆡ문(南大門)을드러갓슬터이지하마나삼쳥동(三淸洞)리승지ᄃᆡᆨ(李承旨宅)을ᄎᆞ져갓슬가우리님(任)이

ᄂᆡ편지(片紙)보시고얼마나반기시고얼마나놀나시ᄂᆞᆫ고참혹(慘酷)ᄒᆞᆫ이고싱(苦生)을당(當)ᄒᆞ는ᄂᆡ마음이

이럿케간졀(懇切)ᄒᆞ니외우안져눈으로보지못ᄒᆞ는님(任)의싱각이야오작ᄒᆞ리님(任)이오시는가

답장(答狀)이오난가님(任)이아니오더리도답장(答狀)은올터이지님(任)이나를다시만나지못ᄒᆞ더라도

나를이져바리지아니ᄒᆞᆫ신글시나보앗스면ᄂᆡ가리일(來日)장하지혼(杖下之魂)이되드리도여한(餘恨)이업

스련마는라용쇠(羅用釗)가ᄯᅥ난지가지금몃칠이며한양(漢陽)이어듸메뇨ᄉᆞ람도아니오고편지(片紙)도

아니오는고▲이갓치탄식(嘆息)ᄒᆞ더니탄식(嘆息)소리자쟈지며잠이잠간드럿는ᄃᆡ잠결에쑴을쑤

니▼

옥창젼(玉窓前)잉도화(櫻桃花)어즈러히(散亂)ᄯᅥ러지고(落)단장(丹粧)ᄒᆞ든큰거울(大鏡)이한복이판이셔여지고문우(門上)에

허수아비달녀시며옥담에가마귀안져지지는ᄃᆡ

그가마귀「싸옥〳〵」지지는소리에깜작놀나ᄭᅮᆷ을ᄭᆡ니등골에ᄯᆞᆷ이오얼골에소름이

ᄭᅩᆨᄭᅩᆺ쳣더라「하아몽ᄉᆞ도흉ᄒᆞ다밤은엇지되엿는고하마나밤이서이나」옥문틈으로

동편ᄒᆞ날을바라보니▲식별은총〻ᄒᆞ고건너동ᄂᆡ셔홰를탁탁치고ᄭᅩᆨ기요우난것은

첫닭우는소리라산도자고물도ᄌᆞ고바람도ᄌᆞ고ᄉᆞ람도ᄌᆞ는밤중이라젹젹요〻ᄒᆞ이

밤중에스름업고눈물업시우는것은ᄭᅩᆨ기요소리ᄒᆞ는저ᄃᆞ리이요오장이녹는듯눈물이

소ᄉᆞ나셔소리업시우는것은춘향이라▼

▲ᄭᅮᆷ을밋는거이오른가ᄭᅮᆷ이맛칠진ᄃᆡ춘향은억울히죽는ᄉᆞ람이라형장밍장몹슬

ᄆᆡ에ᄭᆡᆺ갓혼이ᄂᆡ몸이거울갓치ᄭᆡ여져셔혼은황천으로가고몸은정월보름허수아

비갓치ᄭᅵ천구령에구울러져새치밥이될터이로구나ᄭᅮᆷ을아니밋는것이오른가ᄭᅩᆯ

박한ᄂᆡ팔ᄌᆞ에ᄭᅮᆷ이아니맛치기를엇지바라리오

그러나목숨은허락할지언뎡몸은허락치아니ᄒᆞ리라ᄒᆞ는ᄂᆡ싱각에죽는거시셜음

이아니라사라셔우리님을다시ᄒᆞᆫ번못만나고편지답장도업스니불상ᄒᆞᆫ이몸이

님모르게죽는한탄죽어도못이즈리라▼

오륙월짜른밤을이럿케탄식ᄒᆞ고옥중에홀노누엇더니삽시간에정신이아득ᄒᆞ여비

몽ᄉᆞ몽간에리도령이졋헤와셔은은히안졋는ᄃᆡ두상에금관이오요간에패월이라선

관의거동이오풍호의위엄이라마음이산란ᄒᆞ여리도령의손을잡고소〻로쳐잠을ᄭᆡ

니도령님은간ᄃᆡ업고뷔인칼머리만잡앗더라춘향이더욱긔가막혀ᄯᅩ탄식ᄒᆞ되

▲원통ᄒᆞ다유졍낭군ᄭᅮᆷ가온ᄃᆡ잠간맛가만단정회못ᄒᆞᆫ니이셥셥ᄒᆞ고졀통ᄒᆞ다▼

그밤을그럿케시오더니셔벽역옥문밧게「문슈요」외는소리셔문밧허봉ᄉᆞ셩중에독

경왓다가는길이라춘향이반겨듯고ᄉᆞ졍이를불너봉ᄉᆞ를청ᄒᆞ니

봉ᄉᆞ드러와안즈며

옥중가인

진시(趁時)못와본널디단(大端)히미안(未安)ᄒᆞ니기간(其間)장처(杖處)와고싱(苦生)이엇더ᄒᆞᆫ가어ᄃᆡ상처(傷處)를좀만져보
셰니가보든못ᄒᆞ나니손이약(藥)손이라니손으로만지면장독(杖毒)이천병만마(千兵萬馬)진(陣)풀니듯활
셕풀니여업셔지지어ᄃᆡ응
춘향(春香)이옷을것고미마즌다리를니여믹기나음흉(陰凶)스러운봉ᄉᆞ더듬〳〵만져ᄎᆞᄎᆞ속깁
히드러가는지라춘향(春香)이손을ᄊᆡᆨ잡고곳ᄲᅡᆷ을쳐고십흐나점(占)칠일을싱각(生覺)ᄒᆞ고ᄯᅢ로써ᄒᆞ
논말이
(츈)장님드르시오어머님이말숨키를셔대문(西大門)밧허(外許)봉ᄉᆞ는눈은안폐(眼廢)ᄒᆞ엿ᄉᆞ되근본(根本)이
량반(兩班)이요힝신(行身)이정대(正大)ᄒᆞ야ᄉᆞ람마다칭찬(稱讚)이오네가어렷슬ᄯᅢ미양보면덤셕안고한
업시ᄉᆞ랑ᄒᆞ야「니ᄯᅡᆯ이야니ᄯᅡᆯ이야」입맛초며등치더라ᄒᆞ시더니제가ᄎᆞᄎᆞ장셩(長成)ᄒᆞ
야자로뵈옵지못ᄒᆞ여도미더운싱각이야범연(凡然)치아니허외다니ᄉᆞ정(事情)을아시거니와
불상ᄒᆞᆫ이신세(身勢)에간밤에ᄯᅩ꿈ᄭᅮ지섭섭ᄒᆞ니엇지ᄒᆞ면조흘는지

一七八

옥중가인

봉ᄉᆞ가이말을드르니점잔흔싱각이절노나셔헛깃침을두어번ᄒᆞ고눈을씀벅ᄒᆞ며손
을슬며시ᄲᅢ고
(봉)허ᄉᆞ어이이미질을어느놈이힛노
(츈)왕방울쇠가힛소
(봉)그놈이독(毒)ᄒᆞ고모진놈이엿다정초(正初)에독경(讀經)날(日)을바드러오거든화해(禍害)일(日)을바다쥬어
부른비가특터지게ᄒᆞ리라그리ᄒᆞ고꿈은엇지ᄭᅮ엇셔
춘향(春香)이젼후(前後)꿈(夢)이야기를다ᄒᆞ니봉ᄉᆞ점(占)을치는ᄃᆡ은(銀)마구리ᄃᆡ모(玳瑁)산통(筭筩)눈우혜놉히들고
축ᄉᆞ(祝辭)를이른다
「텬하언(天何言)재시며지하언(地何言)재시리요마는고지즉응(告之則應)ᄒᆞᄂᆞ니감이슈통(感而遂通)ᄒᆞ소셔부대인자(夫大人者)
는여텬지(與天地)합기덕(合其德)ᄒᆞ며여일월(與日月)합기명(合其明)ᄒᆞ며여ᄉᆞ시(與四時)합기셔(合其序)ᄒᆞ며여귀신(與鬼神)합기길흉(合其吉凶)ᄒᆞ는
나틔셰을츅(太歲乙丑)오월갑ᄌᆞ삭(五月甲子朔)십ᄉᆞ일갑인(十四日甲寅)오시(午時)히동조션(海東朝鮮)젼라좌도(全羅左道)남원부(南原府)봉쥭면(鳳竹面)강선동(降仙洞)

一七九

옥중가인

임자(壬子)생(生) 셩(姓) 츈향(春香) 옥즁(獄中)에 갓치여 수월(數月) 신고(辛苦)ᄒᆞ오니 어ᄂᆡ날(日) 노이며 경셩(京城) 삼쳥동(三淸洞) 리몽룡(李夢龍)을 어ᄂᆡ날(日) 맛나며 ᄉᆞ싱(死生) 길흉(吉凶)이 엇더ᄒᆞ올는지 복걸(伏乞) 제션싱(諸先生)은 물비쇼시(勿秘昭示) 물비쇼시(勿秘昭示)」

졈괘(占卦)를 상쥰(詳準)ᄒᆞ더니 봉ᄉᆞ ᄃᆡ소(大笑)ᄒᆞ며

(봉) 어허 졈괘(占卦) 잘낫다 관귀(官鬼)가 공(空)을 마젓스니 관귀공망(官鬼空亾)은 송ᄉᆞ뎡(訟事停)이라 금명량일간(今明兩日間) 노일 것이오 경셩(京城) 리셔방(李書房)으로 말ᄒᆞ여도 쳥룡관귀(靑龍官鬼) 력마(驛馬)에 졍녹(正祿)을 씌엿스니 허〃 ᄃᆡ단(大端) 무셔운 벼살이로고 호츌인왕산(虎出仁旺山)ᄒᆞ야 야도한강수(夜渡漢江水)를 건넛스니 ᄂᆡ려오는 거동(擧動)이로구나니 졈(占)은 신졈(神占)이라 헛(虛)되이 아지 말고 고롬 맛고 ᄂᆡ기(結)ᄒᆞ셰

(츈(春)) 말솜 만드러도 반가오나 ᄒᆡ몽(解夢)이나 ᄒᆞ여쥬시요

(봉) 그러ᄒᆞ지 화락(花落)ᄒᆞ니 능셩실(能成實)이오 경파(鏡破)ᄒᆞ니 긔무셩(豈無聲)가 조흔 일이 결과(結果)되ᄉᆞ쳐 큰소리을 할 것이오 문상(門上)에 현우인(懸偶人)ᄒᆞ니 인인(人人)이 ᄀᆡ앙시(皆仰視)라 옥(獄)담에 가마귀 안저 가옥가옥 울엇스니 가ᄌᆞ(佳字)는 아름다올 가ᄌᆞ(字)오 옥ᄌᆞ(屋字)는 집 옥ᄌᆞ(字)어 허경ᄉᆞ(慶事)가 낫니 명일(明日)밤 오경시(五更時)에 귀(貴)ᄒᆞᆫ 수람(人)

옥중가인

을 만나면 조흔 일 무수(無數)ᄒᆞ고 오날 일진(日辰)이 갑인(甲寅)이라 병진일(丙辰日) 유시(酉時)에는 가마탈 일이 잇는ᄃᆡ 가마를 못 타면 집둥우리를 타도 탈 터이니 거졍 마소 거졍 마라

(츈(春)) 뎡녕(丁寧)히 그럴진ᄃᆡ 수고(酬苦)를 갑쇼리다

(봉) 여보쇼 근ᄅᆡ(近來) 명식(明色)업난 감투 만흔니 나를 감투 나ᄒᆞ나 써여쥬소 조금도 념려(念慮)말고 수(數)일(日)만 기(企待)다리소

봉ᄉᆞ 졈(占)을 다치고 느니 ᄉᆞ졍(司丁)이 드러오며

(ᄉᆞ뎡(司丁)) 허싱원(許生員) 졈(占) 다첫쇼

(봉ᄉᆞ) 허어 다쳣네

(ᄉᆞ뎡(司丁)) 그러면 어서 이리 느오

봉ᄉᆞ 도라가고 ᄉᆞ뎡(司丁)이 옥문(獄門)을 ᄎᆡ우고 드러가니라

第十四幕 御使春香家來訪 (어사 츈향이 집 차즈 가는 ᄃᆡ)

옥중가인

(設備)春香家、七星壇、夕飯床、燈籠

(出場)李御史、春香母、上丹

이ᄯᅢ어사농부들과수작ᄒᆞ고도라서너남원읍닉를ᄒᆞᆼ로밧비가구십흔지라가는거름
지촉ᄒᆞ야오슈역에숙소ᄒᆞ고박셕고ᄀᆡ를넘어서서남원읍을당도ᄒᆞ니감구졍회가구
름갓치이러는다

▲예보든경다시보니산도예보든산이오물도예보든물이로다록수진경너른들은나
단이든길이라교룡산셩다시보쟈션은ᄉᆞ야무ᄉᆞᄒᆞ냐광한루야잘잇더냐오작교반
가워라옥에갓친츈향이는살앗느냐죽엇느냐날싱각고탄식ᄂᆞ냐오난줄알양이면
춤으로영졉ᄒᆞ고우슴으로인ᄉᆞᄒᆞ야알뜰ᄉᆞ랑ᄒᆞ련마는져모르니허ᄉᆞ로다▼

선거름에광한루을나서셔츈향의집바라보니힝낭은ᄶᅵ그러지고몸치는기우러지고
다못찬바람이으스스할ᄲᅮᆫ이라혼ᄌᆞ탄식ᄒᆞ되「허ㅣ니가남원ᄯᅥ난지불과숨년에뎌
지경이웬일이냐」

옥중가인

찬ᄎᆞ히완보ᄒᆞ야츈향이집당도ᄒᆞ니▲예보든벽오동은수림속에홀노셧고면회혼압
뒤담은간ᄉᆞ이무너지고황계에것친풀은ᄉᆞ람조최희미ᄒᆞ다시비압에쥬린ᄀᆡ는구면
목을몰나보고컹컹짓고내닷는되창외에녯졀ᄀᆡ는록죽쳥송반갑도다이ᄋᆞ오일모ᄒᆞ
니동산에달ᄯᅥ오고심회는첩ᄉᆞᄒᆞᆫ되저시소리슬프도다▼은ᄉᆞᄒᆞᆫ우름소릐쳐량히들
니거날울음좃차차져가셔들쥭동벽얼크러진그ᄉᆞ이에은신ᄒᆞ고살펴보니
이ᄯᅢ에츈향모가후원에칠셩단을모ᄒᆞ고등불을발켜놋코식동위시소반에정화수를
밧쳐놋코분향지비ᄒᆞ는말이

천디지신일월셩진관음제불오빅라한ᄉᆞ히룡왕팔부신장셩쥬조왕젼비ᄂᆞᆫ니다한
양거리몽룡을젼나감사나암힝어사를졈지ᄒᆞ야쥬옵시면옥즁에쥭은ᄌᆞ식살여닐
가바라오니텬지신명은감동ᄒᆞ와살녀지이다

두손바닥을문지르며한참빌다가긔졀ᄒᆞ야

옥중가인

▲익고너ᄯᆞᆯ춘향(春香)아금지옥엽(金枝玉葉)너ᄌᆞ식(子息)을아비업시길너이지경이웬닐이냐뉘게가못
ᄐᆡ여나셔차ᄉᆡᆼ(此生)에죄(罪)만흔년ᄂᆡ게와ᄐᆡ여나셔어미죄(罪)로너쇽나냐ᄂᆡᄌᆞ식(子息)아ᄂᆡᄌᆞ식(子息)아
익고익고ᄂᆡᄌᆞ식(子息)아▼
이갓차셜니우니어사도(御史道)긔(氣)가막혀한숨을쉬고이러서셔ᄌᆞ최업시감안〳〵문젼(門前)에이
르러기침을크게ᄒᆞ고
(어(御))「이리오너라이리오너라」이삼차(二三次)부르니춘향모(春香母)울음을진졍(鎭定)ᄒᆞ고
(모(母))상단(上丹)아문젼(門前)에누가찻나나가보아라
(상(上))그누구요
(어(御))ᄂᆡ일다
(상(上))내라니뉘심닛가
(어(御))나를모르겟ᄂᆞ냐

옥중가인

상단(上丹)이가ᄌᆞ세(仔細)히보더니「익고이게누구심닛가」ᄒᆞ고어사도(御史道)를부여안고「아이아이」
통곡(痛哭)ᄒᆞ니춘향모(春香母)깜작놀나우루々나오면셔
(모(母))엇던놈이남의ᄌᆞ식(子息)을ᄯᅢ리ᄂᆞ냐
(상(上))익고마님셔울셔방(書房)님(任)이오셧슴니다
춘향모(春香母)가물에ᄊᆡᆫ진ᄉᆞ람고함(高喊)질으듯ᄒᆞᆫ참어허々々ᄒᆞ더니우루룩달녀들러어사도(御史道)목
을안고▲익고々々이게누구인가아이〳〵이ᄉᆞ람아이ᄉᆞ람아하ᄂᆞ님이감동(感動)ᄒᆞᆫ가부
쳐님의도술(道術)인가하날에셔ᄯᅥ러젓나ᄯᅡ에셔쑥소삿나광풍(狂風)에날녀온가옛얼골옛모양
이그져잇나엇의보세어셔오소어셔오소드러가세々々々ᄒᆞ면셔어사도(御史道)손을ᄭᅳ을
고방(房)안에안친후(後)에문(門)밧(外)ᄭᅴ급히나와▼
(모(母))상단(上丹)아건넌방(房)에졈화(點火)좀ᄒᆞ고뒤숭어미불너진지(進支)ᄒᆞ라ᄒᆞ고고두쇠불너관쳥(官廳)에
가고기々오라ᄒᆞ고너난닭(鷄)잡아찬수(饌需)ᄒᆞ여라

식ᄉᆞ분별(食事分別)을얼는ᄒᆞ고방(房)으로드러와어사도(御史道)손을잡고정신업시보는ᄃᆡ얼골은옥(玉)이로
되의복(衣服)이남누(襤褸)ᄒᆞ고궁상(窮狀)이지르르훌너코홀만져〱ᄒᆞ니암힝어사(暗行御史)힝식(行色)을뉘가알리
요춘향모(春香母)간담(肝膽)이셔늘ᄒᆞ고두눈이감〻ᄒᆞ야무어이가슴에콱ᄆᆡᆨ쳐지며「ᄋᆡ고」한마듸
를ᄒᆞ더니어사(御史)얼골을쳐다보며
(모(母))여보리셔방(李書房)엇지이모양(貌樣)이며웨져리되엿나
(어(御))장모(丈母)ᄂᆡ말드러보소독셔(讀書)쳔권(千卷)무셩가(無聲價)ᄒᆞ니과거(科擧)도못ᄒᆞ고좌ᄃᆡ쳥운미졍긔(坐待靑雲未有期)ᄒᆞ니벼
살길ᄭᅳᆫ어지고인ᄉᆡᆼ귀쳔(人生貴賤)ᄂᆡ수하(奈數何)오이럿텃쳔(賤)케되고동셔(東西)ᄀᆡ걸(丐乞)촌견폐(村犬吠)ᄒᆞ니문젼(門前)마다
ᄀᆡ짓ᄀᆡ고환란필ᄉᆞ친쳑구(患難必思親戚救)ᄒᆞ니장모(丈母)ᄉᆡᆼ각(生覺)이오작할가신셰(身勢)가이리되니붓그름은멀
니가고고졍(故情)을ᄉᆡᆼ각(生覺)ᄒᆞ니시〻(時時)마다보고십흐나의복(衣服)업고힝ᄌᆞ(行資)업셔몃ᄒᆡ몃달벼르다
가ᄉᆞ랑(舍廊)마다과ᄀᆡᆨ(過客)질노보고ᄌᆞ나려오니셜상(雪上)에가상(加霜)으로춘향(春香)조차죽게되니ᄂᆡ신셰(身勢)
가웨이련지목이메여말못ᄒᆞ고붓그러워불수업네

一八六

춘향모(春香母)그말을듯더니쥬먹으로압가삼을탁탁치며
(모(母))아이고죽엇고나우리모녀(母女)다죽엇네ᄋᆡ고하나님이이닥지도야속하오하나님도
무심(無心)ᄒᆞ고일월셩신(日月星辰)졔불미륵(諸佛彌勒)오ᄇᆡᆨ라한(五百羅漢)쓸듸업다상단(上丹)아
(상(上))예ㅣ
(모(母))후원(後園)에드러가단(壇)헐고다치워라령험(靈驗)업는단(壇)을모우고손발달케비럿고나불상ᄒᆞ
다ᄂᆡᄌᆞ식(子息)아앗가워라ᄂᆡᄌᆞ식(子息)아이팔시졀(二八時節)조흔ᄯᆡ(時)에만종록(萬鍾祿)을못누리고어미를잘못
맛나원통(寃痛)히도죽겟고나너죽난것엇지보라ᄂᆡ가먼져죽으리라
춘향모(春香母)목접이질럴격가슴쾅〻두다리며딩굴〱둥굴면셔죽기로단졍(斷定)ᄒᆞ니어사도(御史道)
민망(憫惘)ᄒᆞ야춘향모(春香母)허리안고
(어(御))여보장모(丈母)나를보아진졍(鎭定)ᄒᆞ소
(모(母))에라노아라보기실라이도적(盜賊)놈썩가거라져조격(操格)을차리고셔ᄂᆡ집에웨왓느냐이

一八七

셔울색졍아너싱긴체격(體格)보니포교(捕校)눈에ᄯᅳ이면은령락(零落)업시치이겟다

(어(御))여보장모(丈母)그말마소힝식(行色)이초々(草草)ᄒᆞ야녯풍치(風彩)업슬망졍엇지될줄장모(丈母)아나하날이
문어져도소사날궁기잇고상젼(桑田)이벽히(碧海)되여도비켜셜길이잇ᄂᆞ니울지말고진졍(鎭定)ᄒᆞ소

(모(母))데라셔무슨별수(別數)잇논줄노어사(御史)나될가감사(監司)나될가ᄭᅩᆯ이ᄀᆡᆨᄉᆞ(客死)밧게못ᄒᆞ겟다

(어(御))무슨사가되든지사만되면아니조흔가시장ᄒᆞ니밥이나한술쥬소

(모(母))밥업다

(상(上))마님마옵소셔옥즁(獄中)아씨(阿氏)아르시면ᄌᆞ처(自處)를ᄒᆞ실터이니한탄(恨歎)ᄒᆞ면무엇ᄒᆞ며ᄋᆡ통(哀痛)ᄒᆞᆫ
들쓸ᄃᆡ잇소귀체(貴體)를보즁(保重)ᄒᆞ옵시고밤(夜)이아즉깁지안으니조금안져계시다가아가씨(阿嫁氏)
젼(前)가ᄉᆞ이다

상단(上丹)이울며츈향모(春香母)를붓드러진졍(鎭定)식이고통々나가진지(進支)를지여어사도(御史道)게올니고상(床)머
리에ᄭᅮ러안ᄌᆞ술ᄒᆞᆫ잔을권(勸)ᄒᆞᆫ후(後)에

(상(上))셔방님(書房任)진지(進支)만히잡수시요

(어(御))오냐다먹겟다

어사도(御史道)가츈향모(春香母)게몃번욕(辱)도보고시장도ᄒᆞ든즁(中)에밉게만보이랴고밥상을두다리사
이예다ᄯᅳᆨ씨고반찬(飯饌)하나안남기고혹닥ᄒᆞ더니다먹고물ᄒᆞᆫᄃᆡ졉다마시며

(어(御))상단(上丹)아누룬밥잇거든더가져오너라

츈향모(春香母)보다가하긔(氣)가먹혀

(모(母))잡(雜)것이하낫도될것은업고밥만잔득먹어식충(食虫)이가되엿고나만히비러먹겟다

어사도(御史道)속으로웃스며즉시(卽時)상(床)을물녀니고담비ᄒᆞᆫᄃᆡ를먹으니▲파루(罷漏)는뎅々치는ᄃᆡ상(上)
단(丹)이이러나셔등롱(燈籠)에불을켜며▼

(상(上))파루를쳣ᄉᆞ오니아가씨(阿嫁氏)젼(前)가ᄋᆸ시다

상단(上丹)이등롱(燈籠)들고츈향모(春香母)는압흘셔고어사도(御史道)는뒤를ᄯᅡ라옥(獄)으로ᄂᆞ려가니라

一九〇

옥중가인

第十五幕 御史獄中往訪 (어사옥에차ᄌᆞ가ᄂᆞᆫᄃᆡ)

(設備) 獄、行燈

(出場) 春香、春香母、上丹、李御史

어사(御史)츈향(春香)을보랴고옥(獄)으로차ᄌᆞ오니▲차야(此夜)풍우산란(風雨散亂)ᄒᆞ야바람은우루々지동(地動)치듯불고비(雨)ᄂᆞᆫ헛날니고천동(天動)은와르륵〱번ᄀᆡ불은번ᄯᅳᆺ번ᄯᅳᆺ옥중귀곡셩(獄中鬼哭聲)이두런々々형장(刑杖)마져죽은귀신(鬼神)곤장(棍杖)맛고죽은귀신(鬼神)쥬뢰(周牢)들녀죽은귀신(鬼神)티장(笞杖)맛고죽은귀신(鬼神)들보(樑木)에목을ᄆᆡ고ᄃᆡ롱々々죽은귀신(鬼神)둘식셋식ᄶᅡᆨ을지여휘々호々아이아이울고번ᄀᆡ(雷霆)ᄂᆞᆫ번ᄶᅧᆨ천동(天動)은우루々비(雨)ᄂᆞᆫ쥬룩쥬룩바람(風)은ᄯᅥ려불어문풍지(門風紙)가드르륵밤ᄉᆡ(夜鳥)ᄂᆞᆫ붓々비ᄉᆡ(雨鳥)ᄂᆞᆫ비々옥(獄)문(門)은멀거락슈(落水)ᄂᆞᆫ뚝々원촌(遠村)에계명셩(鷄鳴聲)은은々(隱隱)히들니더라

츈향모옥문압(春香母獄門前)에드러서셔

「아가츈향(春香)아자ᄂᆞ냐셔엿ᄂᆞ냐」

부르니이ᄯᅢ(此時)츈향(春香)은홀노누어랑군(郎君)을ᄉᆡᆼ각(生覺)ᄒᆞ고울며탄식(歎息)ᄒᆞᆫ다

옥중가인

▲야속ᄒᆞ다우리님(任)은ᄒᆞᆫ번리별(離別)도라간후(後)니ᄉᆡᆼ각(生覺)을이졋난가몽중(夢中)에도아니온다잠아오너라ᄭᅮᆷ(夢)아오렴으나ᄭᅮᆷ(夢)속에나맛나보ᄌᆞ이팔시졀(二八時節)졀문몸이무슘죄(罪)가만하옥중고(獄中孤)혼(魂)이되단말가죽기ᄂᆞᆫ셜지안으나ᄇᆡᆨ발모친(白髮母親)뉘밧들며우리랑군(郎君)언제보리▼

이럿텃복침통곡(伏枕痛哭)슬피울더니옥문(獄門外)밧게셔「츈향(春香)아〱(春香)」ᄒᆞᄂᆞᆫ소ᄅᆡ풍우셩(風雨聲)에헷갈니여ᄌᆞ세(仔細)히안들니나아마뉘가날차자온모양(貌樣)이라그러나원통억울(冤痛抑鬱)ᄒᆞ여울든ᄎᆞ에붉으ᄂᆞᆫ소ᄅᆡ반가운ᄉᆡᆼ각(生覺)은아니나고다만한슘눈물노혼ᄌᆞ탄식(歎息)만나온다

▲그뉘라나를찻나원통(冤痛)코셜운원졍(怨情)옥황(玉皇)님(任)이알으시고구(救)ᄒᆞ려고날찻나▼

▲긔산(箕山)영슈(潁水)별건곤(別乾坤)쇼부(巢父)허유(許由)날찻나▼

▲상산ᄉᆞ호(商山四皓)옛노인(古老人)바둑두ᄌᆞ고날찻나▼

▲슈양산(首陽山)ᄇᆡᆨ이슉졔(伯夷叔齊)ᄎᆡ미(採薇)ᄒᆞ자날찻나▼

▲부츈산(富春山)의엄자릉(嚴子陵)간의대부(諫議大夫)마다ᄒᆞ고칠리(七里)동강(桐江)일ᄉᆞ풍(一絲風)함ᄭᅴ가ᄌᆞ날찻나▼

一九一

옥중가인

▲설즁긔려밍호연이방미차로날찻나▼
▲진디풍류자랑코져죽림칠현날찻나▼
▲심양츄야빅락천이비파듯자날찻나▼
▲서역원사박망후견우직녀차지라고한포로지나면서함믜가자날찻나▼
▲풍々우々이텬지에날차즈리업것마는그뉘라셔날을찻나▼
춘향모옥문전에서여러번부르다가디답이업스니다시부른다
(모)아가춘향아
(어)이사람조금크게부르게
(모)요란이구우지마라만일본관이알면네가그솜시에고도리뼈가쑥색지고촉디뼈
가부러질나
어사도소리를크게질너「춘향아」부르니춘향이깜작놀나

一九二

옥중가인

(춘)그뉘오
(모)내다
(춘)의고어머니〱엇지오셧소
(모)왓다
(춘)무엇이와요서울서편지왓소나다리러사람왓소오다니누가왓소
(모)서울리서방이왓다잘되고귀히되고고만되고고짝업시되고홍나게되고불상히되
고더럽게되고죠흔거어지되여왓다
춘향이그말듯고아이고이게웬일이오삼에잠간본님싱시에도보깃구나
흑운갓치헛흔머리목에휘々둘너메고길넘은전목칼을드르르〱쉬을면서「의고
허리야의고다리야」칼머리둘너져만콤놋코두손으로쌍울집고뭉그젹〱긔여나
오며서방님엇의왓소서방님오셧거든말소리나드러보세

一九三

옥중가인

춘향모(春香母)허를살〻차며더잘된것보고단박(單拍)밋치논구나

(츈)못되야도닉랑군(郎君)잘되야도닉랑군(郎君)고관딕작(高官大爵)내다실코만죵록(萬鍾祿)도닉다실코어머니

가뎡(定)ᄒᆞᆫ빅필(配匹)됴코(好)글코(否)웬말이오나를차자오신랑군(郎君)엇지그리괄시(恝視)ᄒᆞ오

춘향모(春香母)어이업서말못ᄒᆞ고서셔불졔어사도(御史道)드러셔옥문(獄門)으로고기를드리밀며

(어)춘향(春香)아고상(苦狀)이엇더ᄒᆞ냐네죄(罪)가아니라만사(萬事)가모다이놈의허물이라

(츈)셔방님(書房任)문름으로손(手)을너어느를좀이리켜쥬오

춘향(春香)이운신(運身)ᄒᆞ야간신(艱辛)히어사(御史)의손(手)을잡고발〻쪌며이러나두눈에눈물이밋거니듯거니ᄒᆞ논듸

(츈)▲엇의갓다인졔오오동유(東流)위슈(渭水)말근물에여상(呂尙)보려가셧던가영슈(潁水)에귀를씻든소(巢)부(父)보려가셧던가원앙(鴛鴦)수침(繡枕)호졉몽(蝴蝶夢)에새ᄉ랑에잠겻던가무졍(無情)함도무졍(無情)ᄒᆞ오▼

어사(御史)의손(手)을잡고반갑고슬흔ᄉᆡᆼ각(生覺)에우셔보고울어보며

옥중가인

(츈)하나님이감동(感動)ᄒᆞ야아니쥭고살앗다가다시볼줄어이알리그러나셔방님(書房任)장가(娶)드(入)럿소

(어)쟝가(娶)가다무엇이냐나도너를리별(離別)ᄒᆞ고셔울노올나가셔네ᄉᆡᆼ각(生覺)ᄒᆞ노라고공부(工夫)도아니ᄒᆞ고아버지(父)가쏫차니여친구(親舊)ᄉ랑(舍廊)으로도라단이며밥술이나어더먹다가소식(消息)도알슈업고네ᄉᆡᆼ각(生覺)이간졀(懇切)ᄒᆞ야불원쳔리(不遠千里)나려오니너는나보다더참혹(慘酷)ᄒᆞ게되얏스니텬지(天地)가아득ᄒᆞ고가슴이답〻ᄒᆞ구나

츈향(春香)이그말을드르니뎡(情)든마음(心)에측은(惻隱)ᄒᆞᆫᄉᆡᆼ각(生覺)이졀노난다

(츈)어머니듯조시오날(日)이밝(明)거든우리두리인연(因緣)밋든부용당(芙蓉堂)에졈화(點火)ᄒᆞ고돌이덥던금(衾)침(枕)펴고사쳐(私處)를뎡(定)ᄒᆞ시고건너방삼층장(三層欌)에필(疋)육명필(疋)골나니여셔방님(書房任)상하의복(上下衣服)여러벌을마르시고(裁)갓망건(冠網巾)을곱게ᄒᆞ되머리에맛게잘맛츄시고단님쥼치쌈지협낭(囊草囊挾囊)자개(紫介)함(函)에드릿스니쳘을맛쳐니여놋코옥색(玉色)밧탕자쥬(紫紬)코틱사혜(太史鞋)한켜레맛초시고향교(鄉校)말(里)

셩좌슈(成座首)에게 돈(錢) 이쳔량(二千兩) 밋겻스니 그돈(其錢) 즉시(卽時) ᄎᆞ(推)져다가 집안(家內)에 가용(家用)ᄒᆞ고 간일(間日) 고음(膏飮) 양집(羊汁) 내여 시장치안케 권(勸)ᄒᆞ시며 어머님도 잡수시오 내가 집(家)에 업다고 어머니가 화(火)를 내여 불평(不平)ᄒᆞ게 ᄒᆞ옵시면 쳔리(千里)에 오신 랑군(郎君) 그마음이 편(便)ᄒᆞ릿가 셩픔(性稟)을 알거니와 만일(萬一) 괄시(恝視)ᄒᆞ면 불효녀식(不孝女息) 말이오나 ᄌᆞ결(自決)ᄒᆞ야 쥭을터이오니 쳐분(處分)ᄒᆞ야 ᄒᆞ옵소서

(모(母)) 더런비러도 못먹을년 질알ᄒᆞᆫ다

(츈(春)) 상단(上丹)아 셔방님(書房任) 침슈범졀(寢睡凡節) 안령(安寧)ᄒᆞ시고 불평(不平)ᄒᆞ시기는 젼(專)혀 네게 밋으니 밤(夜) 참 조반젼(早飯前) 후ᄉᆞ(後事)를 지셩(至誠)으로 공궤(供饋)ᄒᆞ라 내가 당부아니 ᄒᆞᆫ들 네마음도 나와 갓지 내 마암 네가 알고 네마암 내가 아니 별(別)말이 웨 잇스랴

(츈(春)) 셔방님(書房任) 드르니 명일(明日)이 본관(本官) 싱신(生辰)잔(宴)치라 잔(宴)치 뜻헤 날을 올녀 쥭인다고 사졍(司丁)에게 분부(分付)ᄒᆞ야 형장(刑杖)만히 삭〻을 니라ᄒᆞ엿스니 나는 내일(來日) 쥭는 사람이라 셔방님(書房任)은 아모듸도 가시지말고 옥문(獄門) 밧(外)긔나 삼문(三門) 밧(外)기나 직혀 셧다 츈향(春香)을 니라 령(令)이 나리거든 칼머리(枷頭)나

드려주고 나를 쥭여 닛치거든 다른사람(他人) 손(手) 길듸이지말고 셔방님(書房任)이 달녀드러 나의 시체(尸體)를 두루쳐 업고 내 집(家)에 도라와 시상(尸床) 밧쳐 뉘인후(後)에 나의 초혼(招魂) 불너쥬되 옥즁(獄中)에셔 셔방님(書房任) 그려 간장(肝腸) 썩은 역류슈(逆流水) 쌈내 뭇은 속젹삼(赤衫) 벗겨 내여 허공즁천(虛空中天) 내두루며 「히동조션 젼라 좌도 남원읍 강션리 님ᄌᆞ싱 셔츈향 복복(海東朝鮮全羅左道南原邑降仙里壬子生徐春香復復)」 세번(三遍) 만웨치고 집웅에 츳드리고 슈의(壽衣) 도ᄒᆞ지말고 나입으라고 지은 의복(衣服) 갓초갓초 다잇스니 마음되로 골나 입혀 염포(斂布) 입관(入棺)ᄒᆞ지말고 셔방님(書房任) 나를 안고 청결(淸潔)한곳 가려차져 깁히 파고 뭇으실때(時) 셔방님(書房任) 속젹삼(赤衫) 버셔 가슴을 덥허쥬고 묘젼(墓前)에 표셕(標石) 세(立)고 표셕(標石)에 글(書)을 쓰되 「슈졀원사츈향지묘(守節寃死春香之墓)」라 디자(大字)로 크게 써셔 묘압(墓前)헤 세워쥬면 쳡(妾)의 쥭은 혼(魂)이라도 아모 한(恨)이 업겟나니다 ▲불상ᄒᆞ신 우리 모친(母親) 내몸 일신(一身) 쥭어지면 뉘게가 의지(依支)ᄒᆞ며 빅골엄토(白骨掩土) 뉘라ᄒᆞ리 슬프다 우리모친 나를 일코 익통(哀痛)타가 셜워도 쥭을테오 굴머도 쥭을테오 의지(依支) 업시 도라가면 오연(烏鳶)의 밥이된늘 뉘라 취여 날여쥬리 ▼

옥중가인

ᄒᆞ더니「아이아이」슬피우니구실갓튼눈물이옥면에나려가되야입은옷을다젹시ᄂᆞᆫ듸
리어사ᄂᆞᆫ소々롯치ᄂᆞᆫ눈물에우름소리ᄂᆞᆫ아니나오고두눈만침々히온다그러나어사
ᄂᆞᆫ쇡죽지안을줄알고도츈향의우ᄂᆞᆫ스름에눈물이절노낫거니와츈향은쇡죽을줄로
만아ᄂᆞᆫ지라요간픽월이입이업셔말못ᄒᆞ니죽을곳에살길이잇슬줄을뉘가알리오츈
향이눈물을강작히긋치고셔방님을향ᄒᆞ야영결종천에마즈막으로ᄒᆞᆫ부탁을ᄒᆞᆫ다

(츈)셔방님도리ᄂᆞᆫ아니오나길이ᄒᆞᆫ말부탁ᄒᆞᆯ닐이잇소

(어)무슨말이냐

(츈)랑군을못셤기고불상히죽ᄂᆞᆫ년이무슴부탁ᄒᆞ오릿가가련ᄒᆞᆫ어미신세니몹ᄒᆞ나
죽어지면정쳐업시불상ᄒᆞ니하히갓흔쳐분으로로모를밧드러셔츈향갓치싱각ᄒᆞ
면죽어황천에도라가셔결초보은ᄒᆞ오리다차싱에미진ᄒᆞᆫ을후싱에나다시맛나리
별업시사올ᄂᆞᆫ지ᄒᆞᆯ말이무궁ᄒᆞ나날이발가히가ᄯᅳ니대강부탁ᄒᆞ압니다먼길에셋

一九八

옥중가인

쳐오작곤ᄒᆞ시릿가어셔나가죰으시오

(어)오냐그녀여말고금일히만기다리면싱사잔에알터이니다시맛나쟈

어사가츈향을옥에두고옥문밧긔나오ᄂᆞᆫ듸츈향모ㅣ뒤를따라오며

(모)자네어듸로갈나나

(어)어듸가자네집으로가지

(모)니집보다크고조흔집으로가소

(어)어듸

(모)긱사동대청에가좌긔ᄒᆞ소

(어)자네말이거진말은아닐세자네엇지그리아나아모고을로가도멀쟉ᄒᆞᆫ긱사동듸
청이내쳐소이니어셔가소나ᄂᆞᆫ긱사로가네

츈향모ᄂᆞᆫ어사의걸긱인모양을보고화가나셔말을함부루ᄒᆞ엿ᄂᆞᆫ듸상단이ᄂᆞᆫ어사가

一九九

옥중가인

과연(果然)그말에노(怒)ᄒᆞᆫ줄알고달녀드러어사도(御史道)를부여잡고

(상上)마나님말슴탄치마압시고되(宅)으로가옵시다

(어御)오냐볼닐이급(急)ᄒᆞ니갓다가올터이니내밥이나ᄒᆞ여두어라

츈향모(春香母)와상단(上丹)이는집(家)으로건너가고어사도(御史道)는광한루(廣寒樓)로향(向)ᄒᆞ엿더라

第十六幕　南原府使生日宴　(남원부사싱일잔치ᄒᆞ는ᄃᆡ)

(設　備)南原府宣化堂、宴具、樂具

(出　場)本官、雲峯營將及數三守令、李御史

어사(御史)광한루(廣寒樓)에올나이리져리거닐면셔명일(明日)에거사(擧事)할닐을싱각(生覺)더니셔리(書吏)중방(中房)력졸(驛卒)들이비밀(秘密)히등ᄃᆡ(等待)ᄒᆞ여차례(次例)로문안(問安)커날일일(一一)히인견(引見)후(後)에

(어御)니일(來日)본관(本官)잔치(宴)시(時)에여ᄎᆞ여ᄎᆞ(如此如此)할터이니은근(慇懃)히등ᄃᆡ(等待)ᄒᆞ고눈치보와거힝(擧行)ᄒᆞ라

분부(分付)ᄒᆞ니셔리(書吏)중방(中房)령(令)을듯고각처(各處)로허여졋더라

잇흔날앗참에어사도(御史道)폐의(弊衣)파립(破笠)에걸ᄀᆡᆨ(乞客)의모양(模樣)으로삼문(三門)간(間)당도(當道)ᄒᆞ니각읍(各邑)슈령(守令)모와들

옥중가인

제당상(堂上)당하(堂下)ᄒᆞ첨만호(僉萬戶)가차제(次第)로드러온다

▲쉬ㅣ임실(任實)이오곡성(谷城)이오「어허」ᄒᆞ는권마셩에담양(潭陽)부사(府使)드러오고순창(淳昌)군슈(郡守)옥과(玉果)구(求)례(禮)연숙(連續)ᄒᆞ야드러오며뒤밋쳐라팔(喇叭)소리「따따따」순령슈(巡令守)「에이쩌름에이쩌름」ᄒᆞ는ᄃᆡ운봉영장(雲峯營將)드러온다▼

본관(本官)이쥬인(主人)으로각소(各所)님(任)을단속(團束)할제▲육직(肉直)이불너큰소(大牛)잡히고관쳥(官廳)쇡(色)불너차담(茶啖)을신칙(申飭)슈모(需母)를불너진지(進支)를차리고각륙방두목(各六房頭目)우진찬(進饌)을드려각종봉물(各種封物)느러셧다집사(執事)를불너공인(工人)을ᄃᆡ령(待令)슈로(首奴)를불너기싱(妓生)을지휘(指揮)ᄒᆞ엿는ᄃᆡ남원부동헌(南原府東軒)널고널은ᄃᆡ청(大廳)안에남원(南原)부사(府使)상좌(上座)에안고각읍슈령(各邑守令)이제차(第次)로좌졍(座定)ᄒᆞ여연석(宴席)이버려지니일등명기(一等名妓)들이좌우(左右)로느러서셔옥슈(玉手)라삼(羅衫)을툭〻던지며「셩셩나니나」풍악(風樂)소리요지(瑤池)션악(仙樂)완연(宛然)ᄒᆞ다년년(淵淵)ᄒᆞᆫ큰북소리츈뢰(春雷)가들니는듯두리부는피리(笛)소리봉황(鳳凰)이논이는듯소상(瀟湘)반죽(班竹)졋ᄃᆡ소리나의셔름자아니고곡곡셩(曲曲聲)진(振)히금(琴)셩(聲)은년풍(年豊)을자랑ᄒᆞᆫ다오현(五絃)금(琴)검은고(玄琴)는남훈전(南薰殿)노래ᄒᆞ

옥중가인

고이십오현(二十五絃)비파셩(琵琶聲)은불승청원(不勝淸怨)슐은지고남창(男唱)은유아(幽雅)ᄒᆞ고여창(女唱)은청묘(淸妙)ᄒᆞ다▲이날남(南)
원부아중(原府衙中)은만ᄉᆞᄐᆡ평(萬事太平)이라부사(府使)의싱각(生覺)에ᄂᆞᆫ빅셩(百姓)은죽든지살던지날마다오날(今日)갓흿스
면시픈판이러라
어사도(御史道)삼문(三門)밧(外)긔셔한참드려다보다가짐짓흥(興)을내여걸긱(乞客)의ᄐᆡ도(態度)로우줄우줄드러가
며「아뢰여라사령(使令)아엿쥬어라통인(通引)아먼ᄃᆡ잇난거러지(乞客)가ᄃᆡ연(大宴)을맛낫스니안쥬(肴)ᄒᆞᆫ점(一占)
술(酒)ᄒᆞᆫ잔(一杯)얻어먹고가자구나」
소리를버럭지르고사뭇동헌(東軒)으로뛰여드러가니본관(本官)이그모양(貌樣)을보고화(火)를내여통인(通引)
을불너
(관(官))네져밋친놈멀니멀니쏫ᄎᆞ내라
어사도(御史道)ᄃᆡ상기동(臺上支棟)을훔쳐안고일부러못싱긴소리를ᄒᆞᆫ다
(어(御))나쏫차내가ᄂᆞᆫ놈은내아달이오나가ᄂᆞᆫ놈은인사불상(人事不祥)이라

二〇二

옥중가인

ᄒᆞ면셔사령(使令)을호령(號令)ᄒᆞ니운봉영장(雲峯營將)이살펴본즉폐포파립(敝袍破笠)ᄒᆞᆫ중(中)에인물(人物)이비범(非凡)ᄒᆞᆫ지라운(雲)
봉(峯)이통인(通引)을불너
(운(雲))여보아라더이가량반(兩班)이분명(分明)ᄒᆞ니말셕(末席)에안치고음식(飮食)이나잘ᄃᆡ졉(待接)ᄒᆞ라
통인(通引)이충충나가
(통(通))쉬ㅣᄉᆞ령(使令)
(사(使))예ㅣ의
(통(通))그량반(兩班)이리올나오시리라
어사도(御史道)허허우스며속으로싱각(生覺)ᄒᆞ되「안다(知矣)안다운봉(雲峯)이나를안다운봉(雲峯)이과만(瓜滿)이되얏
ᄂᆞᆫᄃᆡ가삼년(加三年)을식혀보리라」ᄒᆞ고선듯올나가운봉(雲峯)엽헤안지며장읍불비(馬揖不拜)ᄒᆞ고좌중(座中)에
못불인사(人事)차례로ᄒᆞ니라
(운(雲))좌중(座中)에통(通)할말이잇소

二〇三

옥중가인

(좌중座中)무슨말이오

(운雲)이말셕末席에안진량반兩班이과긱過客이로되동시同是량반兩班인듯ᄒᆞ오니ᄃᆡ졉待接을허보내는것이엇

더ᄒᆞ오

본관本官이얼골을찡그리며

(관官)그런것들갓가히ᄒᆞ면담비烟竹ᄃᆡ나붓치扇子나도젹盜賊ᄒᆞ여가지무엇를ᄃᆡ졉待接ᄒᆞ셔요

이ᄯᆡ此時ᄎᆞ담茶啖상床이드러오난ᄃᆡ좌즁座中이각각各各상床을바닷스되어ᄉᆞ도御史道는과ᄌᆞ果子ᄒᆞᆫ졉시一接匙를아니쥬

니운봉雲峯이ᄉᆡᆼ각生覺에ᄒᆞ도민망憫惘ᄒᆞ야통인通引을부른다

(운雲)이리오너라

(통通)예ㅣ의

(운雲)네이량반兩班상床ᄎᆞ려다드려라

(통通)예ㅣ의

二〇四

옥중가인

어ᄉᆞ도御史道상床을ᄎᆞ려오는ᄃᆡ모ᄶᅥ러진ᄀᆡ다리소반小盤에글거막던갈비ᄶᅢ콩나물太菜ᄒᆞᆫ졉一接

시匙멜치ᄭᅩ리ᄒᆞᆫ졉시一接匙모쥬母酒ᄒᆞᆫ사발一沙鉢노아다쥼다어ᄉᆞ도御史道가상床을보니심ᄉᆞ心思가잔득나셔운봉雲峯

을좀시달리랴고붓치ᄭᅳᆺ지로갈비ᄶᅢ를ᄯᅮᆨ지르며「여보운봉雲峯」운봉雲峯이깜작놀나

(운雲)익고왜그리오

(어御)더갈비ᄒᆞᆫᄃᆡ쥬오

(운雲)이량반兩班갈비를달나면그져달나지사람의갈비를먹으랴ᄒᆞᆫ단말이오

(운雲)통인通引아이익이갈비다져량반兩班드려라

(어御)아ㅣ니오엿어먹는ᄉᆞ람이남의슈고手苦식힐것잇소닉손手으로갓다먹지

어ᄉᆞ御史이리져리다니면셔진미珍味만다ᄂᆞ려셔ᄀᆡ다리소반에갓다놋코됴코ᄒᆞᆫᄒᆞᆫ진합ᄐᆡ산座合泰山

이로고하더니「ᄒᆞᄒᆞ」ᄒᆞᆫ번우셔보다가붓치로또운봉又雲峯을ᄯᅮᆨ찌르니

(운雲)이량반兩班ᄎᆞᆷ밋쳣소

二〇五

(어)(御) 니가밋친게아니라 기생(妓生)을보니 술(酒)을그디로먹을슈잇소더 기생(妓生)으로ᄒᆞ야 곰술ᄒᆞᆫ(酒一)
잔(盃)싸르고 권쥬가(勸酒歌)ᄒᆞ나ᄒᆞ라ᄒᆞ시오
(운)(雲) 여보아라 네이량반(兩班)게 권주가(勸酒歌)ᄒᆞ여라
기싱(妓生)이 그모양(貌樣)을보더니 됴(調)를잔득빼고 안젓다가 입을ᄒᆞᆫ번빗죽ᄒᆞ며「이고 기싱(妓生)노릇
을ᄒᆞ랸닛가 우숩것을다보겟고 이량반(兩班) 웨불넛소」
운봉(雲峯)이 톄면(體面)을보와ᄒᆞᆫ번호령(號令)을ᄒᆞ되 이년「괴악(怪惡)ᄒᆞᆫ지고 엇더ᄒᆞᆫ량반(兩班)이던지 내가불너
시히거든써할일이지」
그제야 기싱(妓生)이 술(酒)을싸라가지고 권쥬가(勸酒歌)를ᄒᆞᄂᆞᆫ뒤
▲잡(執)으시오 잡(執)으시오 이술(此酒)ᄒᆞᆫ잔(一盃) 쳐잡(執)으면 쳔만년(千萬年)이나 이모양(此貌樣)사오리다▼
(어)(御) 네권쥬가(勸酒歌)를드르니 새로난(新) 권쥬가(勸酒歌)로고나 참명기(名妓)로다
어사(御史)술(酒)을먹지아니ᄒᆞ고 자리(席)에솟으며「에썔사 조흔자리(好席)를바리겟구나」

다떠러진도포(道袍)소매(袖)로 솟아진술(酒)을뭇쳐 좌우(左右)로내쓰리니 좌중(座中)이발동(發動)을ᄒᆞ야「운봉(雲峯)은
우숩것을다청(請)ᄒᆞ야 좌중(座中)이요란(搖亂)ᄒᆞ오구려」
본관(本官)이보다가 하도긔(氣)가막혀 가마니싱각(生覺)ᄒᆞ되 더놈이양반(兩班)의조식(子息)은분명(分明)ᄒᆞᆫ뒤 졀문아(兒)
히(孩)가져리버릇이업슬진댄 제집안의난봉이오 필경(畢竟)무식(無識)할데이니 운자(韻字)를니여솟츠리
라ᄒᆞ고 좌중(座中)에발론(發論)을ᄒᆞᆫ다
(본)(本) 여보우리 좌정(座定)ᄒᆞ야 글ᄒᆞᆫ슈(詩一首)식지읍시다 만일(萬一)글(詩)을못진ᄂᆞᆫ자(者)ᄂᆞᆫ 큰벌(大罰)을쓰게할터이
니 좌중(座中)이다엇더ᄒᆞ시오
좌중(座中)여러사람들이 그눈치를아라치고
(좌중)(座中) 조흔말솜이오 운자(韻字)ᄂᆞᆫ본관(本官)이부르시오
본관(本官)이운자(韻字)를내여엿ᄂᆞᆫ뒤「기름고(膏)」「놉흘고(高)」두자(二字)를불으니 어사(御史)썩나아안지며
(어)(御) 나도부모(父母)님덕(主德)으로 글자나닑엇더니 글ᄒᆞᆫ귀(詩一句) 지으면엇더할ᄂᆞᆫ지오

운봉(雲峰)이 반겨듯고 필연(筆硯)을 내여주니 어사도(御史道) 필연(筆硯)을 밧아 얼눈지 어자리 밋히 넛코 본관(本官)을
향(向)ᄒᆞ야 인사ᄒᆞ되

(어(御)) 먼듸잇눈 거러지가 쥬육(酒肉)을 포식(飽食)ᄒᆞ니 은혜난망(恩惠難忘)이오 후일(後日)에 다시 보옵시다

작별(作別)ᄒᆞ고 이러서니 본관(本官)이 시원ᄒᆞ야

(본(本)) 이랑반평안(兩班平安)이 가시오 언제 볼눈지

(어(御)) 조금 잇스면 ᄯᅩ 보지오

어사(御史) 간뒤에 운봉(雲峯)이 미안지심(未安之心)이 잇서 ᄌᆞ리 밋헤 글을 뇌여 닑눈듸

▲금쥰미쥬(金樽美酒)는 쳔인혈(千人血)이오 옥반가효(玉盤佳肴)는 만셩고(萬姓膏)라▼

▲촉루락시(燭淚落時)에 민루락(民淚落)이오 가셩고쳐(歌聲高處)에 원셩고(怨聲高)라▼

ᄒᆞᆫ번을 닑음애 운봉(雲峯)이 속으로 슈상(殊常)스러운 싱각(生覺)이 나기 지작(始作)을 ᄒᆞ더니 벌벌 ᄯᅥᆯ며

(운봉(雲峯)) 본관(本官) 잘 노르시오 나는 유고(有故)ᄒᆞ야 먼저 가오

ᄒᆞ고 니러서니 눈치 ᄲᆞ른 임실(任實)이 갓치 이러나가니 본관(本官)은 아즉 무손일인 줄도 모르고 창피ᄒᆞᆫ 싱각이 나서

(본관(本官)) 임실(任實) 왜 니러나시오

(임실(任實)) 나는 빅셩(百姓)의 환자(還子) 주기를 금일(今日)로 츌령(出令)ᄒᆞ엿기로 몬져 가오

(젼쥬판관(全州判官)) 나는 미진(未盡)ᄒᆞᆫ 급(急)ᄒᆞᆫ 공사(公事)가 잇서 몬져 도라가오

(고부현감(古阜縣監)) 하관(下官)은 하로 거리를 엇어 ᄯᅢ(時)가 되엿스니 몬져 가오

본관(本官)이 취흥(醉興)이 도도(陶陶)ᄒᆞ여 셥셥ᄒᆞᆫ 님을 못이져 서 좌즁(座中)에 말ᄒᆞ되 여보시오 가는 이는 가거니와 우리는 세잔(洗盞)깃작(更酌)ᄒᆞ여 홋호시노옵시다

좌즁(座中)이 ᄒᆞᆫ머리는 이러나며 ᄒᆞᆫ머리는 술(酒)을 다시 먹기 시작(始作)ᄒᆞᆫ눈듸 풍악(風樂)소리 의연(依然)히 랑자(狼藉)ᄒᆞ다

第十七幕 御使出道 (어사츌도ᄒᆞ눈듸)

(設 備) 南原府東軒宴席上、鞍馬

(出 場) 御史、驛卒等

옥중가인

이날(此日)남원부동헌대청(南原府東軒大廳)에셔는풍류질탕(風流佚蕩)ᄒᆞ여취흥(醉興)이도도(陶陶)ᄒᆞᆫ듸어사도(御史道)는잔치자리에셔

이렁저렁ᄒᆞ다가오시(午時)를기다려셔남문밧(三門外)썩나서니▲서리(書吏)가번듯ᄒᆞᆫ번(一番)ᄉᆞᆷ쪄역졸(驛卒)이

얼는손ᄒᆞᆫ번(手一番)ᄉᆞᆺ쪄▼서리역졸(書吏驛卒)눈치치고역소(驛所)로내다르며이제는ᄒᆞᆫ번(一番)히보는판이라고

(서리(書吏))▲역장(驛長)아사도분부급급(使道分付急急)ᄒᆞ다청상젹ᄉᆞᆷ(靑上積衫)입고홍견ᄃᆡ(紅肩帶)씌여라ᄉᆞ마치(四方棒)들을낭좌견(左肩)

에달아라사도(使道)타실대마(大馬)를드려라안장(鞍粧)지어라비씌롤줄으고덧굴네씨우고후거리(後掛)

느려라평양립(平凉笠)엇지힛뇌방망이드려라▼

▲어사도(御史道)ㅣ금관조복(金冠朝服)으로마상(馬上)에놉히안고사자(獅子)갓ᄒᆞᆫ마두역졸(馬頭驛卒)륙모방치놉히들고우

루루달여드러삼문(三門)을쌩쌩치며▼

▲암힝어사출도(暗行御史出道)야암힝어사출도(暗行御史出道)야▼

▲두세번(二三番)고함(高喊)소리부중(府中)이뜨르르비호(飛虎)갓치날닌역졸(驛卒)예가번쩍제가번쩍▼

「삼공형(三公兄)삼공형(三公兄)」

옥중가인

「예ㅣ」

후다닥후다닥ᄒᆞ며짓부셔제치니어사도(御史道)ㅣ분부(分付)ᄒᆞ되

(어)남원(南原)골륙방(六房)(리호례병형공(吏戶禮兵刑工))하인(下人)별반대죄(別般大罪)업(無)는것들이니아예상(傷)히지말고죄(罪)만(多)

흔슈령(守令)들만넉을세여라

역졸(驛卒)이청령(聽令)ᄒᆞ고슈령(守令)모힌잔치(宴)좌셕(座席)듸바람에ᄶᅡ여올나몽치로막바슈는듸▲금병슈(錦屛繡)

병(屛)산슈병(山水屛)과슈십좌(數十座)교자상(交床)양치(養齒)대야(大也)타구(唾口)정반(錚盤)졉시(接匙)대합(大盒)술잔(酒盃)술병(酒甁)후다ᄶᅥᆨ솥웽그렁졩

그렁쳐여지고검은고(玄琴)가야금(伽倻琴)양금(楊琴)싱황(笙簧)북(鼓)장고(杖鼓)히금(稽琴)젓대(笛)산산(散散)이부셔질제각읍슈령(各邑守令)들

이넉을닐코겁(㤼)결에도망(逃亡)을ᄒᆞᆫ다▼

▲운봉영장(雲峯營將)인둥(印顒)이일코슈박들고도망(逃亡)ᄒᆞ고담양부사(潭陽府使)갓(冠)을일코방셕(方席)쓰고다라나고슌(淳)

창군슈(昌郡守)참의(襂衣)일코몽도리(項)입고다라나고임실(任實)원님탕건(宕巾)일코화관(花冠)쓰고다라나는듸▼

본관(本官)은겁(㤼)을닉여닉아(內衙)로드러가며

「어무셥다어사(御史)보아라문(門)드러온다바람(風)닷아라요강(溺缸)마렵다오좀(溺)드러라」
운봉영장(雲峯營將)말(馬)을석구로타고다라나며
(운(雲))압다이이이말(馬)보아라압(前)흐로ᄂᆞᆫ아니가고뒤(後)로어사도(御史道)게신듸만가ᄂᆞᆫ고나어ᄉᆞ도(御史道)
가축지법(縮地法)도ᄒᆞᄂᆞᆫ구나
(하인(下人))말(馬)을거구로타게시니바로타옵소셔
(운(雲))언제돌나타고잇겟ᄂᆞ냐말목(馬頭)아지를이리갓다박아라
되저암힝어ᄉᆞ가출도(大抵暗行御史가出道)를ᄒᆞᆫ번(一番)ᄒᆞ면제죄(罪)업ᄂᆞᆫᄉᆞ람은신(神)이졀노나거니와제지은죄(罪)가잇ᄂᆞᆫ
놈들은겁(刼)이나셔졍신(精神)이곳빠지ᄂᆞᆫ판이라년ᄅᆡ(年來)로젼라일경(全羅一境)이국틱년풍(國泰年豊)ᄒᆞ여일월(日月)이안(安)
한(閑)ᄒᆞ니슈령(守令)들은유연황망(遊宴荒忘)에쥰민고틱(浚民膏澤)닐을삼고관속(官屬)들은문구형식(文具形式)에우유도일(優遊度日)타가
「출도(出道)야」ᄒᆞᆫ마듸에머리에뢰졍벽력(雷霆霹靂)이ᄯᅥ러진듯ᄒᆞ여텬방지방(天方地方)엇지ᄒᆞᆯ줄을모르난
듸그ᄯᅥ좌슈(座首)가잔치자리에잇다가그광경(其光景)을당(當)ᄒᆞ고향쳥(鄕廳)으로나아와겨우졍신(精神)을ᄎᆞ려

셔관속(官屬)을불너왼갓분별(分別)을식히ᄂᆞᆫ듸▼삼공형(三公兄)불으고삼힝슈(三行首)불너라도셔원(都書員)불너젼례(前例)
를올니며각창식(各倉色)불너류곡(留穀)이올흐나공방(工房)을불너보진(舖陳)을단속(團束)수형리(首刑吏)불너옥니(獄內)를단속(團束)
집사(執事)를불너라졸(羅卒)긔치(旗幟)취타(吹打)공인(工人)을단속(團束)ᄒᆞ고ᄉᆞ졍(司丁)이불너형구(刑具)를단속(團束)육고ᄌᆞ(肉庫子)불너등롱(燈籠)
을단속(團束)도ᄉᆞ령(都使令)불으고도군(都軍)뢰(牢)불너라형장(刑杖)질은왕방울(王鈴)쇠로셰우고곤장(棍杖)뢰ᄌᆞ(牢子)ᄂᆞᆫ허천(許千)쇠(劍)
로뎡(定)ᄒᆞ고호방(戶房)을불너관로(官奴)기싱(妓生)통인(通引)ᄉᆞ령(使令)신칙(申飭)ᄒᆞ라▼
이리가도수군수군져리가도수군수군
「이놈들아졍신(精神)차려라면놈이죽을줄모로리라」
ᄒᆞ면셔관속(官屬)들이이리저리몰켜다니더라

第十八幕 御史春香放送 (어사츈향을방송ᄒᆞᄂᆞᆫ듸)

이ᄯᅥ남원부륙방관속(此時南原府六房官屬)들이젼배(前陪)비를드리고어사(御史)를마자드리니명금(鳴金)이하(以下)대취타(大吹打)가진풍(風)
악부중(樂府中)이뒤눕ᄂᆞᆫ듸짓든지도목이쉬고나ᄂᆞᆫ서도잠을자며산천초목(山川草木)이스스로덜덜ᄯᅥ

옥중가인

나름름ᄒᆞᆫ위풍은무섭고도두렵더라어사도동헌에좌졍ᄒᆞ시고차담상을여잡순후에
옥즁에갓친죄인여러ᄇᆡᆨ명원굴터니일시에불너드려슌슌히이르시고ᄇᆡᆨ방으로노흐
시니슈ᄇᆡᆨ명옥수들이츔을츄며송덕을ᄒᆞ더라
어사도수형리불너츈향의젼후사를무르니슈형리져져히고ᄒᆞ거날ᄉᆞ도분부ᄒᆞ되
「츈향을갈벗겨잡아드리라」
▲감역형리분부듯고옥ᄉᆞ졍을압세우고옥으로ᄂᆞ려갈재이ᄯᅢ남원읍로소과부어ᄉᆞ
츌도소문듯고ᄯᅢ를지여모혀드러츈향을살니라고어ᄉᆞ도ᄭᅴ등장을드럿ᄂᆞᆫ듸인물도
어엿부고셰굿ᄒᆞ게늘근부인소복을졍히ᄒᆞ고수티ᄯᅴ인졀믄과부긔부가풍녕ᄒᆞ고장
옷쓴져부인엽골도동탕ᄒᆞ고키골도장ᄃᆡᄒᆞ야말잘ᄒᆞᄂᆞᆫ부인이며청상과부팔ᄌᆞ되야
궁티로싱긴부인ᄇᆡᆨ묘량젼밧미다가호뮈들고오ᄂᆞᆫ부인작반등산ᄉᆡᆼ싸다가모양업시
오ᄂᆞᆫ부인수ᄇᆡᆨ명ᄯᅢ과부가동헌ᄯᅳᆯ에가득차니▼어ᄉᆞ도분부ᄒᆞ되

二一四

옥중가인

(어)엇더ᄒᆞᆫ부인들이이다지만히왓ᄂᆞ무슴련고를알외리라
그즁에부인ᄒᆞ나히츌반ᄒᆞ여알외ᄂᆞᆫ듸
(과)과부등ᄇᆡᆨ활함은지원ᄒᆞᆫ일잇ᄉᆞᆸ기로명찰ᄒᆞᆫᄉᆞ도젼에등장차로왓ᄂᆞ이다
어ᄉᆞ도분부ᄒᆞ되.
「무슴소회잇ᄂᆞᆫ듸로져져히알외여라」
그즁유식ᄒᆞᆫ과부ᄒᆞᆫ부인이썩나셔더니
(과)알외올바ᄂᆞᆫ다름아니오라렬녀불경이부난쳔지간웃듬이라봉명ᄉᆞ신방ᄇᆡᆨ수령
렬녀를모로릿가월미ᄯᆞᆯ츈향이ᄂᆞᆫ어미ᄂᆞᆫ기싱이나아비ᄂᆞᆫ지상이라구관ᄌᆞ제리도
령과ᄇᆡᆨ년ᄇᆡ필민진후에호사다마ᄒᆞ여도령님을리별ᄒᆞ고수졀ᄒᆞ고잇ᄂᆞᆫ츈향을본
관셩쥬도님후에츈향을잡아다가기안에착명ᄒᆞ고수청들나달ᄂᆡ여도죵시ᄀᆡ절아
니ᄒᆞ니츈향을잡아ᄂᆡ여장ᄒᆞ에모진형벌거의죽게되얏슨즉하나님이ᄂᆡ신렬녀믜

二一五

옥 중 가 인

친다고변(變)ᄒᆞ릿가실(絲)낫갓치남은(餘)목숨(命)명지경각(命在頃刻)죽게ᄉᆞ니명치(明治)ᄒᆞ신사도처분(使道處分)렬녀츈(烈女春)
향(香)을특(特)히방송(放送)ᄒᆞ압심을하날갓치바라오니어진ᄉᆞ도처분(史道處分)이외다
어사도분부(御史道分付)ᄒᆞ되
츈향(春香)은창녀(娼女)로서관정발악(官庭發惡)ᄒᆞ엿스니기죄비상(其罪非常)이라용ᄃᆡ(容貸)치못ᄒᆞ리라
그즁(其中)에늘근과부(老寡婦)좌우(左右)를헷치고썩나서ᄂᆞᆫᄃᆡ나(年)은일ᄇᆡᆨ일곱(一百七)살이오피부(皮膚)가윤ᄐᆡᆨ(潤澤)ᄒᆞ고이(耳)
목(目)이명요(明瞭)ᄒᆞ고긔운(氣韻)이뎡뎡(丁丁)ᄒᆞ니심술(心術)만코욕(辱)잘ᄒᆞ고쑛쑛(貞)ᄒᆞ고ᄯᅦ손잇고모질(冒疾)고독(毒)ᄒᆞᆫ부(夫)
인(人)이라뎨머리를흔들흔들〳〵눈섭이쑛쑛서서량미간(兩眉間)을찡그리고이를으드득갈며
(파)여보어ᄉᆞ도(御史道)이처분(處分)이웬말이오제서방(書房)슈졀(守節)ᄒᆞᆫ다고잡아다가수졀(守節)말고나와살자
훼졀(毁節)을식히라고제말듯지아니ᄒᆞᆫ다고잡아나려형벌(刑罰)ᄒᆞᄂᆞᆫᄉᆞ람은죄(罪)가업고슈졀(守節)츈(春)
향(香)관정발악(官庭發惡)ᄃᆡ단(大端)큰죄(大罪)인가어허공사(公事)도우숩고어사도(御史道)ᄂᆞᆫ봉명사신(奉命使臣)이시니이곳에안
지시고역졸(驛卒)보ᄂᆡ여서울놈은좀못잡아오시오리몽룡(李夢龍)인가어린아히도젹(盜賊)년셔잡아

二一六

옥 중 가 인

다가릉장쥬뢰(凌杖周牢)를드러쥬시오
ᄒᆞ면서긔(氣)를부둑부둑쓰고드러덤비니역졸(驛卒)이썩나서며
(역(驛))쉬ㅣ
(늘근과부(老寡婦))쉬라니어ᄃᆡ비암이지ᄂᆡ가ᄂᆞ냐쉬가도모지무엇이냐네가역졸(驛卒)이냐역졸(驛卒)
보니장(壯)히무셥다죄(罪)업고늘은나를어사도(御史道)면엇지홀쇼〳〵
어사도(御史道)ᄂᆡ려다보시고속으로은근(慇勤)히조흔싱각(生覺)이나셔ᄒᆞᆫ번ᄃᆡ소(大笑)ᄒᆞ시고분부(分付)ᄒᆞ시되ᄉᆞ(事)
필귀정(必歸正)홀터이니부인(夫人)들은념려(念慮)말고다각기(各其)도라(歸)가라
부인(夫人)들이물너날제늘은(老)부인(夫人)이ᄯᅩ(又)알왼다
(파)여보사도(使道)앗ᄭᅡ갓치공ᄉᆞ(公事)말으시고렬녀츈향(烈女春香)노으시오그럿치안타가ᄂᆞᆫ참큰봉변(逢變)
ᄒᆞ오리다
모든(諸)과부(寡婦)ㅣ삼문(三門)밧게(外)물너나오니라

二一七

그ᄯᆡ사졍(司丁)이옥문을열고(獄門開)돌을들고드러가셔츈향(春香)의칼(枷)을벗겨불너내여

(사령)여보소셔울ᄃᆡᆨ(宅)졍신(精神)을슈습(收拾)ᄒᆞᆫ소슈의(繡衣)ᄉᆞ도(使道)분부(分付)ᄂᆡ(內)에셔울ᄃᆡᆨ(宅)을올나라니쳐분(處分)은

모르나무죄(無罪)ᄒᆞᆫ사람을모조리방송(放送)ᄒᆞᄂᆞᆫ판이니필경(畢竟)방송(放送)ᄒᆞᆯ듯ᄒᆞ니졍신(精神)을일치말고

말슴을잘알외오송죽(松竹)갓치굿은졀ᄒᆡᆼ(節行)하나님(天)도아시거든셜마엇더ᄒᆞ오릿가

츈향(春香)이졍신(精神)이아득ᄒᆞ여옥문(獄門)밧(外)으로나오면셔좌우(左右)로살펴보니간밤(去夜)에맛ᄂᆞᆫ님(任)이게와

셔기ᄃᆞ릴가ᄒᆞ엿더니님(任)은아니보이고다만울고달르ᄂᆞᆫ상단(上丹)이와어머(母)니ᄲᅮᆫ이라츈향(春香)

이다시억울(抑鬱)ᄒᆞ고셜운졍(情)이들며오장(五臟)이녹난듯눈물이소ᄉᆞ니

▲텬지간(天地間)모진량반(南班)어제밤(昨夜)오셧슬제신신당부(申申當付)ᄒᆞ엿것만오일(午日)이넘엇스되오시지아니

ᄒᆞ고소식(消息)도돈졀(頓絶)ᄒᆞ니나죽난것안보랴고어ᄃᆡ잇고아니오나밤(夜)잠을못자시고잠을

깁히드르셧나무졍(無情)ᄒᆞ고야속ᄒᆞᆫ님(任)죽기젼(前)에안와보고엇지ᄒᆞ야아니오나▼

소쇼로쳐ᄂᆞᆫ눈물피가되여흘너ᄂᆞ려옷깃이사못치고츈향모(春香母)발구르며가슴을ᄯᅡᆼ々

치고상단(上丹)이도통곡(痛哭)을ᄒᆞᄂᆞᆫᄃᆡ감옥(監獄)형리(刑吏)옥사졍(獄司丁)이눈물을흘니면셔잇글고위로(慰勞)ᄒᆞ되

▲울지마오々々々々쳔병만마(千兵萬馬)검극(劍戟)즁(中)에살아날틈이잇고하날이문어져도소사날궁

기셩기ᄂᆞ니▼

지촉(催促)사령(使令)이련(連)이어서셔「오나나」ᄒᆞᄂᆞᆫ소ᄅᆡ텬지(天地)가뒤눕ᄂᆞᆫ다

어사도(御史道)분부(分付)를ᄂᆞ리ᄂᆞᆫᄃᆡ

(어사(御史)) 츈향(春香)잡아드리라

(사령(使令))예ㅡ의츈향(春香)잡아드렷소

ᄉᆞ령(使令)들이츈향(春香)이를들어다가ᄯᅳᆯ압헤노으니츈향(春香)이죽은드시업드렷ᄂᆞᆫᄃᆡ그참혹(慘酷)ᄒᆞᆫ형(形)

상(狀)은목불인견(目不忍見)이러라그러나짐짓고ᄒᆞᆫ번호령(號令)ᄒᆞᆫ다

(어(御))분부(分付)드러라너ᄂᆞᆫ하향지쳔창녀(遐鄕之賤娼女)로셔부종관령(不從官令)ᄒᆞ고발악관졍(發惡官庭)을능작례사(能作例事)ᄒᆞ니죄(罪)

당만ᄉᆞ(當萬死)라본관슈쳥(本官守廳)낫다ᄒᆞ니어ᄉᆞ슈쳥(御史守廳)이엇더할고어

二二〇

옥중가인

역졸(驛卒) 라졸(邏卒) ᄉ령(使令) 군로(軍牢) 동치(棍棒) 쥬장(朱杖) 좌우(左右)에 느러셔「알외라」호령(號令)소릭 산천(山川)이 떠나가는듯ᄒ
니 웬만ᄒᆞᆫ 사람은 간(肝)이 곳옴치러들고 졍신(精神)이 ᄲᅡ져 입도 못버릴지경이라 춘향(春香)은 목숨(命)으
로 졍졀(貞節)을 밧구기(換)를 결심(決心)ᄒᆞᆫ터이라 춘향(春香)이 그말을 듯더니 긔(氣)가 막혀 ᄯᅡᆼ을 두다리며 딕답(對答)
을ᄒᆞ논딕 본릭(本來) 유식(有識)ᄒᆞᆫ지라 말말이 문자(文字)러라
(춘(春))▲초록(草綠)은 동석(同色)이오 가직(蝦)도 게편(蟹便)이라 량반(兩班)님네 일반(一般)일셰 창녀(娼女) 계졀ᄒᆡᆼ(節行)이라니 춘향(春香)
은 창녀(娼女) ᄌᆞ식(子息)이오 나 창녀(娼女)도 아니오 즁창녀(中娼女) 졀ᄒᆡᆼ(節行) 렬녀(烈女) 잇는줄 ᄉ도(使道) 엇지 모로시오 녯젹
의창(義昌)이ᄂᆞᆫ 진학ᄉ(秦學士)를 셤겨잇고 유명(有名)ᄒᆞᆫ 홍불기(紅佛妓)ᄂᆞᆫ 리졍(李靖) ᄯᅡ라갓ᄉ오니 창녀(娼女) 졀ᄒᆡᆼ(節行)업스릿
가 룡쳔검(龍泉劍) 드는칼로 춘향(春香) 목(首)을 당그렁 버혀(斬) 구곡청계(九曲清溪) 깁흔물(水)에 풍덩실 던지거나 홍로(烘爐)
모진불에 살나셔(燒) 쥬옵든지 쳐분(處分)티로 ᄒᆞ려니와 훼졀(毁節)아니ᄒᆞ는 뜻을 봉명어ᄉ(奉命御史) 모로릿
가 소 이시면 쥭ᄉ옵고 살니시면 살터이니 좌우간(左右間) ᄒᆞ옵소셔▼
어사도(御使道) 안셕(案席)에 나려안지며 엽낭(狹囊)을 살녀 옥지환(玉指環)을 늬여 힝슈기싱(行首妓生)을 부르더니

二二一

옥중가인

네 이것 갓다 춘향(春香)을 쥬라
힝수기싱(行首妓生)이 지환(指環)을 가지고 나려와 춘향(春香) 압헤(前) 갓다 노ᄒᆞ니 춘향(春香)이 졍신(精神)업시 밋쳐 싱각(生覺)지
못ᄒᆞᄂᆞᆫ틱 어사(御史)가 다시 분부(分付)ᄒᆞ되「얼골을 들어 딕상(臺上)을 보라」춘향(春香)이 지환(指環)을 보다가 얼골
을 들러 딕상(臺上)을 살펴본즉 엇져(昨夕)녁 옥문(獄門)밧게(外) 왓든 랑군(郎君)이 분명(分明)ᄒᆞ고 삼월동풍(三月東風) 임리별시(任離別時)에
졍표(情表)로 쥬엇든 지환(指環)이 분명(分明)ᄒᆞ다 춘향(春香)이 깜작 놀나 두손으로 지환(指環)을 움켜쥐고 다시 어ᄉ(御史)
를 쳐다보며
「아이고 셔방님(書房任) 사도님(使道任) 사도님(使道任) ᄉ도님(使道任)」
ᄒᆞ더니 다시ᄂᆞᆫ 아모말도 아니ᄂᆞ오고 별안간(瞥眼間)에 가슴이 울녕ᄒᆞ지며 온젼신(全身)이 다녹아 눈
물이 된것갓치 두눈에 눈물만 쥭쥭 흐른다
어ᄉ(御史) 힝슈기싱(行首妓生)을 불너 딕상(臺上)으로 뫼셔오 르라ᄒᆞ니 춘향(春香)이 초마를 것어쥐고 딕상(臺上)에 ᄯᅱ여
올나 어사도(御史道) 무릅우에 폭 ᄭᅥᆨ구라지며「이런줄 니몰낫소 아이아이아이아이 으으」흑흑 늑겨

옥중가인

울다가새ᄉᆞᆷ스리스름이나서다시목을놋코울며탄식ᄒᆞᆫ다
▲모지도다모지도다셔울량반모지도다어제저녁옥에와서내형상을보셧스니나다려만말ᄉᆞᆷᄒᆞ고마암놋코잇스라면지ᄂᆞᆫ밤그간장을안녹이고안심히슬걸며년엇지아니죽나죽ᄂᆞᆫ꼴을보랴ᄂᆞᆫ검어리석은춘향이ᄂᆞᆫ이를갈고아니죽고힝여나살아나서랑군을다시맛나지ᄂᆡᆫ고상다바리고ᄇᆡᆨ년종사ᄒᆞ오리라단단밍셔지ᄂᆡᆫ년을불상히ᄂᆞᆫ아니알고죽이기로드신마음ᄂᆡ몰낫서그마암알앗드면내가발서죽엇슬걸아이아이으으▼
이갓치우니춘향의눈물은어ᄉᆞ의무릅을젹시고어ᄉᆞ의눈물은춘향의허리에떠러진다
어사도춘향을이리켜안치고
(어)위인신자되야봉명남ᄅᆡᄒᆞ니션공후사아니할슈잇소부인은과히셜허말고집으로나가시오

옥중가인

어사도즉시사인교를드려춘향을틔여제집으로보ᄂᆡ니라이ᄯᅵ에춘향모ᄂᆞᆫ혼금이엄숙ᄒᆞ니드러오든못ᄒᆞ고문밧게셔혼ᄌᆞ동동거리며방젼을ᄯᅥᆯ다가그ᄯᆞᆯ이나오니됴코질거워밋치ᄂᆞᆫ듸
(모)아이고이게왼일이냐우리가어사어사도가우리사위우리응응어이아하하울며우스며뒤굴다가ᄯᆞᆯ은압헤보니고등장드럿든과부들과손을마쥬붓들고춤을츄며소리를ᄒᆞᆫ다
▲얼시고나지화자아엇저녁에걸인사위어사란말웬닐이야ᄭᅮᆷ이더냐싱시더냐ᄭᅮᆷ이어든ᄭᆡ지말고싱시어든미양잇ᄌᆞ지화ᄌᆞ아지화ᄌᆞ▼
▲이놈도사령아삼문잡아라어사장모들어가신다장비야ᄇᆡ닷칠나이궁둥이두엇다가논을살ᄯᅢ밧울살ᄯᅢ이런ᄯᅥᆨ나흔들어라지화ᄌᆞ지화ᄌᆞ▼

▲여보남녀로소부인네들아달낫키원을말고뚤낫키를힘을쓰소내뚤츈향갓고보면
부즁싱남즁싱녀라지화자아지화자▼

의고니가밋친년이지엇저녁에우리ᄉᆞ위를욕셜도만히ᄒᆞ고구박도만히ᄒᆞ엿더니
이비러먹을년이그무슴밋친짓이야이년쥬둥이를칼노찌일밧게수가업네여보옷
고름의찬칼좀주소이년의입찌일나네찌면아마압흘걸압흘테니못찌겟네ㅣ
ᄒᆞ면서관문으로드러가다가역졸들의느러선것을보고또ᄒᆞᆫ번되상을쳐다보면셔
▲션풍도골저모양이엇저역에는걸인이되야날속히기웬닐이오오날앗참진시말에
발감기발입시에평양이를젯쳐쓰고내집문젼기웃기웃나를보고도라가며손가락
질ᄒᆞ던것이인제싱각역졸일세▼

아장아장드러가며원갓굿가지소리를다ᄒᆞᆫ다
▲사도부터로혀마오ᄉᆞ도암만로혀신들장모나를엇결테요ᄉᆞ도셔울가신후에늘근

마누라가후원에단모우고북두칠셩자야반에등불을밝히오고우리ᄉᆞ위귀히됨을
밤낫츅원ᄒᆞ엿더니하나님이감동ᄒᆞ사어사도가되야셰라지화자아지화자▼
▲웃쓱웃쓱궁둥이춤이절노나니장관이오엇저역걸인사위어ᄉᆞ되니장관이오ᄒᆞ맛
트면죽을츈향살어나니장관이오남원읍월믹시가어ᄉᆞ사위장관이오남원부즁과
수부인등장든것장관이오남녀로소춤을추니만고업는장관이오전장관후장관이
착장관일다지화자아지화자▼
츈향모이럿케제멋터로논일다가여러부인들과제집으로도라가니라
이때어ᄉᆞ도서리형리불너안치고허다ᄒᆞᆫ공사안건을청송여류로차례차례처결을ᄒᆞ
시는티방즈라용쇠를남원으로티령식히라고운봉으로발비를띄우라ᄒᆞ즈라용쇠놈
이헐덕거리고달녀드러급창이기다릴것업시제소리로청령을ᄒᆞ여
(방)방즈라용쇠문안이요

옥중가인

어ᄉᆞ도(御使道)우스며

(어(御))이놈운봉(雲峯)에가둔놈이니령(令)업시왓단말이냐

라용쇠(羅用釗)놈이티ᄯᅳᆯ엽헤벗석달여들며

(방(房))사도(使道)ᄭᅴ셔남원출도(南原出道)ᄒᆞ시고운봉영장(雲峯營將)이보선발노도망(逃亡)ᄒᆞ여온걸보니소인(小人)이신명(神明)

이나셔어듸견듸깃습더닛가옥문(獄門)을열더리고잔다온다말도업시다라왓지오

어사도(御使道)우숨을참으시고「이놈그런법이잇나냐」ᄒᆞ며호령(號令)을ᄒᆞ니라용쇠(羅用釗)허리를굽신

ᄒᆞ고

(방(房))황송(惶悚)ᄒᆞ오이다

ᄒᆞ더니다시썰석이러서셔는어사도(御使道)를드리ᄃᆡ인다

(방(房))소인(小人)을무슴죄(罪)로가두엇소마마님(媽々任)서자(書簡)에소인(小人)가두라는부탁(付托)이잇셔가두엇소수(數)

년(年)되시고거ᄒᆡᆼ(擧行)ᄒᆞ던놈을그럿케괄시(恝視)ᄒᆞ셔요

二二六

옥중가인

어ᄉᆞ도(御使道)우스며

(어(御))오ㅣ네가억울(抑鬱)ᄒᆞᆫ싱각(生覺)이잇스리라마는네가죄(罪)가잇셔가둔게아니라네가방졍마

진놈이되야루셜(漏洩)이될터이기로잠시(暫時)너를가두엇다가오늘날(今日)은너를빅방(白放)으로놋는

것이니알렷다

수로(首奴)를불녀분부(分付)ᄒᆞ시고방ᄌᆞ(房子)로남원관로청일괴소임ᄎᆞ뎡(南原官奴廳一窠所任差定)ᄒᆞ여십년한졍(十年限定)ᄒᆞ야완문(完文)을

내여쥬시니

방ᄌᆞ(房子)놈이완문(完文)을밧아들고그바닥에셔한참ᄉᆡᆼ청々々뛰다가엽헤선옥ᄉᆞ졍(獄司丁)의손(手)을잡

고우쥴거려나오면셔

▲업다이게웬덕(德)이냐우리도령님(道令任)과기덕(科擧德)이라도령님(道令任)련ᄌᆞ(千字)뒤푸리를그럿케잘ᄒᆞ시거

든장원급제(壯元及第)못ᄒᆞ실리가잇느량반(兩班)을뫼신ᄯᅳᆺ헤이런덕(德)이싱겻네▼

▲업다이게웬덕(德)이냐츈향앗씨편지덕(春香阿氏片紙德)이라말은바른티로ᄒᆞ지방ᄌᆞ(房子)아니면츈향집(春香家)을

二二七

뉘가아랏스리방자ᄂᆡ덕이발복힛네엽다여보ᄉᆞ뎡형님인제는ᄂᆡ술ᄒᆞᆫ잔먹게▼

第十九幕　御史春香感舊情談　(어사춘향의감구졍담)

(設備)春香家

(出場)御史、驛卒、春香、春香母、本官

어ᄉᆞㅣ이럿케모든공사를다맛치고▲반야삼경되령후에인셩이요젹ᄒᆞᆫᄃᆡ역졸에게
등들니고춘향의집나가실제슈영은참치ᄒᆞ고월식은령롱ᄒᆞᆫᄃᆡ욕향청산문두견자조
운다져새소ᄅᆡ옛듯던불여귀오알연장명져학두룸이구졍을짐작는지두나래ᄯᅥᆨ펼치
고징검징검ᄯᅮ벅ᄯᅮ벅나를보고반기는듯련당에금부어는달을ᄶᅩᆺ차ᄯᅱ여놀고화간에
잠든거우사람자취놀나깬다▼

역졸이썩드러서며「쉬ㅣ」

춘향모깜작놀나「이고ᄉᆞ도나오시네」뜰에ᄂᆡ려영접ᄒᆞ여춘향방으로드러가니춘향
이누엇다가겨우니러어ᄉᆞ도손을잡고셔름이사뭇쳐서늑기며셜니우니어ᄉᆞ도수건

으로눈물을씨셔주며

「울지마라울지마라ᄌᆞ고로영웅렬녀고ᄉᆡᆼ업는뉘잇ᄂᆞ냐네가우연나를맛나나위
ᄒᆞ야고ᄉᆡᆼᄒᆞᆷ도젼혀모다ᄂᆡ죄로다울지마라울지마라」

ᄒᆞ면서무릅우에안치고목을씨여안으며만단으로위로ᄒᆞ니별후삼년에춘화추월독
숙한과옥중혼ᄉᆞ몽셩시와이타고간녹든닐을셔방님을맛나기젼에는할말이산갓더
니그리든랑군을이럿케맛나보니허다ᄒᆞᆫ뎡곡은눈녹듯어름녹듯다녹아눈물만되야
훌너ᄂᆡ리고아무말도할말이업시되엿더라

어ᄉᆞ가모녀를ᄃᆡᄒᆞ여

「왕사는수류운공되엿거니와이제는우리두리히로ᄇᆡᆨ년소약을이을터이니속々키
조리ᄒᆞ야모녀먼져올나가서나오기를기ᄃᆡ려라봉명ᄉᆞ신몸이되야지체할수바이
업셔나는명일가거니와잣곳마다통신ᄒᆞ야소식자조알더이며부리든리방에게치

옥중가인

힝졀(行節)ᄎᆞ(次)다일넛고본ᄐᆡᆨ(本宅)서간(書簡)ᄒᆞ엿스니하인(下人)슈(近)히올터이라소복(蘇復)이되ᄂᆞᆫᄃᆡ로신속(迅速)히올
나가라」

부탁(付托)ᄒᆞ고리방(吏房)불너치힝(治行)범졀(凡節)분부(分付)ᄒᆞ고셔리(書吏)불너본관(本官)을쳥(請)ᄒᆞ니
이ᄯᅢ(此時)본관(本官)이ᄂᆡ아(內衙)에칩복(蟄伏)ᄒᆞ여어사(御使)의공사(公事)보고자긔(自己)ᄒᆞᆫ닐ᄉᆡᆼ각(事生覺)ᄒᆞ니무ᄉᆡᆨ(無色)ᄒᆞ기ᄶᅡᆨ이업셔
욕사무지(欲死無地)ᄒᆞ든ᄎᆞ에어사(御使)가쳥(請)ᄒᆞ니황겁(惶刼)ᄒᆞ여즉시미복(卽時微服)으로어ᄉᆞ숙소(御使宿所)츈향집(春香家)으로ᄂᆞ와
인병부(印兵付)ᄅᆞᆯ내어ᄉᆞ(御使)께밧치고죽기로사죄(謝罪)커ᄂᆞᆯ
어ᄉᆞ도(御使道)본관(本官)을ᄃᆡᄒᆞ여조흔(好)말로(說話)슈작(酬酌)ᄒᆞ되
(어)일셩즁(一城中)에동거(同居)ᄒᆞ야놉흔셩화(聲華)ᄂᆞᆫ만히듯고맛ᄂᆞ기ᄂᆞᆫ쳐음(初)이오나나ᄅᆞᆯ뉘(誰)쥴아시오
본관(本官)이얼골이붉으락푸르락몸을굽혀
(본(本))모ᄅᆞᆯ리(理)가잇소릿가
어ᄉᆞ도(御使道)우ᄉᆞ시고

옥중가인

(어)남아(男兒)의탐화(貪花)ᄒᆞᆷ은영웅렬ᄉᆞ(英雄烈士)일반(一般)이라그러나거현쳔능(擧賢薦能)아니ᄒᆞ면현능(賢能)을뉘가알며
본관(本官)이아니드면츈향(春香)졀힝(節行)엇지아오릿가본관(本官)의수고ᄒᆞᆷ이얼마쯤감ᄉᆞ(感謝)ᄒᆞ오
이ᄯᅢ(此時)츈향모(春香母)건넌방(房)에셔듯다가건너와말을거든다
(모(母))여보어ᄉᆞ도님(御使道任)부ᄃᆡ니쳥(請)드립소셔다른말ᄉᆞᆷ이아니오라우리골본관ᄉᆞ도(本官使道)부ᄃᆡ괄(恝)
시(視)마옵소셔츈츄(春秋)ᄂᆞᆫ만으시나마음(心)이호협(豪狹)ᄒᆞ야호쥬탐화(好酒貪花)ᄒᆞ시기ᄂᆞᆫ두목지(杜牧之)의ᄶᅡᆨ이시
라츈향(春香)일ᄉᆡᆨ(一色)말을듯고불너보니만고일ᄉᆡᆨ(萬古一色)욕심(慾心)이잔득나셔달ᄂᆡ여도아니듯고을너
보되듯지안으니쳔(千)가지로유인(誘引)ᄒᆞ고만(萬)가지로달ᄂᆡ다가종시(終始)듯지아니ᄒᆞ니위협(威脅)ᄒᆞ
면될쥴알고잡아ᄂᆡ여호령(號令)ᄒᆞ나미몰(埋沒)ᄒᆞᆫ츈향(春香)이가죵다리(雲雀)ᄉᆡ나락(禾)ᄊᆡ셔(豚)듯ᄯᅩᆼ々안저치
밧치니하인소시(下人所視)난당(難當)ᄒᆞ야동틀드러울ᄂᆡ미되조금도두려안코관졍발악(官庭發惡)ᄒᆞ던말을
엇지다엿쥬릿가본관ᄉᆞ도(本官使道)나갓흐면단박(單拍)ᄶᅡ려죽엿슬걸본관ᄉᆞ도(本官使道)어진쳐분(處分)지금(至今)것
살녓스니그은혜(恩惠)장(壯)ᄒᆞ오며본관ᄉᆞ도(本官使道)아니시면츈향(春香)슈졀(守節)이어셔나오릿가

옥중가인

본관(本官)이 더욱 수참(羞慙)ᄒᆞ여 유유부답(唯々不答) 안졋스니 어ᄉᆞ도(御使道) 하해(河海)갓흔 넓은 도량(度量) 관용(寬容)한 싱각(生覺)으로 본관(本官)을 계지책지(誡之責之)ᄒᆞᆫ다

「거룩ᄒᆞ신 우리 셩상(聖上) 소의한식(宵衣旰食)으로 민간질고(民間疾苦) 념려(念慮)ᄒᆞ시니 피차(彼此)에 신ᄌᆞ(臣子)되야 민졍(民政)을 불수(不修)ᄒᆞ면 그 아니 죄(罪)로울가 남원(南原)이 ᄃᆡ읍(大邑)이라 겸세(歉歲) 민졍(民情) 오오(嗷嗷)ᄒᆞ야 만민도탄(萬民塗炭)되얏스니 아모ᄯᅩ록 션치(善治)ᄒᆞ야 만인산(萬人傘)을 바ᄃᆞ시고 환향(還鄉) 상봉(相逢)ᄒᆞᆸ시다」

본관(本官)이 황감(惶感)ᄒᆞ여 코가 ᄯᅡ에 닷도록 절(拜)ᄒᆞ고 물너가고 어ᄉᆞ(御史)는 이럿케 감구졍회(感舊情懷)로 이날밤(此日夜)을 지ᄂᆡ시고 익일평명(翌日平明)에 치힝(治行)을 지촉ᄒᆞ여 남원(南原)을 출발(出發)ᄒᆞ니 츈향(春香)은 ᄯᅩ 다시 님(任)을 리별(離別)ᄒᆞᆫ 몸이 되니라

增像演藝獄中佳人 終

증상연예옥중가인(끗)

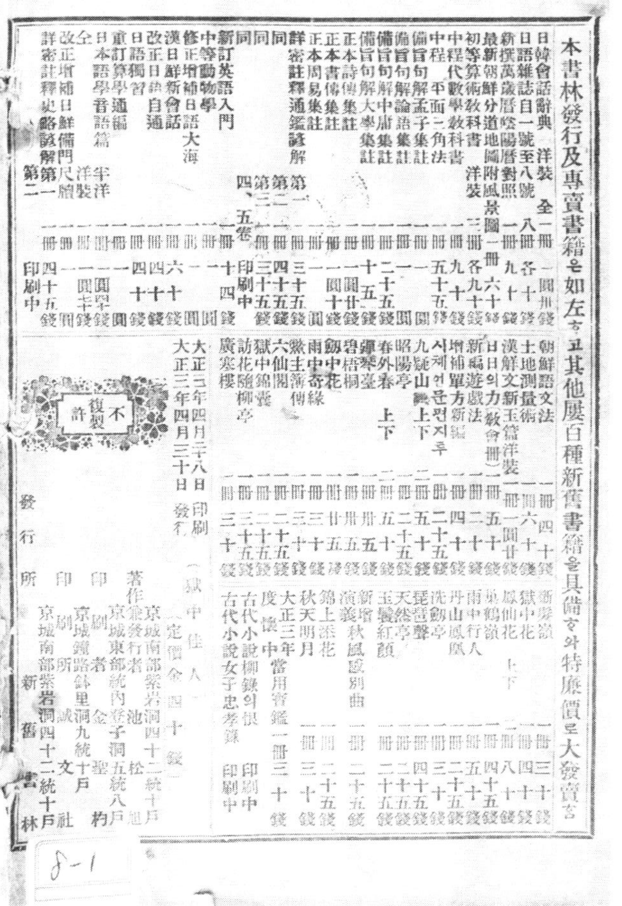

本書林發行及專賣書籍은如左ᄒᆞ고其他屢百種新舊書籍을具備ᄒᆞ와特廉價로大發賣ᄒᆷ

日韓會話辭典 洋裝全 一冊 一圓卅錢
日語雜誌自一號至八號 各一冊 各十錢
新撰萬歲曆陰陽曆對照 一冊 九十錢
最新朝鮮分道地圖附風景圖 一冊 六十錢
初等算術教科書 洋裝 三冊 各九十錢
中等代數學教科書 一冊 九十錢
中程平面三角法 一冊 五十五錢
備旨句解孟子集註 一冊 一圓
備旨句解論語集註 一冊 二十五錢
備旨句解中庸集註 一冊 十五錢
備旨句解大學集註 一冊 十錢
正本詩傳集註 一冊 一圓廿錢
正本書傳集註 一冊 一圓十錢
正本周易集註 一冊 一圓
詳密註釋通鑑諺解 第一 一冊 三十五錢
同 第二 一冊 四十五錢
同 第三 一冊 三十五錢
同 第四、五卷 一冊 印刷中
新訂英語入門 一冊 十四錢
中等動物學 一冊 一圓
修正增補日語大海 一冊 一圓
漢日鮮新會話 一冊 六十錢
改正日鮮自通 一冊 四十錢
日語獨習 一冊 四十錢
重訂算學通編 半洋 一冊 一圓
日本語學音語篇 洋裝 一冊 一圓卆錢
全 尺牘 一冊 一圓半錢
改正增補日鮮備門 第一 一冊 一圓
詳密註釋史略諺解 第二 一冊 四十五錢 印刷中

朝鮮語文法 一冊 四十錢
土地測量術 一冊 六十錢
漢鮮文新玉篇 洋裝 一冊 一圓廿錢
日日의力(敎會冊) 一冊 五十錢
新編遊戲法 一冊 二十錢
增補單方新編 一冊 四十錢
시제언문편지투 一冊 二十五錢
九疑山 上下 二冊 五十錢
昭陽亭 一冊 二十五錢
春外春 上下 二冊 五十錢
彈琴臺 一冊 卅五錢
碧梧桐 一冊 卅五錢
劒中花 一冊 廿五錢
雨中奇緣 一冊 三十錢
鸑主簿傳 一冊 三十錢
六仙閣 一冊 二十五錢
獄中錦囊 一冊 二十五錢
訪花隨柳亭 一冊 三十五錢
廣寒樓 一冊 三十錢

新□說 一冊 三十錢
獄中花 上下 一冊 四十錢
鳳仙花 二冊 八十錢
巢鶴嶺 一冊 四十五錢
雨中行人 一冊 五十錢
丹山鳳凰 一冊 二十五錢
洗劍亭 一冊 三十錢
琵琶聲 一冊 四十五錢
天然亭 一冊 二十五錢
玉鬢紅顏 一冊 二十五錢
新增演義秋風感別曲 一冊 二十五錢
錦上添花 一冊 二十五錢
秋天明月 一冊 三十錢
度憶中 / 大正三年當用寶鑑 一冊 三十錢
古代小說柳錄의恨 印刷中
古代小說女子忠孝錄 印刷中

不許複製

大正三年四月二十八日印刷
大正三年四月三十日發行

（獄中佳人）定價金四十錢

著作兼發行者 京城南部紫岩洞四十二統十戶 池松旭
印刷者 京城東部統內蓮子洞五統八戶 金聖杓
印刷所 京城鍾路鉢里洞九統十戶 唯一誠文社
發行所 京城南部紫岩洞四十二統十戶 新舊書林

심청전

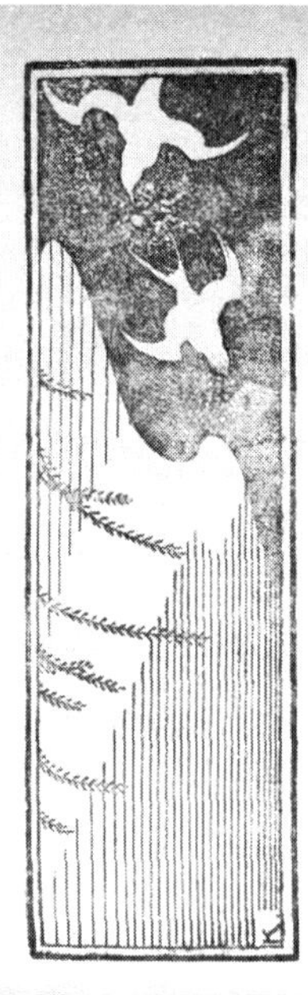

沈淸傳 (全三幕)

羅萬成

第一幕 沈淸의집
第二幕 張丞相宅
第三幕 臨唐水

第一幕

(役配)

沈奉事
沈淸
귀덕어미
뺑덕어미
夢雲寺 和主僧
丞相宅侍婢
洞里사람 致三이
船人 頭目

情景。海東朝鮮黃海道黃州邑桃花洞沈學圭의 집。쓰러진 울타리 깨여진 사립작 다 기우러진 草家三間。집웅은 언제나 이 없는지 비가오면 房안으로 落水가 지며 壁에는 흙보다 구녕이더많은 至極히 가난한살님사리 陽地쪽에 차힌눈이 실음 실음 녹아나리는 잃은봄 봄마지 즐거워서 지적이는 적은새들 오늘해도 누엿누엿 西天의불드리며 참아 어찌또 이한밤을 커가난한 앗앗를 집게 재우리 참아 안타까워 하는듯 西山에 걸닌해도 눈물을먹음은듯。뒤ㅅ山 먼 뎔(寺)에서는 무엇을 읽놈인지 梵鐘소리 뎅-뎅 沈奉事는 뷔인집에 홀노앉어 눈만두리번 두리번 나무잎만 바삭해도 귀가 번쩍 求乞나간 沈淸이를 기다리고 앉었다。

(지적이는 새소리)

沈。애가 무얼하기에 이때아니오누 해도 아마 거진 기우러젔을텐데 淸이냐?… 아닌가? 애가 오늘은 웬일노 이러는길

二

가 淸이 오느냐? 허허작고 속는군。이거 암만해도 무슨 까닭이 부른 게로군。

致。(큰기침)에홈。

沈。거 누구요?

致。봉사님 계십니까?

沈。뉘시오。

致。요넘어 致三이올시다。

沈。응 致三이 어서오게。오래못맛났네 그려。

致。자연 살님에 쪼들니느라고 와뵙지못했읍니다。

沈。암 그렇히 구차한 살님의 어떻게 틈이 나겠나。그래 댁내가 무고하신가。

致。네 무고하다면 무고하지요。언제는 별다른 연고있겠읍니까。그저 그날이그날 쪼들녀지내는게제게는 무고지요。그러나 봉사님은 그간 연고없으셨읍니까。

沈。내亦 자네팔과같이 그날이그날 가난한게 무고한셈쉐。

致。그런데 애기는 어딜갔읍니까。

沈。뫼이지가 안오니。흥! 또 밥어드려나갔지。그런데 오늘은 왜이리 늦는지 모르겠는걸。

致。참 出天之孝女올시다。

沈。孝고머시고 몸이나 튼튼했으면 좋겠네만 되가를 섬섬 약질이니 그자식하나있는것 병들가 걱정일세。그리말녀도 듯지를않고 아츰 저녁으로 꼭 저렇게 밥을 어더다먹이니 참아 목이메고 가슴이 아퍼서 흐으…(운다)

致。이러지 마십시요。出天之孝란누가시켜 못될일이오 가르켜 안되는거시니 타고난 천孝誠을 막는다고 끈이겠읍니까。

沈。그렇지만 이사람아 어찌참아 그어린자식이 문전구걸을해다 주는밥을 편히 앉어서 넙신넙신속편히 먹겠나 생각을해보게。

致。그야 어버이 되신마음에 가슴쓰리실일이지만 어디 奉事님이 남가치 완전한 몸으로 앉어게시면서 어린따님이 어디다 드리는것을 바더만잡숫고 게십니까。그야 봉사님이 사대육신이 남같이 멀청하시면서도 그따님을 그렇게하시면 남이라도 좀 욕을하겠읍니까。그런 생각마시고 지극한자손의 마음을 바더주서야지 봉사님이 작고 비창해하시기만하면 淸이아긴들 좀 서운하고 섭어울것입니까。

沈。후유! 그러나 여보게 致三이 자비는 우리父女 고생하는 내력을 아는지모르는지 몰으겟네만은 우리마누라가 죽지만않고 살어있으면야 이꼴이지경이야 되였겠으며 또자식에게 저런 고생을시키겠나。

致。참 저는 뵙지는 못했읍다만은 제가 이洞里로 이사온지도 벌서 十年이한결같이 듯느니 沈奉事宅도라가신 郭氏夫人郭氏夫人 하고 송송하는 말숨뿐이였읍니다。

沈。(조아서)흥! 그렇지 갸륵한이

三

지 근본이있는 사람이니까 그렇기도 하겠지만 원래가 갸륵하거든 봉제사 접빈객과 가장공경 즉하고 치산범절 무던하고 린근에 화목하고 행실이도저하니 누가 층찬안할사람이 있겠나。우리마누라 무던하지! 그러나 생각하면 생각할사록 생각이 나서으흐…(운다)

致。봉사님 이러지 맙시오。인제와서 이러시면 무얼하십니까。지난일은 다이저버리십시오。

沈。이사람致三이 자비만해도 남의일이니까 그렇지 어떻게 닛기를 응? 내가죽어서 백골이 되기로나 어떻게 내가 니저버린단 말인가으흐……

致。글쎄 이러지마서요。이러시면 무얼합니까。방에 드러가 누십시오 아츰도 날이 매우쌀쌀합니다。

沈。방이나 마루나 춥지 안어이 지금 내속에는 불덩이 둥둥떠단이네 불덩이가 떠단여 후유。

致。이러시면 저는갑니다。담배나한대피시고 심사를 눅이십시오 쌈지에 담배가 없으십니다 그려!

沈。응 떠러젔네。

致。그럼 제쌈지에 좀있는지 논으시지오! 자우선 한대태십시요。

沈。응 그래 이런 고마울데가있나 (부시처서 담배빤다) 그담배 맛좋은데 이거 어서났나조와。

致。누가 한 쌈지 주드군요。

沈。여보게 致三이。

致。네?

沈。시장한가。

致。안요。

沈。밧분가?

致。아니요。

沈。그럼 좀 앉었게。

致。왜요。

沈。나혼자 쓸쓸하니 말벗이나 하잔말이야!

致。저가 무슨 변변한 말동무가됩니까。

沈。자네 내마누라 못보았지?

致。못 뵈였읍니다。

沈。소문은 들었지。

致。늘 洞里사람이 송송한다고 그러지않었읍니까。

沈。오라! 참! 무던했느니 그때나 이때나 가난이극심해서 一間斗屋單瓢子에 나물먹고 물마시는 터이라 곽외에 片土없고 廊下에奴婢없으니 자기손수 몸을바려 삭바누질 삭마전질 혼상대사 음식설비 술빗기 떡찌기 一年三百六十五日을 하로같이쉬지않고 푼푼이 모아가며 안맹한 가진 공경 그안이 갸륵한가。

致。뵙지는 못했으나 洞里사람 말말고레 한결같이 송송하는말습듯고 미강은 짐작합니다。그런데 봉사님은 언제부터 실명을하셨읍니까。

沈。홍 이눈말인가。二十前後에 우연히 眼疾이나드니 이내낫지않고 고만보지를 못하게되였다네。

四

致。그러시기에 그럿지! 아조 유시적부터 실명을 하셧으면, 글한자 못배우셧겟는데 눈뜬놈 보다 더 유식하시나。

沈。허허 유식? 그저 무식은 면햇으나 유식이야 할나고。眼盲하기前까시는 家勢도 유여하고 글공부와 글시쓰기 科擧에及第하야 벼슬을뜻햇드니 우연히 失明하니 家産도 탕盡되여 그만거지가 되엿다네。

致。거참 운수는 할수없지오。그럼 지금 저아기는 얼굴도 모르시겟군요。

沈。허! 장님이 얼굴을 어떻게아나만은 음성을 드러 그모습을짐작하지。

致。그러니까 郭氏夫人께서는 저아기를 나으시고 곧도라가셧군요。

沈。그럿타네 나의 四十이 넘도록 슬하에 일첨혈육이없으니 당장에 적적도 하려니와 사후에 조상향화를 받들사람이 없으니 전생에 죄가 많어 눈까지머른놈이 내대에와서 손까지 끈어노면 지하에 가 선조를 무슨면목으로 대하겟나 그래서 우리양주 늘 원한되는것은 자식없는 한이드니…(코고는소리)…이사람듯나?

致。네 듯슴니다。

沈。그래 늘한이 되드니 甲巳月初八日날 우연히 꿈을꾸는대 이상한 꿈이드란 말일세。천지가 명랑해지며 瑞氣가 半空에 뻣치고 五色彩雲이 휘두루드니 한仙女가 구름속으로부터 나려오드니 내앞에 꿀어앉어 하는말이「小女는西王母의 딸이러니 반도진상가는길에 옥진비자잠깐만나 수작을 하옵다가 때가 조금느저 상제께득죄하고 인간으로 정배되야 갈바를 모르더니 태상노군 후토부인 제불보살 석가님이 댁으로 지하사 이제 찾어왓아오니 어여삐 녁이소서」하고 품에가안기데 그령。

致。올습니다 올아요 심청애기가 보통사람의 청기로 된이가 아니라 보살의 화신입니다 보살이여요。

沈。그말이올아이 압못보는 심학규 한울이 측은이녁이시여 내딸 심청이를 보내주셧네。

致。올습니다 올아요…아이참 정신일코있네。

沈。왜 가려나?

致。저녁메기가 없는데 가보아야지요。

沈。그래되겟나……허 잘가게 (三) 허허 애가 어째서 이때아니올가 험한길에 넘어젓나 춥긴들오죽하며 시장인들 오죽할고。이렇게느즌적이 없었는대하고 한날 구절가니 귀찬어서 아니주나 어린마음에 고생스러워 길모퉁이에가서 울고섯나! 가련하고 불상한 내딸 沈淸이박게 또있을고。기특하고 착하기도 내딸밖에더있을고。그러나 저러나 번연히 눈먼아비가 애태우고 기다릴줄 알러인데

五

엇제이리아니오나 종나가볼가。

清。(멀니서부터) 아버지 기달리섯어요。

沈。(반기며) 오냐 오느냐 엇재이리 늦었느냐。

清。자연이 여러집 다니랴니 좀늦었읍니다。

沈。어서 이리앉어라。손인들 오죽실이겟느냐。자어서 화로불 쪼여라。이추은데 발도벗고 그나마떠러진 버선이라도 신고자지 오죽발이 실이겟느냐。

清。괜찮어요。

沈。괜찮다니 허 손발이 꽁꽁어럿구나 어서불쬐라 뱃든 오죽 곺아겟니。

清。아니예요 저는 아까 귀동네집에서 메밀떡을 한다고해서 한조각 어더먹었어요 아버지 떡시장하었지오。

沈。아니다 내아 우둑허니 편하게 앉어있는것이 무엇이 그리시장하겟느냐。

清。아니야요 아버지어서 식기전에 잡수서요。

沈。으흐……애닯고 설은지고 압못보는 이위인 사라서 무엇하자고 자식고생을시키는지 으흐……

清。아버지 또이러서요。아버지께서 이러시면 저는 어떻게하란 말슴이세요。저는 아버지한분믿고 아버지는 저하나의지하시고 사시면서 작고 이러시면 저는 누구를 믿고 살어요。

沈。그야 나는 너하나의지하고 너는이아비하나 바라고살지만 애비라고 바랄것이 있어야지。우득허니 편히앉어 늬가 그가진 고생을다하며 어더다주는 그밥을먹고 앉었으니 네신세 편하게해줄길은 내가 어서 죽어없어저야겟다。

清。아버지 그게 무슨말슴이세요。옛날에 자로도 百里負米 하시안었읍니까。父母에게 孝道하며 자식에게 孝받는것이 世上에 떳떳한道理가 아닙니까。그런 걱정마시고 어서 진지나 많이잡수서요。

沈。(등을뚝뚝뚜드리며) 오냐 내딸이다 내딸이다。너의母親이 그러한데네가 어찌 범연하랴。어허……둥둥 내딸이야 박명한 너의母親 너낳은지 七日만에 黃天고혼된연후에 강보에 너를싸서 내품에 꼭끼여앉고 집행막대 더듬더듬 동냥젖을 먹일적에 항여나배곯풀가 항여나치워할까 눈물너머며 한숨으로 자란거시 이렇게기특하지 허허 내딸이야 내딸이야

清。아버지 인제 고만진지잡수서요 다식기전에……

沈。오냐 먹자 비록 이밥이 남에 矣에 지은밥이나 네청성 네효성이 뭉치고 뭉친밥이니 오나 먹자。어 아즉 뜨듯하구나 어서너도 같이먹자。

清。아니야요 저걱정은 마르시고 어서아비지나 많이 잡수서요。

沈。그게 무슨소리냐 날더러혼자먹

六

으라느냐。종일 떨고단인거시 오죽 춥고 시장하겠느냐。

淸。저는 작고 먹으래서 먼저먹고 이것은 따로 아버지 가따드리래서어더왓어요。

沈。그래도 좀더 먹어라。무얼 변변히 먹엇겟느냐。어서 애비만먹이라다가 네 배곯치말고 어서좀 더먹어라。

淸。걱정마서요 그럼 저도 먹을테니 아버지 어서잡수서요。

沈。암 그래야지 나보다도 네가잘먹어야안느냐。그래야 내맘도편하지。

淸。자여기 수저있어요。

沈。오냐 네것도 있느냐。

淸。네 여기있어요。이국국물 좀더 잡수서요。

沈。오 국이다 있으냐。오늘 뉘집생일 지냈느냐。(국떠먹는다) 그거맛이 훌륭하고나。

淸。그까지 씨래기 국이 무슨맛이 있겟어요。

沈。아니야 구수하다。(떠국먹는다)
(以後는 음식을먹어가며 말한다)

淸。입맛에 마즈시거든 다잡수서요 아모리 어더온 음식이나마 아버지께서 잘잡수시면 제맘이 퍽좋고 그렇지않고 잘안잡수시면 제맘도 좋지안어요。

沈。허! 암그럴테지 걱정마라 잘먹는다。잘먹고말고 밤낫 편히않어 넙죽넙죽 좀잘먹느냐。그런데 너는 안먹느냐 소리가없으니……

淸。(얼는집어먹으며) 아니야요 이렇게먹지안어요。

沈。올치올치 나도 네가 잘먹어야 맘이편하지。그렇지않고 나더러만 혼자 먹으라면 도리혀 마음이불편하니 그게 애비를 위해주는것이아니라 도리혀 마음을 상하게하는것이야 너도 먹늬?

淸。네 이것도 좀잡서보셔요。

沈。이 장아찌는 뉘집것인지 참맛이좋구나。

淸。이것도 좀 잡수어보셔요。묵은깍둑이가 아주도 좋아요。

沈。묵은깍둑이? 뉘집인지 밥술이나 먹는게로군。그거참 좋다。그런데 좀맵구나 인제 그만먹겠다 물좀다우。

淸。여기 잡서다 놓았어요。물에놓아 한술더 잡수서요。

沈。아니다 그만먹겠다。

淸。웬음식이 맛이 없어서 그러서요

沈。맛? 허…… 얼어다 먹는음식을 어떻게 맛을 가려먹겠느냐。맛이 있으면 이보다 더 맛이어떻게맛이있겠늬。어서 늬나 물말어많이 먹어라 추은데 다니느라고 시장한관에 목메일라 꼭꼭씹어 천천히먹어라。(물마신다)

淸。저도 그만 먹겠어요。

沈。웨 입맛이 없느냐。어린것이 빼처서 입맛이 지친게로구나。

淸。아니야요 많이 먹었세요。

沈。오냐 착한지고 몸청해서 밥많이먹으면 오족좋으리… 어서 상치우고 다리좀 뻗고 두러누어라。

淸。언제 드러누을 틈이있어요。말어다놓은 바누질해야 내일갖다주지오。

沈。에그 애 밥좀 내리거든 해라 밥을먹고 금새 꼽으리고 앉지말고。

淸。걱정마서요。급한것은 급한대로해야지요。아버지 여기 담배있어요 편히누서서 담배잡수서요。

沈。오냐 어디 이리다우。(부시처서빤다)

淸。목침 여기있어요。

沈。오냐 딸人자야 느러젔다。뜻뜻이먹고 목침베고 드러누어 담배나 빽빽빨고 으흥! 해가인제다 넘어갔을걸?

淸。네 거진 어두었어요。치우신데 자리까러 드릴까요。

沈。아니다。칩기는뜨뜻하게 먹었는데 머이치워。

侍。(밖에서) 여보서요。

沈。누가왔나보다。

淸。누가요。

沈。글세 누가 찾는것같다。

侍。(밖에서) 게서요。

淸。누구요。

侍。게서요。

沈。거 누구냐。

淸。모르겠어요 들어오 웬계집애야요。

沈。네동무가 온게로구나。

淸。아닌데요 어디서 왔늬。

侍。저 건너마을 張丞相宅에서 왔어요。

淸。張丞相宅에서?

沈。뉘집에서와?

侍。저건너 武陵村張丞相宅에서 왔어요。

淸。丞相宅에서 웨왔을가。

沈。(얼는) 응 내가 맹인이라 問卜을하시라 부르시나보구나 여봐라 네가서 말슴엿주어라「沈奉事가 눈은멀었으나 근본판수가아니라 占쾌는 못배웠으니 貴한宅夫人께서 못처럼 부르시는데 아니가니 죄송합니다」고 그래라。

侍。아니올시다。奉事님을 뫼시려온것이아니라 심청이를 다려려왔읍니다。

淸。머 나를?

沈。심청이를 부르시다니 애 淸아 너무슨 잘못한일없느냐 아마 불러다 꾸짖으실라고 사람을 보내신게로구나。

侍。아니올시다우리댁 마님께서 늘沈淸이의 孝誠스러운말을 들으시고 한번 보시겠다고 그러시다가오늘은쇤네더러 건너가서 심청이보고「부친공경하기에 몸인들 오죽빼첬겠느냐만 잠간 다녀가라」고전갈을하고 그부친께 허락을얻어 곤가치오라하셨읍니다。

沈。그럴테지 그럴테지 이까지 위인을 웨부르시겠늬 청아。

淸。네!

沈。너도 들었지 귀한댁 부인께서 네효성 기특히너이사 사랑까지보내여 오라하시니 이런 영광스런 운원이 어디있느냐。

七

八

淸° 글세요 아버지 찻다올까요°

沈° 얘가얘 가구말구 그런 어른은 찬찬하여가며야 비도리에 좋은걸 떠구나 시비까지 보내시고 오라고 부르시는데 가야하고 말고°

淸° 그렇아버지 혼자 찻다오겠어요°

沈° 애 청아°

淸° 네?

沈° 옷이나 가려입고 가거라° 머리도 가다듬고 옷매무새단정하게 하여라° 그夫人이 貴하고 점잖으신 兩班의夫人이니 一擧一動 言語行動을 얌전하게하여라° 버선수해서 예법 숭상해라°

淸° 아버지 그런 말씀마세요° 아무리 구차하기로 禮節이야 모르겠읍니까°

沈° 그렇지 내딸이야 하하 네가 너의모친을 닮었거든 어째안그러하겠느냐 어서어서 조심해 찻다오너라°

淸° 그럼 아버지 갔다녀오겠어요°

차리려좋고청하니 고만하신데 드려누어계셔요° 그리고 담배스태 담배상자 이앞에 놓았어요° 저녁은 동안에 혹시 목이마르시면 머리맡에 물떠다놓았으니 잡수셔요°

沈° 오냐 걱정말고 어서 찻다오너라°

淸° 아버지 지팡이는 여기있고 신은 여기있어요°

沈° 오냐 걱정말고 찻다오너라° 그 자식 차근차근도하지°

淸° 그럼은 다녀오겠어요° 찻다가 주무시기전에 오겠지만 혹시 그부인께서 구지만류하시면 좀늦을지 모르나 너무 기다리시지 마시고 먼저주무셔요°

沈° 오냐 서두른길에 조심해 다녀오너라°

淸° 그럼찻다오겠어요 어서가자 너무기다리셔 다리아프겠다°

侍° 가셨읍니다 安寧히계셔시오°

沈° 오 조심해 가거라° 애 내가거는 막막하게 벗주어라°「나는 딸좋이 안맹하고 가난이 극심하야 禮節凡百을 가릴길이없어 웬줄이 올러가 인사를 못뵈주었더니 오늘시비를 보내사 미거한 자식을 부르시니 황감한말씀 엿줄길이없읍니다」고 그래라°

侍° 네 安寧히계셔시오°

沈° 오ㅣ°

淸° 아버지 다녀오겠어요°

沈° 오ㅣ 얼른오너라 부디조심해라

淸° 네ㅣ°(退)

沈° …찻느냐? 어허 한마디 대 일러보낼걸 그랬군ㅣ 어따 제어런히 아려줄라구° 온 그계어디서 생겼는지 번번히 가르치지도 못한것이 저렇이만큼이야° 참 신통하거든° 그런걸 생각하면 내팔자가 무던히 좋단말야—하늘만이 무심치않고 부처가 무심치않지—그러나 晝夜 저미리 올라오는걸 마누라 불상한생각에 으흐……

뺑° (좌우를두리번거리며) 봉사님이 계신가°

沈° (눈불긋감추며) 으흠 으흠 거누구시오°

뺑° 나요 나°

沈° 나라니°

뺑° 나예요 뺑덕이어미 모르시오°

沈° 뺑덕이爺孃? 허 뺑덕이 大夫人이구려°

뺑° 그래 그동안 별고나없으셨소°

沈° 별고야 무슨별고가 있겠소° 生不如死로 그저 밥자셔하나 있는 것 저것고생만시키지°

뺑° 얘기는 자오?

沈° 자다니 인제 그게 일초자는법 있읍디가°

뺑° 그럼 뒤스간에갔소°

沈° 저 武陵村갔다오°

뺑° 武陵村은 왜 그런데로밤길을인게 갔소°

沈° 얻으러가긴왜 武陵村 張丞相宅 夫人께서 시비를 보내시여 다려 가셨다우°

뺑° 다려가다니 아주갔소°

沈° 허…그수전은 번지않었군 아주는 뭐하주가 잘딸이 효성스럽단 말을들으시고 좀보신다고 불으셔서 잠간 다니러갔소°

뺑° 응ㅣ 난아주 다려갔다고° 그럼 수가났수 그려°

沈° 수라니°

뺑° 아그런 부자집에서 불르셨으면 얼싸해 그대로 보내겠수° 하다못해 돈푼이라도 주어보내겠지°

沈° 글쎄말이요 그러나 어째 그런걸 바라겠소° 그부인이 미거한것을 불르신것만해도 과만한데 게다가 무얼 주어보내시기를 어찌 바란단말이오°

뺑° 아니야요 그夫人이 큰분 후덕하고 인자해서 그대로는 안보내리다°

沈° 글쎄 그랬다면 더욱좋지°

뺑° 봉사님?

沈° 왜 그러우°

뺑° 나 돈몃냥만 꿔어주시우°

沈° 돈 몃냥? 허 그말좋소 어보 뺑덕어머니°

뺑° 왜그러시우°

沈° 나 돈몃냥만 취해주°

뺑° 내가 돈몃냥을 취해주면 내게 몇냥 꾸어주겠단말이지오°

沈° 허…총명하거든ㅣ 이정신 中分 어치 없는이야 내가 무슨돈이있어서 날더러 취하란말이오°

뺑° 봉사님께 어떻도 무던하시우° 심청이 삯바느질해 번돈은 무얼 하셨수°

沈° 에그 여보 그말마오° 품팔아 바누질이 얼마나 되겠으며 돈돈이 있으면야 벌써전다해어졌소° 날마다 그말하니 뺑덕어멈는 그돈 그 새간다 무엇했소°

뺑° 에그봉사님도 모르는말이시오° 하도 범세까말하니 어떻게 사오 그런니 틈틈이 모아두지오°

沈° 걸어서°

뺑° 그부잣집을 찾아갔으니 어가십이요 보았하지오°

沈° 무던히 하소°

뺑° 그러니 아무 어디서 보여주시우°

九

10

沈。 내말이 그말이오。

뺑。 그러나 쌀되주고 떡사먹고 옷벗어서 술사먹고 수까락주고 엿사먹고 머시남겠소。

沈。 몸뚱이 남은게 무던하오。

뺑。 몸뚱이라도 누가 산다면 얼시구나 팔겠소。

沈。 허…단돈두푼받는대도 얼시구나 하고 살놈이없겠소。다 쭈그리진걸 사다 뭘하오。

뺑。 에그 봉사님도 아주도 피둥피둥하다오。이것좀보 얼굴좀만저보아요。주름살 하나 안잡혓으니。

沈。 글세 아주도 괜찮은걸 허…

뺑。 그뿐이오 이것좀보 아직도 띵띵하지않소。

沈。 글세 아직 멀었구려 하기야 나도 아직 든든하니까。

뺑。 호……든든하니 어째。

沈。 그렇단 말이오 허…

뺑。 그런데 봉사님 정말 돈이없으시우。

沈。 내 공연히 있구도 없다겠소。

뺑。 그럼가야겠군。

沈。 아ㅣ니 얼굴만진값으로 돈몇냥 취하라했읍디까。그럼 내얼굴을대신만지고가오。

뺑。 싫소 난가우。(退)

沈。 허…돈이좀있었드면 취해줄걸。거생각한것과는 딴판인데 아주살이 핑핑하단말이야 이런때 돈몇냥만있었드면 오직좋와ㅣ 그저세상만사 돈있어야되지! 담배나한대대구。(무시처담배빤다)(小間) 지금이 어느때나 되었누! 퍽점으렀을텐데。

(멀리서 鐘소리)

애가 왜 이리늦을까 험하진 서투른발에 실족하야 넘어젔나 어둔밤 처음길에 길을잊어헤매나 온 답답해죽겠군。애비가 번연히 기다릴줄 알것이니 얼른 오는것이아니라 무얼하기에 이때있을고 그夫人이 만류하니 떼치기 어려워 지체하나。저녁도 변변히 못먹은게 밴들 오직고플가。그러나 커리나 그런대 처음가서 우세나 아니하나。온이런 답답한 노릇이 있나 내 좀찾어가보아야겠군…… 청이냐?…아니야 밥이되나 뭐치운데 손발인들 오직실이리。청이냐? 또속는군 어이 답답해 내가 찾어나가 보아야지。

(지팽이소리)

(鐘소리 좀크게)

(小間)

沈。 (멀리서부터) 아이구아이구 발목이 부러졌나보오。

僧。 글세 이게 웬일이십니까。

沈。 웬일이고말고 다리가 부러젔나봉。아이구아이구。

僧。 어서 누십시요。옷을 가려입으셔야지오。오직치우시겠읍니까。

沈。 아이구아이구 허구리야 아이구다리야 물동이나 먹었나봉。아이구아이구。

僧。 어서 옷을 벗으서요 물이 줄줄흐릅니다。

沈。 벗으면 바꾸어 입을옷이 있어야지오。

僧。 그럼 이불속으로 들어가십시오 옷은 벗어 말려야지。이대로 어떻게 입고게십니까。

沈。 아이구아이구。

僧。 인제는 정신이 좀나섰읍니까。

沈。 정신이 나는지 마는지 그런데 대관절누구시오。죽는목숨 사는것만다행하야 인사도못엿주었구려。이은혜를 다어떻게 갚겠소。

僧。 은혜라고 할것있읍니까。小僧은 夢雲寺 和主僧이올시다。

沈。 오ㅣ라 夢雲寺和主僧? 이런일이있나 난누구신줄도 몰랐드니 바로 夢雲寺의 和主僧이시라! 참 한번도 만나뵈온적은 없으나 말슴은 익혀들었지오。나는 沈學圭요。참오늘죽어가는 한목숨을 살려주셨으니 이은혜를 다 어찌한단말이오。

僧。 그런데 어쩌다가 물에가 빠지셨읍니까。

沈。 허 그거 하마트면ㅣ 달래그런게아니라 내딸 심청이가 저건너 武陵村張丞相宅夫人이 부르서서건너갔는데 간지가 하오래도록 아니오기에 답답하고 궁궁해서 기다리다못해 더듬더듬 나가질않었겠소。그래가노라 간다는게 빙판에 발이미끄러저서 풍덩하고 길이넘는 개울물에가 빠젔구려 그러니 밤중이라 행인이나 있어야 누가 건저주지오。허푸허푸해가며 사람살리라고 소리소리지르니 누구하나 구하는이가 없구려。몸은 점점허덕일수록 깊은데로 들어가고 인제는 죽었구나 하는판인데 千萬뜻밖에 대사가 구해주셨단말이오。이은혜를 무엇으로갚겠소。

僧。 千萬의 말슴이십니다。그게다부처님의 은덕이시지오。小僧에게치하하실게있읍니까。

沈。 아니그럼 부처님의 은덕이라니 그래 도화동심학규가 물에 빠저죽게되었으니 빨리가서 구해주라고 부처님이 일부러 보내셨단말이요。

僧。 그런거야아니지오 요새절을 修築하느라고 勸善文을가지고 每日每日施主宅을찾어 다니는중입니다 그래 오늘도 여러시주댁을다다니고나서 절로올라가는길에 그앞을지내라니까 마침 사람살리라는소리에 가보니 뜻밖에봉사님이시니 그게역시 부처님께서 小僧을보내신거나 다를게있읍니까。

沈。 홍ㅣ그거참 일은 묘하게되었군 만약 그렇다면 참영하신데。

僧。 그런데 봉사님은 언제부터 失明을하셨읍니까。

沈。 내눈뜸이오? 한二十때에 우연히 안질이나더니 고만낫지를않고 그냥 이모양이 되었다우。그러나 가산이 탕패되고 四十에 喪妻하니 이따위신세가 무엇하러 사는지모르겠소。

僧。 그러실것있읍니까。

沈。 그렇지 않으면 이신세살어무엇하오。딸자식 하나있는걸 고생만

11

(二)

시키니 으흐……

僧。 이러지 마십시오。 정성만있으면 눈떤것쯤이야 나실수도있읍니다。

沈。 낫다니 어떻게하면 낫는단말이오。

僧。 우리절 부처님이 참 영험하시오。

沈。 (반기여) 아니 그럼 그부처님께 치성을드리면 낫겠단말이오。

僧。 암 낫고말고요 정성이없어 못낫지 왜못나십니까。

沈。 그럼 대사 여보 얘기를차근차근히합시다。 정성이면 어떻게하면 되겠소。

僧。 별정성 아니지오 우리절 부처님께 供養米三百石을 바치고 청성으로 빌면되지오。

沈。 청년 그렇겠소。

僧。 청년이지오 小僧이 왜 부처님 말씀을 실없이엿주겠읍니까。

沈。 (선선하게) 그럼 적우적어。

僧。 무얼적어요。

沈。 공양미 三百石을 그勸善文에다 적어요。

僧。 허…

沈。 (怒) 왜웃소。

僧。 적기야 어렵지않지만 三百石이 어려우실것같아서 그럽니다。

沈。 여보 대사—대사가 어떻게하는 말이오。 사람을 없수히여겨도 분수가있지。 그래 내글력이 三百石 공양미를 못마련하겠단말이오。 영험하신 부처님께 헛말했다가 눈이뜨기커녕 당장앉은방이가되라고 헛말할가。

僧。 노하실게아니라 댁의 형세를댁에서 생각하서야 않습니까。

沈。 무엇이어째? 발측한 중이로군 적으라면 적엇지 무슨 잔말인고 냉큼적어 어서 칼부림나기前에。

僧。 비 적겠읍니다。

沈。 냉큼 沈學圭 三百石이라고 大書特書해서 맨첫머리에 적소。

僧。 비 적습니다。

沈。 그럴일이지 아무리 구차하게지내기로 사람을 함부로 없수히여긴단말이오 적엇소?

僧。 비 적엇읍니다。

沈。 크게썼소。

僧。 비!

沈。 어디 읽어보。

僧。 에흠! 海東朝鮮 黃海道 黃州邑 桃花洞 沈學圭 米三百石。

沈。 올소 되었소 진작 그럴일이지。

僧。 으흠! 小僧은 물러갑니다。

沈。 비 어둔데 살펴가시오。

僧。 觀世音菩薩! (退)

沈。 에흠! 온어디서 별중놈을 다보겠군 아무리 심학규가 죽고썩었기로 그렇게 없수히 여긴단말이……

(담배 태운다)

—小間—

허허 그러나 저러나 이거큰일났군 이일을 어쩐단말인고。 화김에 선선히 적어는놓았으나 장차이일을 어찌한단말인고。 허허이거 탈났군 탈났서。 어둔눈이 뜨기커녕 부처님께 헛말했으니 멀은 눈이 그죄로 더멀으면 이일을 어찌한단말이냐 (울면) 으흐……이일을 장차 어찐단말이냐 아이고아이고 내팔자야 천지가지공하사 호박이 없으련만 이놈팔자 어이하야 형세없고 눈이멀어 해달같이 밝은것을 분간할수 전혀없고 지척같은 데서 대하야도 못본단말이냐。 마누라가 살었으면 이지경은 아닐것을 다커가는 딸자식이 삼사동리 구걸하야 근근히 호구하니 三百石공양미가 어디서 난단말이냐。 독개그릇다팔아도 곡식한되살것없고 장농함을 다팔아도 단돈댓냥 안줄테며 집이라도 팔자하니 비바람못가리니 내라도안살테니 장차 이일을 어쩐말이냐 어떤 사람팔자좋와 이목구비 완연하야 고대광실살것만은 이놈은 무슨죄로 이지경이 되었단말이냐 아이구아이구。 (땅을치며운다)

—小間—

淸。 (밖에서들어오며) 아버지——

沈。 (울음을 뚝끊치고 어름어름) 응 오냐 청이오느냐。

淸。 아이구머니 아버니 이게웬일이서요。 옷이모두 젖고 이마가 깨지시고。

沈。 응……아니다 괜찮다。

淸。 지가 늦게와서 기다리시다 못해 오시다 물에빠지신게로군요。 오직이나 치우시고 분하긴들 좀 하실까。

侍。 어쩌다가 저러셨서요? 아이가 없으서라。

淸。 얘 너 이옷좀 빨어널고 방에 불이나 좀때여다오 수고스럽다。

侍。 아이 천만에요。

淸。 아버지 이불효막심한 녀석을 용서하서요。 승상부인께서 하도만류하시기에 좀지체되었드니 아버지께서 이모양당한줄은 몰랐읍니다 아이몸이 꽁꽁어셨으니 오직치우실까。 아버지 일어나셔서 긴지잡수서요。

沈。 밤은 왼밤이냐。

淸。 승상부인께서 불상하신 노친께서 홀로얼마나 기다리시겠느냐하시면서 음식을 맨들어 시비해서 니어보내셨서요。 맛이있는 음식이나 좀잡수시요。

侍。 저 마님께서 변변치는안사오나 좀 잡수라고 보내신다고요。 그리고 따님을 너무오래 붙잡어서혼자계시기에 얼마나 쓸쓸하셨읍니까구요。

淸。 어서 좀잡수서요。

沈。 싫다。

淸。 왜그래서요 지가 늦게와서 화가나서 그러서요。

沈。 아니다。

淸。 그럼 어디가 편치않으서요。 치운데 물에가 빠지셔서 병환이나시랴나보군요。 뜻뜻한국 좀마시서요。

沈。 싫여。

淸。 무엇때문에 그러서요。

沈。 너 알일아니다。

淸。 무슨 걱정이게서요。

(三)

四

沈° 콩쒸 더욜헬아나아°

淸° (泣) 흐……아버지 어머가지 저는 아버지를버리고 아버지께서는저희나 의지하시고 며소사를 의논하시드니 이제와서 내일헬아니라시니 저는 누구를바라고삽니까°

沈° 아니다아니다 아가 우지마라° 네가틀이면 보리아 곤냄만 석주졌지야 말하나니 한짓이다°

淸° 무슨말슴을 그렇게하서요° 아버지근심이 제 근심이지요 그리고 제돌이로 될일이면 무어저정이십니까 어서말슴하서요°

侍° 손님은 갑니다°

沈° 오냘가거라 마님께 며무항송합니다고 엿주어라°

侍° 네!

淸° 잘가거라 참수고했다°

侍° 쇤네 말슴을다하셔요 안녕히계셔요°

淸° 잘가거라 아버지 어서 진지좀 잡수시고 무슨근심이신지 말슴해주서요°

沈° 후유—그이야기는 해 무엇하겠느냐만 너듣게하니라 아까 내가 하도 아니오기에 하도 답답해서 洞口에까지 나가봤거라고 나가다가 그만실수를해서 개천물 깊은데가빠져서 거의죽게된것을 마침 지나가든 몽은사 화주승이 건져다 집에까지 다려다주고 하는말이 저의절 부처님 하도영검하셔서 빌어서 안되는일없고 정성드리 안되는일없다하며 공양미三百石을 부처님께 바치고 지성하면 어둔눈을떠서 광명천지 보리라해 한人간에 적어놓고 후회가 막심하다°

淸° 아버지 그말슴이 진정입니까° 그렇다면 공양미三百石을 뭐도록 마련해보지요°

沈° 허 비가? 무슨수로 三百石을 마련한다고 그러니° 三百石은 고만두고 단석석을 어디가 마련할만한이냐°

淸° 아버지 그런말슴마서요° 옛말을 생각해보셔요° 왕상은 고빙하야 어름깨고 맹종은 읍죽하야 눈가운데서 죽순돋았지 않았읍니까° 지성이면 감천이라 제정성이부족하오나 정성껏마련하겠아오니 아무 염려마시고 어서진지좀 잡수시고 편히 좀주무서요°

沈° 허……오냐 내딸이야 네맘만은 기특하다° 밥은 두었다가래일 아침먹고 낮잠좀자겠다° 너나 먹어라°

淸° 저는 승상댁에서 잘먹었어요° 어서주무서요°

沈° 오—너는 승상댁에 응—이곳저것다 있어버리고 잠이나 자겠다°

淸° 네—어서주무서요° —(小暗)—서상에 불상도하시지 공양미 三百石이면 어둔눈을뜨신다—三百石—三百石—三百石이 어디서나나—흐—황께만 있으면야 어떻지않겠만 三百石—三百石—누구요?

귀° 나요°

五

淸° 귀덕어머니요 어서오°

귀° 아이구 다리야°

淸° 어딜 그리다녔소 다리가아프게

귀° 여기저기 쏘다녔드니 그렇구려 봉사님은 주무시우°

淸° 고단해서 주무신다우— 저러시다 병환이나 나시면어째°

귀° 왜°

淸° 글쎄 아까물에가빠지셔서 하마트면 큰일날번 하였다우°

귀° 저런 물에 빠지시다니°

淸° 아까 내가 저진더 무릉촌 승상댁을갔다가 좀늦었드니 기다리다 못해 마중나오시다가 물에가 빠지셨다는구려°

귀° 그래 어떻게 나오셨수°

淸° 마침 몽운사 화주승이 지나가다가 건졌다는구려°

귀° 어쩌면 참부처님이 도으셨구려 그렇데 정승상댁에는 왜 갔었었수°

淸° 응—그부인이 바람을 들으시고 한번 보잡다고 부르셨어°

귀° 그렇지 효성이 지극하단말을들으시고 불러 보신게로구려 그래 버라신디까°

淸° 저—모녀의 정을맺고 자주왕래하라고 어떻게 귀여하시는지 날아가신 어머니를뵈온듯이 눈물이 저절로 쏟아집디다°

귀° 아이 그거 잘되었소° 후덕하고 인자하신 어른이니 어머니로뵈시면 오죽좋겠소°

淸° 그런데 귀덕어머니 또하나 반가운일이 있다우°

귀° 무어°

淸° 아까 그몽운사중이 三百石공양미를 그절부처님께바치고 정성을 드리면 아버지 어두신눈이 밝어지신다고 그런댔지°

귀° 어쩌면 참 그절부처님이 영험하시며 그러나 三百石이어디있소

淸° 그러게 말이지°

귀° 나도 오늘 별놈들을 다보았지°

淸° 무얼?

귀° 웬 선인들이 떼를지어 다니며 처녀를 사러 다니다고 하는이나 그런 미친놈들이 어디있소°

淸° 뭐요? 처녀를사?

귀° 그래요 그러나 그런 미친놈들이었소°

淸° 대체 그사람들이 지금 어디있소°

귀° 이洞里에 와있어요°

淸° 그럼 그사람좀 불러다주°

귀° 그건불러다 무엇하우°

淸° 글쎄좀 불러다주어요° 꽤 웃을지않소° 대접해야 있어그래°

귀° 그러구려 그까짓놈한테 볼일이 계무어람°

淸° 처녀를 그중에 찾아보수하고 저 찾은 사람좀 불러다주——는오°

귀° 그러우° (退)

淸° 처녀를 사려다니? 三百石—三百石—三百石을 주까°

——小暗——

귀° 마침 여기서만났지 계시우

淸° 왕소?쉬— 아버지깨시리다°

귀° 왕소? 무엇을 보라우°

淸。 내가 묻기는안되었으니 내대신 종놈어보 대체 무슨일로해서 처녀를 사려다니나。

귀。 여보시우。

船。 네!

귀。 당신네들이 처녀를 사려다닌다니 무슨까닭에 처녀를 구하시오 장가드실라우。

船。 아니올시다。우리는본래 황청사람으로 상고차로 배를타고 만리밖에 다니는데 배가는길에 임당수라는 물이 있어 변화무쌍하야 잘못하면 풍랑이일고 파선하기쉬운까닭에 그곳을 지낼때마다 나이十九세된 처녀를 넣고 제사를 지내면 물이자고 바람이자서 무사히 항선을 하게됩니다。

귀。 아이무서워라 사람을넣고 제를지내。

船。 그래서 이번에도 항선을하겠기에 값은고하간에 제수로 처녀를 구하려온길입니다。

귀。 에이 여보 아무려기로 제수로 팔릴사람이 어디있단말이오。미친사람이로군。

淸。 여보서요 나를 사가서요。

귀。 머요。

船。 네?

귀。 여보 아가씨가 미쳤소 그게다 무슨말이오。

淸。 여보서요 나를 사가서요。나는 본촌사람으로 우리부친이 안맹하사 세상을 분별못하기로 평생한이되드니 몽운사중이 공양미三百石을 불전에 치성하면 어둔눈을 뜨신다하시나 가세가 빈궁하야 마련할길없더니 하늘이 도으사 어려분을 지시하신것이니 공양미三百石을 몽운사로 보내주면 이제라도 곧가겠읍니다。

船。 네 낭자 말씀들으니 지극하신 그효청 비록 재물에 탐을내는상인일망정 도리어 부끄럽습니다。

귀。 아가씨가 정말미쳤소。그게다무슨실없은 소리요。이놈아 이미친놈아 어서빨리가거라 냉큼가。

淸。 여보 떠들지마오。아버지 깨시리다。여보서요 남의말 듣지말고 나하라는대로하시오。

船。 네 말씀들으니 지극하신 그효성 도리어 이놈이 죄당할까두려우나 우리일이 긴하오니 곧三百石을 몽운사로 올리리다。

귀。 이놈아 이미친놈이 냉큼가거라 올리긴 무얼 올려。가거라 이놈 우리애긴 못다려간다。

淸。 여보 귀덕엄마 제발떠들지마오 여보서요 항선하는날이 어느날입니까。

船。 來月十五日입니다。

淸。 그럼 그리알고 기다릴테니 그리아시오。

船。 네 그럼 그리알고 물러갑니다。

귀。(쫓아가며) 이놈아 안된다。어딜 올려 올리긴 이놈아——이놈아——이놈아——

沈。 거 누구왔늬。

淸。 아니요。

沈。 아모도 없는데 웨그리수선하냐。

淸。 아버지。(울음을참는다)

沈。 웨?

淸。 공양미 三百石을 몽운사로 올려갔어요。

沈。 머야 공양미三百石을 올려갔어 아니 어떻게 무슨수로 올렸단말이냐。

淸。(느낀다) 흐……

沈。 울기는 웨우느냐 어떻게 올렸어。

淸。 저ㅣ저ㅣ그러고 저는아주가요。

沈。 아주가긴 어딜아주가。

淸。 흐……승상부인께서 저를 수양딸로 아주 다려가시고 三百石을몽운사로 올려보냈어요。

沈。 허 더욱좋지ㅣ 一國재상댁 수양녀로가고 三百石공양미 절로보내고 애。경사낫구나 경사났어。이보다 더좋은일이 어디있기에울긴 웨우렴。

淸。 아버지?

沈。 오냐 우지마라 에이 미거한것같으니 네가 그댁으로가면 아주가느냐。울긴웨 울어。그래 언제다려가신다드냐。

淸。 來月十五日날가요 흐…

沈。 허ㅣ 울지말어 잠시 작별하다 뿐이지 자주왕래하면 고만아니냐허 그래도 그러거든——

淸。 아버지?

沈。 오냐 우지마라。

——幕—— (次號完)

編輯責任者 羅萬成

冊數	代金	送料
一部	參拾錢	五厘
半年	壹圓六拾錢	送料不要
一年	參圓	送料不要

△本誌注文은木浦府竹橋里本社로나竹洞文友社로
△郵便切手를보내시면一割을보내서야합니다
△雜誌에關한一切事는木浦本社로

昭和十年十月一日 印刷
昭和十年十月五日 發行
京城府崇四洞二〇六
編輯兼發行人 徐光雨
京城府堅志洞三十二
印刷人 金鎭浩
京城府堅志洞三十二
印刷所 漢城圖書株式會社
京城府崇四洞二〇六
發行所 湖南評論社京城總支社
木浦府竹橋里一七七
本社 湖南評論社
電話三一一番

沈清傳 (全三幕)

羅 萬 成

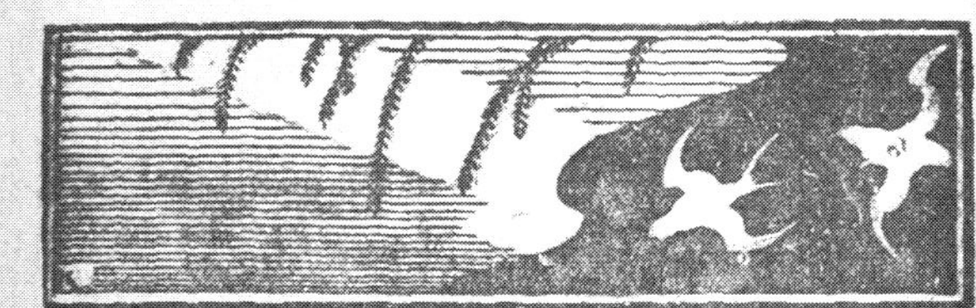

第二幕

處 丞相夫人宅

時 第一幕의한달後

(役　配)

丞相夫人
沈　　清
沈　奉　事
侍　　婢
귀덕어미
洞里사람 一
〃　　　二
〃　　　三
船　人　甲
〃　　　乙

情景。武陵村張丞相夫人이 비록 末年을홀로 쓸쓸히 보내고있으나 根本 富貴와 功名을누리고 一國宰相의집이라 建築이 雄壯하고 裝飾이 華麗하다。

때는 봄。門前에 드린 버들은 봄ㅅ바람에 춤을추고 울안의 奇花瑤草는 春色을자랑한다。느러진 꽃송이에 胡蝶이 나라드러 봄ㅅ빛을 戲弄하며 지지우지 지 지저귀는 적은 새들은 봄ㅅ장단에 興겨워 노래하는 봄。

×　　×

(새소리)

—小間—

귀。(멀니서숨이찬듯이) 여보세요! 여보세요。

侍。누구오셨어요?

귀。(좀갔가히) 여보서요。

귀。(좀크게) 누구오셨어요?

귀。네。

侍。누구서요。

귀。저 나는 桃花洞사는 사람이야요。

侍。桃花洞이면 뉘댁에서 오셨어요

귀。저 나는 귀덕어미라는 사람인데。

侍。왜오셨세요。

귀。마님 게신지요。

侍。왜 그러서요。

귀。좀급한 말슴이 있어서 그래요

侍。급한말슴? 왜 멀 어드려왔소

귀。아니오 얻기는 무얼어더요 급히 엿줄말슴이있어 그래요。

侍。급한 말슴이 머야요 내가 전해 드릴테니 어서 말슴을하서요

귀。아니야요 마님을 뵙고 엿줄말슴이니까……

侍。글세 무슨말인지 나도 알어야 마님께 잇줄지요。

귀。저 다른게아니라 심청이가 오늘가요。

侍。심청이가 오늘가다니요。

귀。죽으려가요 죽으려 얼는 마님좀 뵙게 해주어요。

侍。죽으려가다니 그게무슨 말슴이오 이이가 미쳤나?

귀。글세 얼는좀 마님께 엿주어주어요。

侍。정말이오?

귀。그참 잔소리 퍽하네 청말이지 누가 거짓말을할까

侍。그럼 잠깐 기다리시우

귀。네 곳좀 엿주어주

(小間)

侍。(急히) 저 마님

夫。왜 그려나

侍。지금 저밖에 어떤 녀편네가와서 마님을 뵙자면서 심청이가죽으려간다고 그럽니다。

夫。머시어째?

侍。桃花洞사는 귀덕어미라나요 숨이 턱에다서 작고 마님께 뵙게해달나고, 졸읍니다。

夫。그게 무슨 소리란 말이냐 어서 불너드려라

侍。네……여보

귀。(좀멀니서) 네——

侍。이리드려오시우

귀。네—아이구 마님

夫。자네가 누군가。

귀。네! 저 건너마을 桃花洞사는 귀덕어미란것이 올시다。

夫。귀덕어미? 드른법듯하지만 그때 어쨋다고?

귀。네 다른게 아니오라 심청이가 오늘 저이부친을 위해서 죽으러 갑니다……

夫。(驚) 머시어째? 이사람 이사람 자네가정한 사람인가。

侍。어서 미친녀편넨가 보아요

귀。아니올시다。정말이 올시다。저의 父親어둔눈을 띠우랴고 船人에게 몸을파려 오늘이 가는날이올시다。

夫。허! 어디서 미친 계집이 왔구나

侍。호!글세올시다。여보 여보 이서나가우

귀。아니올시다。저는 그애기를 젖먹여 길너낸 유모올시다。마님일이 급하오니 빨니 살녀주십시요

夫。머? 귀덕어미? 그럼 자네가

二〇

바로 귀먹어진가。

귀。 네

夫。 아까는 무섬풍에 들었드니 사내가 바로 그에게 유혹해 그래

귀。 네 그렇습니다。마님이 말을 장차 어떻게하면 좋습니까。

夫。 아니 그런데 그게 웬 소린가 자세히 이야기를 하게 응

귀。 다른게 아니라 자기부친 눈을 뜨게 하라고 南京장사 船人에게 몸을 팔렸습니다。

夫。 그래

귀。 그래서 오늘이 船人을따라 아조가는 날이 올시다。

夫。 그게다 무슨 당치않은 말인가 저와나와 비록 남이기로 母女의 情을맺고 지내오는 터인데 내게 말한마디 없이 그런 경솔한짓을 할니가 있겠나 애

侍。 네

夫。 네 빨니 桃花洞진녀가서 심청아씨 좀 오시라고 그래라 혹시 어물걱다 하드래도 나를 좀보고 가라고 빨니가서 여쭈오너라

귀。 지금 船人들이 와서 재촉이심하니 이를어쩌합니까 그리고 저 심봉사는 눈이 뜨기前에 딸을뀌며 부둥켜하니 당장에 죽을것갔읍니다。마님 마님덕분에 살녀주십시요。

夫。 가만있게 애 빨니가서 심청아씨 데리고오되 그곳에 와있다는 船人들 다불너 가치오도록해라

侍。 네

夫。 한다름에 빨니가

侍。 (달어지면서) 네

夫。 그래 어쩌케 그게웬일인가 나는 도모지 몸이로마진것갈이 머리가 띵하고 가슴이 울렁대서못 견디겠네 답답하니 얘기를 좀하게

귀。 흥……다른게 아니오라 황진히 마님께서 심청아씨를 귀응 불너오시든날 얘기가 떠돌았지가 오래도록 오지를 아니하니 심봉사가 혼자서 기다리다못하야 금금증이나서 더듬더듬 洞口까지 마중을 나오다가 고만 빙판에 미끄러져서 고만 깊은 웅덩이에 가서 빠졌드랍니다。

夫。 응 가엾서라 그래

귀。 그래서 사람살니라고 소리소리 지르나 밤이되어 行人이 끈인後가되여 살길이 망연하든차에 마침 그곳을 지나든 夢雲寺 和主僧이 그소리를듯고 뛰여들어 救하여다 집에까지 데려다 주었드랍니다。

夫。 그래서

귀。 그래서 이말 저말 끝에 그중이 저 귀이한 부처님이 영험이 많으시니 심봉사는도 그 부처님께 불공을드리면 눈을뜰수가 있다고하는바람에 그중이 갔은권선문에다 적었드랍니다。

夫。 그런데 어떻게 船人에게 몸이 팔렸단말인가

귀。 마님 생각해보십시오 출천한孝女沈淸 하기가 그말을듯고 몹시

二一

가없으니 할수가 없다고 걱정만 하겠습니까。

夫。 아니 불공은 얼마나 드리라고 그랬으며 어떻게 몸이 船人에게 팔렸느냐 말이야

귀。 공양미 三百石을 올니라 했대요。

夫。 三百石?

귀。 네 그래서 한걱정을하고 있는 중인데 그처 이번의일이지오 이번이 難데없는 주둥아지를 놀닌 탓이지오 흥……

夫。 어서 말을하게 어서흥……

귀。 그때 마침 그동리로 왼 낮서른 사람들이 떼를지어 다니면서 十五歲된 處女를 사겠다고만 이걸네 지가 그이야기를 그아기 보고 했드랍니다。그런니 이번이 그얘기를 죽이는게아니고 무엇입니까 으……

夫。 흥흥……그래서 제몸을 그船人에게 팔렸단말이지 흥……이놈어쩌란 말인가 제 孝誠이야 至極하나 그것이 내맘에서 그날 내가 알라면 붙드지만했었든들 그런일이 있었을리가있나 흥흥 그러나 그건 내가 죽이는 셈일세 그려

귀。 흥흥……아이고 마님도 별말씀을 다하서요 이번이 그船人 이야기만 아니했던들 그런다 말씀 아이고 아이고 이를 어쩐단말씀입니까

夫。 흥……그러나 어쩌면 내게 그런말이나 했으면 三百石쯤은 내가 변통해주었을걸 어쩌면 그렇단말인가

귀。 저도 늘 그 아기보고 마님께 그런말씀을 엿주면 후덕하신 그 마님이 모른체 하실리 있느냐고 그랬더니 늘 걱정마오 마님께서 다 마련해주셨소 하기에 그런줄만 알았더니 오늘 船人들이 우루루 몰녀드니 이때껏 자기 부친이 여둥할까보아 속여왔던것입니다그려

夫。 흥……그러나 이일을 어쩌면좋단말인가!

侍。 마님 다녀왔어요

夫。 오냐 오느냐

侍。 저기 들어옵니다。

夫。 아이구 심청아 으흐……

淸。 아이구 어머니 으흐……

귀덕이 侍婢 느끼운다。

(小皿)

夫。 흥……이애 심청아 어찌 사람이 그리 無情하단말이냐 너와나와 비록 남이로 태여났으나 모녀의 情을맺고 나는 너를 친자식같이 알뜰했든 마음을 쓰는데 너는 어이하야 그리 섭섭히 구느냐

淸。 흥……이제 당하야 무슨말씀을 엿주리까 무정한 심청이를 백번 천번 꾸짖어 주십시오 흥……

夫。 내듣으니 너의父親이 눈뜨기를 원한다고 船人에게 몸을팔려 죽으려 간다하니 그게 웬말이냐 그런일이 있었으면 응당 내게와서

二二

의론을 할일이지 그게 무슨짓이란 말이냐 네 효성이야 至極하나 네가 죽어될말이냐

淸。 어머니 그말슴에 한층더 설습니다。 그러나 진작 말슴못한일을 이제와서 후회하면 무엇하겠읍니까。

夫。 그러니 이제라도 피할도리가 있지않으냐

淸。 이미 작정한일을 이제와서 어찌되겠읍니까。

夫。 그게 다 무슨말이냐 피할라면 되지 船人에게서 받은 三百石을 내불어 줄것이니 염려말고 안심하여라。

귀。 호……여보 아가씨 제발 그러우 인자하신 마님 은덕에 한목숨이 살지않소。

淸。 호호……인자하신 어머니말슴은 백골난망이오나 진작에 말슴못한 것이 한이될뿐이지 인제와서 남과 약조한일 어길수가 있읍니까

夫。 그러기에 그쌀 三百石을 도로 내주고 달리구해보라구 船人들을 돌려보내잔 말이다。

귀。 그렇시다。 그래요 넉넉히 피일일을 웨이리 고집하오。

淸。 그러나 만약에 이제당해서 약조를 어기면 나는 좋거니와 수천만금 드린장사에 船人들 임시 낭패아닙니까。

夫。 애그 그게 다 무슨말이냐 船人의 형편보아 네 목숨을 바린단말이냐 이애

侍。 비ㅣ

夫。 그船人들이 밖에있느냐

侍。 비ㅣ

夫。 그럼 빨리 船人頭目부터 불너라。

侍。 비ㅣ

모다 흐흐……느끼는소리 (小間)

侍。 船人頭目 불러들였읍니다。

夫。 오ㅣ네가 頭目이냐

船甲。 비ㅣ

夫。 내말자세들거라 내들으니 너의들은 상고차로 큰물을 건느라고 산사람을 제수로 쓰다니 그런법이 이세상에 또 어디있느냐옹

船甲。 비ㅣ황송합니다。 小人等은 본시 황성사람으로 代代로 商賈로 商業하와 南京을往來하옵는데 그길에 臨唐水란 큰물이 있사온데 變化가 무상하와 아무리 큰배라도 그대로 지내지 못하옵고 제수를 드리고야 무사히 가옵는데 그제수는 술도 고기도 다 쓸데없고 반듯이 十五歲된處女를 제수로써야만 무사히가게되옵니다。 그러하와 사람된 도리에 사람을 제수로 쓰옵는게 인정이 아닌줄은 번연히 아옵지오만은 생애가 원수라 하릴없이 그런일을 하옵니다。

夫。 오냐 자서히알었다。 그러나 말듣거라 너의배는 아무리 利慾으로 그렇거니와 너에게 몸을파른 심소저는 지극한孝誠으로 죽기를 작정한 것이니 만약 천지신명이 계시다면 출천한 孝女를 제수로 쓴다는것을 온당치않게녁여 도리혀 벌이나릴지모르니 아예 심소저 다려갈생각말고 그쌀三百石은 내가다시 내여줄것이니 달리求하여라。

船甲。 비 황송하신 분부오나 시기가 임박하오니 어려울까합니다。

(모다 느껴운다)

夫。 (怒) 무엇이 어째 이놈 이고약한놈들 내가 너이보고 損害를 보라했느냐 三百石을 도로 내주마는데 못하겠다? 이놈

船甲。 비 황송합니다。

淸。 어머니 진정하십시오 일이벌서 이리된것도 천명이니 할수있겠읍니까 이한몸이 부모를위하야 정성을 다하는데 어찌 남의 무명색한 재물을 바라오리까 백미三百石을 도로 내준다한들 船人들은 임시 낭패하야 수만금의 손이 갈터이며 또 어찌한번 몸을 허락해놓고 임시하야 어찌 얼굴을들고 그런말을 하겠읍니까。 노친두고 죽는것이 以孝傷孝하는줄을 모르는바아니오나 이것도 天命이니 人力으로 어찌막겠읍니까 어머니의 놓은 은혜 어질고 착하신 말슴죽어 황천의 가서라도 결초보은 하겠읍니다 흐……

夫。 흐……오냐 할일없다。 네가 지금 이러는것이 네자의가 아니오 하늘에서 부르심이니 내가어찌막겠느냐만 내가 너를안연후에 내가난 자식같이 녁이고 하로를못보아도 연연하여 못살더니 오늘날 네가 영영가니 나는 어떻게 살며 너의 어르신내는 너를여이고 어떻게 사신단말이냐 으흐

귀。 으흐……이일이 원일이오 이일이 원일이오 으흐……

淸。 으으 귀덕엄마 우지마우 울어서 될일이면 피눈물인들 안흘리리까 만은 불상하신 우리아버지 누를믿고 사신단 말이오。

(一同 느껴우는소리)

沈。 (멀리서) 심청아 심청아 (부르며 痛哭한다)

淸。 으흐……아이고 는구려

夫。 흐흐……귀덕어멈 셔드리게

귀。 으…커를 어쩐 게 애통하니 봉사 가시겠소 으……

淸。 아이구 아버지

沈。 으으……심청아 웬말이냐 이것이

귀。 아이고 불상하지 어오서요。

沈。 심청아 심청아 이냐 가단말이 웬

귀。 아이고 불상하지 어오시요。

淸。 아버지 너무설 효녀식 심청이는 가나 생각지 마 마서요

二三

二四

沈。 안된다 안되여 눈먼아비 혼자 두고가다니 될말이냐 못간다 못가 어이고 어이고 으으……

淸。 아버지 이러지 마서요 인제당해서 어쩔수가 있읍니까 불측한 이자식을 아예 생각마십시오。

沈。 안된다 나는싫다 눈뜨기도 나는싫고 살기도 나는싫다。來月보름날 무릉촌 승상부인이 수양녀로 다려간다고 눈먼아비 속이고서 船人에게 몸을팔다니 그게웬말이냐 나는싫다 나는싫다 승상댁 수양녀도 나는싫고 이까진눈뜨기도 나는싫다 네가살고 내눈뜨면 옹당이 조치마는 너죽고내눈뜨면 그눈은 무엇하느냐 나는싫다 나는싫다 내딸 도로 찾어가겠다。 어이구 어이구 으으

(一同 느껴운다)

여보서요 洞里여러분들 이일을어찌하오 우리부녀 불상히 녁이거든 내딸도로 찾어주오 아이구아이구 으……

洞一。 여보시오 봉사님 너무설어마시오 지극한 따님이 효성이 이렇게한것이니 설어말으시오。

沈。 으……효도싫고 아무것도 나는싫소 내딸이나 도로찾어주오……

洞二。 호……봉사님 우지마시우 우리힘으로 따님을 도로찾을수있으면야 구경삼아보고 있겠소。가난이 웬수로구려

洞三。 그러나 여보시우 당신네도돈이있으면 이청경을 보시지오 저냥반이 저러다가는 눈도 뜨기전에 질통 해돌아갈테니 통곡하다 죽은이가 눈은떠서 무얼하오。

洞一。 그러게 말일세 몽운사로 올려간 三百石공양미를 도루찾어다가 船人들께 내줍시다。

淸。 여보서요 洞里어른 말슴은 고마우나 그것이 될말이오 부처님께드린 정청을 도루찾다니 벌을받자고 그런짓을 하오리까

夫。 호……심청아 그러기에 그쌀三百石을 내가 船人에게 내여주마

아니하였느냐 그러니두말말고 나하라는대로 하여라。

귀。 제발 그리하오 호……

(沈봉사 느껴운다)

洞一。 참인자하신 어른이지 호……

洞二。 그렇게해서 원을피우시우

洞三。 고마우신 말슴이오 호호

淸。 호호…… 누누히 말슴하시는데 자꾸 거역하는것 같사오나 아까도 말슴엿주었 거니와 이제와서 후회하고 이제와서 무를 청정이면 아초에 그런결심 하지아니하였겠읍니다。어머니께서는 비록의로서正한 어머니시오나 아마 정영 돌아가신 어머니가 돌아오신듯합니다。제가지금 죽어가면 어머니의 높은은혜 어떻게 갚사오며 안맹하고 늙은부친 뉘바라고 살리까마는 한번 결정한일이오니 살길이 없읍니다。

沈。 으으……이애 심청아 나고가자 나고가 너혼자는 못가리라 내가죽고 네가살어야 옹당이 옳을터

二五

인데 네가죽고 내가살어 나는살기싫다。죽을레면 가치죽고 살아도 가치살자 으으…… 이놈팔人자 어이하야 젊어서안맹하고 중년에 상처하야 이꼴을 당한단말이냐 으으……

淸。 아버지 우지마서요 근력이없으신데 이러시면 어떻게합니까。죽는저는 생각마시고 아모조록 눈뜨셔서 광명천지 환이보시고 기리기리 사십시오。

沈。 애고싫다 나는싫여 너의 모친 너낳은지 七日만에 황천고혼 되어가고 어미없는 별자식을 어품에도안고 풍우한설 하고한날 이집저집 다니면서 동냥젖을 얻어먹여 간신히길려노니 오늘날 네가죽으려간단말이 웬말이냐 으

(가슴을 탕탕치며)

어떤사람 팔자좋아 광명천지 밝은세상 호의호식하련마는 이놈은 어이하야 눈어두어 앞못보고 다커가는 딸자식에 구걸해다 주는

밥으로 연명을 하드니만 인제와서 그자식이 죽으려가다니 웬말이냐 안된다 못간다으……

귀。 호……봉사님 진정하서요 근력이 없으신데 이러시면 어떻게하십니까 호호……

沈。 이놈들아 선인들아 세상에 죽일놈들 장사도 좋거니와 사람사다 제수넣는데 어디서 보았느냐 하나님의 어지심과 귀선의밝은마음 앙화가 없을줄아느냐。눈먼놈의 외자식을 애비몰래 유인하야 샀단말이 웬말이냐 이놈들아 이놈들아 내자식 도루내라

귀。 봉사님 너무 이러지마서요。

沈。 저리가오 듣기싫소 네어 장놈들 옛일을 모르느냐。 칠년대한가물적에 사람삼아 빌랴하니 탕님군의 어진마음 내가지금 비는바는 백성을 위함이라 사람이 소용되면 나로대신 하리라 하시고 빌으시니 큰비가 수천리에 오드란다。그런일이 있지않으냐 사람

죽여 빌테면 내가대신 제수되마 네이놈들 나죽여라 나죽여라。

淸。 으으……아버지 이러지 마서요 여보서요 동리어른 우리 부친이 이러시다가는 당장에 큰일이나겠으니 제발좀 말류해주서요。

沈。 저리가요 저리가 이놈들 나죽여라 평생에 맺힌마음 죽기가원이다。이강도 같은놈아 내한목숨 죽어만 보아라 너의들이 무사할줄아느냐 이놈들 생 사람죽이면 대전통편에 律이있다으……

淸。 호……아버지 이러지마서요 이것이 남의탓이 아니올시다。

沈。 남의탓이아니면 내탓이자 나는 눈뜨기도싫고 살기도싫다 나고가자 나고가으——

(一同 흑흑 느껴운다)

夫。 그러니 갈데없이 너하나 죽어가는구나 이일을 어찌하면 좋단말이냐。

船甲。 호호……여보게들 우리船人 十餘名 우리稲※에 탐을내서 이

二六

광경을 어루었으니 돈몇량씩 추
념내여 이영감 주고가세
船乙。 그말은 잘했네 생애가 원수
요 목구멍이 포도청이다。배질해
서 영업을하나 목석이 아닌다음
에야 이꼴을보고 어떻게 그대로
가나
沈。 이놈들아 이강도 놈들아 돈도
싫고 쌀도싫고 아무것도 나는싫
다 이놈들아
洞一。 여보시우 봉사님 심청이의굳
은결심 지극한 그효성이 인제야
무가니니 당한일 할수있소 우리
동리 百餘戶가 아무리 구차하나
십시 월반으로 한술씩 모은쌀로
봉사님 여생을 굶지나 않게해드
릴테니 아무려정마시오。
洞二。 자네말 잘나왔네 우리동리에
좋은물리어 오늘로 동회열고 불
상한 봉사님 잘보호하여주세。
洞三。 옳아이 옳아 사람은 인정인
데 桃花洞 百餘戶가 아무리한들
심봉사 한분 못살님까 봉사님거
정말고 너무 설어마시오。
沈。 으……나는 살기도 싫고 죽기
가 소원이오。
淸。 여러분, 동리어른 인자하신 그
말슴에 죽어가는 심청인들 어찌
은혜모르리까 죽어 황천에가서라
도 높으신 그은혜는 잊일히 갚
으리다。불상한 우리부친 누를민
고 사시리까 부디 동중만 믿사
오니 깊이 생각하야주십시요 아
버지 불효녀식 나죽는다고 너무
설어마시고 어서 빨리 눈을뜨셔
서 광명천지 보신후에 좋은인연
맺이시고 아들낳고 딸 낳으셔서
후사를 권케하십시오。
沈。 으……듣기싫다 처자있을팔자면
이꼴이 되겠느냐 나를두고못간다
나고가자 나고가
귀。 아이고 봉사님 너무 이러지마
서요。
淸。 귀덕엄마 내가죽은 후라도 부
디 우리아버지 불상히여기고 잘
걸어주오 내가인제죽고 보면 춘
하추동 사시절에 의복될차 누가
대며 조석공궤 뉘가하오 마즈막
지은옷이 농속에 들었으니 가끔
가끔 찾어가서 부디좀 걸어주오
귀。 으흐 그런부탁이야 만번들 번
연하겠소만 그래 정말간단말이오
淸。 할일 없지오 이것도 天命이니
아니가고 못박일걸 좋아하니 소
용있고 몸부림을친들 쓸데있소。
船甲乙。 인제 행선할 시각이되었으니
빨리갑시다。
(一同 느껴우는소리 더크다)
淸。 여러 어른갑니다。심청이는 갑
니다。
夫。 아이고심청아 정말로가느냐 마
즈막으로 손이나잡아보자 으……
淸。 은혜를 커바리고 떠나가는 심
청이를 생각지도 마십시오。
沈。 심청아ㅣ심청아ㅣ 나고가자 나
고가 으……
淸。 아ㅣ아ㅣ 못된년의 팔자도많지
불상하신 우리부친 한百年모사라

하였드니 二ㅁ
누가 막으리오
「커가지에 피
어마라 명년ㅂ
지 다시피여
향기 희롱할제
이제죽는 심청
나보리」
(一同울음)
船甲乙。 으흐……갑
沈。 아ㅣ 심청아
淸。 아버지ㅣ 부
서요 으으……
一同。 으으……심

第三幕

處 臨唐水
時 第二幕으로數日

配役

沈淸
船人 一
船人 二
船人 三
船人 四

二七

이 부분은 현재 확보한 원문이 이러한 상태로 남아 있음.

二八

어느놈은 팔자조와 이목구비 완전
하고
우리부친 어이하야 안맹하야 앞못
보나
이내팔자 기박하야 가난하게 태여
나서
동냥밥을 얻어다가 우리부친 공경
터니
불상하신 우리부친 어둔눈을 띠우
랴고
공양미 三百石에 내몸팔아 죽어가
네
이놈하나 죽난것은 백번죽어 안설
건만
불상하신 우리부친 뉘를밀고 사시
단말
애고 애고 설은지고 이내신세 설
은지고
어이가리 어이가리 머나먼길 어이
가리
한번가면 못오나니 여기가 임당수
라
(合聲) 어여디여차 어허 어여디여차
어허
(바람、波濤、배人뢴에 물부디치는
소리)
天動소리 우루루
×
船人들은 당황하야 떠든다。
(波濤、雷、風、놉다)
船一。여보게 닻감주게
船二。돛내리고 닻줄주게
船三。여기가 어디여?
船四。여기가 임당술세
船二。배 너무가네
船三。큰일났네얼른오게
船四。떠들지말고 정신들 차리게
(以上의말을 無如一時에떠든다)
船一。여보게들 여기가임당수니 고
사절차 준비하게
船二。제물채리게
船三。어서 어서 이리들오게
船四。어서 제물들가지고 오게
船一。어서어서 차려놓고 심소저목
욕하도록 시중들게심랑자 여보시
오 이제는 왔소이다。우리선인들
을 불측히 생각말고 여러목숨살
려주시오
淸。호……그런말슴은 아예 마시고
어서어서 죽여주서요 이제당해서
는 빨리 죽기가원입니다。
船一。호……여보시오 심랑자 우리
도 사람이지 利慾에눈이홀려 이
노릇을 하오만은 지금을 당하니
참아어찌 랑자를 저물에 넣는단
말이오 으호……
船二。으호……領座영감 우리가 비
록 상고로 생애를삼아 이런일을
하오만은 어찌참아 호……
船三。올소 올소 그말이 올소 호
船四。으호……여보시오領座영감 아
무리 생애기로 내목숨 살리랴고
남의목숨을 죽인단말이오 내팔자
도 기구하야 혈혈단신 외롤몸이
니 살아서 무엇하오 심소저는살
려두고 내몸으로대신합시다 호…
淸。호……여보시오 船人님네 인자
하신 그말슴들 눈물없이는 못듣
겠음니다。인정많은 여러분 들이
나하나 죽는것을 불상히 여기시
나 지금당해 그것이 될말입니까
어서어서 저물에 넣어주십시오。
나하나 생각하다。 여러목숨 낭
패하지 마시고 어서어서 제지
내고 무사히 가십시오。
船一。호……참 착한말슴이오 할일
없지오 波濤가 山같이 몰려오고
바람이 지동치듯부니 무사히 지
나지는 못하겠으니 인정은 아니
오마는 할일없지오 으호……
(風、波、雷)
(船人들떠든다)
船一。어서어서 제 지내세 제물다
차렸나?
船人들。예
(북소리 둥둥)
呪文「헌원씨배를 모아 이제 불통하
옵신후
후생이 본을받아 다각기 위업하니
막대한 공이 아니리까
하우씨구년치수 배를타고 다사리고
오복소정공세우고 도로구주 돌아들
제 배를타고 기다리고
공명의 높은조화 동남풍을 비려내
여
조조의 백만대병 주유로 화공하야
적벽대전 하올적에 배아니면 어이
하리
주요요 이 경양하니 도연명의 귀
거래요
해활하니 고범지는 장한의 강동지
요
임술지추 칠월이 종일위지·소여하
야
소동파 노라있고
지국총어사화로 공선만재 월명귀는
어부의 즐김이오
계도란 요화장포는 오희월녀 채련
배요
차구발선 하향청은 상고선이 그아
닌가
우리동무 스물네명 상고로 위업하
야
십오세에조수라고 경세우경년에
표박서 남단이드니
오늘날 임당수에 제수를 올리오니
동해신 아명이며 남해신 축융이며
서해신 거승이며 북해신 옹강이며
강한지종과 천택자신요 出天大孝沈
淸이를
제수로 드리오니 이제수를 흠향하
사 일체
동감하옵신후 비렴으로 바람주고
해약으로 인도하야
백천만금 퇴를내게 소망일워 주옵
소서」
고시레 (둥둥) (고시레는四方에)
(북소리둥둥)
船一。여보시오 심랑자 으호……인
제는 저물로……
(船人들 느끼는소리)
淸。호……비할없읍니다。불상하신우
리아버지 위하야 마즈막 기도드
리게 해주십시오。(기도하고물속에
풍덩드러간다。)
(船人들 느끼는소리)

二九

참고문헌

구사회 · 김규선 · 이대형 · 이미라 · 박상석 · 유춘동, 『송만재의 관우희 연구』, 보고사, 2013.

김남석, 『조선 대중극의 용광로 동양극장(1~2)』, 서강대학교 출판부, 2018.

김동욱, 『증보 춘향전 연구』, 연세대학교 출판부, 1976.

김동욱 · 김태준 · 설성경, 『춘향전 비교연구』, 삼영사, 1979.

김석배, 『춘향전의 지평과 미학』, 박이정, 2010

류준경, 『한문본 춘향전의 작품세계와 문학사적 위상』, 서울대학교 박사학위 논문, 2003.

사진실, 『공연문화의 전통』, 태학사, 2002.

엄태웅, 『대중들과 만난 구운몽』, 소명출판, 2018.

윤광봉, 『한국 연희시 연구』, 이우출판사, 1985.

이수봉, 『만화본 춘향가와 용담록』, 경인문화사, 1994.

이윤석, 『남원고사 원전비평』, 보고사, 2009.

저자 소개

김석배

금오공대에서 학생들을 가르치고 연구하고 있다. 판소리학회 회장을 역임했고, 고소설 「춘향전」에 대한 심층적인 연구, 판소리 전반에 대한 연구, 「골생원전」과 경오본 『노계가집』 같은 자료의 발굴, 시야를 넓혀 대구문화사, 한국문화사 전반에 대한 연구를 수행했다.

김영봉

한국고전번역원 번역위원으로 활동하고 있다. 대학 및 여러 한문 교육 기관에서 경서, 한시 등을 강의하고 있으며, 특히 한시를 전문적으로 연구하고 있다. 『큰 지혜는 어리석은 듯하니』 등의 저서와 『월정집』, 『명미당집』 등의 여러 번역서를 간행했다

이대형

동국대에서 사찰 자료와 승려 문집을 연구하고 있다. 『금오신화』를 비롯한 한문 서사를 연구하고, 『화몽집』, 『수이전』, 『용재총화』 등을 번역했으며, 이외 『옛 편지 낱말 사전』 등을 공동으로 집필했다.

김남석

부경대에서 학생들을 가르치고 연구하고 있다. 『한국 문예영화 이야기』, 『한국의 연출가들』, 『조선의 여배우들』, 『조선의 대중극단들』, 『조선의 영화제작사들』, 『조선의 지역 극장』처럼 한국의 극문학에 대한 연구를 진행하고 있다.

유춘동

선문대에서 학생들을 가르치고 연구하고 있다. 조선후기 상업출판물에 대한 연구, 한문소설의 번역, 중국소설의 전래에 따른 한국소설의 변용, 근대서지와 관련된 전반적인 연구를 진행하고 있다.

조선 후기 연희의 실상

만화본 춘향가·광한루악부·관우희·증상연예 춘향전·심청전

2019년 12월 16일 초판 1쇄 펴냄

지은이 김석배·김영봉·이대형·김남석·유춘동
펴낸이 김흥국
펴낸곳 보고사

책임편집 이소희
표지디자인 손정자

등록 1990년 12월 13일 제6-0429호
주소 경기도 파주시 회동길 337-15 보고사 2층
전화 031-955-9797(대표), 02-922-5120~1(편집), 02-922-2246(영업)
팩스 02-922-6990
메일 kanapub3@naver.com / bogosabooks@naver.com
http://www.bogosabooks.co.kr

ISBN 979-11-5516-956-8 93810

정가 24,000원